K.

Micaela von Marcard

DER PATRIARCH

Roman

Kindler

1. Auflage September 2006

Satz aus der Galliard PostScript
von hanseatenSatz-bremen, Bremen
Druck und Bindung Clausen & Bosse, Leck
Printed in Germany
ISBN 13: 978 3 463 40503 2
ISBN 10: 3 463 40503 2

Für meine Geschwister Ramona,
Enno und Mathias

PROLOG

Im Dezember des Jahres 2000 setzte ein Geschwader der Tineola bisselliella mit hochzerstörerischer Ladung an der Unterseite ihrer silbrig glänzenden Leiber zum Anflug auf die Perücke aus dem Haar meiner vor langer, langer Zeit gestorbenen Urgroßmutter an. Angezogen vom konservierten Talggeruch derer, die sie getragen und ein paar Schuppen in der Perückenmontur hinterlassen hatten, nahm es aus allen vier Himmelsrichtungen Kurs auf den gesichtslosen Holzkopf, über den die immer noch wild ondulierte Haartracht der Conquista gestülpt war, und schreckte weder vor deren Alter noch Schönheit zurück. Selbst die historische Bedeutung des Knüpfwerks konnte die weiblichen Kampfflieger der Spezies Gemeiner Kleidermotten nicht davon abhalten, sich für einen kurzen Augenblick auf den mit großer Kunst in ein dichtes Baumwollnetz gewundenen Haarknoten niederzulassen, um dort durch Abwurf ihres bombengleichen Ballasts das Werk der Zersetzung zu beginnen.

Erleichtert erhoben sich die eigentlich flugfaulen Falterweibchen wieder in die Lüfte, trafen zum zweiten Mal ihre viel muntereren Freier und kopulierten nochmals mit ihnen. Mit weiteren befruchteten Eiern bewaffnet, landeten sie erneut auf dem Meisterwerk eines Maskenbildners vom Beginn des vergangenen Jahrhunderts und legten ihre Brut in den üppigen schwarzen Flechten ab. Und so ging es weiter, ganze sechzehn Tage lang. Einige besonders kräftige und lüsterne Exemplare hielten den Fortpflanzungsfuror gar dreißig Tage durch, bis auch diese Insektendamen den Erschöpfungstod fanden. Zu dem Zeitpunkt hatte jede von ihnen an die 250 schmutzig weiße Eier in die Tiefen des Medusenschopfs versenkt.

Kaum aus den Eiern geschlüpft, sonderten die ein Millimeter langen Raupen aus ihren Spinndrüsen ein klebriges Sekret ab, vermengten es mit ihrem Kot und formten daraus bis zu fünfzehn Millimeter lange, silbrig weiße Wattefäden, die sie wie einen Kokon um sich herum woben. So verschanzt gegen Feinde und Austrocknung, begannen sie das große Fressen.

Nur wenige Tage nach der Großattacke hatte der Mottennachwuchs ein Haar der Conquista kurz über seinem Knoten durchtrennt. Es fiel zu Boden. Kurze Zeit später segelte das zweite hinab. Ein drittes löste sich aus dem Perückennetz und auch ein viertes. So ging es weiter in einem fort.

Schon nach zwei Monaten hatten sich die Raupen ihre zehnfache Schlüpfgröße angefressen. Immer mehr des nahrhaften toten Horns stopften sie in sich hinein. Schwarz schimmerte es durch ihre transparenten und mit den Überbleibseln meiner Urgroßmutter gefüllten Darmkanäle. Als es Zeit war, krochen sie aus ihren beengenden Gespinströhren und verpuppten sich.

Da türmte sich am Boden längst ein Berg ebenholzfarbener Haare. Als eine Woche darauf die erste Motte aus ihrem Kokon kroch, ihre verkleisterten, fettig glänzenden, strohgelben Vorder- und die graugelben Hinterflügel entfaltete und sie zum Trocknen huderte, um wenig später in die Luft zu entschwinden und sich dort einen Sexualpartner zu suchen, war das letzte Haar meiner Urgroßmutter bereits zur Erde geschwebt. Auf dem Holzkopf stak das Skelett ihrer Perücke mit seinen Montierbändern und dem engmaschigen, schwarz eingefärbten Tüll.

Nur den einen oder anderen Doppelknoten hatten die Raupen verschmäht. Ihre ungleich abgefressenen Enden ragten wie Ruinen aus einem Trümmerfeld. Denn der Schöpfungsplan will, dass alles vergänglich sei, sogar mein Vater Franz, der kurz vor seinem hundertsten Geburtstag in einem Auto, dessen Bremsen versagten, starb.

ERSTES BUCH

Du hast mir ein schwachsinniges Kind geboren», sagte der Offizier, nachdem er das schreiende Bündel in den Armen seiner Frau eingehend gemustert hatte. Er befand, dass der verhältnismäßig große Schädel auf einen Wasserkopf und damit auf Idiotie hindeutete und folglich diese Kreatur, die am 17. Dezember 1900 Punkt 22.22 Uhr geboren worden war, nicht dem Samen seiner preußischen Lenden entstammen konnte. Er machte auf dem Absatz kehrt und sah seine Frau über die Schulter vernichtend an. Sie lächelte, doch ihr Lächeln gefror. Ihre schweren Lider senkten sich. Die junge Mutter, erst achtzehn Jahre alt, war noch sehr erschöpft, da die Geburt zwei ganze Nächte und Tage gedauert hatte. Der Kopf des Kindes hatte den engen Geburtskanal nicht passieren wollen und für Stunden in ihm festgesessen, sodass die Hebamme, Schwester Hedwig von der kleinen katholischen Gemeinde der Hansestadt, Mutter und Kind beinahe schon aufgegeben hatte. Endlich hatte das Neugeborene seine Lippen auseinander gerissen, allerdings ohne Ton. Es war viel zu entkräftet, um seine Stimmbänder zum Vibrieren zu bringen. Mit offenem Mund schlief es ein.

Es war viel Blut geflossen, erschreckend viel, doch davon wusste der Vater nichts, der im angrenzenden Zimmer gewartet und einige Stunden gut geschlafen hatte. Herr von Roué wollte es auch nicht wissen. Schließlich habe jeder auf seinem Schlachtfeld Blut zu lassen, und so sei es die verdammte Pflicht und Schuldigkeit der Frauen, ihren Männern Kinder zu gebären, hatte er seiner Gattin Mercedes während des einen Jahres, in dem sie trotz wiederholter Bemühungen nicht schwanger geworden war, mehrfach erklärt. Nun hatte sie ihre verdammte Pflicht und Schuldigkeit getan und lag aufgetürmt auf einem Berg aus weißem Leinen. Das Dienstmädchen Else hatte, noch bevor der junge Vater ins Zimmer getreten war, um seinen Sohn im Leben zu begrüßen, ins blassrosa Seidenplumeau ein frisches Leinenlaken eingeknüpft. Auch alle anderen Zeichen der Geburt beseitigten die Damen des Hauses: Sie wussten, der Offizier konnte sie nicht ertragen, sie erinnerten ihn, den Todesdiener, an den Tod. Also trug Else, adrett in weißer Uniform mit Häubchen, die Schüsseln voll Blut umgehend in die Küche und achtete sorgsam darauf, dass kein Tropfen herausschwappte, weder auf ihre Schürze noch auf einen der kostbaren Orientteppiche, die die zahlreichen Kaufleute der Familie aus aller Herren Länder mitgebracht hatten. Endlich war auch die Nachgeburt abgegangen. Kaum hatte die Hebamme die glitschige, blutverschmierte Masse, an der noch die Nabelschnur hing, in die weiße Emailschüssel klatschen lassen, riss die Conquista, die Großmutter des Kindes, der verdutzten Hebamme das Behältnis schon aus der Hand. Dann stob sie mit ihrer Beute aus dem Zimmer und hätte beinahe den im Flur wartenden Kindsvater umgerannt, der, als er in die Schüssel sah, annähernd die Farbe der grünen Seidentapete annahm.

Während der Offizier nach Luft rang, eilte die Conquista in den Hof und warf ihren beiden Irish Settern, die sie wegen ihres Faibles für Außenseiter und Verlierer auf die Namen Malvolio und Shylock getauft hatte, die Plazenta zum Fraß vor die Pfoten und rief: «Hier, meine Besten, das wird euch munden.» Es war eine Sitte, die sie aus ihrer Heimat

Mexiko in den kalten, feuchten deutschen Norden mitgebracht hatte.

«Sie haben doch nicht etwa …», stammelte die Hebamme, als die Conquista mit leerer Schale ins Geburtszimmer zurückkehrte.

«Sie hören doch, dass ich habe», erwiderte die Conquista. Tatsächlich drang das Gebell der fressenden Hunde bis ins erste Geschoss, in dem sich die Schlafräume befanden.

«Wir pflegen die Plazenta sorgsam im Garten zu vergraben», sagte die ältliche Hebamme indigniert.

«Vermaledeit», schleuderte ihr die Conquista entgegen und ließ ihr Lieblingswort genüsslich über die Zunge rollen. «Was Besseres können Hunde gar nicht kriegen. Wenn der Mutterkuchen für das Niño gut ist, ist er es für die Viecher allemal.»

«Mamá, Schwester Hedwig hält dich für degoutant», sagte Maria, ihre gerade mal 13-jährige zweite Tochter, die am rechten Kopfende des Bettes stand.

«Mein ewiges Schicksal hier in diesen Breitengraden. Ihr müsst doch zugeben: Besser im Schlund eines Hundes als im Maul eines Wurms.»

«Du hast Recht, die Hunde sind eindeutig die sauberste Lösung», flüsterte Mercedes auf ihrem Bett.

Die Conquista tätschelte ihr aufmunternd den Arm. «Du bist eben doch meine Tochter», sagte sie, wobei sie ihren Enkel mit einem strengen Blick streifte, sodass der seine unverschämt blauen Augen vorsichtshalber schloss.

«Das ist doch Blasphemie», murmelte die Hebamme.

«Ich würde zu gern wissen, was das mit Religion zu tun hat. Wollen Sie mir das vielleicht erklär–»

«Sollten wir nicht den Vater holen?», unterbrach sie Maria und öffnete weit die Tür zum Flur. «Herr von Roué, Ihre Gemahlin und Ihr Sohn lassen bitten.»

«Seelenwanderung à la mexikanisch», brachte die Conquista

gerade noch hervor, ehe mit dem Offizier tiefes Schweigen in das dunkelrot gestrichene Schlafgemach einzog, das die Conquista ihrer Tochter für die Geburt überlassen hatte, da es das geräumigste Zimmer des Hauses war. Selbst der zweihundertfünfzigjährige Van Dyck an der Wand, ein Mann mit üppiger Perücke und einem sanften Lächeln auf den Lippen, konnte über die Kälte, die das Zimmer plötzlich erfüllte, nicht hinwegtäuschen. Die Conquista und Maria nahmen rechts und links von der Wöchnerin Aufstellung. Herr von Roué, der von stattlicher Statur war, trat einen Schritt vor. Er betrachtete das Kind, das in den Armen seiner Frau schlief. Unter dem prüfenden Blick öffnete es die Augen und verzog sein faltiges, rotes Gesicht noch mehr.

Da also sagte der Offizier: «Du hast mir ein schwachsinniges Kind geboren.»

Vom Hof klang wütendes Kläffen herauf. Das Baby begann zu schreien. Sein Gesicht wurde noch röter. Es schnitt eine Grimasse. Die blauen Augen, neben dem großen Schädel das Auffälligste an ihm, verengten sich zu Schlitzen.

«Du hast mir ein schwachsinniges Kind geboren», wiederholte der Vater. Für den Bruchteil einer Sekunde blieb die Zeit stehen. Keiner rührte sich, nicht die Wöchnerin in dem neuen Thonet-Bett, nicht die Conquista und auch Maria nicht. Selbst die gesunde Stimme des Neugeborenen erstarb. Dann stürmte der Offizier aus dem Zimmer und aus dem Haus.

Die ersten zwölf Monate des zwanzigsten Jahrhunderts neigten sich dem Ende zu. Gerade war das Hafenkrankenhaus, spezialisiert auf Tropenkrankheiten, mit seiner gekühlten Leichenschauhalle fertig gestellt worden. Gegenüber dem im September eröffneten Schauspielhaus klaffte ein Bauloch, aus dem eine gewaltige Eisenkonstruktion wuchs, einem überdimensionalen Dinosaurierskelett vergleichbar, das in nicht allzu ferner

Zukunft zum Hauptbahnhof werden sollte. Die Elektrifizierung der Pferdebahnen war weit fortgeschritten. Auf einem vierspurigen Gleisnetz von 140 Kilometern Länge wurden im ersten Jahr des neuen Jahrhunderts in 360 Wagen bereits achtzig Millionen Fahrgäste transportiert, und für zehn Pfennig konnte man mit der Ringbahn in vierzig Minuten um das Zentrum fahren.

Auf diese umtriebige Stadt war seit Tagen ein feiner Regen aus dem grau verhangenen Himmel genieselt. Selbst zur Mittagszeit war es nicht richtig hell geworden. Nun, vier Tage vor der Wintersonnenwende, zog der frisch gebackene Vater auf der Schwelle seines Schwiegermutterhauses fröstelnd den Stehkragen enger um den Hals, atmete die ungewohnt schneidende Luft und fühlte den Druck von der Brust weichen. Er machte einen Schritt, machte noch einen. Da gehorchten ihm die Beine schon nicht mehr, glitten in entgegengesetzte Richtungen, eines gar wurde furios in die Luft geschleudert, die Arme schlackerten um den Kopf. Eine arktische Kälte hatte den Sieg über das nasskalte Wetter der Hansestadt davongetragen, der Himmel war aufgerissen, und Tausende Sterne perforierten ihn mit Licht. Die letzten Regentropfen gefroren noch in der Luft zu Eis. Binnen Sekunden hatte sich der Bürgersteig in eine spiegelglatte Fläche verwandelt. Aus dem Haus schallte diabolisches Gelächter. Da beschloss Herr von Roué, dessen penibel gepflegte Uniform am Knie nun zerrissen war, am nächsten Tag eine Eingabe zu machen und sich in den entferntesten Teil des Deutschen Reiches versetzen zu lassen.

Die Conquista, die am Fenster stand, lachte aus vollem Hals ihr gutturales Lachen. «Jetzt bist du ihn los. Was für ein Abgang! Den siehst du vorerst nicht wieder», stieß sie zwischen den Lachsalven hervor.

«Ja, jetzt bin ich ihn los», bestätigte Mercedes, die junge Mutter, und lächelte.

«Mamá, bitte!», flehte Maria, die so durchsichtig war, als wäre sie nicht von dieser Welt.

«Ihr dürft euch nicht gemein machen», hatte der Vater den beiden Schwestern immer wieder eingeschärft. Sonst erinnerten sich Mercedes und Maria kaum an ihn, da er, als sie noch klein gewesen waren, in die Bäuche der Barrakudas geraten und von ihnen wieder ausgeschieden worden war – das jedenfalls glaubte die Conquista.

«Auch seine blauen Augen, die immer lachten, wurden wieder ausgeschieden?», hatten die Mädchen oft gefragt.

«Auch die blauen Augen. Seine Seele wurde über die Exkremente der Fische dem Kreislauf des Meeres zurückgegeben», lautete die Theorie der Conquista, die ihren Eltern, Perlenfischern im fernen Mexiko, alle Ehre machte. «Bestimmt ist seine Seele in diesen Perlen eingeschlossen», sagte sie und betrachtete voller Entzücken, aber auch mit Wehmut den zarten Glanz ihrer grauen Perlenkette. Dabei stellte sie sich vor, wie ihr verdauter Ehegatte in Gestalt kleinster Partikel auf den Meeresboden hinabschwebte, den Austern direkt in die geöffnete Schale, woraufhin diese in jahrelanger, mühsamer Arbeit eine Perlmuttschicht nach der anderen um ihn legten, bis die zauberhaften Preziosen vollendet waren. «Nur die grauen Perlen umschließen einen Toten, die weißen geben sich mit Dreck zufrieden», sagte die Conquista gern.

Es war nun schon fast zwanzig Jahre her, dass der blonde, blauäugige Handelsmann von Ringsberg aus dem fernen Deutschland in ihr Leben gesegelt war. Sie gab sich ihm schon hin, als noch keiner von Heirat sprach. Von diesem vorschnellen Akt durfte die Familie natürlich nichts wissen, genauso wenig wie der Handelsmann wissen durfte, dass seine Geliebte keine Jungfrau mehr war. Also beanspruchte sie ihn in der ersten Nacht so sehr, dass seinem Gehirn alles Blut entzogen wurde und er nicht mehr klar denken konnte. Vor Erschöpfung vergaß er, sich seiner Liebestrophäe zu vergewissern. Beim ersten Morgengrauen erwachte er nach kurzem Schlummer von einem gierig auf seinem Körper umherwandernden Mund.

«Man darf dich hier nicht finden», flüsterte die junge Frau immer wieder. «Du musst gehen!»

Er angelte mit den Füßen nach seiner Hose, während ihr Kopf zwischen seinen Schenkeln lag. Endlich gelang es ihm, sich zu befreien. Im Fortstürmen versuchte er die Hose hochzuziehen, aber der desolate Zustand, in dem er sich zum wer weiß wievielten Mal in dieser Nacht befand, erschwerte das. Die junge Frau lachte, lachte schallend und schmiss ihm sein Hemd hinterher. Er warf einen Blick zurück. Ihr Körper wurde nur notdürftig von ihren langen schwarzen Haaren verhüllt, zwischen denen die zarten Spitzen ihrer Brüste hervorsahen. Auch die vollkommene Rundung ihres Hinterns zeichnete sich ab. Herr von Ringsberg schöpfte keinen Verdacht, und wenige Wochen später fand in der Kirche von Tepotzlán die Hochzeit statt.

Sie zogen nach Deutschland, in die Hansestadt; die Töchter Mercedes und Maria wurden geboren. Eines Tages ging Herr von Ringsberg an Deck der *Columbus*. Auf hoher See erkrankte er an einem mysteriösen Fieber, das binnen weniger Tage alles Leben aus ihm sog. Vor Abenteuerlust pulsierend, hatte er das Schiff bestiegen; er verließ es als lebloser Körper, umwickelt mit derben Leinensäcken, in denen Kartoffeln gelagert worden waren, und mit Hanfseilen fest verschnürt. So warfen ihn die Matrosen über Bord in die türkisen Fluten des Atlantischen Ozeans, unweit der mexikanischen Gestade, wo er in die bereits erwähnten Bäuche der Barrakudas geriet.

Erst wenige Wochen vor der Geburt ihres Enkels hatte der ältere Bruder der Conquista ihr die grauen Perlen als Geschenk zum Geburtstag, dem vierzigsten, gesandt. Er hatte das kleine Paket einem alten, seiner Treue wegen geschätzten Diener der Familie, Gonzales mit Namen, in Mexiko anvertraut, ihm eingebläut, es Tag und Nacht an seinem Körper zu tragen, bis er es der Schwester, die auf einem fremden Kontinent lebe, höchstpersönlich übergeben habe. Das war eine Entfernung, die der kleine, untersetzte Mann mit dem imposanten Schnurrbart gar nicht denken konnte, kannte er doch nur Tenochtitlán und sein Dorf in der Wüste vor den Toren der Stadt.

Dennoch machte er sich auf den Weg. Er stülpte sich seinen Sombrero, der im Durchmesser einen halben Meter maß und von einer wulstigen Krempe gesäumt war, auf den Kopf und setzte sich in eine Kutsche. Nach langen Tagesreisen durch ärmliche Dörfer mit zerlumpten Kindern an den Straßenrändern, auf staubigen Wegen mit Schlaglöchern, die ihn immer wieder aus dem Dämmerschlaf rissen und an die Decke der Kutsche warfen, gelangte er von der aztekischen Hauptstadt in die Berge. Dort stieg er auf einen Esel um. Auf schmalen, steinigen Pfaden über schwindelnde Grate mit Abgründen tiefer als die Hölle ging es vorbei am Gas und Feuer spuckenden Popocatepetl, den der treue Diener mit Erleichterung hinter sich ließ, bis sich schließlich, eine Woche mochte seit seiner Abreise vergangen sein, das Meer vor ihm auftat, das er, das Wüstenkind, noch nie gesehen hatte, sondern nur aus Geschichten seiner Eltern, Großeltern und Urgroßeltern kannte. Er betrachtete es mit vor Schrecken und Bewunderung geweiteten Augen. Unsicheren Schritts ging er über die schwankende Gangway an Bord eines Segelschiffs, das ihn vom einen Ende der Welt zum anderen tragen sollte. Dem Diener war gar nicht wohl bei dem Gedanken, festen Boden zu verlassen, aber seine Mission ließ ihn alle Bedenken beiseite schieben. Seine dunklen Vorahnungen erfüllten sich jedoch, als inmitten des weiten, unendlichen Wassers ein wüster Sturm losbrach. Nirgends war Land in Sicht, im Osten nicht, im Westen nicht und auch nicht im Süden oder Norden. Gonzales schickte Stoßgebete zu seinen Göttern, von denen er, obwohl getauft, viele hatte. In diesem speziellen Fall vertraute er vor allem auf den schlangenköpfigen Quetzalcoatl.

Trotz der misslichen Umstände, die ihm der Sturm bereitete, trotz der schwankenden Planken, auf denen seine Füße kaum mehr Halt fanden, entfernte Gonzales das Päckchen keinen Augenblick von seinem Körper. Er entfernte es nicht, als er sich wusch, was er gewissenhaft jeden Tag tat, und auch nicht, als der unbändige Wind ihn aus seiner Koje an die Reling trieb, wo er sich, wie es ihm schien, die Seele aus dem Leib spie, der er in den sich auftürmenden Wellen hinterherblickte. Danach lag er tagelang wie im Koma, das Stampfen des Schiffes schien Teil seines seelenlosen Körpers geworden zu sein, und während die Matrosen um ihn herum feixten, presste er die Hand getreulich auf das kleine Paket seines Herrn, das er nahe seinem Herzen trug.

Schließlich kam Land in Sicht. Als Gonzales wieder festen Boden unter den Füßen spürte, der noch mehr zu schwanken schien als die gerade verlassenen Schiffsplanken, führten ihn seine ersten noch unsicheren Schritte direkt zum Haus der Conquista. Eine kleine Skizze, die ihm ein mitreisender Seemann gezeichnet hatte, leitete ihn durch die unbekannte Stadt, bis er vor der weißen Villa an der Schönen Aussicht stand, direkt an dem Binnensee gelegen, an dem er eine Weile entlangmarschiert war und der nicht im Mindesten die Ausmaße des gerade überquerten Wassers hatte, sondern so lachhaft klein war, dass Gonzales sogar das gegenüberliegende Ufer mit bloßem Auge erkennen konnte.

Das Hausmädchen Else sah keine Veranlassung, die seltsame Erscheinung mit dem großen Hut und der gelblich roten Hautfarbe ins Haus zu lassen. «Frau von Ringsberg ist nicht zu Hause», sagte sie streng und musterte den Besucher von oben bis unten. Einen Indio hatte sie noch nie gesehen.

Da Gonzales kein Wort von dem wenigen verstand, was Else sagte, wollte er sie einfach beiseite drängen und die Conquista auf eigene Faust suchen. Doch mit dem Mut eines Feldherrn, der einem feindlichen Angriff trotzt, verteidigte Else die Tür. Also setzte Gonzales sich auf die Stufen der großen Freitreppe, und nichts, aber auch gar nichts konnte ihn dazu bewegen, diesen Platz zu räumen, selbst der hanseatische Nieselregen nicht, der den Mexikaner eigentlich hätte erstaunen müssen. Doch Gonzales bemerkte die feinen Tropfen, die wie aus einer Puderzuckerdose rieselten, kaum. Er sann dem Verbleib seiner Seele nach. Tagelang hätte er jetzt ruhen müssen, damit sie in ihn zurückkehrte. Gonzales beschloss deshalb, sobald er seinen Auftrag erledigt hätte, wieder das Schiff zu besteigen, um seiner Seele entgegenzufahren und sie auf halber Strecke einzufangen. Was er hier auf dem fremden Kontinent zu sehen bekam, Else eingeschlossen, behagte ihm nicht.

Als die Conquista, mehr als einen Kilometer entfernt, mit ihrer Kutsche um die Ecke bog, schnellte Gonzales hoch und rannte auf sie zu. Der Wagen war in voller Fahrt, dennoch öffnete er den Schlag und sprang aufs Trittbrett. Die Conquista wollte gerade unwirsch mit dem Regenschirm auf den Eindringling einschlagen und lauthals «Hinweg!» rufen, als ihr dieser Ausruf im Hals stecken blieb. «Gonzales!», stammelte sie, da sank er schon vor ihr auf die Knie.

Die Kutsche rumpelte auf dem Kopfsteinpflaster weiter, bis sie kurz vor der Freitreppe zum Stehen kam. Else öffnete von außen den Schlag, um die Einkäufe der Conquista in Empfang zu nehmen. Aufgebracht rauschte die Conquista heraus. «Else, warum hast du Gonzales nicht eingelassen?», schalt sie das Dienstmädchen. Aber wer die Conquista kannte, bemerkte, dass in ihrer vor Ärger bebenden Stimme Beunruhigung mitschwang, sogar Bestürzung. Kein Indio aus der Wüste würde sich je dem ihm fremdesten, unheimlichsten Element, dem Wasser, anvertrauen, es sei denn, es ginge um Leben oder Tod. Wie ein Blitz durchzuckte sie die Erkenntnis, dass das Kommen des Dieners mit ihrem Bruder zu tun haben musste. Sie raffte ihre langen schwarzen Röcke – seit ihr Mann von den Barrakudas gefressen und wieder ausgeschieden worden war, trug sie nur noch Schwarz –, schob die verdutzte Else zur Seite und stürmte die Freitreppe hinauf. Gonzales stürzte hinterdrein. Unter einem Schwall spanischer Worte, die das neugierige Hausmädchen nicht verstand, zog er sein Päckchen aus dem Poncho und überreichte es seiner Herrin. Die Conquista umfasste es mit zitternden Händen, das konnte Else vom Fuß der Treppe aus sehen, hielt dann den alten Diener, der offenbar zum Aufbruch drängte, am Arm zurück, sagte etwas, das ihn veranlasste, auf der Empore zu warten, und eilte mit der Schachtel in ihr mexikanisches Kabinett, das voll gestellt war mit Mitbringseln aus ihrer Heimat. Dort nestelte sie an den festgezurrten Schnüren. «Vermaledeit», murmelte sie. Schließlich riss sie das glühend rote Geschenkpapier in Fetzen und öffnete die Schachtel.

Da lag sie in zauberischem Glanz, die zwei Meter lange Kette. Die Conquista nahm sie in die Hand, schlang sie um die Finger, liebkoste jede Perle, von denen keine der anderen glich. «Mein Liebster», flüsterte sie und meinte, in den Perlen ihren verstorbenen, von den Barrakudas gefressenen und wieder ausgeschiedenen Mann zu finden. Sie legte sich die Kette um den Hals. Das Perlmutt schmiegte sich an ihre Haut, als hätte es schon immer dorthin gehört. Haut an Haut mit ihrem verstorbenen Mann fühlte sie sich. Ihren Bruder fühlte sie nicht. Nach einer Weile erinnerte sie sich seiner. Mit feuchten Händen suchte sie unter dem Seidenpapier nach einer Nachricht, fand sie und öffnete das Kuvert.

«Einzig geliebte Schwester», stand dort in der steilen Schrift Gabriels, «ich sende Dir diese Tränen der Austern, die für immer meine Trauer über Deinen Verlust in sich verschlossen haben. Solange Du sie an Deinem Busen trägst, entflieht das verborgene Leben der Perlen nicht. Liegen sie an Deiner Brust, ist mir, als wäre ich an ihrer statt, wie in längst vergangenen Tagen. Hüte sie gut, denn wisse, geraten sie in fremde Hände, erlischt ihr Feuer so wie meins, als Du mich verließest. Gestern gelangte die letzte dieser Perlen in meine Hände, nun, da diese Kette vollendet ist, ist auch mein Leben erfüllt. Leb wohl.»

Die Conquista trat ans Fenster und starrte in das hanseatische Einheitsgrau. Lange stand sie dort. Schließlich entsann sie sich Gonzales'. Er wartete ungeduldig, wo sie ihn zurückgelassen hatte. Gonzales, der älteste Diener der Familie, brauchte nur in ihr Gesicht zu schauen, um zu verstehen.

«Soll ich also Ihrem Herrn Bruder keinen Brief mitbringen?»

Die Conquista schüttelte den Kopf.

Gonzales deutete eine Verbeugung an und verließ das Haus.

«Warte», rief die Conquista ihm nach, «ich will dich noch ein Stück begleiten.»

Sie gab Anweisung, ihre Kutsche vorfahren zu lassen. Gonzales stieg ein. Und seine Señora ebenfalls. Schweigend saßen sie nebeneinander, und schweigend nahmen sie Abschied am Kai, eingehüllt in den Dunst, den die Schiffsschlote ausspuckten. Der Indio erklomm die Gangway zu dem kohlebetriebenen Frachter der Deutschen Dampfschifffahrtsgesellschaft Kosmos, wandte sich noch einmal nach der Conquista um und verschwand im Bauch des schwimmenden Ungeheuers.

Am nächsten Tag war es Stadtgespräch, dass die Conquista mit ihrem indianischen Diener in ein und derselben Kutsche gefahren war. Else hatte es der Köchin erzählt, die hatte es dem Kutscher des Nachbarn erzählt, mit dem sie eine geheime

Liebelei verband, der wiederum hielt es für angebracht, es seiner Herrin zu erzählen, die erzählte es ihrer besten Freundin, die es ihrem Mann weitererzählte, und so fort. Die Geschichte wanderte durch die ganze Stadt.

Wochen später, mit der nächsten Post, die den deutschen Hafen aus Mexiko erreichte, erhielt die Conquista die Nachricht, ihr Bruder sei in die wilden Wogen des Atlantischen Ozeans gegangen, just als der Sturm tobte, dem Gonzales an der Reling des Segelschiffs den Verlust seiner Seele zuschrieb. Kein noch so guter Schwimmer hatte eine Chance gegen die Gewalt dieses Meeres. Es trug den Kräftigsten hinaus. Und Gabriel war in die Brandung geschritten, als wäre er auf dem Weg zum Traualtar: still und gefasst und mit einem übersinnlichen Lächeln auf den Lippen. Als die erste Welle ihn packte, leistete er keinen Widerstand. Jedermann glaubte an ein Unglück, nur die Conquista ahnte die Wahrheit. Sie strich mit den Fingern über die Perlen.

«In dreizehn Jahren wird auch deine Seele …», sagte sie.

Maria und Mercedes blickten sich viel sagend an.

Von einem Tag auf den anderen hörte meine Mutter mit dem Zähneklappern auf. Es war an einem Morgen im Sommer 1993, als mein Bruder Camill, der gerade Mutterdienst hatte, ins Esszimmer rannte und rief: «Ihr müsst sofort kommen. Sie klappert nicht mehr!»

«Gott sei Dank, endlich gibt sie Ruhe», sagte mein Vater, doch dann wurde er bleich. «O Gott, wenn sie zu klappern aufgehört hat, ist es ernst. Jetzt büße ich für alles, was ich ihr angetan habe.» Vor Überraschung rührte sich keiner von der Stelle. Schließlich gab sich mein Vater einen Ruck und ging ins Schlafzimmer. Wir folgten ihm.

Eine merkwürdige Stille umfing uns. Nichts war zu hören. Von meiner Mutter kam kein Laut. Noch kleiner als sonst lag ihr Kopf auf dem weißen Kissen. Ihre Haut war vom Stoff des Kissenbezugs kaum zu unterscheiden. Die halb geschlossenen Augen beobachteten uns nicht. Sie hatte nicht einmal ihre Beine aufgestellt wie der Tlaloc in Chichén Itzá. Ihr Atem ging flach. Das einzig Vertraute war der säuerliche Geruch, der uns entgegenschlug, als wir die Bettdecke hochhoben. Fassungslos stand mein Vater vor dem hinfälligen Körper seiner fast dreißig Jahre jüngeren Frau und fragte leise: «Warum, warum nur?»

Innerhalb weniger Tage magerte sie ab und wurde immer schwächer. Sie konnte oder wollte nicht mehr essen. Täglich, wenn nicht stündlich rechneten wir mit ihrem Tod. Doch als ich keine Woche später meinen Mutterdienst antrat, traute ich meinen Ohren nicht. Schnell lief ich nach unten und rief noch von der Treppe aus: «Sie klappert wieder!», und rannte gleich zu ihr zurück. Sie saß in ihrem Bett, hatte die Arme um ihre Beine geschlungen wie der Tlaloc in Chichén Itzá. Da kamen auch schon mein Vater und Camill ins Zimmer und beugten sich über sie.

Einen nach dem anderen guckte sie uns an. «Franz. Camill. Elena», sagte sie. Dann ließ sie ihre Beine los, sackte nach hinten, tat noch einen letzten Klapperer und lag mit offenem Mund und offenen Augen da.

«Milena!», schrie mein Vater.

Doch sie rührte sich nicht mehr und klapperte auch nicht mehr mit den Zähnen.

In diesem Moment trat Ramón ins Zimmer. Er begriff sofort, was geschehen war, kniete sich neben das Bett, küsste sie auf die Stirn, obwohl er gar nicht ihr Sohn war, sondern aus einer früheren Ehe meines Vaters stammte, schloss ihr die Augen und forderte mich auf, ihm ein Tuch zu bringen.

Ich ging zum Schrank, nahm einen Seidenschal von Hermès und reichte ihn ihm. Mein Vater protestierte, das Halstuch sei zu wertvoll, doch Ramón band ihr das Kinn trotzdem damit hoch.

Da fiel ein Strahl der gerade aufgehenden Sonne meiner Mutter auf den Hals. Der Hals leuchtete auf. Jetzt verstand ich, warum mein Vater immer dorthin sah. Sie trug noch die graue Perlenkette meiner Urgroßmutter, die er ihr für die Dauer ihrer Ehe überlassen hatte.

«Könntest du vielleicht auch noch … Die sollte doch unter keinen Umständen …»

Also zog Ramón an der Perlenkette, bis er den mit Brillanten und Smaragden besetzten Verschluss in den Fingern hielt, und öffnete ihn. Sacht hob er den Kopf meiner Mutter an und führte die Schnüre fünfmal um ihren Kopf, bis die Kette in voller Länge in seiner Hand lag. Dann überreichte er sie meinem Vater, der sie in seine Jacketttasche gleiten ließ.

Die nächsten zehn Tage verbrachten wir überwiegend im Kaminzimmer am Sarg. Wir führten Kondolierende ins Zimmer und hörten uns gleichmütig ihre Bemerkungen an. Das wahre Beisammensein mit unserer toten Mutter begann jedoch erst, wenn alle gegangen waren, auch unser Vater. Einmal am Tag kamen zwei Angestellte des Bestattungsunternehmens, um das Trockeneis zu wechseln. Kurz vor Feierabend schellten sie und betraten das Haus in schönstem Gleichschritt, zwischen sich eine kleine metallene Kiste, eine Art Reliquienschrein. Vor dem Sarg ließen sie sich auf je ein Knie nieder. Dann zogen sie eine Schublade unter dem Sarg heraus, entnahmen die alte Trockeneispatrone und schoben eine neue hinein. Starren Blicks verabschiedeten sie sich dann.

«Sie ist sicher schon blau angelaufen von all dem Trockeneis, was wetten wir?», sagte ich eines Nachts zu Ramóns Schwester und meiner Halbschwester Pilar, die aus Italien angereist war.

«Sollen wir nicht mal nachsehen?»

«Warum nicht.»

Die Messingverschlüsse des Sarges funktionierten wie die Schnappverschlüsse eines Einweckglases. Es waren sechs an der Zahl, zwei an jeder Längsseite und je einer an den schmalen.

«Schwer geht das ja nicht gerade», sagte ich.

«Wer weiß, vielleicht buddeln die den Sarg, kaum dass er zugeschippt ist, wieder aus und kippen den Leichnam in die Erde. Kurz ein bisschen staubsaugen, etwas Duftspray, und schon können sie ihn ein zweites, drittes oder gar viertes Mal benutzen. Das wäre richtig rentabel fürs Bestattungsunternehmen, und für die Toten würden auch nicht so viele Bäume draufgehen. Allerdings gäb's dann keinen Schutz vor Würmern.»

«Eine Sargwand ist doch kein Schutz. Wir alle tragen die Eier der Maden, die uns später zerfressen, in uns. Erst wenn wir sterben, schlüpfen sie.»

«Du meinst, auch ich habe die bereits in mir?»

«Klar, das sind Parasiten, die ihren Wirt erst schröpfen, wenn er tot ist. Da ist doch nichts dabei. Ist im Gegenteil sogar genial von der Natur eingerichtet. So kriegt jeder seine Chance.»

Pilar hatte offensichtlich nicht mehr die geringste Lust, in den Sarg zu schauen, und murmelte: «Gott sei Dank habe ich eine Schmarotzologin zur Schwester.»

Ich musste lachen. «Schmarotzologin, nicht schlecht! Ich versichere dir, durch das Trockeneis hat der Verwesungsprozess noch nicht eingesetzt, denn die Eier brauchen eine bestimmte Temperatur, um sich zu entwickeln. Jetzt liegt sie deutlich darunter, es kann also nichts passiert sein.»

Aber auch mir war mulmig zumute. Trotzdem begann ich, an der Seite den Deckel anzuheben. Er war schwer. Pilar musste mir helfen. Durch den Spalt wehte uns ein kühler Hauch an, der im warmen Zimmer, in das den ganzen Nachmittag über die Sonne geschienen hatte, fast angenehm war. Wir stemmten den Deckel hoch. Da die Trockeneispatrone noch keine drei Stunden alt war, waberte über meiner Mutter ein feiner Nebel.

«Wie schön sie ist», flüsterte Pilar. Alles am Gesicht meiner Mutter war zwar spitz, noch viel spitzer als zum Zeitpunkt ihres Todes, aber sie wirkte wie losgelöst vom Irdischen, beinahe schwerelos.

«Siehst du?», sagte ich. «Nichts ist passiert.» Da hatte ich eine Idee und bat Pilar, einen Moment zu warten. Schon huschte ich aus der Tür nach nebenan.

«Beeil dich aber», rief meine Halbschwester mir hinterher.

Ich lief zu der Vitrine mit den Fächern und holte den schwarzen, spitzenbesetzten von meiner Großtante Maria heraus. Dann eilte ich ins Fernsehzimmer, öffnete den Glasschrank, zögerte einen Augenblick und nahm nicht etwa den Tlaloc, sondern die Maske, aus deren Stirn ein erigierter Penis wuchs. Zurück im Totenzimmer, legte ich meiner Mutter den geöffneten schwarzen Spitzenfächer auf die Brust. Die Maske legte ich darauf. In diesem Moment, ich könnte es beschwören, verirrte sich ein Lächeln auf das bleiche Antlitz meiner Mutter.

Ganz leise schlossen wir den Sarg, klappten behutsam die Messingverschlüsse zu und schwiegen. Dann gingen wir auf Zehenspitzen und ohne ein Wort zu wechseln aus dem Zimmer. Nun war meine Mutter wirklich tot.

«Warum hast du ihr eigentlich nicht den Chanukkaleuchter beigegeben?», fragte Pilar im Flur.

Ich blickte sie an und zuckte mit den Schultern. Ich wusste es nicht.

Am nächsten Morgen bekam Ramón, nachdem meine Mutter vom Bestattungsunternehmen abgeholt worden war, von unserem Vater die Perlenkette. Er war sein Erstgeborener.

Der kleine Junge wurde im Jahr 1901 auf den Namen Franz getauft und quittierte seine nunmehrige Zugehörigkeit zur lutherischen Glaubensgemeinschaft mit beträchtlichem Geschrei. Dass ihn der Herr von Ehning, sein so seltsam riechender Patenonkel, ungeschickt in den Armen hielt und ihm ein Pfarrer kaltes Wasser auf den Kopf tröpfelte, empörte ihn. Seine weiblichen und durch und durch katholischen Verwandten waren nicht minder empört. Sie ärgerten sich über die autoritäre Verfügung des bereits in den Süden des Deutschen Reiches verzogenen Vaters, seinen Sohn den Ketzern anheim zu stellen, zumal er hatte verlauten lassen, dass er ihn nie mehr in seinem Leben zu sehen wünsche. Die Damen beschlossen, den Jungen mit aller ihnen zu Gebote stehenden Erziehungsmacht auf den rechten Weg zu führen.

Wie um seinem Vater eins auszuwischen, war sein Kopf nach der Geburt binnen Tagen auf Normalgröße geschrumpft. Ebenso zügig lösten sich die Wurzeln seiner schwarzen Haare eine nach der anderen von der geschrumpften Kopfhaut und fielen aus. Drei Jahre lang wuchs gar nichts auf seinem immer noch runden, aber wohlproportionierten Schädel. Das beunruhigte die Damen nicht wenig. Als er schon laufen konnte, musste Franz jeden Tag zur Inspektion antreten. Dann beugten sich drei üppige schwarze Damenschöpfe über ihn. Doch nicht einmal unter Hinzunahme eines Vergrößerungsglases konnten sie einen Flaum entdecken. Als sämtliche Bewohner des Hauses schon jede Hoffnung auf neuerlichen Bewuchs aufgegeben hatten, spross dem Kind über Nacht semmelfarbenes Haar, das selbst in der Hansestadt seinesgleichen suchte. Die Conquista fiel beinahe in Ohnmacht, als sie Franz am Morgen die Treppe herunterhüpfen sah, und musste sich durch ausgiebiges Ziehen an den zwei Zentimeter langen Strähnen erst einmal vergewissern, dass das Kind nicht etwa eine Perücke aufgesetzt hatte, um sie mutwillig zu täuschen. Dieses Gezupfe veranlasste Franz wieder zu beträchtlichem Geschrei. Die Conquista sagte, wie um sich selbst zu beruhigen: «Da, wo die Sonne nie scheint, müssen wenigstens die Köpfe strahlen.»

Dies war für lange Jahre der einzige Streich, den der Junge seinem abwesenden Vater spielte. Er war kreuzbrav und wuchs, gehegt und gepflegt von den drei Damen, inmitten wogender Weiblichkeit heran. Vom Zinnsoldaten bis zum Stofftier, vom Brummkreisel bis zum Steckenpferd reichte sein Spielzeug-Reservoir. Hunderte Andenken, die sein Großvater von Handelsreisen mitgebracht hatte, kamen hinzu. Da gab es zum Beispiel einen Kamelsattel aus der algerischen Wüste. Franz sattelte eine Sofalehne und schwang ein Bein von vorn darüber, denn der Sattel hatte eine Rückenlehne, die, lindgrün und rot bemalt, mit Silberbeschlag verziert war und in den stahlblauen Himmel Afrikas ragte. Schon schaukelte er in Gedanken auf dem Rücken eines Dromedars durch die Sahara und wehrte Überfälle von verfeindeten Stammesfürsten ab. Oder er öffnete eine mit Intarsien geschmückte Ebenholzdose aus Indien, in der ein riesiger Tigerzahn lag, und sah sich schon in einem Khakianzug, mit Gewehr unter dem Arm, durch den indischen Dschungel pirschen. Alte Atlanten mit kolorierten Kupferstichen von Eingeborenen aller Kontinente entführten ihn in die entlegensten Gegenden und halfen seiner Vorstellungskraft auf die Sprünge. Er legte die Folianten auf den Parkettboden im kleinen Salon und hockte stundenlang davor. Nur das Bild, das einen langen, dünnen nackten Neger zeigte, der in der einen Hand eine Lanze und an der anderen einen nackten Jungen hielt, überblätterte er schnell.

Eines Tages jedoch ging etwas schief. Einer seiner Schuhe, die er gern durch die Luft schleuderte, da er über die seidenen Teppiche am liebsten barfuß ging, trudelte um die eigene Achse und nahm Kurs auf den Bauch einer chinesischen Vase aus der Ming-Zeit. Mit einem dumpfen Plopp prallte er dagegen, die Vase schwankte zwei-, dreimal auf ihrer Konsole, verlor dann endgültig das Gleichgewicht, kippte um und ging unter lautem Geklirr auf dem Parkettboden zu Bruch. Reflexartig schlüpfte Franz hinter einen Fauteuil und zog einen der schweren aserbaidschanischen Kelims über sich, die alle Sitzmöbel des Salons bedeckten. Aber da war sie auch schon, die Großmama. Mit einem Blick erfasste sie die Situation. Ein kleiner schwarzer Schuh thronte auf dem Scherbenberg. Paradiesvögel hatten ihre Köpfe verloren, Schnäbel waren in der Mitte durchtrennt, riesige Zacken schoben sich durch die blau-rot gefiederten Körper, sie hatten ihre Füße eingebüßt, Blumenranken war der Stiel, anderen die Blüte abgeschnitten. Die Conquista stieß einen schrillen Schrei aus, zog den Kelim vom Stuhl und packte ihren Enkel am Kragen. Ohne jede Mühe hob sie ihn in die Luft.

«Geh sofort auf dein Zimmer», sagte sie und stellte ihn wieder auf die Füße.

Stunden später schlich der Delinquent, gesenkten Hauptes und von Hunger getrieben, auf Strümpfen, die mit einem Gummiband an seinen Oberschenkeln befestigt waren, die Treppe hinunter. Nicht einmal das Geländer berührte er aus Angst, gehört zu werden. Vor der Tür zum Unglückssalon blieb er auf Zehenspitzen stehen. Sie stand einen Spaltbreit offen. Er hob ein wenig den Kopf und lugte unter seinen vom Weinen geschwollenen Augenlidern hinein.

Da kniete die Conquista. Vor ihr dehnte sich eine Scherbenlandschaft aus. Ihre schwarzen Haare standen ungewöhnlich wirr in alle Richtungen. Einige hatten sich sogar ganz aus dem mit Perlen verzierten, breitzackigen Schildpattkamm an ihrem Hinterkopf gelöst und fielen bis auf den Boden. Sie nahm eine Scherbe, starrte sie eine Weile an und legte sie neben einer anderen wieder ab. Selbst Franz erkannte, dass ihr Vorhaben vergeblich war.

Er murmelte: «Verzeihung, Omama.»

Obwohl die Conquista ihn weder gehört noch gesehen haben konnte, begann sie mit leiser, aber klarer Stimme zu ihm zu sprechen: «Die Menschen in der Alten Welt glauben, dass die Dinge seelenlos seien. Doch das ist ein Irrtum. Nimm nur die Vase hier! Diese Vögel, diese Pflanzen, dieser Himmel, diese Erde, sie spiegeln den Kosmos, und zwar so, wie ihn sich ein Mensch, ein Mensch aus Fleisch und Blut, ein Mensch mit Gefühlen, Ängsten und Hoffnungen, ein Mensch, der Glück und Leid erfahren hat, ausmalt. Alles das hat er der Vase wie seinen Atem eingehaucht. Nun ist sie zerstört.»

Der Junge verstand kein Wort, und doch spürte er zum ersten Mal, was der Priester Demut nannte. Am liebsten wäre er zur Conquista gelaufen und hätte sie umarmt, stattdessen aber drehte er sich um, ging in die Eingangshalle und tat, als wäre nichts passiert.

Abgesehen von dieser Episode, blieb er der Sonnenschein des Hauses. Jeder, der vorbeischaute, um die Damen nicht nur zu besuchen, sondern sie auch zu umwerben, strich ihm über das blonde Haar. Er lächelte und machte einen Diener, wenn er eine Süßigkeit oder eine Münze zugesteckt bekam. Doch er war nicht bestechlich. Zwar tat er das Geld in einen Sparstrumpf und hatte schon bald ein kleines Vermögen zusammen, aber er legte niemals ein gutes Wort für den Schenker ein; er wollte weder seine Mutter noch seine Einnahmequelle verlieren.

Und dann wäre es doch beinahe so weit gekommen. Wenige Tage vor seinem sechsten Geburtstag bat ein junger Offizier in weißer Uniform mit einem Empfehlungsschreiben in der Hand, bei der älteren Tochter der Conquista vorgelassen zu werden. Else meldete einen Herrn von Schachting. Der Offizier trat ein, küsste Mercedes den Handrücken und blickte ihr in die Augen. So blieben sie stehen. Viel zu lang. Es geschah etwas Ungewöhnliches, das spürte Franz sofort, etwas, von dem er ausgeschlossen war. Ein Kokon hatte sich um die beiden gelegt. Dann ging der Offizier. Und kam wieder. Täglich. Wenn er kam, wurde Franz aus dem Zimmer geschickt. Das war noch nie geschehen. Einmal erwischte er die beiden, wie sie Hand in Hand vor der Haustür standen und miteinander tuschelten. Sie nahmen ihn gar nicht zur Kenntnis. Das Gesicht seiner Mutter strahlte. Da beschloss Franz, vierzig Grad Fieber zu bekommen. Er war dem Tod nahe. Die Ärzte standen vor einem Rätsel. Kurz wachte er aus dem Fieberschlaf auf, blickte seine Mutter an und fragte:

«Wo ist Herr von Schachting?»

«Er ist weg und kommt nicht wieder», antwortete Mercedes.

Das Strahlen war aus ihrem Gesicht verschwunden, und Franz genas. Noch zweimal legte er sich auf den Tod ins Bett, dann nahm seine Mutter endgültig davon Abstand, sich zu verlieben, obwohl im Haus an der Schönen Aussicht viele interessante Persönlichkeiten ein und aus gingen. Die drei Damen übten auf die Herrenwelt große Anziehungskraft aus, und als in der Halle ein Gerät aufgehängt wurde, das Fernsprecher hieß und vorn mit einer Kurbel versehen war, klingelte es oft.

Eines Tages, nachdem Franz versuchsweise, gegen alle Verbote verstoßend, an der Kurbel gedreht hatte, hörte er eine süße Frauenstimme an seinem Ohr. Vor Schreck legte er den Hörer sofort wieder auf die Gabel. Keine zwei Minuten vergingen, da hatte er ihn schon wieder abgehoben und die Kurbel von neuem schwungvoll um ihre Achse gedreht. Mutig fragte er das Fräulein, wie ihr Befinden sei. Als sie ihm «Ausgezeichnet» antwortete und ihn fragte, welchen Teilnehmer er denn zu sprechen wünsche, antwortete er, dass ihm niemand einfalle, den er anrufen könne, ob er also ein wenig mit ihr Konversation treiben dürfe. Da gluckste sie und sagte ja.

Fortan rief Franz das Telefonfräulein wieder und wieder an. Manchmal hatte es sogar Zeit, dann plauderte es mit ihm über den Hafen, den es so liebte, da es hoffte, irgendwann mit einem der großen Dampfschiffe nach Amerika zu fahren. Der größte Traum des Telefonfräuleins war allerdings, mit einem der Segelschiffe langsam in eine neue Existenz zu gleiten, aber die Passage auf den Fünfmastern der Reederei Laeisz werde immer teurer.

«Laeisz?», schrie Franz und wurde ganz aufgeregt. «Aber den kenne ich doch. Meine Omama verkehrt mit ihm. Gerade neulich war er hier in ihrem Salon. Imposant ist der! Ich weiß genau! Hat der einen Vollbart! Ich frag meine Omama, ich frag sie sofort», rief er und wollte schon zu ihr eilen.

Da lachte das Telefonfräulein. «Na, so einer bist du! Nur überleg mal, wenn du jetzt zu deiner Omama gehst, dann weiß sie, dass du heimlich mit mir telefonierst, und vielleicht verbietet sie es dir dann.»

Das wollte Franz auf keinen Fall riskieren. Wenigstens setzte er zu Hause durch, dass der Kutscher einmal mit ihm an den Hafen fahren durfte, wo er all die prächtigen Dampfer, die rauchenden Barkassen, die flinken Schoner und abgetakelten Fregatten bewundern konnte, denen die Sehnsucht des Fräuleins galt. Die Seemannsanzüge der Matrosen glichen denen, die er beim sonntäglichen Kirchgang trug. Sie waren natürlich viel dreckiger, doch sauber im Vergleich mit den Kapuzenhemden der Kohlenträger. Auf Schuten beluden die ihre Weidenkörbe mit dem schwarzen Gold aus dem englischen Newcastle, hievten sie sich auf die Schultern und schleppten sie an Land.

Am meisten jedoch beeindruckte ihn, dass zwischen den Schuten, Barkassen, Schonern, Fregatten, Klippern und Kuttern ein Elbbuttfischer seine Netze ausgeworfen hatte. Er flehte den Kutscher an, mit ihm so lange zu bleiben, bis der Fischer seine Reuse mit der Seilwinde hochgezogen hätte. Die Reuse war voll mit Fischen. Sie zappelten und schlugen mit ihren Schwänzen. Franz taten die Tiere leid, die vergeblich versuchten, in dem ihnen fremden Element, der Luft, durch Schwimmbewegungen zu entkommen. An Land traten ihre Augen aus den Augenhöhlen und erblindeten. Die Körper verloren ihre schillernden Farben. Nun glänzten sie nur noch silbern. Vor dem glitschigen, wohl achtzig Zentimeter langen Aal, der sich wie eine Schlange wand, ekelte er sich sogar. Da erklärte ihm der Fischer auf Plattdütsch, dass Aale kilometerweit über Land laufen könnten, denn ihr einziges Ziel sei es, am Ende ihres Lebens in die Sargassosee zu gelangen. Franz machte große Augen, da er aus seinen Atlanten wusste, wie weit die Sargassosee entfernt war, und so berichtete der Fischer weiter. Da viele von ihnen aus den entlegensten und kleinsten Flüssen der Welt kämen, könnten sie den Ozean nicht ausschließlich auf dem Wasserweg erreichen, die Wege seien viel zu lang, und ihnen zu folgen würde ihre Lebenszeit bei weitem überschreiten. Daher nähmen sie jede mögliche Abkürzung über Land. In der Sargassosee nämlich, unweit des Bermuda-Dreiecks, kein Mensch wisse, warum, seien alle Aale geboren worden, von dort machten sich alljährlich die Jungtiere auf ihre große Reise, um die Meere und Flüsse der ganzen Welt zu bevölkern, wo sie flossenschlagend gebraucht würden, denn Aale seien so etwas wie die Müllabfuhr des Meeres, sie würden wie die Geier Aas fressen und so die Gewässer rein halten. Jedenfalls müssten sie vor ihrem Tod in die Sargassosee zurückkehren, um ihren Laich abzulegen und für Nachkommenschaft zu sorgen. Als Franz ihn mit offenem Mund anstarrte, zuckte der Fischer mit den Achseln und sagte, dass das nun mal ihr Schicksal sei, und nicht jedes Schicksal sei immer bequem. Davon könne er übrigens ein Lied singen. Und dieser Aal, er nahm ihn etwas derb in die Hand, um ihn sich von oben bis unten zu begucken, sei ein erwachsenes, vielleicht sogar schon altes Exemplar, das sich sicher demnächst auf den Weg retour zu seinem Geburtsort gemacht hätte.

Franz war entsetzt. «Wollen Sie den Aal bitte, bitte wieder ins Wasser zurückwerfen? Sonst hat er doch ganz umsonst gelebt», bat er den Fischer.

Der grummelte nur. «Wen interessiert das schon. Frag mich mal einer! Wenn ich alle –»

«Nur diesen einen, bitte, bitte, wo er doch schon so alt ist», bettelte Franz und hängte sich an den Arm des Fischers. Zum Kutscher sagte er: «Haben Sie Geld bei sich?»

Der nickte zögerlich.

«Wie viel wollen Sie für den Aal?», fragte Franz geschäftsmäßig den Fischer.

Der Fischer überschlug im Kopf das Gewicht des Aals. «Eine Reichsmark, zwanzig Pfennig, denke ich, ist für ein solches Prachtexemplar angemessen.»

«Das ist Wucher», rief der Kutscher entrüstet.

«Sie können ja auf den Fischmarkt gehen und sich dort einen billigeren aussuchen. Das ist keinen Kilometer von hier. Nur ob der noch so quietschlebendig ist wie dieser?»

«Ich will diesen Fisch und keinen anderen!» Franz stampfte mit dem Fuß auf.

«Du bist übergeschnappt», sagte der Kutscher. «Von mir bekommst du keinen Pfennig.»

Da fing Franz derartig an zu schreien, dass der Kutscher schon fürchtete, es würde einen Menschenauflauf geben. Also gab er Franz das Geld, und sofort beruhigte sich der. Mit ernstem Gesicht wickelte er den ersten Handel seines Lebens ab. Er reichte das Geld dem Fischer, und der händigte ihm die Ware aus. Aber da der Fisch kalt und glitschig war und heftig ausschlug, ließ er ihn gleich wieder los. Der Aal wand sich auf dem Kopfsteinpflaster Richtung Hafenbecken, machte noch einen Schlenker und fiel ins Wasser zurück. Franz war glücklich wie nie zuvor. Dem Telefonfräulein berichtete er anderntags, er habe viele Leben gerettet.

Keine Woche später drehte er die Kurbel am Telefonapparat, und am anderen Ende antwortete ein Mann. Franz fühlte sich hintergangen und verlassen, tagelang sprach er kaum ein Wort. Seine Mutter und seine Großmutter, seine Tante und seine Gouvernante und auch Else und die Köchin dachten schon, er sei krank. Das Telefonfräulein hatte ihm nichts von ihrer Abreise gesagt. So begann sein Verhältnis mit dem Fernsprecher, das im Gegensatz zu all seinen anderen Verhältnissen ein Leben lang währen sollte, mit einer Enttäuschung. Das Telefonfräulein aber vergaß er nie, den Aal übrigens auch nicht. Das konnten die wenigsten nachfolgenden Liebschaften von sich behaupten. Als er in späteren Jahren in New York durch die Straßen ging, spitzte er immer noch die Ohren, weil er das Fräulein wiederzufinden hoffte, so lebendig hatte er es in Erinnerung.

An einem strahlenden und über die Maßen heißen Maitag machte die Conquista am Gänsemarkt am späten Nachmittag ihre Besorgungen. Just auf diesem Platz hatte der Mäusefritze sein Theater auseinander gefaltet, direkt unter einer der unlängst aufgestellten, geschwungenen gusseisernen Laternen, die den Platz, wenn es dunkel wurde, elektrisch beleuchteten. Die Conquista ging gerade am Lessingdenkmal vorbei, als der Mäusefritze, der riesengroß und wohlbeleibt und mondgesichtig war, den roten Samtvorhang für seine Mäusetheater-Vorstellung hochzog. Er pfiff eine flotte Melodie, sein kleiner Gehilfe traktierte dazu eine Kindertrommel, und schon sausten zwei Mäuse auf die Bühne und schlugen Saltos. Das Weibchen, bekleidet mit einem gestreiften Rock und hellblauem Hemdchen, kam von der linken Seite, das Männchen, ganz in Karo, von der rechten. Sie trafen sich in der Mitte, starrten sich an. Da ertönte die Stimme einer Frau.

«Ohhhhh», piepste sie verliebt in höchsten Tönen.

Ein tiefer Bariton sagte: «Ja, wer ist denn das? Darf ich es wagen, gnädiges Fräulein, Ihnen den Arm anzutragen?»

«Bin nicht Fräulein, bin nicht schön, kann ungeleit' nach Hause gehen», flötete es zurück, und das einfachere Publikum grölte, das gebildetere schmunzelte.

«Unverschämtheit, was heute mit unseren Nationaldichtern angestellt wird, man sollte die Polizei rufen», schimpfte hingegen ein Herr mit Stock und Zylinder.

«Unsinn», entgegnete die Conquista resolut und mit deutlichem Akzent.

Der Zylindermann wandte entrüstet den Kopf und musterte sie. Dann trat er, Verwünschungen ausstoßend, den Rückzug an, während die Menge ihm eine Gasse frei machte. «Verfluchte Ausländer! Mischen sich in unsere inneren Angelegenheiten! Wie weit ist es mit Deutschland schon gekommen! Müssen wir uns das bieten lassen?»

«Nu regen Sie Ihna mal ab», rief eine dicke Frau, die ihrem Habit nach zu schließen eine Marktfrau war.

Der Zylindermann war nahe daran, ihr seinen Spazierstock überzubraten, hielt aber inne, weil er von weitem einen Bekannten sah. «Herr von ...», grüßte er devot, führte seine Hand an den Zylinder, neigte den Kopf und zog von dannen.

Inzwischen waren dem Mäusefritzen die Zügel entglitten. Die Mäuse, die eben noch nach seiner Nase getanzt hatten, ließen sich auf alle viere nieder, und das Männchen besprang das Weibchen. Die Damen von Gesellschaft trauten ihren Augen nicht und führten ihre Spitzentaschentücher zum Mund, um ein verschämtes Lächeln zu verbergen. Einige wohlsituierte Mütter öffneten ihre Schirme, die sie zum Schutz ihres blütenweißen Teints gegen die Sonne stets bei sich trugen, und nahmen so ihren Sprösslingen die Sicht.

«Was machen die denn da?», fragte ein etwa fünfjähriger Junge.

«Nichts! Nicht hingucken! Das ist nichts für dich!», kreischte seine Kinderfrau und hielt ihm die Augen zu.

«So ein Schweinkram, und das in aller Öffentlichkeit», murmelte eine etwas vertrocknet aussehende Dame.

Der so genannte Pöbel war weniger zimperlich. «Immer feste, immer feste, jaaa, weiter so», feuerte er die Mäuse an. Die Conquista, keineswegs prüde veranlagt, verfolgte neugierig das Spektakel. Zwei Pickelhauben bogen um die Ecke.

«Unerlaubte Zusammenrottung», fasste der eine den Sachverhalt zusammen. Der andere nickte bestätigend. Ihre Körper strafften sich, und sie griffen zu den Schlagstöcken. «Platz da», riefen sie mit der Autorität ihres öffentlichen Amtes und schritten durch die auseinander stiebende Menge auf den Mäusefritzen zu. «Was geht hier vor?»

Genau genommen ging schon gar nichts mehr vor, denn der Mäusefritze hatte, etwas roh, das verliebte Getändel der

Mäuse unterbrochen. Die eine hatte er sich tief in die rechte, die andere in die linke Manteltasche gesteckt. Mit zwei geübten Griffen hatte er das Theater zusammengeklappt und auf dem Karren verstaut. Ihm lief der Schweiß die Wangen hinunter. Als sich die Gendarmen näherten, befand er sich bereits im Abmarsch. Verdutzt blickten die sich um. Sie standen auf einem nahezu leeren Platz. Auch die Conquista hatte ihre Schachteln zusammengerafft und war ihres Weges gegangen, nicht ohne zuvor dem Mäusefritzen ein anerkennendes «Hochachtung» nachzurufen. Der Mäusefritze wiederum sah sich nach der imposanten Erscheinung um. Für den Bruchteil einer Sekunde fiel sein Blick auf die glänzende graue Perlenkette, die fünfmal um ihren Schwanenhals geschlungen war. Schnell flüsterte er seinem kleinen Gehilfen Paulchen noch eine Anweisung ins Ohr, und weg war er. Der kleine Gehilfe heftete sich an die Fersen der Conquista.

Paulchen war ein erstaunlich plietscher Junge in schäbigen Kleidern. Sein Pullover war viel zu groß und durchlöchert, die Hose in Höhe der Knöchel ausgefranst, die Sohlen seiner Latschen schleiften lose über den Boden und machten bei jedem Schritt ein schmatzendes Geräusch. Aber Paulchen, nunmehr in seinem wahrscheinlich neunten Jahr, war schön. Seine meergrünen Augen blickten aufgeweckt und schon etwas weise, sein Gesicht war schmal, die Nase auch. Die langen schwarzen, etwas verfilzten Locken waren der Heimleiterin des katholischen Waisenhauses, in dem er lebte, ein Dorn im Auge. Eines Tages schlug ihre letzte Stunde. Ungefragt hatten sich Untermieter darin eingenistet. Mit ihnen wollte die Mutter Oberin kurzen Prozess machen.

«Ihr Rotzlöffel braucht eine starke Hand und Hygiene, Hygiene und nochmals Hygiene», sagte die nach Kernseife riechende Frau, packte den Jungen am Schlafittchen und legte ihn sich übers Knie. Es half kein Schreien und auch kein noch so heftiges Strampeln seiner schon recht muskulösen Waden. «Du entkommst mir doch nicht, Freundchen! Die Matte muss runter», sagte die Mutter Oberin, die von Haaren nicht viel verstand, da sie die ihren, sofern sie überhaupt welche hatte, unter einer Haube versteckte. Mit zusammengekniffenem Mund griff sie erst zur Schere und dann zum Rasiermesser. Paulchen sah seine Locken fallen, die sein ganzer Stolz gewesen waren, und mit ihnen nahm er Abschied von seiner Kindheit, wenn das, was er hinter den unüberwindlichen Mauern des Waisenhauses erlebte, überhaupt irgendetwas mit Kindheit zu tun hatte.

An die Zeit vor dem Orphanat konnte er sich nicht erinnern. Damals war er zu klein gewesen, wie klein, wusste allerdings niemand, denn sein Geburtsdatum war genauso unbekannt wie sein Geburtsort oder sein Geburtsname. Eigentlich wusste man gar nichts von ihm. Nur dass er eines Morgens im Dezember des Jahres 1900 auf der Treppe des einzigen katholischen Waisenhauses der protestantischen Hansestadt gelegen hatte, nicht weit von der Lokalität «Auf dem Berg», wo wenige Monate zuvor die erste Lichtspielvorführung stattgefunden hatte. Hinweise über seine Herkunft gab es nicht.

Auf der Karteikarte, die das Amt für ihn anlegte, stand «namenlos». Damit konnte sich die Mutter Oberin nicht abfinden. Umgehend verpasste sie ihm einen Namen, Paul. «Ein Kind ohne Name ist ein Nichts, ja man könnte sagen, es existiert gar nicht. Auf jeden Fall wäre es weniger wert als ein Hund, ein Nichts eben», erläuterte sie, als Paulchen schon verstehen und ein bisschen sprechen konnte.

In dem Moment, als die Mutter Oberin seine Haare auf den kalten Steinboden des Heimes fallen ließ, beschloss er, sein Schicksal selbst in die Hand zu nehmen. Auf der Stelle versiegten seine Tränen. Sie flossen auch nicht mehr, als sie eine ätzende Flüssigkeit über seinen Schädel goss, um den quicklebendigen Tieren zu Leibe zu rücken. Gegen das mindestens ebenso rege Treiben in seinem Schädel vermochte sie sowieso nichts auszurichten. Sie und die übrigen Bräute Christi konnten noch so viele Ermahnungen auf die Heiminsassen niederprasseln lassen, sie fruchteten nie. «Legt ja nicht eure unreinen Hände an euch, sonst werdet ihr blind», war eine ihrer Lieblingsermahnungen, woraufhin ihre Schützlinge eine ganz und gar ahnungslose Miene aufsetzten. Dabei wussten sie es aus eigener Erfahrung, dass die Mutter Oberin log. Jede Nacht fläzten sie sich auf ihren Strohsäcken und legten um die Wette ihre unreinen Hände an sich. Wer am schnellsten war, hatte gesiegt. Am nächsten Morgen war aller Sehkraft ungetrübt.

Oft lag Paulchen des Nachts wach. Dann kletterte er auf die Fensterbank. Wenn er seine Nase an die Scheibe drückte, begrenzten die Gitter seinen Blick nicht mehr, und er sah den schwarzen Himmel, der durchlöchert war von Lichtern wie ein ungleichmäßiges Sieb. Er stellte sich vor, wie durch dieses Sieb die Sterne als Edelsteine auf die Welt rieselten, und verstand nur zu gut, dass sie nicht innerhalb der engen Mauern des Waisenhauses auftreffen wollten. Eines Tages würde er sie suchen gehen.

Als sein kahler Kopf nach der unsanften Behandlung Pusteln bekam, hatte die Stunde des Abschieds geschlagen. Er versuchte gar nicht erst, die Mauern zu überwinden, denn die steil in den Himmel ragenden Zacken, die das Bollwerk krönten, hatten bereits so manchen Fluchtwilligen aufgehalten und ihnen nicht nur die zerlumpte Hose, sondern auch das, was in ihr steckte, bis zur Unkenntlichkeit zerfetzt. Die Verunglückten wurden notdürftig wieder zusammengeflickt und erst einmal in den Bau gesteckt. «Lasst euch das eine Lehre sein», sagte die Mutter Oberin immer.

Einmal gar hatte ein Flüchtling die Balance verloren und

war bäuchlings auf eine Pfeilspitze gerutscht. Anfangs zappelte er mit den Beinen, bis die Spitze auf seinem Rücken zum Vorschein kam. Er gab noch ein Quieken von sich, dann war er still. Die Arme hingen auf der einen Seite der Mauer herunter, die Beine auf der anderen. Aus dem sorgsam verschlossenen Gartenschuppen wurden zwei hohe hölzerne Leitern herbeigeholt, und die beiden kräftigsten Schwestern versuchten, den Jungen von der Zaunspitze zu hieven. «Muss der Kerl denn so schwer sein», schimpfte die Mutter Oberin, obwohl sie am Fuß der Leiter stand und gar nicht mithalf. Dabei war der Unglücksrabe dort oben auf der Zaunspitze ein Spiddel wie alle anderen Jungen auch. Die beiden Nonnen bugsierten ihn die Leiter hinunter, wobei der Spiddel ihnen um ein Haar aus den Händen geglitten wäre. Dabei verlor er ein Gedärm. «Ordnung muss sein», sagte die Mutter Oberin, als der Junge endlich am Boden lag und sie das Gedärm in den leblosen Körper zurückstopfte.

Paulchen und fünf Komplizen ließen sich dieses Unglück eine Lehre sein. Drei Jahre danach knackten sie das Vorhängeschloss des Schuppens, in dem die Leitern standen, entliehen mehrere Spaten und gruben Nacht für Nacht einen Tunnel unter der Mauer hindurch.

«Sich regen bringt Segen», sagte die Mutter Oberin immer. Nach dieser Devise hatte sie den Tagesablauf straff durchorganisiert. «Damit ihr nicht auf dumme Gedanken kommt.» Sommers wie winters stand man um 5.00 Uhr auf und ging um 5.30 Uhr in die Kirche. «Damit Gott euch verlorenen Geschöpfen beisteht», sagte die Mutter Oberin immer. Um 6.15 Uhr gab es Frühstück, eine dünne Hafersuppe, um 7.00 Uhr begann der Unterricht. «Sowieso verlorene Liebesmüh», sagte die Mutter Oberin immer. Arbeitsbeginn in der Heimwerkstatt war um 8.30 Uhr. Bis kurz vor 17.00 Uhr wurden Bürsten geknüpft, obwohl seit 1903 die Kinderarbeit verboten war. Um 13.00 Uhr gab es Mittagessen, eine dünne Suppe, um 17.00 Uhr Abendessen, die Reste der dünnen Suppe. Um 19.30 Uhr ging man zu Bett.

So verstrichen die Tage, und die sechs Verschworenen verschwendeten auch ihre Nächte nicht. Sie schwangen ihre Schaufeln, gruben den Tunnel in die feindliche Außenwelt. «Vor der müsst ihr geschützt werden. Nur dann können wir euch gut gewappnet dorthin entlassen», sagte die Mutter Oberin immer. Als der Fluchtweg nach Monaten endlich fertig war, zwängten die sechs sich mühelos durch den engen Gang. Und sie betrachteten die Welt draußen und sahen, dass sie bunt war. Immer weiter wagten sie sich auf ihren Ausflügen vor.

Und so kam es, dass Paulchen eines Abends im Hafenviertel landete, just als der Mäusefritze an den Landungsbrücken für eine vom Bosporus eingetroffene Besatzung eine Sondervorstellung gab. Noch im Vollbesitz seiner wilden, dunklen Matte, stand der Junge vor der simpel zusammengezimmerten Bretterbühne, blickte gebannt auf den mit grobem Pinsel gemalten Prospekt. Palmen und Moschee entführten ihn in ein exotisches Land. Staunend betrachtete er Maus und Mäuserich in Pumphosen und Turban, und die phantastische Welt des Orients öffnete sich seiner wuchernden Phantasie. Paulchen stand und stand und war verzaubert. Die langen Masten der Segelschiffe auf dem breiten Strom ragten in den Nachthimmel, Taue ächzten eine Melodie. Als der letzte Vorhang längst gefallen war, stand er noch immer da und starrte auf die Bühne. «Willst du nicht nach Hause gehen? Kriegst du keinen Ärger, wenn du so spät kommst?», fragte der Mäusefritze. Paulchen drehte sich um und ging. Kaum hatte er sich wieder ins Heim zurückgeschlichen, schmiss er sich auf seine Liegestatt, legte ausnahmsweise einmal seine unreine Hand nicht an sich und schlief trotzdem ein.

Da lag Paulchen, einer unter fünfzig anderen, auf dem

Strohsack. Er träumte von säbelrasselnden Türken und fülligen Haremsdamen, sah sich im Gewand eines Ritters, der auf einem prächtigen Rappen dahinflog, um seine Geliebte, die in einem Turm gefangen war, zu retten. In dieser Nacht stürzte er von einem Abenteuer ins nächste, und alle spielten sich auf der schmalen Bretterbühne ab. Als er am folgenden Morgen die Augen aufschlug und sein Blick auf die kahle, vom Schimmelpilz pockige Wand fiel, auf die hohen vergitterten Fenster, die kleine Quadrate eines orange glühenden Himmels sehen ließen, und schließlich auf die Hügellandschaft aus zusammengerollten Kinderleibern, die einzige Hügellandschaft, die er kannte, stand sein Entschluss fest. In den nächsten Wochen machte er sich gezielt daran, ihn umzusetzen.

Eines Nachts durchstreifte er auf der Suche nach dem Mäusefritzen das gesamte Gängeviertel, fragte sich im Hanseviertel durch, kam durch St. Pauli, blieb vor Knopfs Lichtspielhaus, das unlängst seine Pforten geöffnet hatte, wie angewurzelt stehen, starrte auf die gemalte Ankündigung des Films «Der mysteriöse Dieb» – eine Tür und vor der Tür die Silhouette einer weißen Gestalt –, riss sich los und rannte weiter. Den Mäusefritzen fand er in einer Kellerkneipe in der Niedernstraße, Ecke Depenau, einer dunklen Spelunke, in der die Unterwelt zu einem Schifferklavier schwofte. Hier baldowerten die übelsten Subjekte ihre Ganovenstücke aus. Mittendrin hielt der Mäusefritze Hof. Paulchen stieg über zwei Volltrunkene hinweg, die sich innig umschlungen hielten und mit ihren Mündern an je einem Ende einer Wurst hingen und sich eine Flasche Seemannswasser über die nackten Beine gossen. Eine Käufliche zwickte ihn in die Wange, was er unwirsch abwehrte. Schließlich langte er beim Mäusefritzen an und baute sich vor ihm auf. Dank seiner dunklen Locken wirkte er größer, als er tatsächlich war. Er blickte dem stattlichen Mann ins feiste, schwitzende Gesicht und fragte:

«Nimmst du mich als deinen Gehilfen an? Ich tue alles, was du von mir verlangst!»

Der Mäusefritze guckte den Kleinen baff an. «Kannst du das nochmal wiederholen?»

«Ich will dein Gehilfe sein!», sagte Paulchen bestimmt.

«Du?» Der Mäusefritze lachte schallend.

«Ja, ich!», beharrte Paulchen.

«Bist du nicht der vom Hafen neulich, der nicht weggehen wollte?»

Paulchen nickte.

«Also gut», gab der Mäusefritze klein bei, «dann versuch ich es mit dir, aber reich wirst du dadurch nicht.»

«Ich will kein Geld», sagte Paulchen, «ich will Theater machen.»

«Mäusetheater?»

«Ganz egal, Hauptsache Theater!»

Worauf die Kumpane nicht nur grölten, sondern sich vor Vergnügen auf die Schenkel klopften. «Theater will er machen. Mäusetheater», johlten sie.

Dennoch einigten sich Paulchen und der Mäusefritze, und die Vereinbarung wurde per Handschlag besiegelt. Regelmäßig erschien Paulchen nun beim Mäusefritzen. Er wurde in die Geheimnisse des Mäusetheater-Kulissenbaus eingeweiht. Er schlug bei Vorstellungen die Trommel. Er nähte mit seinen geschickten Händen kleine Mäusekostüme. Er lernte, die Mäuse zu dressieren. Und gelegentlich unternahm er für den Mäusefritzen und dessen Ganovenbande auch kleine Spionierdienste.

Der erste hatte darin bestanden, der imposanten Dame mit den grauen Perlen zu folgen, die ihm der Mäusefritze nach dem vorzeitigen Ende der Vorstellung auf dem Gänsemarkt gezeigt hatte. Noch nie hatte er eine so schöne Frau gesehen. Er war noch ganz erfüllt von dieser Schönheit, als er dem Mäusefritzen und dessen Chef Bericht erstattete. Der wurde nur der Lord genannt und sah in seinem Gehrock mit dem runden Hut auf dem Kopf auch wie einer aus.

«Mein Gott, war die schön», rutschte es Paulchen heraus.

Der Mäusefritze sah ihn streng an. Paulchen lief bis unter die Wurzeln seiner immer noch langen Haartracht rot an.

«Nimm dich zusammen, Paulchen. Der Lord interessiert sich nicht für deine Weibergeschichten», forderte ihn der Mäusefritze auf.

«'tsch…, 'tsch…, 'tschuldigung», stotterte Paulchen. Dann fuhr er, wieder flüssiger sprechend, in seiner Erzählung fort. «Ich bin ihr also gefolgt. Erst ist sie, bepackt, wie sie war, die Hauptstraße runter. Wenn sie vor einem Geschäft stehen geblieben ist, bin ich in sicherer Entfernung auch stehen geblieben. Ist sie in ein Geschäft rein, hab ich den Ausgang keinen Augenblick aus den Augen gelassen, um ja den Moment nicht zu verpassen, in dem sie wieder rauskommt. Außerdem ist mir aufgefallen, dass neben ihr immer eine Kutsche hergefahren ist, die angehalten hat, wenn sie hinter den Auslagen verschwunden ist. Das ging eine Weile gut, bis sie die Backen gestrichen voll hatte.» Paulchen zögerte, denn er hatte sich vor dem Lord eigentlich gewählt ausdrücken wollen.

«Erzähl weiter», ermunterte ihn der Lord, der zum ersten Mal das Wort ergriff.

«Sie hat ihrem Kutscher zugewinkt, der von seinem Bock runtergestiegen ist und ihr den Schlag geöffnet hat. ‹Zu Diensten, Baronin›, hat er gesagt.» Paulchen hielt inne. «Chef, was ist das, eine Baronin?»

«Erklär ich dir später, erzähl erst mal weiter.» Der Lord lachte. Ihm gefiel der Junge, ja der Junge gefiel ihm ausnehmend.

Also erzählte Paulchen, wie er die Verfolgung der Conquista aufgenommen hatte. Einmal sei er sogar auf die hintere

Plattform der Straßenbahn aufgesprungen, mit der er zuvor noch nie gefahren war. Da seien die Gaslaternen schon längst angezündet gewesen. Dann habe er aber leider wieder abspringen müssen, weil die Kutsche der schönen Frau abgebogen sei. Als er die Hoffnung schon aufgegeben habe, dass sie je ankämen, und ihm das Herz schon bis ins Hirn geschlagen habe vor lauter Laufen, da endlich habe die Conquista vor einem weißen Haus mit einer riesigen Freitreppe angehalten. «Ich dachte schon, mir würde die Lunge platzen. Und das bei dieser Affenhitze», schloss Paulchen seinen Bericht und rang auch jetzt nach Luft.

«Ja, ja, dieser Frühling, der glüht», sagte der Mäusefritze und wischte sich mit einem nicht ganz sauberen Tuch einmal übers Gesicht.

Paulchen förderte aus den Taschen seiner zerrissenen Hochwasserhose ein verknittertes Bild zutage. Er wurde nun schon zum zweiten Mal rot und verstaute das Bild gleich wieder in seiner anderen Hosentasche, suchte weiter, fand schließlich einen dreckigen kleinen Zettel und reichte ihn dem Lord. «Hier, Chef, die Adresse», sagte er.

Da standen tatsächlich, in großer, etwas krakeliger Kinderschrift, Name, Straße, Hausnummer. Der Lord drehte den Wisch um und entdeckte auf der Rückseite eine überraschend genaue Skizze des Hauses. Sechs vergitterte Kellerfenster befanden sich zu ebener Erde, eine große Freitreppe führte ins Hochparterre eines Patrizierhauses, das von Seitenflügeln flankiert wurde mit je einem Balkon im zweiten Geschoss, Balkonkübeln, darin Pflanzen. Selbst die gestreiften Markisen, die die Südseite des Hauses vor der in diesem Jahr außerordentlich sengenden Maihitze schützten, fehlten auf Paulchens Zeichnung nicht. Und da war auch die Auffahrt, deren Kiesaufschüttung er mit kleinen runden Punkten wiedergegeben hatte.

«Und was ist das?», fragte der Lord und wies auf zackige Gebilde, die den Weg säumten.

«In Holzkübeln mit Eisenringen stehen komische Bäume mit ganz spitzen Blättern», sagte Paulchen.

«Palmen», erklärte der Lord, «die wachsen in tropischen Gegenden.»

Der Lord griff in seine Hosentasche, in der es verheißungsvoll klingelte. «Mein Junge, du hast ganze Arbeit geleistet», sagte er, kramte ein großes Goldstück hervor und ließ es in die Kinderhand gleiten. «Feine Finger, erstaunlich feine Finger hast du.» Der Lord wandte die Hand hin und her, aber Paulchen bekam das gar nicht mit.

So weit war die Zusammenarbeit zwischen Paulchen, dem Mäusefritzen und nun auch dem Lord gediehen, als der Tag kam, da sich die Mutter Oberin an seinen Haaren vergriff. Da war Paulchens Entschluss gefasst. Kaum befreit von seinen stechenden und beißenden Untermietern, schlängelte er sich am Abend durch den Geheimgang. Auf direktem Weg begab er sich zum Mäusefritzen. Der glotzte ihn blöd an, als er die Tür auf das verabredete Klopfzeichen hin öffnete.

«Wer bist denn du, was willst du von mir? Woher kennst du …», und er sah angestrengt in das Gesicht. Dann dämmerte es ihm. «Bist du's wirklich? Paulchen?» Und der Mäusefritze brach in schallendes Gelächter aus.

«Paul, wenn ich bitten dürfte. Paul», entgegnete der Junge.

«Was haben die denn mit dir angestellt? Der Ratzeputzer hat ja Kahlschlag gemacht!»

«Kann ich reinkommen?», fragte Paul ernst, und der Mäusefritze ließ ihn eintreten. Ihm blieb das Lachen im Hals stecken.

«Guck dich mal an, wie du aussiehst!» Er reichte ihm einen kleinen, schon etwas blinden Handspiegel mit rostigem Rand. Paul sah sich zum ersten Mal, denn im Kinderheim waren alle

Spiegel abmontiert. Er sah einen Fremden, sah einen kahl geschorenen Kopf mit einem knochigen Gesicht, hohen, vorstehenden Backenknochen, einer schmalen, vielleicht von der diätetischen Heimkost ein wenig zu spitz gewordenen Nase und schwarz umrandeten Augen, die ihn riesengroß und dunkelgrün anschauten. Es war kein Kindergesicht, das bemerkte auch der Mäusefritze. Die Person im Spiegel starrte Paul an, Paul starrte die Person im Spiegel an. Mit einer nachdrücklichen Geste wischte er einmal über den Spiegel und gab ihn dem Mäusefritzen zurück.

«Kann ich bei dir bleiben?», fragte er.

«Ja bist du denn übergeschnappt? Einfach so zu türmen!», polterte der Mäusefritze.

«Es gibt kein Zurück mehr», versicherte Paul, «kann ich bei dir bleiben, ja oder nein?»

Schließlich sah der Mäusefritze ein, dass er gegen Pauls Willen machtlos war, und nahm ihn auf.

Schnell musste er sich eingestehen, dass er einen glücklichen Griff getan hatte. Paul bewies nicht nur Talent bei der Herstellung von Dekorationen, er baute von nun an die Kulissen und malte mit viel zarterem Pinselstrich und knalligeren Farben als er. Durch den Kopf des Jungen spukten unzählige Geschichten – eine Fundgrube für das Mäusetheater des Mäusefritzen, dessen Repertoire sich bis dato auf die Türkenepisode und auf die kurze Szene aus Goethes «Faust» beschränkt hatte. Treibende Kraft seiner überbordenden Phantasie waren die katholische Religion und die Erinnerung an den morgendlichen Kirchgang im Waisenhaus. Der Priester hatte stets müde auf seiner Kanzel gestanden und mit schwerer Zunge eine Litanei von Schuld und Sühne heruntergeleiert, die die Waisen in einen ungewissen Zustand zwischen Schlaf und Wachen versetzt hatte. Es waren die einzigen Minuten des Tages gewesen, in denen sie den Rohrstock nicht hatten fürchten müssen. «Gott sieht alles», hatte die Mutter Oberin immer gesagt, und wenn der alles sah, musste, zumal in seinem eigenen Haus, sonst niemand genau hinsehen. Die Mutter Oberin war also selbst in einen Dämmerzustand gesunken und hatte die Augen geschlossen. Der Einzige, der in dieser frühen Morgenstunde nicht vor sich hin gedöst hatte, war Paulchen. Stets hatte er zu dem kleinen schwarzen Buch mit dem goldenen Kreuz gegriffen. Als er noch ganz klein war und noch gar nicht lesen konnte, hatte er in dem schon recht abgegriffenen Exemplar bloß geblättert und mit seinem kleinen Finger die steilen Schriftzeichen nachgezogen. Dann hatte er sich des Gedankens nicht erwehren können, dass das, was er sah und spürte, nicht Druckerschwärze, sondern kunstvoll zu Buchstaben gerundeter Fliegenschiss war. Schließlich hatte er die kleinen Heiligenbilder zwischen den Seiten hervorgenestelt und sich in ihren Anblick versenkt. Der blutende Jesus, aus dessen geöffnetem Herz ein goldener Strahlenkranz gewachsen war, hatte ihn an den aufgespießten Jungen erinnert, nur dass aus dessen aufgeschlitztem Bauch kein Strahlenkranz, sondern ein Gedärm gequollen war. Rasch hatte er zum nächsten Bild weitergeblättert.

Besonders angetan hatte es ihm Maria Magdalena. Niemals war ihm eine solche Frau begegnet. Er kannte nur die Mutter Oberin und die anderen Nonnen, und die hatten weder einen solchen roten Mund noch so herrlich runde Arme, soweit er das in ihrem Ornat beurteilen konnte. Wundervoll war sie anzusehen, die Maria Magdalena, deren dunkles Haar, von einer Brise zerwühlt, vor einer paradiesischen Landschaft flatterte. Und erst ihre Brüste, die in einem engen und weit ausgeschnittenen, fast transparenten Kleid wogten. Paulchen hatte sich außerstande gesehen, einen Zusammenhang zwischen den Jesusbräuten und Maria Magdalena herzustellen. Hinter der Büßerin tat sich ein rosa-türkisfarbener Himmel auf, Farben, die sich in das Heim niemals verirrt hatten. Eines Tages hatte er nicht an sich halten können, hatte rasch nach links und rechts geblickt und sich das Bildchen in die Hosentasche gesteckt.

Erst als Paulchen in der morgendlichen Stunde zwischen sieben und acht Uhr lesen und schreiben gelernt hatte, verloren die Heiligenbildchen etwas von ihrer Faszination. Eine neue Welt tat sich vor ihm auf. Da las er über Abraham, der seinen einzigen Sohn opfern sollte, und Paulchen wurde zu Isaac. Er sah sich als Josef, der von seinen Brüdern in der Löwengrube gefangen gehalten wurde. Ihm trocknete der Mund aus vor Durst, während er das las, und sein Magen krampfte sich vor Hunger zusammen. Er glaubte, an dem Baum zu baumeln, an dem Absaloms Haarschopf festhing. Als sie der Priester mit seinem «Gehet hin in Frieden» gesegnet hatte, war Paulchen erschreckt aufgefahren und hatte sich in seine Filzmähne gegriffen. Erleichtert hatte er aufgeseufzt. Die Mutter Oberin und auch der Priester hatten Paulchens Versunkenheit während des Kirchgangs für religiöse Inbrunst und wahre Frömmigkeit gehalten und ihn gar nicht genug zu loben gewusst – das einzige Lob, dessen er sich erinnern konnte. «So ist es recht, mein Junge», hatte der Priester gesagt, «bitte unseren Herrn Jesus, und er wird dich erhören.»

Dass der Herr Jesus aber auf seine Bitten pfiff, war Paulchen längst klar geworden. Der Herr Jesus hatte andere Sorgen mit seinem offenen, blutenden Herzen, aus dem ein goldener Strahlenkranz wuchs. Warum sonst hätte er ihn im Waisenhaus sitzen gelassen, obwohl Pauls einziger Wunsch doch war, von dort wegzukommen? So oft hatte er ihn darum gebeten, und erhört hatte er ihn nie. Deshalb hatte sich Paulchen irgendwann auch nicht mehr mit einem «Tschüs, Jesus» verabschiedet, wenn er des Morgens die Kirche verließ.

Für den Mäusefritzen also plünderte Paul die Historien des Alten Testaments. Gelegentlich brachte er einige Geschichten durcheinander, führte Personen zusammen, die nicht zusammengehörten, verquickte Orte und Begebenheiten, die nichts miteinander zu tun hatten. Das Publikum, das plötzlich eine Salome neben Abraham sah oder verkraften musste, dass Judith mit Jochanaan verkuppelt wurde und diesem den Kopf abschlug, war entweder selbst nicht bibelfest genug, um die Verwirrung aufzudecken, oder hielt es für eine liebenswerte Pointe einer verrückten Mäusewelt.

Aber aus Paulchen war Paul geworden. Der Mecki wurde zu seinem Markenzeichen, regelmäßig vertraute er sich nun den fetten, doch flinken Wurstfingern des Mäusefritzen an. Der legte ihn nicht übers Knie wie die Mutter Oberin. Wollte der Mäusefritze Pauls Haare zurechtstutzen, damit sie sich nicht so eigensinnig in alle Richtungen weglockten, zog er einen seiner vielen, wenn auch altersschwachen Stühle heran und bat seinen Kunden, darauf Platz zu nehmen. Überhaupt verfügte Pauls neues Domizil über ausgefallenes Mobiliar. Es gab sogar ein Bett ganz für ihn allein mit einer echten Matratze. Dieses Möbelstück, auf das Paul sich immer wieder mit Wonne plumpsen ließ, symbolisierte für ihn den glücklichen Umschlag seines Geschicks.

Eines Tages wagte er den Lord zu fragen, was für eine Art von Organisation er eigentlich leite.

«Eine Umverteilungsfirma. Wir nehmen den Reichen und geben den Armen. Mit dem Geld, das wir den einen abnehmen, unterstützen wir zum Beispiel Krankenhäuser für die Bedürftigen und Waisenhäuser.»

«Waisenhäuser?», fragte Paul und schaute den Lord streng an, woraufhin dieser so schallend lachte, dass Paul fast erschrak.

«Wenn das der Senat wüsste! Oder die Polente, die uns jagt.»

«Ich bin aus einem Waisenhaus geflohen», sagte Paul.

Der Lord wurde wieder ernst. «Paul, es ist besser, wir belasten dich nicht mit zu vielen Details. Wir sind keine Verbrecher, falls du das wissen willst. Jedenfalls nicht in unserem Sinne.»

«Hm», meinte Paul.

«Du hast neulich gefragt, was eine Baronin ist. Baron und Baronin gehören zu den Adeligen, die sich vor Jahrhunderten die Macht angeeignet haben. Darum tragen sie Titel vor ihren Namen, Baron, Graf, Herzog, König, Kaiser.»

«So wie Lord?», wollte Paul wissen.

Der Lord schmunzelte. «Genau, nur habe ich mir den Titel verdient, mir ist er verliehen worden, während sie ihn als Geburtsgeschenk mitbekommen haben.»

«Per Geburt?» Paul guckte erstaunt. «Und was ist dann mit mir? Wohin gehöre ich?»

«Wie heißt du denn mit Nachnamen?», fragte der Lord.

«Ich heiße Paul», antwortete dieser selbstbewusst.

«Und weiter?»

«Nichts weiter, einfach Paul!»

«Aber du musst doch Eltern haben», insistierte der Lord.

Paul zuckte die Achseln. «Muss ich wohl. Die Mutter Oberin schimpfte uns immer ‹elternloses Gesindel›, und der Pfarrer sagte: ‹Ihr seid aus der Sünde geboren, ihr müsst Buße tun!› Aber in der Bibel hab ich gelesen, dass Maria Jesus empfangen hat, ohne bei einem Mann zu liegen. Früher hab ich mir meine Eltern ausgemalt und mich so danach gesehnt, dass sie kommen und mich rausholen, wie das bei manchen Jungen ja auch passiert ist. Allerdings sind einige dann auch wiedergekommen.» Paul machte eine kleine Pause, bevor er fortfuhr. «Meine Mutter hab ich mir wie die Maria Magdalena auf dem Gebetsbildchen hier gewünscht», und er holte aus der anderen Hosentasche das verkrumpelte und abgegriffene Gebetsbild hervor. Für einen kurzen Moment vertiefte er sich in den Anblick des Bildes, dann reichte er es dem Lord, der sich ein Lächeln nicht verkneifen konnte. «Meinen Vater konnte ich mir nicht vorstellen, jedenfalls nicht als einen auf diesen Bildchen. Wie den schmierigen Priester wollte ich ihn auch nicht haben», sagte Paul und stopfte das Bild zurück in seine Hosentasche. «Irgendwann hab ich dann beschlossen, dass es besser wäre, ein Kind des Nichts zu sein. Wenn Maria ohne Mann ein Kind bekommen kann, wieso soll ich dann nicht ohne Mutter und Vater auf die Welt gekommen sein? Wenn ich mir vorgestellt habe, dass die Luft mich geboren hat und ich einfach aus einer Wolke, nackt, wie ich war, direkt auf die Stufen des Waisenhauses heruntergeregnet bin, wo die mich gefunden haben, dann hat die Sehnsucht nach den Eltern aufgehört, und ich fühlte mich ganz leicht, so leicht wie die Luft, aus der ich kam. Dann war ich sicher, dass ich eines Tages das Heim verlassen würde.»

«Du bist ein kluger Junge, Paul, und so spack, wie du bist, bietest du ja tatsächlich der Luft nicht allzu viel Widerstand», sagte der Lord und lächelte.

Da platzte es aus Paul heraus. «Aber Sie, Chef, hätte ich gern als Vater», und er guckte den Lord mit seinen großen grünen Augen an.

Der Lord strich ihm sanft über den schwarzen Bürstenschnitt. «Mein Junge», sagte er, «mal im Ernst. Natürlich hast du Eltern gehabt. Vielleicht findest du sie sogar eines Tages, wenn du sie überhaupt suchen willst. Aber im Prinzip ist es gleichgültig, ob du erfährst, wer sie waren, da sie dir nicht helfen konnten. Was nicht heißt, dass sie dir nicht helfen wollten, sie konnten wahrscheinlich nur nicht. Wichtig ist jetzt nur, dass es dich gibt. Du kannst mir eines glauben, Mütter setzen ihre Kinder nur in einer fürchterlichen Notlage aus, entweder weil sie vom Vater des Kindes verlassen wurden und nicht wissen, wohin, oder weil sie von ihrer Familie sonst verstoßen worden wären. Männer stehlen sich oft aus der Verantwortung, weil sie das werdende Leben in ihrem Körper nicht spüren. Die Frauen können nicht davonlaufen, sie tragen ihre so genannte Schuld unter dem Herzen. Aber es gibt so eine Schuld nicht, es gibt auch diese Sünde, von der euer Priester euch predigt, nicht, manchmal gibt es einfach zu viel Liebe, manchmal aber auch schreckliche Gewalt.»

Paul hörte dem Lord aufmerksam zu, und plötzlich erfüllte ihn ein merkwürdiges, undefinierbares Gefühl, das kribbelte und ihn schon manches Mal überfallen hatte. Jedes Härchen an seinem Körper richtete sich auf. Nun endlich konnte er die Empfindung benennen: Es war Liebe. Die Liebe zu seiner unbekannten, fernen, unkörperlichen Mutter, schmerzhaft und doch schön.

Franz ging durch eine ganz andere Schule als Paul. Er besuchte die Uhlenhorster Knabenvolksschule, seitdem seine Mutter befunden hatte, dass ihm Mademoiselle Tissot nicht mehr genügend beibringen könne und er außer Französisch Kenntnisse in weiteren Fächern erwerben solle. Der Kutscher, ein Mann von vierschrötiger Gestalt, die durch einen langen Mantel noch betont wurde, setzte des Morgens seinen Zylinder auf den Kopf, kletterte auf den Kutschbock und brachte seinen Schützling in das Lehrinstitut. Bereits am zweiten Tag hatte Franz auf dem Heimweg eine sonderbare Begegnung. Sie bogen gerade um eine Kurve, als sich von hinten ein laut knatterndes Geräusch näherte. Kaum waren sie wieder auf einer Geraden, setzte ein offenes, Otto-Motoren-betriebenes Gefährt zum Überholen an. Darin saßen drei Gestalten wie von einem fremden Stern. Große Brillen saugten sich an ihren Gesichtern fest, abgepolstert von Lederfetzen, die weit über die Wangenknochen herabhingen. Auf ihren Köpfen erhoben sich die seltsamsten Gebilde. Die eine Figur balancierte einen Servierteller aus Filz, der von einer blickdichten, unter dem Hals verknoteten Gaze umschmeichelt war. Die andere hatte sich ein ganzes Gebirge auf den Schädel gesetzt. Eine Lawine drohte über ihrem Gesicht abzugehen, wurde aber von einem gesmokten, elastischen Band rund um die Stirn zurückgehalten. Um den Hals geschlungen hatte sie sich einen toten Schneefuchs, dessen Kopf auf ihrer Schulter ruhte. Knielange Pelerinen, kariert oder in Quer- und Längsstreifen, ließen vermuten, dass die beiden Gestalten weiblich waren. Den männlichen Fahrer hielt ein Ganzbackenbart nebst einer wollenen Schirmmütze mit Ohrenklappen warm, da es März und noch recht kalt war. Hinzu kam der Fahrtwind von vierzig Stundenkilometern, mit denen sie an dem staunenden Jungen vorbeibrausten. Er drückte sich an der Scheibe die Nase platt und erhaschte noch einen Blick auf die schwarz-rot gemusterten Strümpfe einer der Frauen, denn ihr Rocksaum hatte sich ungebührlich nach oben verschoben. Da war die Erscheinung bereits verschwunden. Nichts als eine Rauchwolke blieb von ihr.

Erst hatte sich Franz geweigert, seine Damenwelt zu verlassen, doch schon bald hatte er sich in der Jungenwelt eingelebt und war unter den Kameraden als Geschichtenerzähler beliebt. Er berichtete von seinem Großvater, der die ganze Welt bereist und sogar mit Tataren in der Steppe Tauschgeschäfte gemacht hatte. Eigenartige Salben und Tinkturen, die alle möglichen Krankheiten heilen sollten, hatte er von dort mitgebracht. Er berichtete von seiner mexikanischen Großmutter, die ihm abends, bevor sie seine auf eine Porzellaneule montierte Petroleumlampe löschte – sie wohnten schließlich in Uhlenhorst –, seltsame Märchen aus ihrer Heimat zuflüsterte. Sie hatte sich ein mexikanisches Kabinett eingerichtet, dessen Wände in Orange leuchteten. In einer rosa getünchten Nische stand eine goldene Madonna, der zu Füßen zwei große Muscheln lagen: Sie rauschten wie der ferne, weite Ozean. Franz musste sie sich nur ans Ohr halten, dann brachen sich darin die Wellen. Der Madonna gegenüber hatte die Großmutter in einem Regal vor violettem Hintergrund aztekische Tonfiguren untergebracht. Manchmal verbrachte Franz Stunden vor diesem Bord und betrachtete die zwanzig bis vierzig Zentimeter hohen Skulpturen. Da saßen primitive Männchen mit einem Loch im Bauch und Frauen mit kugelförmigen Brüsten und viel zu kurzen Beinen im Schneidersitz. Steinerne Götterfiguren mit tellergroßen Ohrringen und ausladendem Federschmuck auf dem Kopf streckten ihre Zungen heraus. Besonders anschaulich erzählte Franz von einer Maske, der mitten auf der Stirn ein riesiges männliches Glied wuchs. Gemeinsam überlegten die Jungen, wozu es auf der Stirn wohl dienen sollte. Schaudernd hörten sie vom Orchester, das ganz und gar aus Skeletten bestand. Der Trommler gar saß auf einem Pferd aus Drahtknochen. Einmal im Jahr baute die Großmutter diese Schreckenskapelle auf ihrem Sekretär auf, und zwar, wie Franz voller Stolz berichtete, am Tag der Toten, an dem es allen Verstorbenen gestattet war, aus ihren Gräbern zu den Menschen zurückzukehren. Da werde es dann ganz voll auf der Erde, sagte er, obwohl er das noch nicht selbst erlebt hatte, da er außer dem Setter Shylock niemanden kannte, der gestorben war. Seinen Taufpaten, Herrn von Ehning, hatte er zwar gekannt, aber nicht wirklich, denn der war vor seinem ersten Geburtstag schon verschieden. Deswegen seien zu ihm auch noch keine Toten gekommen, berichtete er seinen Freunden, der Hund jedenfalls habe sich nicht blicken lassen. Dennoch sei dieser Tag im Jahr auch für ihn ein unheimlicher Tag.

Als Franz erzählte, dass vor kurzem eine echte Rothaut vor der Tür gestanden habe, waren die Jungen entzückt. Er erzählte auch von seiner blasshäutigen Tante Maria, die sich in die einfachen, aber farbenfroh bestickten Kleider der Indios hüllte. In ihre langen schwarzen Zöpfe webe sie bunte Bänder und schlinge sie sich mehrfach um den Kopf. Von seiner Mutter, die er liebte wie sonst nichts und niemanden auf dieser Welt, erzählte er wenig, denn sie sollte ihm allein gehören und nicht auch seinen Schulfreunden.

Durch seine phantastischen Erzählungen wurde der blonde, blauäugige Franz zu einem richtigen Exoten. Nichts wünschten sich seine Kameraden sehnlicher, als einmal in seiner Haut zu stecken und in dieses kuriose Haus an der Schönen Aussicht zu gelangen. Ja die Söhne aus anständigen hanseatischen Familien mit gediegener, gründerzeitlicher Wohnungseinrichtung beneideten ihn. Vielleicht auch, weil er keinen Vater zu haben schien, während sie unter den Zuchtruten der ihren litten.

Diese Schulidylle wurde eines Tages durch Horst Dennecken gestört. Auf dem Pausenhof, in den sie nach jeder zweiten Stunde auch bei Regen, Schnee und Graupel gehen mussten, baute er sich vor ihm auf und fragte: «He, hast du überhaupt einen Vater? Oder woher hat deine Mutter dich?» Als Franz so schnell keine Antwort fand, lief Horst los, um aus gebührendem Abstand zu schreien: «Franzens Mutter ist eine Hure! Franzens Mutter ist eine Hure! Franzens Mutter ist eine Hure!»

Das hörte die ganze Schule.

Als Franz sich von seinem Schock erholt hatte, setzte er Horst hinterher. Bisher hatte er sich stets geweigert, an Prügeleien teilzunehmen, um seinen Schulanzug nicht zu beschmutzen. Nun warf er sich auf den Boden, erwischte Horsts Füße und zog sie nach hinten. Horst fiel vornüber. Mit einem Satz war Franz auf ihm und hämmerte mit den Fäusten auf ihn ein. Erst der Aufsicht führende Lehrer konnte ihn von Horst trennen. Beide hatten aufgeschlagene Knie, und ihre Uniformen waren verdreckt und sogar eingerissen. Sie wurden mit einer Strafarbeit nach Hause geschickt. Von diesem Tag an betrachteten nicht wenige Mitschüler Franz mit scheelem Blick und ließen sich von ihm keine Geschichten mehr erzählen.

Franz wollte niemanden sehen. Nicht einmal seine Mutter durfte seine blutenden Knie verbinden. Als sie ihn in den Arm nehmen wollte, stieß er sie von sich. Er lief in sein Zimmer und warf sich aufs Bett. Kaum konnte er Luft holen, so drückte seine Brust. Lange konnte er sich nicht beruhigen. Dann fiel er in einen unruhigen Schlaf. Er träumte. Er träumte, er werde in einen engen, schwarzen, viereckigen Gang geschwemmt. Er trudelte abwärts, mal kopfüber, mal auf dem Hosenboden, mal in Seitenlage. Er versuchte sich festzuhalten, aber alles war glatt, und Franz fiel immer weiter. Schützend barg er seinen Kopf in den Armen, denn er fürchtete, ihn sich an den Wänden anzuschlagen. Plötzlich öffnete sich der Gang in einen mit schwarzem Samt ausgeschlagenen eiförmigen Raum. Franz war erleichtert, dem engen Gang entkommen zu sein, doch dann merkte er, dass die Gesetze der Schwerkraft nicht mehr galten. Er hing oben an der Decke und blickte in die Tiefe. Da begann das Ei zu schwanken und zu kreiseln. Franz wurde hin und her geschleudert, dann wachte er auf. Zitternd stieg er aus seinem Bett und schlich sich in das Schlafzimmer seiner Mutter. Dort fand sie ihn Stunden später unter ihrer Daunendecke. Sie wiegte ihn wie ein Baby in ihren Armen, und so schliefen sie schließlich beide ein.

Wann immer Franz seitdem den schrecklichen Albtraum hatte, kroch er zu seiner Mutter ins Bett. Sie ließ ihn gewähren. Gelegentlich fragte er nach dem Vater, doch eine Antwort bekam er nicht. Herr von Roué hatte im Jahre 1905 aus dem

Süden des Deutschen Reiches, wo er immer noch in einem Kavallerieregiment diente, die Scheidung eingereicht. Er wollte sich neu verheiraten, um endlich einen würdigen Erben in die Welt setzen zu können, wie er dem Richter erklärte. Mercedes war gezwungen, sich einen Anwalt zu nehmen, denn ihr Mann versuchte, ihr die Schuld am Scheitern der Ehe zuzuschieben. Ihr blieb nichts anderes übrig, als über die Ehe die Wahrheit zu sagen. Darauf schrieb er ihr einen erzürnten Brief, es sei nicht opportun, öffentlich dreckige Wäsche zu waschen, er habe sich überdies nichts vorzuwerfen usw. usf. Vier Seiten umfasste der Brief, aber am Ende nahm er die Schuld am Scheitern der Verbindung auf sich. Für die junge Frau war das eine Erleichterung, der Ruch, eine geschiedene Frau zu sein, haftete dennoch an ihr. Der Sohn wurde ihr zugesprochen, weil der Vater weder Anspruch auf ihn erhob noch das geringste Interesse an ihm zeigte. Er hatte sich nicht einmal nach ihm erkundigt.

Wir standen im Stau, gleich neben dem Denkmal für die siegreiche Rote Armee mit ihren Panzern aus Beton. Vor uns war alles dicht, hinter uns auch. Ein Meer von blauen, roten, silbernen, schwarzen, gelben, grünen, orange- und pinkfarbenen Autokarossen. Mercedesse, BMWs, Citroëns, VWs, Porsches, Fiats und mittendrin hellblaue und beige Trabanten und graue Wartburgs.

«Mein Gott, wenn das Tante Maria noch erlebt hätte», rief mein Vater, «warum nur musste sie immer auf Leitern steigen!»

Zwischen den stehenden Autos liefen Menschen. Die meisten lachten, einige tanzten zu Musik aus Autoradios. Andere waren auf ihre Wagen geklettert, sprangen über Dächer, Kühlerhauben und Heckklappen von Fahrzeug zu Fahrzeug. Bereits seit einer Stunde hatten wir uns keinen einzigen Zentimeter mehr vorwärts bewegt.

«Aber Papá, Maria wäre doch jetzt schon über hundert Jahre alt. Genau genommen hunderteins», rechnete Camill, der im Fond saß, vor.

«Wieso, das ist doch kein Alter. Ich will auch mindestens hundert werden! Hauptsache, ich überlebe Ernst Jünger. Aber was hätte sie dazu gesagt, dass ihre Frontstadt über Nacht wieder frei wird? Fast siebzig Jahre hat sie hier gewohnt, und was hat sie nicht alles miterlebt! Den Ersten Weltkrieg, die zwanziger Jahre, den Mord an Rathenau, die Nazis, den Zweiten Weltkrieg, die Rosinenbomber, die DDR, den Mauerbau ...»

«Und den Schahbesuch und den Tod von Benno Ohnesorg und das Attentat auf Rudi Dutschke und die Kommune 1 und die Hausbesetzungen ...»

«Hör auf, Elena. Wirst du denn nie diplomatischer? Fast 29 Jahre und noch kein bisschen weise», versuchte Camill mich aufzuziehen, doch mein Vater reagierte nicht.

«Stellt euch vor, ich hätte diesen Tag nicht erlebt. Dieser Zweitaktmotorengeruch ist Parfum für meine Nase. Aber jetzt muss ich erst mal pinkeln gehen. Sonst müsst ihr noch auf meinen Grabstein schreiben: ‹Franz von Roué, gestorben an geplatzter Blase am 10. November 1989 auf der Straße des 17. Juni, dem Tag, nachdem die Mauer fiel›.»

«Geh lieber pinkeln», sagte Ramón, der auch nach Berlin gekommen war, «diese Aufschrift ist zu lang und infolgedessen viel zu kostspielig.»

«Da hast du ein wahres Wort gelassen ausgesprochen, mein Sohn. Bist von meinem Fleisch und Blut», seufzte mein Vater, öffnete die Tür meines alten, klapprigen VW-Käfers und wuchtete seine schöne Bauchkugel in die Vertikale. Dann tat er einen kleinen Schritt, und schon sahen wir, wie er an der geöffneten Autotür vorbeiflog und auf den Asphalt knallte. Über ihm stand ein junges Mädchen mit einem Fahrrad, das weiß gestrichen war und schwarze Punkte hatte. Als mein Vater seine unverschämt blauen Augen öffnete, sah er ihr direkt ins Gesicht. «Lebe ich noch, oder bin ich schon im Paradies?», fragte er, raffte sich auf und musterte unverwandt die dunkle Schönheit. «Mit Fahrrädern hatte ich noch nie Glück. Dafür mit Frauen umso mehr. Angefangen bei meiner Großmutter. Ach!»

Da aus Paulchen Paul geworden war, musste er neu ausstaffiert werden. Das war für den stets in Gehrock und Halstuch gekleideten Lord Ehrensache. Also verfrachtete er seinen Schützling in die Warmbadeanstalt am Schweinemarkt. Dort warteten zwanzig Zinkwannen auf Kunden. Zehn für Frauen, auf einem anderen Gang zehn für Männer, durch Vorhänge voneinander abgetrennt. Wanne 3 wurde Paul zugewiesen. Handtuch und Seife waren im Preis von zwanzig Pfennig inbegriffen und wurden bei Bezahlung ausgehändigt. Paul musste in das heiße Wasser steigen. Es dampfte ganz schön, und er fürchtete, sich zu verbrühen. Doch der Lord kannte kein Erbarmen. Als Paul erst einmal im wohligen Nass saß, wollte er gar nicht wieder heraus. Der Lord hieß ihn, sich von Kopf bis Fuß zu schrubben. Die Seife schäumte. Paul stach mit dem Finger in die Blasen, dass sie platzten. Nach zwanzig Minuten trat er blitzsauber und mit nassen Haarstoppeln, aber immer noch in seinen alten Kleidern aus seinem Separée hervor. Der Lord, der wie stets einen Bowler trug, nahm ihn an die Hand und wanderte mit ihm in die Innenstadt. Schräg gegenüber vom neuen Alsterpavillon betraten sie einen Herrenausstatter. Paul wurde einem eleganten Verkäufer anvertraut, der großmütig seine Lumpen übersah und sie höchstpersönlich, nachdem er das Einverständnis des Lords eingeholt hatte, in eine Mülltonne stopfte. Sodann maß er mit feinen weißen Händen und einem Zentimeterband den Umfang von Pauls dürrem und mit Ausnahme einer zu großen Unterhose unbekleidetem Körper.

Eine halbe Stunde später spazierte er bereits, stolz wie Bolle, in einer Hose aus Tuch, einem weißen Hemd, einer Wolljoppe und nigelnagelneuen Schuhen aus dem Geschäft. Die neue Schiffermütze hatte er sich falsch herum auf die schwarzen Borsten gesetzt. Das gab ihm einen verwegenen Ausdruck. Der Lord hielt ihn am Arm fest, nahm die Mütze und drehte sie herum, doch Paul drehte sie wieder zurück.

Das war Pauls Einstieg in das gemeinnützige Geschäft. Als Gegenleistung für die Investition wurde er mit dem Auskundschaften der Lokalität eines neuen Umverteilungsmanövers beauftragt. Die Conquista sollte um ihre schweren grauen Perlen erleichtert werden. Jeden Tag begab er sich daher in die Schöne Aussicht, in der das Haus derer von Ringsberg stand. Er schlenderte ganz unauffällig auf dem Bürgersteig auf und ab, die Hände tief in den Taschen seiner neuen Hose vergraben, lungerte hinter den Büschen am Straßenrand und trieb sich in den Gärten auf der Rückseite der Häuserfront herum. Seinen scharfen Augen entging nichts. Schnell hatte er die Bewohnerschaft ausgemacht. Die Conquista kannte er schon. Ihm gefiel die ältere Tochter der Conquista, die groß und gertenschlank war und ein ovales Gesicht mit schweren Augenlidern hatte, aber die durchsichtige Schönheit der jüngeren Tochter erstaunte ihn. Manchmal stand sie stundenlang an einem Fenster im zweiten Geschoss und starrte über den Binnensee. Drehte Paul eine große Runde und kam nach geraumer Weile wieder an dem weißen Haus vorbei, stand sie noch immer da. Paul machte auch Else aus und die Köchin. Mademoiselle Tissot, die französische Gouvernante von Franz, erinnerte ihn entfernt an die Heimleiterin, nur dass sie viel dünner und très chic war und einen milderen, da französischen Blick auf ihrer deutschen Umwelt ruhen ließ. Über den Kutscher fand Paul schnell heraus, dass er nicht im Haus wohnte.

Eines Tages, als dieser einzige Mann im Haus gerade das schwarze Pferd anschirren wollte und im Stall nach etwas suchte, trat Paul mutig in den Hof. Mit sanfter Stimme redete er auf die beiden Setter ein. Malvolio war inzwischen steinalt, aber immer noch munter, während Shylock unlängst in die ewigen Jagdgründe eingegangen war und von einem seiner zahlreichen Nachkommen würdig vertreten wurde: Caliban, den Namen hatte er aus Shakespeares «Sturm». Als Paul beide für sich eingenommen hatte, trat er auf den Hengst zu und tätschelte ihn am Hals. Sofort fand das Tier heraus, dass seine Taschen, auch die der neuen Hose, eine Fundgrube waren. Immer wieder stupste es mit dem Kopf an die Stelle, an der es etwas Essbares roch, und spielte mit seiner Lippe an der Taschenöffnung.

«Was willst du denn», fragte Paul, «du machst ja meine Hose ganz dreckig, he, das ist eine neue Hose, lass das.»

Das Pferd aber ließ nicht von ihm ab. Also langte Paul in die Hosentasche, beförderte erst das Bild Maria Magdalenas ans Tageslicht, dann einen Nagel und das Goldstück vom Lord und ein Stück Band und das abgebrochene Ende eines Bleistiftes sowie einige kleinere Münzen. Neuerdings steckte ihm der Mäusefritze auch immer etwas zu schnopen in die Tasche, da ihm aufgefallen war, dass Paul von einer Sekunde zur anderen ein Heißhunger überkam, der ihn, wenn er nicht gleich etwas zwischen die Zähne kriegte, in einen fast komatösen Unterzuckerungszustand versetzte. Dann wurde er ganz blass und zappelte noch mehr herum. Das Pferd scharrte ungeduldig mit einem Huf. Paul wühlte noch tiefer in seiner Hosentasche und brachte ein schon etwas abgewetztes Zuckerstück zum Vorschein.

«Ach, das wolltest du, du schlaues Kerlchen», sagte er lachend und reichte dem Pferd das Zuckerstück.

«Selber schlaues Kerlchen», tönte es von hinten.

Der Kutscher kam aus der Stalltür. Paul erschrak.

«Na, gefällt er dir?»

«Der ist wunderschön!», sagte Paul überrascht und traute sich, das Pferd zwischen den Nüstern zu streicheln. «Wie weich er da ist.»

«Ein Prachtexemplar», bestätigte der Kutscher und klopfte dem Tier auf die quadratische, dick bemuskelte Kruppe. «Andalusier aus der königlich-spanischen Zucht, ganz edles Blut, der Liebling der Conquista. Erinnert sie an ihre Heimat. Magst du mir helfen?» Ohne Pauls Antwort abzuwarten, drückte er ihm einen Striegel und eine Kardätsche in die Hand und erklärte ihm, wie er das Pferd putzen sollte.

In langen Bewegungen strich Paul ihm über Hals und Rücken. Kaum machte er mit seinem Striegel unter dem Mähnenansatz kreisende Bewegungen, bekam das Pferd Schlafzimmeraugen, es streckte seinen Hals vor, die Oberlippe spitzte sich und wurde immer länger.

«Ihr scheint euch ja zu verstehen», sagte der Kutscher, «da hast du gleich seinen empfindlichsten Punkt erwischt. El Cid heißt er, nach einer Rebellenfigur eines spanischen Schriftstellers. Die Conquista ist nämlich eine Theaternärrin.»

Die Conquista wurde Paul erst recht sympathisch, und er nahm sich vor herauszufinden, wer dieser El Cid gewesen sein mochte, vielleicht konnte er ihn ja für das Mäusetheater brauchen. In solcherlei Gedanken versunken, bürstete und kraulte er den Hengst.

Schließlich sagte der Kutscher zu Paul: «Komm, du hast dir eine Belohnung verdient», und nahm ihn mit in die Küche.

Sie lag ebenerdig und war durch eine kleine Seitentür von außen zu betreten. Während der Kutscher die Köchin suchte, blickte Paul sich um. Er ging an dem großen, mit Holz befeuerten Herd vorbei, strich mit der Hand über die gescheuerte Buchenarbeitsplatte, zählte die kupfernen Töpfe, die glänzend und nach Größen geordnet an der Wand blitzten, und bewunderte in der Mitte des Esstisches einen Obstkorb mit exotischen Früchten, die er noch nie gesehen hatte. Da wurde seine Aufmerksamkeit von einem Loch in der Wand angezogen. Er steckte seinen Kopf in den Schacht, sah jedoch nichts, so dunkel war es darin. In etwa drei Metern Höhe schimmerte ein Lichtschlitz.

«Was ist denn das?», fragte Paul den Kutscher, als er zurückgekehrt war.

«Das ist ein Aufzug, der die Küche mit dem Esszimmer im ersten Stock verbindet. Die Köchin stellt die warmen Schüsseln hier hinein.» Der Kutscher drückte auf einen Knopf, eine Lampe ging an, und mehrere Seile wurden sichtbar. Schon setzte sich ein hölzerner Kasten beinahe geräuschlos in Bewegung, sauste abwärts und kam direkt in der Wandöffnung zum Stehen.

«Grandios», sagte Paul, ein Wort, das er dem Lord abgelauscht hatte.

«Dann drückt die Köchin wieder auf den Knopf, und im Nu sind die Speisen oben, wo sie Else in Empfang nimmt und den Herrschaften serviert.» Und der hölzerne Kasten sauste wieder genauso lautlos aufwärts.

In diesem Moment trat die Köchin herein. Hinter ihr schob sich ein blonder Junge durch die Tür. Er starrte Paul erstaunt und ein wenig feindselig an. Paul hingegen nickte ihm zu.

«Hallo, ich bin Paul.»

«Hmmm», gab der Junge etwas widerwillig zurück und starrte Paul weiter aus seinen unverschämt blauen Augen an.

Paul ließ sich durch den Blick nicht einschüchtern. Er hatte schon ganz anderen Inspektionen standgehalten. Die Kleidung, die der junge Herr trug, war genauso weiß wie sein Zuhause, nur am Kragen und an den Bündchen durch blaue Streifen abgesetzt. Die Hose hatte eine scharfe Bügelfalte und dadurch eine spitze Form. Paul wunderte sich, dass der Anzug keinerlei Spuren von Dreck aufwies. Wie zwei Kampfhähne vor dem Kampf standen die beiden einander gegenüber, die Oberkörper fast unmerklich vorgebeugt, die Muskeln wie Flitzebögen gespannt, bereit, eine Bewegung des Gegners sofort zu kontern.

Die Köchin erfasste die Situation und lachte. Die beiden Jungen schauten auf. Aus einer weißen Emaillekanne goss sie Milch in einen goldrot schimmernden Kupfertopf. Dann schürte sie das Feuer, stellte den Topf auf die Flamme und gab ein dunkles Pulver in die Milch. Sie angelte nach einem Gerät, das an der Wand angebracht war: einem eigenwilligen Instrument mit hölzernem Griff, aus dem mehrere lange Drähte wuchsen, die nach wenigen Zentimetern einen Bogen schlugen und wieder im Griff verschwanden. Die Köchin hielt Franz das Gerät hin und forderte ihn auf zu rühren.

«Aber wenn ich mir dann Kakao auf den Anzug spritze?» Er setzte sich auf einen Stuhl und trommelte mit den Fingern auf den Tisch.

«Willst du vielleicht, Paul, so heißt du doch? Hier hast du den Schneebesen.»

Und ob Paul wollte! Er nickte heftig und nahm aus der Hand der Köchin das Gerät.

«Rühr ganz langsam und vorsichtig den Kakao unter die Milch», wies sie ihn in seine Arbeit ein.

Paul blickte in den Topf und sah, wie der Kakaopulverberg langsam in die Milch sackte. Als er zu rühren begann, zog er dunkle Spuren durch das Weiß, zu immer neuen Bildern. Gesichter konnte man in ihnen entdecken, Tiere, Wolkenformationen oder auch nur Kreise. Ein köstlicher Duft stieg ihm in die Nase. Ganz allmählich verband sich der Kakao mit der Milch.

Da nahm die Köchin den Topf vom Feuer und sagte: «Das reicht jetzt, Paul.»

Sie goss die heiße Schokolade in zwei große Tassen, schob Paul auf einen Stuhl, holte aus der Speisekammer eine Schale, in der sich geschlagene Sahne zu einem Schneeberg auftürmte, kleckste in beide Tassen einen Löffel von der flockigen Substanz und stellte den Kindern die Tassen hin. Paul nahm seine Mütze ab und legte sie neben sich auf den Tisch. Seine schwarzen Stoppeln richteten sich in der kühlen Küchenluft auf. Franz strich sich seine langen blonden Schnittlauchsträhnen aus dem Gesicht und klemmte sie hinter die Ohren. Dann tranken sie. Paul spürte die kalte Sahne an den Lippen. Auch der andere Junge spürte sie. Aber was für Paul eine Sensation war, war für Franz Normalität. Sie blickten hoch. Auf ihren Nasenspitzen prangte je ein kleiner Klecks. Köchin und Kutscher sahen sich an. Wie auf Kommando schossen zwei Zungen zwischen den Zähnen hervor, streckten sich weit nach vorn, um erst eine Kurve nach oben und dann nach unten zu schlagen, einmal rund um die Lippen zu kreisen und so den weißen Schnurrbart, der sich dorthin verirrt hatte, wegzuschlecken. Das Waisenkind und der adelige Junge grinsten sich an, und Paul wischte sich mit seinem Ärmel einmal quer über den Mund.

«Dürfte ich bitte eine Serviette haben?», fragte Franz, um Paul zu demütigen, obwohl er ihn im Stillen beneidete.

Neugierig beobachtete Paul, wie Franz die Serviette auseinander faltete und sich damit den Mund abtupfte. Den Klecks auf der Nasenspitze erwischte er mit seiner Serviette genauso wenig wie Paul mit seinem Ärmel.

«Ich muss jetzt gehen», sagte Paul und nahm seine Mütze. Er stülpte sie sich falsch herum über die Igelfrisur, stand auf, wandte sich zur kleinen Ausgangstür und fragte den Kutscher: «Darf ich wiederkommen, um El Cid zu putzen?»

«Klar, dann nehm ich dich zu einer Ausfahrt mit», erwiderte der Kutscher und tippte ihm kurz auf die Nasenspitze. Weg war der Sahneklecks.

«Danke», sagte Paul und drehte sich nochmals um. Er nickte Franz zu. «Auf Wiedersehen.»

Kaum war er draußen, sagte die Köchin: «Franz, du hast da was auf der Nase.»

Franz machte zwei schnelle Schritte auf den länglichen Spiegel zu, der in der Ecke hing. Da prangte der Klecks. Er hob seinen weißen Ärmel und wischte sich damit einmal quer übers Gesicht.

Ich rannte, rannte wie von Furien gehetzt. Raus, Elena! Nichts wie raus aus dem Glutofen dieser baumlosen Stadt. Seit Wochen strich kein Windhauch mehr um die Häuser. Die Hitze stand in den Gassen, strahlte ab vom Asphalt, brach sich an den Häuserfronten und spiegelte sich auf der Straße. Sie stemmte sich mir entgegen, doch ich rannte gegen sie an. Durch Straßenschluchten, Treppen hinunter und wieder hinauf, an Mietskasernen vorbei, die so vielstöckig waren, dass sie aus der Vertikale kippten, durch eine Villengegend, den ersten Hügel hoch. Da erst verlangsamte ich mein Tempo. Ich sah auf Moos, sah in die Wipfel der Bäume. Alles drehte sich. Am Fuß einer Eiche schnappte ich nach Luft.

Ich hörte nichts als Rauschen, einen Orkan sich überlagernder Geräusche. Ich presste die Fäuste an die Ohrmuscheln, fest und fester, als wollte ich einen Schraubstock anlegen, um das Wüten in meinem Kopf zu unterbinden. Da stutzte ich, ließ die Hände sinken und horchte. Ein Kanon zarter, nie wahrgenommener Klänge. Es dauerte eine Weile, bis es mir gelang, die Fülle der Laute auszublenden und mich auf einen einzigen zu konzentrieren. Ein Fressgeräusch. Ein Knabbern. Zähne, die sich ins Holz bohrten und es zermalmten. Ich rappelte mich auf, legte mein Ohr an die raue Rinde der Eiche und spürte die schuppigen Borken. Ein Stück der Baumrüstung brach ab. Aufgescheucht rannten die Untertagarbeiter durcheinander; grünlich irisierende Käfer, die durch zwei helle Punkte an ihren Hinterflügeln gekennzeichnet waren, rotierten im Kreis. Millimetertiefe Zickzackpfade schlängelten sich quer zur Faserrichtung des Holzes. Ich folgte den Einkerbungen rund um den Stamm. An einigen Stellen löste sich ein Stück Rinde wie von selbst, und da sah ich sie: die beinlosen weißen Larven mit den Fresswerkzeugen am Abdomen. Sie ließen sich vom Lichteinfall nicht stören, sondern arbeiteten emsig daran, sich das für die Verpuppung geeignete Körpergewicht anzufressen. Hauchzarte Späne in den Bohrlöchern kündeten von ihrem Erfolg.

Doch da ertönte eine ganz andere Symphonie. Menuett. Schreitender Rhythmus. Dieser Orchestersatz klang wie das verheißungsvolle Rascheln von im Gleichschritt stolzierenden Damen in Seide auf einem Ball. Eine Prozession dicht behaarter Raupen schlängelte sich in Viererreihen bis in die Wipfel hinauf. Sie marschierten versetzt, sodass sich keine Lücke auftat, wie pflichtversessene Soldaten. Hunderte, vielleicht auch Tausende auf dem Weg zu ihrer Nahrungsquelle, der dicht belaubten Krone. Ein rascher Seitenblick brachte Klarheit, die Nachbareichen waren bereits kahl gefressen. Nun ging es dieser ans Blattwerk. Wütend nahm ich einen Stock und schlug mit aller Kraft auf die Raupen in ihrem gelb-rot-schwarzen Pelz. Getroffen segelten einige sofort herab. Weitere schabte ich vom Stamm. Sie stürzten mir direkt aufs Gesicht.

Schon am Abend, als ich in die Stadt zurückgekehrt war,

glühte meine Haut feuerrot. Mein gerade amtierender Freund brachte mich um drei Uhr nachts in die Notaufnahme. Da fragte mich der Arzt, ob ich mit Raupen in Berührung gekommen sei. Als ich bejahte, nickte er, da könne man nicht viel machen, möglicherweise verschaffe mir eine Spritze mit hoch dosiertem Calcium etwas Linderung gegen die allergische Reaktion. Schuld sei der nicht nur für Bäume, sondern auch für Menschen gefährliche und gerade sehr aktive Eichenprozessionsspinner. Täglich bekämen sie Fälle wie mich herein. Eine Woche werde es mindestens dauern, bis die Rötung abgeklungen sei. Ich starrte den Arzt an. Meine Vorstellung am nächsten Abend war gelaufen. Ich hätte die Wendla in Wedekinds «Frühlings Erwachen» spielen sollen. Nun würde eine andere diese Traumrolle übernehmen.

Aber ich hatte meine Lektion gelernt. Fünfzehn Jahre nach ihrem Tod hatte mir eine Freundin ein Zeichen gegeben. Nicht Theater spielen sollte ich, sondern beobachten, beschreiben, forschen. Also kehrte ich der Stadt den Rücken und in das Reich meiner Kindheit zurück. Mit Fangnetzen ging ich auf Falterjagd. Verfolgte auf schwankenden Ästen die gut getarnten grünen Eichenwickler, die metallisch ockerfarbenen Miniermotten, die schmutzig weißen Schwammspinner. Ich suchte die Gespinste der Eichenprozessionsspinner an den Unterseiten der Astgabeln und besprühte sie. Gesichert wie ein Bergsteiger, stieg ich hinauf in die Kronen der Laubbäume und zählte die Gelege der Schwammspinner, die ihre blassroten Eier mit gelb-brauner Afterwolle abdeckten, um sie vor Feinden zu schützen. Ich züchtete Raupenfliegen, Brackwespen, Laufkäfer, Baumwanzen und ließ sie auf die Schädlinge los. Ich experimentierte mit Viren, Bakterien und Pilzen. Nur die Kleidermotte ignorierte ich. Dass sich das rächen sollte, ahnte ich nicht.

Maria, die jüngere Tochter der Conquista, die Paul auf seinen Erkundungsgängen an einem Fenster stehen sah, bemerkte auch ihn. Das lichtscheue Wesen, das sich hinter den schweren Vorhängen vor den Sonnenstrahlen dieses ungewöhnlich heißen Frühjahrs verborgen hielt, sah ihn kommen und gehen, ohne sich zu fragen, warum er immer wieder auftauchte und verschwand. Er wurde ihr zur lieb gewonnenen Erscheinung, auch wenn sie auf etwas ganz anderes wartete, mit jeder Faser ihres nunmehr volljährigen Körpers. Worauf sie wartete, hätte sie nicht sagen können. Sie liebte, das ahnte sie mehr, als sie es wusste.

Eines Tages lud die Conquista wieder zu ihrem Salon, und auch sie sollte kommen, die heimlich geliebte Person. Wenn Maria mit ihr sprach, schien sich ihr Körper zu verflüssigen, eine spielerische Berührung oder ein noch so formeller Händedruck, und die Phantasie galoppierte mit ihr davon. Dann glaubte sie Haut auf Haut, Lippe an Lippe, Schoß an Schoß zu fühlen. Ahnte die geliebte Person, spürte sie ihre Leidenschaft? Sie durfte nicht. Und doch …

Die berühmte Gertrud Eysoldt und der nicht ganz so berühmte Konrad Gebhardt sollten im Haus der Conquista aus dem «Reigen» von Arthur Schnitzler rezitieren. In der ganzen Hansestadt hatte das Vorhaben die Runde gemacht, es war durch Modehäuser geeilt, zu Coiffeuren und Hutmachern gehetzt, über Zugseile in die just errichteten Backstein-Kontore der Speicherstadt eingedrungen, durch Hintertüren auf die gerade sanierten Kanäle hinausgewabert, mit Schleppkähnen in die Elbvororte mit ihren schlossartigen Villen geschippert und gemächlich wieder zurück zur Reeperbahn geschwappt.

«Wie kann sie nur!», schrien die Damen.

«Pornographie!», wetterten die Herren und griffen tief in ihre Hosentaschen.

«Ein Skandal!», zeterten die alten Jungfern.

«Interessant», flüsterten die jungen Mädchen.

«Nichts wie hin», zischten die jungen Herren durch die Schneidezähne.

«Wie unverfroren», wunderten sich die Luden von der Amüsiermeile.

«Mutig», lobten die Dirnen und erhofften sich einen Aufschwung der Geschäfte.

Nur die Priester schwiegen.

Mit einem Lächeln auf ihren Lippen genoss die Conquista, was als Sturm der Entrüstung durch die Stadt tobte. Sie würden ohnehin alle kommen, selbst die, die sich geschworen hatten, den Salon der «impertinenten mexikanischen Einwanderin», wie sie in einigen protestantischen Häusern hieß, zu meiden. Den Schnitzler aber konnte sich niemand entgehen lassen. Schließlich war an ein Exemplar des verbotenen Buches kaum heranzukommen. Die illegalen Privatdrucke waren längst vergriffen, die legalen nach dem Verbot eingestampft.

Und richtig, alle kamen. Nur Frau Senator Bredekamp nicht, die mit einer Angina im Bett lag. Dafür erschienen die Freier des «Dreimasters der Schönen Aussicht» umso zahlreicher, denn auch die Conquista entbehrte mit ihren 45 Jahren nicht der Reize, wovon sie allerdings nichts hören wollte. Trotz ihrer exotischen Couleur waren die drei Frauen begehrt, auch wenn an Mercedes als Geschiedener ein kleiner Makel haftete. Aber ihr Reichtum wog so manches auf: Die Conquista hatte, so munkelte man, als Mitgift unermessliche Perlenschätze aus den mexikanischen Meeren mitbekommen. Zudem hatte ihr früh verstorbener Mann durch seine Umtriebigkeit und eine äußerst glückliche Hand in Handelsgeschäften derartige Fortüne gehabt, dass er bei seinem Tod eine üppige Erbschaft hinterlassen hatte, die sich zu gleichen Teilen auf seine Witwe und die beiden Töchter verteilte. Obwohl der Aspiranten auf Mercedes und Maria und auch auf die Conquista viele waren, hatte bisher keiner reüssiert. Das bot in den Kreisen, in denen sie verkehrten, Anlass zu wild wuchernden Vermutungen.

Maria war, lange bevor der erste Gast erwartet wurde, in die Empfangsräume hinuntergeeilt. In ihrer Nervosität hatte sie nach einem schwarzen Spitzenfächer gegriffen, mit dem sie sich ununterbrochen Luft zuwedelte, in der Hoffnung, ihrem glühenden Gesicht etwas Kühlung zu verschaffen. Aber auch die aufgewirbelte Luft war heiß. Etwas verloren stand sie herum. Es war erstaunlich still im Haus. Sie blickte auf die Stühle, die Else und der Kutscher aus dem ganzen Haus herbeigeschleppt hatten. Die erste Reihe bestand aus afrikanischen Hockern mit hölzernen Elefanten oder kunstvoll geschnitzten Ornamenten als Füßen. In Afrika saßen nur die Stammesältesten darauf, hier waren es Gäste ohne Rückenleiden. Direkt dahinter folgte die komplette Thonet-Kollektion – die Conquista unterhielt eine Art Abonnement auf jeden neuen Stuhl – mit ihren Armlehnen aus zu Schnecken gedrehtem Bugholz; man hatte sie aus dem Schlafzimmer der Hausherrin in den Salon geholt. Dahinter hatten Else und der Kutscher Bänke aufgestellt, die dem indonesischen Regenwald abgetrotzt waren und dessen Wuchtigkeit teilten; buntbestickte Kissen mit farbenfrohen Wollfransen aus Mexiko erhöhten die Bequemlichkeit. Aber auch filigrane Sessel aus dem Rokoko und steife Stühle aus dem Biedermeier fehlten nicht. Ein wenig versteckt standen die in Pink, Kobaltblau, Smaragdgrün und Sonnengelb gestrichenen schlichten Holzstühle mit Bastsitz aus dem mexikanischen Kabinett. Thronähnliche Gebilde mit Lehnen aus dem 17. Jahrhundert säumten die azurblau gestrichene Wand. Und natürlich waren die ausladenden Diwane mit den lichten Kelimüberwürfen an ihren Plätzen stehen geblieben, wenn sie auch eine etwas eingeschränkte Sicht auf die Vortragenden boten, da ihre Sitzflächen ungewöhnlich tief lagen.

Abwesend heftete Maria ihren Blick auf einen Hochzeitsteppich aus Tadschikistan, nahm aber seine grün-rot changierende Seide, die aufgestickten verschlungenen Symbole und Blumenranken nicht wirklich wahr. Die Frauen eines ganzen Dorfes haben ein Jahr an diesem Brautgeschenk gearbeitet. Werde ich je Braut sein?, schoss es ihr durch den Kopf, aber schon war der Gedanke wieder verschwunden. Auch wäre ihr kaum Zeit geblieben, ihm nachzuhängen, denn schon jetzt, mehr als eine Stunde vor der Zeit, rumpelte die erste Kutsche die Auffahrt zur weißen Villa herauf, gleich darauf eine zweite, und in immer schnellerer Folge trafen weitere ein. Wer in unmittelbarer Nachbarschaft wohnte, kam zu Fuß, um den Stau von Fuhrwerken an der Schönen Aussicht zu umgehen. Um halb neun waren bereits 47 Gäste eingetroffen, und die Conquista, die zur Begrüßung der ersten Ankömmlinge herbeigeeilt war, fragte sich schon, wo sie all die Leute unterbringen sollte. Ihre Sorge war begründet. Um zehn vor neun tummelten sich bereits 73 Menschen in der Zimmerflucht, und es stand zu fürchten, dass der Strom nicht abreißen würde. Aber da hatte sie längst zu ihrem Fatalismus zurückgefunden und begann den Abend zu genießen.

«Sie auch hier?», fragte der Modegeck Graf Merschforman mit einem auffallend gelben Plaçon am schon etwas faltigen Hals gerade Frau von Zitzewitz, die pikiert ihr Lorgnon hob und ihr Gegenüber musterte.

«Wenn Sie nichts dagegen haben», antwortete sie schnippisch, ließ ihr Lorgnon fallen, das ihr nun an einer langen Kette vor der flachen Brust baumelte, und wandte sich wieder ihrem Begleiter zu. «Unerhört, was bildet der sich ein ...»

«Wussten Sie schon das Neueste?», flüsterte derweil der Direktor der Victoria-Versicherung einem Holzimporteur nicht unbedingt leise ins Ohr.

«Nein, was denn?», entgegnete dieser in derselben Lautstärke.

«Mein Diener hat es vom Kammerdiener von Hubert Stein, Sie wissen schon, der mit der Antarktis Handelsbeziehungen aufgenommen und sich gerade an der Elbchaussee einen Palast gebaut hat.» Der Direktor vergaß nun vollends, leise zu sprechen.

«Ja, ja, ich weiß, der hat sein Geld mit Pinguindung verdient! Viel Geld! Clever, sehr clever. Darauf muss man erst einmal kommen. Davon gibt's wahrlich genug. Und wird's auch immer geben, denn wer jagt schon Pinguine.»

«Also genau dieser Hubert Stein soll, kaum dass er sich hier in der Hansestadt niedergelassen hat, seine Dienerschaft zusammengerufen und ihr eine kleine Ansprache gehalten haben. ‹Von diesem Tag an, dass ihr euch das alle merkt›, soll er gesagt haben, ‹heiße ich nicht mehr Nathan Mendel, sondern Hubert Stein!›»

«Ein Jude! Nein! Hab ich's doch gewusst! Wer mit Scheiße Geschäfte macht …»

«Nicht wahr? Aber das Beste kommt noch. Da hat er seiner Dienerschaft doch glatt eingebläut: ‹Ich möchte in diesem meinem Hause von Stund an den Namen Nathan Mendel nie wieder hören. Wer ihn nur einmal in den Mund nimmt, wird umgehend vor die Tür gesetzt.› Also schluckten die Diener, wenn sich der alte Name auf ihre Zunge schummelte, ihn wieder runter, denn einige waren schon lange bei ihrem Herrn, und die Namensänderung fiel ihnen schwer. Nun soll jedoch eines Morgens Nathan Mendel alias Hubert Stein seinen Kammerdiener beauftragt haben nachzusehen, was am Abend im Schauspielhaus gegeben wurde. Er bekam nämlich äußerst wichtigen Besuch, den er auf das eleganteste ausführen wollte.

Daraufhin schlug der Kammerdiener in der Morgengazette nach, kehrte mit der Frühstücksschokolade für den Herrn Stein zurück, hielt ihm die Zeitung hin und sagte mit unbewegter Miene: ‹Hubert der Weise› wird heute gegeben, Herr Stein, ‹Hubert der Weise›. Wenn der gnädige Herr selbst nachsehen wollen.›»

«Das ist ja zum Brüllen!»

«Todtraurig, todtraurig», sagte die Conquista im Vorübergehen und schüttelte den Kopf. Die beiden verstummten. «Das ist der Preis der Assimilation, eine einzige Selbstverleugnung. Wie weit sind wir gekommen? Hat nicht auch unser verehrter Herr Kapellmeister zum Katholizismus konvertieren müssen, damit er von unserem verehrungswürdigen Stadttheater» – die Ironie in ihrer Stimme war nicht zu überhören – «an die Wiener Hofoper wechseln konnte?»

«Die Juden müssen eben Opfer bringen, wenn sie in unserer Gesellschaft etwas werden wollen. Das kann man ja wohl von ihnen erwarten», sagte der Direktor der Victoria-Versicherung.

«Doch damit nicht genug. Man sagt sogar, er sei vor drei Jahren aus Wien über den großen Teich geflohen, weil er immer öfter wegen seiner semitischen Herkunft angegriffen wurde», erregte sich nun Mercedes.

«Im Gegenteil, ich habe gehört, er sei nach New York gegangen, weil in seinem Liebesleben so einiges durcheinander geraten war», erwiderte der Direktor.

«Sie können ihn ja gleich selbst fragen, er ist gerade hereingekommen», sagte die Conquista und ließ die kleine Gruppe stehen.

«Richtig berühmt ist er in der Zwischenzeit geworden», versuchte der Direktor noch anzubringen, aber die Conquista hörte ihn nicht mehr. Ihr Gesicht hellte sich auf, und schon deutete der kleine zierliche Mann mit der randlosen Brille und dem schütter werdenden, zurückgekämmten welligen Haar eine Verbeugung an.

«Gnädige Frau, zu Ihnen zurückzukehren ist, wie in einem sicheren Hafen anzulegen», murmelte er und beugte sich zum Kuss über ihre Hand.

«War die Überfahrt gar so schlimm?»

«Überhaupt nicht, die See ruhig wie nie. Aber diese Hitze! Keine noch so kleine Brise auf dem weiten Ozean. Also setzte ich all meine Hoffnung in die bezüglich Kühle und Nässe stets verlässliche Hansestadt. Nichts als eine weitere Schimäre. Enttäuschungen, wo man sich hinwendet. Auch hier wird man durchgekocht. Der Graben wie ein türkischer Hamam. Nur auf Sie ist Verlass. Endlich wagt es jemand, dieses Meisterwerk, ja diesen Geniestreich aus dem Dunkel zu holen. Undenkbar in der Neuen Welt! Ich habe Sie vermisst. Es gibt zu wenige wie Sie auf dieser Erde.» Er seufzte.

«Sie Schmeichler.» Der Conquista rieselte es angenehm den Rücken hinunter. «Ich habe neulich Ihre Vierte gehört. Sie sind ein Titan.»

«Ah, ah, ah, so wollte ich meine Erste nennen. Irgendein Trottel hat's mir ausgeredet. Das hieße zu den Sternen greifen, meinte er. Aber ich bin auch selbst ein Trottel, dass ich's mir habe ausreden lassen. Man ist ja so beeinflussbar. Der autarke Mensch, frei von jeder gesellschaftlichen Einflüsterung, ist wahrlich eine Utopie.»

«Ihre Musik braucht kein Programm. Man muss sich ihr nur bedingungslos hingeben.»

«Alle wollen eine Anleitung zum Hören. Wenn sie meine Musik überhaupt hören wollen. Vor nicht allzu langer Zeit ging ich mit einem Freund am Hafen spazieren, und plötzlich sehe ich von weitem einen struppigen Hund. Ich ignoriere ihn, und trotzdem folgt er mir. Wir setzen uns auf eine Bank. Der Hund lässt sich zu meinen Füßen nieder, drückt sich an meine Beine und blickt mich an. Eine Hündin. Denn während wir da sitzen, finden sich einige Rüden ein. Wir gehen in ein Restaurant, sie folgt mir. Ihr Anhang wird immer größer. Die Hündin bleibt vor der Tür sitzen, weil das Hotel Belvedere keine Hunde duldet. Sie wartet so lange, bis ich fertig bin, wir gehen hinaus. Sie folgt mir wieder. Die Schar ihrer Anbeter ist weiter gewachsen. Mein Begleiter und ich wollen auf einen Mokka in den Alsterpavillon gehen. Die Hündin mitsamt Tross bei Fuß. Eine eigenartige Prozession. Wieder muss sie draußen bleiben. Da kommt nach einer Weile der Restaurationsdiener und verkündet stolz: ‹Ich hab sie weggejagt. Mit dem Besen. Jetzt ist da draußen endlich Ruhe. Die kommen bestimmt nicht wieder. Entschuldigen Sie die Störung.› Die Hündin hat mich verstanden ohne Worte, ja sie hat mich geliebt, das habe ich schon auf der Bank gespürt. Nicht einmal sie wurde mir gegönnt.»

«Tiere haben andere Sensoren, wohl wahr.»

«Sie dirigieren in zwei Wochen die ‹Salome› von Richard Strauss, hab ich gehört! So was», unterbrach Oberst Blankfeld das Zwiegespräch. Im Hintergrund betrat Herr von Schachting den Raum und blickte ein wenig unsicher umher.

«Endlich! Keiner traut sich das sonst. Überall Tumulte. Was wohl die Pfeffersäcke dazu sagen werden?» Jetzt senkte die Conquista ihre Stimme und nickte in den Raum. «Sie glotzen sich die Augen aus dem Kopf, und hinterher wettern sie. Doppelmoral allerorten.»

Der Kapellmeister lachte. «Wie sagte schon Brahms? ‹Bremen ist unmusikalisch, aber Hamburg ist antimusikalisch.›»

«Aber warum New York! Mussten Sie wirklich so weit entschwinden? Ausgerechnet New York!»

«Dieser verdammte Frondienst. Ich bin und bleibe ein Galeerensklave. Und das seit Jahrzehnten. Komme nicht zum eigentlichen Arbeiten. Manchmal habe ich schon Sehnsucht nach dem guten alten Europa. Wien! Ich werde ganz sentimental, wenn ich nur daran denke. Wie viele Monate war ich jetzt nicht dort? Wenn man in der Stadt ist, hasst man sie, aber jetzt, wo ich so weit fort bin, verflucht, da ist es anders.»

«Je weiter man von der Hansestadt weg ist, umso weniger möchte man zurück. Deswegen verlasse ich sie so selten wie möglich.»

«Ich hab übrigens den Schnitzler getroffen letztes Jahr.»

«Wenn wir unsern Heine nicht hätten. Aber der ist schließlich auch geflüchtet und schon lange tot», murmelte die Conquista.

Da wurden sie wieder vom geifernden Oberst Blankfeld unterbrochen, der die letzte Bemerkung des Kapellmeisters aufgeschnappt hatte. «Ach, Sie kennen ihn, diesen Erotomanen? Unglaublich! Aber erzählen Sie doch mal, wie ist er denn so? Kennt er all die Mädels, über die er geschrieben hat? Glauben Sie, er hat das alles selbst erlebt?»

«Haben Sie den ‹Reigen› etwa gelesen?», wollte die Conquista wissen.

«Gott bewahre, nicht doch!», beeilte sich der Oberst klarzustellen. «Wie könnte ich?»

«Große Kunst muss, um groß zu sein, nicht notgedrungen autobiographisch sein. Aber selbstverständlich verarbeitet jeder Künstler Selbsterlebtes. Nur der Grad der Abstraktion unterscheidet sich», sagte der schmale Kapellmeister, dessen Kraft aus dem Rückgrat kam.

«Bruchlos verlaufende Biographien sind doch langweilig», sagte die Conquista.

«Wenigstens sind sie anständig», gab die Gattin des Obersts zu bedenken.

«Hat nicht jeder einen dunklen Fleck? Vielleicht sogar zwei oder drei?», fragte die Conquista leichthin.

«Dann meinen Sie, er hat wirklich?», flüsterte der Oberst

dem Kapellmeister zu und machte verstohlen eine anzügliche Geste.

«Sie müssen nicht von sich auf andere schließen», sagte die Conquista, eine Bemerkung, die der Oberst zu überhören vorzog. Nur seine Gemahlin spitzte die Ohren.

«Arthur Schnitzler hat die Wirklichkeit abgebildet, der er tagtäglich auf der Straße begegnet ist. Und die soll er nicht schildern dürfen? Wenn er sie nicht darstellen darf, warum gibt es sie dann? Müsste man nicht zuallererst die Realität verbieten, bevor man abbildende Kunst und Literatur verbietet?», überlegte der Kapellmeister laut.

«Jetzt sind Sie aber sehr *sophisticated*. Wien bleibt eben Wien.» Der Oberst blickte versonnen. «Ein wunderbarer Sündenpfuhl!»

«Kommen Sie, Herr Oberst, Sie glauben doch nicht im Ernst, dass hier im Norden die Eheleute treuer, die Mädchen weniger arm und offenherzig und die Soldaten weniger abgebrüht sind? Die Leier kenne ich: Nordlichter sind kühler und haben ihre Triebe besser unter Kontrolle.» Die Conquista lachte. «Na, Hand aufs Herz, Herr Oberst, wenn der Eros erst einmal zuschlägt ...»

«Sie wollen doch nicht etwa behaupten, dass –»

«Sie scheinen sich in diesem Metier aber gut auszukennen!», sagte die Reedersgattin Wilkens, die sich dazugesellt hatte und die Hausherrin streng ansah.

Die Conquista lachte immer noch und enthob sich einer Antwort, indem sie den Kapellmeister zu einem Herrn mit prägnantem Schädel zog. Sein schon sehr spärliches Haar, das eine glänzende, hohe Stirn freigab, teilte sich am Hinterkopf zu zwei Schößen. Das Gesicht wirkte blass und angreifbar, aber hellwache, wenn auch wässrig blaue Augen stachen daraus hervor, in denen sich Zweifel eingenistet hatte. Eben hatte er Maria entdeckt in ihrem schmalen, dunkelroten Kleid aus schillerndem Taft und war geblendet. Ihre Brust, die nie einen Sonnenstrahl gesehen hatte, leuchtete im spitz zulaufenden Ausschnitt, auf dessen Revers sich, gesäumt von einer schwarzen Paspel, hellrote Blumen und Meerestiere schlängelten, die wie gemalt wirkten. Auf ihrem Hals saß ein länglicher Kopf, der umrahmt war von einer ebenholzfarbenen Haarpracht, die eine schwarz-rot-blaue Kordel bändigte. Selbst im schräg einfallenden rötlichen Abendlicht sah man, dass sich ihre Augenbrauen beinah auf dem Nasenrücken trafen und zwei hohe Bögen über ihre Augen schlugen, die blau und forschend in den Saal schauten. Sie lehnte an einer Wand, von der aus sie den Saal überblicken konnte. Der Herr wollte sie malen, auf der Stelle. Eine Geistererscheinung am dunkel dräuenden Meeresstrand. Plötzlich stand ihre Mutter vor ihm. Neben ihr der Kapellmeister, zu dem sie immer noch sprach.

«Ich wollte Sie mit diesem Herrn bekannt machen. Vor ein paar Wochen habe ich ein Bild von ihm gekauft. Eine Landschaft wie aus einem Traum. Explodierende Farbe. Sich auflösende Formen. Das zum Thema Abbild der Wirklichkeit. Er geht weit darüber hinaus. Eine Seelenlandschaft. Und das aus dem kalten Norden! Wenn Sie mögen, es hängt im kleinen Salon nebenan. Sie müssen wissen, verehrter Maestro, mein Leibmaler ist gerade von Berlin nach Ruttebüll gezogen.»

«Das liegt bei Schleswig», klärte ihn der Maler auf, der aus der Betrachtung Marias hochgeschreckt war, «ich brauche zum Arbeiten endlich wieder Einsamkeit. Licht. Natur. Bloß keine Menschen. Keinen Lärm. Keine Stadt. Bloß kein Berlin.» Er machte eine unwirsche Geste, als wollte er Stadt, Lärm, Menschen, Berlin ein für alle Mal aus seinem Leben wischen.

«Sie Glücklicher! Leben Sie immer dort?», fragte ihn der Kapellmeister.

«Meine Herren, wusste ich's doch, Sie verstehen sich. Ich denke, ich kann Sie beide allein lassen. Sie sehen …»

Noch immer strömten Gäste herein, ein Querschnitt durch die bessere hanseatische Gesellschaft vom Senator bis zum Militär, vom Adeligen bis zum Kaufmann, aber auch die Demimonde hatte sich die Gelegenheit nicht entgehen lassen. Sogar zum «schmuddeligsten Milieu» unterhielt die Conquista Kontakte. Und da spazierte auch schon die stadtbekannte Kurtisane Miou herein, am Arm eines neuen Galans, eines jungen, wohl ausländischen, da schwarz gelockten Dandys, den noch niemand in der Stadt gesehen hatte und der sich später als der neue Attaché des argentinischen Konsulats erwies. Miou war eine der Letzten ihrer Gattung, hoch gewachsen, graziös und mit einer so majestätischen Haltung, dass ihr kaum eine der anwesenden Damen das Wasser reichen konnte. Einige Herren ringsum erbleichten und wandten sich abrupt ab. Mit ausgebreiteten Armen ging die Gastgeberin auf die Neuankömmlinge zu. Die beiden Frauen küssten sich auf die Wangen, wie einige strenge Beobachter am nächsten Morgen mit empörtem Unterton berichten sollten.

Das war schon ziemlich ungeheuerlich, aber es sollte noch ärger kommen. Denn nun beugte sich Miou, welch skandalöse Vertraulichkeit, zum Ohr der Conquista und flüsterte so leise, dass es sehr zum Verdruss aller Umstehenden außer der Adressatin niemand hören konnte: «Meine Liebe, schau doch mal wieder vorbei, du wirst sehnsüchtig erwartet», worauf ihr die Conquista das bezauberndste Lächeln schenkte.

«Eine Dirne bleibt auch in der nobelsten Umgebung eine Dirne», sagte der Oberst Blankfeld zu seiner Gattin, die ihm nicht mehr von der Seite wich.

«Verkauft sich eine Frau, die einen reichen Mann heiratet, vielleicht nicht?», rief die Conquista in den Saal.

Die Gattin des Obersts wurde blass, Blankfeld lief rot an. Aller Augen waren auf die Mexikanerin und die Kurtisane gerichtet. Es wurde mucksmäuschenstill. Da ging mit Aplomb die Tür auf. In ihr stand die Eysoldt. Sie machte einen theatralischen Schritt in den Saal und eine kleine Geste mit der Hand – und die Menge atmete aus.

«Die Duse ist tot, es lebe die Eysoldt», rief eine weibliche Stimme aus dem hinteren Teil des Saals. Die Conquista konnte nicht sehen, wer das gerufen hatte, aber die Schauspielerin sonnte sich in ihrem Erfolg, bevor sie endgültig hereinrauschte. Sie war nicht eigentlich eine Schönheit, dazu waren ihre Züge zu uneben und die Nase ein wenig zu schief, aber sie hatte sprechende Augen und karmesinrote Haare. Ihr Auftreten war trotz ihrer Jugend selbstbewusst, denn sie trug ein spektakulär einfaches Kostüm männlichen Schnitts mit einer schlichten weißen Bluse und einer Krawatte. Auf ihrem kleinen Hut wippte eine lange Fasanenfeder. Mercedes überlegte, wo sie ihn schon einmal gesehen hatte, und kam zu dem Schluss, dass die Aktrice ihn auf der Bühne getragen hatte, doch in welchem Stück? Boulevard oder Tragödie? Wahrscheinlich Boulevard.

Die Conquista löste sich von Miou und trat auf die Eysoldt zu. Wie zwei Würdenträgerinnen schritten die beiden Arm in Arm, an den von einem Schrecken in den anderen fallenden Honoratioren der Stadt vorbei, in die Mitte des Saals. Da erst fiel auf, dass auch Konrad Gebhardt gekommen war und, um Fassung bemüht, hinterdrein schritt. Er ärgerte sich nicht wenig über seinen mageren Auftritt und beschloss, sich nie mehr mit der Eysoldt in der Öffentlichkeit sehen zu lassen. Etwas widerwillig nahm er neben ihr Platz.

Herr von Schachting hatte gerade Mercedes entdeckt, die in einer Traube von Menschen stand, und sich ihr zaghaft genähert. Franz hingegen hatte ihn schon vor längerem bemerkt und war ihm unauffällig gefolgt. Nun rutschte ihm das Herz in die Hose. Herr von Schachting küsste Mercedes die Hand und schaute sie an wie einst. In ihr regte sich nichts. Im Gegenteil, sie fragte sich, wie sie für diesen Menschen je etwas hatte empfinden können. Sie musterte ihn von Kopf bis Fuß, sodass ihm ganz blümerant wurde, und konnte sich selbst nicht begreifen. Franz kroch das Herz wieder an die angestammte Stelle in der linken Brust.

Wenig später war Ruhe im Saal eingekehrt. Nicht alle hatten einen Sitzplatz gefunden. Maria lehnte weiterhin an der Wand. Mercedes hatte sich neben sie gestellt, was ihre Schwester noch nervöser machte. Sie starrte auf die beiden Schauspieler in der Mitte des Raums und zitterte.

Mercedes bemerkte die Unruhe ihrer Schwester und wisperte: «Ich hätte gar nicht gedacht, dass du so prüde bist.»

«Dumme Kuh», erwiderte Maria.

«Oder ist es vielleicht dein neuer Verehrer, der Maler dahinten? Bringt der dich so aus der Fassung? Schau nur, wie er dich fixiert.»

«Unsinn», sagte Maria, wandte sich aber von dem Schauspielerpaar ab. Ihr Blick begegnete dem des Malers, doch war es nicht Begehren, was sie in ihm las. «Kümmere dich lieber um deine Angelegenheiten.»

Franz war wie ein kleiner Derwisch zwischen den Gästen herumgesaust und hatte sich da und dort Streicheleinheiten abgeholt oder sich eine Süßigkeit in den Mund gesteckt. Er durfte auch dieses Mal der Lesung beiwohnen. Die Großmutter hatte befunden, dass man ihm ein solch weises Stück nicht vorenthalten dürfe, und Unterstützung von ihrer liebsten Freundin, einer Herzogin mit Zigarettenspitze und Adlernase, bekommen, die auf die von Mercedes heruntergebeteten Bedenken immer nur mit «Papperlapapp» geantwortet hatte. Nun saß Franz auf den Knien der Conquista, die auf einen Diwan gesunken war. Anfangs lauschte er andächtig, doch dann begann er sich über das Stück zu wundern. Da redeten doch immer nur ein Mann und eine Frau, sprachen über belanglose Dinge, fragten einander, ob sie sich lieb hätten. Das fand er kreuzlangweilig, also gähnte er. Als sich auch in der zweiten Szene nichts Spannendes ereignete, rutschte er auf den Schoß seiner Omama zurück und schlief ein. So gab es gar keinen Anlass, sich darüber zu echauffieren, dass das Damenterzett im Haus an der Schönen Aussicht ihrem Enkel, Sohn und Neffen jugendgefährdende Literatur zumutete und seine Sitten schon im jüngsten Alter verdarb.

Es war mal wieder kurz vor Weihnachten, und Ramón, Camill und ich hatten uns wie jedes Jahr zu Hause eingefunden. Nur Pilar fehlte. Diesmal hatte sie einen ernsten Grund, einen Grund, den mein Vater am liebsten totgeschwiegen hätte.

«Ich werde illegitimer Großvater, welche Schmach!», hatte er ausgerufen, als meine Schwester ihm am Telefon ihren Zustand gebeichtet hatte.

«Aber du bist doch auch ein illegitimer Vater.»

Das sei etwas ganz anderes, hatte er erwidert.

Anstatt nun seinen Freunden, die zum Adventstee gekommen waren, von seiner bevorstehenden neuen Rolle zu berichten, erzählte er lieber von den Besorgungen, die er kürzlich in Zürich getätigt hatte. «Ich bin zu Ferragamo gegangen und habe Milena ein Paar neue Schuhe gekauft. Größe 36. Nicht, mein Täubchen, so zarte Füßchen hast du!», sagte er und tätschelte seiner Frau die Wange. «Sie sind dunkelbraun und haben kleine Trensengebisse auf dem Spann, höchst elegant. Solche Schuhe hab ich ihr schon einmal geschenkt.»

Da, an diesem Punkt passierte es. Die Tränendrüsen meines Vaters produzierten salzige Flüssigkeit und überschwemmten seine unverschämt blauen Augen: Die drei Freunde blickten ihn an. Einer sprang auf, doch mein Vater wehrte ab. Es sei nichts, beteuerte er. Er habe nur einen kleinen Schnupfen. Und strich sich mit einer etwas ungelenken Bewegung die Tränen weg, die über seine Wange rollen wollten.

«Als gehörten meine Augen nicht zu mir!», beklagte er das wiederholte Missgeschick, nachdem seine Freunde gegangen waren. «Ich verstehe das nicht. Es ist, als säße der Teufel hinter meinen Augäpfeln. Dabei bade ich doch meine Guckerchen, wie meine Großmutter sie genannt hat, regelmäßig in Meerwasser. So hat sie es mich gelehrt. Hundertmal auf und zu.»

«Vielleicht liegt es genau daran. In der Nordsee wird verklappt, was die Schiffe an Schadstoffen mit sich führen: Dünnsäure, Altöl, Dünger, Spritzmittel, DDT, ein köstlicher Cocktail, der verätzt wahrscheinlich deine Nerven. Frag doch mal deine Kapitäne, was sie so alles in die Weltmeere ablassen.»

«Hier spricht unsere Umweltaktivistin! Ich denke, du bist Schauspielerin?» Ramón lachte.

«Kein Grund, sich der Realität zu verschließen.»

«Realität ist, dass ich mich ja nun wahrlich nicht über Sehschwäche beklagen kann. Ich bin 83 und brauche immer noch keine Brille.»

«Aber liest mit der Lupe», warf Camill ein.

«Vielleicht solltest du deinen Tränen freien Lauf lassen, wenn dir wirklich danach ist, Vielleicht würden sie sich dann nicht immer selbständig machen.»

«Das ist ja mal wieder eine eigenwillige Theorie, Elena. Könnte glatt von Maria stammen. Da kann man nur hoffen, dass du nicht auch sonst in ihre Fußstapfen trittst.»

«Und wenn?»

Mein Vater hob den Blick gen Himmel. «Du lieber Gott, das hätte mir gerade noch gefehlt. Meine eigene Tochter!»

«Ganz ruhig, Papá, die provoziert dich nur. Bei der ist alles in Ordnung. Und wie!», sagte Camill und wedelte mit seiner Hand.

In diesem Moment klingelte das Telefon. Ein Fräulein vom Telegrafenamt fragte, ob sie eine Nachricht durchgeben dürfe oder ob sie sie noch austragen lassen müsse.

«Djamila ist geboren!», rief ich begeistert aus, noch mit dem Hörer in der Hand.

Mein Vater wurde bleich. «Das ist doch kein Name», murmelte er.

Eines Morgens, einige Monate nach der Lesung, wachte die jüngere Tochter der Conquista schweißgebadet auf und wusste, was sie zu tun hatte. Tage, Wochen, nein, Monate hatte sie mit ihrem Entschluss gerungen und nach einer Möglichkeit gesucht, ihn ihrer Mutter mitzuteilen. Nun war der Moment gekommen. Um neun Uhr stand sie vor dem Zimmer ihrer Mutter. Es war die Stunde, in der die Conquista aufzustehen pflegte. Jedes Wort hatte sich Maria zurechtgelegt, und immer wieder hatte sie ihre kleine Ansprache geübt, hatte einen Ausdruck verändert oder einen anderen Tonfall probiert. Jetzt, vor der Tür ihrer Mutter, wollte der Herzschlag ihr die Brust zersprengen. Das Blut trommelte in ihren Schläfen, ihr Magen krampfte sich zusammen. Maria horchte angestrengt. Nichts. Stille hinter der schweren Eichentür, kein Rascheln, kein Schritt, nicht einmal ein Atemzug war zu hören. Ganz zaghaft klopfte sie. Keine Reaktion. Maria wagte, lauter zu klopfen. Sollte sie hoffen, dass die Mutter schon nicht mehr im Zimmer sei? Sie drückte die Türklinke herunter und trat ein. Nichts rührte sich. Sie spähte im Zimmer umher. Das Bett sah aus wie eine

Schneewehe, die ein Wirbelwind in die Sonnenglut dieses orangefarbenen Zimmers geblasen hatte. Die junge Frau fröstelte. Der Schnee sackte vom Bett hinunter, wälzte sich über den Boden. Maria erschrak, trat dennoch einen Schritt vor und sah, dass die schwarzen, von nur wenigen grauen Strähnen durchzogenen Haare der Conquista wie eine verkohlte Corona auf dem Kissen lagen. Das Gesicht war gänzlich von der Steppdecke verdeckt, dafür staken zwei weiße Füße, als wären sie selbst zu Schnee geworden, am anderen Ende unter ihr hervor. «Mamá», rief Maria leise. «Mamá!», schrie sie dann. Mit einem Ruck riss sie die Bettdecke vom Körper ihrer Mutter.

Der Anblick war grauenhaft. Eine Fratze starrte sie an. Die Lider hingen auf halbmast, die Augäpfel quollen hervor, der Mund stand sperrangelweit offen, die Nasenflügel drohten einzureißen, die Gesichtshaut schimmerte froschgrün. Maria stieß einen schrillen Schrei aus. Auf einmal fühlte sie sich ganz leicht, so leicht, dass sie ihren Körper nicht mehr spürte, er flog ihr davon, und alles um sie herum verschwamm. Ihr Arm hieb auf eine Kommode, die sich verformte, als wäre sie aus Gummi. Der Boden wurde watteweich. Die Wolke, in die sie hineinglitt, schlug über ihr zusammen.

Als sie wieder zu sich kam und die Augen öffnete, lag sie im Nebenzimmer auf dem Diwan. Sie horchte. Stimmengewirr drang durch die geschlossene Tür. Menschen schienen hin und her zu hetzen. Ihr Arm schmerzte. Langsam setzte sie sich auf, stellte die Füße nebeneinander, blickte ins Leere. Meine Rede brauche ich jetzt nicht mehr zu halten; ich sollte aufstehen und nachsehen, was geschehen ist, dachte sie, erhob sich und setzte sich mechanisch in Bewegung.

Zum zweiten Mal an diesem Morgen drückte sie die Klinke der Zimmertür ihrer Mutter hinunter und blieb im Türrahmen stehen. Der schwere, mächtige Schrank war geöffnet, einige Kleider, von ihren Bügeln gerutscht, bildeten am Boden ungeschlachte Würste. Wäsche war aus den Kommoden herausgerissen, Spitzenhemdchen und Spitzenhöschen in Weiß. Maria tastete jedes mit den Augen ab. Da lag doch tatsächlich, nur notdürftig von einem Schal verdeckt, ein schwarzes Spitzenhöschen. Sie machte einen vorsichtigen Schritt, bückte sich und zog es hervor. Nachdenklich richtete sie sich wieder auf. Ihr Blick folgte der Spur der Verwüstung und heftete sich schließlich auf das Bett. Erleichtert stellte sie fest, dass eine gnädige Hand das Gesicht ihrer Mutter mit einem weißen Laken bedeckt hatte.

«Steh hier nicht so rum, mach dich nützlich», raunzte ihre Schwester, die wie eine Furie durch das Zimmer stob. Sie riss ihr das schwarze Höschen aus der Hand und warf es in die oberste Schublade einer Kommode.

Maria nahm es wieder heraus, rieb die Seide zwischen den Fingern und sagte: «Nur Huren tragen so was, erinnerst du dich?»

«Bist du noch bei Trost?», fuhr Mercedes sie an.

Obwohl es bereits Herbst war, hatte sich die seit Monaten andauernde Hitze noch nicht gelegt. Einer alten Tradition zufolge sollte die Conquista in ihrem Haus aufgebahrt werden, damit die gute Gesellschaft von ihr Abschied nehmen konnte. Noch aber herrschte im Haus grenzenloses Durcheinander. Polizisten hatten es von oben bis unten auf den Kopf gestellt, um den Tathergang zu rekonstruieren, was ihnen nicht einmal ansatzweise gelang. Alle Bewohner waren langen, umständlichen Verhören unterzogen worden, die nur ergaben, dass in der Nacht keiner etwas gehört oder gesehen hatte. Niemand wusste, auf welchem Weg der Mörder ins Schlafzimmer gelangt war. Ein Rätsel blieb auch das Stillhalten der beiden Wachhunde, die sonst bei der kleinsten Unregelmäßigkeit anschlugen. Eine eingehende Untersuchung ergab, dass weder

der junge Caliban noch der schon betagte Malvolio durch Schlageinwirkung oder etwa einen vergifteten Köder ruhig gestellt worden waren.

Gerade hatte die ermittelnde Kommission amtlich festgehalten, dass der gesamte Schmuck der Conquista mitsamt ihrer grauen Perlenkette von unschätzbarem Wert verschwunden war, als der noch ahnungslose Kutscher angerannt kam. Er hielt mehrere zersplitterte Bretter in der Hand, die er eigentlich der Conquista präsentieren wollte.

«Ich kann mir das gar nicht erklären», berichtete er Maria und Mercedes und auch der anwesenden Polizei. «Als ich heute Morgen in den Stall kam, zitterte El Cid am ganzen Leib und war schweißnass. Er hat in der Nacht seine Box zu Kleinholz getreten.»

Die Kriminalbeamten zeigten daran kein Interesse. Stattdessen besudelten sie treppauf, treppab Türen, Schubladen und Bettpfosten mit einer schwarzen Farbe, um Fingerabdrücke des Täters sicherzustellen. Wie sich zeigen sollte, hatte er keine hinterlassen. Schließlich gaben die Herren der heiligen Hermandad das Zimmer der Conquista frei, dessen wertvolle Kelimteppiche von abstrakten Kreidezeichnungen ruiniert waren, und verschwanden.

Eine gespenstische Ruhe trat ein. Mit einem Mal schlichen alle Bewohner auf Zehenspitzen durch das Haus. Vor allem Franz wurde ganz kleinlaut, als die Polizei gegangen war. Er hatte Angst vor der Nacht mit der Toten unter einem Dach. Also weigerte er sich, schlafen zu gehen. Spätabends erst fanden die beiden jungen Frauen Zeit, sich im Schlafgemach der Mutter in Ruhe umzusehen und über die weiteren Schritte zu beratschlagen. Sachte zog Mercedes die Tür hinter sich zu. Dann traten sie ans Bett der Erstickten, denn dass sie erdrosselt worden war, schien als einzige Tatsache festzustehen.

«Sollen wir?», fragte Maria und nahm vorsichtig das obere Ende des Leinentuchs.

Mercedes nickte. Langsam zog Maria das Leinentuch vom Gesicht der Mutter. Die Schwestern fassten sich an den Händen und blickten ihre Mutter furchtlos an.

«Das Grün verblasst schon», sagte Maria.

«Trotzdem können wir sie so keinesfalls aufbahren», stellte Mercedes fest.

Da kam Maria eine Idee. «Wie wäre es, wenn wir den Maskenbildner aus dem Schauspielhaus fragen, ob er seine Kunst an Mamá versucht? Wie hieß er noch gleich? Ich bin sicher, Mamá hätte ihre Freude daran. Endlich spielt auch sie einmal die Hauptrolle, das hat sie sich doch immer gewünscht! Herr Kratz oder Krätz, nicht?»

Mercedes lachte. Kaum hatte Maria den Blick ihrer Schwester aufgefangen, begann auch sie zu lachen. Beide hielten sich die Bäuche, die schon schmerzten, und krümmten sich.

«Hast du die Haarlocke des Kriminalbeamten Runge gesehen, die so albern auf und ab wippte? Ich konnte auf nichts anderes mehr achten», sagte Maria.

«Und was für Muskeln der hatte.»

«Und erst die kleine Brille da vorn auf der Nasenspitze, die ständig herunterzufallen drohte, wenn er sie nicht im letzten Moment davor bewahrt hätte.»

«Da, sie sieht uns an! Ihr Blick!», rief Mercedes jetzt.

«Doch nicht mit *den* Augen. Das scheint nur so, da sie im Takt unseres Lachens hin und her schaukeln», sagte Maria und deutete mit dem Zeigefinger darauf. «Man zeigt aber nicht mit nacktem Finger auf angezogen–», und schon brachen sie wieder in Gelächter aus.

«Mamá, was ist denn los?», tönte plötzlich eine bebende Stimme aus dem Hintergrund des Zimmers.

Schlagartig verstummten sie. Schnell drehte sich Mercedes

um und schob Franz aus dem Zimmer. Aber da war es schon passiert: Er hatte die tote Großmutter gesehen.

«Mamá, was ist mit Omama passiert?», fragte er und wandte sich immer wieder nach dem leblosen Körper um. «Warum guckt sie so komisch?»

Erst als Paul am Nachmittag in den Stall trat, beruhigte sich der Hengst. Der Junge sprach mit leiser Stimme auf ihn ein. Hin und wieder klammerte er sich an den kräftigen Hals des Tieres und drückte sein Gesicht ins Fell. Seine Tränen vermischten sich mit dem Pferdeschweiß. Allmählich trocknete das Fell, und El Cid angelte zum ersten Mal an diesem Tag einige Heuhalme und zermalmte sie mit den Zähnen. Paul setzte sich in die hinterste Ecke der Box und rührte sich bis zum Morgen nicht mehr. Dann verschwand er.

El Cid war derart wiederhergestellt, dass der Kutscher ihn anschirren konnte, um die schwarz verschleierte Maria in Richtung Schauspielhaus zu fahren. Nach einer erregten Diskussion hatten die Schwestern entschieden, dass die Jüngere den Gang zu dem besagten Herrn Kratz antreten sollte, der einer der Ersten seines Berufsstands war und vor kurzem eine gewisse unfreiwillige Berühmtheit erlangt hatte. Im Kampf um das Schminkvorrecht, der zwischen Schauspielern und Maskenbildner tobte, hatte ihm die Eysoldt ihre penibelst gepflegten und zu beachtlicher Länge herangewachsenen Fingernägel ins Gesicht geschlagen, als er sich ihr mit Puderquaste und Lippenrot nähern wollte. Bereits am nächsten Tag prangte die Schlagzeile «Die Spur der Krallen» weithin sichtbar auf der Titelseite des Morgenblatts, darunter der etwas despektierliche Untertitel «Nomen est omen». Wie die Nachricht in die Presse gelangt war, wurde nie geklärt, aber die Stadt amüsierte sich.

Nun stand Maria vor dem unscheinbaren Bühneneingang des großen, im Zuckerbäckerstil errichteten und vor gerade einmal zehn Jahren eröffneten Theaters und bat den Pförtner, bei ebenjenem Herrn vorgelassen zu werden, den die Frau Kammerschauspielerin unlängst attackiert hatte. Der Pförtner fuhr sich mit einer Bürste selbstvergessen durch den Backenbart.

«Guten Morgen», sagte Maria zum wiederholten Mal.

«Sie wünschen?», brummte er endlich.

«Ich möchte zu Herrn Chefmaskenbildner Kratz, wenn's möglich ist», antwortete Maria.

«Hier ist vieles, auch das Unmöglichste möglich», antwortete der Pförtner unwillig. «Unmöglich z. B. ist» – er sagte zet Punkt be Punkt –, «dass ich andauernd gestört werde und ihn nun wohl suchen gehen muss.» Er hievte sich von einem hölzernen Drehstuhl, der erleichtert ächzte, öffnete die Logentür und wuchtete seine Körpermassen eine schmale Wendeltreppe hinauf.

Kurz darauf kam ein kleiner, drahtiger junger Mann die Treppe heruntergesprungen. «Unser Pförtner hat mich wissen lassen, ein verschleiertes, vermutlich aber schönes Fräulein sei für mich da. Zu Diensten, gnädiges Fräulein. Was kann ich für Sie tun?», fragte Herr Kratz und deutete einen Bückling an.

«Mein Name ist Maria von Ringsberg, ich bin die Tochter der Conquista, von der Sie sicher schon einmal gehört haben.»

«Eine stadtbekannte Persönlichkeit», bestätigte der Maskenbildner und machte nun eine richtige Verbeugung. «Ich erinnere mich, hat sie nicht unlängst den ‹Reigen› von der Eysoldt lesen lassen?»

Maria errötete heftig unter ihrem Schleier, sagte aber nichts.

«Mutige Person!»

«Mein Ansinnen an Sie ist durchaus delikat, und daher würde ich Sie bitten, mir eine Viertelstunde unter vier Augen zu gewähren. Wir benötigen in einer dringenden Familienangelegenheit Ihren Rat.» Maria stockte einen Moment, fuhr dann aber fort: «Oder vielmehr Ihre tatkräftige Unterstützung.»

Interesse, ja Neugier blitzte in den Augen des Mannes auf, dessen linke Wange von fünf nach wie vor glühenden Striemen gezeichnet war. Maria bemühte sich vergeblich, nicht auf die Narben zu sehen. Dem Maskenbildner brannte das Mal seiner Niederlage umso glühender im Gesicht, als er Fräulein von Ringsbergs hin und her flackernde Augen selbst hinter ihrem Schleier spürte. Er deutete erneut eine kleine, etwas unsichere Verbeugung an. «Wenn ich Sie in mein Atelier bitten dürfte, da ist es zwar nicht gerade luxuriös, aber wir sind ungestört. Darf ich vorangehen?» Ohne ihre Antwort abzuwarten, stürmte er die Treppe wieder hinauf. Beinahe stieß er mit dem erst jetzt herunterschnaufenden Pförtner zusammen.

Maria ließ ihn vorbei und blickte ihm verdutzt nach. «Er kommt mir irgendwie bekannt vor.»

Der Maskenbildner lachte. «Bismarck, er sieht aus wie Bismarck. Seit er in einem Stück wegen seiner frappanten Ähnlichkeit unseren ehrwürdigen Reichskanzler gegeben hat, kann er nicht mehr von ihm lassen. Eine Minute als Statist, und er legt die Rolle nicht mehr ab. Manchmal wird er auf der Straße angesprochen, ob er nicht der Otto sei – entschuldigen Sie, aber um die Geschichte unseres Portiers zu hören, sind Sie wohl kaum hergekommen.»

Herr Kratz hielt ihr die Tür auf, und Maria trat ein. Mit beiden Händen, den dünnen Tüll zwischen Daumen und Zeigefinger, schlug sie ihren Schleier zurück. Der Maskenbildner erschrak. Die Ereignisse des vergangenen Tages und ihr monatelanges Ringen mit sich selbst hatten sie verändert. Sie ähnelte einem Gecko, der in der mexikanischen Heimat ihrer Mutter des Nachts durch die Dunkelheit huscht und sich tagsüber in Mauerritzen und Felsvorsprüngen verbirgt, die ihn, das pigmentlose Wesen, vor der zerstörerischen Kraft der Sonne schützen. Auch sie war eine Abgesandte des Mondes, eine Schönheit, die sich erst nachts zu vollem Glanz entfaltete, am Tage aber durchsichtig wurde und das körperliche Gerüst ihrer Existenz, Knochen, Sehnen, Muskeln und blau verzweigtes Aderwerk, durch das Pergament ihrer Haut hindurchscheinen ließ. So einen Menschen hatte der Maskenbildner noch nie gesehen. Er zweifelte an seiner Wahrnehmung und wischte sich mit der Handfläche über die Augen, aber als er wieder hinblickte, stand noch immer dieselbe Frau vor ihm. Diesen Anblick musste er sich unbedingt merken für die Maske eines Geistes, Hamlets Vater etwa. Unwillkürlich griff er zu einem Blatt Papier, machte schnell ein paar Notizen und setzte eine kleine Zeichnung daneben.

Maria betrachtete unterdessen das geordnete Durcheinander im Atelier, die Tiegel mit den Cremes, die Pomaden, die Schminktöpfe, die Pinselstiele, die Perückenköpfe aus hässlich verschliertem Fichtenholz, auf denen wilde Medusenlocken, hehre Cäsarenkränze oder auch Glatzen hingen, die Galerie künstlicher Wimpern, nach Lidbreite und Haarlänge säuberlich aufgereiht. Manche trugen ein Namensschild. Schminktücher, Schwämme, Puderquasten, Nagelpolierer, Lockenschere und Wimpernzange – kein Instrument der Schönheit fehlte.

«Wie ich sehe, bin ich richtig bei Ihnen!»

«Ich verstehe nicht ganz», erwiderte der Maskenbildner und wies auf einen Fauteuil vor einer Schminkkommode, deren schwenkbaren Spiegel eine Kette nackter Glühbirnen umsäumte.

Maria setzte sich und starrte ihr Konterfei an. «Wie sollten Sie auch», sagte sie nach einer kleinen Pause. «Sie müssen wissen, wir haben einen Todesfall zu beklagen …»

«Einen Todesfall? Mein herzliches Beileid, aber was habe ich damit zu –»

«Es ist meine Mutter», unterbrach Maria ihn und wandte sich mit einem Schwenk ihres Drehfauteuils zu ihm um. Plötzlich war etwas in ihr explodiert, Farbe in ihre Adern geschossen. «Sie ist erstickt. Sie wurde erdrosselt.»

«Aber …», stotterte Herr Kratz.

«Wir möchten Sie bitten, sie zu schminken, damit wir sie aufbahren können.»

«Die Tote? Verstehe ich Sie recht?»

«Es handelt sich um meine Mutter, die vorgestern Nacht umgebracht wurde», wiederholte Maria.

«Verzeihen Sie, aber ich bin wohl etwas schwer von Begriff. Was habe ich damit zu tun?»

«Wissen Sie, sie sieht nicht aus wie eine gewöhnliche Tote.» Maria zögerte, doch dann fasste sie sich ein Herz. «Sie liegt im Bett, das schon, aber ihre Gesichtsfarbe ist ein wenig verändert, und Sie sind der Einzige, der da etwas machen kann. Aber das ist noch nicht das eigentliche Problem», und in schnellen Worten setzte sie ihm auseinander, wie es um ihre Mutter bestellt war, skizzierte die entgleisten Augen, den weit aufgerissenen Mund.

Er schüttelte hin und wieder den Kopf.

«Verstehen Sie jetzt, Herr Kratz? So können wir sie doch nicht begraben, geschweige denn aufbahren lassen! Sie müssen uns helfen, damit sie wieder wie früher aussieht, vielleicht sogar noch schöner.»

Entsetzen stand ihm im Gesicht. «Das kann ich nicht, das ist ja grauenhaft. Das können Sie nicht im Ernst von mir erwarten.»

«Auch nicht, wenn wir Sie gut bezahlen?», fragte Maria mit leiser Stimme, nestelte aus ihrer schwarzen Handtasche ein ledernes Säckchen und legte es auf die Schminkkommode.

«Behalten Sie Ihr Geld! Ich habe noch nie einen Toten gesehen.» Seine Stimme überschlug sich. «Ich will Ihr Geld nicht. Ich kann das nicht machen, eine Tote, das ist ja ekelhaft!» Er griff nach dem Säckchen und Marias Hand, die wider Erwarten ganz warm war, und drückte den Beutel hinein.

In dieser Sekunde fiel Marias Blick auf den Medusenkopf. «Auch nicht, wenn Sie ihr Haar bekommen? Sie wissen, meine Mutter war berühmt für ihr meterlanges schwarzes Haar. Wenn Sie meine Mutter so wieder herrichten, dass sie öffentlich aufgebahrt werden kann, dürfen Sie ihr, kurz bevor der Sarg verschlossen wird, die Haare abschneiden, die eine Länge von 1 Meter 47 haben, wie eine letzte Messung vor wenigen Tagen ergeben hat.»

Herr Kratz sah die schwarze Mähne vor sich. Jetzt dämmerte ihm, was ihn an der Conquista so beeindruckt hatte. Er versuchte, sich an ihr Gesicht zu erinnern, aber immer wieder war da nur das Haar. Er dachte an die bevorstehenden Lieferungen erbärmlichen asiatischen Drahthaars absolut minderwertiger Qualität, viel zu dick, nicht fein genug, wie sollte man damit eine anständige Perücke knüpfen? «Penthesilea!», entfuhr es ihm. Seine Miene klarte auf. In wenigen Wochen ist Premiere, dachte er. Gutes Haar war rar, keine Frau war bereit, es sich abschneiden zu lassen, da musste er die Gelegenheit wohl beim Schopf packen. Glanz trat in seine Augen. Penthesilea war gerettet! Und er selbst ebenfalls! «Warum sollte ich nicht auch einmal Thanatos schminken?», fragte er mit einem gewissen Pathos mehr sich selbst als Maria.

«So machen Sie es also?»

«Und ich bekomme tatsächlich das Haar Ihrer seligen Mutter?», vergewisserte er sich.

«Sie bekommen ihr Haar», versicherte ihm Maria und blickte ihn prüfend an. «Können Sie gleich mitkommen?»

«Einen Klaren», forderte Herr Kratz mit schwacher Stimme, als er wenig später im Zimmer der Conquista stand. Prompt wurde ihm ein Wasserglas Aquavit gereicht. Er kippte es in einem Zug hinunter und bat, man möge ihn mit der Toten allein lassen. Bevor die Schwestern den Raum verließen, half Maria ihm auf einen barocken spanischen Lehnstuhl, auf dessen Rückenteil ein Schiff mit geblähten Segeln geschnitzt war. Der Maskenbildner drohte in dem ausladenden Armadasessel zu versinken, seine Beine baumelten knapp über dem Boden, nur wenn er die Fußspitzen senkte, streifte er den Teppich. Er fühlte sich klein angesichts der Urenkelin der Conquistadoren, ganz klein. Obwohl sie so verunstaltet war, ging noch immer etwas Ehrfurchtgebietendes von ihr aus. Allmählich gewöhnte er sich an den Anblick, und von seinem sicheren Beobachtungsposten aus reckte er den Kopf hin und her. Mit einem Mal fasste er Mut, sprang vom Sessel und trat erst links, dann rechts neben die Leiche. Zögerlich streckte er einen Arm vor, wollte ihr Gesicht berühren, griff stattdessen in ihr Haar, nahm eine Strähne, ließ sie durch die Finger gleiten und wog sie. Das Haar unterschied sich in nichts von dem einer Lebenden. Ein Glücksgefühl durchrieselte ihn: Bald würde er es besitzen.

Wenn er Augen nicht nur für das Haar gehabt hätte, wäre ihm aufgefallen, dass mit der Toten etwas vorging. Kaum hatten seine zarten, vorn spitz zulaufenden Finger das Haar berührt, löste sich die Kiefersperre der Conquista, und ihr Unterkiefer klapperte zweimal auf und ab. Auch das Giftgrün ihrer Haut verblasste. Wie in Trance begann er mit seiner Arbeit, holte seinen ledernen, mit zahllosen Fett- und

Farbflecken verschmierten Schminkkoffer, klappte die beiden Laschen auf, langte, ohne dass er hinterher hätte sagen können, welcher Teufel ihm die Hand führte, stets nach den richtigen Tiegeln, applizierte Grundierung und Rouge auf Wangen und Lippen. Alles ging ihm leicht von der Hand, nur mit den Augen, die partout nicht in ihren Höhlen bleiben wollten, hatte er seine liebe Not. Als er sich nicht mehr anders zu helfen wusste, angelte er nach der Mastixtube, mit der er sonst Glatzen klebte, verteilte zwei kleine Würste in die Augenhöhlen, nahm die widerspenstigen Kugeln zwischen die Fingerspitzen und drückte sie dort, wo sie hingehörten, fest. Mit einem Schwämmchen entfernte er die Klebe, die aus den Ritzen hervorquoll. Zur Sicherheit befestigte er die längsten Wimpern, die er in seinem umfangreichen Sortiment finden konnte, an den oberen Lidern. Nun waren die Augäpfel gefangen und konnten sich nicht mehr selbständig machen. Um diesen Eingriff zu vertuschen, pinselte er schwarze Schatten über die Klebestellen, sodass der Augenflor einer Asta Nielsen würdig war. Zuletzt wandte er sich den Haaren zu, die er vorausschauend über dem Kopf zusammenband, sodass er später, wenn seine Stunde gekommen wäre, sie nur noch am Ansatz würde abschneiden müssen. Er wand sie der Toten zu endlosen Schnecken um den Kopf. In seinem Koffer fand er ein dunkelrotes Seidenband, das perfekt mit der Wandfarbe harmonierte, schnitt es in zwei Hälften, schlang ihr die eine um das Kinn und knotete sie über dem Kopf zusammen. Mit der anderen band er am Zopfende eine schöne Schleife. Als er fertig war, sank er in den Lehnstuhl und in tiefen Schlaf.

So fanden ihn die Schwestern, die, nach über einer Stunde unruhig geworden, nachschauten, was aus Herrn Kratz und ihrer Mutter geworden war. Als sie die Conquista sahen, glaubten sie an ein Wunder und konnten Herrn Kratz gar nicht genug loben, der allerdings nach wie vor in todesähnlichem Schlummer im riesigen Armstuhl lag. Aus diesem Grund ragten auf der offiziellen Totenfotografie sein rechtes Bein in braun-beige karierten Hosen, sein rechter Arm sowie einige Strähnen wirr vom Kopf abstehenden roten Haars ins Bild.

Als er nach langem, traumlosem Schlaf erwachte, war der Fotograf längst wieder fort. Der Maskenbildner warf noch einen letzten Blick auf sein Meisterwerk. Nie wieder, das spürte er in diesem Moment ganz deutlich, würde seine Arbeit diesen Grad der Vollkommenheit erreichen. Für den Bruchteil einer Sekunde konnte er sich des Eindrucks nicht erwehren, dass die Tote selbst ihm bei der Modellierung ihres Gesichts die Hand geführt hatte. Er schüttelte den Gedanken ab, griff nach seinem Koffer und eilte aus dem Haus.

Spinnst du? Du willst deine Schiffe verkaufen? Und dann? Was machst du dann? Deine gesamte Götterflotte?», fragte Ramón entsetzt.

«Genau.»

«Auch *Huitzilopochtli*?»

«Auch *Huitzilopochtli*!»

«Auch die Zwillingsschiffe *Hunahpú* und *Xbalanqué*?»

«Auch die Zwillingsschiffe!»

«Auch den Riesentanker *Ometeotl*?»

«Ausnahmslos alle. Auch *Coyolxauhqui*, *Huehueteotl*, *Ometecuhtli* und *Omecihuatl*.»

«Sogar deinen Liebling *Tlahuizcalpantecutli*?»

«Sogar *Tlahuizcalpantecutli*, die unter dem Schutz der Göttin Venus fährt.»

«Aha», entgegnete mein Bruder, der auf Wunsch unseres Vaters in das Reedereigeschäft eingestiegen war.

«Die Zeiten werden immer schlechter. Die meisten Reeder lassen ihre Schiffe nur noch unter Billigflaggen fahren. Doppelte Wände, überhaupt alle Sicherheitsmaßnahmen sind ihnen zu teuer. So macht die Konkurrenz uns kaputt. Es gibt kein Ethos mehr. Als ich in das Geschäft eingestiegen bin, war man noch stolz auf die eigene Flagge. Heute fährt man nur noch unter fremder Flagge, um Steuern und Dockkosten zu sparen. Panama, Honduras, wahrscheinlich demnächst auch Lettland, weil es dort billiger ist. Alles geht den Bach runter. Und da sollte man, bevor man im Tal angekommen ist, lieber aufs Trockene springen.»

«Aha», wiederholte mein Bruder.

«Jetzt ist ein günstiger Zeitpunkt für den Verkauf. Ich bin 82, und da ist es an der Zeit, ein wenig kürzer zu treten. Meine Schiffe sind auch nicht mehr taufrisch. Die Überholungskosten wären hoch, da stoße ich sie besser vorher ab. Es gibt im Übrigen auch schon einen Käufer. Er übernimmt nicht nur die Schiffe, sondern auch das Kontorschlösschen. Die Reederei behält meinen Namen. Ich kann mein Büro bis ans Lebensende nutzen, habe weiterhin ein Mitspracherecht und bekomme ein fürstliches Gehalt. So ist uns allen gedient.»

«Aha.» Ramón fand, dass er wie sein eigenes Echo klang. «Und darf man erfahren, wer dieser Käufer ist?»

«Um wen es sich handelt, wirst du noch rechtzeitig erfahren.»

«So», sagte Ramón und reichte am nächsten Morgen die Kündigung ein. Noch nie in seinem Leben, erzählte er uns, hatte er sich so frei gefühlt.

Am letzten Tag der Aufbahrung, nachdem bereits die halbe Stadt an der Verstorbenen vorbeidefiliert war, betrat ein unerwarteter Gast die weiße Villa. Es war ein Herr, der um nichts in der Welt den Geruch des Todes ertrug. Der Genugtuung jedoch, seine größte Konkurrentin dahingestreckt zu sehen, hatte er nicht widerstehen können. Dafür hatte er sich aus dem Süden des Reiches eigens aufgemacht, und er brach sogar den Schwur, das Haus an der Schönen Aussicht nie wieder zu betreten. Er erschien unangemeldet, das erste Mal seit zehn Jahren. Herrischen Schrittes kam er die Freitreppe herauf, klingelte und trat, als Else die Tür öffnete, ohne viel Federlesen ein.

«Schnell, führen Sie mich ins Totenzimmer», forderte er.

Als sie unschlüssig stehen blieb und kein Wort herausbrachte, versuchte er es mit einem Kompliment. «Sie haben sich gar nicht verändert, Else.»

Mit offenem Mund starrte sie ihn an.

«Alles zum Besten hier?», fragte er.

«Die gnädige Frau liegt tot da drinnen», antwortete Else, als sie endlich die Sprache wiedergefunden hatte.

«Ja, sicher», sagte der General.

«Ich gebe Ihrer Gemahlin, äh, Bescheid, dass Seine Exzellenz da sind», sagte Else und wollte ihn stehen lassen.

«Nicht nötig, Else, nicht nötig. Im Übrigen nicht Exzellenz, sondern General, wenn ich bitten darf. Ich finde meinen Weg.»

Else rührte sich nicht vom Fleck. Nach einer Sekunde bemerkte sie trocken: «Verzeihen Sie, Herr General, es scheint mir doch angebracht, der Herrin des Hauses Ihr Kommen zu melden.»

«Dreist wie eh und je», sagte der General, aber da war sie schon verschwunden und mit ihr auch sein Gefühl des Triumphes, mit dem er das Sterbezimmer hatte betreten wollen. Er wartete nicht ab, sondern stürmte, zwei Stufen auf einmal nehmend, die Treppe hinauf ins Schlafzimmer der Conquista.

Durch eine glückliche Fügung befand sich niemand sonst im Zimmer. Als Erstes, noch bevor er die Conquista in ihrem Bett liegen sah, stach ihm ein großer Strauß Tuberosen ins Auge, die bei einem Kundigen Befremden hätten auslösen können. Aber er kannte den Symbolgehalt dieser Blumen nicht. Einzig die Schauspielerin Eysoldt hatte sich gefragt, ob den Damen des Hauses hier ein Fauxpas unterlaufen war oder ob jemand ein Zeichen hatte setzen wollen. Als sie an Maria vorbei das Zimmer verließ, genügte ein Blick, um zu verstehen.

«Sie sollten nach Berlin gehen, meine Liebe», flüsterte sie ihr rasch ins Ohr, als sie sich von ihr mit einem flüchtigen Kuss verabschiedete. «Dort werden Sie es leichter haben.»

«Genau das habe ich vor. Darf ich Sie besuchen in den nächsten Tagen?»

«Kommen Sie, wann Sie mögen, ich bin immer nachmittags zu Hause.» Sie war so schnell verschwunden, dass sie gar nicht bemerkte, wie rot Maria wurde.

Im Schlafgemach seiner Schwiegermutter fühlte sich der General zurückversetzt in jene Zeit, als er noch kein General und überhaupt alles schief gegangen war. Zaghaft machte er einige Schritte in den Raum. Der Gestank, den das Blumenwasser ausströmte, kroch ihm in die Nase. Vielleicht kam er aber auch von der Toten. Kalter Schweiß trat ihm auf die Stirn. Er wurde leichenblass und begann zu zittern. Es war doch ein Fehler, hierher gekommen zu sein, dachte er. «Unsinn», widersprach er sich laut. Seine Selbstsicherheit war dahin. Mit letzter Kraft wagte er, seiner Schwiegermutter ins Gesicht zu blicken. Da veränderten sich ihre Züge, ihre Wangen fielen ein, jede Farbe, auch die geschminkte, wich von ihr, ganz grau und wächsern wurde ihre Haut, die Augen versanken in den

Höhlen. Ein Skelett schaute ihn an. Und mit einem Mal verzog sich der Mund zu einem hämischen Grinsen. Es hallte in seinem Kopf wider, das gutturale Lachen, das er seit der Geburt seines schwachsinnigen Kindes aus dem Gedächtnis hatte löschen wollen. Er hielt sich mit beiden Händen den Schädel, um es endlich zu vergessen. Beinahe wäre seine Mütze, die er gegen jede Etikette aufbehalten hatte, heruntergefallen. Sie lachte immer noch, die Conquista in seinem Kopf und die da auf dem Totenbett. Sie lachte ihn aus.

Der General taumelte zur Tür und stürzte aus dem Zimmer. Kaum zwei Minuten war er bei der Toten gewesen. Japsend lehnte er sich an die Wand. Da schlenderte ein wohl zehnjähriger semmelblonder Junge mit unverschämt blauen Augen den Gang entlang. Er schien seinen schwarzen Anzug, den er eigens für diesen traurigen Anlass erhalten hatte, zum ersten Mal zu tragen.

«Wer bist du denn?», fragte der General, der immer noch nach Atem rang. Er musterte den Jungen mit aufkeimendem Interesse und einer vagen Vermutung.

«Na, der Herr des Hauses», antwortete der Junge. «Und Sie, wer sind Sie?»

«Ein bisschen mehr Respekt, wenn ich bitten darf. Siehst du denn nicht, dass ein General vor dir steht?»

Der Junge schüttelte den Kopf. «Woher denn?»

«Das solltest du längst wissen. Im Übrigen werde ich wohl dein Vater sein. Merk dir das.» Doch bevor der Junge dazu Gelegenheit hatte, war der General bereits verschwunden.

Kaum auf der Straße, überstürzten sich seine Gedanken. Mit einem schnellen Blick auf den Gehweg prüfte er, ob sich nicht wieder Blitzeis gebildet hatte wie dazumal, konstatierte jedoch, dass dieser Oktober für einen Juli hätte durchgehen können, so warm war es. Es war sogar so heiß, dass ihm, der sonst nie schwitzte, Schweißperlen auf die Stirn traten.

Dass die Missgeburt sich so entwickeln würde! Der General schwenkte ungläubig den Kopf. Ein unbekanntes Gefühl von Stolz stieg in ihm auf. Er rechnete: In zwei Monaten wurde der Junge zehn. Vielleicht war er ein bisschen verweichlicht und vorlaut, aber dem konnte ja abgeholfen werden. Dem *musste* abgeholfen werden. Das Kind musste dringend in seine Obhut. Besser noch in die Kadettenschule. Damit ein anständiger Mensch, ein Soldat aus ihm werden würde. Schon morgen wollte er alles Nötige in die Wege leiten. Erst sollte der Junge einige Tage bei ihm bleiben, damit sie sich kennen lernten und der Junge ihn zu lieben begänne. Ja, das musste er, er musste ihn lieben! Schließlich handelte es sich um seinen Sohn. Den Erstgeborenen. Einen *Roué*. Das bewiesen die blonden Haare. Sein Erbgut hatte sich durchgesetzt gegen die Gene der Mexikaner. Der General lachte. Was die Mutter ihrem Sohn wohl für Ammenmärchen über ihn aufgetischt hatte? Da musste man sich auf einiges gefasst machen. Das würde er klarstellen. Missverständnisse würde er ausräumen, radikal.

Als die ältere Tochter der Conquista aus dem Salon trat, um ihren ehemaligen Ehemann zu begrüßen, hatte der bereits das Haus verlassen. Stattdessen traf sie auf ihren Sohn, der mit ausgestrecktem Arm auf die Haustür zeigte und fragte: «*Der* da soll mein Vater sein?»

«Ja, mein Junge, das ist dein Vater, wenn jemand diesen Namen überhaupt verdient, der zehn Jahre lang nichts von dir wissen wollte.»

«Ich dachte, er ist tot?» Franz wunderte sich. Langsam beschlich ihn ein ihm unbekanntes Gefühl. Es war Wut. «Sie haben mich glauben lassen, er ist tot. Sie hätten mir sagen müssen, dass er lebt, dann wäre ich zu ihm gegangen», sagte er.

«Nein, wir haben dir nie gesagt, dass er tot ist, wir haben

lediglich über seine Existenz geschwiegen. Das ist ein Unterschied, den du vielleicht eines Tages verstehen wirst.»

«Ich habe ein Recht auf meinen Vater. Ich habe mir immer einen Vater gewünscht. Ich hasse Sie! Fassen Sie mich nicht an!», brüllte er und trommelte mit seinen Fäusten auf sie ein.

«Da liegt deine Großmutter tot, und du benimmst dich so.»

«Blöde Conquista!»

«Na! Stell dir vor, sie hört dich.»

«Soll sie doch! Auch Omama hat mich belogen. Ihr seid alle Lügner.» Wider Willen traten ihm Tränen in die Augen. «Ich will zu meinem Vater!», sagte er.

Mercedes erwischte seinen Arm und hielt ihn fest. «Jetzt hör mir mal gut zu. Komm her. Ja, du hast Recht, wir haben dir verschwiegen, dass dein Vater lebt. Wir wollten dir immer die Wahrheit sagen über ihn, haben aber auf den richtigen Augenblick gewartet. Jetzt ist er uns zuvorgekommen. Du kannst uns natürlich den Vorwurf machen, wir hätten dir deinen Vater vorenthalten. Franz, zu gern hätten wir gehabt, dass dein Vater für dich da ist.»

«Fassen Sie mich nicht an», keifte er seine Mutter an.

«Hätten wir dir sagen sollen, dass er uns am Tag deiner Geburt verlassen hat und sich seither standhaft weigert, dich zu besuchen oder dir auch nur zu schreiben? Was hätten wir dir denn sagen sollen?»

«Das glaub ich nicht! Sie lügen! Warum hätte er mich denn nicht sehen wollen?»

«Das haben wir doch selbst nicht verstanden, wie hätten wir es dir erklären sollen? Jetzt, wo er wieder aufgetaucht ist, kannst du selbst entscheiden, ob du ihn sehen willst.»

«Ich will zu meinem Vater», wiederholte er, und Tränen liefen ihm über das Gesicht.

Klapper nicht so mit den Zähnen», sagte mein Vater zu meiner Mutter.

Meine Mutter sah ihn an und klapperte weiter. Sie klapperte im Takt des Scherzos von Beethovens «Eroica», präzise wie ein Metronom.

Das Zähneklappern hatte von einem Tag auf den anderen begonnen. Jedenfalls konnte sich keiner von uns erinnern, vor jenem Mittwoch im September etwas bemerkt zu haben. Ich ging in ihr Zimmer, sagte wie immer Guten Morgen. Vor dem Mutterdienst hätten wir uns gern gedrückt, obwohl wir ihn nur verrichten mussten, wenn die Pflegerin in Urlaub war. Ich zog die Vorhänge auf, die Sonne schien herein, ihr kleiner Kopf lag, wie immer, zierlich und umrahmt von ihren noch nicht gänzlich grauen Haaren auf dem blütenweißen Kopfkissen. Wortlos folgte sie meinen Bewegungen mit weit geöffneten Augen. Ich trat an ihr Bett, hob die Decke, roch den, wie immer, dumpf-beißenden Geruch, den die nasse und in ihrer Saugkapazität nicht immer ausreichend saugfähige Windel verströmte, die sich unter dem gestreiften Nachthemd wölbte. Ihre dünnen Beinchen waren, wie immer, aufgestellt. Ich hielt ihr die Hand hin, sie zog sich an ihr hoch, schlang dann die Arme um die Beine und sah aus wie der Tlaloc in Chichén Itzá. Ich tippte ihr auf die Füße, und sie schwang sie über die Bettkante. Genau in dem Moment, als ihre nackten Fußsohlen den Teppich berührten, setzte sich ihr Unterkiefer in Bewegung. Er zuckte kurz und klappte dann, den Oberkiefer suchend, wieder zu. Kaum spürte er den Widerstand des Oberkiefers, sackte er wieder und schnellte von neuem herauf. So ging es in einem fort.

Nach diesem Mittwochmorgen im September sagte meine Mutter gar nichts mehr. Anstatt sich wie bislang zu schämen, weil sie Werbeslogans sang, schämte sich mein Vater jetzt, weil sie dauernd mit den Zähnen klapperte. Er schämte sich vor allem, wenn Fremde dabei waren. Erst als sie ihn eines Tages auf seinen Vorwurf hin: «Nicht wahr, Milena, du klapperst nur mit den Zähnen, um mich zu ärgern», mit ihren sanften Augen ansah, merkte ich, dass er sich in Wahrheit über sich selbst schämte. Er tat etwas, was er noch nie getan hatte: Er wich einen halben Schritt vor ihr zurück.

Seit dem Moment, da Paul vom Tod der Conquista erfahren hatte, wollte er sie unbedingt noch einmal sehen. Tag und Nacht dachte er an nichts anderes. Aber es war ihm nicht möglich, ins Haus zu gelangen. Der Kutscher war immerzu mit Besorgungen für die Beerdigung beschäftigt, die Köchin hatte die unentwegt heranströmenden Trauergäste zu verköstigen, und Franz stolzierte gewichtigen Schritts durchs Haus, machte seine Honneurs und ignorierte ihn. Doch Paul wartete auf eine Gelegenheit. Sie ließ sich Zeit. Am dritten und letzten Aufbahrungstag kam sie endlich, und sie kam in der Abenddämmerung mit Maria. Sie eilte aufs Haus zu, das sie am Nachmittag verlassen hatte. Ihr schwarzer Schleier, der nicht besonders sorgsam am Hut befestigt war, flatterte im ungewöhnlich heißen Wind. Einige Strähnen ihres schwarzen Haars hatten sich aus der Umklammerung eines großen Schildpattkamms befreit und vereinigten sich mit dem Chiffon zu einer Trauerfahne. Ihr Gesicht leuchtete marmorn auf, wenn eine Bö den Schleier hob. Paul hatte nie eine solche Schönheit gesehen. Maria blickte sich nach links und nach rechts um, als prüfte sie, ob jemand ihr Verschwinden bemerkt hatte. Da trat ihr Paul in einem Anfall von Wagemut in den Weg.

«Entschuldigen Sie, entschuldigen Sie», stammelte er, «ich wollte Sie nicht erschrecken.»

«Du hast mich nicht erschreckt. So schnell erschreckt mich nichts mehr», sagte sie und reichte ihm die Hand. «Du willst meine Mutter sehen?»

Er erstarrte. «Woher wissen Sie das?»

«Ich weiß es eben. Manchmal gibt es zwischen zwei Menschen eine geheime Sprache, die keiner Worte bedarf.»

Gemeinsam gingen sie zum Haus. Auf der Treppe kam ihnen Franz entgegen. Mit abschätzigem Blick auf Paul fragte er:

«Tante Marie, qu'est-ce que tu veux avec cet objet-là?»

Doch die Angesprochene reagierte nicht. Unbeirrt ging sie mit Paul weiter bis zum Schlafzimmer der Conquista. Als sie eingetreten waren, schloss sie die Tür hinter sich ab und blickte sich um. Niemand war im Zimmer.

«Du möchtest mit ihr allein sein?», fragte sie.

Paul nickte.

«Ich hol dich gleich wieder ab.» Schon verließ sie den Raum durch eine andere Tür.

Paul trat ans Bett der Conquista, sank auf die Knie und griff nach den langen, sehnigen Händen, die ineinander verschränkt auf der Bettdecke lagen. Er streichelte sie. Sie waren gar nicht kalt. Glatt waren sie und die Altersflecken fast verblasst.

«Ich habe das nicht gewollt, glauben Sie mir, ich habe das nicht gewollt!», sagte er und sah gespannt in ihr Gesicht, das überhaupt nichts Totenkopfartiges mehr an sich hatte. Im Gegenteil, es erschien ihm milder als zu Lebzeiten, er glaubte gar, einen gütigen Ausdruck darin zu entdecken. Um die Mundwinkel der Toten spielte ein warmes Lächeln. Ihm wurde leicht ums Herz.

Da kehrte Maria zurück, um ihn zu holen.

«Ist es schlimm zu sterben?», fragte er sie.

«Nicht, wenn man bereit ist zu gehen. Wenn man sich an

das Leben klammert aus Angst vor dem Danach, dann vielleicht», sagte Maria.

«Aber was kommt danach? Wo geht sie jetzt hin?»

«Das weiß niemand so genau. Wir werden es erst wissen, wenn wir uns selbst auf den Weg machen. Unsere Mutter hat uns, als wir klein waren, ein mexikanisches Märchen erzählt, jedenfalls hat sie es so genannt, aber ich glaube, sie hat es erfunden. Willst du es hören?»

Ja, das wollte Paul.

«Es war einmal ein kleines Mädchen, das ging in den Wald, um den Tod zu suchen. Es wollte ihn fragen, warum er seine Mutter geholt habe, und ihn außerdem bitten, auch sich selbst zu holen. Es lief sehr lange Zeit, es lief und lief und konnte den Tod nicht finden. Da kam es zu einer Quelle und fragte sie: ‹Kannst du mir sagen, wo der Tod ist?› – ‹Mein liebes Kind›, antwortete die Quelle, ‹der Tod bin ich.› – ‹Aber du sprudelst und entspringst hier erst zum Leben.› – ‹Und doch bin ich der Tod›, erwiderte die Quelle. Das Mädchen glaubte der Quelle nicht und ging weiter, um den Tod zu suchen. Nach einer gewissen Zeit kam es zu einem Baum, der so groß war, dass es seine Wipfel nicht sehen konnte. Es trat an seinen Baumstamm heran und fragte ihn: ‹Kannst du mir sagen, wo der Tod ist?› – ‹Mein liebes Kind›, antwortete der Baum, ‹der Tod bin ich.› – ‹Aber du wächst bis in den Himmel.› – ‹Und doch bin ich der Tod›, beharrte der Baum. Das Mädchen glaubte dem Baum nicht und ging weiter, um den Tod zu suchen. Es wurde älter und älter und hatte den Tod immer noch nicht gefunden, als ihm eines Tages im Wald ein Junge begegnete, der fragte: ‹Kannst du mir sagen, wo ich den Tod finde?› Daraufhin antwortete das Mädchen: ‹Der Tod bin ich.› Der Junge wollte ihm nicht glauben und sagte: ‹Aber du bist noch so jung und schön und voller Leben!› – ‹Und doch bin ich der Tod›, antwortete das Mädchen.» Maria machte eine Pause und sah Paul gedankenverloren an. Dann sagte sie leise: «Ja, das ist ihr Märchen. Ich habe sehr lange gebraucht, um zu verstehen, dass Leben und Tod die zwei Gesichter unserer Existenz sind, dass das Leben immer den Tod in sich trägt, aber der Tod auch das Leben.»

Paul dachte an den kleinen Jungen, den der Zaun aufgespießt hatte, und ließ sich von Maria die Treppe hinunterführen. Franz zog, als sie vorübergingen, eine silberne Uhr aus der Tasche seiner Anzughose, studierte das Zifferblatt und sagte: «17,5 Minuten.»

Maria öffnete die Haustür, küsste Paul auf die Stirn und sagte so laut, dass es auch Franz hören konnte: «Wir werden uns nicht verlieren.»

Paul wusste, dass sie Recht hatte. Der erste Kuss einer Frau glühte auf seiner Haut.

Am Abend desselben Tages stattete Herr Kratz der Villa einen Besuch ab, um seinen Lohn zu holen. Die Conquista lag bereits in einem Kirschholzsarg, der mit rosa Seide ausgeschlagen war, aber der Deckel stand noch offen. Als Herr Kratz mit seiner scharfen Schere den Zopf abschnitt, verwandelte sich ihr Lächeln in ein zufriedenes Grinsen. Erschreckt ließ er den Sargdeckel fallen.

Bis zum Tag der Beerdigung hielt das heiße und über die Maßen trockene Wetter wie durch ein Wunder an. Die hanseatische Pflanzenwelt ließ ihr braunes Laubwerk hängen. Selbst die mexikanischen Palmen der Conquista dürstete es, und der Kutscher schleppte Tag für Tag Gießkanne um Gießkanne durch den Garten. Täglich fanden sich an den Ufern des Flusses und des großen Binnensees Menschen ein und prüften den Pegel. Der Senat bestückte einen Drachen mit meteorologischen Registriergeräten, die Aufschluss über die weitere Wetterentwicklung geben sollten. Gelegentlich trieben verheißungsvolle Wolken am meist stahlblauen Himmel, die sich binnen kurzem wieder auflösten. Mit jedem Tag wurden die Stadtbewohner nervöser. Sie fühlten sich ihres Lebensgefühls beraubt, ihnen fehlte die wetterseitige Bestätigung ihres Griesgrams. Eine mediterrane Lebensfreude wollte sich nicht einstellen. Schon nach einer Woche ungetrübten Sonnenscheins legte er sich schwer auf ihr Gemüt und verdunkelte es. Die gesamte Einwohnerschaft verfiel in tiefe Depression. Aus ihrer Grübelei riss sie nur die Himmelsguckerei: Sie entwickelte sich zu einer Manie. Tag für Tag, Stunde um Stunde, Minute auf Minute wurde das Firmament von Hunderten, ja Tausenden Augenpaaren nach dem kleinsten Wölkchen abgesucht. Immer mehr wurden es, die unentwegt nach oben starrten. An jeder Straßenecke boten Händler Ferngläser feil, mit denen man, so die marktschreierische Werbung, den Regen, wenn er denn komme, sofort ausmachen könne.

Sogar unter den Tieren breitete sich eine merkwürdige Trägheit aus. Den grünen Wetterfröschen in ihren Einmachgläsern wurde es nach einiger Zeit auf den Leitern zu ungemütlich. Die Saugnäpfe an ihren Füßchen schmerzten vom ewigen Festklammern an den Sprossen. So kletterten sie eines schönen Tages, mürbe geworden von der Hitze, in Barmbek und Harvestehude, in Reinbek und Othmarschen, im Schanzenviertel, an der Michaeliskirche und selbst in Ottensen einfach auf den Boden und straften so das nimmermüde Hoch. Die Froschbesitzer gerieten vor Freude aus dem Häuschen, liefen mit ihren Gläsern in die Nachbarschaft, deuteten abwechselnd auf den stahlblauen Himmel und den Frosch, der mit hängendem Kopf am Boden des Einmachglases hockte. Zurück in ihren Wohnungen, kramten sie ihr gelbes Ölzeug aus den Tiefen ihrer Schränke. Doch wer nicht kam, war der Regen. Die Froschbesitzer warteten einen Tag, warteten zwei Tage. Langsam schwand ihr Mut. Am dritten Tag mussten sie sich eingestehen, dass ihre Frösche streikten. Auf die Natur war kein Verlass mehr. Das Thermometer überschritt die Marke von 45 Grad im Schatten. Das war in der Hansestadt noch nie geschehen und ließ etliche Säuglinge kurz nach ihrer Geburt Zuflucht in der kühlen Erde suchen.

Unaufhörlich sank der Wasserstand des Flusses, Lebensader der Region, und auch der See inmitten der Stadt verdunstete. Die Uferbepflanzung welkte, der Schilfgürtel verdorrte, Enten beschlossen ihren Aufbruch und flogen davon. Die Schwäne wollten ihnen nach, schlugen mit den Flügeln, liefen über das brackige Wasser, erhoben sich jedoch nicht. Nun rächte sich an ihnen, dass die Hanseaten zu jeder Jahreszeit Schwäne auf ihrem Gewässer schwimmen sehen wollten. Alljährlich wurden den Tieren von dem eigens zu diesem Zweck bestellten Schwanenschutzwart die Schwingen gestutzt, damit sie sich nicht etwa aus dem Staub machten. Jetzt hatte der Schwanenschutzwart alle Hände voll zu tun, seine verendeten Schützlinge einzusammeln.

Eines Tages erwachte die Stadt aus ihrer Apathie, und alle machten einen Ausflug ans Meer. In Kutschen und Automobilen mit stinkenden Ottomotoren schoben sie sich flussabwärts zur Mündung des Stroms, der nur mehr ein Strömlein war. Stunden später blickte eine ungeheure Menschenmasse zweifelnd auf das Meer, das seiner Pflicht, die Strände zu überfluten und salziges und infolge des hohen Jodgehaltes überaus gesundes, wenn auch empfindlich kaltes Badewasser an die Gestade zu spülen, nicht nachkam. So standen die Menschen und blickten in die Ferne.

Plötzlich rief ein kleines Mädchen: «Da, da! Eine Wolke. Da kommt eine Wolke!»

Unzählige Augenpaare schauten in die Richtung, in die das Mädchen gewiesen hatte. Wer scharfe Augen hatte, konnte die Wolke sehen, die sich aus Westen näherte.

Ein Mann schrie: «Ich höre ein Motorengeräusch!»

«Unmöglich», sagten einige Umstehende.

«Der hört Gespenster», schimpften andere.

Dennoch starrten alle weiter in den Himmel. Die graue Wolke schwebte in gleich bleibender Geschwindigkeit heran. Sie schimmerte silbern und sah aus wie ein ins Gigantische aufgeblasenes, in die Länge gezogenes Ei.

«Ein Luftschiff», sagte resigniert eine Frau.

In einem Korb, der auf der Unterseite des Eis hing, standen zwei Männer und winkten. Keiner aus der riesigen Menschenmenge am Boden erwiderte den Gruß.

«Bloß ein Zeppelin», murmelten selbst diejenigen, die noch nie einen gesehen hatten, und das waren die meisten. Enttäuscht wandten sie sich ab. Die Fata Morgana einer Wolke entschwand. Unverrichteter Dinge machte sich die Menge wieder auf den Heimweg, und erlebte ein weiteres Mal die bisher nicht gekannten Schrecken des Verkehrsstaus. Selbst die Damen und Herren des Radfahrerclubs, den es seit vierzehn Jahren gab, konnten in ihren modischen Knickerbockern oder Krawattenkostümen noch so flott daherstrampeln, ihre Fahrt wurde immer wieder von den vielen Kutschen und Automobilen gebremst, zwischen denen sie sich mit wagemutigen Manövern hindurchschlängelten. Diese Manöver forderten mehrere Unfälle, einen gar mit tödlichem Ausgang.

Je länger die Hitze andauerte, desto mehr spitzte sich die Lage zu. Wohlsituierte Herren brüllten sich auf offener Straße an, zugeknöpfte Damen gingen wie Furien aufeinander los. In den Annalen wird von einer Dirne berichtet, die sich mitten auf dem Rathausplatz die Kleider vom Leib riss und schrie:

«Ich halte es nicht mehr aus, ich halte es nicht mehr aus!» Sie wurde von drei umsichtigen Börsianern, die nach Schließung des Parketthandels auf den Platz hinaustraten, zur Raison gebracht.

Ähnliche Szenen spielten sich überall ab. Ein unbedachtes Wort, eine noch so kleine Geste, und das sonst so wohltemperierte kaufmännische Blut kochte über. Regenschirme, von Besitzern beiderlei Geschlechts längst in Sonnenschirme umfunktioniert, machten eine weitere Metamorphose durch. Ehrenwerte Herren zogen sie Wildfremden ohne jeglichen Anlass über den Schädel, sodass diese bewusstlos zu Boden sanken und man ihnen noch einen Fußtritt in die Seite verpassen konnte. Damen schwangen die Schirme wie Säbel und stießen die Spitzen in jeden, der sich ihnen zu sehr näherte, auch oder gerade wenn es sich um den Gatten handelte. In den Straßen herrschte ein Tohuwabohu. Die Gendarmen hatten ihre liebe Not, all die Streithähne zu trennen. Doch auch sie wurden von dem unerklärlichen Fieber befallen und mischten sich schlagend und tretend ins Handgemenge. Sie prügelten mit ihren Schlagstöcken nach links und rechts oder rammten die Pickelhauben, den Kopf wie ein Stier im Kampf gegen das rote Tuch gesenkt, ihren Opfern in den Leib. Das führte zu erheblichen Verletzungen der Eingeweide. Einzig die Journalisten versuchten, Ruhe zu bewahren und das Geschehen, ihrer Chronistenpflicht gehorchend, für die erstaunte Nachwelt festzuhalten.

Wenn man die Geschehnisse penibel rekonstruiert, stellt sich heraus, dass die Anarchie just am Tag des Mordes an der Conquista begonnen hatte. Sie endete mit der Beerdigung. Die Trauergäste hatten sich trotz des Ausnahmezustands ungewöhnlich zahlreich, wenn auch nicht vorschriftsmäßig gekleidet eingefunden. Selbst dem für seinen untrüglichen Modesinn berühmten Grafen Merschforman hingen die

Hemdzipfel aus der gestreiften Cutaway-Hose, und seine Gemahlin trug ein etwas nachlässig geschlossenes Mieder zur Schau. Oberst Blankfeld hatte auf dem Weg zum Friedhof seine Stiefel eingebüßt und schritt auf Socken zum Grab. Frau von Zitzewitz, die sich, man denke an ihr Lorgnon, etwas auf ihren Stil einbildete, standen die grauen Haare wie die Zotteln eines Wischmopps vom Haupt ab. Die schrille Herzogin wiederum hatte etwas zu tief in ihre Schminktöpfe gegriffen. Ihre Wangenknochen leuchteten orange, um ihren Mund, der rot umrandet war, schimmerte es chromoxydgrün, und die Stirn, an den Schläfen kadmiumgelb schattiert, glänzte preußischblau. Die Gesichtsbemalung hätte Jawlensky inspirieren können.

Der Sarg senkte sich gerade in die frisch ausgehobene Grube, als sich der heitere Himmel mit giftig gelbem Nebel bezog. Es donnerte, ein flammender Blitz durchschnitt die Luft. Er fuhr, wie übereinstimmend alle Augenzeugen beteuerten, direkt ins Grab der Conquista. Die vier ebenfalls nicht vorschriftsmäßig gekleideten Totengräber ließen vor Schreck die Seile fahren, in denen der Sarg dem Abgrund entgegenschaukelte, der schwere Eichenkasten stürzte hinab, schlug mit fürchterlichem Gerumpel auf und blieb auf der Seite liegen. Einige Damen fielen in Ohnmacht. Die Baronesse Blaschke konnte im letzten Moment noch aufgefangen werden, sonst wäre sie der Conquista hinterdrein ins Grab gekippt. «Schlägst du mich nicht, schlag ich dich», zischte die Baronesse, als sie sich wieder erholt hatte, ihren Retter, einen Senator, an und holte schon mit der blanken Hand zum Schlag aus, als es faustdick von oben kam. Als müsste den Würmern zur Erleichterung ihrer Schwerstarbeit an der Conquista noch ein wenig Tränkung verabreicht und ein idealeres Fortpflanzungsklima kredenzt werden, goss es wie aus Kübeln. Im Nu war die Trauergesellschaft bis auf die Haut durchnässt. Überwältigt stand sie da und blickte in die nicht mehr lichten Höhen. Ganz langsam begann Graf Merschforman, sich wie in Trance zu bewegen, und wirbelte Frau von Zitzewitz mit sich. Mit einem Mal, der toten Conquista zum Trotz, die in ihrem Sarg kippelte, verfielen die Trauergäste in einen Freudentanz. Sie rissen die Arme gen Himmel und schwangen die Beine. Wie ein einziger Körper zuckten und zappelten sie: Unbekannte lagen sich in den Armen, sie lachten und weinten, Tränen vermischten sich mit Regentropfen, Männer küssten Männer, und Frauen gingen Frauen an die Wäsche, und beinahe wäre die Szenerie am Grab der Conquista in eine Orgie ausgeartet. Franz, der für einen Moment am Grab stand, glaubte von unten ein gutturales Lachen zu hören. Er erschrak. Doch da wurde er schon von der rasenden Menschenmenge mitgerissen.

Abseits des Getaumels stand eine tiefschwarz verschleierte Dame. Sie war hoch gewachsen und gertenschlank. Sie wartete. Sie harrte auf ihre Gelegenheit. Als Maria an ihr vorbeischlingerte, ergriff sie ihre Hand. Mit einem Schlag wurde Maria ganz ruhig und starrte die Verschleierte an. Kannte sie die Dame? Da langte die Unbekannte in ein Täschchen und zog ein mit dunkelblauer Samtschleife zusammengehaltenes Bündel Briefe heraus und drückte es ihr in die Hand.

«Ich denke, Sie sind es, der ich das geben sollte. Bevor sie in falsche Hände geraten», sagte die Dame und verschwand.

Maria kannte die Stimme, konnte sie aber nicht einordnen. Sie stand eine Weile tief versunken da. Endlich dämmerte es ihr.

Es war Miou.

Wenn sie sonst zu nichts mehr nütze ist, sollte man sie der Werbung als Testperson zur Verfügung stellen», sagte mein Vater, als meine Mutter wieder einmal durch das Haus strich und «Haribo macht Kinder froh» sang. Sie hatte tatsächlich eine Vorliebe für Werbetexte und war für die Einprägsamkeit von Slogans so etwas wie ein Seismograph. «Was sogar in ihrem zerlöcherten Gehirn hängen bleibt, das prägt sich anderen erst recht ein», sagte er noch und: «In der Buchstabenwelt kennt sie sich ja aus.»

Eines Tages spazierte ich mal wieder mit ihr durch die Straßen unseres Viertels. Ich hatte mich bei ihr untergehakt, damit sie mir ja nicht vor ein Auto lief. Wir waren schon eine Weile gegangen, und nun strebte ich den Heimweg an, denn wenn sie müde wurde, ging sie nicht mehr weiter und ließ sich nur mit Mühe nach Hause bringen. Auf einmal blieb sie stehen und sagte laut und vernehmlich: «Meister Proper wäscht so sauber, dass man sich drin spiegeln kann.»

Wir standen vor einer großen Werbewand. Darauf war ein Muskelmann zu sehen, der in einem engen Trikot für Waschmittel warb. Offensichtlich hatte er auch seinen Schädel damit bearbeitet, da ihm die Haare ausgegangen waren. Ich versuchte, meine Mutter weiterzuziehen. Doch es war nichts zu machen, sie rührte sich nicht vom Fleck. Unverwandt starrte sie auf den Muskelkerl und wiederholte: «Meister Proper wäscht so sauber, dass man sich drin spiegeln kann.» Da erst fiel mir auf, dass der Saubermann auf dem Plakat etwas ganz anderes sagte.

Noch Tage später spielte er in ihren Gedanken die Hauptrolle. Dann eroberte Haribo seinen angestammtem Platz zurück. Dazu trug Camill bei, der unsere Übereinkunft, zu Hause kein Haribo mehr zu essen, gebrochen hatte, weil er glaubte, Meister Proper habe endgültig über Gummibären und Lakritzkatzen gesiegt. Kaum hatte meine Mutter die Tüte gesehen, arbeitete ihr Gehirn fieberhaft, und nach nur vier Sekunden sang sie: «Haribo macht Kinder froh», nicht einmal, nicht zweimal, sondern hundertmal.

Das war an dem Abend, als der Tagesschausprecher Karl-Heinz Köpcke verkündete, Isaac Bashevis Singer – von dem meine Mutter einmal gesagt hatte, er sei ihr Gedächtnis – werde den Nobelpreis für Literatur erhalten, und mein Vater eine wichtige Eröffnung machte. Er sagte: «Wir müssen sie entmündigen lassen.» Als er unsere entsetzten Gesichter sah und unsere Proteste hörte, fügte er sogleich hinzu: «Es hilft nichts, es muss sein. Stellt euch vor, an der Tür klingelt ein Betrüger, sie macht ihm auf, er bittet sie um Geld, und sie schenkt ihm Tausende von Mark. Eure Mutter hatte schon immer ein zu gutes Herz. Vielleicht ändert sie sogar ihr Testament. Nicht auszudenken! Und dann?»

«Und dann und dann und dann und dann und dann und dann», echote sie.

«Dann schicken sie dich zum Amtspsychiater und entmündigen dich, wenn du nicht aufhörst, und dann und dann und dann zu sagen», vollendete ich ihren Satz, und tatsächlich sagte sie einen Moment lang gar nichts mehr.

Der Amtspsychiater studierte ihre Krankenakte. Er untersuchte sie nicht, sondern stellte ihr nur Fragen. «Ihre Mutter ist eine hoffnungsloser Fall», sagte er am Ende.

«Hoffnungsloser Fall, hoffnungsloser Fall, hoffnungsloser Fall», echote sie

«Ist schon gut, Frau von Roué», versuchte der Amtspsychiater, sie zu unterbrechen, und legte ihr eine Hand auf die Schulter.

Umsonst.

«Hoffnungsloser Fall», sagte sie und sagte es selbst dann noch, als ich sie am Arm packte und die Treppe des Stiegenhauses hinunterführte. An der einen Hand hielt ich sie, in der anderen die Bescheinigung ihrer Hoffnungslosigkeit: Meine Mutter war entmündigt.

«Woher hat sie das nur?», fragte die Mutter meiner Mutter verzweifelt, als ich sie bald darauf mit ihrer Tochter besuchte.

«Omi, du kannst doch nichts dafür! Das ist eine Krankheit, bei der sich in den Gehirnwindungen Plaque ablagert, sodass die Zellen absterben», erklärte ich ihr.

«In Opis Familie hatte keiner eine solche Krankheit. Sie sind alle hochbetagt und ganz klar im Kopf gestorben, nur seine Tante Gerda war alterssenil, doch mit zweiundneunzig Jahren ist das wohl erlaubt.» Meine Großmutter verstummte. «Milena ist doch noch so jung!»

«Und was ist mit deiner Familie?», fragte ich.

Da zuckte sie zusammen. «Die sind alle zu jung gestorben.»

Wenige Tage später rief mein Großvater bei uns an. Er weinte: «Deine Omi, Elena, hat es nicht verkraftet, ihre Tochter dahinsiechen zu sehen. Tagelang hat sie kein Wort mehr gesprochen. Sie hat doch schon eine Tochter verloren. Heute Nacht ist ihr Herz einfach stehen geblieben.» Er schluckte einmal und sagte dann ganz leise: «Meine Leonie ist tot.»

Zu der Hitze kam die Schwüle, denn der plötzliche Regen brachte vorerst keine Abkühlung. Während das Wasser vom Himmel stürzte und die im Tohuwabohu verlustig gegangenen Gegenstände – Taschentücher, Liebesbilletts, Schuhe, Brillen – durch die Straßen schwemmte, fühlten sich die Menschen verkatert wie nach einer durchzechten Nacht. Die Ambulanzen waren überfüllt. Katzenjammer machte sich breit.

Misstrauisch beäugte man einander. Mühsam suchte eine Stadt nach ihrer Contenance.

Auch den beiden noch verbliebenen Damen des Hauses an der Schönen Aussicht lief der Schweiß herunter, dessen Geruchsentfaltung jedoch durch französisches Eau de Cologne auf das angenehmste in Schach gehalten wurde. Er staute sich an so delikaten Stellen wie dem Übergang von der Gesäßrundung zum Oberschenkel und floss in Rinnsalen die Beine hinab. Nach den turbulenten Tagen waren die Schwestern recht erschöpft. Maria hatte im Armadasessel Platz genommen, die Beine weit von sich gestreckt. Mercedes lag auf einem Diwan.

«Was hab ich denn hier?», fragte Maria und zauberte aus ihrer schwarzen Rocktasche ein Bündel Briefe hervor. «Hoppla, wie sind die da reingekommen?»

«Etwa Liebesbriefe?»

«Keine Ahnung. Ich habe sie noch nie gesehen.»

«Erzähl doch keine Märchen. Vielleicht sind sie von dem Maler.»

«Unsinn, ich sagte doch, ich habe sie noch nie gesehen. Ich kenne nicht mal die Schrift.»

«Schwesterchen, Schwesterchen ...»

Da platzte Else herein. «Gnädige Frau, ein Brief», sagte sie und reichte das Kuvert der älteren Tochter der Conquista. Mercedes richtete sich auf. «Danke, Else», sagte sie knapp. Kaum war das Dienstmädchen verschwunden, fragte sie: «Von wem das wohl sein mag?»

«Wahrscheinlich von einem Verehrer von dir! Wie wär's mit Herrn von Schachting?»

«Ach der! Aber nein, um Gottes willen, das ist ja das Roué'sche Wappen! Was das wohl zu bedeuten hat?» Mercedes wurde blass.

«Der will sich sicher entschuldigen, dass er neulich einfach so gegangen ist.» Maria gähnte.

«Das würde ihm gar nicht ähnlich sehen, denn: Was er tut, ist wohlgetan.»

«Mach den Brief halt auf, dann wirst du's wissen», ermunterte Maria ihre Schwester, die den Brief unentschlossen in der Hand hin und her drehte.

«Muss ich ja wohl», sagte Mercedes seufzend und riss den Umschlag auf. Das dunkelrote Siegel zerbröselte. Sie las und wurde immer blasser. Dann glitt ihr das Büttenblatt mit der feinen Struktur und dem eingestanzten Wappen aus der Hand und segelte auf den Perserteppich.

Die Schwester war mit einem Sprung neben ihr, bückte sich und nahm den Brief. Ihr Bündel Briefe fiel zu Boden. Sie las:

Sehr geehrte Frau von Ringsberg, verheiratete von Roué, nach reiflicher Überlegung bin ich zu dem Schluss gekommen, dass es nunmehr meine Pflicht und Schuldigkeit ist, das Schicksal meines Sohnes in die Hand zu nehmen. Ich habe erleben müssen, dass er es mir, seinem Vater, gegenüber am nötigen Respekt fehlen ließ. Außerdem geht ihm jede Kenntnis militärischer Belange ab, die in unserer Zeit von so eminenter Wichtigkeit sind, vor allem in einer Familie, die seit eh und je dem Soldatischen verbunden ist. Ich sehe mich gezwungen, dieses unverzeihliche Versäumnis auf die Erziehung zurückzuführen, die er bis zum heutigen Tag genossen hat und die bekanntermaßen ausschließlich in Ihren Händen lag. Der Junge macht zwar einen aufgeweckten, aber nichtsdestotrotz verweichlichten und ungeschliffenen Eindruck. Ihm fehlt eine starke männliche Hand, und ich bin eisernen Willens, ihm diese nunmehr angedeihen zu lassen. Mein Plan steht fest: Ich werde ihn Anfang nächsten Jahres abholen kommen, ihn etwa einen Monat in meiner Obhut behalten und gezielt auf die Kadettenanstalt vorbereiten, in die er sodann, wie es in meinen Kreisen üblich ist, eintreten wird. Über den genauen Zeitpunkt werde ich Sie noch unterrichten.

Hochachtungsvoll,

Friedrich v. Roué

(falls Sie einer Gedächtnisauffrischung bedürfen, Ihr Gemahl a. D.)

PS: Ich bitte Sie im Übrigen zu überdenken, ob Sie es für opportun halten, weiterhin meinen Namen zu führen. Wie Ihnen vielleicht bekannt sein dürfte, habe ich mich unlängst wieder verheiratet. Nun befindet sich meine junge Frau in der misslichen Lage, gelegentlich mit Ihnen verwechselt zu werden, ein Umstand, der Ihnen ebenso wenig angenehm sein dürfte wie ihr. Auf meinen Namen zu verzichten wird Ihnen wohl kein allzu großes Opfer abverlangen, da Ihnen ja Ihre eigene Familie stets mehr am Herzen lag als meine.

«Jetzt ist eingetreten, was ich die ganzen letzten zehn Jahre befürchtet habe.» Mercedes spielte nervös mit den Fransen des Kelimüberwurfs. «Weißt du, Maria, ich habe Gott täglich dafür gedankt, dass er ihn glauben ließ, unser Kind sei schwachsinnig. Ihr habt euch gewundert, dass ich damals gleich nach der Geburt so gefasst war, als er uns plötzlich verließ. Heute kann ich es dir ja sagen, Maria, ich habe ihn gehasst, obwohl wir ja erst seit kurzer Zeit verheiratet waren und nach außen den Eindruck eines glücklichen jungen Ehepaars machten. Ich war erst sechzehn, als wir geheiratet haben, und kopflos verliebt in seine blendende Erscheinung. Erst hinterher habe ich begriffen, dass seine Augen den Glanz der Kälte hatten. Schon nach der ersten Nacht dämmerte es mir, aber ich hatte ja keine Ahnung vom Leben und noch weniger von der Liebe. Er hat mich behandelt wie einen Gegenstand, hat mich aufs

Bett gelegt, nein, nicht geworfen, er hat einfach nur dafür gesorgt, dass mein Gesäß über der Bettkante lag, mir die Röcke meines Hochzeitskleids hochgeschlagen, die Unterhose abgestreift und die Beine auseinander geschoben. Er war nicht brutal, nein, er ist generalstabsmäßig vorgegangen – keine verschwendete Geste, keine überflüssige Liebkosung, jeder Handgriff wohlüberlegt. Er hat mich nicht angefasst, er hat mich nicht geküsst. Er hat mich gar nicht angesehen. Stellte sich bloß vor mich, knöpfte seine Hose auf und drang schon ein. Als er nicht weiterkam, hat er ein Kissen unter mich gelegt und heruntergespuckt, damit er es leichter hatte. Das Äußerste seines Entgegenkommens bestand darin, mir hinterher aus dem Badezimmer ein Handtuch zu holen und es mir mit abgewandtem Kopf zu reichen, damit ich mir das Blut abwischen konnte und weder das weiße Leinenlaken aus meiner Mitgift noch seinen Teppich befleckte. Dann ist er aus dem Schlafzimmer gegangen und hat auf dem Sofa geschlafen, wo er von nun an immer schlief. Bevor das Dienstmädchen am Morgen in die Wohnung trat, baute er das Bett wieder ab, damit es den Anschein hatte, als schliefen wir wie ein normales Ehepaar zusammen. Was die Leute dachten, darum ging es ihm. Was ich fühlte, war ihm gleichgültig. Nie hat er auf mir gelegen, er hat es immer im Stehen gemacht. Bald hat er mich auf den Bauch gelegt, weil er mein Gesicht nicht sehen wollte. Seine Zurückhaltung vor der Ehe habe ich für vornehm gehalten, ich dachte, er nehme Rücksicht auf mich, und bewunderte sein Feingefühl.» Mercedes lachte bitter und fuhr fort: «Welch ein Irrtum. Einmal die Woche kam er und forderte die ‹Erfüllung ehelicher Pflichten›, so nannte er das, und selten war eine juristische Terminologie so angemessen. Das Gesetz, auf das er pochte, war eigens für mich gemacht, so dachte ich, denn freiwillig hätte ich mich nie mehr dafür hergegeben. Ich kann dir gar nicht sagen, wie ich jede Woche vor diesem Moment gezittert habe. Ich ließ es über mich ergehen, und wenn es vorbei war, war ich froh, denn dann hatte ich eine ungestörte Woche vor mir. Doch manchmal fiel ihm ein, auch zwischendurch zu kommen. Nur wenn ich unwohl war, war ich vor ihm sicher, denn der Herr Soldat konnte ja kein Blut sehen. Und er zählte die Tage, wusste über meinen Zyklus besser Bescheid als ich. Dann blieb das Blut aus, er diagnostizierte Schwangerschaft, und fortan ließ er mich in Ruhe, denn seinem Sohn durfte ja nichts passieren. Dass es ein Sohn werden würde, stand für ihn außer Zweifel, schließlich war er der Vater. Mein Gott, wie war ich erleichtert! Aber es gab auch Momente, in denen ich gebetet habe, mein Kind möge noch im Mutterleib sterben. Ich habe mich sogar dabei erwischt, wie ich mir mit Fäusten auf dem Bauch herumtrommelte, denn so einen Vater sollte es nicht haben.»

«Ich hätte ihn umgebracht!» Maria war zu ihr gegangen und legte ihr die Arme um den Hals.

«Ja, aber jeder Wille, jedes Gefühl in mir war wie abgestorben. Ich hatte keinen Antrieb und natürlich auch keine Ahnung, dass die Liebe anders sein könnte. Obwohl mir Mamás Schilderungen wieder einfielen. Was sie erlebt hatte mit Papá, hatte so gar nichts mit dem zu tun, was ich erlebte.»

«Das hab ich alles nicht geahnt. Warum hast du –?»

«Du warst doch noch viel zu jung, Maria, und Mamá hätte mich keinen Augenblick länger bei ihm gelassen. Ich wollte auf eigenen Beinen stehen, also habe ich geschwiegen. Ich war so stolz auf meinen jungen, blonden Bräutigam, der eine so glänzende Karriere vor sich hatte. Mamá hatte mich gewarnt, sie durchschaute ihn von Anfang an. Aber sie hat nie wieder darüber gesprochen. Sie wusste wohl, was ich durchgemacht habe. Dies hab ich ihr hoch angerechnet. Eigentlich sollte ich dir das alles nicht erzählen, aber jetzt weiß ich nicht mehr weiter. Kannst du verstehen», fragte Mercedes leise, «wie erleichtert ich war, als er nach der Geburt auf Nimmerwiedersehen verschwand? Nie in meinem Leben hatte ich ein solches Gefühl der Erleichterung, ich hätte schweben können. Nicht nur meinetwegen, man erträgt ja viel, zu viel, sondern vor allem wegen Franz. Wie hätte ich ihn vor ihm schützen sollen? Liebe hätte ich ihm für zwei geben können, mein Mann wollte sie ja nicht. Aber ich wusste, dass er auf einer militärischen Erziehung bestehen würde, und ich hätte nicht gewusst, wie das verhindern. Das weiß ich jetzt immer noch nicht. Wäre Mamá doch noch am Leben, sie wüsste Rat. Sie war die Einzige, vor der er Angst hatte. Ach, Mamá, warum musstest du mich im Stich lassen!»

«Wie können Männer doch ekelhaft sein!» Maria stockte einen Augenblick, doch dann sagte sie: «Mercedes, ich weiß, es ist sicher nicht der richtige Moment für meine Eröffnung, weil du meinen könntest, dass auch ich dich in dieser kritischen Situation im Stich lasse, aber ich hadere schon so lange mit mir und hatte gerade meinen Entschluss gefasst, als Mamá ermordet wurde. Mein Leben kann nicht so ziellos weiterverlaufen wie bisher, ich muss endlich etwas tun. Ich werde verrückt vor Langeweile. Du hast Franz, aber ich habe keine Kinder und werde voraussichtlich auch keine bekommen. Ich brauche eine Aufgabe. Verstehst du das?»

«Nein, im Moment verstehe ich noch gar nichts. Warum solltest du keine Kinder –?»

Maria unterbrach sie. «Ich werde nicht hei... Mercedes, ich gehe nach Berlin. Und zwar schon nächste Woche.»

«Was willst du? Nach Berlin gehen? Ganz allein? Nächste Woche? Bist du wahnsinnig? In diesen Moloch?»

«Ich will studieren.»

«Studieren? Du musst vollkommen übergeschnappt sein!»

«Ganz und gar nicht.»

«Seit wann dürfen Frauen denn studieren?»

«In Preußen bereits seit einem Jahr. Das hat in allen Zeitungen gestanden.»

«So.»

«Das muss ich ausnutzen.»

«Aber noch niemand hat in unserer Familie studiert. Nicht einmal die Männer.»

«Dann wird's ja Zeit, dass endlich jemand den Anfang macht. Ich bin fest entschlossen. Ich werde Medizin studieren.»

«Menschen aufschneiden, kannst du das? All das Blut, das ganze Elend. Du bist doch viel zu zart dafür.»

«Ich bin volljährig, und du bist nicht meine Mutter. Heilen will ich. Leiden lindern, wenn heilen nicht möglich ist.»

«So kenne ich dich ja gar nicht. Und wo wirst du wohnen?»

«Vorläufig in einer Pension unweit vom Kurfürstendamm.»

«Du hast ja schon alles geplant. Und ich habe nichts davon gemerkt. Du kennst doch niemanden dort und willst ganz allein –»

«Ich werde schon jemanden kennen lernen. Die Eysoldt hat mir ein paar Adressen gegeben.»

«Die Eysoldt? Ich wusste gar nicht, dass du so eng mit ...» Mercedes stutzte und musterte ihre Schwester genauer. Dann fragte sie vorsichtig: «Aber warum Berlin? Du kannst doch auch hier studieren.»

«Weil ich hier rausmuss!» Marias Stimme überschlug sich fast.

«Warum erregst du dich so?»

Aus Maria platzte es heraus. «Mercedes, weil ich Frauen liebe. Versteh doch endlich, ich liebe Frauen! Ich kann hier nicht bleiben, wo jeder mich und unsere Familie kennt! Oder soll ich mich ein Leben lang verstecken? Gegen meine Empfindungen leben, mir einen Mann nehmen und mir und ihm und womöglich auch noch meinen Kindern etwas vorspielen? Ich kämpfe doch schon seit Jahren dagegen an. Aber es gelingt mir nicht. Ich habe keine Kraft mehr. Und überhaupt, was ist schon dabei? Eine Frau liebt eine andere Frau, na und?» Sie ging zu ihrem Sessel zurück. «Jetzt ist es raus. Jetzt fühle ich mich besser.»

Mercedes schwieg und starrte vor sich hin.

«Ekelt dir jetzt vor mir?» Maria sah sie erschrocken an.

«Wie konnte das nur geschehen?», fragte Mercedes.

Maria zuckte mit den Achseln. «Werd ich dadurch vielleicht zu einer anderen?»

Ihre Schwester brachte ein Lächeln zustande. «Nein, eigentlich nicht. Nur die Vorstellung, du mit einer anderen Frau im Bett. Was macht ihr –»

«Ich weiß ja auch nicht.» Maria klang verzweifelt. «Ich muss eben, nicht dass du glaubst, ich will. Und du siehst mich an, als wäre ich eine Aussätzige! Ich hätte dir nichts sagen sollen, ich dachte, dir könnte ich vertrauen. Liebe zwischen gleichen Geschlechtern gibt es doch sogar unter Tieren.»

«Aber du musst zugeben, dass sie nicht per se natürlich ist. Ich werde mich an den Gedanken erst gewöhnen müssen. Sehr sogar.»

«‹Natürlich, natürlich›, wenn ich das schon höre. Die Fortpflanzung ist das höchste Ziel der Schöpfung! Na, dann müssen wir wohl bis in alle Ewigkeit Männer wie den deinen ertragen. Dann wird alles so bleiben, wie es ist. Grandios.»

«Jetzt bist du ungerecht.»

Maria wurde laut. «Ungerecht ist, dass ich so empfinde. Wäre es nicht auch einfacher für mich, ‹normal› zu sein? Ich hätte ein klares, vorgezeichnetes Leben, Ehe, Kinder, vielleicht einmal eine Affäre, weil man es nicht mehr aushält, dass einen der Ehemann betrügt. Mercedes, auch du bist schließlich eine Frau, hast du dich denn wirklich niemals zu einer anderen hingezogen gefühlt?»

«Nein.»

«Und wenn du den Gedanken einmal zulässt, erscheint er dir dann so abwegig?»

«Na ja, von allein wäre ich nicht darauf gekommen.» Mercedes zögerte einen Moment, wagte es dann aber doch zu fragen: «Ist sie es?»

«Ja. Aber sie sagt, sie hat hier in der Stadt einen Ruf zu verlieren.»

«Sie, einen Ruf? Sie ist doch Schauspielerin!»

«Du redest wie alle», entgegnete Maria aufgebracht und fügte dann kleinlaut hinzu: «Und, findest du mich jetzt widerlich?»

«Schau dich doch an, wie könntest du widerlich sein.» Marias sonst so durchschimmernder Teint war mit Purpur überzogen. Jetzt war es an Mercedes, aufzustehen und Maria zu umarmen. «Du bist und bleibst meine Schwester. Selbst wenn du dich in einen Esel verliebst.»

«Leider bin ich nicht Titania! Auch wenn Mamá das vielleicht gefallen hätte.»

Beide lachten.

«Vielleicht kommt ja doch noch eines Tages der Richtige um die Ecke marschiert.»

«Darauf hoffe lieber nicht.»

«Und was soll aus Franz und mir werden?», fragte Mercedes halb im Scherz, halb im Ernst.

«Du schaffst das schon.»

«Im Moment fühle ich mich aber ganz schwach.»

«Ich muss fort! Bitte, mach es mir nicht noch schwerer. In den Semesterferien bin ich wieder zu Hause. Versprochen. Und du kannst mich jederzeit fernmündlich erreichen.»

«Das ist aber nicht dasselbe!»

«Ich bin ja nicht aus der Welt.»

«Nein, wahrlich nicht, du gehst in die Welt und lässt mich hier zurück.»

Eine Woche später hängte Maria ihre Korsettsammlung in ihrem Mädchenzimmer an den Nagel, begab sich in das renommierteste Wäschegeschäft der Stadt und erwarb eine noch ganz junge Erfindung der Gebrüder Lindauer. Sie hatte zwei Träger, auf dem Rücken Haken und Ösen und an der Vorderseite zwei kleine Körbchen, in die Maria ihre Brüste sanft betten konnte. Dann bestieg sie den Zug nach Berlin und verließ die Hansestadt.

ZWEITES BUCH

Kaum hatte der General seinen keineswegs schwachsinnigen Sohn zu Gesicht bekommen, setzte er die Justizmaschinerie in Gang, um sich des Kindes zu bemächtigen. Und es sah gut für ihn aus, sehr gut. «Mutwillige Täuschung über den Geisteszustand des Sohnes durch die Mutter», lautete das schlagende Argument. Zum ersten Mal empfand er gegenüber der Familie seiner ehemaligen Frau ein Gefühl des Triumphes. Seine einstige Niederlage musste aus der Welt.

Doch ganz so einfach, wie er sich das vorgestellt hatte, konnte er des Kindes nicht habhaft werden, denn auch Mercedes ließ Beziehungen spielen. Sie nahm sich den besten Anwalt aus ihrem Bekanntenkreis und legte gegen die Verfügung des süddeutschen Gerichts Einspruch ein. So gingen drei Jahre ins Land. Während hanseatische Bauarbeiter 21 Meter unter der Elbe einen 450 Meter langen Tunnel gruben, flogen Schriftstücke wie Tennisbälle zwischen Herrn und Frau von Roué hin und her. Als im Untergrund der Hansestadt die erste Bahn fuhr, war aus den Amtsstuben noch immer kein Bescheid da. Ein Mann sprang mit dem Fallschirm aus einem Flugzeug, doch die Justiz kam keinen Schritt voran. Ein Kampfwagen wurde entwickelt, der die Kriegführung grundlegend verändern sollte, aber der Richterspruch blieb weiter aus. Der Wartestand war quälend für den Herrn General, der sich schon um seinen Triumph betrogen sah, und er war unerträglich für die Mutter des Kindes, die jede Minute fürchten musste, dass es ihr weggenommen würde. «Europa steuert auf einen Krieg zu, und unser Land braucht Soldaten», gab der General am Ende zu bedenken und siegte.

Im August des Jahres 1913 stand er, ausgestattet mit allen richterlichen Vollmachten, vor der Uhlenhorster Villa. Epauletten glichen das Hängen seiner Schultern aus. Ein taillierter Rock umschloss die Hüften. Auf der Gürtelschnalle schoss der Reichsadler mit ausgebreiteten Flügeln über die Manneskraft dahin. Eine Knopfreihe betonte die Vertikale. Zwei Silberknöpfe zu beiden Seiten des Halses akzentuierten den steifen Kragen, der dem Kopf Haltung verlieh. Ein forscher Schnurrbart gab der schmalen Oberlippe Kontur. Und erst die Orden! Fasziniert sah der Junge seinen Vater an.

«Ich gehe nicht mit Ihnen», verkündete er dennoch, «ich kenne Sie ja gar nicht.»

«Du wirst mich schon kennen lernen, also keine Widerrede, komm.»

Mercedes stand neben der Haustür, ihre Augen füllten sich mit Tränen. Franz fiel ihr um den Hals.

«Mamá, vergisst du mich auch nicht?», flüsterte er ihr ins Ohr.

«Vergessen, ich? Niemals. Ich bin immer für dich da, wie könnte ich dich vergessen», flüsterte auch sie und strich ihm übers Haar.

«Keine Sentimentalitäten, wenn ich bitten darf. Komm jetzt», sagte eine raue Stimme, und der Mann, der sein Vater sein wollte, packte den noch zarten Oberarm des Jungen.

«Ich habe meinen Teddy vergessen», sagte er bittend, «ich möchte ihn noch schnell aus meinem Zimmer holen.»

«Den brauchst du jetzt nicht mehr», bestimmte der Vater und zog ihn mit sich fort.

Erst als sie in der Kutsche Platz genommen hatten, die sie

zu dem inzwischen fertig gestellten Hauptbahnhof bringen sollte, und die Pferde bereits losgetrabt waren, lockerte der Vater seinen Griff. Jetzt konnte das Blut wieder zirkulieren. Das Gewebe kribbelte. Franz schüttelte seinen Arm.

«Stell dich nicht so an!», schalt ihn der Vater. «Du wirst doch nicht behaupten wollen, dass das wehgetan hat.»

Der Junge stierte auf die Spitzen seiner Lackschuhe und sagte nichts.

«Das will ich wohl auch gemeint haben. Du wirst jetzt erwachsen und musst zu einem richtigen Mann erzogen werden, da ist der Einfluss von Frauen schädlich. Fortan wirst du fern von ihnen leben. Kein Wunder, wenn man bei dieser Weiberwirtschaft verweichlicht. Dir fehlt eine starke männliche Hand.»

Franz hätte nur zu gern auf diese männliche Hand verzichtet, denn er spürte noch jeden der fünf Finger.

Der Vater fuhr mit seiner Ansprache fort: «Dir wird die Kadettenanstalt schon auf die Sprünge helfen. Der Mann gehört zum Mann. Wir sind das starke Geschlecht und müssen das schwache beherrschen. Die Kraft eines Mannes versiegt, wenn eine Frau sich in seine Gefühle schleicht. Die Frau untergräbt die männliche Standhaftigkeit. Sie wollen dir vorgaukeln, dass es ein Verständnis gibt zwischen den Geschlechtern, doch kann es Verständnis geben zwischen Antipoden, die sich von Natur aus abstoßen? Halte dein Herz immer frei von weiblichem Einfluss. Männer und Frauen sind zwei verschiedene Planeten, die sich nur zum Zwecke der Fortpflanzung berühren. Merk dir das.»

«Ich werde es mir merken», sagte Franz mit kleiner Stimme, in der noch kein Anflug von Stimmbruch mitschwang, aber während er das sagte, dachte er an den warmen, runden Busen seiner Mutter.

Draußen flanierten junge Herren, die bunten Bänder ihrer Strohhüte flatterten im Wind. Damen lachten. Ein Schutzmann mit Pickelhaube regelte mit wedelnden Armen den Verkehr. Sie näherten sich der Spitaler Straße, in der unlängst die barocken Fachwerkhäuser abgerissen worden waren, um einem modernen Geschäftsquartier Platz zu machen, unmittelbar am Hauptbahnhof. Eine Straßenbahn klingelte. Menschen standen auf der hinteren Plattform, die Zacken der oberen Art-déco-Verzierung ragten ihnen beinahe ins Gesicht. «Fahrpreis 10 Pfennige», entzifferte Franz im Vorüberfahren eine geschnörkelte Schrift. An der Oberleitung zischte ein Funken. Ein Kutschpferd scheute und blieb stocksteif stehen. Der Kutscher schwang die Peitsche, ließ sie auf den braunen Rücken des Tieres niedersausen, doch das Pferd tat keinen Schritt. Der Vater schwieg. Ihm fiel nicht ein, was er seinem Sohn, der nun erwachsen werden sollte, noch hätte sagen können.

Drei Tage später lag ein Päckchen auf der Freitreppe an der Schönen Aussicht. Wie immer brachte Else im Morgengrauen eine Emailkanne an das große eiserne Tor, damit der Milchmann, der mit seinem Fuhrwerk durch die Straßen zog, sie füllte. An diesem Tag war sie etwas spät dran, sie hörte das Fuhrwerk bereits in der Ferne rumpeln. In Eile sprang sie die Freitreppe hinunter. Da knickte ihr Fuß um. Sie war auf das Päckchen getreten und wäre um ein Haar gestürzt. Sie bückte sich und hob es auf. Während sie sich aufrichtete, versuchte sie die unleserliche Druckschrift zu entziffern. Schließlich gelang es ihr: «An Frau von Ringsberg», murmelte sie. In dem Moment fuhr das Fuhrwerk, aus dessen bauchigem Körper die Milchschläuche wie Krakenarme hervorstachen, auch schon vor. Gerade noch konnte sie sich hinter einer Palme verstecken, denn sie war noch im Morgenmantel. Ratlos blickte der Milchmann um sich, und als er keine Kanne entdeckte, schnalzte er mit der Zunge, woraufhin sich das schwere Kaltblutpferd mit den langen Fesselhaaren wieder in Bewegung setzte. Enttäuscht wollte Else, die in den Milchmann verliebt war, ins Haus zurückgehen, als ein stechender Schmerz ihr in den Knöchel fuhr. «Verdammtes Päckchen!», schimpfte sie und humpelte die Treppe wieder hoch. «Kein Absender, unverschämt! Heutzutage behalten die Menschen aber auch alle Informationen für sich.» Jetzt erst schaute sie genauer hin: Eine Schachtel war mit Packpapier umwickelt, das von einem Paketband nur notdürftig zusammengehalten wurde. Sie zügelte ihre Neugier und legte das Päckchen in die Postschale auf der Konsole im Eingang.

Mercedes fiel, kaum kam sie am Morgen herunter, das eigenwillige Päckchen sofort ins Auge. Sie nahm es an sich und ging damit zu Maria, die in die Hansestadt gereist war, um ihrer Schwester in den ersten Tagen nach Franz' Abreise beizustehen. Sie saß noch im Negligé vor ihrer Schminkkommode und sah versonnen in den Spiegel.

Mercedes schlang von hinten die Arme um die zerbrechliche Gestalt. «Du bist schön, weißt du das? Manchmal machst du mir richtig Angst.»

Maria lächelte nur.

«Schau mal, was heute abgegeben worden ist.» Mercedes zeigte ihr das Päckchen.

«Wie kunstvoll verpackt.»

«Frau von Ringsberg ist die Adressatin. Soll ich es aufmachen?»

«Damit ist doch wohl unsere selige Mamá gemeint. Mach es auf», antwortete Maria.

Mercedes schob die ohnehin lockeren Paketschnüre über die Ecken, riss das Papier von der Schachtel, die schon mehrfach gebraucht schien, denn es waren Fettflecken auf dem derben Karton, und öffnete den Deckel.

«Mamás Perlenkette!», rief Maria.

Mercedes nahm sie mit zitternden Händen aus der Schachtel. Die einst strahlenden Kügelchen waren eingeschrumpelt und matt. «Sie haben ja jeden Glanz verloren. Wie ist das nur möglich?»

«Mamá», sagte Maria.

«Ja, Mamá», murmelte Mercedes und nickte.

O Tannenbaum, o Tannenbaum, wie grün sind deine Blätter», sang meine Mutter vor dem Tannenbaum, der wie jedes Jahr eine Fichte war, und wippte von der Ferse auf die Fußspitze und wieder zurück. Die Fichte brannte. Es zischte, knisterte und knallte. Die Flammen griffen auf die Weihnachtskugeln über, die mit leisem Klirren zersprangen. Gerade wollte das Feuer zum Sturm auf die Einrichtung ansetzen, da trat mein Vater ins Wohnzimmer. Er stieß einen schrillen Schrei aus, rannte zu meiner Mutter, angelte nach ihrem Arm und zog sie aus dem Raum. «Tu doch was und steh nicht so rum», schnauzte er sie an, doch sie stand rum und starrte ins Leere. Er stürzte in die Putzkammer und griff sich einen orangefarbenen Eimer. Dessen Inhalt, einen Feudel, einen Schrubber ohne Stiel und Reinigungsmittel aller Art, kippte er fluchend ins linke Porzellanwaschbecken der Marke Laufen, die ihn zu einer noch schnelleren Gangart antrieb.

Inzwischen machte sich das Feuer an einer Lampe zu schaffen. Meine Mutter stand im Türrahmen der Putzkammer und beobachtete die Betriebsamkeit meines Vaters, der den orangefarbenen Eimer in das rechte Waschbecken der Marke Laufen stellte. Die Flammen schnappten sich einen dreiarmigen Silberleuchter und schmolzen ihn zu einem unförmigen Häufchen zusammen. Mein Vater fingerte am Wasserhahn, der klemmte. Wenig später schoss ein mächtiger Strahl in den orangefarbenen Plastikeimer und spritzte so, dass die Weihnachts-Smokingjacke meines Vaters ruiniert war. Das Feuer hatte sich bis zu den Fotografien vorgearbeitet, die auf einem Sekretär aus dem 17. Jahrhundert standen. Generationen verkokelten. Mein Vater wuchtete den orangefarbenen Plastikeimer aus dem Waschbecken. Ein Wasserschwall schwappte ihm auf die Smokinghose und ruinierte auch sie. Das Feuer bemächtigte sich einer chinesischen Vase, nicht aus der Ming-Zeit, aber trotzdem schön und gelb und riesengroß, und ließ sie zerspringen. Mein Vater hetzte mit dem orangefarbenen Eimer von der Putzkammer ins Wohnzimmer. Bei jedem Schritt trat das Wasser über den orangefarbenen Plastikeimerrand und rann meinem Vater in die Smoking-Lackschuhe und ruinierte sie. In diesem Moment leckte das Feuer an einer der Pendulen aus dem 18. Jahrhundert. «Nein», schrie mein Vater auf, «nein, die bekommst du nicht», und kippte den Inhalt des orangefarbenen Plastikputzeimers auf die Uhr, die sofort das Ticken einstellte. Meinem Vater traten Tränen in die Augen. Sie liefen ihm über die Wangen und tropften auf seine Fliege und ruinierten sie. Wutentbrannt riss er den Eimer herum, weil er neues Wasser holen wollte, da rutschte er auf einer der Lachen aus, die das Intarsienparkett ruiniert hatten, und schlug der Länge nach hin. Nun war auch noch sein Steißbein ruiniert. Die Flammen griffen gerade auf die Gardinen über, als mein Bruder mit dem Gesangbuch das Wohnzimmer betrat. Sofort erfasste er die Situation und sagte trocken: «O du fröhliche», woraufhin ihn meine Mutter begeistert anguckte und «O du fröhliche, o du selige, wie grün sind deine Blätter» zu singen begann. Dabei wippte sie auf den Füßen hin und her.

Sie saßen am Tisch: Franz, sein Vater, seine beiden Halbbrüder, sechs und vier Jahre alt, kleine Pökse, fand Franz, und auch seine so genannte Stiefmutter. Sie war nicht seine echte Stiefmutter, schließlich lebte seine leibliche Mutter noch, jedenfalls hoffte er das, denn er hatte seit seiner Abfahrt nichts mehr von ihr gehört, nicht einmal ein Brief war gekommen.

«Warum haben Sie eigentlich keine Tochter?», platzte es plötzlich aus ihm heraus. Er ließ seinen Löffel auf den Suppenteller sinken und fixierte seinen Vater.

«Hier sprechen Kinder nur, wenn sie gefragt werden oder etwas Wichtiges mitzuteilen haben, wie oft soll ich dir das noch sagen?», entgegnete sein Vater streng, fügte dann aber stolz hinzu: «Wenn du es ganz genau wissen willst: weil das Vaterland Söhne braucht. Ich habe nur meine Pflicht getan.»

«Ich hätte aber gern eine Schwester. Hier sitzen einfach zu viele Männer am Tisch. Aber vielleicht sind Sie ja gar nicht in der Lage, Mädchen zu zeugen? Ich meine, biologisch», beharrte Franz.

«Red keinen Unsinn und iss. Du musst dich mit dem zufrieden geben, was ist», ordnete der Vater an.

Franz schabte mit seinem schweren Silberlöffel über den Tellerboden, was ein quietschendes Geräusch verursachte.

«Lass das! Mit Essen spielt man nicht», zischte seine so genannte Stiefmutter. Sie schlug ihm mit der bloßen Hand auf den Arm, sodass der Löffel, auf dem noch ein klebriger Rest Suppe lag, in einer schönen Kurve durchs Zimmer flog. «Siehst du, was du angerichtet hast!», schimpfte sie und wies auf den grünen Fleck an der weiß gekalkten Wand.

«Ich? Sie haben mich geschlagen. Nur weil Sie mich geschlagen haben, ist mir der Löffel aus der Hand geflogen. Mamá hat mich noch nie geschlagen!»

«Schweig!», rief sein Vater. «Habe ich dir nicht gesagt, dass –»

«Sie hat nicht das Recht, mich zu schlagen!»

«Werd ja nicht unverschämt. Entschuldige dich bei deiner Mutter!»

«Sie ist nicht meine Mutter! Und wird es auch nie sein!»

«Schluss. Auf dein Zimmer. Du hast fünf Tage Stubenarrest. So lange kannst du dir überlegen, wie du das bei deiner Mutter wieder gutmachst.»

«Ich will zu Mamá», forderte Franz mit Nachdruck.

«Die ist für dich gestorben! Und nun raus!»

Franz warf seiner neuen Mutter einen vernichtenden Blick zu und schlenderte Richtung Tür.

«Ein für alle Mal: keine Widerworte! Wir haben dir eine Frist von zwei Wochen eingeräumt, dich bei uns einzugewöhnen. Die Zeit ist um, und du musst dich an unser Reglement halten. Verstanden?»

«Jawohl, Herr Vater», sagte Franz mokant.

«So ist es gut. Langsam wirst du vernünftig. Wenn du einsichtig geworden bist und dich bei deiner Mutter entschuldigen willst, lass es uns wissen, dann wird dir der restliche Stubenarrest erlassen. Geh!»

«Niemals werde ich mich entschuldigen», presste Franz zwischen den Zähnen hervor und schritt hoch erhobenen Hauptes aus dem Zimmer.

Kaum hatte er die Tür mit einem lauten Knall hinter sich zugeworfen und sich nach links und rechts hin vergewissert, dass ihn niemand sah, brach er in Tränen aus. Eine bleierne Müdigkeit befiel ihn, und auf der Brust fühlte er einen Druck, als würden zwei starke Hände sie zusammenstauchen. Mühsam schleppte er sich die Treppe hoch. Im zweiten Stock, wo sich das Zimmer befand, das er mit seinen beiden Brüdern teilte, ließ er sich auf seine Matratze fallen, die in einem schlichten eisernen Gestell lag, und vergrub sein Gesicht im harten Rosshaarkissen. Er drehte den Kopf zur Seite, und sein Blick fiel auf die Wand. «Bilder kennen die hier wohl nicht. Und Teppiche auch nicht. Und dann erst diese kratzenden Wolldecken, wo bin ich nur?», murmelte er, bevor er vor Erschöpfung einschlief.

Als er wieder erwachte, war es bereits dunkel. «Pökse», rief er, doch kam keine Antwort. «He, Pökse, wacht auf», rief er erneut, doch wieder kam keine Reaktion. Er sprang aus dem Bett und tastete sich zu den anderen beiden Betten, die leer waren. An der Wand entlang suchte er in der Finsternis die Tür. Sie war von außen verschlossen. Die Lampe stand nicht an ihrem angestammten Platz, statt ihrer fand er einen Pinkeltopf. Franz hatte Angst vor der Dunkelheit. Zu Hause hatte er bei Licht schlafen und seine Tür einen Spalt weit offen lassen dürfen. Er kroch auf allen vieren zum Bett zurück. Er hätte speien können, doch den Pinkeltopf hatte er stehen gelassen, und er fühlte sich außerstande zurückzukriechen. Bloß nicht ins Zimmer kotzen, diese Genugtuung gönnte er seinem Vater nicht, also schluckte er ein paarmal trocken und kletterte steif wie eine alte Frau auf die Pritsche. Er krümmte sich, zog die Beine ganz fest an den Bauch und kniff die Augen zu, sodass es schmerzte und er abgelenkt wurde vom Rumoren in der Magengegend. So sah er die Dunkelheit nicht. Viele bunte Kringel kreiselten vor seinem inneren Auge. Sein Kopf dröhnte, etwas hämmerte gegen seine Schädeldecke, die Risse zu bekommen schien.

Nach einer Weile streckte er sich aus. «Mein Vater will mich zermürben. Aber das schafft er nicht», sagte er. Er war ein wenig verwundert über den fremden Klang seiner Stimme. Als wäre sie eine halbe Oktave tiefer gerutscht. Er öffnete die Augen. Die Dunkelheit war schon nicht mehr so undurchdringlich. Er sah die Umrisse der beiden leeren Betten, des großen Schranks, der Kommode, auf dem sich der Pinkelpott abzeichnete. Als er den Blick weiterwandern ließ, machte er durch das Fenster den sternenlosen Nachthimmel aus. Langsam entspannte er sich und erprobte nochmals seine Stimme. Sie klang immer noch tief. Amüsiert stellte er fest, dass offensichtlich alle schwerwiegenden Veränderungen in seinem Leben mit fliegenden Objekten zusammenhingen. Jetzt lachte er. Erleichterung machte sich in ihm breit. Bei seiner so genannten Stiefmutter, einer schmächtigen, nicht unhübschen, aber trotz ihres jugendlichen Alters schon irritierend verblühten Frau hatte er sowieso verschissen bis in die Steinzeit, wie es der Kutscher der Conquista formuliert hätte. Er seufzte. Neulich hatte sie doch allen Ernstes auf die Frage eines Ladenverkäufers, an wen und wohin die eingekaufte Ware denn geschickt werden solle, geantwortet: «Frau von Roué, Sowieso-, Ecke Sowiesostraße.» Da hatte Franz sie vor allen Leuten ausgelacht. «Sie, Frau von Roué? Meine Mutter ist die einzige und rechtmäßige Frau von Roué. ‹Bis dass der Tod euch scheide!› Das kennen Sie doch!» Die kleine Frau war so grau geworden wie ihr Kostüm, hatte sich aber, solange sie im Laden standen, eine Antwort verbissen. Erst auf der Straße hatte sie tonlos gesagt: «Du bist wie dein Vater.» Ganz ruhig hatte er ihr entgegnet: «Ach, lieben Sie ihn denn nicht? Ich dachte immer, Sie lieben ihn. Sollte ich mich da geirrt haben? Nein. Die Frage ist eine andere: Warum lieben Sie mich nicht, wenn ich wie mein Vater bin?» Sie war in sich zusammengesackt. Seit diesem Tag mischte sich in ihre Wut noch eine andere Empfindung. Franz entdeckte einen Ausdruck in ihren Augen, den er noch bei niemandem gesehen hatte: Angst. Eine neue Spielart seiner Macht über Frauen hatte sich offenbart. Er lächelte sie an. Die Frau hatte kapituliert.

Von ihr konnte er jetzt keine Hilfe erwarten. Wie gut, dass nach dem zweiten Tag die Dunkelheit allen Schrecken für ihn verloren hatte. Im Abendgrauen glitt er langsam in die Nacht. Seine Augen passten sich dem Dämmerlicht an wie Eulenaugen. Die Stille wurde beredt, er hörte jeden Luftzug.

Einmal am Tag kam einer der Pökse, um mit vor Ekel verzogenem Gesicht den Pinkelpott abzuholen.

«Jetzt übertreib mal nicht so. Schließlich scheißt und pisst auch du», rief Franz dem älteren der Brüder zu, aber der würdigte ihn keines Blickes.

Der kleinere Bruder kam am nächsten Tag. «Na, hast du heute Scheißdienst?», wurde er von Franz begrüßt, woraufhin er sich den Zeigefinger auf den Mund legte und «Pssst» machte.

«Na, immerhin bist du gesprächiger als dein Bruder, weiter so.»

Doch auch aus dem Kleinen war kein weiteres Wort herauszubringen. Als er mit dem geleerten und gesäuberten Topf in der einen und fünf Scheiben trockenen Brotes und einer Karaffe Wasser in der anderen Hand zurückkehrte, ließ er sich immer noch nicht provozieren.

«Ihr beide seid wirklich gelehrige Schüler eurer Eltern», sagte Franz abschätzig. «Und nicht mal Spielzeug habt ihr!»

Der Kleine zögerte. «Erzählst du mir nochmal von dem aufziehbaren trommelnden Clown?»

«Zieh Leine, warum fragst du nicht deine Mutter? Ich darf mit dir nicht sprechen», entgegnete Franz kalt.

Der Glanz in den Augen des Kleinen erlosch. Bedripst schloss er die Tür.

«He, Pöks, vergiß nicht abzuschließen», rief Franz ihm nach, und gleich darauf hörte er, wie sich der Schlüssel im Schloss drehte.

Er fühlte sich schlecht. Am liebsten hätte er den Kleinen in den Arm genommen. Er mochte ihn, diesen Pöks, doch als er mit der Kutsche von der Schönen Aussicht zum Bahnhof gefahren war, hatte er sich vorgenommen, keine Gefühle mehr zuzulassen. Gefühle taten nur weh, so viel hatte er in seinem kurzen Leben gelernt. Also besser nichts fühlen, das Herz an niemanden hängen. Dieser kleine Junge, so unschuldig, zart und vertrauensvoll, ist mein bestes Versuchstier auf dem Weg in die Gefühllosigkeit, dachte er, aber irgendwie ekelte ihn bei dem Gedanken. Die Pökse waren auch wirklich zu bedauern, nichts hatten sie. Er hatte einen ganzen Harem gehabt, lauter Frauen, die ihn liebten und ihm alle Wünsche von den Augen ablasen. Sie herumzukommandieren hatte richtig Spaß gemacht. Seine beiden Halbgeschwister hatten nur ihre Mutter, die zu umarmen sicher kein Vergnügen bereitete, ihr Busen war ja kaum haselnussgroß. Höchstwahrscheinlich stieß man sich sogar an ihren Knochen.

So manches Mal war eine grausame Lust in ihm hochgekrochen, die Kleinen zu quälen. «Normale Kinder haben Spielzeug, also seid ihr nicht normal», hänselte er sie, was ihnen sofort einleuchtete. Dann schilderte er ihnen, was er bei der Frau Mamá alles sein Eigen nannte. Mit großen Ohren lauschten sie seinen Schilderungen vom Schaukelpferd, den Zinnsoldaten, dem Kreisel, der eine Melodie brummte, wenn er um seine Achse sauste, und den Steifftieren. Die gesamte Tierwelt schien in seinem Zimmer in Uhlenhorst ein Zuhause zu haben, Tiger, Elefanten, Igel. «Die Arche Noah ist nichts dagegen», versuchte Franz ihnen weiszumachen.

Die Pökse glaubten ihm wirklich alles, sogar die Mär von den Gieraffen. «Nein, du Dummkopf», wies Franz den Großen zurecht, der ihn beflissen auf seinen Fehler hingewiesen hatte. «Die heißen nicht Giraffen, sondern Gier-Affen, weil es so gierige und faule Affen sind, dass sie sich einen ganz langen Hals zugelegt haben, um ohne Klettern an die Blätter der höchsten Bäume zu kommen.»

Da staunte der Große, und der Kleine lief gleich zu seiner Mutter, die ihn auslachte und einen dummen Buben schimpfte.

«Du solltest nicht zu deiner Mutter rennen, die versteht nichts von diesen Dingen, wie sie überhaupt von nichts etwas versteht», klärte Franz ihn auf, als er weinend zurückgekommen war. Nur von seinem Teddy erzählte er nichts.

Täglich um 17 Uhr erschien der Vater, um ihn zu fragen, ob er sich eines Besseren besonnen habe. «Nein», rief er, worauf der Vater die Tür wieder verschloss. Danach saß er stundenlang im Schneidersitz auf dem Bett. Zog die Beine an und umklammerte sie mit den Armen. Ließ die Beine vom Bettrand baumeln. Stierte in die Luft. Sein Kopf war leer. Genau zweihundertmal am Tag durchmaß er das fünf Meter lange Zimmer. Tausend Schritte. Fünfhundert vormittags, fünfhundert nachmittags. Das war sein tägliches Pensum. Dann setzte er sich wieder aufs Bett und starrte in die Luft. Seine Taschenuhr, ein Erbstück des Großvaters, hatte ihm sein Vater am ersten Tag des Arrestes abgenommen. Er konnte die Zeit nicht mehr messen, bis er anfing einundzwanzig, zweiundzwanzig vor sich hin zu zählen, um ein Gefühl für eine Sekunde zu bekommen. Er sagte es so lange, bis nach seiner Zeitrechnung eine Stunde vergangen war. Am ersten und zweiten Tag hatte er geschlafen, wenn ihm danach gewesen war, sodass er nachts wach gelegen hatte. Vom dritten Tag an schlief er nur noch bei Dunkelheit. Allein an der Veränderung des Lichts und am Sonnenstand konnte er ablesen, dass die Zeit fortschritt. Sie schritt so langsam fort, dass er an ihr irre zu werden glaubte. Wäre er ein Märchenheld gewesen, er hätte all seine magischen Kräfte dazu genutzt, das Vergehen der Zeit zu beschleunigen. Im Traum schob er unter Aufbietung all seiner Kräfte den Zeiger einer überdimensionalen Uhr an, rutschte dabei aber immer wieder mit den Füßen ab.

Manchmal kletterte er auf die Fensterbank und sah auf den gepflasterten Hof einer Kaserne hinunter. Kein Mensch trat aus einer Tür oder blickte aus einem Fenster. Kein Vorhang bewegte sich. Nicht einmal Staub wurde vom Wind aufgewirbelt. Da dachte er, dass die Menschen nur für ihn unsichtbar geworden seien. Er starrte hinaus. Langsam zeichneten sich Gestalten ab. Überall saßen oder standen Soldaten. Der ganze Kasernenhof war überfüllt. Ein Soldat hielt eine Pistole in der Hand und zielte auf ihn; ein anderer holte mit dem Arm zum Schlag gegen ihn aus; ein dritter belud eine Kanone, die auf ihn zeigte; ein vierter paradierte mit einem Säbel, der ihn durchbohren würde. Alle trugen die gleiche Uniform. Es war die seines Vaters.

Verzweifelt versuchte er sich an die Märchen seiner Kindheit zu erinnern, aber ihm fielen immer nur die Anfänge ein. Rübezahl, der bärenstarke Riese, lebte im Riesengebirge, aber was machte er dort? Dornröschen versank in hundertjährigem Schlaf, aber wachte sie wieder auf? Hänsel und Gretel wurden von der Hexe eingesperrt, kamen sie wieder frei? Er warf sich gegen die Tür, trommelte auf die schmucklose Wand, trat auf sie ein. Sein Körper war taub. «Ich will mein Federbett, ich will mein Federbett!», brüllte er. Er trommelte und trat so lange, bis er aufs Bett sank und träumte, dass ein junger Prinz durch die Rosendornen hindurchkletterte, in das Turmzimmer eindrang, wo die milchweiße Schönheit schlummerte, sie wach küsste und rettete …

«Du bist ein unbeugsamer Charakter. Ich kann dir eine gewisse Hochachtung nicht verwehren, du hast Haltung bewiesen», sagte der General zu Franz, als er ihm nach Ablauf der fünf Tage die Tür aufschloss.

Franz räkelte sich auf dem Bett.

«Steh gefälligst auf, wenn ich mit dir rede.»

Franz erhob sich umständlich.

«Du solltest dir darüber im Klaren sein, dass ich das Geschehene nicht dulden kann. Gib zu, dass du deiner Stiefmutter Unrecht getan hast.»

Franz fiel auf, dass sein Vater «Stiefmutter» gesagt hatte, verbuchte das als ersten Sieg und grinste. Da hatte er eine Backpfeife sitzen, die erste seines Lebens. Doch er blickte den Vater trotzig an.

«Du scheinst gewisse Grundsätze zu haben, leider sind es die falschen», belehrte ihn sein Vater, ohne die Stimme zu erheben. Nur wer genau hinhörte, hätte ein leises Zittern in ihr bemerkt. «Deine Großmutter war dir offensichtlich ein denkbar schlechtes Vorbild. Du musst lernen, recht von schlecht zu unterscheiden. Dir ist hoffentlich klar, dass mir Mittel und Wege zur Verfügung stehen, dich darin zu unterweisen. Ich bin geneigt – du zwingst mich nachgerade dazu –, deine Haltung als Renitenz aufzufassen. Renitenz kann ich nicht dulden. Du bist überdies in einem gefährlichen Alter. Wenn eine solche Aufsässigkeit nicht rechtzeitig im Keim erstickt und ausgemerzt wird …, na ja, bald wirst du einsehen, dass dein Heil im Gehorsam liegt.» Mit diesen Worten drehte er sich um und schritt aus dem Zimmer.

Was sollte an seinem Alter «gefährlich» sein, fragte sich Franz. Sicher, er war in den letzten Monaten deutlich aufgeschossen, und auch gewisse Körperteile zeigten auffällige Veränderungen. Jeden Morgen, noch bevor er sich das Nachthemd über den Kopf zog, stieg er schnell in die knapp knielange weiße Unterhose und konnte der Neugier doch nicht widerstehen. So zog er den schon etwas schlaffen Gummizug vom Körper weg und spähte an sich herunter. Das rosige Weiß war einer dunklen Leberfarbe gewichen. Wo zuvor alles straff gewesen war, hatte sich Haut im Überschuss gebildet. Hin und wieder beschlich ihn die Furcht, er könne eine schlimme Krankheit haben, die das da unten so unvermittelt anschwellen ließ. Da er aber keine Schmerzen empfand, ganz im Gegenteil, schob er den Gedanken schnell wieder beiseite und betastete seine Scham. Dadurch geriet alles nur noch mehr in Aufruhr. Erschreckt hatte er das erste Mal die Hand wieder aus der Unterhose gezogen, aber ein unwiderstehliches

Verlangen hatte sie gleich wieder hineingeführt. Plötzlich waren alle Hautfalten ausgefüllt, und aus dem kleinen, schlappen Wurm war eine riesige Schlange geworden, die sich drohend aufrichtete. Franz gefiel dieser Anblick schon aus ästhetischen Erwägungen viel besser als der davor.

Eines Morgens, es war kurz nach seinem Stubenarrest, merkte er beim Aufwachen, dass sein Bauch ganz feucht war. Eine klebrige, an den Rändern schon etwas angetrocknete Flüssigkeit hatte sich auf der Haut ausgebreitet. Auch wuchsen dort seit neuestem Haare, die ihn genauso befremdeten wie dieser glitschige, leicht salzig riechende Schleim. Er untersuchte sein Bett, schlug die Decke zurück, guckte an die Zimmerdecke, prüfte die Matratze, ob die Pökse ihm nicht vielleicht einen Streich gespielt hatten. Nichts.

«Was machst du denn da?», musste zu allem Überfluss der Große fragen, der ihn bei seinem ungewohnten Tun beobachtete.

«Nichts, verschwinde», fuhr ihn Franz an.

«Wieso? Er will doch nur wissen, was du da machst», bettelte der Kleine.

«Raus mit euch, sofort! Alle beide!»

«Das petzen wir aber», protestierte der Große.

«Wehe, das würdet ihr büßen», drohte Franz.

Umgehend zogen die Kleinen ab, sodass er seine Untersuchung fortsetzen konnte.

«Du sollst dich nicht selbst beflecken», hatte der katholische Priester immer wieder gepredigt, und Franz hatte damals keine Ahnung gehabt, was der Mann in dem langen schwarzen Kleid damit meinen könnte. Vielleicht war es das, was er gemeint hatte, aber, das konnte er im Angesicht der Mutter Gottes schwören, er, Franz von Roué, wusste nicht, wie dieser Fleck auf seinen Unterleib gekommen war. Also ging er zur Waschkumme und schrubbte Bauch und Geschlecht.

Als er an diesem Morgen die Treppe hinunterging, zitterten ihm die Knie. Er fürchtete, man werde ihm seine Krankheit ansehen, die Befleckung sei ihm auf die Stirn geschrieben. Aber niemand nahm Notiz von ihm. Am Abend im Bett, als die Pökse längst schliefen, machte er die Probe aufs Exempel. Er schob das Nachthemd hoch und berührte sein Geschlecht so lange, bis er es nicht mehr auszuhalten glaubte, und schon schoss in das eigens zu diesem Zweck bereitgehaltene Taschentuch ein Strahl. Jetzt hatte er die Gewissheit: Er war krank. Aber da es ihn nun täglich trieb, dieser Krankheit immer wieder zum Ausbruch zu verhelfen, und er sonst keine Anzeichen körperlicher Schwäche an sich wahrnahm, beschloss er, sich ihr mit Hingabe zu stellen. «Ich bin eben in einem gefährlichen Alter», sagte er höchst zufrieden, «also setze ich mich der Gefahr aus.»

«Verdammte Conquista, verdammter Junge», schimpfte der Vater einen Stock tiefer. «Er will mich einfach nicht lieben!»

Der Lord hatte es so beschlossen: Paul sollte bei Rosemarie Schulz, seiner Schwester, einquartiert werden. Die stimmte dem Plan zu, weil ihr Bruder, an dem sie trotz seines undurchsichtigen Lebenswandels einen Narren gefressen hatte, andeutete, Paul sei sein illegitimer Spross. «Aber vergrabe dieses Geheimnis bitte tief in deinem Herzen», flüsterte er ihr ins Ohr und zwinkerte verschmitzt. Da war sie verloren, die gute Frau Schulz. Als sie Paul das erste Mal sah, stutzte sie über sein Aussehen, weil er weder mit dem Ganovenboss noch mit irgendeinem anderen Mitglied ihrer Sippe auch nur die geringste Ähnlichkeit hatte. «Es war eine Italienerin», wisperte der Lord und schmatzte ihr einen dicken Kuss mitten ins pralle Gesicht. Sogleich schob sie alle Zweifel beiseite und nahm Paul mit offenen Armen auf.

Wunderliche Wege geht das Schicksal, dachte Paul, denn nun umarmte ihn ständig und im Überschwang all ihrer nicht gerade spärlichen Gefühle eine üppige Person. Fast versank der dürre Junge in ihr. Manchmal fühlte er sich gar ersticken, wenn sie seinen Kopf zwischen ihre wogenden Brüste drückte. «Min armen spaken Tschung», sagte sie dann in breitem Barmbekerisch, denn sie wohnte in diesem Stadtteil und frönte ihrer Mundart gerade in Momenten zärtlicher Aufwallungen, die sie, seit er bei ihr lebte, nicht selten hatte. Paul fand, dass es mit seinem Leben steil bergauf ging, womit er nichts gegen den Mäusefritzen gesagt haben wollte, der, wie überhaupt die ganze Verbrecherschar des Lords, seit dem unerklärlichen Mord an der Conquista mitsamt seinen Mäusen vom hanseatischen Erdboden wie verschluckt war.

Ihm kam sein neues Leben ganz vertroddelt vor, und er lachte mit dem Lord, wenn der sie, stets unverhofft, besuchte. Troddeln nämlich waren die zweite Leidenschaft der Frau Schulz. Nicht einmal ihr Bruder konnte sie so verzücken. Überall in ihrer Wohnung und natürlich auch an ihrer Kleidung brachte sie Troddeln an. Troddeln hingen an jedem Lampenschirm, an jeder Gardine, an jedem Sofaüberwurf, an jeder Tischdecke. Die Vielfalt in Farben und Formen konnte Paul gar nicht genug bestaunen. Frau Schulz war Stammkundin eines Kurzwarengeschäftes um die Ecke, deren Besitzerin ihren ganzen Ehrgeiz darein setzte, sie mit immer neuen Exemplaren dieses Zierrats zu versorgen. Niemals war Frau Schulz, eine Meisterin der Nadel, um einen Platz verlegen, an dem sie eine frisch erstandene Troddel anbringen konnte. Pauls Hauptaugenmerk in dieser Zeit richtete sich darauf, Frau Schulz daran zu hindern, sie an seiner Kleidung ebenfalls zu applizieren. Mit einem kleinen Seufzer gab sie nach, wenn er ihr erklärte: «Aber Frau Schulz, ich bin doch kein kleines Mädchen, möchten Sie, dass ich mich auf der Straße lächerlich mache?»

Eines schönen Tages besuchte aller Deutschen Kaiser die Hansestadt. Ein großer Tag für Frau Schulz. Das war ein Aufmarsch! Reiter, Pferde und Soldaten, wohin das Auge blickte. Und mittendrin: ihr Kaiser. Es war tatsächlich ihr Kaiser, trug er doch auf seinem Helm eine veritable Troddel, deren Strippen zu Kordeln verflochten waren und ihm bis fast vor die Augen hingen. Auch seine Paradeuniform war mit Troddeln jeder Art besetzt, eine festverknittelte wuchs ihm aus der Brust, eine andere mit changierenden Fransen baumelte ihm an der Hüfte. Kopf- und Brust- und Hüfttroddeln schwangen bei jedem Schritt seines stattlichen Braunen federnd nach rechts, nach links, nach rechts, nach links. «So ein Schauspiel werde ich nie wieder erleben», sagte sich Frau Schulz, als der Kaiser längst wieder entschwunden war, und seufzte tief.

Trotz Troddeln und atemraubender Liebkosungen führte Paul ein geruhsames, wenn auch von Eintönigkeit geprägtes Leben. Ein Tag glich dem anderen, aber das missfiel ihm nicht. Sein Tag begann um 6.00 Uhr, wenn er vom Sofa in der Küche aufstand und das Bettzeug in einem Schrank verstaute. Sodann bereitete er für sich und Frau Schulz, die noch im Nebenzimmer schnarchte, Frühstück und weckte sie, wenn der Kaffee dampfend auf dem mit Troddelntischtuch bedeckten Tisch stand. Jetzt musste er sich auch schon beeilen, aß schnell eines der Rundstücke, die der Bäcker wie jeden Morgen mitsamt einer Flasche Milch vor ihre Wohnungstür stellte, stürzte eine Tasse Kaffee hinterher, griff seinen bereits am Abend gepackten Ranzen vom Lord, rief Frau Schulz «Einen schönen Tach noch» zu, worauf sie ihm mit einem sehnsüchtigen «Komm doch noch ma her, min Tschung» antwortete. «Bin schon spät dran, muss mich sputen», sagte Paul aber, und weg war er.

Paul ging seit kurzem in die Schule. «Mein Junge», hatte der Lord zu ihm gesagt, kaum dass er bei Frau Schulz eingezogen war, «ich habe ernst mit dir zu reden. Willst du die Segnungen von ‹Vater Staat› mit all seinen Aufsichts- wie Fürsorgepflichten genießen – dazu gehört auch der unentgeltliche Schulbesuch –, müssen wir dir einen ordentlichen Namen beschaffen. Irgendwo in den Akten des Waisenhauses und nach deiner Flucht auch bei der Polizei wird es einen Vermerk über dich geben. Da der Staat dich einige Jahre ‹versorgt› hat, könnte er Ansprüche auf Rückzahlung seiner Leistungen erheben, und eh du dichs versiehst, landest du beim Militär. Von solchen Fällen habe ich schon gehört.»

Pauls Augen hatten sich vor Entsetzen geweitet.

«Infolgedessen sind wir gezwungen, deine Identität rundum zu erneuern, sodass vom alten Paul keine Spur mehr zu finden ist. Jetzt, wo du dir eine bürgerliche Existenz aufbaust –»

«Was ist das, Identität?», unterbrach Paul ihn.

Der Lord lachte. «Rein äußerlich gesehen ist das die Familie, in die du hineingeboren wurdest, der Name, den du qua Geburt erhalten hast.»

«Dann gibt es mich also gar nicht?»

«Du siehst, wie aberwitzig das ist. Du stehst hier vor mir, ich kann dich sehen, wie könnte es dich da nicht geben? Aber für die Herren Beamten existierst du nicht. Deine wirkliche Identität ist das, was du aus deinem Leben machst. Die Beamten hingegen bestehen auf einem albernen Papier. Wenn du keinen Geburtsschein hast, bist du eben auch nicht geboren. Staatslogik. Eigentlich könnte es dir egal sein, ob der Staat von deiner Existenz weiß, als Illegaler lebt es sich nicht schlecht, aber wenn du etwas von diesem Staat möchtest, musst du seine Regeln akzeptieren. Deshalb benötigst du einen Namen.»

«Aber ich bin Paul und sonst niemand.»

«Du wirst immer Paul bleiben, egal, ob du nun Schulz, Meier, Müller oder von Hohenzollern heißt. Bei dir habe ich keinerlei Sorge, dass der Name, den du trägst, dich irgendwie verändert. Also, wie willst du heißen?»

Paul zuckte mit den Achseln.

«Denk schon nach.»

Plötzlich kam Paul eine Idee. «Ich wurde aus der Luft geboren, also möchte ich Luft heißen, geht das?»

«Klar geht das, von nun an bist du also Paul Luft», sagte der Lord und reichte ihm die Hand.

Da machte Paul Luft einen kleinen Luftsprung, um seinen neuen Namen zu begrüßen.

Der frisch gebackene Paul Luft musste zum Fotografen. Die Fotografie, die er wenige Tage später in den Händen hielt, konnte er nicht genug bestaunen. Sie wurde in den Ausweis geklebt, den der Lord ihm besorgt hatte und der einem echten zum Verwechseln ähnlich sah. Nun konnte er sich, wenn er Zweifel an seiner Existenz als Paul Luft hatte, immer wieder seine Papiere ansehen, denn so leicht kam ihm sein neuer Name nicht über die Lippen, er musste ihn erst üben. Er marschierte in der Wohnküche von Frau Schulz auf und ab und sprach ihn vor sich hin. Als ihn das erste Mal jemand «Wie heißt du?» fragte, antwortete er: «Paul.» – «Und weiter?» Pause. «Luft», setzte er stockend hinzu und glaubte, er habe sich verraten.

Aber er triumphierte auch. Als Paul Luft ging er in die Schule und hoffte, endlich Aufschluss über den Namensgeber des schönen Rappen El Cid zu bekommen. So viele hatte er nach ihm gefragt, doch niemand schien ihn zu kennen. Die allwissenden Lehrer würden ihm bestimmt weiterhelfen können. Stolz trug er seinen Lederranzen, der mit einem Schreibheft, einem Füllfederhalter, einem Bleistift, einer kleinen Schiefertafel sowie zwei Stangen Kreide gefüllt war, die ein grün-weißes Rautenmusterpapier vor dem Verdrecken schützte. Außen baumelte ein Schwamm, der an einem kleinen metallenen Ring am hölzernen Rahmen der Schiefertafel hing.

«Herr Lehrer», begann er.

«Studienrat, wenn ich bitten dürfte.»

«Herr Studienrat, dürfte ich eine Frage stellen?»

«Nur zu, mein Junge, Neugier ist der Anfang allen Wissens.»

«Können Sie mir bitte sagen, wer El Cid war?»

«El Cid, El Cid, wer soll das gewesen sein?»

«Der spanische Held. Ich möchte mehr über ihn erfahren.»

Dem Lehrer schoss Röte ins Gesicht, weiße Flecken zeigten sich dort, wo seine Wangen nicht von einem Bart bedeckt waren. «El Cid, El Cid, spanischer Held!», bellte er und wurde sichtlich erregter. «Mein Junge, wir sind hier in Deutschland und blicken auf eine glorreiche Vergangenheit zurück und haben eine noch glorreichere Zukunft vor uns, was interessieren uns da spanische Helden? Deutsche Helden, um deutsche Helden solltest du dich kümmern. Merk dir das. Schlag dir die Spanier aus dem Kopf!»

Trotz dieses misslungenen Einstands machte Paul eine außerordentliche Schulkarriere, von der in wenigen Worten alles berichtet ist. In null Komma nichts wurde er zum Lieblingsschüler des Studienrats, obwohl sein vorlautes Mundwerk diesen gelegentlich zum Gebrauch seines Rohrstocks zwang. Zum größten Bedauern des Lehrers verlor er seinen Lieblingsschüler, kaum dass er sich an ihn gewöhnt hatte, an die nächsthöhere Klasse. So erging es auch dem nächsten Lehrer, der ebenfalls ein Faible für den Jungen entwickelt hatte. In kürzester Zeit erfasste Paul den Stoff, der seinen Kameraden in vielen Jahren beigebracht worden war. Sein Wissen wuchs so schnell wie sein Haar, das immer länger wurde, da Frau Schulz sich standhaft weigerte, die Friseurspflichten des Mäusefritzen zu übernehmen.

Als Paul in die Klasse sprang, die seinem Alter von zwölf Jahren entsprach, reichte ihm die schwarze Lockenpracht schon fast bis auf die Schultern. Sein neuer Lehrer, ein äußerst nüchterner und korrekter Mensch, kämmte sich drei seiner sechs gräulich blonden Strähnen, die ihm zu beiden Seiten der Glatze wuchsen, quer über den Kopf und zementierte sie mit Pomade. Kaum hatte er Paul zum ersten Mal gesehen, rief er ihn schon zu sich ans Lehrerpult und fasste ihm ins Haar. «Meinst du nicht, dass die ein wenig zu lang sind?»

«Warum?»

«Man beantwortet eine Frage nicht mit einer Gegenfrage, schließlich sind wir keine Juden», wies der Lehrer Paul zurecht, der keine Ahnung hatte, was ein Jude ist. «Man könnte dich sonst für ein Mädchen halten. Du bist doch kein Mädchen?»

«Natürlich nicht! Soll ich es ihnen beweisen?» Paul fingerte bereits an seinem Hosenstall.

«Untersteh dich!», wehrte der Lehrer entsetzt ab.

Die Kritik an Pauls Frisur hatte eine unerwünschte Wirkung. Alle Jungen seiner Klasse erklärten sich mit ihm solidarisch und ließen sich die Haare wachsen. Eltern wie Lehrer waren machtlos gegen die neue Mode, die epidemisch erst auf alle anderen Klassen der Schule und schließlich auf den ganzen Stadtteil übergriff. Die Mädchen schüttelten den Kopf, teils angewidert, da Jungen sie sowieso anwiderten, teils verzückt. Dann griffen sie zur Schere, um ihre Haare abzuschneiden. Nun schüttelten die Jungen den Kopf, teils angewidert, da Mädchen sie sowieso anwiderten, teils verzückt. Die Mädchen und Jungen von Barmbek standen sich in vertauschten Rollen gegenüber.

Mit einem Mal wurde das Arbeiterviertel berühmt. Alle Gazetten berichteten über die Jugendlichen, konnten sie aber in Ermangelung einer geeigneten Drucktechnik nicht abbilden. Stattdessen legten sie ihrer geneigten Leserschaft nahe, sie doch höchstselbst in Augenschein zu nehmen. An einem Sonntag also setzte sich die gesamte hanseatische Bürgerschaft in Bewegung. Auf den Straßen stauten sich die Kutschen, und sogar die Automobile, in ihrer Anzahl noch überschaubar, blieben stecken. Die Straßenbahnen waren überfüllt, weil Hausfrauen große Picknickkörbe mit allerlei Leckereien für den Ausflug bestückt hatten, die nun Sitz- und Stehplätze blockierten. Und auf den Gehsteigen Barmbeks wurde gerempelt und geschubst. Selbst mit dem Fahrrad gab es kein Durchkommen mehr. All dieses Ungemach nahmen die Sensationshungrigen in Kauf. Einmal musste man die sonderbaren Jugendlichen schließlich gesehen haben.

Am dritten Wochenende trafen die ersten Gaffer bereits gegen halb sieben Uhr morgens ein. Zu dieser frühen Stunde dachten die Objekte ihrer Neugier nicht im Traum daran, ihre Ruhestätten zu verlassen. Überhaupt machten sie sich, angeödet von dem Rummel, den sie anfangs noch genossen hatten, auf den Straßen des Viertels rar. Sonntags verließen sie nur in dringenden Fällen ihre Unterkünfte. Dann wurden sie mit großem Geschrei und hysterischem Hallo begrüßt. Vor allem die jugendlichen Gaffer aus anderen Bezirken wollten sich ihren Idolen an den Hals werfen. Die älteren hingegen schickten ihnen Beschimpfungen hinterher: «Schämt euch was, so auszusehen», oder: «Kämmt euch mal ordentlich!» Das stachelte die jugendlichen Gaffer erst richtig an. Sie glaubten, Zeugen einer sanften Revolution zu sein, und wollten daran teilhaben. Während ihre Eltern und Großeltern zu Gott beteten, ihre Sprösslinge möchten nicht auf ähnlich dumme Gedanken kommen, hatten sie ihren Entschluss längst gefasst. Die männliche Jugend verweigerte jeden weiteren Besuch bei den Coiffeurs der Stadt, während die weibliche ihnen die Türen einlief. Irgendwann aber versiegte der sonntägliche Besucherstrom. Barmbek sank in sein Schattendasein zurück.

Eines Tages schlenderte Paul über den Gehsteig, als ihm

ein etwa vierzehnjähriger Junge entgegenkam. Kaum waren sie gleichauf, fiel es dem Unbekannten ein, ihn vor ein Fuhrwerk zu stoßen.

«Was soll das?», fuhr Paul ihn an, der sich mit einem Sprung zur Seite gerade noch hatte retten können.

«Du willst wohl Streit?», zischte der andere zurück und ging erneut auf ihn los.

Schnell musste er feststellen, dass Paul stärker war, als er gedacht hatte. Beine und Arme ineinander verkrallt, Bauch an Bauch, Aug in Aug, rollten sie über das Pflaster. Mal war der eine oben, dann der andere. Blut rann beiden aus der Nase, kein Sieger zeichnete sich ab. Da nutzte der Fremde aus, dass Paul sich von einem besonders heftigen Schlag erst erholen musste, und lief davon. In sicherer Entfernung drehte er sich nochmal um, blieb für den Bruchteil einer Sekunde stehen und schrie: «Du Judensau, ich komme wieder.»

Als Paul zu Hause eintraf, war Frau Schulz einholen. Er humpelte. Sein linkes Knie war aufgeschlagen, die Hose an der Stelle zerfetzt. Doch Paul kümmerte sich nicht darum, genauso wenig wie um sein blaues Auge und die blutende Nase. Er ging zum Waschtisch in der Küche und schaute in den kleinen rahmenlosen Spiegel, der darüber angebracht war. War er ein Jude? Jesus war Jude gewesen, und Juden hatten ihn ans Kreuz genagelt. Sonst kannte Paul keine Juden. Gebannt blickte er in den Spiegel, um herauszufinden, ob er Jesus, wie er ihn von Heiligenblättchen in seinem Waisenhaus-Gebetbuch in Erinnerung hatte, nicht irgendwie ähnlich sah oder ob ihn gar etwas mit Maria oder Maria Magdalena verband. Paul fand, abgesehen von den Schrammen, nichts Außergewöhnliches in seinem Gesicht.

Als Frau Schulz mit vollen Einkaufstaschen zurückkehrte und ihren Paul dort so stehen sah, stieß sie einen Schrei aus und bepinselte seine Wunden sofort mit allerlei Tinkturen.

«Frau Schulz, wäre es denkbar, dass ich ein Jude bin?», fragte Paul, als sie sich ein wenig beruhigt hatte und ihm mit unerbittlich liebender Hand kalte Kompressen auf das blaue Auge drückte.

«Unmöglich, mein Junge. Du bist italienischer und deutscher Abstammung. So was darfst du gar nicht denken!»

Paul guckte seine Ziehmutter erstaunt an. «Aber wie sieht denn ein Jude aus?»

«Warum willst du das wissen?»

«Gibt es viele hier?»

«Lass das Fragen!»

«Wieso?»

«Über Juden spricht man nicht. Das bringt Unglück.»

Da schellte es. Paul öffnete und erschrak. Zwei Polizisten standen vor der Tür.

«Wie siehst du denn aus? Na, wir möchten zu Frau Schulz. Ist sie da?»

Paul nickte und ließ die beiden Gendarmen ein. Der eine hielt ihr einen Brief hin. Auf dem Umschlag stand mit dunkelblauer Tinte: «Frau Rosemarie Schulz, Barmbek».

«Das ist aber nett, dass Sie ihn mir persönlich überbringen», sagte sie und schnupperte daran. «Unverkennbar von meinem Bruder, so gut wie der riecht. Dass er mir mal wieder schreibt, der Beste.» Dann stutzte sie und wurde kreidebleich. «Ist was mit ihm?»

«Sie brauchen nur zu lesen. Da steht sicher alles drin. Wir haben hiermit unsere Schuldigkeit getan», sagte der eine Gendarm zum anderen und drängte ihn hinaus.

Frau Schulz versuchte den Umschlag mit einem scharfen Messer zu öffnen, doch es fiel zu Boden. Paul nahm ihr den Brief aus der Hand, riss ihn auf und gab ihn ihr zurück. Ihre Finger zitterten so sehr, dass sie das Blatt Papier, das nebst einem zweiten Umschlag darin steckte, nicht zu fassen bekam.

Schließlich gelang es ihr. Laut las sie die Anrede: «Liebste Schwester», und den ersten Satz: «Wenn Du diesen Brief in Deinen allerliebsten Händen hältst, die ich küsse, weile ich schon unter den Toten …» Da konnte sie nicht weiterlesen, so wild tanzten die dunkelblauen Buchstaben über die Seite. Sie legte den Brief auf den Küchentisch, ihre Haltung war gebückt. Paul trat neben sie, führte sie zu einem Stuhl und spürte ihr Gewicht. Sie flüsterte etwas. Er musste sein Ohr ganz nah an ihren Mund halten, damit er sie verstand. «Jetzt sind wir ganz allein, Paul», sagte sie. Dann Schweigen.

Während sie dasaß, las Paul den zweiten Brief.

Mein Sohn,

nur Du und ich wissen, was diese Anrede bedeutet, Dir, der Du nie einen Vater gehabt hast, und mir, der ich nie einen Sohn hatte. Vielleicht erinnerst Du Dich an eine Unterredung, die wir unlängst hatten, in der ich Dir sagte, dass die Zeit kommen werde, in der ich Deiner Hilfe bedarf. Sie ist früher gekommen, als ich ahnte. Du hast sicher nicht ermessen können, was ich damit gemeint haben könnte, und wirst Dich jetzt fragen, wie Hilfe für einen Toten aussehen mag. Mein Sohn, ich lege Dir meine Schwester ans Herz. Jetzt bist Du es, der sich ihrer annehmen muss, wie sie sich Deiner angenommen hat. Tröste sie, sie wird es brauchen.

Die Hoffnung, dass Du meinen Schritt verstehen wirst, erleichtert mir das Sterben. Der Mord an der Conquista, den einer aus unseren Reihen ohne meine Genehmigung verübte, hat einer Entwicklung Vorschub geleistet, die ich nicht ertrage und die überdies beweist, dass mein Stern im Sinken begriffen ist. Das ist eine bittere Erkenntnis. Ein allgemeines Morden wird um sich greifen, die Verbrecherehre auf der Strecke bleiben. Aus diesem Grund möchte ich Dich auch nochmals dringend bitten, die Gaunerwelt von nun an strikt zu meiden. Du hast Gaben, die Dich noch weit bringen können. Ich bin stolz auf Dich, mein Sohn, Du bist mein bestes Werk. Dies ist wieder eine meiner Überheblichkeiten, da Du auch ohne mein Zutun Deinen Weg gegangen wärest. Doch meiner Eitelkeit schmeichelt die Vorstellung, dass ich Dich auf diesen Weg gebracht habe. Bleib Dir treu. Halte mein Andenken hoch – ungeachtet dessen, was Du in nächster Zukunft über mich hören und vor allem lesen wirst. Ich umarme Dich.

Dein «Vater»

Tränen flossen Paul die Wangen hinunter, auf denen der erste Flaum bereits zu weichen Stoppeln wurde. Er fuhr sich erst mit dem Handrücken, dann mit dem Ärmel darüber, zog den Rotz mit einem lauten Schniefen hoch. Dann umarmte er Frau Schulz.

Noch mehr als er war sie untröstlich. Sie umsorgte ihn wie gehabt, suchte weiter seine Nähe. Aber ihr Körper veränderte sich. Der Wandel machte sich zunächst dadurch bemerkbar, dass nach dem Essen die Luft in der Wohnküche ein wenig dick und stinkig wurde. Paul dachte sich anfangs nichts dabei, bis an dem Faktum, dass Frau Schulz unter Blähungen litt, wirklich kein noch so wohlwollendes Riechorgan mehr vorbeikam. Sosehr sie sich auch zusammennahm, die Luft in ihrem Körper schlug ihr in immer kürzeren Abständen ein Schnippchen. Ihr Ausdruck verzerrte sich. Sie kniff die Arschbacken zusammen. Sekunden später wurde sie rot, weil es stank. Allmählich nahmen nicht nur ihre Kleider, sondern auch die Möbel den Geruch ihrer fauligen Ausdünstungen an. Der Gestank grub sich in die Stoffe der Gardinen und des Schlafsofas. Auch Pauls Kleider rochen scharf. Rosemarie Schulz stellte das Essen weitgehend ein, doch es half nichts. Immer toller trieb es ihr Verdauungsapparat. Die Winde fegten durch ihren

Leib und mischten ihre Innereien auf. Ihr Körper schwoll an wie ein Luftballon. Die Ärzte waren machtlos. Sie verabreichten ihr Pülverchen jeder Art, jagten ihr durch Klistiere Flüssigkeiten in den After – ohne Erfolg. Schließlich ließen sie Rosemarie Schulz sogar zur Ader, obwohl das längst aus der Mode gekommen war.

Eines Tages hauchte ihr geschwächter Körper ein letztes leises Lüftchen aus. Als sie den Seufzer getan hatte, machte ihr Körper wiederum eine atemberaubende Metamorphose durch. Es zischte und pfiff aus allen Öffnungen, selbst aus den Ohren gellte es. Pestilenzartiger Gestank verbreitete sich im Zimmer. Paul, der bis zuletzt an ihrem Bett gesessen hatte, musste die Flucht ergreifen, sonst wäre er erstickt.

Als er den Arzt eine halbe Stunde später benachrichtigt hatte und in die Wohnung zurückkehrte, war die angestaute Luft der letzten drei Jahre zur Gänze aus Frau Schulz entwichen. Paul stolperte mit zugehaltener Nase zum Fenster, um es aufzureißen. Nach wenigen Minuten war die Luft wieder rein. Vor ihm lag, was von Frau Schulz übrig geblieben war: Haut und Knochen. Ihre Hüftknochen staken steil nach oben. Wo einst ein üppiger Bauch gewesen war, fiel er jetzt bis aufs Rückgrat ein. Der wogende Busen, an den sie ihn so gern gezogen hatte, war schlaff, die einstigen Wurstfingerchen waren nun eines Hänsels würdig, so stöckerig lagen sie auf dem Laken. Am ganzen Körper hatten sich Falten gebildet, als hätte Frau Schulz in einer Haut gesteckt, die ihr um fünf Nummern zu groß gewesen war. Kein Gramm Fett war mehr an ihren Knochen, die Gase hatten es weggeätzt. Auch ihr Gesicht war eingefallen, und zum ersten Mal entdeckte Paul eine gewisse Ähnlichkeit zwischen ihr und dem Lord. Eine nie gefühlte Zärtlichkeit für diese Frau erfasste ihn. Er empfand etwas, das er noch nie empfunden hatte, als er ihr die Augen schloss und ihr über das Gesicht strich. Dann machte sich eine erschreckende Leere in ihm breit.

Endlich kam der Arzt. Als er die Tote sah, wollte er sie gleich abholen lassen, um sie zu obduzieren. Da Paul in keinem nachweislichen Verwandtschaftsverhältnis zu der Toten stand, konnte er ihn nicht an seinem Vorhaben hindern. Und so wurde die Leiche auf eine Bahre des Allgemeinen Krankenhauses gebettet, in einen altmodischen Leichenwagen geladen und abtransportiert.

Der Arzt setzte das Skalpell an, ritzte mit der scharfen Klinge in die gräuliche Haut, sägte Rippen entzwei, klappte den Brustkorb auseinander und rupfte Organe heraus – im Innern der Rosemarie Schulz war alles in bester Ordnung. Uneinsichtig wühlte der um eine wissenschaftliche Sensation Geprellte weiter in dem geschundenen Körper und verwüstete ihn auf der Suche nach einem spektakulären Defekt. Nichts. Enttäuscht legte er die Organe an ihren Platz und nähte Frau Schulz mit groben Stichen wieder zu. Das Herz hatte er in einer Blechschale vergessen. Er nahm es mit seiner gummibehandschuhten Rechten hoch, starrte es eine Sekunde an und trat mit solcher Wucht auf das Pedal des Mülleimers, dass der Deckel aufschnellte und schepperte. Dann warf er das Herz hinein. Den Obduktionsbericht schloss er mit der Bemerkung, dass die übergewichtige Frau Schulz verhungert sei.

Just als ihre sterblichen Überreste zum Friedhof gefahren wurden, stockte der Verkehr auf dem Großen Burstah, Geschrei erhob sich, und Paul, der neben dem einfachen Fichtenholzsarg saß, um Frau Schulz das letzte Geleit zu geben, schob die schwarze Gardine des Leichenwagens zur Seite, um hinauszuspähen. Offensichtlich war ein Fuhrwerk mit einer Straßenbahn zusammengestoßen. Ein Handkarren stand quer und versperrte die Durchfahrt, ein Pferd lag blutend auf der Fahrbahn und hob noch zweimal verzweifelt den Kopf. Da fiel ein Schuss. Trillerpfeifen und die Warnrufe zweier Gendarmen ertönten. Plötzlich rannte ein Koloss von einem Mann direkt an Paul vorbei. Es war der Mäusefritze. Paul schlug gegen die Scheibe und schrie aus vollem Hals. Der Mäusefritze hielt inne, hob kurz den Blick, zwinkerte ihm zu, lief weiter, setzte über die Brüstung einer Brücke, sprang in ein morastiges Fleet. Und ward nie wieder gesehen.

Wir wandern aus», sagte mein Vater, «nach Südafrika.»

«Was tun wir?», fragte ich entsetzt.

«Nur zu eurer Sicherheit. Und überhaupt, Kapstadt liegt am Meer.»

«Du kannst allein auswandern. Ich bleibe hier.»

«Elena, du tust, was ich sage. Dem Irrsinn hier kann man ja nicht länger zusehen.»

«Nach Südafrika sind doch lauter Nazis geflohen!»

Unter dem Tisch wippte meine Mutter nervös mit dem Bein. «Lauter Nazis! Lauter Nazis! Lauter Nazis!»

«Und lauter Juden, mein Täubchen», entgegnete mein Vater und tätschelte ihr die Hand.

«Na, das ist ja eine hübsche Gesellschaft – Nazis, Juden und Buren, und die Schwarzen werden unterdrückt.»

«Elena, red nicht so einen Unsinn, du solltest nur über Dinge sprechen, von denen du etwas verstehst.»

«Und die Apartheid, Papá?», sprang mir Camill bei. Er trug seine bestickte Zottelfellweste, die er auch beim Essen nicht mehr auszog.

«Willst du vielleicht den Negern ihr Land überlassen? Das endet doch im Chaos. Die Weißen erhalten die Ordnung aufrecht. Mit diesen ganzen Bodenschätzen.»

«Ah, deswegen», sagte mein Bruder.

«Aber das Land gehört den Schwarzen. Ich will da nicht hin.»

«Elena! Willst du dich hier vielleicht von den Terroristen entführen lassen?»

«Warum sollten die mich denn entführen. Lösegeld würdest du für mich doch sowieso nicht zahlen.»

«Stimmt. Aber das wissen die nicht.»

«Papá, Elena, hört bitte auf …», intervenierte Camill. «Gibt's von der Roten Cobra etwa Neues?»

«Ich habe wieder einen Drohbrief bekommen. Sie wollen das Kapitalmonopol zersprengen und die Reichen enteignen und so einen Blödsinn. Deshalb müssen wir weg. Sicher ist sicher.»

«Ich gehe aber nicht mit. Lieber lass ich mich von der Roten Cobra entführen, als in dieses Rassistenland zu ziehen!»

«Bis du volljährig bist, Elena, hab ich hier das Sagen.»

«Und du kapitulierst vor diesen Verbrechern, wie du sie nennst. Dabei redest du doch immer dem starken Staat das Wort.»

«Ich bin schließlich nicht der Staat.»

«Und ich bin gegen ihn.»

Eine Woche später flogen meine Eltern und Camill nach Südafrika. Ich kroch bei einer Freundin unter. Schon nach sechs Wochen waren sie zurück. Da waren Schleyer, Baader, Ensslin und Raspe tot und die Entführer der Lufthansa-Maschine in Mogadischu zur Strecke gebracht. Von der Roten Cobra sprach niemand mehr. «Das waren sicher nur Trittbrettfahrer», vermuteten die Polizisten.

Der deutsche Herbst war vorbei. Es war Winter geworden. Am 23. Dezember passierte meinem Vater etwas Schreckliches.

«Das ist mein Menetekel», rief er beim Mittagessen, «das ist mein Menetekel.»

Das Unglück geschah um 12.51 Uhr. Die erste der fünfzehn Pendulen hatte in vorauseilendem Gehorsam gerade das Erreichen der vollen Stunde verkündet, worauf mein Vater auf seine neumodische Jaeger-LeCoultre-Armbanduhr geblickt und mit strenger Miene gesagt hatte: «Die Gute rast wieder. Dabei war sie gerade zur Durchsicht bei Herrn Schmidt. Neun Minuten sind es heute.» Dann hatte er die Gabel zum Mund geführt.

Sekunden später lief er rot an. Er würgte zwei-, dreimal und spuckte etwas aus, das mit einem deutlich hörbaren Platsch im Spinat landete. Fünf Augenpaare richteten sich auf seinen Teller. Es handelte sich nicht etwa um einen Kern, und es konnte auch kein tierischer Knochensplitter sein. Es war ein Zahn, ein stattlicher Backenzahn, der, die Wurzel mitgerechnet, an die zwei Zentimeter lang war und eine pfenniggroße Kaufläche hatte.

Abgesehen von den Milchzähnen, hatte mein Vater in seinem nunmehr 77 Jahre und 6 Tage währenden Leben keinen einzigen Zahn verloren. Jetzt starrte er auf das Zeugnis seiner Hinfälligkeit. «Es geht mit mir zu Ende», jammerte er, «bis zum heutigen Tag hatte ich ein prächtiges Gebiss.» Zum Beweis fletschte er wie ein Hund, der einem Rivalen droht, die Zähne. Als er sich vom ersten Schreck erholt hatte, fuhr er fort: «Eine einzige kleine Plombe hatte ich bisher, und die habe ich mir von der miserablen Ernährung im Ersten Weltkrieg geholt, als mein Knochengerüst gerade im Aufbau war. In der dünnen Rübensuppe, die wir im Schützengraben aus unserem Kochgeschirr löffelten, war keine Spur von Kalzium. Und dann erst das Essen 1945 im KZ! Genau 700 Kalorien täglich, nur damit wir nicht krepierten. Kein Wunder, dass mein armer Zahn da ein wenig porös geworden ist.»

«Papá, du warst nicht im KZ.»

«Was war ich nicht?»

«Du warst in keinem KZ.»

«Was weißt du denn davon, Elena? Willst du mir vielleicht erzählen, wo ich 1945 war?»

«Nach Kriegsende gab es keine KZs mehr, und vorher warst du nirgendwo eingesperrt. Hast du selbst gesagt.»

«Woher willst du mit deinen sechzehn Jahren das denn wissen?»

«Siebzehn, Papá.»

«Spiel dich nicht so auf.»

«Lenk du nicht ab.»

«Das haben wir alles deiner Kommunisten-Lehrerin zu verdanken.»

«Noch habt ihr sie jedenfalls nicht mundtot gemacht.»

«Wieso ‹ihr›? Deine Sozis haben das Gesetz erlassen. Ich lass mir doch von so einer Staatsfeindin nicht sagen, dass ich ein Nazi war.»

«Sie wurde überprüft und ist trotzdem nicht vom Dienst suspendiert worden. Da staunst du, was? Im Übrigen ist sie Mitglied in der Vereinigung der Verfolgten des Naziregimes. Ein guter Grund für euch, ihr zu kündigen.»

«Nimm dich in Acht.»

«Gib doch zu, du warst im Internierungslager und solltest entnazifiziert werden.»

«Irrtümlich, mein liebes Kind, ganz und gar irrtümlich.»

«Niemand ist grundlos festgehalten worden.»

«Waaas?» Mein Vater schrie jetzt. «Mein eigen Fleisch und Blut! Erst das Desaster mit dem Zahn, und nun muss ich mich von meiner eigenen Tochter als Nazi beschimpfen lassen. Ausgerechnet ich.» Mit hochrotem Gesicht sprang mein Vater auf, schmiss seinen Rokokostuhl um und verließ das Esszimmer.

«Und was war mit den Kohns?», rief ich ihm noch hinterher. Doch das hatte er schon nicht mehr gehört.

Packt den leeren Sack», befahl der Zimmerälteste mit Namen Hugo seinen Kumpanen. «Und du, Franz, brauchst gar nicht erst zu schreien, hier wird dir niemand helfen. Also sei vernünftig und verhalt dich ruhig. Du musst dir deine Uniform verdienen, hier wird einem nichts geschenkt.»

Die zwölf Kadetten im Schlafsaal hatten alle bereits die Schwelle zum Mannesdasein überschritten, und dank militärischer Zucht waren ihre Muskeln stählern. Unter Hugos Anleitung betasteten sie Franz, den Hänfling, von Kopf bis Fuß.

«Ist alles noch 'n bisschen schlapp», sagte der Zweitälteste, «aber hier ist schon einiges geschehen», fügte er grinsend hinzu, als er in der Körpermitte angelangt war.

«Nieder mit ihm», wies Hugo an.

Die beiden, die Franz die Arme auf den Rücken gedreht hatten, drückten seinen Oberkörper nach vorn, sodass er bäuchlings auf der Bettkante lag. Zwei weitere Kadetten ergriffen die Arme, zogen sie ihm über den Kopf und setzten sich auf sie.

«Hose runter», befahl Hugo.

Schon fühlte Franz, wie seine Beine nach hinten gezogen wurden. Eine tastende Hand öffnete die Knöpfe seines Hosenstalls. Er zuckte und wand sich. Hämisches Lachen. Die Kadetten in ihren akkuraten grauen Uniformen zerrten ihm die blaue Matrosenhose und auch die Unterhose über Hintern und Beine, bis beide an den Schnürstiefeln hängen blieben. In Franz' Knien knackte es, doch er schwieg. Da gab die Matrosenhose nach und zerriss.

«Die braucht er ohnehin nicht mehr», sagte Hugo und nahm sie entgegen. Er schleuderte sie quer durch den Schlafsaal. «So, jetzt die Beine», sagte er.

Zwei Kadetten schnappten sich Franz' Beine, spreizten sie auseinander und hielten sie fest. Dann packten sie die Pobacken, sodass sie weit auseinander klafften.

«So ist's gut. In leere Säcke muss man reinfeuern.» Hugo brachte sich in Position.

Franz hörte ein schmatzendes Geräusch, ein Ausspucken, und schon spürte er Speichel an seinen Schenkeln herunterlaufen. Dann glaubte er, seine Innereien würden zersprengt, und verlor beinahe die Besinnung.

Immer wieder stieß Hugo zu. «Gleich feuer ich meinen Schuss ab», kündigte er nach einer Weile keuchend an und bestätigte kurz darauf: «Der Sack ist jetzt gefüllt! Der Nächste zum Schuss antreten!»

Der Zweitälteste trat an, und als er abgefeuert hatte, der Drittälteste und so fort. Als alle ihren Beitrag geleistet hatten, ließen die Kadetten Franz' Arme und Beine los.

«Mach dir nichts draus», sagte einer, der nicht Hugo war, «so geht das allen hier. Und das nächste Mal darfst du dann auch schießen.»

Jemand warf Franz die neue Uniform zu. «Jetzt bist du aufgenommen», sagte er.

«Abtreten», donnerte es durch den Schlafsaal. Alle zwölf marschierten hinaus. Ihre Schritte hallten, links, rechts, links, rechts. Endlich hörte der Initiant die Tür zuschlagen. Sein Unterleib brannte, mühsam kletterte er auf sein Bett. Der Samen von zwölf Kadetten rann aus ihm.

In der Nacht konnte er nicht einschlafen. Ob sein Vater gewusst hatte, was ihn hier erwartete? Ob er nur hier war, um gedemütigt zu werden? «Mamá», flüsterte er. Neben ihm lagen seine neuen Kumpane und schliefen. Er presste die Augenlider aufeinander. Dennoch quollen Tränen heraus, Schleim floss aus seiner Nase auf das harte Kopfkissen. Er musste würgen. Nur nicht ins Bett speien, beschwor er sich. Bloß nicht diese Schmach.

Da hörte er etwas. Es kam vom Flur, Stiefelgetrappel und erregtes Flüstern, ein Schrei. Franz war paralysiert vor Angst. Er lag da und horchte. Auch andere Kadetten fuhren in ihren Betten auf. Einer schlich zur Tür und öffnete sie einen Spalt. Eine Hand schob ihn in den Schlafsaal zurück und schloss die Tür.

«Ich muss bitte austreten», sagte der Kadett.

«Später», wurde ihm durch die geschlossene Tür beschieden.

«Aber ich muss dringend», insistierte er, bekam jedoch keine Antwort. Im Dunkeln tastete er sich von Bett zu Bett. «Schwanewilms nicht zur Stelle», rief er mit einem Mal, und das Warten begann.

Endlich, nach zwei Stunden, kam Schwanewilms zurück. Alle bombardierten ihn mit Fragen. Der Kadett zierte sich ein wenig und begann erst nach mehrmaliger Aufforderung zu erzählen. Der wachhabende Offizier vor der Tür sei eingenickt, nachdem ein gerade gefüllter Sack sich zum Austreten abgemeldet hatte. Der Wachhabende habe den Schlaf der Gerechten geschlafen und deshalb nicht mitbekommen, dass der Abgemeldete vom Abort nicht zurückgekehrt sei. «Stellt euch vor, der Wachhabende hat noch an der Wand gelehnt und geschlafen, als ich wahrscheinlich über eine Stunde später Harndrang verspürte. Aber ich habe nicht im Traum daran gedacht, ihn zu wecken. Bin also an ihm vorbei und rein in die Klosetts. Ich wollte eine Klappentür öffnen, aber der Riegel war von innen vorgeschoben. Mir kam das komisch vor, da kein Mucks zu hören war. Kein Strahl, kein Platschen, nicht mal ein Atmen und auch kein Furz.» Er lachte dreckig.

«Erzähl weiter», forderten ihn die anderen auf.

«Natürlich hatte ich eine Vorahnung», fuhr er fort. «Ich bückte mich und sah unter der Kabinentür durch. Keine Füße.» Dennoch habe er erst einmal sein kleines Geschäft in der Klappe daneben verrichtet. Er habe wirklich dringend gemusst und schon geahnt, dass sich, wenn er Meldung erstattete, die Angelegenheit lange hinziehen würde. Nach dem Pinkeln habe er dann den Kopf unter der Kabinentür durchgesteckt, und da sei kein Zweifel mehr möglich gewesen: Die Füße baumelten in der Luft. «Da wusste ich gleich, was Sache ist», prahlte der Kadett. Er sei zu dem wachhabenden Offizier zurückgeschlendert, habe ihn mit einem Knuff gegen die Schulter geweckt und ordnungsgemäß Meldung erstattet. «‹Herr Offizier›, habe ich gesagt, ‹mit dem in Kabine drei stimmt was nicht. Melde gehorsamst, ich glaube, der hat sich erhängt.› Das könnt ihr euch gar nicht vorstellen: Seine Augen klappten auf wie ein Sprungmesser. Und wie schnell der auf den Beinen war. Mit drei Schritten war der an der Klosetttür, und dort konnte er sich überzeugen, dass ich ihn nicht angelogen hatte.»

«Und dann, was ist dann passiert?», drängelten die Kameraden.

«Was soll dann schon passiert sein?», sagte der Kadett gelangweilt und zuckte die Achseln. «Der Offizier hat natürlich Alarm geschlagen, und sie haben den Sack runtergeholt und ins Krankenrevier gebracht. Aber der hat keinen Schnaufer mehr getan. Hat sich mit seinem Gürtel aufgeknüpft.»

«Dieser Schlappschwanz war nicht würdig, Kadett zu werden. Wenn alle so zimperlich wären wie der, was würde aus unserem Militär werden», sagte Hugo und legte sich wieder ins Bett. «*Unser* Neuer scheint da von anderm Kaliber zu sein.»

«Schließlich mussten wir da alle durch und sind auch nicht dran gestorben», pflichtete ihm ein anderer bei.

«Ihr seid widerlich. Wenn man euch zuhört, könnte man kotzen. Wartet nur auf die Untersuchung», sagte eine Stimme, die vor Aufregung zitterte.

«Hört, hört unseren Moralapostel, wehe, er quatscht», drohte Hugo.

Franz drehte vorsichtig seinen Kopf zu der ihm unbekannten Stimme. Sie kam von seinem Bettnachbarn. Ihre Blicke trafen sich, und erschreckt wandte er sich wieder ab. Er war viel zu erschöpft, um denken zu können, aber einschlafen konnte er auch nicht. Schon nach wenigen Minuten hörte er aus einigen Betten regelmäßiges Atmen. Nur sein Bettnachbar warf sich unruhig hin und her.

«Zieh deine Uniform an», flüsterte dieser am nächsten Morgen. Er hielt ihm die Hose hin, weil Franz sich nicht bücken konnte. Mit schmerzverzerrtem Gesicht stieg Franz hinein. «Willst du sie allein zuknöpfen?», fragte der Bettnachbar leise.

Franz schüttelte den Kopf, und der andere half ihm wieder. Zuletzt zog er Franz die blaugraue Jacke mit den roten Tressen an, die man ihm gestern zugeworfen hatte. Franz blickte befremdet an sich hinab. Jetzt war er einer von ihnen, ob er wollte oder nicht.

«Schaut, unser Samariter», rief Hugo, und alle Mann blickten zu ihnen hin.

«Ich bin Moritz», stellte sich der Bettnachbar vor.

Tagelang konnte Franz nur krumm gehen. Insbesondere vor dem Stuhlgang fürchtete er sich. Also unterdrückte er ihn. Dass sein Bauch dabei knüppelhart wurde, nahm er als kleineres Übel in Kauf. Als ihn unerträgliche Bauchkrämpfe schließlich zwangen, ein Klosett aufzusuchen, sagte er sich: «Ein Kadett kennt keinen Schmerz.» Doch das war leicht gesagt. Die herausdrängende zementharte Scheiße riss die fast geheilten Wunden wieder auf. Schnell wischte sich Franz die Tränen mit dem Ärmel weg. Er durfte nicht weinen, also weinte er nicht.

«Ich bin auf einem guten Weg», sagte er sich und biss die Zähne zusammen.

Mitte Dezember 1975 kam der Gärtner mit einer riesigen Motorsäge, setzte die Klinge an die Trauerweide, die vor unserem Esszimmer stand, und drückte auf den Einschaltknopf. Die Maschine jaulte auf und quietschte, als sich das Blatt in den Stamm fräste, dann knackte es einmal und noch ein zweites Mal, und der prächtige Baum, der immer so traurig seine Äste hatte hängen lassen, weil er mit ansehen musste, wie wir unsere Strafe erhielten, bekam Schlagseite, einen Moment schwebte der Stamm in der Luft, als würde er die Gesetze der Schwerkraft ignorieren, doch schon fiel er, erst langsam, dann immer schneller, um.

Ich liebte die Weide, zwischen uns bestand ein stummes Einvernehmen. Sie hatte ich angeblickt, wenn ich kopfüber und mit bloßem Hintern an einer Rokokostuhllehne stand. Nicht auf das Geflecht des Stuhls und durch die Löcher des Geflechts hindurch auf meine nackten Beine und die Kniestrümpfe und die unterhalb der Knie zusammengerollte Unterhose hatte ich sehen wollen, sondern auf die Trauerweide. Jeden Windhauch, der ihre Blätter zittern ließ oder, wenn es sich um eine Bö handelte, auf und nieder peitschte, hatte ich registriert.

Nun wurde die Zeugin unserer Strafen selbst bestraft. Sie hatte immer stärkere Wurzeln unter das Mauerwerk unseres Hauses getrieben. Erst hatten sich Haarrisse im Mauerwerk gezeigt, dann fingerdicke Spalten, und das Parkett des Esszimmerfußbodens hatte sich an einer Stelle wollüstig aufgeworfen. So nahm das Unglück seinen Lauf.

Zwei Tage bevor die Weide gefällt wurde, war mein Bruder wieder einmal zur Exekution einer Strafe ins Esszimmer bestellt worden. Vorschriftsmäßig trat er um 17.35 Uhr an. Da das Jahr schon weit fortgeschritten war und es auf Weihnachten zuging, herrschte im Zimmer Zwielicht. Doch mein Vater hatte entschieden, dass es noch zu hell sei, um die Stromrechnung durch das Einschalten des Lichts in die Höhe zu treiben. Die Dressurgerte in der Hand, erwartete er meinen Bruder.

«Warum hast du den Stuhl noch nicht hingestellt? Muss man denn alles allein machen?», fragte er und griff sich einen Rokokostuhl, hob ihn schwungvoll hoch und wollte ihn seitlich abstellen. Dabei geriet er ins Straucheln, verlor die Balance und stürzte hin.

Mein Bruder blieb vor Schreck in der Ecke stehen, in die er sich zuvor gedrückt hatte.

«Steh nicht dumm rum, hilf mir gefälligst auf», bellte mein Vater ihn an, nachdem er sich von seinem ersten Schreck erholt und festgestellt hatte, dass er noch lebte.

Camill reagierte nicht und starrte auf das Häuflein Vater, Stuhl und Dressurpeitsche, die da am Boden so schön durcheinander lagen.

«Das wirst du büßen», presste mein Vater zwischen den Zähnen hervor und rappelte sich auf. Da schrie er: «Meine Pfote», und noch einmal: «Meine arme Pfote.» Sofort hoffte mein Bruder, dass es sich um die Rechte und nicht um die zerschossene Linke handelte. Er hatte Glück.

Am nächsten Morgen, die wehe Hand mit Mobilat eingecremt und von einem Verband gestützt, stieg mein Vater die Wendeltreppe in den Garten hinunter und baute sich vor der Hauswand auf. Mit seiner eingeschränkt funktionstüchtigen zerschossenen linken Hand prüfte er den Rauputz, tastete hier, tastete dort und fuhr mit einem Finger einen senkrechten Spalt entlang, soweit es ihm seine Körpergröße erlaubte. Dann ließ er seinen Blick nach unten schweifen, sah die kräftigen Wurzeln, die unter dem Mauerwerk verschwanden, verfolgte sie bis zum Stamm der Trauerweide und kroch mit den Augen bis zur Krone an ihm hoch, die jahreszeitbedingt kaum mehr Laub trug.

«Aha», sagte er, «du musst weg, und zwar schon morgen!»

Also rückte der Gärtner an. Nebst seiner Motorsäge brachte er zwei rote Ohrenschützer und eine Fliegerbrille aus der Armeezeit mit und machte sich an die Arbeit. Als die Trauerweide nicht nur gefällt, sondern zu schäbigem Brennholz zersägt war, nickten Camill und ich uns zu: Die Zeiten der Prügelstrafe waren endgültig vorbei.

Mein Bruder beteuerte: «Ich zieh vor dem nie wieder die Hose runter.»

Ich stimmte zu.

Damit hatten wir ein geheimes Abkommen getroffen. An dem Tag, auf den mein Vater den Ersatztermin für die Züchtigung meines Bruders gelegt hatte – es war der Tag, als im Bundestag der Extremistenerlass verabschiedet wurde –, erschien Camill zur festgesetzten Zeit nicht im Esszimmer. Eine Viertelstunde später sollte auch ich eine Abreibung bekommen, doch genau wie Camill trat ich nicht an. Stattdessen saßen wir in seinem Zimmer und warteten.

«Wer zu spät kommt, stiehlt anderen die Zeit», zitierte mein Bruder unseren Vater und lümmelte sich auf sein Bett.

Ich schwieg. Mein Bruder schaute andauernd auf die Armbanduhr. Die ersten fünf Minuten verstrichen, nichts rührte sich.

«Ob er es vergessen hat?», fragte ich flüsternd.

«Unmöglich», erwiderte mein Bruder.

«Was macht er jetzt wohl da unten?»

«Keine Ahnung.»

Wir überlegten. Ging er im Esszimmer auf und ab? Schlug er sich mit der Dressurgerte gegen die eigenen Beine? Traktierte er eine Kommode? Hatte er heute in einem Anflug von Milde nur zur Springgerte gegriffen? Saß er auf einem Stuhl? Hatte er das Rokokostühlchen schon mal vors Fenster gestellt? Wir lauschten. Nichts war zu hören, keine Schritte, keine Stimme, kein Türklappern, nichts.

Nach weiteren zehn Minuten fasste sich Camill ein Herz und schlich zur Tür. «Soll ich?»

Ich nickte.

Da drückte mein Bruder, so leise es ging, die Klinke herunter, doch sie quietschte, sodass ich zusammenfuhr und er die Klinke gleich wieder losließ. Er wartete einige Sekunden, dann probierte er es noch einmal. Wieder quietschte die Klinke, aber er öffnete die Tür und streckte den Kopf hinaus. «Nichts», sagte er und ließ die Tür wenige Zentimeter offen stehen. Stille. Grabesstille. Es war schon fast zwanzig nach sieben, und pünktlich nach den «Heute»-Nachrichten war Abendessenszeit. «Ich finde, wir sollten runtergehen.»

«In die Höhle des Löwen?»

«Na ja. Vielleicht auch nicht.»

«Je eher daran, je eher davon», zitierte ich unseren Vater.

«Wirklich?», zweifelte Camill.

«Ich weiß nicht!»

«Wir können nicht ewig hier bleiben.»

«Vielleicht ist bis morgen früh sein Zorn verraucht?»

«Das glaubst du doch selbst nicht.»

Wir schwiegen.

«Ich habe Hunger», sagte mein Bruder dann.

«Ich kriege bestimmt keinen Bissen runter.»

«Wir müssen ganz entspannt wirken, damit er nicht spürt, dass wir Angsthasen sind. Komm. Jetzt oder nie! Sonst ist es zu spät fürs Abendbrot, und wir kriegen nichts mehr zu essen.»

«Okay.»

«Okay sagt man nicht, das sagen nur Proleten.»

«Okay, okay, okay!»

Wir lachten angestrengt und verließen das Zimmer. Unten an der Esszimmertür drückte Camill die Klinke hinunter, etwas zaghaft traten wir ein. Mein Vater, der wie immer am Kopf des meterlangen Tisches saß, das Fenster im Rücken, meine Mutter zu seiner Linken, hob den Blick nicht von seinem Teller; ein Stück Schinken lag darauf, an dem er herumsäbelte. Drei Kerzen brannten in einem silbernen Leuchter. Auch meine Mutter hielt den Blick gesenkt, allerdings hatte sie nichts auf ihrem Teller, und sie säbelte auch an nichts herum. Langsam gingen wir zu unseren Stühlen. Niemand sagte ein Wort. Mein Bruder hatte den längeren Weg, denn er musste um den Kopf des Tisches herum und an unserem Vater vorbeigehen. Unschlüssig wartete ich hinter meinem Stuhl, bis er an seinem angelangt war. Wir zogen sie gleichzeitig vom Tisch weg und setzten uns gleichzeitig hin. Ich nahm ein Stück Schwarzbrot und sagte mit lauter Stimme:

«Butter, bitte.»

Zu meinem Erstaunen wies mich keiner mit den Worten «Das heißt, darf ich bitte die Butter haben» zurecht, stattdessen beeilte sich meine Mutter, sie mir zu reichen. Das Blut hämmerte mir in den Schläfen, während ich mein Schwarzbrot beschmierte. Ich griff mir den Scheiblettenkäse, nahm eine Scheibe aus der Verpackung, zog laut raschelnd die Plastikfolie ab, legte den Käse auf das Schwarzbrot, biss hinein und begann unter Schmatzen zu kauen.

«Elena, bitte», flüsterte meine Mutter so leise, dass nur ich es mitbekam. Etwas in mir hörte nicht auf sie. Mein Kopf drohte zu zerspringen. Nichtsdestotrotz nahm ich ein Stück Schwarzbrot nach dem anderen, bis die Scheibletten-Packung leer war. Mit vollem Mund fragte ich:

«Gibt's keine Scheibletten mehr?»

Ein paar Schwarzbrotkrümel schossen zwischen meinen Lippen hervor und landeten auf der weißen Spitzentischdecke, die in der Mitte des Tisches lag. Die Uhren meines Vaters hatten längst acht Uhr geschlagen, die «Tagesschau», die mein Vater wie die «Heute»-Nachrichten niemals verpasste, begann, doch er stand nicht auf. Es schlug viertel nach acht, die «Tagesschau» war zu Ende, und immer noch saßen alle da. Inzwischen hatte ich alle Schwarzbrotscheiben verdrückt, dazu noch einige Knäckebrote und angelte nun nach dem Toast. Ich schmierte Leberwurst darauf, die ich nicht mochte, und als die alle war, kam die Blutwurst dran. Ich schmatzte wie ein Schwein. Mein Vater schwieg. Um genau fünf vor neun rührte er sich, ich hörte auf zu kauen, und er schob seinen Stuhl zurück und stand auf. Mit schweren Schritten ging er aus dem Esszimmer. Auf seinem Teller lag die Scheibe Schinken, an der er herumgesäbelt hatte, fast zu Brei zerkleinert. Kaum war er fort, ließ ich mein Messer fallen, sprang vom Stuhl auf, dass er hintenüberfiel, stürmte aus dem Zimmer und die Treppe hinauf, raste den langen Gang entlang direkt ins Badezimmer, schlug die Tür hinter mir zu und kotzte, kotzte das Schwarzbrot wieder aus und die Scheibletten, das Knäckebrot, die Toasts, die Leberwurst, die Blutwurst – alles, was ich gefressen hatte, kotzte ich wieder aus. Plötzlich stand mein Bruder in der Tür.

«Du bist zu weit gegangen», sagte er.

«Arschloch», murmelte ich und meinte ihn.

Der Winter, der sich von seiner mildesten Seite gezeigt hatte, war vorbei. Nun war es Sommer, und es herrschte angenehm warmes Wetter. Maria hatte ihr erstes Examen erfolgreich absolviert, stand im Begriff, sich auf Psychoanalyse zu spezialisieren, und war über den Sommer zu ihrer Schwester gefahren. Durch das Haus zog ein eisiger Wind. Mercedes schlang sich ihren Kaschmirschal immer enger um den Hals, Maria hüllte sich in bunte mexikanische Wollkleider der Popocatepetl-Bewohner, und Else hatte den ihr von der Conquista vor Urzeiten vermachten Fuchs hervorgekramt, obwohl er von Motten angefressen war. Innerhalb der weißen Mauern schien sich eine eigene Klimazone gebildet zu haben, die keinerlei Austausch mit der Außenwelt besaß, gleichgültig, ob Fenster und Türen geöffnet oder geschlossen waren. Tag und Nacht musste der Kutscher einheizen, und selbst ihm, der leicht ins Schwitzen geriet, liefen Kälteschauer den Rücken hinunter, wenn er in seiner Arbeit innehielt. Die Flammen in den Kaminen loderten, doch die Wärme drang nicht in die Räume vor.

Alle Bewohnerinnen bewegten sich auf Zehenspitzen und verhaltenen Schritts durchs Haus. Die geflüsterten Gespräche waren karg. Kaum ein Wort wurde gewechselt, das nicht nötig war, um den Haushalt zu führen. Ein Kokon der Fremdheit hatte sich um die Ringsberg-Schwestern gelegt. Begegneten sie sich auf dem Korridor oder in einem der Salons, zeigten sie sich überrascht von der Anwesenheit der anderen und verließen schnell das Zimmer. Nichts kam ihnen mehr bekannt vor, die Menschen, mit denen sie zusammenwohnten, nicht, das Haus nicht, die Zimmer nicht und sie selbst am allerwenigsten. Das Mobiliar aus aller Welt, die Tische, die Stühle, die Konsolen, die Teller, Löffel, Messer und Gabeln, schien Augen bekommen zu haben. Mercedes und Maria glaubten sich verfolgt. Öffneten sie eine Kommode, wurden sie den Verdacht nicht los, dass vor ihnen schon ein anderer darin gewühlt hatte, obwohl alles genau so dalag, wie sie es zuvor angeordnet hatten. Deshalb fassten sie nichts mehr davon an.

Else hingegen war von einem Putzwahn befallen. Sie wirbelte den ganzen Tag, leise, mit Staubtuch und Feudel herum. Die Bewegung hielt sie warm, aber es ärgerte sie, dass sich stets von neuem ein Schmutzfilm auf die Möbel legte. Stieß Mercedes aus Versehen gegen eine Kommode, einen Schrank, einen Stuhl, fühlte sie sich beschmutzt. Dann rieb sie die Hand an ihrem Kleid ab, woraufhin sie es wechselte und sich mehrmals die Hände wusch.

«Meinst du nicht, wir sollten das Haus verkaufen?», platzte es eines Tages aus ihr heraus, als sie Maria in der Ahnengalerie über den Weg lief.

Die blickte ihre Schwester traumverloren an, wandte sich einem Ururgroßvater zu, erschauerte und nickte schließlich erleichtert mit dem Kopf.

Von Stund an erfüllte Geschäftigkeit das Haus. Kisten wurden gepackt, Möbel verhängt, Gespräche mit Immobilienhändlern geführt, Schilder mit dem Hinweis «Zu verkaufen» an Zaun und Außenmauern angebracht. In diese Wochen fiel die erste Ferienzeit des Jungen. Nach mehrmonatiger Abwesenheit kehrte er in das Haus seiner Großmutter zurück. Er betrat es in seinem schmucken Kadettenanzug, blickte ein wenig hochnäsig um sich, nur gelegentlich flatterten seine Lider. Im Entrée stand alles zum Abtransport bereit. Die Bilder der Ahnengalerie waren mit Wolldecken umhüllt und fest verschnürt, die Möbelstücke auseinander gebaut und mit Schonbezügen versehen. Umzugskisten verstellten jeden Quadratzentimeter des Parketts. Die Schwestern hatten den Wagen des Kutschers, der Franz vom Hauptbahnhof abgeholt hatte, auf dem Kies vorfahren hören und waren sofort die Treppe hinuntergeeilt.

Da stand er, die Kappe forsch unter den Arm geklemmt. Mercedes stürmte auf ihn zu und wollte ihn umarmen, doch er trat einen Schritt zurück, machte einen Bückling und schwang seine Mütze zu einer kleinen Schleife.

«Guten Tag, Mamá», sagte er mit fester Stimme, die etwas kiekste, und gab ihr die Hand. Maria nickte er nur zu. «Darf ich vielleicht erfahren, was hier vor sich geht? Wie sehen Sie denn beide aus?» Er musterte sie in ihrer verstaubten Garderobe.

«Ja, das müssen wir dir alles erklären, in diesem Haus gehen eigenartige Dinge vor. Hier drinnen herrscht Winter, während es draußen heiß ist wie in dem Jahr, als die Conquista starb.»

«So einen Unsinn habe ich ja noch nie gehört. So etwas kann nur Weiberhirnen entspringen», sagte er und lachte unverschämt.

«Du wirst schon sehen, wie es um das Haus bestellt ist», entgegnete Mercedes und guckte Maria entgeistert an. «Wir haben uns jedenfalls entschieden, es zu verkaufen. Ich wollte es dir nicht schreiben, sondern lieber mit dir sprechen und es dir erklären. Möchtest du erst auf dein Zimmer gehen und dann zum Essen herunterkommen?»

«Existiert mein Zimmer also noch?»

«Wir haben nichts angerührt, weil wir dachten, du willst deine Sachen bestimmt selbst einpacken und entscheiden, was du mitnehmen möchtest und was nicht. Dein Teddy erwartet dich noch genau dort, wo du ihn zurückgelassen hast.»

Franz drehte sich ohne ein weiteres Wort um und ging, zwei Stufen auf einmal nehmend, nach oben in sein Zimmer. Ihm klopfte das Herz bis zum Hals, als er die Tür öffnete. Eine Erregung hatte sich seiner bemächtigt, die er sich nicht erklären konnte. Ihn fröstelte. In den Regalen standen seine Spielsachen, der Kreisel, die glänzend schwarze Lokomotive, das Holzpferd, all die herrlichen Dinge, die er den Pöksen in den leuchtendsten Farben geschildert hatte. Jetzt erschienen sie ihm wie Zeugnisse aus einem früheren Leben, winzig klein und schäbig. Er warf ihnen einen verächtlichen Blick zu. Das war wirklich etwas für kleine Kinder, nichts für einen Kadetten. Er beschloss, die Spielsachen den Pöksen zu schicken, und warf sich aufs Bett. Dort saß der Teddy, das Fell abgewetzt, eine rote Schleife um den Hals. Mit einer einzigen Handbewegung fegte Franz ihn vom Bett, sodass er in hohem Bogen durch das Zimmer flog. Er folgte ihm mit den Augen, während sein Kopf auf dem weichen, wohlriechenden Federkissen liegen blieb. Doch plötzlich stand er auf, ging in seiner Kadettenuniform mit den schweren Schnürschuhen langsam zum Teddy, bückte sich, nahm ihn und kehrte, ihn sich an die Brust drückend, zum Bett zurück. Erst als es zaghaft an der Tür klopfte und eine leise Stimme «Darf ich reinkommen?» fragte, legte er ihn neben sich aufs Kopfkissen und setzte sich auf. Ihm war eiskalt.

Mercedes trat ein. «Aber Franz, du hast ja ganz blaue Lippen, soll ich dir eine heiße Schokolade bringen?»

«Warum haben Sie mich zu meinem Vater geschickt?», rief er und blickte sie herausfordernd an.

«Aber Franz, du weißt doch, dass ich keine andere Wahl hatte, ich wurde per Gerichtsbescheid dazu gezwungen.»

«Sie haben mich im Stich gelassen», sagte er bestimmt.

Mercedes war entsetzt. Sie sah den eiskalten Ausdruck ihres geschiedenen Mannes in seinen Augen. Ja, der Junge hatte Ähnlichkeit mit ihm. «Um Gottes willen, was hat er bloß mit dir gemacht?»

«Warum haben Sie mir nicht geschrieben?», fragte er. «Sie haben mich ihm ausgeliefert.»

«Ich habe dir jeden Tag geschrieben und nie eine Antwort erhalten.»

«Das glaube ich Ihnen nicht.»

«Und doch ist es wahr. Erst als du in der Kadettenanstalt warst, kamen wöchentlich diese vorgefertigten Briefe ohne ein persönliches Wort.»

«Sie lügen. Das verzeihe ich Ihnen niemals!», schrie er ihr ins Gesicht.

«O Franz, ist dir nie in den Sinn gekommen, dass dein Vater dir meine Briefe vielleicht nicht ausgehändigt hat?»

«So etwas würde er nie tun», entgegnete er trotzig, obwohl er genau wusste, dass das die Antwort auf das unerklärliche Ausbleiben jeder Nachricht von seiner Mutter war. «Sie haben mir nicht geschrieben! Sie haben mich vergessen!» Er stierte auf seine Schuhspitzen. Mercedes wollte ihm über den gesenkten Kopf streichen, doch er schlug ihre Hand mit der seinen weg. «Fassen Sie mich nicht an!», brüllte er.

Sie wich vor ihm zurück und wurde bleich. «Franz, du weißt genau, dass du mein Ein und Alles warst und bist.» Und sie verließ das Zimmer.

«Mamá, mir ist entsetzlich kalt», flüsterte er, als sie schon draußen war, und vergrub das Gesicht im Kissen.

Er war nicht mehr derselbe. Hatte er früher vor sich hin geplaudert, so war er jetzt noch einsilbiger als nach dem Tod der Conquista. Kaum, dass er auf Fragen antwortete. Er tat es nur aus Höflichkeit. Oftmals wirkte er abwesend und starrte minutenlang ins Leere. Wenn er angesprochen wurde, reagierte er nicht. Dann wiederum brach etwas Wildes, Ungezügeltes aus ihm hervor. Franz, der zuvor keiner Fliege etwas zuleide tun konnte, riss auf einmal Fröschen bei lebendigem Leib die Schenkel aus, oder er griff zu einem Strohhalm, steckte ihn den Amphibien in den After und blies sie auf. Sosehr sie auch mit den Füßchen und ihren fünf Zehen strampelten – Franz ruhte nicht, bis sie rund und groß waren wie ein Luftballon. Erst nach Stunden schrumpften sie auf Normalgröße zurück. Wenn ihm aber die Luft zu langsam aus den kleinen Körpern entwich, half er mit einem gezielten Tritt seines Militärstiefels nach und lauschte dem Knall. Einmal trieb er das Spiel zu weit, und ein Lurch platzte, während er ihn noch aufblies, direkt vor seinem Gesicht. Die Grütze ätzte seine Haut. So kam seine Uniformjacke, die er auch in den Ferien trug, zum ersten Mal mit Blut in Kontakt.

Daraufhin ging er zu anderen Experimenten über. Er richtete sich auf dem Dachboden wohnlich ein, dem einzigen Ort im Haus, wo sich der Winter nicht beharrlich hielt. Dafür roch es hier muffig und feucht nach alten, mottenzerfressenen Möbeln. Ein zerschundener Empiresessel mit abgesprungenem Blattgold an Lehne und Beinen diente Franz als Thron, von dem aus er sein staubbedecktes Areal regierte. Die Sprungfedern ächzten, wenn er sich trotz seines Leichtgewichts auf ihnen niederließ. Neben seinem Thron stand, aufgetürmt, das Gepäck seines Großvaters. Ein Schrankkoffer beherbergte eine Unmenge zerlöcherter Kleider aller Kulturen, die für Franz jeden Reiz verloren hatten und die er keines einzigen Blicks mehr würdigte. Lieber fing er Mäuse in selbst konstruierten Fallen. Er spießte fetten Speck, den er aus der Küche stahl, auf einen Stift, der mit einer Feder verbunden war und das Eingangstürchen offen hielt. Kaum knabberten die Mäuse an der Schwarte und ruckelten an dem Stift, schnellte das Türchen zu. Franz wollte die Tiere lebend, wollte Versuchsreihen anstellen, um Erkenntnisse darüber zu gewinnen, wie viel Schmerz zum Tod führte. Er quälte die Mäuse auf die unterschiedlichste Art, schnitt ihnen Gliedmaßen ab, stieß Nadeln in sie, stach ihnen die Augen aus, dass sie zum Erbarmen quiekten, und hörte nicht auf, bis sie ihr Leben ausgehaucht hatten. Die Kadaver schleuderte er durch eine Dachluke in den hanseatisch grauen Himmel. Akribisch trug er sodann mit seiner ordentlichen Handschrift, die von seinen Lehrern sehr gelobt wurde, die Erkenntnisse, nach Geschlechtern getrennt, in ein kleines schwarzes Schulheft ein, auf das er die Gleichung «Maus = Geschlecht = Schmerz = Tod?» notiert hatte. In diesem Heft fanden sich außerdem Zeitungsartikel über den Mord an seiner Großmutter, die darüber berichteten, dass es immer noch keine neuen Ermittlungsergebnisse gab, obwohl er jetzt schon vier Jahre zurücklag.

Mercedes konnte im Gegensatz zu ihrem Sohn keiner Fliege etwas antun. Wenn ein Insekt sie stechen wollte, wisperte sie: «Du kannst ja mein Blut gern haben, aber musst du unbedingt dafür sorgen, dass es hinterher so juckt?» Doch nach harmonischer Koexistenz stand einer Mücke nicht der Sinn. Gnadenlos stach sie zu und hinterließ eine juckende Schwellung. Als

Mercedes wenige Wochen vor dem endgültigen Auszug aus der weißen Villa auf den Dachboden stieg, um die dort gelagerten Habseligkeiten in Augenschein zu nehmen, hörte sie quiekende Laute in ungewöhnlich hoher Frequenz. Sie kletterte, ihr langes Kleid mit der einen Hand raffend, leise die Leitertreppe hinauf und öffnete die Klappe.

Franz hatte sie nicht kommen hören. Er spießte gerade ein kleines graues Tier, das er in seiner Linken festhielt, mit einem länglichen, silbern glänzenden Gegenstand von hinten auf.

«Franz», hauchte seine Mutter nur, bevor sie das Bewusstsein verlor und die Leiter hinunterstürzte.

Erschrocken hielt Franz in seiner Beschäftigung inne und ließ die gepeinigte Maus laufen. Der Gegenstand steckte ihr noch im Leib. Im Takt ihrer Bewegungen schlug er auf den Boden. Als sie in einer Ecke verschwunden und auch das Klappern verklungen war, lauschte er angestrengt. Von seiner Mutter kam kein Laut.

«Mamá!», schrie er da und war im Nu bei ihr.

Der Sturz läutete eine entscheidende Wende in Mercedes' Leben ein. Die Tochter der Conquista war ab sofort außerstande, Fleisch zu essen. Auch bereitete es ihr unsägliche Qual, anderen beim Fleisch- oder Fischessen zuzusehen. Sie wurde bleich wie ein Bettlaken, wenn sich Gäste bei einem Diner an gekochten, gebratenen, gesottenen oder gegrillten Leichnamen gütlich taten. Führten sie ein Stück Fleisch zum Mund, würgte es sie. Sie musste sich zusammennehmen, um nicht auf den Tisch zu speien. War sie auf größere Gesellschaften eingeladen, hielt sie ihren Tischherren kleine Reden des Inhalts, dass jede Kreatur ein Recht auf Leben habe. Gegenargumente, dass die Natur nun mal so eingerichtet sei und der Stärkere stets den Schwächeren fresse, ließ sie nicht gelten.

«Sie behaupten also, wir seien von Natur die Stärksten?», fragte sie dann zurück.

«Aber natürlich!», antwortete etwa Herr von Gelderstein.

«Genau da haben wir's. Welche Hybris», empörte sich Mercedes, und über ihren armen Tischnachbarn entlud sich ein Gewitter. «Sie behaupten, wir seien die Krönung der Schöpfung, und schlachten alles ab, was sich Ihnen in den Weg stellt. Genau das macht den Menschen zum niedersten Geschöpf der Welt. Tiere töten, um zu überleben. Wir hingegen könnten uns genauso gut von Pflanzen und Körnern ernähren und müssten kein Lebewesen über die Klinge springen lassen. Wir verfügen über eine angeblich ausgeprägte Intelligenz, über Vernunft und ein Gewissen. Gerade wir sollten die Ersten sein, die dieses Naturgesetz, wie Sie es zu nennen belieben, durchbrechen und einen anderen Weg einschlagen. Ich bin der lebende Beweis, dass wir ohne tierische Nahrung leben können, und auch meine Hunde bekommen nur noch pflanzliches Futter.»

«Was haben Sie denn für Hunde? Pinscher?»

Mercedes wurde immer aufgebrachter. Inzwischen wanderten die Blicke der Umsitzenden verstohlen zu ihnen hin. Beider Ton war lauter geworden.

«Nein, mein Lieber, Sie werden's kaum glauben, ich habe zwei ausgewachsene Setter, und sie befinden sich sehr wohl bei Haferflocken und Gemüse. Im Übrigen stinken ihre Winde nicht mehr so wie früher, und auch ihr Mundgeruch hat deutlich abgenommen. So manch einem Menschen täte es auch bestens, seinen Fleischkonsum einzustellen. Allein wegen der unangenehmen Ausdünstungen.»

«Wollen Sie etwa behaupten, ich stinke?»

«Ich habe nicht Sie gemeint, ich habe ganz allgemein gesprochen», antwortete Mercedes mit bebenden Nasenflügeln.

Herr von Gelderstein hielt nun mit seiner Verachtung nicht mehr hinterm Berg. «Unser Gebiss ist der eindeutige Beweis, dass wir Allesfresser sind. Sollte Ihnen entgangen sein, dass die Zähne von Kühen und Pferden ganz anders aussehen? Die unseren weisen eine deutliche Gemeinsamkeit mit denen des Schweins auf, einem Allesfresser, wenn auch dessen Zähne zugegebenermaßen ein wenig größer ausfallen.» Herr von Gelderstein lehnte sich mit Genugtuung in seinen Stuhl zurück und blickte Mercedes herausfordernd an.

«Eine Folge der Evolution», sagte sie. «Hätten wir vor Jahrmillionen gar nicht erst damit angefangen, tote Tiere zu essen, sondern uns ausschließlich von Beeren, Früchten und Körnern ernährt wie die Schimpansen, unsere nächsten Verwandten, sähe unser Gebiss heute weiß Gott anders aus. Und ist nicht allein schon unsere körperliche Disposition, sowohl fleischliche als auch vegetabile Nahrung verdauen zu können, ein Beweis dafür, dass wir auf Fleisch ganz verzichten sollten?»

«Wollen Sie vielleicht den Löwen ein Vorbild sein und sie überzeugen, Gras zu fressen?», stichelte Herr von Gelderstein, der bis ins ferne Afrika reiste, um dort Großwild zu erlegen.

«Unsinn! Darum geht es gar nicht. Der Mensch verfügt über ein Bewusstsein, vielleicht das Einzige, was ihn vom Tier unterscheidet, aber wer weiß schon so genau, ob dem Pferd, dem Delphin oder dem Vogel nicht auch ein Bewusstsein zu eigen ist, kann man sich da so sicher sein? Ich verlange also vom Menschen, sich klar zu machen, dass er den Tieren die Existenzberechtigung abspricht, wenn er sie tötet, dass er sie zu Objekten herabwürdigt. Wir machen uns zu Richtern über Leben und Tod. Das steht uns nicht zu, da die Tiere genauso Teil der Schöpfung sind wie wir. In meinen Augen ist jeder, der Fleisch oder Fisch isst, ein Mörder.»

Da sprang Herr von Gelderstein mit einem solchen Schwung vom Tisch auf, dass sein Stuhl mit Gepolter nach hinten fiel. «Ich lasse mich von Ihnen nicht Mörder schimpfen, nur weil ich ein albernes Stück Fleisch esse!», brüllte er. «Nehmen Sie das sofort zurück.» Er stellte den Stuhl mit Aplomb wieder an den Tisch und eilte auf die Gastgeberin zu.

Ein hochroter Kopf zeugte von seiner Erregung. «Gnädige Frau. In einer Gesellschaft, in der man mich ungestraft Mörder nennen darf, kann ich nicht bleiben. Bitte erlauben Sie, dass ich mich zurückziehe.» Er brachte einen ungelenken Diener zustande und stürmte, ohne die Antwort der Gastgeberin abzuwarten, davon.

Mercedes machte keinerlei Anstalten, ihm zu folgen, sie verspeiste ihr Gemüse, löffelte ihre Mousse au chocolat und wartete sogar noch den Mokka ab, um ihn in kleinen Schlucken zu schlürfen, obwohl jedes Gespräch um sie herum erstorben war. Lähmende Stille herrschte, bis die Dame des Hauses die Tafel aufhob. Sogleich empfahlen sich die Gäste.

Anfangs redete sich Mercedes ein, in der Tierquälerei ihres Sohnes zeige sich das frühe Genie eines jungen Wissenschaftlers, aber nichts war in Franz weniger angelegt als das. Dann wieder glaubte sie, die Früchte der Kadettenerziehung zu sehen. Roh war jedoch nur seine Schale. Er selbst war über sein Tun erschrocken und konnte sich nicht erklären, was ihn immer noch dazu trieb, auf den Dachboden zu steigen und weitere Experimente anzustellen. Lektüre hielt ihn nicht in seinem Zimmer. Er vermochte seine Gedanken nicht auf die Klassiker zu konzentrieren, obwohl ihn Schillers «Räuber» faszinierten und er Franz Mohr als Figur ganz und gar ungeheuerlich fand. Aber kaum öffnete er morgens die Augen, schnürte ihm die Endlosigkeit der vor ihm liegenden Stunden die Kehle zu. Sein Mund wurde trocken, und er musste mehrmals schlucken, um den Kloß in seinem Hals loszuwerden. Das war ein neues, ein beängstigendes Gefühl. Es sprang auf seinen Körper über und lähmte ihn.

Die Anstrengung, aus dem Bett aufzustehen, kannte er aus der Kadettenanstalt nicht. Da war überhaupt alles anders. Jede Sekunde war mit Tätigkeit ausgefüllt. Aufstehen, Exerzieren, Kirchgang, Frühstück, Exerzieren, Unterricht, Sport und so weiter. Alles war darauf ausgerichtet, den Körper in Bewegung und die Gedanken in Schach zu halten. Sein weicher, runder, noch kindlicher Körper hatte innerhalb kürzester Zeit eine männliche Eckigkeit angenommen. Er war auf Zack und jeder seiner Muskeln hart wie Stein. Nichts wurde ihm in der Kadettenanstalt geschenkt, alles musste er sich hart erkämpfen. So manches Mal war er kurz vorm Aufgeben gewesen. Als er im ersten Monat beim dreißigsten Klimmzug eine kleine Schwäche gezeigt hatte und der Aufsicht habende Kadett neben ihn getreten war und ihm, «Und hoch und hoch und hoch» rufend, mit der Faust immer wieder auf die Oberarmmuskeln geschlagen hatte, hatte alles in ihm rebelliert. Lass dich doch einfach zu Boden fallen, vielleicht nimmt die Erde dich gnädig auf, verschluckt dich, und all dies hat ein Ende, hatte ihm eine verführerische Stimme unaufhörlich eingeflüstert. Aber er hatte nicht auf sie gehört. Die Schläge machten ihn wütend. Mit einem Mal war ihm, als rieselte ihm etwas durch die Adern, das den Schmerz neutralisierte. Nun hätte er seinen Körper stundenlang in die Höhe hieven können. Als der Kadett plötzlich «Fünfzig – genug» rief, hörte er das Kommando nur aus großer Ferne. Wie ein Automat hievte er sich weiter hoch. Da hängte sich der Diensthabende, dem Franz' Gesichtsausdruck verdächtig vorkam, mit aller Kraft an ihn und schrie: «Hör auf, willst du wohl sofort aufhören. Bist du wahnsinnig!» Franz schüttelte den Kadetten ab, sprang leichtfüßig vom Reck und brach zusammen. Sein Herz stand still, und er musste wiederbelebt werden, von Mund zu Mund.

Von diesem Tag an funktionierte er wie eine Maschine. Nie wieder sollten ihn seine Kameraden «Muttersöhnchen» schimpfen, das hatte er sich geschworen. Aber wie ein Mann fühlte er sich noch lange nicht, vor allem nicht zu Hause. Hier, in den Ferien, war sein Körper nicht ausgelastet, und der Kopf meldete sich zurück. Dem war er nicht gewachsen. Maria war die Einzige, die, nachdem sie ihn tagelang beobachtet hatte, die Gründe für seine Tierquälerei erriet. Sie suchte nach ihrem Neffen und fand ihn im Salon. Er lümmelte sich auf einem der bereits verschnürten Sofas, auf denen noch vor kurzem bunte Kelims gelegen hatten. Seine krachledernen Stiefel baumelten über die Lehne.

«Deine Uniform verknittert», sagte sie und lachte.

«Was schert dich mein Anzug?»

«Du legst doch sonst so viel Wert auf ein korrektes Äußeres.»

«Seit wann interessieren dich militärische Belange?»

«Was ist mit dir, Franz?», fragte sie nun ernst.

«Lass mich in Ruhe.»

«Ich sehe doch, dass dich etwas quält.»

«Mir geht es gut. Misch dich nicht in meine Angelegenheiten.»

«Ich kenne dich von deiner Geburt an, also kenne ich dich gut genug, um zu wissen, dass wir im Moment nicht dein wahres Wesen zu sehen bekommen.»

«Ich kenne dich von deiner Geburt an», äffte Franz sie nach. «Was weißt du denn schon von meinem Wesen?»

«Ich wüsste gern mehr von ihm, aber vielleicht kennst du es ja selbst nicht und probierst dich jetzt aus. Entdeckst du Seiten an dir, von denen du gar nicht geahnt hast, dass es sie gibt?»

«Wie kommst du denn darauf? Spielst du schon die große Psychologin? Freud-Schülerin, hä?»

«Wir waren alle einmal in deiner Situation.»

«Ist ja interessant.» Franz streckte seine Beine, drückte die Knie durch und inspizierte seine Stiefelspitzen.

«Ob du's glaubst oder nicht, auch ich erschrecke manchmal über mich.»

«Hast ja auch Grund genug.»

«Sei nicht so überheblich! *Du* solltest mich doch eigentlich verstehen.»

Da sagte Franz leise: «Ich? Ich habe kein Zuhause mehr. Hier gehöre ich nicht mehr hin. Zu meinem Vater gehöre ich ganz bestimmt nicht und in die Kadettenanstalt auch nicht. Oder doch? Wo gehöre ich hin, kannst du mir das sagen?» Über seine Unbeherrschtheit verärgert, sprang er auf.

Maria erhob sich von einer mit Packpapier umwickelten Kiste, auf die sie sich gerade erst gesetzt hatte, und blickte ihn an. «Wie denn, Franz. Nur du allein –»

«Siehst du, du kannst mir auch nicht helfen. Also was soll diese Gefühlsduselei? Ich brauche dein Mitleid nicht. Hör auf damit!»

Maria wich zwei Schritte zurück. «Mitleid? Mitleid erwächst aus schlechtem Gewissen. Ich habe dir gegenüber aber kein schlechtes Gewissen. Fällt mir gar nicht ein.» Sie fixierte ihn. «Das kann es also nicht sein. Ich kenne dich gut genug, um zu wissen, dass du die Tiere nicht aus Lust quälst. Vielleicht reagierst du ja etwas an ihnen ab. Du brauchst nicht mit mir darüber zu reden, wenn du nicht willst. Lass es dir einfach mal durch den Kopf gehen.»

«Du Heuchlerin, du verstehst doch gar nichts!» Seine Augen funkelten.

«Ich sehe nur, dass du zerrissen bist», sagte Maria, «und dieses Gefühl kenne ich bestens, das kannst du mir glauben.»

«Wieso denn du?»

«Weil, du wirst es nicht glauben, auch ich widerstreitende Empfindungen habe.»

«Du sitzt doch hier im gemachten Nest, dir kann gar nichts passieren. Du hast ja alles.»

Maria musste lächeln. «Ach, Franz, jetzt redest du Unsinn, und das weißt du auch. Schau dich doch mal um, wie es hier aussieht!»

Fortan betrachtete er Maria mit anderen Augen. Neugier trieb ihn, hinter ihr Geheimnis zu kommen, um ihr die Erkenntnis seines Wesens durch die Erkenntnis des ihren heimzuzahlen. Er glaubte sich in ihrer Hand. Das Wissen um einen anderen verleiht Macht, das wurde ihm mit einem Mal bewusst. So wie er die Mäuse bei lebendigem Leib mit dem Skalpell seziert hatte, wollte er nun die Gefühle der Menschen sezieren. Als Maria eines Abends seinen forschenden Blick auf sich ruhen fühlte, ahnte sie, was in ihm vorging. In ihm glitzerte etwas Gefährliches, etwas kalt Taxierendes. Auch wenn er die Tierversuche inzwischen eingestellt hatte, hütete sie sich nun vor ihm.

Zwei Wochen nachdem Franz in die Kadettenanstalt zurückgekehrt war, zogen Mercedes und Maria aus der Schönen Aussicht aus. Das Haus war verkauft. Da wurde im fernen Serbien der österreichische Kronprinz erschossen.

Eure Mutter ist jeck. Wir müssen der Wahrheit ins Auge sehen, eure Mutter ist jeck. Das hat mir gerade noch gefehlt. Da nehme ich mir extra eine jüngere Frau, und nu wird die mir jeck.»

Als mein Vater das sagte, hatte er sie gerade zum Psychiater geschickt. Der Psychiater überwies sie zum Internisten, der Internist überwies sie zum Neurologen. Der Neurologe untersuchte sie und überwies sie in die Schweiz.

«Das wird ein teurer Spaß», sagte mein Vater.

Dennoch brachen meine Mutter und ich zu der Reise auf. Mein Vater brachte uns um zehn Uhr abends zum Hauptbahnhof. Ganz gefasst ging sie an meiner Seite. Zu einem eleganten Kostüm trug sie ihre Lieblingsschuhe, die mit der goldenen Trense auf dem Spann. «Die Trense», sagte sie häufig, «passt in kein Pferdemaul, nicht einmal in das des kleinsten Shetlandponys.» Dass mit ihr etwas nicht stimmte, war ihr nicht anzusehen.

«Mach mir keine Schande, Milena», rief ihr mein Vater hinterher, als sie die Eisentreppe des Nachtzuges hinaufstieg.

«Mach mir keine Schande, Milena», murmelte sie und verschwand in unserem Abteil. Selbständig zog sie sich das Kostüm aus, streifte sich ihr Spitzennachthemd über und stieg in die blütenweißen Bettlaken.

«Hast du keine Angst?», fragte ich sie, als auch ich im Bett lag.

«Ich habe schon lange keine Angst mehr, was soll mir noch geschehen?»

Kurze Zeit darauf hörte ich sie gleichmäßig atmen. Sie war eingeschlafen, während ich wach blieb. Der ratternde Zug rumpelte mir ihre Worte ins Gehirn. «Ich habe schon lange keine Angst mehr, ich habe schon lange keine Angst mehr.» Am nächsten Morgen kleidete sie sich wieder an, schlüpfte in ihre Slipper und sagte mit Blick auf die goldene Trense auf dem Spann: «Die passt in kein Pferdemaul, nicht einmal in das des kleinsten Shetlandponys.» Wenige Minuten bevor wir in den Baseler Bahnhof einfuhren, kämmte ich ihr die Haare und nudelte sie an ihrem Hinterkopf zu einem Dutt zusammen; sorgsam steckte ich ihn fest. «Aber so tun mir die Haarwurzeln weh», klagte sie, worauf ich den Dutt etwas lockerte.

Im Taxi fuhren wir zum Hospital, wo uns zwei Schwestern in Empfang nahmen. Das Erste, was sie taten, war, den Dutt wieder aufzulösen. Schon nahm die eine Schwester eine Schere zur Hand, während die andere, die eine weiße Haube auf dem Kopf hatte, an einem Wetzstein ein Klapprasiermesser schärfte. Dann hob die erste Schwester Locke für Locke an und schnitt sie so dicht am Kopf wie möglich ab. Einmal pikste sie meine Mutter mit der Schere, und zwei, drei kleine Tropfen Blut traten aus der Wunde, aber meine Mutter saß ganz ruhig da. Die Stoppeln erinnerten mich an die Zacken der Bergspitzen, die in der Ferne durch das Fenster grüßten. Jetzt war die Haubenschwester dran. Sie legte das geschärfte Rasiermesser beiseite, angelte nach einem hölzernen Tiegel und einem Rasierpinsel, drehte den Wasserhahn auf, hielt den Pinsel darunter und schlug in einer Schale weißen Schaum. Sobald sie den Kopf meiner Mutter damit eingeseift hatte, griff sie zum Messer. Die Klinge blitzte in der Alpensonne auf. Während die Scherenschwester mit beiden Händen den Kopf meiner Mutter festhielt, rasierte die Haubenschwester das schneebedeckte Stoppelfeld. «Es ist wirklich nicht nötig, dass sie meine Mutter wie eine Bekloppte festhalten», beschwerte ich mich, aber da führten die Schwestern sie bereits in eine Kammer und setzten sie auf einen Stuhl. Sie wurde festgeschnallt. An ihrer Glatze wurden kleine Saugnäpfe angebracht, die einer nach dem anderen ein Schmatzgeräusch von sich gaben. Dann komplimentierte man mich hinaus.

Am übernächsten Tag wurde meine Mutter operiert. «Ihre Mutter hat wahrscheinlich einen Wasserüberdruck im Gehirn», erklärte danach ein Hirnspezialist. «Wir haben eine Kanüle vom Gehirn in die Herzkammer gelegt, damit der Überdruck, der verheerende Auswirkungen auf die Gehirnfunktionen haben kann, abgeleitet wird. Dass die deutlichen Verhaltensveränderungen Ihrer Mutter auf einen Überdruck zurückzuführen sind, ist allerdings nicht hundertprozentig erwiesen. Sollte es mit ihr weiter bergab gehen, müssen wir weitersuchen.»

Ich traute mich kaum in ihr Zimmer. Zaghaft warf ich einen Blick zum Bett hin, das auf einem niedrigen Podest vor einem Fenster stand. Ihr Kopf war mit beigem Mull verbunden, das Beige verschmolz mit dem Weiß der verschneiten Berge dahinter. Ihr Brustkorb hob und senkte sich unter dem Krankenhausnachthemd, das taubengraublau war, wahrscheinlich aus waschtechnischen Gründen. Ein Krankenhausnachthemd ist mehr ein Kittel als ein Hemd, dachte ich, denn es lässt sich durch drei kleine, ebenfalls taubengraublaue Schleifen an Hals und Rücken schließen. Plötzlich fühlte ich mich beobachtet. Ich tat einen Schritt auf meine Mutter zu.

«Mamá», rief ich leise, doch sie antwortete mir nicht. Ihr Ausdruck jagte mir Angst ein. Hellwach sah sie mich an. «Jetzt siehst du aus wie ein chinesischer Buddha», stammelte ich, um wenigstens irgendetwas zu sagen.

«Ja, wenn du glaubst, dass das Essen in China schmeckt, hast du dich getäuscht.»

Da wusste ich, dass die Operation ein Fehlschlag gewesen war.

Inzwischen war Mercedes von dem Wahn befallen, jede Gattung, wie schädlich sie für den Menschen auch sein mochte, schützen zu wollen. Nach der Devise «Jeder Schritt ist ein mehrfacher Mord» bewegte sie sich nur noch mit äußerster Zaghaftigkeit fort, setzte jeden Fuß mit Bedacht und bloß nach eingehender Prüfung des Untergrunds, sodass sie nur stockend vorankam und mit Rückenschmerzen zu kämpfen hatte. Mit allergrößter Besorgnis sah sie auf die schier unzähligen Fußgänger und die noch unzähligeren Fuhrwerke, Pferde und motorisierten Gefährte, die ohne jegliche Rücksicht über das Kopfsteinpflaster sausten und dabei wahrscheinlich Millionen von Mikrokosmen umbrachten. Die Natur ist schlicht und ergreifend falsch eingerichtet, musste sie sich widerstrebend eingestehen und wollte durch eine extreme Verlangsamung ihres Seins verhindern, dass sie das eigene Gewissen mit Tieropfern belasten musste.

Als «slow motion lady» machte sie nicht nur in ihren Kreisen Furore, eine Bezeichnung, mit der man das Anglisierte moderner Lebensart, aber auch Kulturbeflissenheit unter Beweis stellte, entstammte der Begriff doch der noch jungen

Kunst der Kinematographie. Auch die Tierwelt wurde auf Mercedes aufmerksam. Auf Kleintiere übte sie eine magische Anziehungskraft aus: Spinnen fühlten sich in der neuen Etagenwohnung zu Hause, da sie dort einen Staubwedel nicht zu fürchten brauchten. Ein gewaltiges Netzwerk woben sie durchs Domizil. Silberfischchen flitzten über die blitzsauberen Parkettböden – Else putzte um die Tiere, die sich so zahlreich eingenistet hatten, einfach herum. Problematisch wurde es erst, als sich in der Beletage auch noch eine Ameisen-Kleinfamilie ansiedelte, die über den Sommer zu einer ansehnlichen Großfamilie wuchs. Zwar war diese Ameisenart winzig, aber dank der stetig wachsenden Population bahnte sich schon nach kürzester Zeit ein schwarzer Strom durch die Gemächer. Nur des Nachts ebbte er ab, um im nächsten Morgengrauen mit erstarkter Gewalt wieder loszufluten, was Else dazu bewog, ihrer Putzerei nun in den Nachtstunden zu frönen. Mercedes ließ Else und Ameisen gewähren, zumal die Tiere, einem absonderlichen Instinkt folgend, ihr Schlafzimmer mieden. Ebenso hielten sie es mit Küche und Bad, als fürchteten sie Else, die dort kein Pardon kannte. Wovon sich das Gekrauch ernährte, war beiden Frauen unklar.

Maria wusste die Antwort darauf. «Die zerlöchern dir die Wände. Eines Tages wird euch die Bude über dem Kopf zusammenbrechen», warnte sie, wenn sie aus der Reichshauptstadt zu Besuch kam. «Du bekommst die Sache schnell in den Griff, wenn du Backpulver mit Puderzucker mischst und entlang dem Trampelpfad ausstreust, ein Schmaus für diese kleinen Störenfriede, die sich die Mäulchen danach lecken.»

«Die Mäulchen?»

«Ja. Und da sie sozial veranlagt sind beziehungsweise, in marxistischen Termini ausgedrückt, von ihrer Königin ausgebeutet werden, schaffen sie den Festtagsbraten auch gleich zur Herrscherin, die fett und faul und bräsig auf ihrem Thron hockt und sich bedienen lässt. Dann schmaust auch sie, und in wenigen Stunden bist du sie los. Denn vom aufquellenden Backpulver explodieren die Viecher. Aber keine Sorge, Schmerzen haben sie dabei nicht. Ein gnädiger, ein schöner, ein kollektiver und gerechter Tod im Kreise der Lieben. Was will man mehr?»

Mercedes schüttelte den Kopf. «Seit du in Berlin bist, hast du dich sehr verändert.»

«Schon gut», seufzte Maria, «ich hab's nicht so gemeint.»

War Mercedes' Gesellschaft in diesen Tagen also vorwiegend mehrbeinig, schlossen sich ihr bald auch eine Hand voll Zweibeiner an, seltsame Damen, die mit ihr die Abneigung gegen alles Fleischliche teilten, ständig in ihrer neuen Wohnung ein und aus gingen und den «Vegetarismus» auf ihre kämpferischen Fahnen geschrieben hatten. Es war ein Häuflein, das am Geschmack der Zeit vorbei agierte, einer Zeit, die nicht nur eine Vorliebe für das Abschlachten von Tieren, sondern auch für das Hinmorden von Menschen hatte. Dies wertete Mercedes als persönlichen Affront.

Paul stand mutterseelenallein und ohne einen Pfennig in der Welt. Vor dem Haus, in dem er einige Jahre gewohnt hatte, schaute er zu, wie die Möbel aus der Wohnung von Rosemarie Schulz getragen wurden, der Küchentisch, an dem er seine Schularbeiten gemacht und gegessen hatte, der Stuhl, auf dem er gesessen, und das Sofa, auf dem er geschlafen hatte. Erst das Waisenhaus, dann der Mäusefritze und nun Frau Schulz, dachte er kopfschüttelnd, aber ihm war nicht bang bei dem Gedanken, dass alles vergänglich war, denn der Tod war ihm so vertraut wie das Leben. Mit mir oder ohne mich, Zukunft wird es immer geben, tröstete er sich und zog leichten Herzens mit seinem Bündel los.

Er war schöner denn je. Nicht nur die Dirnen auf der Straße starrten ihn an, auch die Damen in den Kutschen und Automobilen warfen ihm verstohlene Blicke zu. Ja selbst die Herren waren geblendet von seinen schwarzen Locken und seiner makellosen Haut und musterten ihn mit erstauntem, gelegentlich auch zweideutigem Interesse. Paul jedoch bekam das alles gar nicht mit. Ihn umgab eine Aura zauberischer Leichtigkeit, nach der sich ein jeder sehnte. Seine Füße trugen ihn wie von selbst, ohne dass er gewusst hätte, wohin. Mit traumwandlerischer Sicherheit ging er seines Wegs, wanderte durch das ärmliche Barmbek mit seinen kleinbürgerlichen Mietshäusern, von denen der Putz bröckelte und deren jahrhundertealtes Fachwerk sich unter der Last von Mensch und Stein krümmte. Er durchschritt Gassen, die erst vor kurzem gepflastert worden waren – eine Choleraepidemie mit Tausenden von Toten hatte Ende des 19. Jahrhunderts die Stadtväter zu solchen Sanierungsmaßnahmen gezwungen, doch die Durchgänge waren immer noch so schmal, dass man sich von einer Straßenseite auf die andere Backpfeifen hätte geben können. Es war ein strahlender Tag, aber Paul sah das Blau des Firmaments nicht. Er wandelte unter einem Himmel von gerippten Herrenunterhosen und zeltgroßen Korsetten dahin, die in einer salzigen Brise vom nahen Meer flatterten. Auch ein luftiges Hemdchen taumelte da im Wind. Leonie, dachte er wehmütig, und einen Moment lang empfand er sein Weggehen als Verrat. Sehnsucht packte ihn, und er schlug den Weg zur Wohnung ihrer Eltern ein.

Leonies Familie, Vater, Mutter und vier jüngere Geschwister, wohnte nun schon zwei Jahre in einem dunklen, feuchten Kellerkabuff. Die Malewitschs konnten sich dort nur deshalb halten, weil Leonies geschickte Finger auch mit der kleinsten Schraube fertig wurden, eine Gabe, nach der die Vorarbeiter vor allem der florierenden Rüstungsindustrie ganz verrückt waren. So pries der Vater, wenn er mit seiner Tochter an der

Hand nach Arbeit suchte, ihr Können in höchsten Tönen an. Sie war frühreif und mit zehn Jahren bereits für dreizehn gehalten worden, sodass sie nicht mehr unter das Kinderarbeitsverbot gefallen war. Jetzt war sie dreizehn, sah aus wie fünfzehn und durfte täglich zehn Stunden an der Maschine sitzen. Ihr Salär war karg, doch es reichte, um der stetig wachsenden Familie die Kellerdecke über dem Kopf zu sichern und die hungrigen Mäuler mit dem Allernötigsten zu stopfen. Dennoch waren die dünnen Leiber der Kleinen aufgedunsen, denn mit dem Lohn des Vaters konnte die Mutter nicht rechnen, da er ihn gleich in der Pinte um die Ecke versoff. Nur noch der Name der Familie kündete von dem fernen Zarenreich, aus dem er vor 28 Jahren als Kind mit seinen Eltern gekommen war. Leonie war zum Andenken an seine einstige Heimat nach einer Großtante benannt worden, von der sie ihre blonden Haare, die spitze Nase und die breiten Wangenknochen geerbt hatte.

Schon bei ihrer ersten Begegnung hatte Leonie in Paul eine ganz neue Saite angeschlagen, seinen Beschützerinstinkt. Dabei gab es eigentlich niemanden, der Schutz weniger benötigt hätte als sie. Damals hatte sie ein rot-weiß kariertes Hängerchen getragen, dessen weiße Schulterflügel ihr etwas Elfenhaftes verliehen hätten, wäre nicht darunter ein derb gestricktes schwarzes Kleid zum Vorschein gekommen. Halbhohe Schnürstiefel unterstrichen ihre Erdverbundenheit. Sie hatte versucht, ihre beiden kleinen Brüder in einem Bollerwagen über das Kopfsteinpflaster zu ziehen, und sich schwer ins Zeug gelegt. Trotzdem war er nur langsam vorwärts gerumpelt, da eines der Räder eierte. Leonies ungeduldige Brüder hatten immer wieder «Sneller, sneller» gerufen und eine imaginäre Peitsche auf ihren Rücken geschwungen, wie sie es bei den echten Kutschern gesehen hatten. Da war Paul zu der Zehnjährigen getreten und hatte gefragt, ob er mitziehen dürfe. Sie hatte nur genickt und ihm die eine Seite der Gabel überlassen. Da war es sneller, viel sneller gegangen. Die Buben hatten gejauchzt, wenn sie in eines der vielen Schlaglöcher gesaust waren und mitsamt dem Wagen in die Höhe geschleudert wurden.

Von Stund an war es für Leonie und Paul, ohne dass sie es auch nur mit einem Wort erwähnt hätten, abgemachte Sache gewesen, dass sie für immer zusammengehörten. Kein Tag verging, an dem sie sich nicht sahen. Anfangs waren sie trotz des Altersunterschieds von zwei Jahren beinahe gleich groß gewesen. Das Mädchen hatte Bärenkräfte und wurde selbst mit Paul spielend fertig. Ab und zu ergriff sie beide nämlich eine Raserei, und sie rollten über den Boden, dass man hätte glauben können, sie würden sich bis aufs Blut schlagen. Wie auf einen geheimen Gongschlag hin ließen sie wieder voneinander ab und lachten. Hatte Leonie einmal Zeit dazu, trieben sie sich im Hafen herum und schauten auf die großen Dampfschiffe, die verheißungsvoll tuteten und beim Auslaufen eine hoch aufschießende weiße Wolke aus ihren Schornsteinen spuckten. Oder sie streiften durch das Vergnügungsviertel St. Pauli.

«Was machen die denn da?», fragte Leonie ihren Freund, als sie die Prostituierten in Schaufenstern sitzen sahen.

«Die verkaufen sich», antwortete Paul, «die geben sich für Geld Männern hin.»

«So etwas werde ich niemals machen.»

Paul glaubte Leonie aufs Wort. Ihr Vater hingegen war da ganz anderer Meinung, vor allem, wenn sie ihn bat, zur Schule gehen zu dürfen. «Du wirst ja doch nur eine Dirne», sagte er, «dafür brauchst du die Schule nicht. Instinkt, mein Kind, ist alles, was du dafür brauchst. Einfühlung in das Männliche, das werden wir dir schon beibiegen, aber bis es so weit ist, beschaffst du mir mein Geld anders. Hör mir bloß auf mit Schule, so ein Unsinn», fügte er noch hinzu und hatte die dreijährige Schulpflicht ignoriert.

«Ich gelobe dir, Leonie Malewitsch, ich werde nicht zulassen, dass du je eine Dirne wirst!», rief Paul in St. Pauli aus.

«Schwörst du es?», fragte Leonie und sah ihn mit strenger Miene an.

Paul nickte.

«Dann beweis es mir!», forderte sie ihn auf und hielt ihm ein Taschenmesser hin.

Ohne zu zögern, nahm Paul es, klappte die Klinge auf und ritzte sich damit tief in den Daumenballen, sodass das Blut herausspritzte und für immer eine Narbe zurückblieb.

Nach und nach veränderte sich die Beziehung zwischen den beiden. Sie stellten ihre Gefechte ein, zumal Paul, wahrscheinlich dank der üppigen Ernährung bei Frau Schulz, derart wuchs, dass ihm manchmal alle Glieder schmerzten. Nun maßen sie ihre Kräfte auf geistigem Gebiet: Leonie lernte von Paul lesen. Mit dem Schreiben haperte es anfangs noch. Sie umklammerte den Federhalter mit Daumen und Zeigefinger und drückte so fest auf, dass die Feder das Papier aufschlitzte und Leonie ihre Buchstaben direkt auf den Holztisch schrieb. Mit eisernem Ehrgeiz saß sie in der Küche von Frau Schulz, die die Misshandlung ihres Möbelstücks gelassen kommentierte: «Die seute Deern muss schließlich schreiben lernen, und da muss der Tisch eben herhalten.» Bald gelang es Leonie besser, und ihre Hand flitzte federleicht übers Papier. Binnen kurzem konnte sie Einkaufslisten schreiben, denn Frau Schulz hatte sehr darauf geachtet, dass die seute Deern so wichtige Dinge wie Mehl, Eier, Zucker schreiben lernte, obwohl bei den Malewitschs selten genug Geld da war, um diese Waren einzuholen. Deshalb und weil Leonies Vater des Lesens und Schreibens selbst nicht mächtig war, nahm er die Entwicklung seiner Tochter mit größtem Argwohn zur Kenntnis.

«Was soll der Quatsch», sagte er immer, «das wirst du nie

im Leben brauchen können. Sieh doch mich an, ich bin prächtig ohne Lesen und Schreiben durchs Leben gekommen.»

«Red nicht so einen Stuss», sagte dann Leonies Mutter, «so hat sie vielleicht die Möglichkeit, einmal Schreibfräulein zu werden.» Dieser Beruf verhieß eine große Zukunft in der modernen Welt.

«Halt du dich da raus. Schreibfräulein, Schreibfräulein, dass ich nicht lache, die da und Schreibfräulein, mit solchen Drecksringen unter den Nägeln, ich lach mich schlapp. Die wird 'ne Dirne, darauf verwette ich meinen Jahreslohn!»

Aber der Vater konnte ihr das einmal Gelernte nicht wieder austreiben. Leonie hatte einen starken Willen. Jetzt erst recht, dachte sie. Von der kurzen Zeitspanne, die ihrem Schlaf vorbehalten war, zwackte sie noch etwas ab, um sich ihren Grundstudien und später der Lektüre zu widmen. Paul diente ihr als Lieferant von immer neuen Büchern, die er wiederum von seinen Lehrern oder von Mitschülern bekam, und beim gemeinsamen Lesen waren sie sich geistig mindestens ebenso nah wie zuvor körperlich.

Langsam wurde Paul sich immer bewusster, dass er sich nach ihr sehnte. Leonie hatte einen vollen, ja sinnlichen Mund. Um ihre bernsteinfarbenen Augen lagen dunkle Schatten, die geschminkt hätten sein können, aber von zu wenig Schlaf herrührten. Dunkelblonde Haare fielen ihr bis auf die Schultern, Haare, die sie stets mit einer entschiedenen Geste aus dem Gesicht strich und hinter die Ohren klemmte, wo sie allerdings keinesfalls bleiben wollten. Den Gebrauch einer Haarschleife hatte sie abgelehnt, und selbst Frau Schulz hatte sie nicht dazu überreden können, eine ihrer schönsten Troddeln in die Strähnen zu flechten. Diese Weigerung hatte ihre Begeisterung für Pauls Freundin vorübergehend gedämpft, schon bald aber hatte sie zu ihrer üblichen Überschwänglichkeit zurückgefunden. «Ach, son spaken Deern», hatte sie ausgerufen und ihr sofort einen riesigen Topfkuchen gebacken, den sie bis auf den letzten Krümel aufessen sollte. Selbst Paul hatte ihr dabei nicht helfen dürfen. Leonie war schon nach der Hälfte schummrig geworden, sie hatte aber wacker weitergegessen. Irgendwann hatte sie kapituliert und Pauls Gastmutter gebeten, die letzten Stücke ihren Geschwistern mitbringen zu dürfen. Frau Schulz schmolz das Herz, sie zog die Schublade des Küchenbuffets auf und entnahm ihr ein großes Stück Butterbrotpapier, wickelte die restlichen Stücke des Kuchens ein, griff nach einem geflochtenen Korb, mit dem sie sonst einkaufen ging, und verstaute das Paket und dazu noch zehn frische Eier und eine Mettwurst. «Den Korb bringst du mir aber zurück», sagte sie und hob drohend ihren Zeigefinger. Natürlich brachte Leonie den Korb zurück, der aber zum neuerlichen Abtransport sofort wieder gefüllt wurde, sodass er für den täglichen Einkauf ausfiel.

Paul bewunderte an Leonie, dass sie an der Welt rein gar nichts beschönigte oder verklärte. Das führte zwar manchmal zu Missverständnissen zwischen ihnen, denn er war derart phantasiebegabt, dass sein Bild der Wirklichkeit nur wenig mit der Wirklichkeit zu tun hatte. Aber er liebte Leonies ungeschminkte Weltsicht, liebte überhaupt alles an ihr, vor allem ihre Hände. Immer wieder hatte Paul sie geküsst. Sie wurde traurig, wenn sie merkte, dass er mehr von ihr ersehnte und sich sein Mund allmählich an Körperstellen verirrte, die von den Händen weit entfernt waren. Doch wenn sie selbst schwach wurde, drehte sie seine Hand um und wies auf die Wunde, die noch immer zartrosa leuchtete. Er verstand.

Als nun der Tag des Abschieds gekommen war, stieg Paul die drei Stufen in die Kellerbehausung der Familie Malewitsch hinunter und stieß die Tür auf. Es war so dunkel in dem Raum, dass sich seine Augen erst an die Lichtverhältnisse gewöhnen mussten. Angestrengt blickte er hinein. Hinten in der Ecke zeichneten sich allmählich die Umrisse eines menschlichen Körpers ab. Es war Leonies jüngste Schwester, die vor einer abgewetzten Stoffpuppe saß und in die Dunkelheit stierte.

«Was machst du denn hier so allein? Sind deine Brüder nicht da?», fragte Paul.

Die Kleine schüttelte den Kopf.

«Komm, wir gehen sie suchen», forderte er sie auf, doch sie rührte sich nicht. Da nahm er das dreijährige Mädchen auf den Arm. Eine leise Wut kroch in ihm hoch, als er das Federgewicht nach draußen trug.

Das Mädchen schlang die Arme um seinen Hals und schmiegte sich an. «Geh nie weg, Paul», flüsterte es.

Paul wurde weh ums Herz. «Aber ich muss.»

«Warum?» Die Kleine schaute ihn mit großen fragenden Augen an.

Er wusste keine Antwort und sagte schließlich: «Ich hab hier keinen Platz mehr. Ich komm aber wieder, richtest du das Leo aus?»

«Da sind sie», rief das Mädchen und zeigte auf seine Brüder. Es strampelte so ungeduldig mit den Beinen, dass es von allein zu Boden glitt. Schon lief es los. Paul schaute ihm nach, drehte sich um und verließ das Viertel.

Er kam in eine Gegend mit kleinen, aber lichten Bürgerhäusern, bog in einen Bezirk mit fünfstöckigen, stuckverzierten Etagenhäusern ein und durchquerte ein Villenviertel mit altem Baumbestand. Als er den Binnensee erreichte, spazierte er an dessen Ufer entlang Richtung Zentrum. Wie Baumringe hatten sich die sozialen Schichten um die Innenstadt gelegt, Ringe, wie er sie auch an seinen Hosenbeinen hatte. Nach mehrfachem Herauslassen der Säume war ihre Mitwachsfähigkeit erschöpft. Der Stoff lag nicht mehr auf dem Schuhwerk auf, das ordentlich und fest war, sondern endete oberhalb der Knöchel. Aber Paul konnte tragen, was er wollte, er sah nie schäbig aus.

Plötzlich blieb er stehen und starrte auf ein großes Schild:

VORNEHME VERGRÖSSERUNGEN VON
BILDERN GEFALLENER.
Willy Wilcke, Photograph.
Steindamm 54. Vielfach prämiert.

«Da kann man glatt zum Anhänger von Karl Liebknecht werden, was?», fragte eine Stimme, die ihm bekannt vorkam.

Paul wandte sich um. Es war Maria.

«Paul! Bist du es wirklich? Ein junger Mann steht vor mir», sagte sie verwundert und musterte ihn.

Paul staunte, dass sie ihn erkannt hatte, denn er hatte nur einmal mit ihr gesprochen – auf dem Weg zum Totenbett der Mutter. «Ich bin immer noch der Alte, nur jetzt in Gestalt eines langen Lulatschs», spottete er über sich selbst und zeigte auf sein Herz. «Hier drin ist alles unverändert.»

Maria lächelte. «Dich wird wohl niemals etwas anfechten», sagte sie und strich ihm über die Wange, wie man ein Kind liebkost, aber auch einen Liebhaber. Auf ihren Fingerrücken spürte sie die zarten Borsten seiner ersten Barthaare.

Ein Schauer durchlief ihn. Sie standen mitten auf dem Trottoir einer Einkaufsstraße und waren so aufeinander konzentriert, dass sie gar nicht bemerkten, wie der Fußgängerverkehr um sie herum beinahe zum Erliegen kam und sich zu beiden Seiten staute. Da wurde es einem ungeduldigen, kaum vierzigjährigen, doch vorzeitig gealterten Herrn mit verkniffener Miene und Beinprothese zu dumm. Er drängelte sich durch die Menschenansammlung, bohrte seinen Stock zwischen Maria und Paul und schob sie auseinander.

«Sehen Sie nicht, dass Sie ein Hindernis für die Menschheit darstellen?»

«Wie bitte?», fragte Maria scharf zurück.

«Auseinander! Machen Sie Platz, nun wird's schon! Schämen Sie sich was!» Der Mann machte eine Pause, da er nach

Atem ringen musste. Er lief blau an. «So eine Unverfrorenheit, mitten auf der Straße. Was sind das für schamlose Zeiten, wo steuern wir nur hin? Wir sind im Krieg! Der da sollte sich lieber zum Kriegsdienst melden.»

Paul wurde blass.

«Jetzt wollen Sie also schon Kinder in diese sinnlose Schlächterei schicken?» Marias Stimme überschlug sich fast.

«Wenn der schon rumtändeln kann, kann er auch kämpfen!»

«Nur weil Sie's erwischt hat.»

Da drehte sich der Mann, der schon ein Stück weggehumpelt war, noch einmal um und brüllte: «Wär nicht schade um den da. Soll gefälligst seine Pflicht und Schuldigkeit tun! Granatsplitter, Lungenschuss!» Er klopfte mit dem Stockende gegen sein Holzbein und humpelte, hustend und wie ein Fisch nach Luft schnappend, davon.

«Komm, ich brauch jetzt was zur Beruhigung. Hast du einen Moment Zeit?», fragte Maria.

«Mehr, als Sie sich vorstellen können. Mich gibt's doch gar nicht», antwortete Paul.

Sie schob ihren Arm unter seinen und zog ihn mit sich fort. «Wie soll ich das verstehen?»

Da erzählte ihr Paul seine Geschichte, erzählte vom Waisenhaus und der Flucht, vom Mäusefritzen und dessen Mäusetheater, vom Lord und dessen Tod. Er erzählte von Leonie und Frau Schulz und dass er seine gefälschten Papiere verbrannt hatte, nachdem Frau Schulz auf so ungewöhnliche Weise verschieden war. «Sie sehen, ich existiere gar nicht», sagte er zum Schluss.

«Wohl wahr», sagte Maria lächelnd, «mit wem rede ich hier eigentlich? Offenbar führe ich mal wieder Selbstgespräche.»

Ich hätte gern sechs Kinder. Man kann nie genug Kinder haben», sagte mein Vater. Wozu er all diese Kinder haben wollte, war uns nicht ganz klar, und woher die zusätzlichen noch kommen sollten, auch nicht. Denn die Mutter meiner beiden älteren Geschwister lebte schon lange nicht mehr mit meinem Vater zusammen, konnte also von ihm keine Kinder mehr bekommen. Meine Mutter war ausgeräumt und konnte infolgedessen auch keine Kinder mehr bekommen. Und die erste Frau meines Vaters hatte sich umgebracht.

Da stand eines Tages der Bastard vor der Tür. Bevor wir begriffen hatten, um wen es sich handelte, hatte er sich schon das Fahrrad meiner Mutter geschnappt und war mit ihm davongeradelt. Der Bastard war ein ausgesprochen freches Mädchen, dem mein Vater jeden Wunsch erfüllte.

«Das arme Kind», sagte er, «hat doch sonst nichts.»

Das war glatt gelogen, denn mein Vater hatte es verstanden, seine Geliebte mit einem erfolgreichen Armaturen-Fabrikanten zu verheiraten, der Wasserhähne und ähnlich nützliche Dinge herstellte. Daher marschierte der arme Bastard immer mit den teuersten Markenklamotten auf. Dafür verachteten wir ihn. Wir trugen lieber Parka und zerfetzte Jeans als diese Edelteile.

«Müsst ihr eigentlich immer diese schrecklichen Nietenhosen anziehen?», fragte unser Vater, was wir rigoros bejahten. Also hielt er sich an den Bastard, der immer schön brav Faltenröcke und Seidenschals und Ferragamo-Schühchen trug, die ihm einer seiner beiden Väter geschenkt hatte.

Irgendwann brachte mein Vater das Mädchen mit nach Hause. «Eure Mutter ist ja nicht mehr ganz richtig im Oberstübchen, die kriegt das sowieso nicht mit», sagte er, «warum soll ich also nicht meinen Spaß haben?»

Dann und wann musterte sie jedoch das fremde Kind an ihrem Tisch. Einmal zeigte sie sogar in seine Richtung und fragte: «Wer ist denn das?»

Wie vom Donner gerührt starrten wir sie an. Wir konnten uns nicht erinnern, wann sie das letzte Mal einen sinnvollen Satz herausgebracht hatte. Mein Vater begann nervös auf seinem Rokokostuhl herumzurutschen. Doch schon senkte meine Mutter den Blick auf ihren Spinatteller und schwieg. Wohl auch deshalb, weil der Bastard sie so frech angeguckt und geantwortet hatte: «Ich bin Corinna Wahl.»

So hieß er nämlich, der Bastard. Das wurde selbst Ramón zu viel, der sich sonst aus der Bastarddiskussion weitgehend herausgehalten hatte. Er sprang vom Esstisch auf. Wir folgten seinem Beispiel. Als wir schon fast aus dem Zimmer waren, drehte sich Camill noch einmal um, ging zu unserer Mutter zurück, fasste sie zart am Arm und sagte: «Komm, Mo.» Sie stand tatsächlich auf und ließ sich von ihm wegführen. Mein Vater blieb allein mit Corinna Wahl unter dem Van Dyck sitzen, was der Bastard wahrscheinlich außerordentlich genoss.

Bismarck hütete immer noch das Schauspielhaus. Sein Haupthaar war nach wie vor üppig, aber wie sein Backenbart schlohweiß. «Ach, Sie schon wieder. Sie kennen ja den Weg. Herr Kratz ist oben. Ich muss mich ja wohl nicht mit hinaufbemühen», sagte er zu Maria.

«Nein, nein, nicht nötig», wiegelte sie ab und wandte sich zur Treppe.

«Gehen Sie hier ständig ein und aus?», fragte Paul Maria, die vor ihm die Stufen hochstieg.

«Das kann man wirklich so nicht sagen. Ich war überhaupt nur einmal hier, und das einige Tage vor der Beerdigung meiner Mutter, also vor mehr als fünf Jahren.»

Schon standen sie vor der Tür, durch die Maria damals getreten war. Sie klopfte.

«Komm schon rein», ertönte von drinnen eine unwirsche Stimme, «was soll die blöde Klopferei. Musst du mich immer so erschrecken. Wenn du das noch einmal machst …!»

Maria drückte die Klinke hinunter und öffnete die Tür. «Darf ich?»

«Oh», entgegnete Herr Kratz überrascht. «Sie sind es!»

«Er hat mich wiedererkannt.» Maria wies in Richtung Pförtnerloge.

«Das Ideal und der Albtraum eines Pförtners. Nichts entgeht ihm, nichts kann man vor ihm verbergen, er ist sozusagen unser Gedächtnis und unser Gewissen», erklärte Herr Kratz. «Überdies, gnädiges Fräulein, wenn ich mir erlauben darf, dies zu sagen, es ist überaus schwer, Sie zu vergessen, sosehr man sich auch bemüht.»

«Immer noch nicht darüber hinweg?»

«Manchmal verfolgt mich das Gesicht Ihrer Frau Mutter noch im Traum. Und stellen Sie sich vor, neulich in der Premiere von ‹Hamlet› erschien sie mir plötzlich als Geist von Hamlets Vater, dabei hat ihn der sehr verdiente Herr Sattler gegeben, der mit Ihrer Frau Mutter wahrlich keine Ähnlichkeit hat.»

«Ja, meine Mutter kehrt gern zurück. Machen Sie sich nichts draus, auch uns piesackt sie des Öfteren. Sie müssen es positiv sehen: Nichts endet mit dem Tod, das hat sie immer gesagt. Sie war schließlich Mexikanerin. Bei den Mexikanern beginnt das richtige Leben erst nach dem Tod.»

Herr Kratz riss die Augen sperrangelweit auf, sodass die schleichende Entzündung seiner Augenlider sichtbar wurde, und stöhnte gequält auf: «Jetzt verstehe ich …»

«Wussten Sie das nicht?», fragte Maria leise. «Zeigt sie sich Ihnen so, wie sie vor Ihrem kleinen Eingriff aussah, oder wie sehen Sie sie vor sich?»

«Natürlich mit diesen entsetzlichen Glupschaugen, sonst würde es mich wohl kaum immer wieder so entsetzen.»

«Wahrscheinlich haben Sie Claudius' Geist die Maske meiner Mutter gegeben.»

«Um Gottes willen, nein, das hätte ich nie gewagt! Wenn Sie wüssten, was sich hier in den letzten Jahren abgespielt hat. Ich experimentiere ja schon länger an einer neuen Technik, aber erst jetzt habe ich herausgefunden, wie ich einen transparenten Kopf gestalten kann, bei dem man in das Gehirn und die Blutgefäße, also in die Windungen der Gedanken zu blicken glaubt.»

«Hätten Sie sich nicht denken können, dass hinter der Tochter immer die Mutter aufscheint?», fragte Paul den Maskenbildner.

«Wie meinst du das?»

«Na so, wie ich es gesagt habe. Es liegt doch auf der Hand, dass Sie versucht haben, durch einen Effekt das erstaunlich durchsichtige Fräulein von Ringsberg zu imitieren, und was Sie erreicht haben, ist, dass Sie die Fratze ihrer Mutter ansieht.»

«Was ist das denn für einer?», fragte Herr Kratz verunsichert, da er sich durchschaut fühlte.

«Seinetwegen bin ich hier», antwortete Maria.

«Ich hätte mir gleich denken können, dass die Wiederkehr der Conquista ein schlechtes Omen war.» Herr Kratz ließ sich kraftlos auf einen Drehstuhl fallen.

«Wenn es Sie beruhigt: Er ist ziemlich sicher kein Mexikaner, und er ist, wie Sie sehen, auch noch ziemlich lebendig.»

Dennoch zog sich durch das sommersprossige Gesicht von Herrn Kratz eine tiefe Sorgenfalte. Er schwieg.

«Keine Bange, diesmal lässt sich meine Bitte leicht erfüllen. Ich verlange keineswegs etwas Unmögliches von Ihnen, und was ich Ihnen dafür zu bieten habe, wird Sie mit Sicherheit versöhnen.» Maria langte an ihren Hinterkopf und zog einen großen Schildpattkamm aus einem Haarknoten. Ein Schwall rabenschwarzer Locken fiel ihr bis über das Gesäß. «Diesen Lohn bekommen Sie sofort.»

«O weh», seufzte Herr Kratz «das Haar der Conquista. Zum Verwechseln ähnlich. Wissen Sie eigentlich, was seither passiert ist?»

Maria schüttelte den Kopf, und Paul spitzte die Ohren.

«Normalerweise», begann Herr Kratz, «wird das Haar, das man Toten abschneidet, in Kürze stumpf, wenn es infolge des Alters der Verstorbenen nicht ohnehin schon fahl ist. Das ist auch beim Haar von Lebenden nicht viel anders, nur zieht sich daraus das Leben langsamer zurück. Das Haar Ihrer Mutter jedoch hat bis heute nichts von seinem ursprünglichen Glanz verloren, ja man könnte sogar sagen, es wird von Tag zu Tag, von Woche zu Woche glänzender. Fällt am Abend ein Scheinwerfer auf die Perücke, dann glaubt man, der Kopf der Schauspielerin stehe in Flammen. Ich bin nicht etwa der Einzige, der so empfindet, falls Sie glauben sollten, ich hätte eine etwas hysterische Natur. Nein, wir haben sogar Zuschriften von Zuschauern erhalten, die uns bestätigen, dass sie den Anblick des Haares kaum ertragen konnten, so sehr hat es sie geblendet. In Theaterkreisen bin ich dank dieser Perücke berühmt geworden, eine traurige, eine nutzlose Berühmtheit, denn die Wirkung der Perücke ist nicht auf meine Kunst zurückzuführen. Obwohl der Ruf, den ich durch sie erlangt habe, bis nach Mailand, London und sogar bis nach Amerika reicht, kann er mich nicht versöhnlich stimmen, da ich dem Geheimnis der Perücke nicht auf die Spur gekommen bin.»

Maria wollte etwas einwenden, doch Herr Kratz ließ sie nicht zu Wort kommen.

«Viel schwerer noch wiegt, dass die Perücke offenbar auch auf die, die sie tragen, Einfluss nimmt. Und diesen Einfluss kann man keineswegs nur positiv nennen.» Er versank in tiefes Schweigen.

Maria trat zu ihm und legte ihm eine Hand auf die Schulter. «Wollten Sie mir nicht erzählen, was passiert ist?»

Mit einer Stimme, die von weit her zu kommen schien, hob er aufs Neue an. «Schon die Eysoldt, die die Penthesilea spielte, berichtete von einem seltsamen Gefühl, das sie überkam, wann immer sie die Perücke aufsetzte. Ihr war, als bemächtige sich ihrer ein fremdes Ich, ja als löse sie sich auf und werde mit Haut und Haaren zu einer anderen. Sie ist eine große Schauspielerin und vollkommen fasziniert von diesem Phänomen. Ihren ganzen Ehrgeiz hat sie darein gesetzt, herauszufinden, was da vorging mit ihr. Sie beharrte darauf, dass es Penthesilea war, die sich in sie hineingestohlen hat. Wiederholt kam sie und erzählte mir, dass sie so etwas noch nie erlebt habe. Bei anderen Rollen, sagte sie, brauche sie eine stundenlange Vorbereitung, um den nämlichen Zustand zu erreichen. Zudem sei es jedes Mal ein Kampf gewesen, die Identität, in die sie mit der Perücke geschlüpft sei, nach der Vorstellung wieder loszuwerden. Es habe keineswegs ausgereicht, die Perücke abzusetzen. Wenn ich dann den Verdacht äußerte, dass es mitnichten der Geist der Penthesilea war, der sich ihrer bemächtigte, sondern die Conquista selbst, wurde sie fuchsteufelswild. Ich bekam es mit der Angst zu tun und versuchte ihr eine andere Perücke anzudrehen, aber sie bestand darauf, ‹ihre› Perücke zu tragen, da sie den Kampf mit der Fremden in sich aufnehmen wollte. Ich bemühte mich, ihr klar zu machen, dass die Perücke verhext ist. Da schimpfte sie mich einen Irren, so was gebe es nicht, ich sei wohl in der Romantik stehen geblieben, hätte zuviel E. T. A. Hoffmann gelesen, schließlich würden draußen die Kanonen donnern und die Welt in Schutt und Asche legen, wie könne ich da etwas von Magie reden. Wo ich denn leben würde, fragte sie noch, und wie lange ich schon am Theater beschäftigt sei, von Schauspielerei jedenfalls verstünde ich wohl nichts. Das habe ich mir alles anhören müssen, es ist noch gar nicht lange her. Aber erst, als einmal eine jüngere Kollegin für sie einspringen musste, weil die Eysoldt mit hohem Fieber im Bett lag und keine Stimme hatte, kam es zur Katastrophe. Das junge Mädchen, sie war im zweiten Jahr ihres Engagements, verstand den Abend natürlich als Chance. Bis dahin waren immer wieder Zweifel an ihrer Begabung laut geworden, aber wer sie an diesem Abend sah, der zweifelte nicht mehr. Sie gab die Vorstellung ihres Lebens. Ich glaube, ich habe überhaupt niemanden je so gut spielen sehen, selbst die Eysoldt nicht, wobei das Wort ‹gut› nicht entfernt ausdrückt, was geschah. Sie hat gerast, wie eigentlich nur eine Verrückte rasen kann. Sie steigerte sich unaufhörlich. Das Publikum rührte sich nicht mehr, es hielt die Luft an, das hat man bis auf die Seitenbühne gespürt, und auch die anderen Schauspieler wurden mitgerissen. Der Regisseur, der in der Gasse von einem Bein aufs andere sprang, fand, dass der Abend vollkommen aus dem Ruder lief. ‹Das können die doch nicht machen›, brüllte er. Einstudierte Gesten spielten keine Rolle mehr, nichts war übrig von seinem klassischen Theater: Es war purer Naturalismus. Alle auf der Bühne taten nur noch, was der Augenblick gebot. ‹Sind die total verrückt geworden? Schluss jetzt! Aufhören! Die sollen endlich aufhören›, wetterte der Regisseur so laut, dass man es bis in den Zuschauerraum hätte hören müssen. Aber sie haben einfach weitergemacht. ‹Die bringen sich ja um! Ach, sollen sie doch›, murmelte er schließlich resigniert. Am Schluss hatte das Mädchen Schaum vor dem Mund und Blut an den Zähnen, denn es hatte richtig zugebissen. Es tobte selbst dann noch, als der Vorhang längst gefallen war und die anderen Schauspieler langsam wieder zu sich kamen. Auch das Publikum tobte, es spürte, dass es soeben Zeuge einer außergewöhnlichen Vorstellung geworden war. Das Mädchen konnte sich nicht mehr verbeugen, es schmiss sich auf den Bühnenboden und rollte dort herum. Wie im Wahn zerrte es sich die Perücke vom Kopf, ohne vorher die Nadeln zu lösen, und riss sich dabei ganze Haarbüschel aus. Das Publikum schrie nach ihr, doch der Vorhang durfte nicht mehr aufgehen. Im Zuschauerraum herrschten tumultuöse Zustände und auf der Bühne erst! Nicht einmal drei bärenstarken Bühnenarbeitern gelang es, das Mädchen zu bändigen. Wir mussten einen Arzt holen. Sie wurde in eine Zwangsjacke gesteckt. Es war ein grauenhafter Anblick. Bis heute hält sie sich für Penthesilea. Sie ist im Irrenhaus und fällt immer wieder junge Männer an. So ein schönes, begabtes Mädchen. Sie hätte eine große Karriere machen können.» Herr Kratz flüsterte jetzt. «Nach diesem Abend wird Theater niemals mehr so sein wie vorher. Es hat sich etwas verändert, da bin ich mir ganz sicher. Der Preis ist hoch, doch wir haben etwas Neues erlebt. Plötzlich war Wirklichkeit auf der Bühne, während wir sonst nur Kunst sehen, ein Abbild. Wenn ich heute in eine Vorstellung gehe, bin ich jedes Mal enttäuscht. So fühlen alle, die damals im Theater waren. Alle glauben, dass es die Rolle der Penthesilea war, die das Mädchen in den Wahnsinn getrieben hat, doch ich bin mir sicher, es war die Conquista.» Er holte tief Luft. «Was war Ihre Mutter eigentlich für ein Mensch?»

«Meine Mutter?» Maria überlegte eine Weile, dann sagte sie nachdenklich: «Sie war alles, was die anderen in ihr zu sehen wünschten, und noch viel mehr, aber damit kommen die wenigsten zurecht.» Sie räusperte sich. «Haben Sie die Perücke noch?»

«Ja, aber außer der Eysoldt darf sie niemand anfassen. Sie besteht darauf, weiterhin mit ihr zu spielen, für sie ist es ein Kampf, sie sagt, wenn sie den Schlagabtausch verliert, dann ist sie keine Schauspielerin mehr. Vielleicht sehnt sie sich nach dieser totalen Auflösung in einer anderen Identität, die das Ziel und das Ende ihrer Kunst ist, und beneidet die andere, der es gelungen ist, die Grenze zu überschreiten. Früher sprach sie von einer Gratwanderung, heute von einem Abgrund, aus dem sie sich immer wieder emporziehen muss. Die Intendanz hat generell untersagt, dass eine andere Schauspielerin die Perücke aufsetzt.»

«Dürfen wir sie sehen?»

Herr Kratz warf einen zweifelnden Blick auf Paul.

«Er hat meine Mutter gekannt», sagte Maria, «um ihn brauchen Sie sich nicht zu sorgen.»

«Der Direktor hat es strengstens verboten.»

«Meinen Sie nicht, ich habe ein Recht, die Haare meiner Mutter noch einmal zu sehen?»

Etwas widerwillig erhob sich Herr Kratz und ging durch eine unscheinbare Tapetentür in einen Nebenraum. Aus seiner Hosentasche nestelte er einen Schlüssel, der mit einer langen Kette an seinem Hosenbund befestigt war, und schloss damit ein schreinartiges Schränkchen auf. Vorsichtig entnahm er ihm einen Holzkopf, der dort, wo ein Gesicht Mund, Nase, Augen hat, ganz plan war, aber mit dem Haar der Conquista fast menschlich wirkte. Wie eine Reliquie trug er die Büste herein.

«Man würde ihnen keinerlei verborgene Kräfte zutrauen», sagte er leise und zu Recht, denn die Haare hingen etwas formlos und strähnig an der Puppe herunter. Allerdings schimmerten sie im Licht.

«Möchten Sie *meine* Haare überhaupt noch?», fragte Maria da. «Ich bin weder tot, noch ähnele ich im Entferntesten meiner Mutter. Fassen Sie sie ruhig einmal an.»

Herr Kratz zögerte. Dass dieser verdammte Trieb mich aber auch nicht loslässt, dachte er, griff in das Haar und ließ es durch seine Finger gleiten. Es war kräftiges, lebendiges Haar von einer betörenden Weichheit und etwas über einen Meter lang. «Was kann ich für Sie tun?», fragte er mit belegter Stimme.

«Sie bekommen mein Haar und sogar noch etwas obendrauf.»

«Wie bitte?»

«Sie nehmen das Haar und bekommen dafür Paul.» Maria entwand ihr Haar den nimmersatten Händen von Herrn Kratz, ein Verlust, den er kaum ertragen konnte. Als er wieder danach greifen wollte, schob sie ihm Paul hin.

«Was soll ich denn mit dem da?»

«Er hat keine Papiere, er hat keine Wohnung, er hat keine Eltern. Sie wollen Wirklichkeit? Dann sollten Sie sie nicht nur auf der Bühne suchen. Tun Sie etwas, damit die Realität für ihn weniger bitter wird.»

«Wie stellen Sie sich das um Himmels willen vor?»

«Sie haben eben gehört, dass Paul, übrigens ist sein Vorname das Einzige, was er von sich weiß, keineswegs auf den Kopf gefallen ist. Alles andere wird sich finden. Ich lasse die Haare und den Jungen hier. Jetzt sofort.»

«Jetzt sofort? Ich ahnte schon damals, dass Sie nicht ganz richtig –», aber der Maskenbildner unterbrach sich, weil er nicht nur ein Faible für Haare, sondern auch für illegale Existenzen hatte. Dieser grundsolide, etwas ängstliche Mann malte sich manchmal aus, wie es wäre, im Untergrund zu leben, ohne alle Regeln und Gesetze.

Maria spürte seine Unschlüssigkeit. «Gut, wenn Sie nicht wollen, gehe ich.» Sie schob Paul zur Tür.

«Nein, warten Sie! Ich werde schon eine Lösung finden. Er kann ja erst einmal hier im Theater bleiben. Nur Bismarck weiß, dass er hier ist. Kommen Sie, setzen Sie sich auf diesen Stuhl.» Er sprang um Maria und Paul herum. «Nicht wahr», flötete er dem Jungen zu, «wir zwei werden uns schon verstehen. Du kannst mir zur Hand gehen, und schlafen wirst du hier auf dem Sofa. Kommen Sie, gnädiges Fräulein, setzen Sie sich hier hin. Nein, der ist noch zu niedrig. Bitte untertänigst, sich noch einmal zu erheben.»

Maria stand wieder auf, und Herr Kratz nudelte den hölzernen Drehstuhl hoch. Als sie erneut Platz genommen hatte, nahm er ihr längliches, schmales Gesicht zwischen die Hände, auf deren Rücken kleine rötliche Härchen wuchsen, und inspizierte es. Schließlich murmelte er: «Ja, so wird es gehen.»

Da trat Paul vor und sagte: «Das dürfen Sie nicht, Fräulein von Ringsberg. Nicht meinetwegen.»

Sie lachte schallend. «Maria heiße ich, Maria. Deinetwegen? Ich mache es meinetwegen, keine Sorge.»

Jetzt erst bemerkte Paul, dass Herr Kratz beinahe eine Glatze hatte. Sie fiel kaum auf, da Sommersprossen die Kahlheit wettmachten und wie Sterne an einem mondlosen Himmel standen. Die kleinen dunklen Flecken schienen keinen noch so verborgenen Platz auf seinem Körper ausgespart zu haben, denn auch unter dem Kittel mit den langen Ärmeln krochen sie hervor und übersäten das Handgelenk, den Handrücken, die Fingerspitzen. Sogar durch die Fingernägel schimmerten sie. Mit diesen gesprenkelten Händen teilte der Maskenbildner Marias Haare in drei Zöpfe. Er wollte keinen Zentimeter davon verlieren. Entschieden säbelte er sie ab und lauschte verzückt auf das knirschende Schneidegeräusch der Schere. In diesem Moment bedauerte er, nicht allein zu sein. Er rührte sich nicht vom Fleck, und plötzlich, umwallt von dem prächtigen Haar, begann er, sich in der Hüfte zu wiegen, als tanze er.

«So können Sie mich aber nicht mir selbst überlassen.» Unschöne Zotteln fielen Maria ins Gesicht.

Herr Kratz erwachte aus seiner Verzauberung und wies mit dem Kopf auf einen Ständer, an dem Bänder aus Samt, Seide, Leinen und Brokat hingen. «Paul, so heißt du doch, nicht wahr, gib mir einmal das grüne Band dort, nein, das rote.» Paul reichte es ihm, und Herr Kratz schlang es mit geübten Griffen um das abgeschnittene Haar. Den fertigen Zopf, einem dicken Rossschweif ähnlich, hängte er an einen Haken. «Auch wenn Sie Ihrer Frau Mamá nicht gleichen, ist Ihr Haar dem ihren ebenbürtig, vielleicht sogar noch schöner», sagte er, während er seine Trophäe noch einmal andächtig liebkoste.

Dann machte er sich mit Hingabe an die Arbeit. Das war ein Getänzel. Der schmächtige Mann war so flink, dass nur noch etwas Huschendes zu sehen war. Ruck, zuck stutzte er Marias Haar knapp unterhalb der Wangenknochen in einer geraden Linie um den Kopf. Einmal ritzte er ihr mit der Schere ins Ohrläppchen, doch ehe sie es spüren konnte, wieselte er schon auf der anderen Seite herum. Er entschied sich in Windeseile, die Kante am Hinterkopf ein klein wenig nach oben zu verschieben. Schließlich zog er ihr ein paar Strähnen ins Gesicht und kürzte sie knapp oberhalb der Augenbrauen, ebenfalls in einer geraden Linie.

Keine fünf Minuten waren vergangen, da sagte er: «Fertig.» Zufrieden begutachtete er sein Werk. «Welch eine Metamorphose!», rief er, derweil Maria sich im Spiegel betrachtete und hie und da ein wenig an den Spitzen zupfte.

«Jetzt sehen Sie aus wie ein Bubi», sagte Paul.

Und Herr Kratz bestätigte: «Darf ich präsentieren: unsere Neukreation, der Bubikopf!» Er knipste die kleinen Glühbirnen an, die den Spiegel rundherum beleuchteten.

Jetzt konnte Maria besser sehen. «Ein ganz neues Gefühl, überraschend. Genau so habe ich mir das vorgestellt.»

«Sie werden die Damen- und Herrenwelt verwirren und verführen, man wird Sie für einen Jüngling halten, einen überaus schönen dazu», sagte Herr Kratz und schritt noch einmal um sie herum.

«Meinen Sie?»

«Was wohl das Steifbein von vorhin dazu sagen würde?» Ein leises Lächeln umspielte Pauls Mundwinkel.

«Er würde die Welt nicht mehr verstehen! Aber wer tut das schon. Wir verstehen ja nicht einmal uns selbst, oder?» Maria erwartete offensichtlich keine Antwort, denn sie stand von ihrem Drehstuhl auf, griff sich an den nackten Hals und warf noch einen letzten prüfenden Blick in den Spiegel. Dann wandte sie sich zum Gehen. «Danke, Herr Kratz. Sorgen Sie für den Jungen, Sie werden Ihre Freude an ihm haben. Geben Sie mir ja Acht auf ihn. Lassen Sie ihn nicht von Kriegshäschern abholen! Und du, Paul, glaub ja nicht, dass ich dir meine Haare geopfert habe.»

«Sie gehen nach Berlin zurück?», fragte er wehmütig.

«Ja, ich mache nächstes Jahr mein letztes Staatsexamen. Aber du weißt doch, wir verlieren uns nicht. Erinnerst du dich?»

Paul nickte. Der Druck in seiner Magengrube wollte auch dann nicht weichen, als sie längst die Tür hinter sich zugezogen hatte und die Treppe hinabgestiegen war.

Schon rief der Pförtner: «Wo ist Ihr Begleiter? Oh, wenn ich Sie so ansehe, müssen Sie den Kratz um einen großen Gefallen gebeten haben. Aber Hut ab, es steht Ihnen!»

«Wie ein kleiner Pierrot», stellte Herr Kratz oben fest, während er seinen neuen Mitarbeiter betrachtete. «Da fehlen nur ein bisschen weiße Schminke, ein schwarzes Käppi und ein weißer Umhang, und fertig ist der traurige, schöne Clown. Kopf hoch, Pierrot! Jetzt sind wir wohl auf Gedeih und Verderb aufeinander angewiesen. Aber wir werden das Beste daraus machen.»

Paul war nun Pierrot und blieb Pierrot. Kaum einem der am Theater Beschäftigten fiel ein, Genaueres über seine Herkunft und den Grund seiner Anwesenheit zu erfragen. Pierrot war Antwort genug. Pierrot war da. Im Theater zählte der Moment, nicht die Vergangenheit.

Ihm eröffnete sich eine neue Welt. Er schlief auf einem mit allerlei goldenen Schnörkeln verzierten Rokokosofa-Imitat, auf dem sich Minna von Barnhelm und Major von Tellheim zaghaft geküsst hatten, deckte sich mit einem Plaid zu, von dem sich die Kameliendame alias Eleonore Duse die tuberkulöse Lunge hatte wärmen lassen, und bettete sein Haupt auf ein Kissen, das dem Großinquisitor in Philipps des Zweiten hispanischem Reich als Kniestütze gedient hatte. Das erzählte ihm Herr Kratz beiläufig, und da Paul mit all diesen Figuren und ihren Schicksalen keineswegs auf Du und Du stand, weiteten sich ihm die Augen. Schon am Morgen, wenn er seine Lider zum ersten Mal aufschlug, sah er ein geheimnisvolles Reich von Töpfen und Tiegeln, Masken und Haarteilen sowie eine Wand, von der sanftmütige Gretchen, wilde Medeas, elegische Hamlets und tobsüchtige Othellos auf ihn herabglotzten. Ihm schwirrte der Kopf von all den Namen, Figuren und Geschichten. Auch die Schauspieler, die tagtäglich im Kostüm durch die Gänge schritten, verwirrten ihn, erst recht, wenn er sie vorher ungeschminkt in verschlissenen Morgenmänteln gesehen hatte. Und nachts, wenn alle anderen gegangen waren, starrten ihn aus jedem Winkel Gesichter an.

Bismarck verließ stets als Letzter das Haus. Jede Nacht stellte er im Keller den basaltgrünen Bakelit-Stromschalter auf null und drehte ihn erst wieder an, wenn er, natürlich als Erster, morgens wiederkam. «Feuerschutz», erklärte er Paul, «alle naslang brennen irgendwo Theater ab. Dresden 1869, New York 1892, San Francisco infolge des großen Erdbebens 1906. Früher wurde unsachgemäß mit Kerzen hantiert, aber heute heißt die Gefahr: Kabelbrand. Und da gibt es nur eins – vorbeugen, vorbeugen und nochmals vorbeugen. Ist der Hauptschalter aus, kann auch nichts abfackeln. Deswegen musst du nachts im Dunkeln sitzen, aber du sollst ja auch wie ein braver Junge schlafen. Oder willst du, dass mein schmuckes Theaterchen in Flammen aufgeht?»

Paul verneinte natürlich. In diesen Stunden absoluter Finsternis war sein neues Domizil nur von den auf der Straße müde vor sich hin glimmenden Gaslaternen erhellt, ein Dämmerschein, der die Konturen etwa der Frisierkommode nicht klar erkennen ließ. Kleider, die tagsüber unbelebt an einem Bügel hingen, begannen zu wandeln. Masken hüpften von ihren Nägeln und schwebten durch den Raum, Fratzen sprangen hinter einem bemalten Vorhang oder einem riesigen Pappmaché-Kopf hervor. Major von Tellheim trat dicht an ihn heran, erhob drohend den Degen und richtete die Spitze auf sein Herz. Er forderte, sein durch den Kuss geheiligtes Sofa nicht durch schnöden Schlaf zu entweihen. Auch die Kameliendame ließ nicht lange auf sich warten und verlangte nach ihrem Plaid, sie werde sonst vor Kälte sterben. Ihre Zähne klapperten aufeinander, und ihre Lippen waren blau. Eine kleine Blutspur, offensichtlich ein roter Bindfaden, lief ihr aus dem Mundwinkel. Schon drohte der Großinquisitor mit donnernder Stimme, ihn ohne Prozess auf den Scheiterhaufen werfen zu lassen, wenn er nicht sofort sein Kissen herausgebe. So traute sich Paul nicht mehr, seine Schlafstätte anzutasten, sondern drapierte Plaid und Kissen auf dem Sofa und rollte sich dann auf dem nackten Boden zusammen. Doch er fand keinen Schlaf. Am Morgen, wenn das erste Licht in das Maskenatelier fiel, hingen die Kleider wieder brav an ihren Bügeln und die Masken an ihren Nägeln. Von Nacht zu Nacht ängstigte sich Paul weniger, und je weniger er sich ängstigte, umso unaufdringlicher waren die Geister, und schließlich kamen sie gar nicht mehr. Fast enttäuscht schlug Paul sein Nachtlager wieder auf dem Sofa auf, zog das Plaid über sich und bettete seinen Kopf auf das Kissen.

Abend für Abend stand er während der Vorstellung in der Gasse und wandte kein Auge von der Bühne. Einmal beobachtete er, wie der in tiefste Melancholie versunkene Hamlet mitten in einer Szene unruhig wurde und ständig zur Seite blickte; kaum hatte er den letzten Satz gesprochen, stürmte er von der Bühne. Als er sich außer Sichtweite des Publikums wähnte, begann er zu rennen, sprang die vier Stufen, die ihn vom Garderobentrakt trennten, mit einem riesigen Satz hinauf, stieß eine Tür auf und verschwand auf dem Klo.

«Hamlet hat Durchmarsch, ja, ja, auch Prinzen scheißen», kommentierte trocken der Inspizient.

Spätestens jetzt verlor Paul das letzte Quäntchen Scheu. Es drängte ihn, die hintersten Winkel des Theaters zu erkunden. Eines Abends fasste er sich ein Herz und griff zu einer Petroleumleuchte, die ihm Herr Kratz für alle Fälle überreicht hatte. Er hangelte sich über eine schwankende Hängebrücke, die über einen tiefen Abgrund führte. Seine Schritte auf den Planken warfen ein vielfaches Echo, das ihn mindestens ebenso erschreckte wie die tanzenden Schatten auf den steilen, nackten Mauerwänden, die in die Höhe ragten und über seinem Kopf zusammenstürzten. Er tastete sich vorbei an düsteren Gerüsten, die als Schemen im Schein seiner flackernden Lampe bedrohlich hin und her schaukelten, während gigantische hölzerne Zahnräder geheimnisvoll ächzten. Paul sah ganze Städte versinken, Meere aus dem Nichts auf ihn zuwogen, Vulkane explodieren, Schlösser aus dem Himmel wachsen. Schließlich kam es, wie es kommen musste: Er verirrte sich im Labyrinth der unterirdischen Gänge, die sich schmal und niedrig unter der Bühne hindurchschlängelten. Er stolperte. Kein Zweifel, da lag das Skelett eines Menschen, der vor Urzeiten ebenfalls die Orientierung verloren hatte. Vergessen von seinen Mitmenschen, war der verirrte Ahn vermodert. Paul hastete mehrmals denselben Gang entlang, bis ihm ganz bang wurde. Offenbar ging er im Kreis. Verzweifelt kauerte er sich in eine Ecke, schloss mit dem Leben ab und erwartete schicksalsergeben seinen Hungertod. Er begann die Sekunden zu zählen, die Minuten. Nachdem er eine Stunde abgezählt hatte, gab er auf. Da erlosch nach kurzem Geflacker seine Petroleumlampe. Eine Ewigkeit verging. Mit einem Mal aber fiel ein schwacher Lichtstrahl auf die Wand und wurde stetig heller. Die Farbe blätterte ab. Braune Flecken kündeten von einem weit zurückliegenden Wassereinbruch. Eine Ratte huschte um die Ecke. In unmittelbarer Nähe entdeckte Paul eine kleine Tür. Er rappelte sich auf, öffnete sie und gelangte in die Unterbühne. Von dort führte eine schmale Wendeltreppe auf die Bühne. Jetzt war er gerettet.

Bei Tage entpuppte sich die Theatermaschinerie, die ihm im Schatten seiner Leuchte einen solchen Schrecken eingejagt hatte, als ein schlichter und jahrhundertealter Mechanismus. Der Inspizient erklärte ihn ihm in aller Ruhe. Um die Achsen der gigantischen Zahnräder waren starke Drahtseile gewickelt, mittels deren die Bühnenarbeiter hölzerne Podien knirschend und knarzend auf die Bühne winden oder wieder in der Tiefe verschwinden lassen konnten. Paul wollte es kaum glauben: Die Magie eines Szenenwechsels beruhte auf der puren Muskelkraft von Männern, die unter der Bühne schufteten. Doch ganz traute er dem Theater nie. Insgeheim erwartete er auch noch nach Jahren, wenn er durch das Gängegewirr des Schauspielhauses oder eines anderen Theaters ging, auf einen Knochenhaufen zu stoßen.

Das Gros seiner Tage verbrachte er mit Herrn Kratz. Schnell lernte er alles, was mit der Maskenbildnerei zu tun hatte. Nur an die Perücken ließ ihn der Meister nicht heran und schon gar nicht an die Haare des durchsichtigen Fräuleins, die er wie seinen Augapfel hütete. Paul kannte die verschiedenen Teints, solche, die einen blassen Mann in einen Neger verwandelten, und die anderen, die einem Braungebrannten Leichenstarre ins Gesicht malten, er wusste mit Rouge umzugehen, künstliche Wimpern herzustellen und auf Lidern zu befestigen, konnte Gipsabdrücke machen, Glatzen kleben und einen wohlgestalteten jugendlichen Darsteller in einen buckeligen Alten verwandeln.

Schließlich lernte er, eine unauffällige Nase zu vergrößern.

Der Regisseur, der die Nase in Auftrag gegeben hatte, war mit dem dritten Modell, das Herr Kratz und Paul ihm vorsetzten, jedoch noch immer nicht zufrieden. Er bekam einen Tobsuchtsanfall und schrie so laut, dass die Masken an der Wand zu klappern und die Kleider auf ihren Bügeln zu zittern begannen.

«Einen richtigen Judenzinken will ich haben und nicht so ein Damennäschen! Wisst ihr nicht, wie ein richtiger Judenzinken aussieht? Bin ich denn hier unter Blinden? Ihr braucht euch ja nur auf der Straße umzusehen, laufen doch viel zu viele davon rum. Mindestens doppelt so groß muss das Ding werden, und einen ordentlichen Höcker soll es haben. Ein Judenzinken eben! Verstanden?»

Der schmächtige Herr Kratz wurde noch schmächtiger und wippte mit dem Oberkörper vor und zurück. Paul hingegen trat zum Spiegel und schaute hinein. Er hatte sich an den Straßenjungen erinnert und erblickte nun einen sanft gerundeten Nasenrücken, fuhr ihn mit dem rechten Zeigefinger nach und fand, dass er nichts gemein hatte mit dem Ungetüm, das der Regisseur für seinen Shakespeare-Juden haben wollte.

Dem agilen Mann von gut fünfzig Jahren entging nicht, was Paul dort tat. Er stockte einen Moment und schickte sich an, den Raum zu verlassen, drehte sich im Türrahmen aber noch einmal um und wiederholte, vor allem an Paul gerichtet, mit einem Anflug von Bosheit in der Stimme: «Einen richtigen Judenzinken, verstanden?»

Ganz en passant lernte Paul also die Gestalten der Weltliteratur kennen. In einigen erkannte er sich wieder, in anderen erkannte er Personen, denen er einmal begegnet war, und wieder andere waren ihm ausgesprochen fremd. Er hatte es sich zur Gewohnheit gemacht, die Stücke, die er auf der Bühne sah, zuvor zu lesen. Die, an denen er mitarbeitete, kannte er sowieso aus dem Effeff. Immer wieder stolperte er über eine merkwürdige Diskrepanz zwischen dem, was er las, und dem, was auf der Bühne gezeigt wurde. In seiner Phantasie hatte er es sich ganz anders und immer im Heute spielend vorgestellt, während die Schauspieler sich in alten Kostümen gefielen und Gesten zelebrierten, die kein Mensch im richtigen Leben je gemacht hätte. Das Fremdartige der Darbietung zog ihn an und stieß ihn gleichzeitig ab.

Als er Herrn Kratz auf seine Zweifel ansprach, sagte der: «Du kennst eben die Tradition nicht. Wir können uns auf zweitausend Jahre berufen, die dürfen wir nicht so einfach über Bord werfen.»

«Aber, Herr Kratz, was nützt uns denn die Tradition, wenn das Theater uns nicht mehr ins Herz trifft? Wenn es nur noch aus Masken und Kostümen besteht? Wir müssen doch etwas bewegen.»

«Pierrot, es ist nicht unsere Aufgabe, die Wirklichkeit abzubilden, wir müssen sie neu erfinden. Dem Theater stehen beschränkte, aber auch grandiose Mittel zur Verfügung. Alles, was sich auf den Brettern abspielt, ist nichts als eine Behauptung. Das Bühnenbild eines Zimmers ist nur das Abbild eines Zimmers und nie das Zimmer selbst. Und die Darsteller stellen nur dar, sie sind nicht die, die sie spielen. Darauf lässt sich das Publikum ein, das ist wie eine Vereinbarung zwischen allen Beteiligten. Na, und dann gibt es glückliche Momente, in denen diese Trennung zwischen dem, was wir vorgeben, und dem, was ist, aufgehoben wird, aber die sind selten.»

«Meinen Sie die Aufführung der ‹Penthesilea› und das Mädchen, das verrückt geworden ist?»

Herr Kratz nickte, aber schwieg.

«Als ich mit Fräulein von Ringsberg zu Ihnen kam, haben Sie von der Vorstellung erzählt und gesagt, dass Sie sonst nie so was erlebt hätten. Sollte man dann nicht Spielweisen suchen, die wieder eine Verbindung herstellen wie damals zwischen Schauspielern und ihrer Rolle, aber auch zwischen

Schauspielern und Zuschauern? Alles, was ich im Moment auf der Bühne sehe, kommt mir so behauptet vor, so künstlich. Jede Geste ist ein Staatsakt und kommt nicht aus dem Gefühl. Sie hatten gesagt, dass das Theater nach diesem Abend nie wieder so sein werde, wie es einmal war, aber geändert hat sich doch bisher gar nichts, oder? Und jetzt will niemand mehr was von dem Abend und dem Mädchen wissen. In der Erinnerung bekommen alle leuchtende Augen, aber wenn man nachfragt, wiegeln sie alle ab und spielen das Ereignis herunter.»

Der Maskenbildner zuckte mit den Achseln. «Was kann man da schon machen? Du hast natürlich Recht. Aber was können wir bewirken, wir haben doch keinerlei Einfluss auf das, was gemacht wird. Das bestimmen die da oben. Alles geht seinen Gang. Ja, wenn wir könnten –»

«Wenn Sie könnten, was dann?»

«Ist doch sinnlos, darüber nachzudenken, vergebliche Liebesmüh.»

«Aber Sie haben damals von Wahrheit gesprochen, wo ist denn die Wahrheit, ich sehe sie nicht.»

«Du sprichst wirklich mit dem Falschen. Ich versuche nur, meine Arbeit zu machen, und die so gut wie möglich, und wenigstens auf meinem Gebiet etwas zu verändern, das geht eben nicht immer von einem Tag auf den anderen.»

«Aber wie denn dann? Man muss doch das Ganze sehen und sich nicht immer hinter einem kleinen Ausschnitt verschanzen.»

«Ach, Junge, werd du erst mal so alt wie ich, dann wirst du mich verstehen. Auch ich war einmal voller Idealismus», sagte Herr Kratz und gähnte. Er hatte Angst. Indem er Paul in seinem Atelier wohnen ließ, riskierte er viel. Wenn das bei der Obrigkeit bekannt wurde, war er geliefert, zumal in diesen Zeiten, in denen jeder, der sich die kleinste Unregelmäßigkeit zuschulden kommen ließ, sofort dem Kriegsdienst überstellt wurde. Bisher waren sie alle unabkömmlich gestellt, weil sie einen «staatstragenden» Beruf ausübten, aber damit konnte es morgen vorbei sein. Ein Schnipsen vom Direktor und er, der Chefmaskenbildner, saß in der Eisenbahn zur Front. Was sollte er, der Maskenbildner von Gottes Gnaden, im Schützengraben? Da legte keiner mehr Wert auf Schönheit. Die fuhren so ins Grab, wie die Granaten sie zugerichtet hatten. «Lass mich in Ruhe, Pierrot», murmelte er und verschwand im Kabuff nebenan, wo er sich an den Haaren des Fräuleins von Ringsberg zu schaffen machte. Dass Paul «Ich möchte zu Leonie» flüsterte, hörte er nicht.

An einem schönen Frühlingsabend im Jahr 1974 hatte mein Vater drei Geschäftskunden in ein Restaurant geladen, darunter einen Araber. «Sie sind äußerst wichtig, gar nicht auszudenken, wie wichtig in diesen Zeiten der Ölknappheit. Sonst müssen unsere Schiffe womöglich wieder mit Kohle fahren», hatte er im Vorfeld des Abends mehrfach betont. Da er der festen Überzeugung war, dass sein saudischer Freund viel von Familienclans hielt, hatte er nicht nur meine Mutter, sondern auch Camill und mich aufgefordert mitzugehen.

«Du musst dich von deiner besten Seite zeigen, auch wenn es dir schwer fällt», hatte er meiner Mutter eingeschärft, «am besten ist es wohl, wenn du dir deine Haftschalen einsetzt.»

Nun standen wir gestiefelt und gespornt unten in der Halle und warteten auf sie.

«Immer dasselbe mit eurer Mutter», klagte mein Vater. «Elena, geh doch bitte hinauf und hol sie.» Zur Unterstützung brüllte er die Treppe hoch: «Milena, wirst du wohl endlich kommen, oder soll ich deinetwegen meine Kunden warten und mir ein Millionengeschäft entgehen lassen?»

Erst sah ich meine Mutter gar nicht, denn sie stand nicht

vor dem Spiegel. Ich entdeckte sie auf dem gekachelten Fußboden mit dem Badvorleger. Sie kroch auf allen vieren, den Kopf nur wenige Zentimeter über dem Boden, und tastete mit den Fingern vorsichtig nach links und rechts. Das elegante Kostüm aus blassgelber Seide, in das sie gekleidet war, hatte sie von einer Reise aus Kaschmir mitgebracht. Paradiesvögel umflatterten sie. Jetzt herrschte Bürgerkrieg in Kaschmir.

«Was machst du denn da? Papá wartet unten und explodiert gleich», sagte ich überrascht.

«Ich wollte die Haftschale gerade einsetzen, da ist sie mir weggeglitscht, aber ich habe nicht gesehen, wohin. Und jetzt kann ich sie nicht wiederfinden.»

«Warum setzt du dann nicht die Brille auf? Vielleicht siehst du dann besser?»

«Die eine habe ich schon reinbekommen, eine halbe Stunde hat das gedauert. Wenn ich die Brille aufsetze, muss ich die eine Haftschale wieder rausnehmen, und der ganze Zirkus beginnt von vorn.»

Das leuchtete mir ein. Bei ihren 14 Dioptrien Kurzsichtigkeit hätte ein Brillenglas über der sich bereits im Auge befindlichen Haftschale ganze 28 Dioptrien ergeben. So blind war sie dann doch nicht.

«Ich hasse diese Haftschalen, sie sind mein Waterloo! Kannst du mir nicht suchen helfen? Aber pass auf, dass du nicht drauftrittst», flehte meine Mutter, darauf hoffend, dass ich das nicht einmal fingernagelgroße, durchsichtige Plastikstück aus den Fängen des Badvorlegers klauben würde.

«Nicht weinen, Mamá, sonst schwemmst du die andere Haftschale noch heraus. Kannst du nicht so gehen?»

Sie nickte und versuchte aufzustehen. Noch in der Hocke verlor sie die Balance, geriet auf ihren hochhackigen Schuhen ins Wanken und wäre fast gestürzt, wenn ich sie nicht gehalten hätte. Als sie endlich stand und ihr Kleid nach unten zog, spähte ich auf den Waschtisch. Ich meinte die Haftschale zu sehen, stieß einen Jubelschrei aus – und fasste in einen Wassertropfen.

«Es ist aussichtslos. Ich muss es so versuchen», murmelte meine Mutter, griff nach ihrer Handtasche auf der Fensterbank und langte daneben.

Ich drückte ihr die Tasche in die Hand.

«Mir ist entsetzlich schwindelig. Es geht nur, wenn ich das Auge ohne Haftschale schließe», flüsterte sie, als wir die Treppe hinuntergingen.

«Kannst du dich nicht ein bisschen beeilen», rief ihr mein Vater von unten zu, packte sie, kaum dass wir in der Halle standen, grob am Arm und zerrte sie hinaus. «Ist irgendwas mit deinem Auge?»

Meine Mutter schüttelte den Kopf. Unsicher ging sie die von der Feuchtigkeit hanseatischer Breitengrade glitschigen Steinstufen hinunter, wobei sie den Goldregen streifte, vor dem sie schon so manches Mal stehen geblieben war und gesagt hatte: «Wisst ihr, die Blüten sind sehr giftig, mit denen kann man gut und gern einen starken Mann um die Ecke bringen.» Ebendiese Blüten hinterließen jetzt auf dem hellgelben Seidenstoff ihres Paradiesvogelkleids einen weithin leuchtenden Fleck.

«Das kann ja heiter werden», sagte mein Vater.

Wurde es auch. Die Kunden meines Vaters trafen kurz nach uns in dem italienischen Restaurant mit dem sprechenden Namen «Fra diavolo» ein. In seinem wallenden weißen, nachthemdähnlichen Gewand sah der Araber aus wie aus dem Fernsehen, und ich musste mich immer wieder zusammennehmen, um ihn nicht anzustarren.

Mein Vater orderte auf Spanisch, das er besser beherrschte als Italienisch, da er es als Kind von seiner Großmutter gelernt hatte und regelmäßig auf die iberischen Inseln fuhr, wenn ihm die eine Nordseeinsel zu kalt war. «An jeder Stelle der

Erdkugel scheint, über das Jahr gemessen, die Sonne gleich lang», dozierte er oft, als müsste er den Norden gegen eventuelle Verächter verteidigen. Dabei ließ er außer Acht, dass die Sonne bei uns zumeist von Wolken bedeckt war. An diesem Abend jedenfalls sprach meine Mutter, die viel für Wärme übrig hatte, dem sonnengereiften italienischen Wein gehörig zu. Die Gäste, die sich des Alkohols weitestgehend enthielten, machten sich vor allem über das Weißbrot her. Sie bestreuten es mit Salz und träufelten Olivenöl darauf, «extra vergine» natürlich, extra jungfräulich, wie mir mein Bruder dank seiner Lateinkenntnisse erklären konnte, die er auf dem dornigen Weg zum großen Latinum erwarb. Trotz meiner emsigen Lektüre der Zeitschrift «Bravo», die allwöchentlich in Wort und Bild vorführte, wie eine Entjungferung vor sich geht, konnte ich mir nicht zusammenreimen, was ein jungfräuliches Öl sein sollte. Statt mir auch das zu erklären, pulte mein Bruder aus der kross gebackenen Weißbrotrinde den weichen, weißen Teig und knetete ihn zu kleinen Kügelchen, die er, wenn mein Vater gerade nicht guckte, über den Tisch schnippte. Sie fielen mit einem fast unhörbaren Plopp auf den Boden oder rammten ein Glas. Meine Mutter schwieg, schwankte nur gelegentlich auf ihrem Stuhl hin und her und kippte weiter Rotwein in sich hinein. Manchmal kniff sie das eine Auge zu. Bald war die Vorspeise verspeist, und das Hauptgericht wurde aufgetragen.

Mein Vater erzählte eine Anekdote nach der anderen und ließ zwischendurch sein stadtbekanntes Donnerlachen hören. In bestem Englisch näherte er sich gerade der Schlusspointe einer Geschichte, die wir schon auswendig herbeten konnten. Auf seinem Gut in Thüringen seien die Nationalsozialisten, die sich ungebeten einquartiert hätten, durch ein Eselkonzert um den Schlaf gebracht worden, weil er eine fortpflanzungswütige Eselstute von ihrer Herde, der auch ein Ponyhengst angehörte, vorsätzlich getrennt habe. Die weggesperrte Eseldame habe dann unentwegt nach ihren Gespielen geschrien, die ihr in Eselsprache geantwortet hätten, begleitet vom geilen Wiehern des Ponyhengstes, der sich um eine Liebesnacht betrogen sah. Am nächsten Morgen dann seien die unwillkommenen Gäste ganz «peprig» und mit dunklen Ringen unter den Augen beim Frühstück erschienen. Sie hätten den apokalyptischen Lärm nicht verwinden können und gar nicht gewusst, was –

Genau an diesem heiklen Punkt der Erzählung brach es aus meiner Mutter heraus. Nicht etwa ein Lachen oder ein Ausruf der Bewunderung, weil die subversive Handlung ihres Gatten eine Art Widerstand gegen die nationalsozialistische Staatsmacht darstellte, nein, der Inhalt ihres Magens ergoss sich auf den Tisch. Lauter Bröckchen in Rotwein, der durch die Vermengung mit Magensäften ein wenig an Dunkelheit und Bukett eingebüßt hatte, spritzten zu dem Rest Lasagne, der noch auf ihrem Teller lag. Der Schwall ließ nicht nach, überschwemmte den Tellerrand und floss auf die rot-weiß karierte Tischdecke. Ein Stück nicht richtig durchgekauter Tomate, an der noch ein Fetzen Nudelteig klebte, verirrte sich bei ihrem Tischnachbarn, einem der Geschäftsfreunde meines Vaters, direkt auf die weiße Sommerhose. Gott sei Dank war es nicht der Araber. Der Besudelte sprang entsetzt auf, stieß dabei seinen Stuhl nach hinten um, dessen Lehne sich, bevor er polternd zu Boden fiel, in den braun gebrannten Rücken einer Dame vom Nachbartisch bohrte. Die stieß einen Schrei aus und sprang ebenfalls auf. Eine unschöne Schramme zeichnete sich auf ihrem Rücken ab. Als ihr Blick auf unseren Tisch fiel, sank sie in Ohnmacht, meinem Vater direkt in den Schoß, der sie gleich an ihren Begleiter vom Nebentisch weiterreichte. Das beeindruckte meine Mutter wenig, die nun auch dem distinguierten Herrn links von ihr, der sich wegen der schwülen Hitze aus seinem Jackett geschält hatte, einige Krümel Hackfleisch zugedachte; gezielt landeten sie auf seiner mit kleinen Flugzeugen bestückten Krawatte. Auch der Scheich bekam seinen Teil. Rindfleischfasern aus dem Eintopf, den wir mittags gegessen hatten, beschmutzten sein weißes Gewand. Er fluchte und rannte aus dem Lokal. Als sich der Magen unserer Mutter komplett entleert hatte, was an dem gelben Schleim zu erkennen war, der nun zwischen ihren kaum mehr geöffneten Lippen hervorrann, legte sich eine eisige Stille über den Tisch, der von einer bastbezogenen Schiffslampe sanft beleuchtet wurde.

«Milena», befahl mein Vater nach geraumer Weile mit schneidender Stimme, «genug jetzt.»

Meine Mutter schluckte und schluckte noch ein zweites Mal. Mit tränenden, verquollenen Augen blickte sie ihn an. Da spottete die Haftschale ihres Namens und fiel heraus. Jetzt konnte meiner Mutter wenigstens nicht wieder schlecht werden. Und sie konnte die Bescherung auch nicht mehr sehen. Kurz entschlosssen griff ich nach einem Dessertlöffel, tauchte ihn in das Erbrochene und ließ das Corpus Delicti in meiner großen, auf das Sommerkleid genähten Tasche verschwinden. «Komm, Mamá», sagte ich und führte sie aus dem Lokal. Kaum an der frischen Luft, kehrte die Farbe in ihr Gesicht zurück, und als ich mich umdrehte, um noch einen letzten Blick auf den Ort der luziferischen Umtriebe zu werfen, streckte uns der Teufel auf dem Restaurantschild die Zunge heraus.

Von dem Millionengeschäft war niemals wieder die Rede, und der Araber ward auch nicht mehr gesehen.

Es wurde Winter, doch die Sommersprossen von Herrn Kratz verblassten nicht, ganz im Gegenteil, ihre Anzahl nahm stetig zu. Daher ging er so selten wie möglich an die frische Luft. Nicht der kleinste Sonnenstrahl sollte seine Haut streifen. Musste er doch einmal auf die Straße, vermummte er sich wie eine muslimische Frau. Über einen breitkrempigen Hut hängte er einen Schleier. Das Aufsehen, das er durch diese ungewöhnliche Bekleidung unter der hanseatischen Bevölkerung hervorrief, war nicht eben gering.

«Schau mal, dem armen Kerl ist sicher ein Schrapnell mitten ins Gesicht geflogen, und nun traut er sich nicht, diese ehrenvolle Verletzung öffentlich zur Schau zu tragen», mutmaßte eine Dame.

«Sehr feinfühlig von ihm, uns den Anblick zu ersparen», bestätigte ihre Freundin und nickte dem Vorbeieilenden freundlich zu.

Herr Kratz hatte zunehmend das Gefühl, dass sich seine Sommersprossen von der Körperoberfläche in sein Inneres vorfraßen. Anfangs empfand er jede Berührung mit einem Kleidungsstück noch wie ein Streicheln, doch nach und nach wurde es zu einem Kitzeln, und am Ende glaubte er sich gar von tausend Stecknadeln gepikst. Ihm war nicht mehr wohl in seiner Haut.

Dabei gestalteten sich die klimatischen Verhältnisse für ihn recht vorteilhaft. Im Frühjahr des Jahres 1915 hatte sich die Sonne nämlich entschieden, dem Trauerspiel auf Erden den Rücken zuzukehren. Sie verbarrikadierte sich hinter Bergen von Wolken, aus denen sie unablässig weinte. Solange die Menschen zurückdenken konnten, hatten sie ein so feuchtes Frühjahr, einen so nassen Sommer und einen so verregneten Herbst nicht erlebt. «So ’n Schietwetter», sagten sie anfangs noch recht wohlgelaunt und schauten lächelnd in die Wolkenberge, doch als sich nach Jahr und Tag die feuchten Luftmassen noch immer nicht verzogen hatten, verging auch den Hartgesottensten die Zuversicht. Das Firmament schien sich gesenkt zu haben, ein schwer lastendes Dach, das jeden Moment einstürzen konnte, spannte sich triefend über die geduckten Köpfe. Vergessen waren die lichten, luftigen Tage, in denen ein blauer Himmel dem Auge keine Grenzen setzte. Früher hatte der Nordländer viel auf die Weite des Blicks gegeben und über die Vorzüge der Tiefebene geprahlt, doch nun sah man am Nordseestrand keinen Horizont mehr und nicht einmal den Sand zu seinen Füßen. Ein Gefühl der Unfreiheit beschlich die Hanseaten, und sie wurden schwermütig. Selbst das Wissen um die Verschönerung des Teints im Nieselregen konnte die Damen nicht mehr aufheitern. Ihre Gesichtsfarbe hatte in Ermangelung pigmentfreisetzender UV-Strahlen einen mehligen Grundton angenommen. Jetzt wurde bestaunt, wer aus der Ferne Afrikas, Asiens oder Amerikas tief gebräunt angereist kam. Sehnsüchtig erzählte man sich, dass in der Fremde noch die Sonne schien, aber an Urlaubsreisen war in diesen Kriegszeiten nicht zu denken.

Man hetzte durch den Regen, rannte in Zimmern auf und ab und versuchte sich, armeschwingend, warm zu halten. Plötzlich beanspruchte auch der Bescheidenste viel Platz, sodass es vor allem in beengten Wohnverhältnissen zu Kollisionen kam. Ehefrauen stießen mit ihren Ehemännern zusammen, Ehemänner rempelten ihre Eltern an, Eltern schubsten ihre Enkel aus dem Weg, Babys wurden, wenn sie vor Kälte greinten, im Affekt an Wände geklatscht, Frauen griffen zum Küchenmesser und rammten sie ihren Männern in die Seite, Männer schwangen Beile und zertrümmerten ihren Frauen den Schädel, Kinder schossen alle, die sich ihnen in den Weg stellten, über den Haufen, Lebensmüde stürzten sich wie Lemminge von Dächern, Gefängnisse wie Jugendvollzugsanstalten waren überfüllt. Bei den friedlich Gesinnten erhöhte sich der Verbrauch von Tee. Doch auch zur Nachmittagsstunde wollte keine rechte Gemütlichkeit aufkommen, obwohl die schwarzen, wohlriechenden Blätter, die der kosmopolitische Städter mit kochendem Wasser übergoss und genau drei Minuten und keine Sekunde länger ziehen ließ, nunmehr endgültig zur Grundlage des Nationalgetränks avanciert waren. Aber selbst ein Tee, der zur Anregung des Kreislaufs noch mit einem Schluck Rum versetzt wurde, stimmte die Menschen nicht fröhlicher, denn sie mussten ihre Tassen in dicken Norwegerpullovern oder, wenn sie besser situiert waren, in Pelzbekleidung zum Munde führen, während ihre Finger in wenig kleidsamen Handschuhen steckten, die nur die Kuppen freiließen.

Die Jahreszeiten egalisierten sich. Der Temperaturunterschied zwischen Juli und Januar war auf ein Minimum geschrumpft, er schwankte um maximal fünf Grad. Der Sommer erschien den Menschen wie ein grün angestrichener Winter und der Winter wie ein Sommer in grauem Gewand. Während eine Kanone, die Dicke Berta genannt, die trutzenden Mauern der Lütticher Festung beschoss und in Frankreich tiefe Schneisen in feindliche Stellungen riss, explodierte im Heimischen die Vegetation. Die durstigen Pflanzen eroberten fremdes Terrain im Sturm. Ihre Wurzeln sprengten Pflastersteine, als wären sie aus Sand, aus Mauerritzen sprossen Grasbüschel, auf Dächern siedelten sich Birken an. Weiden und Erlen, sonst im Sumpf zu Hause, breiteten sich auf kargen Böden aus, die so feucht waren, dass sie ausreichend Nahrung boten. Die wasser- und baumbegeisterten Hanseaten konnten sich anfangs nicht satt sehen am Grün, dann allerdings sahen sie es sich über. Allerorten wurden wild gewordene Gartenbesitzer gesichtet, die zur Sense griffen, mit der sie alles kurz und klein mähten, was die Pflanzen nun erst recht zu Wachstum anregte. Nach einigen Monaten jedoch wurden die Wassermassen selbst ihnen zu viel. Erst gingen Gewächse ein, die trockene Böden liebten. Walnussbäume ließen ihre Blätter hängen und warfen lange vor der Zeit kleine, schrumpelige Früchte ab. Wurzeln und Stämme der alten knorrigen Eichen, der stämmigen und himmelwärts strebenden Buchen faulten.

Ihr leuchtend grünes Blattwerk verlor an Chlorophyll. Nach und nach fielen die majestätischen Bäume einfach um.

Während der Schlamm an der Front die klobigen Stiefel der kämpfenden Soldaten mit einem unanständigen Schmatzer einsog und den gestiefelten Franzosen, Deutschen, Engländer samt Stahlhelm fast mit verschluckt hätte – nur der für die Engländer kämpfende Inder zog es vor, mit seiner traditionellen Sikhkappe unterzugehen –, überrollte er daheim die Gemüsegärten. Allmählich verschwand das ganze Grün. Wühlmäuse und Maulwürfe ertranken in ihren voll gelaufenen Gängen. Kadaver trieben durch die Gassen, ein Hauch von Fäulnis schwängerte die Luft. Zäher Schleim überzog die Straßen und verwandelte Geh- und Fahrwege in Rutschbahnen. Es waren die schwarzen und braunen Nacktschnecken, die die Gunst der feuchten Stunde nutzten. Artgenossen aus aller Herren Länder wurden herbeizitiert. Auch der rote Arion rufus aus dem Süden stieß zu den heimischen Mollusken. Aus allen Löchern, unter moderndem Holz, unter vergehendem Blattwerk, krochen sie hervor, ein Geschwader kahler, glitschiger Leiber. War eine Schnecke verendet, rückte aus allen Himmelsrichtungen sogleich eine frische Hundertschaft heran. Literweise Sekret wurde abgesondert, bevor ein Schmaus- und Schlachtefest begann. Traten die Hanseaten, ihre Regenmäntel fröstelnd enger ziehend, vor ihre Haustüren, rutschten sie bereits nach den ersten Schritten aus. Leichtsinnige, die nachts ohne Taschenlampe herumspazierten, beendeten ihren Ausgang nicht selten der Länge nach im Matsch. Oberschenkelhälse brachen, in Köpfen klafften Löcher. Während die Männer auf dem Feld der Ehre fielen, strauchelten Frauen und Alte auf den Schneckenhaufen; ein Verdienstkreuz bekamen sie nie.

Der Schaden, den die Weichtiere anrichteten, war enorm. Was die Feuchtigkeit nicht schaffte, machten die versammelten Tiere zunichte. Kein Kohl, kein Gemüse, keine Kräuter wurden verschont, sogar an Kartoffeln und Rüben pirschten sie sich heran. Gegenwehr war dringend geboten, denn die Verpflegung der mehr oder weniger siegreichen Armee stand auf dem Spiel. Die Suppe, die in den Gulaschkanonen nahe den Schützengräben dümpelte, war zum Verzweifeln dünn. Eine Kapitulation an der heimischen Schneckenfront hätte wegen des daraus resultierenden Versorgungsengpasses zu weiteren Einbußen der Kampfkraft geführt und so das Ansehen Deutschlands ramponiert. Gartenmagazine empfahlen, Bierfallen aufzustellen. Doch man trank es lieber selbst.

Fadenwürmer hätten möglicherweise helfen können, aber einschlägige Experimente der Wissenschaftler waren noch nicht weit genug gediehen. Es bestand Anlass zu der Hoffnung, dass sie die Schädlinge von innen zerfraßen, allerdings mussten die Nützlinge in den erforderlichen Mengen erst herangezüchtet werden. So waren die Menschen mit kleinen Bastkörbchen unterwegs, in denen sich gutes Nordmeersalz befand. Alle Übeltäter, die die Chuzpe hatten, vor ihnen über den Weg zu kriechen, wurden damit bestreut. Sofort wand sich das Tier, versuchte das Salz hinunterzuschuppen und sonderte, wenn das nicht gelang, große Mengen weißen Schaums ab, um es abzuspülen. Langsam, aber sicher trocknete die gesalzene Schnecke ein.

Der Senat der Hansestadt, die zu den befallensten Regionen des Landes gehörte, sah sich gezwungen, eine Sondersitzung anzuberaumen. Eigentlich hielten die Herren es für unter ihrer Würde, ihre kostbare Zeit Tieren zuzuwenden, die nicht einmal Wirbel oder gar ein Haus ihr Eigen nannten. Doch bestand Handlungsbedarf, das ließ sich nicht leugnen. Also beschloss man nach einer erregt und kontrovers geführten Diskussion die umgehende Einfuhr von zweihundert indischen Laufenten, denen der Ruf vorauseilte, begnadete Schneckenvertilger zu sein.

Vertrackterweise kamen die Tiere aus einem Land, mit dem Deutschland im Krieg lag, denn Indien war englische Kolonie. Ein bis dato beispielloses Pingpongspiel der Diplomatie erbrachte schließlich das Ergebnis, dass sich Indien gegen Bezahlung einer horrenden Summe Goldmark mit der Verschiffung der gewünschten zweihundert Tiere einverstanden erklärte.

Nach 14-tägiger Fahrt lief das Schiff im Hafen ein. Umgehend sandte der Senat eine Delegation von recht betagten Herren in Frack und Zylinder an den Kai, um das Geflügel in Empfang zu nehmen. Mit großen Kränen wurden die Käfige, in denen die Tiere während der Überfahrt dahinvegetiert hatten, unter Gejohle der Zuschauer an Land gehievt. Dann sollten die Käfige geöffnet werden. Alles hielt den Atem an. Ein Raunen des Entzückens ging durch die Reihen, als der erste Vogel, der mit den Enten auf dem hanseatischen Binnengewässer nicht die leiseste Ähnlichkeit hatte, langbeinig und hochnäsig, angetan mit buntem, wenn auch etwas gefleddertem Gefieder, aus dem Käfig stolzierte. Einer nach dem anderen schritt in die feuchte Luft, und ein jeder wurde mit Begeisterung begrüßt. Den Applaus quittierten sie mit blasiertem Geäuge nach links und rechts, als wären sie nicht im Mindesten überrascht.

Aber wie groß war die Enttäuschung, als nicht aus jeder Kiste die verladenen sechs Tiere herausstolzierten, sondern einige tot herausgezogen wurden. Die Bilanz war erschütternd. Der Senator für das Volkswohl schichtete 57 Enten aufeinander, die die strapaziöse Schiffsfahrt um das Kap der Guten Hoffnung nicht lebend überstanden hatten. Also setzte man alle Erwartungen in die verbliebenen 143 Vögel, die nach einem penibelst entworfenen Plan über die gesamte Stadt verteilt wurden. Drei kamen nach Barmbek, zwei nach Bramfeld, zwei nach Ottensen und so fort. Tunlichst achtete der Verteilungsbeauftragte darauf, dass kein Stadtteil, arm oder reich, benachteiligt oder bevorzugt wurde. Allein die Größe des Bezirks entschied über die Anzahl der zugeteilten Vögel. Doch hatten Senat und Bürger die Rechnung ohne das gesellige Federvieh gemacht, das keineswegs besonders erpicht darauf war, Schnecken zu vertilgen. So en passant schnäbelten die asiatischen Zuwanderer die eine oder andere zwar auf, aber ihr eigentliches Ziel sahen sie offenbar darin, einander wiederzufinden, was ihnen dank ihres lautstarken Geschnatters im Nu gelang.

Die Folge war, dass die Enten sich ausgerechnet rund um den Binnensee der Stadt und am Flussufer sammelten, um dort ihrer zweitliebsten Tätigkeit, dem Schwimmen, zu frönen. Die Anrainer, die fast ausnahmslos dem Handelsadel angehörten, bemerkten dankbar, dass die Schnecken im Umkreis weitgehend dezimiert waren, während die Bewohner der ärmeren Stadtteile mit den nimmersatten Schädlingen nach wie vor ihre liebe Not hatten. «Sind eben piekfeine Enten, war ja klar, dass die sich zu den noblen Damen und Herren begeben würden. Wie arrogant die schon gucken», munkelte man in Barmbek, Bramfeld und Ottensen pikiert. Auch musste der Senat, der allmonatlich eine Entenzählung durchführen ließ, feststellen, dass der Bestand entgegen allen Hoffnungen keineswegs zu-, sondern abnahm. Das konnten sich die Honoratioren nicht erklären.

Der sonderbare Entenschwund fand eine plötzliche Aufklärung, als sich einer der Senatoren wie jeden Mittag in das vom Rathaus nur wenige Schritte entfernte Restaurant «Der Austernkeller» begab, berühmt nicht nur für die namengebenden Meeresfrüchte, sondern auch für die in Kriegszeiten verpönte französische Foie gras, die aus patriotischen Gründen jetzt Gänsestopfleber hieß, da man auf sie nicht ganz verzichten wollte. Bisher hatte sich keiner gefragt, wie das Gasthaus in Zeiten des Hungers immer noch an Gänse herankam, aber als der Senator nun in die Gasse einbog, in der sich der Lieferanteneingang des Restaurants befand, sah er einen Küchenjungen mit einem Sack unter dem Arm. Aus der an sich gut verschlossenen Öffnung hingen einige bunte Federn heraus, deren ockergelbe und karmesinrote Färbung dem Volksvertreter verdächtig vorkam. Mit barscher Stimme forderte er den Jungen auf, sofort stehen zu bleiben. Der wollte davonstürmen, doch der Senator erwischte ihn am Arm. Der Junge lief knallrot an, als er den Sack öffnen sollte, er stotterte etwas Unverständliches und wollte sich weigern. Da riss der Senator ihm den Sack aus dem Arm und schnürte eigenhändig die Jute auf. Schon flatterten einige prächtige Federn zu Boden. Als der Skandal publik wurde, betrachtete eine Senatorengattin mit süffisantem Blick den wohl genährten Wanst ihres Gemahls und sagte: «Und nun befindet sich in deinem Bauch eine riesige Menge Schnecken, kein Wunder, dass er so wabbelig ist.» Währenddessen labten sich die Schnecken munter weiter an den hanseatischen Gewächsen.

Selbst Mercedes musste vor den Weichtieren kapitulieren und geriet in einen unlösbaren Konflikt. Jeden Morgen, bevor sie auf den Balkon trat, sagte sie sich, welch wichtige Funktion Schnecken für das gesamte biologische Gleichgewicht hätten, da sie in der freien Natur, ähnlich den Regenwürmern, eine entscheidende Rolle bei der Verwandlung von abgestorbenen und verrotteten Pflanzenresten zu Humus spielten, ja sogar Kot und Aas vertilgten und Dachs, Wildschwein, Igel, Maulwurf, Spitzmaus und auch der Ratte als Nahrung dienten, sie somit ein wichtiger Bestandteil des Schöpfungsplans seien. Dann aber öffnete sie die Balkontür und sah, was die Mollusken in der Nacht wieder angerichtet hatten: Das Basilikum, dessen Samen sie von einer Italienreise mitgebracht hatte und das wegen des kühlen, feuchten Wetters sowieso schon dahinwelkte, war bis auf einen kleinen, nicht einmal mehr einen Zentimeter langen Stiel abgefressen. Den anderen Kräutern erging es nicht besser. Einmal erwischte sie sich dabei, wie sie mit einem Messer in der Hand zum Schlag ausholte. Sofort brach sie in Tränen aus.

«Manchmal habe ich den Eindruck, dass du Tiere den Menschen vorziehst», mutmaßte Maria.

«Stimmt», antwortete Mercedes.

«Findest du das nicht widernatürlich?»

«Widernatürlich, das fragst gerade du? Nein, keineswegs. Von Menschen bin ich enttäuscht worden, von Tieren nie – mal abgesehen von diesen widerlichen Biestern, denen es eines Tages noch gelingen wird, mich in meinen Grundfesten zu erschüttern.»

«Auch von Franz bist du enttäuscht worden?»

«Ach, Franz», sagte Mercedes, «weißt du, was er mir mit seinen siebzehn Jahren auf die Frage geantwortet hat, was Leben sei?»

Maria schüttelte den Kopf.

«Eine Aneinanderreihung von leeren Tagen, die es zu füllen gilt.»

Jeden Mittag führte der Weg zum Esssaal die Kadetten am schwarzen Brett vorbei, an dem zu dieser Stunde bereits die Verlustlisten hingen; täglich mit der zweiten Post, also pünktlich zum Essen, trafen sie ein. Die Listen verdarben den Appetit und raubten den Schlaf, nachts, wenn sie in ihrem großen, schmucklosen Schlafsaal lagen und sich unruhig hin und her warfen. Auch Franz fand nicht zur Ruhe. Wenn er doch einmal wegsackte, träumte er schwere, bedrückende Träume, an die er sich nur in der Sekunde des Erwachens erinnerte. Gleich danach hatte er sie schon wieder vergessen und behielt nur ein vages Gefühl von Angst zurück, das von seinem ganzen Körper Besitz ergriffen hatte und ihn lähmte. Schweißgebadet saß er auf seiner Pritsche und fühlte noch den Schrei auf den Lippen, mit dem er hochgeschreckt war. Hatte er etwa nach seiner Mutter gerufen? Besorgt drehte er sich zum Kameraden zu seiner Linken und lauschte auf seinen Atem, doch der ging gleichmäßig. Dann drehte er sich zum Bett, in dem Moritz lag. Der seufzte.

«Moritz, bist du wach?», flüsterte Franz.

«Ich kann nicht schlafen, und du?», kam es mit leiser Stimme zurück.

«Hast du eben was gehört?»

«Nein, nichts.»

«Mich auch nicht?»

«Du hast mich gefragt, ob ich wach bin.»

«Nein, davor?»

«Davor?»

«Schon gut.»

Die beiden verstummten.

«Franz, schläfst du?», fragte Moritz nach einer Weile.

«Nein, kann nicht.»

«Wir könnten uns gemeinsam die Zeit vertreiben.»

«Wie denn?»

«Streck deine Hand aus, ich klopfe eine Melodie hinein, und du errätst sie. Magst du?»

«In Ordnung.»

Franz streckte eine Hand ins Dunkel, Moritz ergriff sie und klopfte mit den Fingerspitzen eine Melodie hinein. Drei schnelle, kurze Klopfer, dann eine kleine Pause, ein langsamer Klopfer und so weiter …

«Kaisermarsch», riet Franz.

«Du bist ja gut.»

«War doch einfach.»

«Nun bist du dran.»

Franz überlegte eine Sekunde und begann dann etwas in

Moritz' Hand zu klopfen. So machten sie weiter, bis sie beruhigt die Hände sinken ließen und einschliefen.

Als hätten sie es vereinbart, verloren sie am nächsten Morgen kein Wort über ihr nächtliches Tun, aber von nun an wiederholten sie es Nacht für Nacht. Das ganze Marschrepertoire rauf und runter klopften sie sich in die Hände, und als ihnen die Märsche ausgingen, verlegten sie sich auf Walzer und andere Tanzmusiken. Da sie aber auf diesem Gebiet nicht gerade Spezialisten waren, ging ihnen bald der Stoff aus.

«Ich weiß nichts mehr», sagte Franz.

«Ich auch nicht. Zu dumm, dass wir hier keinen Tanzunterricht haben. Sollen wir wieder von vorn anfangen?»

«Ist doch langweilig.»

«Hast Recht», sagte Moritz und schwieg. Nach einer Weile fragte er stockend: «Soll ich mal kurz zu dir rüberkommen?»

«Meinetwegen», antwortete Franz hastig und hörte mit pochendem Herzen, wie Moritz die Decke zurückschlug, seine nackten Füße auf den Boden stellte und einen Schritt machte. Schon saß er bei ihm auf der Bettkante, tastete nach der Decke, hob sie sachte hoch und schlüpfte darunter. Durch den Schlafanzug hindurch spürte Franz die Wärme des fremden Körpers. Er drehte ihm den Rücken zu, und Moritz schmiegte sich an ihn. Ist ja gar nicht so abscheulich, dachte Franz noch und schlief ein.

Am nächsten Morgen wachte er auf, weil es an seinem Rücken kühl wurde. Er drehte sich um und sah Moritz in dessen Bett liegen. Unsicher, ob er das nächtliche Ereignis nur geträumt hatte, untersuchte er das seine, inspizierte jede Falte, die das Laken schlug, ohne jedoch Gewissheit zu gewinnen. Tagsüber hätte er sich eher die Zunge abgebissen, als Moritz zu fragen, aber er musterte ihn in der Hoffnung, durch eine Geste oder einen Blick Aufschluss zu bekommen. Vergeblich.

So ging es Tag für Tag, Nacht für Nacht. Franz nahm sich vor, der Sache nicht auf den Grund zu gehen.

Eines Morgens bekam er Gewissheit. Sie hatten Tage ungewöhnlich harten Drills hinter sich. Ein Offizier, dem die Erbfeinde das linke Bein derart zusammengeschossen hatten, dass es amputiert werden musste, war nach Abheilung der Wunden neuer Exerziermeister der Kadettenschule geworden. Mit Krücken und hochgebundenem Hosenbein stand er in der Mitte des Kasernenhofs und bellte seine Befehle. Sternförmig ließ er die Kadetten auf sich zu marschieren und wieder wegtreten.

«Stechschritt, los marsch, Beine bis zur Nasenspitze, hoch, hoch, hoch, ihr müden Tassen, ihr seid ja unbeweglicher als eure Großväter!», gellte es über den Hof und, an den vier Häuserwänden gebrochen, wieder zurück.

«Wozu machen wir das eigentlich? Exerzieren die im Schützengraben auch noch?», wisperte Moritz seinem Freund zu.

«Wer hat dort geredet?», donnerte der Einbeinige und ließ die Abteilung sofort stillstehen.

Moritz trat mit einem zackigen Schritt aus der Reihe und verkündete mit ebenso zackiger Stimme: «Ich, Herr Offizier.»

«Und was gab es so Wichtiges zu sagen, das wichtiger ist, als anständig zu exerzieren?»

«Herr Offizier, melde gehorsamst, ich habe die Frage gestellt, ob die Soldaten im Schützengraben auch noch exerzieren.»

«Ach so, der Herr Kadett halten das Exerzieren für überflüssig?»

«Das, Herr Offizier, habe ich nicht gesagt.»

«Moritz, um Himmels willen», flüsterte Franz.

«Was wolltest du dann mit deiner Bemerkung zum Ausdruck bringen?», hakte der Einbeinige nach, dessen leeres Hosenbein hin und her pendelte.

«Ich habe mich nur gefragt, ob das Exerzieren an der Front

als Mittel des Angriffs oder der Verteidigung von Nutzen sein kann. Aber ich habe keineswegs das Exerzieren als disziplinarisches Mittel in Zweifel gezogen», antwortete Moritz mit fester Stimme.

«Der Herr Kadett findet sich wohl sehr schlau. Name?»

«Von Spengenberg.»

«Legst wohl viel Wert auf dein ‹von›, was, Spengenberg?»

«Wie befehlen, Herr Offizier.»

«Das ‹von› wird dir schon noch vergehen. Kompanie abtreten! Spengenberg stillgestanden!»

Während für die anderen Kadetten der gemütliche Teil des Tages begann, wurde es für Moritz äußerst ungemütlich. Er stand und stand, musste zwischendurch exerzieren oder sich auf die Erde werfen und durch den Schlamm robben. Der Einbeinige hockte längst auf einem Schemel und begab sich irgendwann zum Abendessen. Moritz stand und stand. Er stand selbst dann noch, als sich der feuchte Nebel in Regen verwandelte und sich der Einbeinige Kaffee und Korn die Kehle runtergluckern ließ. Dann musste er wieder exerzieren und sich auf die Erde werfen und durch den Schlamm robben. Das Grau des Tages war dem tiefen Schwarz der Nacht gewichen, die Petroleumleuchten aus den Schlafsälen hinterließen einen gespenstischen Widerschein auf dem Hof. Dann erloschen sie. Und Moritz stand und warf sich auf die Erde und robbte im Schlamm.

«Machst wohl langsam schlapp, was, Spengenberg?»

«Nein, Herr Offizier!»

Und nach einer weiteren Weile: «Na, hast noch nicht genug, Spengenberg?»

«Nein, Herr Offizier!»

Schließlich hatte der Einbeinige genug, und da er einsah, dass er den Jungen nicht die ganze Nacht herumkommandieren konnte, schleuderte er ihm ein «Abtreten im Stechschritt» zu und sagte: «Spengenberg, morgen früh um sieben Uhr antreten zur Inspektion der Montur.»

Kaum war die Tür des Schlaftrakts hinter Moritz ins Schloss gefallen, sackte er in sich zusammen. Ein Laut der Erschöpfung entfuhr ihm, und er murmelte: «Scheißkerl.» Jetzt erst spürte er jeden Knochen, jeden einzelnen Muskel seines Körpers. Er schleppte sich die breiten und, wie es ihm jetzt erschien, viel zu hohen Stufen hoch. Eiskalter Schweiß trat ihm auf die Stirn. Ihn fröstelte. Endlich oben angekommen, stolperte er in den Waschraum und stützte sich, um Atem zu schöpfen, mit beiden Händen auf den langen, an die Wand gemauerten Waschtrog. Er rang nach Atem. Langsam begann er, ein Kleidungsstück nach dem anderen auszuziehen, was ihn viel Kraft kostete, da die nassen, schmutzverkrusteten Klamotten an seinem Körper klebten. Als er bis auf die Unterhose ausgezogen war, hörte er ein leise raschelndes Geräusch. Er drehte sich um und sah die Tür aufgehen. Ein Schreck durchzuckte ihn. Er richtete sich auf.

«Bist du es, Moritz?», fragte eine kleine Stimme.

«Gott sei Dank, du, Franz, ich dachte schon –»

«Ich habe auf dich gewartet. Was hat er so lange mit dir gemacht?» Franz zog die Tür hinter sich ins Schloss.

Moritz sah den Kameraden auf sich zukommen. «Ich musste stillstehen und zwischendurch exerzieren und im Schlamm rumrobben, und dann will das Schwein auch noch morgen früh meine Kleider inspizieren.»

«Ich habe dir was zu essen mitgebracht. Hier, nimm, es ist nicht gerade üppig, aber iss. Ich mach derweil das mit der Wäsche.»

Franz reichte ihm ein Stück Brot ohne Butter, doch immerhin mit einer dünnen Schicht Leberwurst, drängte ihn zur Seite und drehte den Wasserhahn auf. Während Moritz auf dem Waschtrog hockte und kaute, wusch er die Uniform, rieb sie mit Kernseife ein, walkte sie durch, rubbelte den Stoff aneinander und hielt Hose und Hemd unter den spritzenden Wasserstrahl, um den Schaum auszuwaschen. Seine Hände glühten vom kalten Wasser und waren von der Seife rau und gerötet. Ein seltsames Hochgefühl hatte ihn ergriffen.

«Fertig», sagte er, «aber trocken sind die bis morgen nicht.»

«Dann hat der Einbeinige noch einen Grund, mich zu strafen. Der hat mich jetzt gefressen, weil ich nicht klein beigegeben und um Schonung gebettelt habe.»

«Das hätte nicht jeder durchgehalten. Von 17 Uhr bis jetzt? Es ist genau 23.47 Uhr. Sechs Stunden und 47 Minuten plus die Stunde, die wir vorher schon exerziert haben. Die Kameraden werden dich wie einen Helden feiern.»

«Wahrscheinlich triezt mich der Einbeinige jetzt umso mehr. Verdammt, mir tut alles weh.»

«Lass mal sehen», sagte Franz. Mit seinen Fingerspitzen, die bisher nur Moritz' Handflächen berührt hatten, tastete er dessen Gliedmaßen ab und spürte, dass sie an einigen Stellen feucht waren. Etwas in ihm wurde heiß. «Du blutest ja», sagte er atemlos. Erregt sank er vor Moritz auf die Knie. Dabei streifte sein Gesicht den nackten Oberkörper des Freundes. Er fuhr mit dem Finger über die nässenden Wunden, und sein Geschlecht bäumte sich in der Hose auf. Er war hin und her gerissen zwischen Begehren und Scham.

«Steh auf», sagte Moritz etwas unwirsch. «Ich will nur noch schlafen, und wenn ich die Laken versaue, na und?»

Nachdem sein Kamerad neben ihm sofort eingeschlafen war, blieb Franz noch eine Weile wach. Vorsichtig beruhigte er sein rebellisches Geschlecht. Mit einem Taschentuch, das er unter seinem Kopfkissen deponiert hatte, wischte er sich ab. Dann zog er den schlafenden Freund enger an sich, und so sank auch er in Schlaf.

Aus der Heldenfeier wurde nichts. Die beiden Jungen, die

wie Steine dagelegen hatten, erwachten von ungewohnten Geräuschen. Sie fuhren auf, blickten erst sich an und dann die anderen, die um ihr Bett herumstanden. Hugo, Bruno, der lange Anton, Hans, Karl, sie waren alle da.

«Na, sieh mal einer an, wer hätte das gedacht?», sagte der lange Anton. «Hättest du dir das vorstellen können, Hans?»

«Man erlebt doch immer wieder Überraschungen.»

«Unser Intelligenzler und das Muttersöhnchen», wunderte sich Hugo.

«Wahrlich ein hübsches Paar», sagte Bruno hämisch.

«Es ist nicht so, wie ihr denkt», wollte sich Franz verteidigen.

«Lass», sagte Moritz, «die denken sowieso, was sie wollen.»

«Was denken wir denn? Ja, was denken wir denn? Keine Ahnung, was wir denken. Könnt ihr uns nicht sagen, was wir denken?» Der lange Anton kam bedrohlich näher und setzte sich mit gezierter Attitüde, als würde er einen langen Rock drapieren, auf den Bettrand. «Na, habt ihr euch geküsst?»

«Sollen wir vielleicht mal nachgucken, was sie getrieben haben?», fragte Hugo und setzte sich auf die andere Bettseite. Sie gaben sich mit dem Kopf ein Zeichen. Anton riss die Bettdecke weg, und Hugo schmiss sich auf die beiden Oberkörper und drückte sie in die Kissen. «Wer ist denn das Mädchen und wer der Junge?»

«Das werden wir gleich haben», versprach Hans, «halt einer mal die Beine fest.» Und schon zerrte er den beiden die Schlafanzughosen von den Hüften. «Na, so was, zwei Männer, liegt da nicht vielleicht ein Irrtum vor?» Dann zog er unter dem Kopfkissen das benetzte Taschentuch hervor, schnüffelte daran und wiegte sinnend den Kopf. Auf die eingetrocknete Samenflüssigkeit deutend, sagte er: «Da haben wir's ja.»

In diesem Moment griff der lange Anton erst Franz, dann Moritz in den Schoß. Sein Gesichtsausdruck schwankte zwischen Geilheit und Empörung. «Ihr scheint wohl unter Gedächtnisschwund zu leiden, oder wollt ihr behaupten, ihr kennt unsere Regeln nicht? Es steht in unseren ungeschriebenen Statuten, dass solche abartigen Praktiken nur bei der Initiation und unter den Augen aller gestattet sind. Das werdet ihr zu sühnen haben. Hattet ihr das vergessen?»

«Wie dumm auch, dass seit Kriegsbeginn keine Mutter mehr freiwillig ihren Sohn hierher schickt und du nicht mehr zum Schießen kommst!», entgegnete Moritz bissig.

«Du verdammtes Schwein, du verdrehst ja alles, das wirst du mir büßen», schrie der lange Anton und hieb mit Fäusten auf ihn ein.

«Lasst sie jetzt in Ruhe», versuchte Hans abzuwiegeln, dem die Szene zunehmend unangenehm wurde, doch der lange Anton und Hugo waren nicht mehr zu bremsen.

«Dreht sie mal um!», rief Hugo heiser und wartete, bis die Kumpane seiner Aufforderung gefolgt waren. Hans trat einen Schritt zurück, während Hugo Moritz' Arschbacken mit beiden Händen auseinander spreizte. «Das sind die Fotzen der warmen Brüder», verkündete er triumphierend.

Just in dem Moment wurde die Schlafsaaltür von außen aufgerissen. «Was geht hier vor?», donnerte eine Stimme durch den Raum. Es war der Einbeinige.

Karl, Hugo und der lange Anton fuhren auf und standen stramm. Auch Hans nahm etwas abseits Haltung an. «Nichts», brüllten sie im Verein.

Langsam näherte sich der Offizier dem Bett. Die beiden Krücken tockten über den Boden. Franz und Moritz, die sich wieder auf den Rücken gedreht hatten, konnten gerade noch ihre Hosen hochziehen, die Decke, nach der sie so unauffällig wie möglich angelten, erwischten sie nicht.

«Platz da», befahl der Einbeinige. Die Kadetten wichen zur Seite. Der Offizier trat an das Bett. «Was treibt ihr da?»

«Nichts», wiederholte Franz.

«Nichts, das ist ja sehr interessant.»

«Wir liegen, was tut man sonst im Bett?», sagte Moritz.

«Ah, sieh mal einer an, der Spengenberg schon wieder» – der Einbeinige senkte bedrohlich die Stimme –, «hätte ich mir ja denken können. Hast du noch nicht genug von gestern? Da muss ich mir ja nun wohl etwas Besonderes einfallen lassen. Macht euch auf was gefasst.»

«Wir sind gefasst», antwortete Moritz.

«Na, warte.» Der Einbeinige fuchtelte mit einer Krücke in der Luft herum und hätte beinahe das Gleichgewicht verloren. Er machte auf dem einen Absatz kehrt und klackerte aus dem Schlafsaal.

Wenn ich mal bei ‹Was bin ich?› auftrete und eine typische Handbewegung machen muss, hebe ich einfach meinen rechten Arm und schleudere ihn nach vorn», sagte meine Mutter einmal. Das Fernsehratequartett Marianne, Guido, Hans und Annette hätte sich langsam vorgeraten. Marianne hätte unter Umständen auf Kugelstoßerin getippt, obwohl meine Mutter dafür gar nicht die Statur hatte und Kugelstoßen sicher auch kein richtiger Beruf war, Guido vielleicht auf Volleyballspielerin, was schon eher anging, denn meine Mutter war groß und gertenschlank, aber auch Volleyballspielen war kein richtiger Beruf, Hans hätte sicher erst einmal gemutmaßt, dass sie etwas abwehre, und wäre dadurch auf eine Eisenbahnvorsteherin gekommen, die mit ihrer roten Kelle einen Zug stoppt, auch weit gefehlt, und Annette hätte gefragt, ob sie nach etwas greife, eine Handbewegung, für die viele Berufe in Frage kamen, auch das traf die Sache nicht. Auf jeden Fall hätte meine Mutter ihr Sparschwein, das sie sich zu Beginn der Sendung hätte aussuchen dürfen, mit den maximal möglichen fünfzig Mark gefüllt. Denn dass sie die wahrscheinlich meistbeschäftigte Schiffstaufpatin der Hansestadt war, darauf wäre unter Garantie niemand gekommen.

Mein Vater ließ für seine Reederei ununterbrochen Schiffe bauen, und wenn sie fertig waren, von ihren Trockendocks ins Wasser laufen. Zuvor jedoch mussten sie einen Namen bekommen, sonst wären sie im Hafenbecken gleich untergegangen, wie mein Vater steif und fest behauptete, denn er war abergläubisch. Also besorgte er eine Magnumflasche Champagner, die an ein Seil gebunden wurde, das von der Reling hing.

Er gab sich nicht die Mühe, für jeden Täufling eine neue Patin zu suchen, da er ja eine recht vorzeigbare zu Hause wohnen hatte. Meine Mutter sollte sich dafür stets besonders schön zurechtmachen. Also zog sie eines ihrer edlen Chanel-Kostüme an, die er ihr für diese Anlässe spendiert hatte, weil sie ihn darin an Audrey Hepburn erinnerte, die seit «Ein Herz und eine Krone» seine Lieblingsschauspielerin war. Nachdem er eine passende Ansprache auf das neue Schiff gehalten hatte, musste sie die feierlichen Worte «Und hiermit taufe ich dich auf den Namen ...» sprechen und die gar nicht so leichte 5-Liter-Magnumflasche gegen die Schiffswand schleudern. Das konnte sie glücklicherweise auch ohne ihre, wie mein Vater fand, entstellende Brille, da sie den großflächigen Rumpf selbst bei vollkommener Blindheit nicht hätte verfehlen können. Mit lautem Knall zersprang die Flasche in tausend Scherben, der Champagner spritzte hervor und rann schäumend über den Bug. Zum Tusch einer Blaskapelle, die mein Vater eigens für das Ereignis engagierte, entfernte der Kapitän die Stoffbahn, mit der der Namenszug verhüllt war. Dann wurden in einem zeremoniellen Akt alle Seile gekappt. Eine Armada der wagemutigsten Werftarbeiter trat in Zunftkleidung mit Vorschlaghämmern auf und schlug die Holzpallen weg, die unter dem Kiel des Schiffes so platziert waren, dass sie es in der Waagerechten hielten. Das war durchaus nicht ungefährlich, denn sobald der letzte Pallen weggeschlagen war, senkte sich der gewaltige Schiffsleib und kam nach einer kaum merkbaren Verzögerung ins Rutschen. War die Slipanlage gründlich eingeseift mit Tonnen von Schmierseife, geriet der stählerne Koloss schnell in Fahrt. Alle Anwesenden hielten die Luft an, denn schon tauchte der Bug ins Wasser. Fontänen spritzten links und rechts, die Tausende nachdrängenden Bruttoregistertonnen drückten das Vorderdeck tiefer und tiefer ins Wasser. Bis zu den Aufbauten verschwand das Schiff im gräulichen Fluss und tauchte nur langsam wieder auf. Da ging ein Aufatmen durch die Menge, das sich in lautem Klatschen Bahn brach.

Den Stapellauf hatten alle Schiffe meines Vaters heil überstanden, aber im Zweiten Weltkrieg hatte eine Bombe seine *Henriette* versenkt, noch bevor sie aus dem Hamburger Hafen ausgelaufen war. Sie war nicht tief gesunken. Schornsteine und Brücke hatten noch aus den Elbfluten herausgeguckt. Mein Vater besaß ein Foto von dem gesunkenen Dampfer, manchmal sah ich meine Mutter gedankenverloren davor stehen. Seither gab er seinen Schiffen keine profanen Namen mehr, sondern nannte sie nach Göttern der Azteken und Maya, sodass sie so unaussprechliche Namen wie *Huitzilopochtli* oder *Huehueteotl* zu meistern hatte. Auch nach der Mondgottheit Coyolxauhqui sowie nach den Zwillingen Hunahpú und Xbalanqul, in Fische verwandelten Männern, die zu Sonne und Mond geworden waren, wurden Schiffe benannt, die nun als Kaffee- und Baumwollfrachter auf den Weltmeeren kreuzten. Ganz zu schweigen von dem 14 000 Bruttoregistertonnen großen Riesentanker *Ometeotl* und den etwas kleineren Schwesternschiffen *Omtecuhtli* und *Omecíhuatl*, die Öl aus den arabischen Ländern in die Industriestaaten beförderten.

Die Karriere meiner Mutter als exklusive Taufpatin der Reederei Roué & Co, die sich auf ihre Fähigkeit gründete, die mexikanischen Gottheiten so beim Namen zu nennen, als wären sie ihr bereits in der Wiege in den Mund gelegt worden, endete von einem Tag auf den anderen. An einem unseligen Donnerstag im Winter des Jahres 1975 war ihr irgendwie die Zeit abhanden gekommen. Sie lief ihr hinterher und kam verspätet am Dock an – in ihrer erdverkrusteten Gartenflanellhose, das Haar am Hinterkopf mit einer Libellenspange zusammengenudelt, aus der die Spitzen wie Pinsel herausstanden. Einige Strähnen hatten sich gelöst und fielen ihr ungeordnet ins Gesicht. Als mein Vater sie so derangiert auf sich zueilen sah, packte er sie am Arm, zerrte sie zu ihrem Auto und setzte sie hinein. Dann ging er zu seiner Taufgesellschaft zurück, stellte sich vor eine ihm kaum bekannte schöne Dame, klimperte mit den Wimpern über seinen unverschämt blauen Augen und bat sie, die Schiffstaufe zu übernehmen, da die vorgesehene Patin verhindert sei. Sie konnte nicht widerstehen. Ausgerechnet an diesem dunklen Wintertag aber sollte ein Schiff mit dem Namen *Tlahuizcalpantecutli* vom Stapel laufen. Die Werftarbeiter standen mit ihren Vorschlaghämmern bereit, um die Pallen wegzuschlagen. Die Taufgemeinde fror. Manch eine Dame trat von einem nylonbestrumpften Fuß auf den anderen oder rieb sich verstohlen warm, und der neuen Patin blieb keine Zeit, sich mit dem Namen anzufreunden. Verwirrt starrte sie auf den Zettel, den ihr mein Vater in die Hand gedrückt hatte. Sie blickte zu meinem Vater, dann auf den Zettel und wieder zu meinem Vater. Es war mucksmäuschenstill, man hätte eine Nadel fallen hören können. Da fing die Taufpatin zu stammeln an. Nachdem sie zum dritten Mal Tla… hervorgewürgt hatte, schrie ich «Tlahuizcalpantecutli» in die Menge, woraufhin die Patin schnell die Magnum-Flasche gegen die Schiffswand schleuderte. Mein Vater gab das Zeichen zur Enthüllung des Schriftzuges am Bug, sodass jetzt jeder lesen konnte, wie das Schiff hieß.

Die Taufpatin aber war untröstlich über ihr Versagen. Sosehr mein Vater sie aufzuheitern versuchte, indem er ihr erklärte, bei Tlahuizcalpantecutli handele es sich um die Gottheit des Planeten Venus, von dem die Azteken geglaubt hätten, dass er im Morgengrauen, von Schlangen geschluckt, in die Unterwelt eingehe, um sich in der Finsternis des Abends wieder aus ihr zu befreien und erneut am Himmelszelt seine vorgezeichnete Bahn zu ziehen, blieb sie bekümmert. Als er das sah, verlegte er sich auf den Tätigkeitsbereich der römischen Venus und spendete ihr auf diese Weise seinen Trost.

Meine Mutter hingegen war froh, dass sie keine Flaschen mehr gegen Schiffswände werfen musste. Allerdings bedauerte sie, dass sie bei der Sendung «Was bin ich?» keine typische Handbewegung mehr hätte machen können. Denn was war sie nun?

Sie wurden an die Front geschickt. Der Einbeinige hatte ihren Fall vor das Schulkollegium gebracht und seinen Vorschlag dargelegt. «Ab in die Schlacht mit ihnen. Im Feld kommen sie zur Raison. Sie scheinen nicht ausgelastet zu sein. Solch abartige Neigungen werden ihnen im Gefecht schnell vergehen.»

«Hieße das nicht, den Teufel mit Beelzebub auszutreiben? Dort sind doch auch nur junge Männer», hatte ein Kollege zu bedenken gegeben und bedächtig den Kopf gewiegt. «Die beiden sind ja noch so jung, gerade mal siebzehn, da sind Verirrungen nur normal. Wir dürfen sie nicht so einfach in den Tod schicken.»

«Wer redet denn von Tod, bin ich etwa tot aus dem Feld zurückgekommen? Wer ein Mann ist, behauptet sich dort», rief der Einbeinige und sprach noch etwas von verderblichem Einfluss und einer Gefährdung für die anderen Kadetten.

Das schließlich gab den Ausschlag. Deutschlands Jugend, die Deutschlands Hoffnung war und Deutschlands Kanonenfutter, sollte keinesfalls verdorben werden. Also mussten Moritz und Franz ihre Tornister packen und den Zug nach Frankreich besteigen. Gedrückter Stimmung nahmen sie Abschied von ihren Kameraden, die ihnen beklommen Lebewohl sagten. «Meine Vorfahren väterlicherseits kamen aus Frankreich», sagte Franz, doch er sprach es nur so dahin, nicht etwa weil er sich gefragt hätte, warum er nun gegen Franzosen kämpfen sollte.

Sie stießen zu einem Artillerieregiment und wurden neu eingekleidet. Als sie vor einer langen Reihe von Stiefeln standen, wunderten sie sich, dass bei einigen Paaren das rechte Schuhwerk nicht zum linken passte. Der Verteilungsoffizier bemerkte ihr Befremden und erklärte, dass wohl einzelne Stiefel durch Granaten oder andere Umstände untauglich geworden seien. Instinktiv begann Moritz zu humpeln, als er zwei unterschiedliche Stiefel anprobierte, und entschied sich dann lieber für ein harmonisches Paar, auch wenn seine Füße darin schwammen. Als er sich bereits auf dem ersten Marsch Blasen holte, wickelte er sich alte Lappen um die Füße. Nun passten seine Stiefel.

Für Moritz verlief die Musterung zufrieden stellend: Er durfte sofort in die Schlacht. Franz hingegen musste der Stabsarzt enttäuschen.

«Wer hat dich denn hierher geschickt? Dich findet ja keine Kugel, so wenig ist an dir dran, ab zur Fernmeldeeinrichtung!»

«Was soll denn das heißen, Herr Doktor?»

«Bei deiner Konstitution muss man befürchten, dass du noch vor dem ersten Angriff aus den Pantinen kippst. Also verordne ich dir erst mal ein paar Wochen Telegraphendienst, damit du ein wenig kräftiger wirst und sich deine Lungen und Waderln stärken.»

«Wieso? Ich habe doch Bärenkräfte und bin zäh wie –»

«Kannst mich ein andermal verschaukeln. Die Kollegen von

der Fernmeldung haben Bedarf angemeldet, also keine Diskussion. Dort lernst du gleich was fürs Leben. Technik, mein Junge, ist die Zukunft. Also schieb ab und sei dankbar, dass du aus der Schusslinie bist.»

Franz war tief beschämt. Jeden Morgen trottete er zu seinem Arbeitsplatz und dachte an seine Kameraden draußen im Feld. Seine Bestimmung war der totale Stillstand, denn er musste auf einem aufgebockten Fahrrad fahren. Die Räder drehten und drehten sich, surrten wie ein Bienenschwarm. Immerhin war, was er tat, kriegsnotwendig. Durch die Kraft seiner Waderln wurde der telegraphische Kontakt mit der Heimat aufrechterhalten. Regelmäßig scharte sich die Heeresleitung um ihn, hoher Besuch, der für ihn schnell Normalität wurde.

Eines Tages tauchte in der Weite der apokalyptischen Felder eine Gestalt auf und bewegte sich stetig auf ihn zu. Franz erkannte die außergewöhnliche Persönlichkeit nicht sogleich, bemerkte nur, dass sie sich deutlich von Offizieren und Generälen unterschied. Die Gestalt trug einen Stahlhelm, der der guten alten Artilleriehaube zum Verwechseln ähnlich sah. Der himmelwärts strebende Pickel hätte im Schützengraben eine prächtige Zielscheibe abgegeben. Da erkannte Franz, wer die Pickelhaube trug. Beinahe wäre er vor Schreck und Ehrfurcht von seinem Fahrrad gestürzt. Es war der Kaiser, der höchstpersönlich und leibhaftig seine, Franz von Roués, Tätigkeit in Anspruch nahm. Versonnen stierte er auf seinen Kaiser und vergaß darüber das Strampeln. Um ein Haar wäre die schlachtentscheidende Leitung zusammengebrochen.

«Mein Junge, brauchst dich nicht vor mir zu erschrecken. Bin auch nur ein Mensch», sagte der Kaiser.

«Jawohl, Majestät, ich weiß», antwortete der kaiserliche Untertan und stutzte. Mit hochrotem Kopf begann er, wie verrückt zu treten.

Auf des Kaisers Gesicht zeichnete sich erst Verwunderung,

dann Ärger ab. Doch schon fing er schallend zu lachen an. «Holla, haben Sie gehört, meine Herren? ‹Ich weiß›, hat er gesagt. Du bist ja toll, toll, toll wie ein … Hm, hm. Er meint tatsächlich, ich sei ein Mensch. Nehmen Sie sich ein Beispiel, meine Herren. Hast das Herz auf dem rechten Fleck, mein Junge. Opferst dich für Vaterland und Kaiser. Weiter so», forderte er ihn auf und schlug ihm zur Aufmunterung auf die Schulter.

Tage und Wochen vertrampelte Franz an wechselnden Standorten. Es war einerlei, wo er sein Fahrrad aufstellte, spätestens nach ein paar Stunden Kriegshandlung sahen sich alle Landschaften gleich. Wüsteneien, hügelig oder flach, mit Häuser- oder Baumruinen. Vor den heranknatternden Flugzeuggeschwadern der Franzosen musste er sich nicht verstecken. Offensichtlich hielten die Piloten einen einsamen Fahrradfahrer für kein lohnendes Ziel. Wenn aber aus dem Nichts plötzlich eine Armee von Ratten an ihm vorbeijagte, wusste er, dass in seiner Nähe ein Volltreffer gelandet worden war. Nur das erste Mal war er von seinem Fahrrad gesprungen und der Nagermeute gefolgt. Kaum hundert Meter weiter hatte ein einsamer Arm gelegen. Franz hatte sich übergeben.

Kurz nach dem Besuch des Kaisers, die Heeresleitung plante gerade einen letzten Vorstoß an der Marne, kam Moritz mitten in einer Schlacht zu ihm gelaufen und schrie schon von weitem: «Komm, Franz, komm! Ich habe einen Menschen erschossen, komm schnell, ich habe einen umgebracht!» Hand in Hand liefen sie durch tiefen Morast. Sie stolperten und fielen der Länge nach hin. Moritz sprang sofort wieder auf und zog den murrenden Franz mit sich. Bald erreichten sie einen von den Franzosen aufgegebenen Schützengraben. Die Verwundeten und Toten waren noch nicht abgeholt worden: bestimmt 25 kotbedeckte Männer in grausiger Verrenkung. Einem fehlte der Kopf. Die Stille, die herrschte, war gespenstisch.

«Da ist er!», flüsterte Moritz.

Sie stiegen über Stacheldrahtbarrieren und sprangen in den Graben. Eine Schmutzfontäne spritzte auf. Franz blieb stehen. Der Mann röchelte. Er war wie sie noch keine zwanzig.

«Franz, lass mich nicht im Stich!» Moritz' Stimme klang, als wäre es *sein* Leben, um das es ging.

«Was soll ich denn tun?»

«Ich verstehe ihn nicht. Mein Französisch ist zu schlecht. Er will etwas sagen.»

Franz neigte sich zu dem Sterbenden.

«Je voudrais écrire une lettre à ma fiancée», hauchte der.

«Allors. Dites moi son nom et l'adresse.» Franz wandte sich an Moritz. Er war plötzlich sehr gefasst. «Hast du was zu schreiben? Er möchte einen Brief an seine Verlobte diktieren.» Moritz nestelte einen Bleistift aus seiner Montur und gab ihm außerdem ein Taschentuch. Franz hockte sich auf die Fersen, da er so dem Mund des Sterbenden am nächsten war.

«Odette Versac, Paris, 76 rue des Herbes.»

«Odette Versac, Paris, 76 rue des Herbes», wiederholte Franz.

«Mon amour …»

Franz kritzelte die letzten Worte des Franzosen auf das Taschentuch: Nur noch wenige Momente seien ihm geblieben, doch seine letzten Gedanken gälten ihr, seiner einzig Geliebten, mit der er sich eine so schöne Zukunft ausgemalt habe. Sie könne sich sicher nicht vorstellen, welch unfassbares Glück es für ihn gewesen sei, dass sie sich ihm an ihrem letzten Abend noch geschenkt habe – als habe sie damals schon gewusst, dass sie sich nie wiedersehen würden. Es seien die erfülltesten Augenblicke seines Lebens gewesen, nie, selbst im Tode nicht, werde er deren Süße vergessen. Keinesfalls dürfe sie sich deswegen Vorwürfe machen, denn dass er die Liebe kennen gelernt habe, habe ihm erst den Mut gegeben, ins Feld zu ziehen. Nun sei er bereit zu sterben. Worum er sich sorge, sei ihre Zukunft. Sie möge ihn bitte bald vergessen, aber doch nicht ganz, vielleicht könne sie im hintersten Teil ihres Herzens sein Andenken bewahren, ansonsten sich jedoch frei fühlen, sich neu zu verlieben und ein glückliches Leben zu führen, wenn dieser elende Krieg endlich vorbei sei. Übrigens diktiere er den Brief einem Deutschen – bis hierher hatte der Soldat sehr flüssig gesprochen, doch nun verließ ihn seine Kraft –, einem Deutschen … der … bestimmt wie er selber fühle … Odette … möge seinen … Mörder nicht verfluchen … der sei nur ein bisschen schneller gewesen als er selbst … sonst … würde … er … jetzt … ihm … vielleicht … denselben … Liebesdienst … erweisen. Er rang nach Luft.

«Votre nom», rief Franz da, «votre nom!», und er schüttelte den Franzosen. Der konnte ihn schon nicht mehr verstehen. Franz schloss ihm die Lider und fühlte trotz allem so etwas wie Glück.

Am nächsten Tag musste er wieder auf sein Fahrrad steigen. Diesmal war es vor einem Feldkreuz aufgestellt. Schon am Morgen darauf rieb er sich verwundert die Augen, denn jemand hatte dem Heiland eine Gasmaske aufgesetzt. Franz trat ganz nah an ihn heran. «Mal sehen, was du mir morgen zu bieten hast», sagte er und kletterte auf sein Fahrrad.

Schon aus der Ferne sah er am nächsten Morgen die Bescherung. Zwar stand das Kreuz noch, aber nicht mehr gerade. Der Heiland hing kopfüber an einem Fuß, die Gasmaske baumelte an einer Strippe, der linke Arm war abgesprengt und der Stumpf verkohlt. Bei der kleinsten Erschütterung des Bodens schwankte der Heiland hin und her. Franz rief ihm zu: «Na siehste, bist doch immer für Überraschungen gut.»

Eines Tages bebte die Erde noch mehr als sonst. Plötzlich sah Franz jemanden wild gestikulierend auf sich zustürmen. Erst dachte er, es sei wieder Moritz. Aber es war Magnus, ein Kamerad, das Gesicht voller Blut.

«Franz, schnell! Moritz will dich noch einmal sehen!»

Franz hörte die Worte und stellte das Treten ein. Er beobachtete sich, wie er vom Fahrrad stieg. In diesem Moment hätte ihn sogar ein Kriegsgericht nicht davon abgehalten, das zu tun, was er tun musste. Er beobachtete sich beim Laufen, immer hinter Magnus her, sah sich in den Sanitätsraum eilen, in dem es nach Blut, Wundbrand und Chloroform roch. Manche Soldaten schrien, andere stöhnten. Moritz, an dessen Lager er niedersank, bestand nur mehr aus Fleischfetzen, die einzig durch Sehnen zusammengehalten schienen. Er lag in einem Dämmerzustand und wimmerte leise vor sich hin. Dennoch hörte er Franz kommen, spürte den Luftzug seines Körpers, wandte ihm den Kopf zu. Sein Blick wurde glasklar.

«Franz», flüsterte Moritz, «erinnerst du dich?» Und er streckte seine Hand unter dem schweren Mantel hervor, der seine Wunden bedeckte, und suchte die von Franz.

Der begriff und schob eine Hand in die des Freundes. Ganz sanft begannen Moritz' Finger einen Rhythmus hineinzuklopfen. Drei schnelle, kurze Klopfer, eine kleine Pause, ein langsamer Klopfer und –

«Kaisermarsch», rief Franz.

«Du bist gut.»

«Kinderspiel.»

«Ich wusste es schon damals.»

«Was?», fragte Franz, obwohl er genau wusste, was gemeint war.

«Na das hier», erwiderte Moritz etwas ungeduldig.

«Unsinn.»

«Du wirst schon sehen, es ist weniger schlimm, als man denkt.»

«Kann ja auch gar nicht schlimm sein, es ist ja nichts.»

Moritz lächelte. «Siehst du, Franz, alles Exerzieren hat nichts genützt. Falls du den Einbeinigen jemals wiedersehen solltest, bestell ihm das doch bitte. Du wirst ihn wiedersehen, ich weiß es. Ich sehe es schon vor mir. Wie der gucken wird!»

«Das wirst du ihm schön selber sagen.»

«Auch sonst hätte uns nichts geholfen – außer desertieren vielleicht. Das wäre das Vernünftigste gewesen.»

Moritz verstummte, und auch Franz brachte kein Wort mehr heraus. Sie sprachen nicht, wie sie überhaupt in der Zeit ihres Beisammenseins wenig gesprochen hatten. Da stand Franz auf und hob den Freund hoch. Behutsam, jede ruckartige Bewegung vermeidend, bettete er ihn sich in den Schoß. Moritz schien keine Schmerzen mehr zu haben. Er gab keinen Laut von sich und schloss die Augen. Langsam begann Franz seinen Freund, den Helden, in seinen Armen zu wiegen. Er schaukelte ihn hin und her, vor und zurück. Dann fiel er selbst in einen Dämmerzustand.

Am nächsten Morgen musste der Dienst habende Sanitäter Moritz gewaltsam aus seinen Armen lösen. Die beiden Freunde waren wie zu einer Person zusammengewachsen. Da war der Tote schon kalt.

«Er hat noch eine Erektion gehabt, siehst du, wie schön Sterben ist», sagte der Sanitäter, während er Moritz kurz untersuchte. Dann packte er ihn unter den Armen und zog ihn Richtung Karren.

Franz schrie entsetzt auf. «Ihr könnt ihn mir nicht einfach wegnehmen. Er gehört mir und nicht euch. Gebt ihn sofort zurück», brüllte er den Sanitäter an und warf sich auf den Freund.

Ein gemeiner Soldat grinste ihn an. «Tote sind kein Spielzeug, lass ihn los. Mach uns die Arbeit nicht noch schwerer. Was glaubst du, was so ’n Toter wiegt, mindestens das Dreifache, der hilft ja kein bisschen mehr mit. Wenn du dich auch noch dranhängst, wird er nicht leichter, und wenn du noch so ’n Fliegengewicht bist.»

Als Franz den Leichnam immer noch nicht losließ, hieb ihm der gemeine Soldat mit den Worten «Sei ein Mann!» mitten ins Gesicht.

Da gab Franz auf. Moritz wurde gepackt und zu den anderen Leichen auf den Karren geworfen. «Er hat noch eine Erektion gehabt, hat der Sanitäter gesagt», murmelte Franz und wandte sich ab.

Am Tag darauf suchte er den Stabsarzt auf. Er wollte ins Feld. Der Stabsarzt schüttelte den Kopf, obwohl dem Einsatzkommando allmählich die Soldaten ausgingen und immer Jüngere aus der Heimat herbeitransportiert wurden. Es waren sogar schon Sechzehnjährige darunter.

Schicksalsergeben kletterte Franz also wieder auf den Sattel. Eines Abends gab er dem Drängen seiner Kameraden nach und besuchte mit ihnen eine Prostituierte. Es war seine erste fleischliche Begegnung mit dem anderen Geschlecht. Bei der schon etwas abgelebten Person mit den unappetitlichen Hängebrüsten, die ihn nur entfernt an die Haselnüsse von Mademoiselle Tissot erinnerten, absolvierte er mit Anstand seinen Part.

«Wo ist dein Stolz geblieben?», fragte er die Hure, als er sich die Hose, die er nicht ganz ausgezogen hatte, zuknöpfte. «Wir haben euch angegriffen, haben eure Felder in Brand gesetzt, eure Dörfer angesteckt und deren Bewohner vertrieben, und du gibst dich uns für Geld hin? Wo ist dein Stolz?»

«Hau ab, hau bloß ab und lass dich hier nie wieder blicken! Was verstehst du schon!», schrie die Gedemütigte und schmiss ihm das Kommisbrot aus reinem Weizenmehl, das er als Bezahlung dagelassen hatte, an den Kopf. Es fiel auf den Boden. Franz ließ es liegen, rannte die Treppe hinunter und zurück ins Heereslager. An den Waschtrögen, die im Hof standen, schrubbte er sich von Kopf bis Fuß. Dann warf er sich auf seine Pritsche, rollte sich zusammen und ließ den Tränen freien Lauf.

Inzwischen hatte ihm das Fahrrad den Hintern wund gescheuert. Genau auf der Mitte seiner Pobacken zeichnete sich Wolfbildung ab, es waren zwei unschöne braune Flecken. Immer wieder fragte er sich, wie er, wenn dieser Krieg endlich vorbei sein würde, der Liebsten, die er vielleicht eines Tages hätte, die Verschandelung seines Allerwertesten erklären sollte, ohne seinen nicht sonderlich ehrenvollen Kriegseinsatz zu erwähnen. Während er so vor sich hin überlegte, produzierte er Elektrizität und hielt den Kontakt mit der Heimat aufrecht.

Ein unvorhergesehenes Ereignis half ihm aus dem Erklärungsnotstand. Franz sah einen Querschläger auf sich zutrudeln, bestimmte schnell die Stelle, an der die Granate niedergehen würde, und ließ sich gerade noch rechtzeitig von seinem Fahrrad fallen. Nur seine linke Hand war nicht schnell genug. Noch bevor er auf dem Boden aufschlug, hatte er das Bewusstsein verloren.

Als er wieder erwachte, sah er den Sanitäter vor sich, der Moritz aus seinen Armen gelöst hatte. «O Gott, es ist so weit.»

«Nein, nein», beruhigte der ihn, «halb so schlimm. Du bist doch Rechtshänder, oder? Na also, dann kann die linke Hand ja ab.»

Da war Franz mit einem Mal hellwach. «Was», fragte er panisch, «die Hand soll ab?»

«Die Säge liegt schon hier. Wir wollten nur vorher dein Einverständnis.»

«Nie und nimmer», entschied Franz und hob den Kopf, um herauszufinden, ob die Hand überhaupt noch da war. Er sah nur einen mit blutigen Mullbinden umwickelten Stumpf, dachte an den baumelnden Arm des hölzernen Heilands und nahm zugunsten des Sanitäters an, dass der nicht voreilig gehandelt hatte, denn er konnte die Hand nicht spüren.

«Entweder wir nehmen sie ab, oder der Wundbrand wird sie versehren. Dann gehst du gleich mit über die Wupper, liegt ganz bei dir.»

«Ich will sofort den Stabsarzt sprechen», forderte Franz in einem Befehlston, den er sich gegenüber seinen Damen angewöhnt hatte und der keinen Widerspruch duldete.

«Als ob der Zeit hätte, sich um deine läppische Hand zu kümmern. Wir haben's hier mit ganz anderen Körperteilen zu tun.» Der Sanitäter lachte dreckig.

Franz ließ nicht locker, bis der Stabsarzt tatsächlich an seine Pritsche kam. Er flehte und bettelte. Als ihm klar wurde, wie wenig es bewirkte, fragte er, was es für einen Sinn gehabt habe, ihn aus der Schusslinie herauszuhalten, wenn er nun doch seine Hand verlieren werde.

Ob er tatsächlich glaube, fragte der Stabsarzt, dass er, der täglich Hunderte sterben sehe, ausgerechnet in seinem Fall Schicksal habe spielen wollen.

«Vielleicht haben Sie es ja unbewusst getan, jedenfalls müssen Sie jetzt den Weg zu Ende gehen.»

Der Stabsarzt war perplex. Ob er etwa ein vorlautes Bürschchen, das vom Krieg keine Ahnung habe, für wertvoller halten solle als all die anderen, die sich tapfer geschlagen hätten und schweigend stürben, wollte er wissen.

In diesem Moment entsann sich Franz seiner Waffe und blinzelte den Stabsarzt mit seinen unverschämt blauen Augen an. Aber natürlich, sagte er, warum sonst habe er, als er ihn ein zweites Mal gebeten habe, ihn endlich schlachttauglich zu schreiben, erneut abgelehnt?

«Ach, habe ich das? Das muss ein Fehler gewesen sein.»

«Oder doch eher Vorsehung? Und wenn es Vorsehung war, müssen Sie die Hand retten.»

«Jetzt komm mir ja nicht mit solchen theologischen Spitzfindigkeiten. Überhaupt, was rede ich hier so lange mit dir, in der Zwischenzeit hätte ich schon längst deine Hand untersuchen können.»

Franz streckte sie ihm sofort hin, obwohl die Bewegung höllische Schmerzen verursachte. Der Stabsarzt fand Franz hoffnungslos verzogen, schmeichelte sich jedoch, dass er tatsächlich Schicksal gespielt haben könnte. Also flickte er die Hand zusammen.

Sauber verbunden und fieberfrei trat Franz sechs Tage später die Heimreise an. Als er am Hauptbahnhof ankam, standen seine Damen erwartungsvoll am Bahnsteig und feierten ihn als Helden. Daraufhin wurde er Katholik.

Fahrverbot!», rief mein Vater im November 1973 entrüstet aus, «wie soll ich mich denn da fortbewegen? Soll ich etwa zu Fuß gehen? Ich hole die Pferde in die Stadt.»

Mein Vater war ein Mann der Tat. Der Chauffeur wurde angewiesen, die Gartenkammer freizuräumen, der Stallbursche sollte Heu- und Strohballen beschaffen und Hafer in Säcke abfüllen, ausreichend für mindestens vier Wochen. Die Gartenkammer, in der sonst Forken und Reisigbesen, Rasenmäher und Baumsägen, Spaten und Harken lagerten, wurde zu einem Stall mit zwei geräumigen Boxen umgebaut.

«Das ist ja richtiger Luxus hier», sagte mein Vater zufrieden, als er das Resultat begutachtete. «Denkt nur an die Sierichstraße, da gibt es immer noch einen Stall, mitten in der Stadt, kein Grün weit und breit. Die Pferde kommen nie an die frische Luft. Tierquälerei! Hier hingegen haben die Pferde sogar Auslauf.»

Mein Vater hatte ein nicht eben kleines Areal seines Grundstücks einzäunen lassen. Es lag zum Fluss hin, damit er immer seine Schiffe im Blick hatte, wenn sie den Hafen verließen oder in ihn einliefen. An einem Samstag war es so weit: Auf einem Anhänger wurde das Raufutter geliefert, das unter der Terrasse trocken lagern konnte. Schnell wurden die beiden Boxen mit Stroh aufgefüllt, hinzu kam eine erste Portion Heu. Der Stallmeister legte Sattel und Zaumzeug auf zwei hölzerne Böcke. Währenddessen holte man mit dem Anhänger die Pferde. Und all das nur, weil die Ägypter die Israelis angegriffen hatten, dazu noch an Jom Kippur, dem höchsten jüdischen Feiertag.

«Ausgerechnet!», hatte meine Mutter empört ausgerufen. «Ein bisschen mehr Respekt hätte man doch wohl erwarten können.»

«Als ob die Israelis die Feiertage der Araber respektieren würden», wandte mein Vater ein. «Da ist den Arabern halt ein richtiger Überraschungscoup gelungen. Wer feiert und schmaust, ist eben nicht marschbereit.»

«Feiert und schmaust? Am Versöhnungstag? Weißt du denn gar nichts?»

«Ich wusste bis vor kurzem nicht mal, dass es diesen Versöhnungstag überhaupt gibt.»

«Du hast manchmal wirklich ein miserables Gedächtnis.»

«Mein Gedächtnis ist in bester Ordnung. Jedenfalls besser als deins. Trotz unseres großen Altersunterschieds.»

«In diesem Punkt offensichtlich nicht. Du vergisst, was du vergessen willst, und dann vergisst du gründlich.»

«Was du nicht sagst. Ich weiß nur eins: Wenn es keinen Tropfen Benzin mehr gibt, reite ich eben ins Büro. 70 Pfennig für Heizöl! Vor einem Monat hat es noch 12 gekostet.»

Seine Maßnahmen gegen den Boykott der OPEC-Staaten gefielen mir. Am Morgen nachdem die Pferde bei uns eingetroffen waren, wachte ich von tiefer Stille auf: Kein Motorengeräusch durchschnitt sie. Es war so still, dass ich glaubte, in der Ferne Pferdeschnauben zu hören. Schnell stand ich auf, zog mich an, trat ans Fenster und riss die Vorhänge zur Seite. Millionen kleiner Schneeflocken führten vor meinen Augen einen Kontertanz auf. Ich stieß einen Begeisterungsschrei aus, rannte ein Stockwerk hinunter und stürmte auf den Balkon.

In der Nacht hatte es einen halben Meter geschneit. Ein Blick auf das Thermometer bestätigte mir: zwei Grad unter null. Der Himmel schimmerte eisblau. Vorsichtig stieg ich die Wendeltreppe in den Garten hinunter und ging zu den Pferden. Die Gartenkammer sah fast aus wie ein richtiger Stall. Othello, ein Rappe, und der Schimmel Desdemona scharrten mit den Hufen, und so gab ich ihnen, wie der Stallmeister es mir aufgetragen hatte, zwei Schippen Hafer. Während sie mit ihren großen Zähnen das Getreide zermalmten, konnte ich meinen Blick nicht von ihnen abwenden. Sie sahen zufrieden aus in ihrem neuen Domizil. Als sie fertig waren, öffnete ich ihre Boxentüren, und die beiden trabten hinaus. Geblendet vom Schnee, blieben sie einen Moment stehen, schnaubten mit heißem Atem in die glitzernden Eiskristalle und preschten dann, als hätten sie sich abgesprochen, los. Die Köpfe hoch erhoben, die Nüstern geweitet, galoppierten sie Richtung Fluss, hinter sich eine Gischt aus Schnee.

Zurück im Haus, rüttelte ich meinen Vater wach und stieß die beiden Flügel seines Fensters auf. Er stellte sich neben mich. Gemeinsam beobachteten wir, wie Desdemona und Othello gerade wieder auf das Haus zustoben. Da, ich schwöre es, machte mein Vater einen kleinen Sprung. Ausgelassen erzählte er mir von El Cid, und er erzählte auch, dass ihm sein Vater einmal ein Pony geschenkt habe. Das hatte er mir gegenüber noch nie erwähnt. Sein Vater habe ihm das Pony zwar geschenkt, aber er habe es nicht in die Kadettenanstalt mitnehmen dürfen, obwohl es dort Stallungen gegeben habe. Deswegen habe er es nie reiten können. Und dann sei der Krieg ausgebrochen. Er hoffte, dass wenigstens seine beiden kleinen Brüder von dem Schecken etwas gehabt hätten. «Aber vielleicht sollten wir jetzt einfach mal durch die Stadt reiten!»

Gleich nach dem Frühstück stiegen wir in unseren Reitklamotten Seite an Seite die Wendeltreppe in den Garten hinunter.

Othello und Desdemona hatten mit ihren Hufen an manchen Stellen den Schnee beiseite geschoben und angelten mit ihren langen Lippen nach gelblichem Gras. «Dafür, dass sie eigentlich aus der Wüste kommen, haben sie sich gut akklimatisiert», sagte mein Vater, als er Othello das Halfter umlegte.

Eine halbe Stunde später bogen wir rechts in die Elbchaussee und ritten die Palmaille entlang. Es war nach wie vor ganz still. Autos standen an den Straßenrändern, zur Bewegungslosigkeit verdammt. Wir trabten hinunter zum Fischmarkt, aus dem noch Nachteulen heraustorkelten, kamen an den Landungsbrücken vorbei, erklommen den Hang, auf dem der dreizehn Meter hohe Bismarck Wache hielt, erreichten links dann die Reeperbahn. Nicht ein einziges Taxi fuhr, um einen müden Freier oder eine erschöpfte Nutte nach Hause zu bringen. Einige trübe Gestalten stapften durch tiefen Schnee und fluchten vor sich hin. Wir machten kehrt, galoppierten direkt auf die Musikhalle zu, parierten durch zum Schritt und näherten uns erst dem Gänsemarkt und gleich darauf dem Rathaus. Dann entschieden wir uns, den Weg zum Binnensee einzuschlagen.

Dort, endlich, schien sich die ganze Stadt versammelt zu haben. Aus Glühweinkesseln drang ein Duft von Nelken und Zimt in unsere vor Kälte roten Nasen. Fröstelnde Gestalten wärmten sich die Hände an heißen Tassen. Gebrannte Mandeln dampften in großen Pfannen. Es roch nach Röstkastanien. Die Menschen blieben stehen und starrten uns mit offenen Mündern an. Ihre Gespräche verstummten. Ein Mann ließ überrascht seine Tasse sinken, das heiße Gebräu floss in den Schnee und hinterließ eine Spur wie Blut. Man machte uns eine Gasse frei. Wie ein Königspaar ritten mein Vater und ich hindurch.

Die Reaktion des Schauspielhauses auf den Krieg lautete: Notspielplan. Man brauchte ihn nicht nur, um in diesen Jahren des deutschen Aufbruchs den Soldaten mit nationalistischen Stücken wie «Vaterland. Schauspiel aus Preußens Nacht und Not» oder «Das Volk steht auf, der Sturm bricht los! Das Schauspiel von der Erhöhung und Demütigung des Volkes» propagandistisch den Rücken zu stärken. Den Notspielplan brauchte man auch, weil die Schauspieler nach und nach von der Bühne abtraten und verschwanden. In den Reihen der männlichen Darsteller klafften bereits riesige Löcher. Nur noch die Alten und die beiden Stars waren «uk» gestellt. Dann mussten auch Letztere ins Feld der Ehre ziehen. An ein vernünftiges Repertoire war nicht zu denken, weshalb sich die Leitung des Hauses nach äußerst erregten Diskussionen darüber, wie die Moral der holden Weiblichkeit zu schützen sei, entschloss, jugendliche Helden nunmehr von Damen des Ensembles spielen zu lassen.

Die Diven waren entzückt, allen voran die Eysoldt. Plötzlich musste Herr Kratz Kurzhaarperücken knüpfen, eine Arbeit, die er für absolut sinnlos hielt, da man den Frauen die Haare ja auch hätte abschneiden können, was die jedoch aus Eitelkeit verweigerten. Wo sollte er in diesen Kriegszeiten den Rohstoff für Perücken herbekommen? Nicht einmal aus Asien kamen noch Lieferungen. Die Briten hatten mit ihrer Seeblockade den gesamten deutschen Welthandel zum Erliegen gebracht. Und auf Haarspenden aus der Bevölkerung brauchte er gar nicht erst zu hoffen. Die hatte andere Sorgen. Allein schon das Wort «Spende» ließ sie an Requirierung denken und abwehrend die Hände heben. Was hatten sie nicht schon alles abgeben müssen, Kleidung, Esswaren, Schmuck, Pelze und ihr Erspartes. Selbst die goldenen Eheringe forderte der Kaiser für den Krieg.

Was Herrn Kratz das Leben aber vor allem vergällte, waren seine Sommersprossen, die immer zahlreicher wurden und sich immer tiefer in die Haut fraßen. Der Arzt, den er konsultierte, betrachtete sie durch eine sehr starke Lupe und meldete bestürzt, das, was sich dort auf der Epidermis abspiele, habe er noch nie gesehen. Wenigstens ein Gutes aber hatte das absonderliche Verhalten der Pigmente: Sie bewahrten Herrn Kratz vor dem Kriegsdienst.

Auch Paul beobachtete die Haut seines Mentors mit wachsender Besorgnis. Allmählich nistete sich in ihm die fixe Idee ein, dass er ursächlich für den Tod von ihm nahe stehenden Personen verantwortlich sei. Was war mit dem Mord an der Conquista? Und mit dem Freitod des Lords? Was mit dem Verschwinden des Mäusefritzen? Der verhungerten Frau Schulz? Nur Maria, die immer im Theater vorbeischaute, wenn sie in der Hansestadt war, erfreute sich bester Gesundheit. Die Augen des Maskenbildners leuchteten auf, wenn sie kam, um sich von ihm die Haare schneiden zu lassen.

«Ich reise zu meinem Coiffeur in die Hansestadt», sagte sie ihren Freundinnen in Berlin, die sie ein wenig neidvoll belächelten, denn bisher hatte sich noch keine getraut, es ihr nachzutun. Dass er ihr Friseur war, war aber nur einer der Gründe, warum Maria Herrn Kratz besuchte. Der zweite, wichtigere Grund war Paul. Sie fühlte sich verpflichtet, seinen Werdegang zu beobachten, auch wenn sie sich immer wieder eingestehen musste, dass das kompletter Unsinn war. Kein vernünftiger Mensch hätte einen Jugendlichen in den Sündenpfuhl eines Theaters geschickt. Aber Paul war kein normaler Jugendlicher. Etwas schwer zu Benennendes verband die beiden, und dieses Etwas hatte eine sinnliche Komponente. Maria erinnerte sich gut, wie sie in den Wochen vor dem Mord an ihrer Mutter am Fenster gestanden und nur darauf gewartet hatte, dass er vor ihren Augen um die Ecke bog.

Auch Paul spürte die Verbindung. Wenn sie ihn zu sehr verwirrte, flüchtete er hinter die Bühne. Dann stand er in der

Gasse, versank in fremden Schicksalen und vergaß sein eigenes dabei. Oft aber war er von den Schauspielern enttäuscht. Mit einer Ausnahme, der Eysoldt.

Eines Tages geschah etwas, das ihn nachhaltig verändern sollte. Alles begann an einem verregneten Montag. Die Eysoldt sollte erstmals den Hamlet geben, ihre erste Männerrolle. Kaum hatte sie auf der Probe mit dem berühmten à part «Mehr als befreundet, weniger als Freund» angefangen, da brach sie auch schon wieder ab.

«Das geht so nicht», sagte sie.

«Was geht wie nicht?», fragte der Regisseur.

«Ich kann doch nicht in diesem langen Rock einen Mann spielen, wie stellen Sie sich das vor?»

Der Regisseur, ein 65 Jahre alter Herr, war ratlos, genau wie die Inspizientin, genau wie die Souffleuse. Eine Hose für eine Dame, die einen Herrn spielt? Daran hatte bisher noch niemand gedacht.

«Ich verstehe», murmelte der Regisseur nach einer Weile.

«Das ist ja schön, dass Sie verstehen! Ich brauche eine Hose, und zwar sofort. In diesem Rock kann ich nicht weiterspielen, der behindert mich ja. Hamlet im Rock! Das ist nachgerade lächerlich. Wie soll ich denn in einem Rock Ophelia küssen, das ist vollkommen unmöglich, jawohl, da könnte man ja auf abwegige Gedanken kommen. Das hätte mir gerade noch gefehlt! Ich höre die Gerüchte schon durchs Theater sausen, durch Fenster und Türen quellen, ich höre sie in der ganzen Stadt. Punktum: Ich weigere mich, im Rock zu spielen. Ich bestehe auf einer Probenhose, sonst verlasse ich die Bühne und gebe die Rolle umgehend zurück.»

«Sie haben vollkommen Recht, gnädige Frau, Sie brauchen eine Probenhose.»

«Nennen Sie mich nicht ‹gnädige Frau›! Für Sie bin ich der Prinz von Dänemark!»

«Königliche Hoheit», sagte da der Regisseur mit kaum hörbarem ironischem Unterton und deutete einen kleinen Bückling an. «Ich mache Ihnen den Vorschlag, die Probe jetzt für … eine Stunde zu unterbrechen, sodass Sie zu Herrn Kratz hinaufgehen können, um sich für diese und die folgenden Proben ein Beinkleid und was Sie sonst noch an Wams oder Ähnlichem benötigen, aus dem Fundus zu suchen.»

«Einverstanden.» Mit wehendem Rock rauschte die Diva ab. Paul und Herr Kratz waren gerade mit einer Ausbesserungsarbeit beschäftigt, als sie in der Tür auftauchte und mit ihrer dunklen Stimme sagte: «Ich brauche eine Hose.» Paul musste ein wenig grinsen, obwohl er die Eysoldt über alles bewunderte.

«Guten Morgen, Gertrud, geht's dir gut?», entgegnete Herr Kratz lapidar.

«Guten Morgen, ja, und dir? Ich brauche eine Hose!»

«Welche Größe hast du denn?»

«Eine Hamlet-Hose brauche ich.»

«So. Eine Hamlet-Hose, verstehe, aber eine Größe muss sie doch haben.»

«Woher soll ich denn wissen, was für eine Hosengröße ich habe, schließlich habe ich noch nie Beinkleider getragen.»

Herr Kratz taxierte ihre Wespentaille und den ausladenden Hintern. «Wird nicht einfach», konstatierte er.

«Was willst du damit sagen?»

«Dass Hamlets selten deine Maße haben. Komm doch mal mit.»

Er hakte sich bei ihr unter – ein Jahr nach der ‹Kratzaffaire› hatten sie wieder Frieden geschlossen –, und sie verschwanden durch die Tapetentür in Richtung Fundus, den er unlängst von einem eingezogenen Kollegen übernommen hatte. Als sie zurückkehrten, trug sie eine schwarze Kniebundhose aus Samt, ein Justaucorps und eine breite Renaissance-Krempe überm Arm.

«Ich bin begeistert», rief sie pathetisch aus und warf Paul ein umwerfendes Lächeln zu. Schon eilte sie wieder fort.

Paul folgte ihr. Als wenig später der Prinz von Dänemark die Bühne betrat, gab es keinen Zweifel mehr: Da stand ein Kerl mit der üppigen Figur einer Frau, aber virilen Bewegungen, er schwang den Dolch wie ein Mann, er ging und gestikulierte wie ein Mann, und auch aus jedem Ton, den er sprach, sprach ein Mann. Etwas verstört stieg Paul nach der Probe in die Maske hinauf und stellte sich vor einen Spiegel, stemmte die Hände in die Hüften und probierte eine typisch männliche Haltung. Dann senkte er den Kopf und blinzelte unter seinen langen Wimpern seinem Spiegelbild zu. Stützte einen Handrücken in die Hüfte und winkelte ein Bein verführerisch an. Er betrachtete sein Gesicht, seinen Körper und versuchte, hinter dem Maskulinen das Feminine zu sehen.

Fortan probierte er jeden Tag eine andere Rolle. Das Spiel mit dem Schein bewahrte ihn vor der Langeweile, denn er war zum Gefangenen des Theaters geworden. Er durfte das Schauspielhaus nicht mehr verlassen, da ein Mann seines Alters, der in Zivil herumspazierte, sofort von Gendarmen angehalten und nach seinen Wehrdienstpapieren gefragt wurde. Manchmal wollte er die Bühne, die Kostüme, die Schminke und auch die Schauspielerinnen und Herrn Kratz zum Teufel schicken und einfach hinausrennen auf die Straße, wo alles wirklich war. Aber wohin er sich auch wandte, stellte sich ihm eine Wand in den Weg. Er wollte endlich den Himmel wiedersehen, den Wind spüren und den Regen. Dieser jämmerliche Dunst, den die Nebelmaschine produzierte! Er wollte den echten Nebel riechen und schmecken. Wenn Bismarck nicht gewesen wäre, wahrscheinlich wäre er in sein Verderben gerannt.

«Wo willst du denn hin, Pierrot?»

«Weg!»

«Aber Pierrot, das geht doch nicht.» Und wenn Paul dann

in sich zusammensank, legte Bismarck seine kleine Bartbürste beiseite, quetschte sich aus der Portiersloge, klopfte ihm auf die Schulter und sagte: «Es kann ja nicht mehr lange dauern.»

«Das sagen Sie doch schon seit Monaten, und es ist immer noch kein Ende in Sicht.»

«Das Ende wird kommen, wenn es an der Zeit ist. Mit jedem Tag, der verstreicht, nähern wir uns dem Moment, an dem die Zeit gekommen ist. Wir können es nicht ändern, du nicht und ich auch nicht, wir müssen einfach abwarten. Du wartest darauf, dass du hier endlich rauskannst, ich warte darauf, dass meine alten Schützlinge zurückkehren.»

«Sie kehren nicht zurück, das wissen Sie doch.»

«Nicht alle, ich weiß, aber einige vielleicht schon. Dafür lebe ich, darauf warte ich. Mein Leben kann von mir aus enden, wenn ich weiß, dass hier alles so weitergeht wie zuvor. Du indes wartest darauf, dass dein Leben richtig beginnt. Du wartest darauf, dass sich alles verändert.»

Manchmal beruhigte sich Paul dann. Eine Woge der Sympathie für diesen einfachen Philosophen durchflutete ihn. Er umarmte Bismarck und ging wieder ins Maskenatelier hinauf. Zuweilen aber war er so außer sich, dass er seinem roten Sofa wütende Fußtritte versetzte. Es war solide gebaut, nicht so zart wie ein echtes Rokoko-Möbelstück. Der Schmerz, der daraufhin seinen Fuß durchzuckte, war ihm willkommen, denn er wollte sich endlich mit Haut und Haaren spüren.

«Ein richtiges Bett bist du auch nicht und wirst du auch nie sein, du elendes rotes Imitat», brüllte er das Sofa an.

Einmal holte er sich aus dem Fundus eine aktuelle Heeresuniform, die sie für eine patriotische Revue gebraucht hatten, schmierte sich ein wenig Pomade ins Haar und schmuggelte sich an Bismarck vorbei. Zwei Jahre war er nicht mehr draußen gewesen. Am helllichten Tag mitten in der Woche fuhren kaum Automobile. Ohne nach links und rechts schauen zu müssen, überquerte er die Allee zwischen Theater und Hauptbahnhof und lief auf die verglaste Eisenhalle zu. Mit einem Mal blieb er wie angewurzelt stehen. Er traute seinen Augen nicht: eine Prozession aus indischen Elefanten, die schwere Kesselwagen zogen. Nur die grauen Überwürfe, die man ihnen gegen die Kälte über die schweren Leiber geworfen hatte, überzeugten ihn davon, dass er nicht plötzlich in Indien war. Obendrauf saßen rundum deutsch aussehende Elefantentreiber, die Mäntel und Schalmützen aus dem Stoff der grauen Überwürfe trugen. Paul sah dem eigenartigen Aufzug nach, während keiner sonst auf der Straße an ihm irgendetwas Ungewöhnliches zu finden schien. Überrascht betrachtete er die Menschen, die an ihm vorüberhetzten. Sie wirkten schmaler, grauer, ausgemergelter, als er sie in Erinnerung hatte. Es waren fast nur Frauen. Vor einem Kohlenlager hatte sich eine lange Schlange gebildet. Vom Eingang des Bahnhofs tönte Musik. Da saß mitten im dritten Kriegsjahr ein Orchester und intonierte den Radetzkymarsch. Wird wohl eine Damenkapelle sein, die den abfahrenden Soldaten zum Abschied aufspielt, dachte Paul und trat näher, doch er erschrak. Keine Damen saßen dort, sondern Soldaten in Uniformen wie der seinen. Dem Geiger verrutschte ein Ton. Pauls Blick fiel auf die Hand des Geigers: Eine Kralle mit fünf mechanischen Metallfingern hielt den Bogen. Schnell schaute Paul zum Nachbarn des Geigers, einem Schlagzeuger. Zwei Beinstümpfen waren Prothesen anmontiert, mit denen er die Pedale für Trommel und Schellen betätigte. Direkt neben ihm stand ein mit krakeliger Schrift geschriebenes Schild: Erstes Hamburger Krüppelorchester. Paul blickte auf. Dem Oboisten fehlte eine Wange. Da hatte er genug und kehrte zurück ins Theater.

Des Nachts, wenn er nicht schlafen konnte, schlich er mit seiner Petroleumlampe in den Fundus, obwohl das strengstens verboten war. Seine Lampe warf ein flackerndes Licht auf die Kleider. Die für das gemeine Volk, für die Soldaten, Dienstmädchen und Bürger, für die Bauern, Kutscher, Priester, Nonnen und Novizen, für die Hausmütterchen und die feisten Matronen, hingen auf Kleiderbügeln an der Stange. Die Roben der Noblen, der Feldherren und Cäsaren, der Kaiserinnen und Maitressen, der Päpste und mächtigen Verschwörer, der Hofdamen und Intrigantinnen, waren auf kopflose Puppen aufgezogen. Paul hatte die Vision einer geheimen Prozession. Er hörte sie im Chor singen. Aus der Stille erhoben sich Stimmen zu donnerndem Gesang, die kopflosen Körper, sie wollten auf die Bühne des Lebens zurück: Don Carlos, Tell, Elisabeth II., Emilia Galotti, Shylock, Malvolio, Penthesilea, Medea, Nora, die Schönen und die Mutigen, die Resignierten und die Kämpferischen. Nur Hamlet fehlte.

Paul lachte höhnisch. «Ihr könnt mich nicht mehr an der Nase herumführen», zischte er und packte den Ärmel einer Figur. Er war leer. «Um euch zu beweisen, dass ich keine Angst mehr vor euch habe, ziehe ich genau das Kostüm an, das ich jetzt gleich blind ergreife.» Er kniff die Augen zu und machte ein paar Schritte, drehte sich um, machte weitere fünf Schritte. Nun blieb er stehen und langte zu. Er fühlte Spitze über einer schweren, doch feinen Seide. Paul öffnete die Augen: Es war Maria Stuarts Todeskleid, mit dem sie aufs Schafott steigt, changierendes Blutrot, durchbrochen von schwarzem Klöppelwerk. Am Halsausschnitt, dort, wo das Schwert sie treffen wird, hatte es eine in Hunderte klitzekleiner Bogen gelegte, ebenfalls rote Krause. Paul lief ein Schauder über den Rücken, dennoch stellte er seine Petroleumlampe auf den Boden und zog das Kleid von der Puppe, was ihm einige Mühe bereitete, denn es war schwer. Auch das hölzerne Untergestell, das dem Rock die ausladende Form gab, nahm er mit. Paul versuchte, sich die Schleppe um den Arm zu wickeln, kam aber mit den Unmengen von Stoff nicht zurecht, sodass er sie hinter sich herzog.

Zurück im Atelier, legte er das Kleid aufs Sofa und begann sich auszuziehen. Als er nur noch eine weiße Unterhose trug, die ihm bis zu den Knien reichte, kletterte er in die Paniers, hob sie an und schloss sie um seine schmale Taille. Es passte.

Paul blickte in den Spiegel und lachte. Mit dem schwingenden Reifrock hätte er nur noch seitwärts durch eine Tür gepasst. Jetzt hatte er tatsächlich etwas Weibliches, obwohl durch das Gestell seine behaarten Männerunterschenkel hervorlugten und der flache muskulöse Oberkörper mit der Rundung der Streben nicht harmonierte. Paul schloss den Rock über den Paniers und versuchte, sich in das Oberteil zu zwängen. Er verirrte sich in den Stoffschichten, geriet ins Stolpern und hätte beinahe den Stoff zerrissen. Nach einer guten Viertelstunde zog er endlich das Bustier, das Raum für einen wogenden Busen ließ, über seine Brust. Dann griff er mit beiden Händen auf seinen Rücken, um die unzähligen kleinen Haken und Ösen zu schließen.

Haken und Ösen waren noch offen, als er plötzlich ein Geräusch zu hören glaubte. So schnell es die Stoffmassen erlaubten, drehte er sich um. Der Reifrock schwenkte übertrieben aus, und Paul musste, um das Gleichgewicht nicht zu verlieren, einen kleinen Schritt zur Seite machen. Langsam, wie von Zauberhand, glitt die Tür auf.

«Wer da? Kommt ihr schon, mich zu holen? Ich bin noch nicht bereit.» Paul hob mit zitternder Hand die Leuchte, der Lichtkegel fiel auf zwei riesige, äschern umrandete Augen, ein schwarzes Wams, eine weiße Halskrause und schwarze samtene Kniebundhosen. Auch die Erscheinung hielt eine Leuchte in der Hand. «Hamlet», entfuhr es Maria Stuart. Sie sank auf die Knie.

«Maria Stuart, ist's möglich, ich sehe Euch knicksen vor einem Nichtswürdigen, einem, der weit unter Euch steht. Wenn Ihr auch gestürzt, so seid Ihr doch nie gefallen. Ihr, Königin, steht immer noch weit über mir, dem Prinzen, von dem fraglich ist, ob er je einen Thron erklimmen wird. Ich flehe Euch an, erhebt Euch, oder ich bin gezwungen, zu Euch hinunterzukommen.»

«Ich knickse vor der literarischen Figur, ich beuge mein Haupt vor dem Genie, der diesen Hamlet erfand, denn er ist ein wahrer Prinz. So gehe ich vor Shakespeare in die Knie, denn niemand wäre meiner Reverenz würdiger als er.»

«Der Dank sei Euch sicher, o Königin. Möge Schiller im Gegenzug meine Reverenz entgegennehmen. Ich erbiete mich Euch als Diener und bitte höflichst um Erlaubnis, Euch behilflich zu sein, denn ich sehe Eure Kleidung noch unvollständig. Möge Euer holdes Auge an dem Umstand, dass hier ein Mann vor Euch steht, nicht Anstoß nehmen. Vergesst mein unwürdiges Geschlecht.»

«Es wird mir ein unsterbliches Vergnügen sein zu spüren, wie Eure zarten Hände Haken und Ösen, die Unbill der Welt und die Unvereinbarkeit der Geschlechter zu einer unlöslichen Einheit zusammenführen und ein Problem aus der Welt schaffen, an dem ich als schwaches Weib gescheitert bin.»

Da schob der Prinz von Dänemark den schweren Stoff ein wenig zur Seite und fuhr auf Maria Stuarts Rücken mit dem Finger die Wirbelsäule hinab.

«Was tut Ihr, o Prinz, Ihr scheint vom Wege abgekommen und Euch in fremde Gefilde zu verirren.»

«O nein, ich bin ganz und gar auf dem rechten Weg», erwiderte der Prinz und bewies mit seinem spitzen Finger, wohin ihn dieser führte.

«Aber Prinz, Ihr werdet in diesen Regionen eine Entdeckung machen, die Euch verstören könnte. Lasst mich Euch warnen, auf diesem Pfade fortzuschreiten.»

«Täuscht Euch, Königin, nicht in meiner Vorstellungskraft. Aber wie steht es mit der Euren? Da ich Euch in so ungehörigem Maße gedient habe, wollt Ihr mir Gleiches mit Gleichem vergelten? Die Knöpfe meines Wamses sehnen sich danach, es Euren Haken und Ösen nachzutun.»

Marias Stuarts Stimme bebte. «Ich werde mein Bestes tun, aber ich bin auf diesem Felde ohne jegliche Erfahrung. Eine blutige Anfängerin steht vor Euch, der das Herz flattert.»

«O Gnädigste, lasst das Leben, das Gefühl Eure Lehrmeister sein. Schwört der toten Welt der Bücher ab. Aber wie ich Euren Blick deute, werdet Ihr mit Zartgefühl und mit Standhaftigkeit bestehen.»

Über diesen Punkt gab der Reifrock nur ungenau Auskunft, ließ jedoch Raum für die kühnsten Hoffnungen.

«Ich versuche alles, was in meinen Kräften steht», flüsterte Maria Stuart, «doch ich sehe, Ihr und Euer Aufzug stellt mich vor eine schwere Prüfung.» Erst nach und nach gelang es ihr, die Knöpfe an Hamlets Wams zu öffnen, sodass der Samt über ein Paar runde, schneeweiße Schultern rutschen konnte. «Wünschen Prinz Hamlet, dass ich mit meinen Bemühungen fortfahre?»

«Unbedingt», sagte der mit fester Stimme, «ich fühle mich wohl in Euren Händen und wüsste nicht, was mir wohler täte.»

Maria und Hamlet drehten sich einander zu. «Oh», sagten Prinz und Königin, denn unter dem Wams kamen nun prächtige Brüste zum Vorschein und unter dem Bustier eine schwarz behaarte Brust.

«Gnädige Frau», sagte Hamlet.

«Gnädiger Herr.»

Dann fielen die letzten Kleider und Maria und Hamlet einander in die Arme. Nur das Untergestell stak zwischen ihren Beinen und gestattete keine endgültige Annäherung.

«Mir scheint, dieses Gestell wurde erfunden von Puritanern, eine Art Keuschheitsgürtel à la mode», sagte Hamlet.

«Es kann durch einen kleinen Handgriff geöffnet werden,

mein Herr, wenn ich Eure Dienste ein letztes Mal in Anspruch nehmen dürfte …»

Schon klappten die Paniers zur Seite, und Maria und Hamlet sanken aufs rote Sofa. Unter der Leitung des kundigen Prinzen vollzogen sie die Vereinigung. Dem Prinzen fiel eine blonde Kurzhaarperücke vom Kopf, und eine karmesinrote Lockenpracht quoll hervor.

Mercedes wurde immer wunderlicher. Jeden Tag stand sie, die sonst nur mit Mühe aus den Federn kam, schon vor dem Morgengrauen auf und stahl sich aus ihren eigenen vier Wänden. Wie lange das schon so ging, wusste Maria nicht; sie war nur zu Besuch. Morgen für Morgen, wenn sie vom Türgeklapper erwachte, fragte sie sich, wohin es ihre Schwester bei diesem Hundewetter trieb. Schließlich beschloss sie, ihr zu folgen. Vollständig angezogen lag sie auf ihrem Bett und horchte. Kaum klappte die Haustür zu, eilte sie ihr nach. Mercedes schritt gehörig aus, beinahe lief sie; sie bog um zwei Ecken, ging ein Stück geradeaus am Binnensee entlang, dann wieder nach links und eine Weile geradeaus. Ein großer Platz tat sich auf, den Maria nicht zu kennen glaubte. Mitten auf dem Platz stand eine eingerüstete Hindenburg-Statue, vor der man sich ganz klein vorkam. Maria war sogleich beklommen zumute. Der Heerführer erhob sich gewiss zwanzig Meter in die Höhe und blickte auf ein fernes Ziel, den Sieg. Kein noch so starker Feind würde ihn fällen können. Da stutzte Maria. Er war nicht aus Stein gemeißelt, sondern bestand aus Holz und wies an einigen Stellen Löcher auf.

Beinahe hätte sie ihre Schwester aus den Augen verloren. Auf dem Gerüst, bereits mehrere Meter über dem Erdboden, stieg Mercedes gen Himmel. Von Leiter zu Leiter kletterte sie in Schwindel erregende Höhen. Immer kleiner wurde sie, während sie an Hindenburgs Oberschenkeln, Lenden, Bauch und Schultern vorbei höher stieg. Schon erklomm sie bereits Sprosse für Sprosse den gigantischen Schädel des Heerführers. Maria wurde schon vom Hinaufschauen schlecht. Dort oben gab es keine Plattformen mehr, auf denen Mercedes hätte sicher stehen können. Wie ein Affe hangelte sie sich von Querstrebe zu Querstrebe, bis sie vor Hindenburgs linkem Auge angelangt war, das mindestens dreimal so groß war wie ihr Kopf. Maria wollte aufschreien, bezwang sich aber; sie wollte wegsehen, konnte die Himmelsstürmerin jedoch nicht aus den Augen lassen. Jeden ihrer Schritte verfolgte sie, als könnte sie Mercedes daran hindern, das Gleichgewicht und mit ihm ihr Leben zu verlieren. Maria hielt den Atem an.

Mercedes dachte gar nicht daran, das Gleichgewicht zu verlieren oder über ihre Röcke zu stolpern. Sie arrangierte sich mit dem Stoff, der ihr in der steifen Brise um die Knöchel flatterte, hob da und dort einen Zipfel und tastete sich vorsichtig, aber bestimmt seitwärts, obwohl unter ihren Füßen nur eine einzige splitterige Holzplanke war.

«Die ist vollkommen verrückt», murmelte Maria. «Was macht die da nur, die ist vollkommen verrückt. Wenn sie runterguckt, dann fällt sie. Bitte, bloß nicht runtergucken.»

In dem Moment öffnete Mercedes ihre große, von Mademoiselle Tissot dereinst liebevoll mit Rosen bestickte Reisetasche, die sie über der Schulter hängend mit sich hinaufgetragen hatte, langte hinein und förderte einen großen Hammer und einige Riesennägel zutage. Wo sie stand, fegte der Wind deutlich stärker als unten und peitschte die Regentropfen in ihr vor Aufregung und Anstrengung gerötetes Gesicht. Aber es machte ihr nichts aus. Am fernen Horizont, den sie hinter den roten oder auch kupfergrün verspakten Dächern der Stadt sehen konnte, graute der Morgen müde und schlaff. Doch jetzt, mit einem

Mal, brach grelles Sonnenlicht durch eine Wolkenlücke und blendete sie so, dass sie ihre Augen mit der Hand abschirmen musste, sie geriet ins Wanken – und stand wieder sicher wie zuvor. Ein-, zweimal atmete sie tief ein und aus. Ihre Beine waren butterweich. Maria, drunten, war einer Ohnmacht nahe.

Da verschwand die Sonne wieder hinter der grauen Wolkenwatte, und Mercedes begann, wüste Verfluchungen ausstoßend, Hindenburg die Riesennägel erst in das rechte, dann in das linke Auge zu schlagen. Bei jedem Schlag schnellte ihr Oberkörper vor und zurück. Immer mehr Nägel holte sie aus den Tiefen ihrer Tasche, und sie war erst zufrieden, als die Pupillen und die Iriden beider Augen kaum mehr zu sehen waren. Jetzt erst machte sie sich an den Abstieg.

Auf dem Weg hinab verweilte sie kurz vor der Nase und verpasste ihr drei Nägel, tat dasselbe mit der Wange und stopfte dem Oberbefehlshaber auch noch den Mund. Dann warf sie einen Blick auf ihr Werk und setzte den Abstieg fort. Sie sprang tiefer und tiefer, wurde größer und größer. Maria atmete auf, als ihre Schwester sicher auf der obersten Plattform angelangt war. Dort öffnete sie ihre Reisetasche, deren Zweckentfremdung sich Mademoiselle Tissot nie hätte träumen lassen, schon wieder. Sie entnahm ihr eine riesige Krampe, Spezialanfertigung der Firma Adolph, wog sie rasch in der Hand und setzte sie unterhalb der Leistengegend an. Mit dem Hammer schlug sie sie Hindenburg zwischen die Beine, genau dort, wo sich seine hölzerne Hose imposant wölbte. In diesem Moment trug eine Brise ein diabolisches Lachen zu Maria hinunter, die mit offenem Mund beobachtete, wie ihre Schwester leichtfüßig auf sie zu kletterte und endlich vor ihr stand.

«Geschafft», sagte Mercedes nur. Offenbar wunderte sie sich nicht, Maria hier zu sehen.

«Geschafft, geschafft, geschafft. Was um Himmels willen

hast du geschafft? Beinahe hättest du es geschafft, dich in den Tod zu stürzen. Ist das zu glauben? So eine Unvernunft!»

«Was hast du denn, Maria, es ist doch nichts passiert. Jeden Tag mache ich das. Die Krampe bekommt sicher niemand mehr heraus.»

Maria atmete schwer. «Kannst du dir nicht vorstellen, was ich durchgemacht habe, als du dort oben ohne jede Sicherung herumgekraxelt bist?»

«Ich bin nicht herumgekraxelt, ich hatte Wichtiges zu erledigen. Es hat dich ja niemand gebeten, hinzusehen und um mich zu bangen. Was machst du hier überhaupt?»

«Meinst du nicht, ich hätte mehr Berechtigung, *dich* das zu fragen?»

«Was ich hier tue, liegt doch wohl auf der Hand. Ich schlage Nägel in den General, deswegen wurde er ja aufgestellt, das ist seine ureigenste Bestimmung. Da, in diesem kleinen Kiosk, kann jeder Nägel erwerben, tagsüber natürlich.» Und richtig, in unmittelbarer Nähe des Standbilds stand ein kleines Häuschen. «Aber», flüsterte Mercedes verschwörerisch und neigte sich ganz nah an Marias Ohr, «ihm soll eine Rüstung aus Nägeln angelegt werden, um seinen Körper zu schützen.» Sie seufzte und lachte ein wenig irr. «Doch nun ist sein Gesicht schon ganz pockennarbig, seine militärische Klarsicht verstellt, seine große Klappe für immer zugenagelt. Und einen hochkriegen wird er auch nicht mehr.»

«Du sprichst, als stünde er leibhaftig vor dir, Mercedes. Das ist nur sein Abbild, Mercedes, nicht er selbst.»

«Man muss Zeichen setzen. Wenn man sonst schon nichts tun kann, muss man wenigstens Zeichen setzen. Was hast du denn getan gegen den Krieg?»

Maria dachte an Paul und an die traumatisierten Kriegsversehrten, die sie behandelte, schwieg aber.

«Heute habe ich es immerhin geschafft, die Nägel so einzuschlagen, dass sie niemand wieder herausbekommt. Und wenn, dann muss er sich richtig abmühen – und das ist ja nicht ganz ungefährlich da oben.»

«Schön, dass du das wenigstens einsiehst.»

«Ich habe offensichtlich einen Gegenspieler. Jeden Morgen, wenn ich komme, sind alle meine Nägel aus dem Schuft entfernt. Dass Hindenburg einen Verteidiger hat, macht mich rasend. Dabei schlage ich sie, so tief es irgend geht, hinein. Der Unbekannte ist zwar mein Feind, doch fühle ich mich ihm näher als den meisten anderen Menschen. Es ist ein fairer Kampf, und wir führen ihn auf Leben und Tod. Fast scheint es mir, als hänge das Ende des Krieges vom Ausgang unseres kleinen Schlagabtausches ab.»

«Das ist vollkommener Wahnsinn!»

«Jedenfalls stehe ich nicht nur da und sehe zu, wie unser Land unter den Machenschaften dieser Herren verkommt», erklärte Mercedes mit anklagendem Unterton und blickte ihre Schwester trotzig an. «Im Übrigen muss ich jetzt schlafen gehen, bitte entschuldige mich, ich bin sehr müde.» Und sie eilte davon.

Wenige Tage später las Maria in der Zeitung, ein großer kräftiger Mann sei in der Abenddämmerung vom Holzgerüst der Hindenburg-Statue gestürzt, und niemand könne sich erklären, was er da oben gemacht habe. Selbstmord wurde vermutet. Von nun an hörte sie frühmorgens kein Türgeklapper mehr.

DRITTES BUCH

Wer geglaubt hatte, die seit mehreren Jahren anhaltende Großwetterlage habe mit dem Krieg zu tun, sah sich, als endlich wieder Friede herrschte, aufs bitterste getäuscht. Am Firmament zeichnete sich keinerlei Besserung ab, und es regnete den ganzen Winter hindurch weiter. Als nicht nur die Meteorologen alle Hoffnung fahren ließen, kämpften sich Ende Mai erstmals wieder Sonnenstrahlen durch die dünner gewordene Wolkendecke. Im Osten spannte sich ein pastellfarbener Regenbogen quer über das Himmelszelt. Alle, die sich an diesem Abend im Freien befanden, starrten wie gebannt auf das Schauspiel; dann begannen sie zu schreien.

Diejenigen, die in ihren klammen Wohnungen saßen, streckten die Köpfe aus den Fenstern, um sich nach dem Grund des Lärms zu erkundigen und sich Ruhe auszubitten. Als sie jedoch sahen, was im Universum vor sich ging, rannten sie ebenfalls nach draußen und stimmten ein in das allgemeine Geschrei. Obwohl es nicht aufgehört hatte zu regnen, rissen sie sich die Regenmäntel vom Leib und merkten nicht, dass sie bis auf die Haut nass wurden, denn der Regen war lau. Als jemand rief: «Es ist ja ganz warm, mein Gott, es ist ja ganz warm», rissen sich die Menschen auch noch die Wollpullover herunter und sprangen und hüpften auf der Straße umher wie Derwische. Sie hielten ihre Gesichter in die milchige Sonne und mussten die Augen zusammenkneifen vor so viel ungewohnter Helligkeit.

Wildfremde lagen sich in den Armen, Einheimische und Auswärtige, Soldaten und Deserteure, zerstrittene Eheleute, abtrünnige Kinder und ihre Eltern, und ihrer aller Freudentränen mischten sich unter die Regentropfen. Die Älteren weinten, wie sie seit Kinderzeiten nicht mehr geweint hatten, und die Jüngeren weinten, wie sie überhaupt noch nie geweint hatten. Dann hörte es auf zu regnen. Alles tanzte über die Boulevards und Plätze, eine endlose Menschenkette wogte hin und her. Musiker holten ihre Instrumente und spielten auf. Das Jubelfest tobte allerorten, so etwas hatte es in der Hansestadt noch nicht gegeben. Selbst als es Nacht wurde, ging niemand nach Hause, kein Kind wurde wie sonst ins Bett geschickt, denn auch die Kleineren sollten erleben, woran sich die Größeren schon nicht mehr erinnern konnten. Zum ersten Mal seit langem war die Nacht nicht nur ein dunklerer Tag und versprach der Tag nicht nur eine hellere Ausgabe der Nacht zu werden. Plötzlich explodierten die Gestirne.

Es gab auch Menschen, die sich verloren glaubten. Sie ertrugen es nicht, über sich die Unendlichkeit des Universums zu sehen. Einer ging lieber in den Binnensee, zurück ins feuchte Element, das ihn so lange Zeit umgeben hatte. Weiter und weiter schritt er, die seichten Wellen umspielten erst seine Beine, dann seinen Bauch, schmeichelten seinen Schultern, umfingen seinen Hals und schließlich zärtlich seinen Kopf. Dann versank er. Sein blondes Haar schwamm noch eine Weile auf der Wasseroberfläche, in dem sich ein ach so ferner, weißer Mond spiegelte. Dann schlug das Wasser über dem Lebensmüden zusammen und bildete ein schützendes Dach. Keiner hatte Acht gegeben auf diesen und die vier anderen, die die Behörden in den nächsten Tagen als verschwunden registrierten. Nur der See wusste um ihr Los, an dessen schlammigem Grund sie mit einem Lächeln auf den blauen Lippen durch die Strömung trieben.

Als am nächsten Morgen im Osten über der Stadt eine flammende Glutkugel aufging und die noch vereinzelt schwer am Himmel hängenden dunklen Wolken gleißend rot färbte, verstummten all jene, die die ganze Nacht über gejuchzt und gejauchzt hatten. Groß und Klein standen und gafften. Erst allmählich löste sich ihre Verzauberung, und sie begrüßten den im Sonnenlicht glitzernden Tau auf Sträuchern und Bäumen, die Kälte und Feuchtigkeit getrotzt hatten. Bald darauf entfalteten sich die ersten Blätter und glänzten hellgrün wie Lack. Da zeigten sich auch schon einige Blumen, steckten ihre zarten Kelche aus der braunen, noch schlammbedeckten Erde. Ihre Knospen öffneten sich zu gelben und weißen Glocken. Die Farbe war in die Welt zurückgekehrt.

Hungerstreik! Zwangsernährung! Dass ich nicht lache!», schimpfte mein Vater. «Da schmeißt der Staat unsere Steuergelder raus, um Terroristen am Leben zu erhalten. Sollen die doch krepieren, wenn sie nichts essen wollen. Man soll schließlich niemanden zum Essen zwingen.»

Von wegen. Im Gegensatz zu den Terroristen mussten Camill und ich so lange vor unseren Tellern sitzen bleiben, bis das Meißener Zwiebelmuster zur Gänze zu sehen war. Während wir im Essen stocherten, fragten wir uns, wer diese Glücklichen seien, die man nicht zum Essen zwingen sollte. Als sich mein Vater längst zur Mittagsruhe begeben hatte, stocherten wir immer noch. Nur gut, dass wir wie so oft zu zweit den Nachmittag vor unseren Tellern verbrachten. Da fiel mein Blick auf die große gelb-weiße Vase, die neben einer Kommode stand; die schönsten Lilien steckten darin. Ich deutete auf sie. Camill verstand sofort. Er sprang vom Tisch auf, schnappte sich unsere Teller und verleibte der wehrlosen Vase das Labskaus ein. Wir waren glücklich, eine derart praktische Lösung gefunden zu haben, und so wanderte in den nächsten beiden Tagen auch der aus undefinierbaren Resten bestehende Eintopf und der zu grünem Schleim verkochte Spinat in die Vase. Inzwischen ließen die Blumen traurig ihre Köpfe hängen. Am vierten Tag verströmte ihr Wasser einen pestilenzartigen Geruch.

Als mein Vater am Morgen des fünften Tages das Esszimmer betrat, verzog er angewidert das Gesicht. «Milena, vielleicht solltest du mal das Blumenwasser wechseln. Frisch sehen die nicht mehr aus.»

Meine Mutter ergriff die Vase. Den Blütenkelchen der Lilien entrieselte gelblicher Staub direkt auf ihre Bluse.

«Das geht nie wieder raus», murmelte sie.

«Hättest du dich eher darum gekümmert, wäre das nicht passiert», sagte mein Vater, aber da war meine Mutter schon zur Putzkammer unterwegs. Und kam nicht gleich zurück. Mehrmals fragte er: «Wo bleibt denn eure Mutter nun schon wieder?»

Nach einer Viertelstunde kam sie ohne die Vase zurück und sagte, so leise sie konnte: «Das verzeihe ich euch nie!» Aber es war nicht leise genug. Mein Vater hatte es gehört.

«Was verzeihst du ihnen nicht, mein Täubchen?»

«Ach, nichts.»

Doch er ließ nicht locker.

«Deine Kinder», begann sie schließlich, und wenn sie mit «Deine Kinder» begann, endete es nicht gut. Sie schilderte, was für eine Suppe aus der Vase geflossen sei und dass sie es nicht mehr bis aufs Klo geschafft habe und sie dann auch noch ihre eigene Bescherung auf den schwarz-weißen Kacheln habe beseitigen müssen.

«Heute Abend um 18.30 Uhr», sagte mein Vater.

«Aber du hast doch neulich gesagt, man darf niemanden zum Essen zwingen», brach es aus meinem Bruder heraus.

Mein Vater blickte ihn fragend an.

«Ja, das hast du gesagt! Und wir haben deine Aussage nur in die Tat umgesetzt», kam ich Camill zu Hilfe.

«Das ist etwas anderes, das hat mit euch rein gar nichts zu tun. Ihr seid doch keine Terroristen.»

«Was nicht ist, kann ja noch werden», sagte mein Bruder.

Nun wurde mein Vater bleich. «Seid froh, dass ihr überhaupt was zu essen kriegt», brüllte er und hieb mit der Faust auf den Tisch, dass die Gläser tanzten.

Meine Mutter, die uns sonst nie in den Rücken fiel, senkte ihren Blick und murmelte: «Denkt an die Kinder von Biafra.»

Da meldete sich der längst volljährige Ramón zu Wort. «Also, Kinderchen, wenn ihr nicht schön brav aufesst, was auf euren Tellern ist, dann kommt die Polizei, schnallt euch auf einen Stuhl, biegt euch den Kopf nach hinten, sperrt euch den Mund auf und schiebt euch einen knapp zwei Zentimeter dicken Schlauch in den Rachen. Wenn ihr aber Glück habt, führt sie euch die Sonde durch die Nase ein. Aber schön schlucken, sonst landet sie statt in der Speiseröhre in der Luftröhre, und dann gute Nacht, Marie. Jetzt gibt's lecker, lecker Biosorbin, Milch, Eiweiß, Traubenzucker, Vitamine und Mineralien in Wasser aufgelöst und auf magenfreundliche 37 Grad erhitzt.»

«Igitt, das ist ja widerlich!» Camill legte seine Gabel auf den Tisch.

«Ramón, hör sofort auf damit.» Mein Vater hatte einen gefährlichen Unterton in der Stimme.

Doch Ramón grinste nur und ging hinaus.

Noch nie hatte sich Paul so elend gefühlt wie in dem Moment, als er plötzlich allein auf dem Rathausmarkt stand und begriff, dass er Leonie nicht mehr an der Hand hielt. Warum nur hatte er sie losgelassen? Der Grund war nicht das Gedränge gewesen, da war er sich fast sicher. Was also war passiert?

Auch Paul war an dem Abend, an dem die Sonne durchbrach, auf die Straße getreten. Er war gleich draußen vor dem Schauspielhaus in die Hocke gegangen und hatte seinen Kopf an die kalte Wand gelehnt. So hatte er dort gekauert, den Blick nach oben gerichtet, wo er sein löcheriges Himmelssieb und seine Edelsteine wiederfand. Lange Zeit hatte er sich nicht gerührt.

«Kommst du?», hatte auf einmal eine Stimme gefragt. Es war Leonie, aufgetaucht wie aus dem Nichts. Paul war aufgestanden, hatte sie umarmt. Sie hatten kein Wort gewechselt, was hätten sie auch sagen sollen, Tage und Nächte hätten sie sprechen müssen, um sich von den letzten Jahren zu erzählen. Dann waren sie wie Schlafwandler nebeneinanderher gegangen, hatten sich irgendwann geliebt.

Nun war der Platz, auf dem sie zuletzt gestanden hatten, leer gefegt. Wo zuvor noch die Massen getobt hatten, war keine Menschenseele mehr zu sehen. Paul blickte nach links, blickte nach rechts. Was er sah, war eine graue Taube, die über das bucklige Kopfsteinpflaster wackelte und den Unrat aufpickte, den der Menschenauflauf zurückgelassen hatte. Es herrschte Totenstille. Einige Schritte von ihm entfernt wehte eine Böe ein weißes Taschentuch auf, das wie ein kleines Mädchen beim Himmel-und-Hölle-Spiel über den Boden hüpfte; das Spiel hatte er manchmal mit Leonie gespielt. Er fing das Taschentuch im Flug. Er betastete den feinen Stoff und steckte es gedankenverloren zu dem inzwischen fast gänzlich zerfetzten Maria-Magdalena-Bild, das er nach wie vor in seiner Hosentasche bei sich trug.

«Paul?»

Er drehte sich um. «Maria!» Er war fassungslos. «Wie kommt es, dass Sie in entscheidenden Momenten immer meinen Weg kreuzen?»

«Meine Mutter sagte, es gibt keine Zufälle, es gibt nur die Vorsehung, und wenn man sich ihr anvertraut, geschieht einem nichts, was nicht geschehen soll.»

Paul war noch zu verwirrt, um zu begreifen.

«Komm, wir gehen», forderte sie ihn auf und reichte ihm die Hand.

Schnell fühlte er nach dem Taschentuch. Es war tatsächlich da. Wieder war ihm nichts von Leonie geblieben. Wirklich? Paul spürte beim Gehen eine gewisse Mattigkeit, und schon war die Erinnerung an die Liebesnacht da. Am nächsten, übernächsten Tag aber würde der Körper davon nichts mehr wissen. Wie soll ich mich dann bloß noch erinnern, wenn es schon der Körper nicht mehr tut, dachte er entsetzt und schob die Hände wieder in die Taschen. «Ich glaube, ich muss aus dem Theater endlich raus.»

«Ich weiß», erwiderte Maria, «Herr Kratz ist tot.»

«Was?» Paul blieb stehen.

«Kurz bevor ich dich auf dem Platz gefunden habe, ist er gestorben.»

«Das war es also», flüsterte Paul. Jetzt wusste er, warum er Leonies Hand losgelassen hatte. Irgendetwas hatte sein Herz zusammengepresst, und statt Leonie weiter festzuhalten, hatte er sich mit der Rechten an die Brust gegriffen.

«Herr Kratz», erzählte Maria, «hat die Rückkehr der Sonne nicht verkraftet. Bestimmt wusste er, dass er nicht hätte hinausgehen dürfen, aber er konnte wohl nicht anders. Ich habe ihn vor dem Hauptbahnhof stehen sehen, als ich gerade vom Perron kam. Alle gafften ihn an, dabei hat er nur die Sonne angeguckt. Verzückt und auch ein wenig trotzig hat er ihr sein Gesicht entgegengestreckt. Binnen weniger Minuten zerfraßen die Strahlen seine Haut. Doch er schien gar nicht zu merken, was mit ihm vorging. Ich bahnte mir einen Weg durch die Menge und musste Gaffer bitten, Platz zu machen. Vor aller Augen verbrannte die Sonne nicht nur seine Haut, sondern auch das Fleisch darunter. Als ich bei ihm ankam, war alles zu spät. Von seinem Kopf war nur noch der Schädel übrig, er hatte keine Lippen mehr, und anstelle seiner Nase klaffte ein Loch. Nur seine Augen blieben unversehrt, obwohl seine Lider verschwunden waren. Er hatte einen sehr schönen Totenkopf, eines Hamlets würdig. Das hätte ihn sicher gefreut.»

«Hamlet?» Paul überfiel die Erinnerung an seine erste Liebesnacht, was die Erinnerung an die zweite, die er eigentlich bewahren wollte, verblassen ließ. Er stammelte: «Kann nicht ein einziger Mensch normal sterben?»

«Was heißt das schon. Jeder folgt auch noch im Tod seiner Bestimmung, selbst meine Mutter, die umgebracht wurde. Du glaubst doch nicht, dass sie sich hätte umbringen lassen, wenn sie nicht gewusst hätte, dass genau dieser Tod ihr zugedacht war? Sie konnte die Welt nur so und nicht anders verlassen, weil das Schicksal sie mit Herrn Kratz verbinden musste, und den hat es mit der Eysoldt verbunden und so fort. Hast du dich nie gefragt, warum wir nicht mehr unternommen haben, um den Mörder zu finden? Weil er nicht ursächlich am Tod unserer Mutter verantwortlich war, er war nichts als das Werkzeug ihrer Vorbestimmung. Und genauso ist es mit Herrn Kratz: Es sieht so aus, als habe sich die Sonne seinetwegen jahrelang hinter den Wolken versteckt. Alles hat seinen Sinn, auch wenn es nicht so scheinen will. Vielleicht sind die Wetterkapriolen der letzten Zeit nur dazu da gewesen, ihm zwei Lebensjahre zu schenken. Damit auch er seine Bestimmung erfüllen konnte.»

«Dann wäre also ich seine Bestimmung gewesen?»

«Ja, vielleicht. Warum hätte der Tod sonst in Minutenschnelle erledigt, wofür er eigentlich Monate braucht?»

«Sollte ich wirklich so wichtig sein?»

«In der Schöpfung, die aus einem ungeheuren Geflecht von menschlichen Beziehungen besteht, hat jeder Mensch einen ihm vorbestimmten Platz. Ob da jemand die Fäden in der Hand hält oder nach welchem System das Leben funktioniert oder ob es überhaupt ein System gibt, ist eigentlich gleichgültig. Da ja heute die Ismen so im Schwange sind, könnte man es vielleicht Determinismus nennen. Es gibt Tausende von Fragen. Wärest du nicht im Waisenhaus gewesen, hättest du auch nicht ausbrechen können. Wenn du nicht aus dem Waisenhaus ausgebrochen wärst, hättest du den Mäusefritzen nicht kennen gelernt –»

«Aber, ich hätte doch –»

«Nein, hättest du nicht. Wenn du ein Kind aus reichem Hause wärst, hättest du vielleicht einmal eine Mäusetheatervorstellung vor dem Lessing-Denkmal gesehen, aber die hätte dich gelangweilt, weil du verwöhnt gewesen wärst und zu Hause spannendes Spielzeug gehabt hättest, einen Brummkreisel, einen Soldaten, den du aufziehen kannst, sodass er im Stechschritt durchs Zimmer marschiert, oder vielleicht hättest du Katzen und Hunde gehabt, die Mäuse fangen und fressen, sodass du Mäuse als Ungeziefer betrachtet hättest. Vielleicht wärst du aber auch begeistert gewesen von der Vorstellung und hättest gebettelt und gefleht, einmal hinter den Zauberkasten gucken zu dürfen, hättest vielleicht sogar einen Tobsuchtsanfall bekommen, wie kleine verwöhnte Jungen ihn zu bekommen pflegen, wenn man ihnen etwas verweigert, aber es hätte dir alles nichts genützt, denn deine Gouvernante hätte dich mit Gewalt fortgezogen, und du hättest nie auch nur ein Wort mit dem Mäusefritzen gewechselt, geschweige denn je bei ihm gearbeitet oder gar bei ihm gelebt. Wenn du aber den Mäusefritzen nicht kennen gelernt hättest, wäre auch der Lord dir nicht über den Weg gelaufen, und dann wärst du auch niemals zu unserem Haus gekommen, du hättest mir nicht auffallen können, wie du wochenlang das Terrain sondiert –»

«Aber –»

«Ich weiß, Paul, du musst mir nichts erklären. Ich wollte dir nur deutlich machen, dass das Leben die Ereignisse aneinander kettet. Alles, was du jetzt tust und sagst, beeinflusst das, was in näherer und fernerer Zukunft mit dir geschieht. Zumindest ist das meine Art von Glaube.»

«Aber das ist ja grausam, dann wäre ich ja ein unfreier Mensch.»

«Nenn es grausam –»

«Und verwirrend.»

«So verwirrend wie das Leben, denn jeder Tag, jede Stunde, jede Minute, ja sogar jede Sekunde stellt dich vor Entscheidungen. Machst du eine Sache schnell, gewinnst du Zeit, in der du noch viel anderes tun kannst. Erledigst du hingegen dieselbe Sache langsam oder vielleicht auch gar nicht oder erst morgen, heißt das noch lange nicht, dass du etwas verspielt hast. Gehst du aus oder gehst du schlafen – schon nimmt das Leben eine andere Wendung. Das Leben ist eine Aufeinanderfolge verpasster und ergriffener Chancen, und es bietet dir eine schier unübersehbare Menge von Möglichkeiten, die du gar nicht alle wahrnehmen kannst. Also wählst du aus, du musst sogar auswählen.»

«Maria, hören Sie um Himmels willen auf, mir schwirrt der Kopf.»

«Ich wollte nur sagen, dass es ein großes Wunder ist, wenn zwei Menschen einander begegnen, es gäbe Tausende von Gründen, sich nicht zu begegnen.»

«Ich bin Leonie begegnet, aber ich habe sie nun schon zum zweiten Mal verloren.»

«Wer weiß?»

Der Irrsinn, der sich der Menschen bemächtigt hatte, legte sich, nicht aber die Daseinslust. Nachdem Licht und Wärme wieder in ihr Leben zurückgekehrt waren, zogen sich Männer wie Frauen die Kleider aus, streckten ihre Arme der Sonne entgegen, warfen sich so, wie Gott sie geschaffen hatte, in die Wellen der Meere und sprangen hüllenlos auf den Alpengipfeln herum. Am wilden Nordmeer und auf den zugigen Bergspitzen sah man das gleiche Bild: Blumenbekränzte Nudisten hielten sich an der Hand und tanzten Ringelreihen. Sie setzten ihre bleichen Leiber den ultravioletten Strahlen aus, sodass die überraschte Epidermis Unmengen von Melanin bildete.

Ein Riss ging durch die Gesellschaft – auf der einen Seite standen die Gebräunten, auf der anderen die Blassen. Selbst auf der Straße gingen die Damen zwecks besserer Durchlüftung und größerer Bewegungsfreiheit mit kurzen Röcken und bloßen Beinen, und auch ihre Arme bedeckten sie nicht. Sie hängten die Korsette in den Schrank und schnürten sich und ihre Leidenschaften nicht mehr ein. Freikörperkultur und freie Liebe wurden großgeschrieben. Aus Angst, etwas zu verpassen, beschleunigte man sein Leben auf rasante Weise, setzte sich auf Motorräder, zwängte sich in Autos, und wer ganz hoch hinauswollte, wagte sich sogar in Maschinen, die von der Erde abhoben und dem wärmenden Gestirn entgegenflogen.

Auch Franz war die Pferdestärke nicht mehr genug. Er stieg vom Vierbeiner auf ein Vierrad mit dem amtlichen

Kennzeichen HH 3545 um. Für den Erwerb seiner «Victoria» hatte das Erbe seines Vaters, der bei Verdun sein hochdekoriertes Generalsleben gelassen hatte, ausgereicht. Und schon war der Sieg über die Weiberherzen sein. War Franz einer schnellen Eroberung überdrüssig, konnte er sich flott wieder aus dem Staub machen. Das war ganz nach seinem Geschmack. Er flitzte nach Norden, wo die Matrosen meuterten. Er flitzte in die Hauptstadt, wo der Spartakusbund den Aufstand probte. Er flitzte nach Süden, wo die Kühe auf den Almen muhten und einige Wahnsinnige eine Räteregierung installierten. Das alles fand nicht gerade seine Zustimmung, und so hörte er mit Genugtuung, dass die Meuterei niedergeschlagen, Karl Liebknecht und Rosa Luxemburg umgebracht und Ernst Toller und Erich Mühsam eingelocht waren. Aber auch von einer soliden Republik hielt er nicht viel, da er seinem Monarchen noch zu sehr anhing. Immerhin gab ihm die neue Ordnung schon nach kürzester Zeit wieder die Möglichkeit, in das Land des deutschen Erzfeindes zu reisen. Ein neuerlicher Schlagabtausch fand nun ganz friedlich auf der Rallye Monte Carlo statt. Leider machte der deutsche Rennfahrer Franz von Roué, der die Nummer 27 in großen Ziffern auf der Brust trug, dem Namen seines Automobils keine Ehre, da er so verzückt war von den Regungen, die Geschwindigkeit und Vibrationen der noch mangelhaft gefederten Karosserie in seiner Körpermitte entzündeten, dass er als Vorletzter ins Ziel einfuhr.

Dennoch stieg er wie in Trance aus dem Wagen und lächelte eine südländische Schönheit an, die ihm prompt in sein Hotel folgte. Als sie vor seiner Nationalität zurückschreckte, erklärte er ihr ohne Umschweife, dass er ja eigentlich einer der Ihren sei. In allerbestem Französisch legte er ihr seine Familienverhältnisse dar und blinzelte so berückend mit seinen unverschämt blauen Augen, dass die Zaudernde ihm beruhigt in die Arme sank. Am nächsten Morgen torkelte sie aus dem Zimmer. Vor Liebestrunkenheit und sich ankündigendem Muskelkater konnte sie sich kaum auf ihren Beinen halten. Nun trug sie ein schönes Bild von der Leidenschaftlichkeit des deutschen Mannes in ihrem Herzen und darunter ein Kind, das sie bis zum Ende ihres Lebens an den glücklosen Rallyefahrer erinnern sollte, der längst über alle Berge war. Außer seinem Vornamen wusste sie nichts von ihm, nur dass er einem Ort entstammte, der sich «près du pôle du Nord» befand. Doch diese Kenntnis war nicht detailliert genug, um mit der Suche nach dem Kindesvater zu beginnen. Also nannte sie ihre Tochter Françine und schickte sich in ihr Geschick.

Dreimal kehrte Franz mit seiner Victoria nach Monte Carlo zurück. Er vermisste etwas, aber er wusste nicht, was. Das Hotelzimmer, das er bewohnte, war dasselbe wie im ersten Jahr. Darum hatte er bei der Reservierung gebeten, denn er liebte die Beständigkeit in der Veränderung, die sein unstetes Leben mit sich brachte. Er strich über das hellblaue Sofa, roch den Rosenduft, der von draußen hereinströmte, und den Staub, der aus den alten Möbeln aufstieg, dennoch gab sein Gedächtnis keine Spur einer Erinnerung preis. Unruhig ging er in dem Zimmer auf und ab. Er legte sich ins Bett und fühlte an seiner nackten Haut die Kühle des heiß gemangelten und daher steifen Lakens, eine ihm wohl bekannte Empfindung, die seinen gierigen Körper aber nach anderem verlangen ließ. Er wusste, dass es nicht damit getan wäre, sich eine Dirne heraufzurufen, es war nicht irgendeine Frau, zu der ihn alles drängte. Doch wollte sich keine Gestalt, kein Gesicht vor seinem inneren Auge abzeichnen. Er erinnerte sich an eine überwältigende Nacht. Getrieben von dem Wunsch, die Frau ohne Gesicht wiederzufinden, trat er auf die Straße.

Er jagte bergauf, bergab, aber selbst wenn er gewusst hätte, wen er suchte, die Geliebte der einen Nacht hätte er dort nicht wiederfinden können. Sie hatte ihren Heimatort fluchtartig verlassen, als die Wölbung ihres Bauches sichtbar wurde und die Nachbarn schon munkelten. Er ging in jedes Lokal, schaute den anwesenden Frauen in die Augen, hetzte weiter. Stunden später kehrte er in sein Hotelzimmer zurück, sank in tiefen Schlaf und träumte von der Liebe zu einer Frau, die, wenn er sie ansehen wollte, ihr Gesicht abwandte. Er wollte sie nehmen, doch sie entzog sich ihm. Gewaltsam versuchte er, ihren Kopf herumzudrehen, damit er endlich sah, wer sie war. Da erwachte er. Er hatte einen schalen Geschmack im Mund, die Zunge klebte zäh am Gaumen. Das Gefühl eines unersetzlichen Verlustes zerriss ihm das Herz.

Erst viel später ließ er sich von der Erkenntnis besänftigen, dass die gesichtslose Frau nur eine Chimäre und sowieso wie alle anderen Frauen, also nichts Besonderes war. Doch etwas, über das er keine Macht besaß, sagte ihm, dass gerade sie die Frau seines Lebens hätte sein können. Schließlich gefiel ihm die Idee, seine große Liebe unerkannt in den Armen gehalten zu haben. Es war leicht, eine Abwesende zu lieben.

«Eine Liebe, die unerfüllt bleibt, währt ewig, eine Liebe aber, die sich erfüllt, zerschellt an der Realität», sprach er oft zu sich.

Eines Tages stieg meine Mutter die schmale Holztreppe zum Dachboden hoch, weil sie dort aufräumen wollte. Sie hatte sich ihre alte Flanellhose angezogen, die sie sonst nur bei der Gartenarbeit trug. Auf dem Dachboden lag der Staub zentimeterdick. Niemand räumte dort je auf.

Für Camill und mich, die wir nach geheimen Schätzen suchten, konnte das Umfeld günstiger nicht sein. Besonders interessant fanden wir eine große, verschlossene Holzkiste, auf der «Nachlass Maria. Für Franz» stand. Maria war zwei Jahre zuvor in Berlin verstorben, – mitsamt einer Leiter war sie umgekippt und hatte sich das Genick gebrochen. «Das sieht Maria ähnlich! Muss man mit fast neunzig noch auf eine Leiter klettern?», hatte mein Vater gefragt. Dann hatte er sich ganz schnell umgewandt, aber ich hatte die Tränen in seinen Augen noch gesehen.

Zweimal im Jahr war sie mit ihrem Auto von Westberlin in die Hansestadt gereist, was, wie sie immer anschaulich erzählt hatte, wegen der Schikanen der ostdeutschen Grenzpolizisten mit ihren Armeemützen und graugrünen Uniformen stets ein Abenteuer mit ungewissem Ausgang gewesen war. Manchmal schaffte sie die Strecke in vier Stunden, aber ihre Rekordzeit war zehneinhalb gewesen. Die Hälfte davon wurde sie in einem Verhau an der Grenze festgehalten und verhört. «Die wollten mir doch glatt einreden, ich sei eine Spionin. Darüber konnte ich nur lachen. Ich und eine Spionin! Das haben die mir offensichtlich übel genommen, und ich musste mich bis auf die Unterhose ausziehen. So eine Grenzerin hat mich dann bis in die letzte Hautfalte untersucht. Wäre ja gar nicht mal unangenehm gewesen, wenn ich nicht ein klein wenig Angst gehabt hätte.»

Also war Maria jedes Mal froh gewesen, wenn sie in unserer Straße unversehrt aus ihrem Auto stieg. Sie logierte allerdings bei Onkel Paul, der direkt gegenüber wohnte. Sie war eine schrullige alte Dame mit immer noch auffallend schwarzen Augenbrauen, die über der Nasenwurzel fast zusammenwuchsen – Zeichen eines willensstarken, wenn nicht gar unbeugsamen Charakters, meinte mein Vater, der zu seiner Tante ein gespaltenes Verhältnis hatte. War sie nicht da, sprach er von ihr in den höchsten Tönen, aber wenn sie da war, stritten sie sich sofort. Sie machte sich einen Spaß daraus, ihm eine Analyse anzudrohen. «Du wärst mein interessantester Patient», sagte sie einmal, «schade, dass du so stur bist.»

Ihr Gesicht war von tiefen Falten durchzogen, es sah aus wie geknülltes und wieder glatt gestrichenes Pergamentpapier. Darunter schimmerten bläulich ihre Adern. Das Auffallendste an ihr aber waren ihre meterlangen weißen Haare, die mit bunten Bändern durchflochten und mehrfach um ihren schmalen Kopf gewunden waren. Einmal habe ich ihre Haare offen gesehen, sie fielen ihr wie ein Fliegenvorhang um den Körper, reichten bis zu den Kniekehlen und waren selbst an den Spitzen noch kräftig. Als sie sich auf einen Stuhl setzte, konnte ich mich unter ihnen so gut verstecken, dass mich Onkel Paul, als er zur Tür hereinkam, nicht entdeckte. «Unglaublich», sagte meine Mutter damals, «Maria hat sich sechzig Jahre lang nicht mehr die Haare schneiden lassen. Kurz nach dem Ersten Weltkrieg ist ihr Friseur gestorben. Niemals ist sie zu einem anderen gegangen. So war sie eben: treu über den Tod hinaus.»

Wenige Wochen nach ihrem Tod fuhr eine ältere Dame in einem bewimperten VW-Käfer Cabrio vor, klappte das Verdeck auf, hievte vom Rücksitz eine Kiste heraus und trug sie die Treppe hoch. Aus ihrem Autoradio dudelte ein Beatlessong über die Straße. Da außer mir niemand im Haus war, öffnete ich ihr und nahm ihr die Kiste ab.

«Bist du Elena?», fragte sie.

Ich nickte.

«Die, die sich so für Brecht interessiert?»

«Und für Stanislawski!», sagte ich schnell.

«Oh, Hochachtung. Also überhaupt fürs Theater?»

Ich nickte wieder.

«Und dein Vater verzweifelt an dir?»

«Ja.» Nach kurzem Zögern fügte ich hinzu: «Er sagt immer: ‹Du hast aber auch alles Vermaledeite deiner Vorfahren geerbt. Von deiner Urgroßmutter den Hang zum Theater, von deiner Großmutter die Unordnung und den Vegetarismus und von deiner Großtante den winzigen Kopf. Sie waren eine Freundin von ihr, oder?›»

«Genau. Komm doch mal nach Berlin, ich arbeite im Schiller-Theater. Dann kannst du hinter die Kulissen sehen. Hier, meine Visitenkarte.»

Ich musterte sie, als wäre sie von einem anderen Stern.

«Bis bald hoffentlich.» Sie zwinkerte mir zu, und schon war sie die Stufen wieder hinunter, winkte noch einmal, bevor sie in ihren Käfer stieg, und brauste davon.

Mein Vater hatte die Holzkiste einige Tage im Flur stehen lassen und dann seinen Chauffeur gebeten, sie auf den Dachboden zu tragen. Geöffnet hatte er sie nicht. Umso neugieriger waren wir. Deswegen wurden wir ganz aufgeregt, als meine Mutter uns nun fragte, ob wir ihr nicht beim Aufräumen des Dachbodens helfen wollten. Und ob wir wollten! Wir kletterten vor ihr die Leiter hinauf und öffneten die Luke. Oben angekommen, mussten wir uns alle erst einmal an das Halbdunkel gewöhnen, denn die kleinen Dachfenster ließen wenig Licht herein.

«Camill, hol doch mal eine Taschenlampe», bat meine Mutter.

Wenig später kehrte er zurück. Neugierig durchstreiften wir den Dachboden. Wir stießen auf eine alte Stehlampe mit kaputtem Schirm.

«Die kann ja wohl weg», sagte meine Mutter und stellte sie an die Dachluke. Probehalber setzte sie sich auf ein Sofa mit weißem Schonbezug, fand jedoch, dass es zum Ausrangieren noch zu gut sei. Dann inspizierte sie einen Korb mit zerbrochenem Geschirr. Sogar echtes Meißen war darunter. Einer Tasse fehlte ein Henkel, ein Teller war entzwei, von einer Schale fanden sich etwa zwanzig Scherben. «Oh, ich dachte, Erna wäre niemals hier auf dem Dachboden gewesen!», sagte meine Mutter verwundert.

«Mamá, guck doch mal da, die Kiste!», rutschte es mir heraus. Ungeduld war schon immer meine schwächste Seite. Die wiederum hatte ich von meinem Vater geerbt. Mich interessierte nicht, ob unser ehemaliges Hausmädchen Geschirr zerbrochen und heimlich beiseite geschafft hatte. Ihn allerdings hätte es interessiert.

«Was für eine Kiste, Elena?»

«Na die, auf der ‹Nachlass Maria. Für Franz› steht.» Ich zeigte auf das Sperrholzungetüm.

«Mein Gott, die haben wir ja ganz und gar vergessen. Sollen wir sie öffnen?»

«Na klar», rief Camill, «was denn sonst? Die Sachen da drinnen sind wahrscheinlich schon vergammelt.»

«Geh doch nochmal runter, Schraubenzieher und Hammer holen.»

«Immer ich, Elena kann schließlich auch mal was machen.»

«Okay», sagte ich und war schon unterwegs.

«‹Okay› sagt man nicht, sagt dein Vater, das sagen nur Proleten», schickte mir meine Mutter lachend hinterher.

«Okay, okay, okay», sang ich, schon auf der Treppe.

Wir meißelten die Kiste auf und hoben den Deckel ab. Zuoberst lag eine Schicht Seidenpapier, darunter ein schwarzer, spitzenbesetzter Fächer. Vorsichtig nahm meine Mutter ihn in die Hand und öffnete ihn.

«Wie schön der ist», murmelte sie. Versuchsweise wedelte sie sich Luft zu, und Staubpartikel flogen umher.

«Schau mal, da sind noch mehr!» Ich griff nach dem erstbesten. Als ich ihn auffächerte, tat sich eine bukolische Szene vor uns auf. Ein Hirtenmädchen in einem Reifrock lagert mit ihren Schafen vor einer arkadischen Landschaft. Hinter einem Busch versteckt, späht ihr ein frecher Bursche unter den Rock.

«Der ist sicher zweihundert Jahre alt», mutmaßte meine Mutter.

«Das ist ja richtiger Schweinkram», sagte Camill. «Guckt mal hier, ein Packen Briefe.» Er ließ sie an einem schon recht morschen blauen Samtband hin und her pendeln. Da riss das Band, und das Bündel fiel zu Boden.

«Kannst du nicht aufpassen!», fuhr meine Mutter ihn an.

«'tschuldigung», sagte Camill und kniete sich hin, um die Briefe wieder einzusammeln. Einen davon öffnete er und beleuchtete den Bogen. «Absender ist ein gewisser Klaus Lewandowski, nie gehört. Jedenfalls Hamburg, 23. April 1907.» Dann stockte er. «Das ist ja nicht zu glauben!»

«Was denn? Nun lies schon!», bat ich und hüpfte ungeduldig von einem Fuß auf den anderen.

«Wenn das mal jugendfrei ist. Elena, hör weg! ‹Einzig geliebte Carmen! Ich bin ein anderer seit unserer letzten Begegnung am Dienstagnachmittag bei Miou. In was für eine Wonne Ihre Zunge mich versetzt hat! Niemals habe ich den Gipfel der Lust auf solch delikate Weise erklommen wie dank Ihrer süßen Manipulation meines empfindlichsten Organs. Sie sind eine große Künstlerin› –»

«Gib das sofort her!» Die Stimme meiner Mutter überschlug sich.

«Aber Mamá», bat Camill.

«Keine Widerrede. Das ist nicht für euch gedacht!»

«Wer war denn Carmen?», fragte ich. «War das nicht die Conquista? Papás Großmutter?»

«Heiße Tussi jedenfalls! Von der hätte ich mich auch gern bearbeiten lassen.»

«Camill, du bist ekelhaft. Nichts als Grütze im Kopf.»

«Nicht Grütze, Mütterchen, Sex. Nichts als Sex.»

«Hör sofort auf!», rief meine Mutter schrill. Der Lichtkegel von Camills Taschenlampe fiel auf ihr Gesicht. Es glühte. Sie hatte ihm die Briefe aus der Hand gerissen, wieder aufeinander gestapelt und neben sich gelegt. Jetzt beugte sie sich über die Kiste und brachte einen in Zeitungspapier gewickelten Gegenstand zum Vorschein. Offensichtlich war er schwer. Es handelte sich um eine kleine Steinfigur, die ein Loch im Bauch hatte und im Schneidersitz saß.

Camill würdigte sie nur mit einem Seitenblick, denn er hatte sich die Zeitung geschnappt. «Attentat auf Rudi Dutschke», stand in großen Lettern auf dem Titelblatt. «Damit fing alles an», sagte er wissend.

Ich hatte keine Ahnung, was er meinte. «Aber die ist doch Asbach-uralt.»

«Ja klar, von 1968, fünf Jahre ist das her. Tante Maria wusste schon, warum sie die aufbewahrt hat.»

Währenddessen nahm meine Mutter weitere kleine Steinfiguren aus der Kiste. Eine weibliche Gestalt hatte kugelrunde Brüste, eine andere tellergroße Ohrringe und üppigen Federschmuck auf dem Kopf. Schließlich war die Box fast leer, nur mehr zwei Gegenstände lagen, noch in Zeitungspapier gehüllt, auf ihrem Grund. Meine Mutter wickelte den ersten vorsichtig aus. Begeistert stellte sie fest, dass es ein Tlaloc, ein mexikanischer Regengott, war. Er saß auf seinem Hintern und hielt seine Knie mit den Armen umschlungen. Der andere Gegenstand war keine Steinfigur, denn er war flach und nicht ganz so schwer. Vor Erstaunen ließ Camill seine Zeitung sinken. «Wow, echt scharf!», entfuhr es ihm.

Da hatte er von meiner sonst so sanftmütigen Mutter eine sitzen. Er protestierte nicht einmal, sondern starrte weiter auf die Maske, der mitten aus der Stirn ein riesengroßes Glied wuchs.

Jedem Menschen ist im Leben ein gewisses Maß an Freud und Leid auferlegt, und erst wenn dieses Maß voll ist, gibt sich das Schicksal zufrieden. Das war Franz' unerschütterliche Überzeugung. Er dachte, je eher er den Kelch des Unglücks bis zur Neige geleert hätte, desto eher würde er das ihm noch zustehende Glück ganz und gar auskosten können, und wenn er sich einmal im Leben die Hand verletzte, wäre es mit verletzten Händen dann genug. Dasselbe galt für seine Beine wie für alle übrigen Körperteile. Umso überraschter war er, als er sich zum x-ten Mal den Fuß verknackste. Dennoch hielt er an seiner Theorie fest. Da er sich bereits fast überall verletzt hatte, konnte er also gefahrlos in den Kampf um die Verteidigung seines im holländischen Exil weilenden Kaisers ziehen, dem er in einer schwachen Minute sein Ehrenwort gegeben hatte. Er schloss sich einem Stahlhelmtrupp an. Seine Kompanie marschierte wohl geordnet und im Gleichschritt, wie es sich für Monarchisten gehört, von Bahrenfeld bis ins Zentrum, besetzte das Rathaus und wartete auf die Kommunisten, die prompt eintrafen.

Alles verlief nach Plan, nur der Kampf nicht. Im Handgemenge erwies sich die Übermacht der Roten, die mit Fahnen in der einen und Gewehren in der anderen Hand die knapp bemessenen Wachposten vor dem Rathaus überrannten, ins Innere eindrangen und Hatz auf die Kaisertreuen machten. Manch ein Verfolgter sprang aus dem Fenster, doch Franz wusste, dass das sein Verletzungskonto weit überziehen würde. Hinter sich hörte er schon die schweren Stiefel der Feinde die Freitreppe heraufjagen. Da zögerte er nicht länger und schlüpfte in eine Abseite, die sich hinter einer kleinen, schiefen Tür auf einem Treppenabsatz auftat. Drinnen war es stockfinster, nur ein kleiner Lichtstrahl fiel durch ein Loch im Türrahmen herein. Ausgesprochen unfeine Dünste ließen Franz mutmaßen, dass es sich um einen Abtritt handelte. An der Wand lehnend, hörte er die Roten, Stiefel um Stiefel, an dem Verschlag vorbeitrampeln. Nur einer verlangsamte den Schritt, blieb sogar für den Bruchteil einer Sekunde stehen. Franz stockte der Atem, was einer Wohltat gleichkam. Wie konnte Gott uns nur so blödsinnig konstruieren, dachte er, einatmen, um wieder auszuatmen, essen, um zu scheißen. Ökonomischer wäre es doch, wenn man alles verwerten würde. Da lief der Rote weiter.

Ein anderer rief: «Hier lang, die Monarchisten sind sicher auf dem Dach!» Nun dankte Franz Gott für die Intuition, nicht nach oben geflüchtet zu sein, obwohl er die Vorstellung nicht loswurde, dass er mit beiden Beinen in der Scheiße stand. Er musste würgen, Säure stieg ihm den Hals hinauf. Beim Versuch, sie wieder hinunterzuschlucken, öffnete sich das Scharnier seines Kiefers wie von selbst, und das anverdaute Mittagessen ergoss sich in das Dunkel des Kabuffs. Minutenlang spuckte er, und als er glaubte, dass es vorbei sei, spuckte er wieder. Erschöpft lehnte er den Kopf an die Tür, die quietschend aufging.

Die Luft war rein, und Franz nahm einen tiefen Atemzug davon. Dann rannte er los, erst mit weichen Knien, die sich aber beim Laufen wieder festigten. Noch auf der Treppe nach unten zog er seine Stahlhelm-Uniformjacke aus und warf sie in weitem Bogen von sich. Kalter Schweiß und sein weißes Hemd klebten ihm auf der Haut. So erreichte er das Erdgeschoss, kein Roter weit und breit. Auf der Straße stieß er mit jemandem zusammen. Er taumelte. Als er sich fing, dröhnte ihm der Kopf. Er blickte in meergrüne Augen, die ihm bekannt vorkamen. Wo er sie allerdings schon einmal gesehen hatte, fiel ihm nicht ein. Da lief er schon wieder, lief und lief, wie er noch nie in seinem Leben gelaufen war. In kurzen Abständen drehte er sich um und sah, dass ihm niemand folgte.

Zu Hause angekommen, wusste er, dass sein Maß an politischer Einmischung voll war.

Auf der Suche nach Leonie kam Paul nach Barmbek. Fast vier Jahre waren vergangen, seit er zuletzt dort gewesen war. Das Viertel hatte sich kaum verändert, sodass er die Wohnung der Malewitschs sofort fand. Er stieg die vier Stufen in den Keller hinunter und hielt einen Moment inne, bevor er klopfte. Sein Herz schlug bis zum Hals. Ein fremder Mann im Unterhemd öffnete ihm die Tür und schmiss sie gleich wieder zu, noch bevor Paul seine Frage gestellt hatte. Enttäuscht stand er auf der Schwelle. Dann wandte er sich an die Nachbarn. Nur einer meinte sich zu erinnern, dass die Familie vor zwei oder sogar drei Jahren weggezogen war. Aber wohin? Er hatte keine Ahnung. Daraufhin begab sich Paul zu der Fabrik, in der Leonie für die Rüstungsindustrie früher Schrauben gedreht hatte, doch die Fabrik existierte nicht mehr. Jetzt blieb ihm nur noch, täglich auf den Rathausmarkt zu gehen, in der Hoffnung, dass auch Leonie dort vorbeikäme.

Als er das erste Mal dorthin ging, stieß er mit einem jungen Mann zusammen, der wie von Furien gehetzt aus dem Rathaus stürzte: Franz. Kaum war der hinter der nächsten Straßenecke verschwunden, hetzten Rote hinter uniformierten Monarchisten her, holten sie auf dem Rathausmarkt ein und schlugen sie mit Knüppeln nieder. Paul machte sich schleunigst aus dem Staub. Doch am nächsten Tag kam er wieder, am übernächsten auch. Er kam mal morgens, mal vormittags, mal mittags, mal nachmittags, er kam mal abends und mal nachts. Einmal blieb er sogar den ganzen Tag, dann aber jagte ihn ein Gendarm davon, der auf seiner Streife zum fünften Mal am Rathaus vorbeigekommen war und ihn dort immer noch hatte stehen sehen.

Mutlos geworden, begab Paul sich auf ein Polizeirevier, was ihn die größte Überwindung kostete. Stotternd fragte er nach der Adresse von Leonie Malewitsch. Der Dienst habende Beamte blickte ihn eine Weile sinnend an und schüttelte dann ein-, zweimal den Kopf.

Sehr zu seinem Verdruss, sagte er, sei noch immer kein Gesetz erlassen, das die Bürger zwinge, der Obrigkeit ihre Wohnung anzuzeigen. Wenn er das Sagen hätte, würde er das schleunigst ändern. Man habe ja gar keinen Überblick über die Bevölkerung. Jeder könne hinziehen, wo er hinziehen wolle. Und wer habe das auszubaden? Natürlich: die Gendarmerie!

Paul schaute verlegen in eine Ecke.

Der Beamte stutzte einen Moment. Mit welchem Recht er sich überhaupt nach der Person erkundige, fragte er.

Mit dem Recht eines Liebenden, antwortete Paul.

Da lachte der Beamte der heiligen Hermandad nur kurz auf und polterte, sie hätten wichtigere Dinge zu tun, als Dirnen zu suchen.

Sofort floh der Mann ohne Namen aus dem Revier. In kurzen Abständen drehte er sich um und sah, dass ihm niemand folgte.

Weil er nicht wusste, wohin er sich jetzt noch wenden sollte, kein Geld mehr hatte und nur vorübergehend bei einer Souffleuse vom Schauspielhaus untergekommen war, nahm er eine Einladung Marias nach Berlin an. Sie hatte versprochen, ihm Arbeit im Theater zu besorgen, und unlängst mitgeteilt, sie habe wahrscheinlich eine gefunden, er müsse nur rasch anreisen, um sich vorzustellen.

Also packte er seine wenigen Sachen und ging zum Bahnhof. Er trug ein grünes Samtsakko mit schwarzem Revers, das aus der Inszenierung von Oscar Wildes «Der ideale Gatte» stammte und, nach dem Absetzen des Stücks, keine weitere Verwendung mehr gefunden hatte. Seine schwarze Hose aus derbem Tuch war die einer Bauernfigur aus einem Heimatschwank. Jacke und Hose hatte er mit einem schlichten weißen Leinenhemd kombiniert; um seinen Hals hatte er einen gestreiften Seidenschal geschlungen, den er von Herrn Kratz geschenkt bekommen hatte. Einen Mantel besaß er nicht, und so sah er vom Kopf bis zum Gürtel aus wie ein Dandy und vom Gürtel bis zu den Schuhen wie ein Bauer auf dem Weg zum Pflug. Mit dem Gefühl, ein trauriger Clown zu sein, bestieg er die Eisenbahn nach Berlin.

Am Lehrter Bahnhof stieg er wieder aus. Auf dem Gleis herrschte ein wüstes Gedränge. Erleichtert atmete er auf, als er Maria an einer Treppe warten sah. Sie hakte sich bei ihm unter, und sie machten sich auf den Weg zu ihr. Er staunte über die Betriebsamkeit und all die elegant gekleideten Menschen im Tiergarten und auf den Straßen rund um den Kurfürstendamm. Nach halbstündiger Droschkenfahrt hielten sie vor einem weißen Gründerzeithaus mit holzverzierten Erkern in der Mommsenstraße. Es war das Haus, in dem Maria lebte, und sie traten ein.

Marias Wohnung erschien ihm riesig. Seine Schritte hallten auf dem Parkett der fünf Meter hohen Wohnräume, deren Wände blau, rot, gelb, grün und auch orange gestrichen waren. Einige prähistorische Statuen standen auf Sockeln mitten im Raum. Verdutzt betrachtete er eine Maske, die an einem Stab befestigt war. Aus der Stirn wuchs ihr ein riesenhaftes Glied. Fragend blickte er Maria an, doch sie lächelte nur. Sie sah verändert aus. Ihr Haar, das sie seit dem Tod von Herrn Kratz nicht mehr geschnitten hatte, war gewachsen und wurde von mehrfarbigen Bändern, die als Haarreif dienten, aus dem Gesicht gehalten. Sie trug wie eh und je mexikanische Trachtenkleider, aber in ihrer eigenen Umgebung wirkte das fast selbstverständlich. Sie führte ihn herum, zeigte ihm auch ihren Praxisraum mit der Stahlrohrliege und öffnete die Tür zum schmalen, aber gemütlichen Gästezimmer: Eine Wand war mit einem bunt bestickten Teppich aus Mexiko behängt, über dem

Bett lag ein orangefarbener Überwurf aus Indien. Ein Wannenbad gab es auch. Zuletzt betraten sie die geräumige Küche.

«Eva ist im Moment verreist, aber du wirst sie später kennen lernen», sagte Maria, während sie einen Tee kochte.

«Wer ist Eva?»

«Kennst du Eva nicht? Die große Verderberin? Ich dachte, du wärst bibelfest!» Sie lachte und wurde wieder ernst. «Eva ist meine Freundin. Wir leben zusammen. Sie ist auf einer Tournee und kommt erst nächste Woche zurück. So haben du und ich ein bisschen Zeit füreinander.»

«Sie haben mir nie von ihr erzählt.»

Maria zuckte mit den Achseln, ein Hauch Rot überzog ihre Wangen. «Jetzt kann ich sie ja schwerlich weiter vor dir verbergen.» Sie schwieg einen Moment. «Paul?»

«Ja?»

«Kannst du mir einen Gefallen tun und von nun an du zu mir sagen?»

«Ich werde es versuchen. Das ist nicht so einfach nach so langer Zeit.»

«Du wirst es schon schaffen. Ich fühl mich dir gegenüber sonst ganz alt.»

«Einunddreißig sind Sie jetzt, oder?»

«Das hättest du besser nicht gesagt. Meine Güte, du musst noch viel lernen. Übermorgen hast du übrigens einen Termin bei Reinhardt.»

«Bei Reinhardt?» Paul versagte vor Schreck die Stimme.

Bei unserem Hausmädchen Erna hatte die Natur an Farbe gespart. Farblos war ihre Gesichtshaut, farblos waren ihre Haare und auch ihre Augen, die hinter einem klobigen Kassengestell mit fingerdicken Gläsern verborgen waren. Dafür hatte sie einiges an Körpermaterie mitbekommen. Ihre kastenförmige Gestalt, von der sich nicht einmal der Busen oder der Hintern in einer sichtbaren Rundung abhoben, ruhte auf stämmigen, fast eckigen Beinen, die sommers wie winters in dicken Wollstrumpfhosen steckten. Nur ihr Gesicht war rund, aber ohne Kontur. Ihr Schöpfer, wer auch immer das gewesen sein mochte, hatte sich keinerlei Mühe gegeben, sein Geschöpf in irgendeine Form zu bringen. Diesen Eindruck bekräftigte Erna durch gehäkelte Brustschoner. Sie endeten knapp unterhalb der Brüste, und zwischen Brustschoner und Rockbund schaute ein gräuliches, verwaschenes Wollunterhemd hervor. Untenrum trug sie, von Jahreszeiten unabhängig, einen Strickrock. Die Affinität unseres Hausmädchens zu Wolle erklärte sich wohl aus dem Umstand, dass das Waisenhaus, in dem sie ihre Kindheit verbracht hatte, auf dem Wattenmeer abgetrotzten Salzwiesen errichtet worden war, auf denen das ganze Jahr über Schafe grasten.

«Herr Baron», sagte sie einmal, obwohl mein Vater gar kein Baron war, «Sie sind ja nichts Besseres als ich.» Zum Beweis zog sie aus der großen Tasche ihrer grau geblümten Kittelschürze, die sie über ihren Wollkleidern trug, ein zerfleddertes Taschenbuch. «Friedrich Nietzsche: ‹Menschliches, Allzumenschliches›», las sie den Titel vor und sagte: «Aber davon verstehen Sie ja nichts. Hören Sie zu: ‹Das peinlichste Gefühl, das es gibt, ist, zu entdecken, dass man immer für etwas Höheres genommen wird, als man ist. Denn man muss sich dabei eingestehen: irgend etwas an dir ist Lug und Trug, dein Wort, dein Ausdruck, deine Gebärde, dein Auge, deine Handlung – und dieses trügerische Etwas ist so notwendig wie deine sonstige Ehrlichkeit, hebt aber deren Wirkung und Wert nicht auf.› Da haben Sie's, Herr Baron, das sollten Sie sich mal zu Herzen nehmen.»

«Sie sind ja nicht ganz bei Trost», entgegnete mein Vater

und wollte das Zimmer verlassen, doch Erna verstellte ihm den Weg.

«Hören Sie weiter», insistierte sie und baute sich im Türrahmen auf, den sie fast ganz ausfüllte. «‹Kloaken der Seele› – wo Sie's doch so mit dem Stuhlgang haben, Herr Baron, ist das doch das Richtige für Sie. ‹Auch die Seele muss ihre bestimmten Kloaken haben, wohin sie ihren Unrat abfließen lässt› –»

Mein Vater versuchte, Erna beiseite zu schieben, aber da ihm das nicht gelang, las sie weiter vor.

«… ‹dazu dienen Personen, Verhältnisse, Stände› –»

Nun wurde mein Vater unwirsch. Er gab Erna einen Knuff, sodass sie mit ihren bestrumpften Pfeilerbeinen tatsächlich einen Schritt nach hinten machte und er durch den sich auftuenden Spalt zwischen ihr und dem Türrahmen hindurchschlüpfen konnte.

Lange ging die Menage mit Erna gut, aber eines Tages ging sie nicht mehr gut. Es war im Winter, als wieder einmal die Zeit der Herrenessen gekommen war. Damen wurden nie mit zu Tisch gebeten, wenn sich die hanseatische Kaufmannschaft mittags zu Austern, Hummer, Steak und Champagner bei uns einfand. Gute Kunden und solche, die es werden sollten. Gerade begaben sich die Herren ins Esszimmer, als mein Vater noch einmal den Kopf in die Küche steckte und unserem Hausmädchen zurief:

«Erna, Sie haben vergessen, Zigaretten auf den Tisch zu stellen!»

Sie hielt eine riesige Bratpfanne in der Hand, in der heißes Öl dampfte, dass es eine Freude war. «Hätten Sie doch selber machen können», maulte sie.

«Erna, Sie sind mal wieder nicht ganz bei Trost!», rief mein Vater in Anwesenheit der Köche des berühmtesten Hotels der Stadt.

Da schleuderte sie die Bratpfanne wie eine geübte Diskuswerferin in hohem Bogen auf meinen Vater zu. Hätte er nicht einen Satz zur Seite gemacht, sie hätte ihn am Kopf getroffen. Stattdessen landete sie unter lautem Geschepper auf dem schwarz-weiß gekachelten Küchenboden, über den sich das heiße Fett ergoss.

Noch am Abend des Tages, an dem die Pfanne geflogen war, flog auch Erna. Kaum war sie aus dem Haus, rasten Camill und ich die Treppe hinauf, um uns ihr Zimmer anzusehen, das in all den Jahren, die sie bei uns verbracht hatte, außer ihr von niemandem betreten worden war. Gespannt drückten wir die Klinke hinunter. Ein merkwürdiger, undefinierbarer Geruch schlug uns entgegen.

«Wenn die da drin mal keine Leiche hat», sagte mein Bruder.

«Unmöglich, sie kannte doch niemanden», gab ich zurück.

Ich tastete im Dunkeln nach dem Lichtschalter und knipste die nackte Deckenbirne an. Mit offenem Mund stierten wir ins Zimmer, dann brachen wir in Gelächter aus.

Da rief unsere Mutter: «Was gibt's denn da oben zu lachen?»

«Mamá, komm schnell, das musst du dir ansehen!»

Sie kam herauf. Sprachlos starrten wir auf das Bild, das sich uns darbot. Pappkartons, nichts als Pappkartons, das ganze Zimmer war bis unter die Decke mit ineinander gestapelten Pappkartons gefüllt.

«Die arme Erna, wenn ich das gewusst hätte», flüsterte meine Mutter und bahnte sich einen Weg zum Schrank. Mit Mühe öffnete sie die Tür. Kein einziges Wollteil kam zum Vorschein, keine Strumpfhose, kein Unterhemd, kein Brustschoner und auch kein Strickrock. Als würde es keine Schafe auf der Welt geben, quollen nur Plastiktüten aus dem Schrank.

«Ach, Erna, wenn ich das gewusst hätte!», wiederholte meine Mutter.

Einige Wochen später kam mein Vater am Abend nach

Hause und berichtete: «Erna ist in der Klapsmühle gelandet. Sie ist ihrem Lieblingsdichter in die Umnachtung gefolgt. Das war ja auch nicht anders zu erwarten.»

«Arme Erna, wenn ich das gewusst hätte», murmelte meine Mutter.

«Du bist ja nicht ganz bei Trost», schnauzte mein Vater sie da an.

Obwohl Paul den Umgang mit Berühmtheiten gewohnt war, zitterten ihm schon beim Aufstehen die Knie. Als er vor der Tür des Theaterdirektors stand, wurden sie weich wie Butter. Er hatte seine schwarze Löwenmähne mit Pomade gebändigt und trug zu einer neuen Hose, die Maria mit ihm eingekauft hatte, seine Samtjacke, sein weißes Hemd und natürlich den gestreiften Schal von Herrn Kratz. Obwohl er sich mit diesem Maskottchen sicher fühlte, stand er unschlüssig vor der Tür. Der Theaterdirektor war nicht irgendeiner, sondern der größte, von dem er jemals hatte sprechen hören. Nicht nur Herr Kratz hatte von ihm geschwärmt. Er hatte gesagt, er werde dem Theater einen neuen Weg weisen; wenn von irgendjemandem Impulse ausgingen für eine Revolutionierung des Schauspiels, dann von ihm. Paul sprach sich Mut zu. Schlimmer als neulich bei der Polizei konnte es nicht werden. Also klopfte er. Von drinnen erscholl ein deutlich vernehmbares «Herein!».

Hinter einem voluminösen Schreibtisch saß ein kleiner Herr mit ausdrucksstarkem Gesicht, forschenden Augen und grau melierten Schläfen.

«Komm nur, komm. Hab keine Scheu. Oh, ein schöner Junge bist du. Setz dich, komm, setz dich. Nun erzähl mal, wie heißt du, wie alt bist du, was hast du bisher gemacht?»

Paul war auf den Fauteuil gesunken, der vor dem Schreibtisch stand. Statt etwas zu sagen, wurde er rot und klammerte sich an die Sessellehnen.

«Wenigstens einen Namen wirst du doch haben, oder?», fragte der kleine Herr hinter dem großen Schreibtisch jetzt.

Paul schüttelte den Kopf. Erst der erstaunte Blick seines Gegenübers löste ihm die Zunge. Da erzählte er, wie er auf den Stufen eines katholischen Waisenhauses gefunden worden sei, als Junge den Mäusefritzen kennen gelernt habe, dann zu Frau Schulz gekommen sei und so weiter, erzählte nach und nach sein ganzes Leben. Als er bei den Sommersprossen von Herrn Kratz und Leonies Verschwinden angelangt war, rief der Theaterdirektor aus: «Mein Junge, so kurz erst auf der Welt, und du hast schon einen Roman erlebt!»

Paul musste lächeln.

Der Theaterdirektor schlug sich mit der Hand an die hohe Stirn: «Jetzt erinnere ich mich, die Eysoldt hat mir ja bereits von dir und deinen seltenen Talenten berichtet.»

«Von meinen Talenten? Die Eysoldt?», stotterte Paul und wurde wieder rot.

«Du kennst sie doch?»

«Nun ja ...»

«Du sollst in gewissen Dingen äußerst begabt sein. Was dein Aussehen angeht, hat sie nicht gelogen, aber sie hatte immer schon einen ausgezeichneten Geschmack. Na, und wenn alles andere auch zutrifft, dann berechtigst du zu gewissen Hoffnungen. Deshalb gedenke ich, dich in der Bühnenbildnerei eine Lehre machen zu lassen. Ich werde dich Ernst Stern an die Seite stellen. Du bekommst nur ein kleines Salär, aber damit musst du eben zurechtkommen. Finde dich morgen früh in den Werkstätten ein, ich leite alles in die Wege. Möchtest du heute Abend in die Vorstellung gehen? Dann lasse ich dir eine Karte für die Kammerspiele hinterlegen. ‹Frühlings Erwachen› – das ist sicher ein Stück für dich.»

«Dürfte ich vielleicht ... verzeihen Sie, aber dürfte ich um eine zweite Karte bitten? Dann könnte ich Fräulein von Ringsberg, bei der ich wohne –»

«Für Maria immer, grüß sie von mir! Sag ihr, dass ich sie für dich haftbar mache», sagte Reinhardt lachend und senkte den Kopf über ein Manuskript.

Damit war das Gespräch offenbar beendet. Paul schnellte von seinem Sessel hoch, stand eine Sekunde reglos, bis Reinhardt ihm über den Tisch hinweg die Hand reichte. Als Paul sie wieder losgelassen hatte, ging er einige Schritte rückwärts, da er nicht wusste, wie er aus dem Zimmer kommen sollte, ohne dem Direktor den Rücken zuzukehren. Prompt stieß er gegen einen Stuhl. Da erklang erneut das freundliche Lachen, und Paul stürzte aus dem Zimmer.

Vor der Tür brach ihm der Schweiß aus. Ein wohl fünfundzwanzigjähriger Mann kam um die Ecke, klopfte ihm auf die Schulter und sagte: «Mach dir nichts draus, auch ich hab Angst vor ihm!»

Am Abend saß Paul zum ersten Mal regulär in einem Zuschauerraum. In der Hansestadt hatte er sich manchmal hinten reingeschlichen und der Vorstellung aus großer Entfernung im Stehen beigewohnt. Nun saß er in der Mitte der zweiten Reihe. Er drehte sich hin und her, blickte in heitere und griesgrämige, geschminkte und graue Gesichter, sah sowohl festlich gekleidete Zuschauer als auch einige junge Leute in Alltagskluft. Neben ihm amüsierte sich Maria über seine kindliche Aufgeregtheit. Da ging im Zuschauerraum langsam das Licht aus. Erst wisperten die Zuschauer noch, dann, als es ganz dunkel war, verstummten sie. Eine halbe Ewigkeit, während deren das Publikum den Atem anhielt, schien nichts zu passieren. Endlich hob sich der Vorhang. Die Scheinwerfer glühten auf. Sie beleuchteten eine surreale Szenerie. Häusersilhouetten schienen dunkel dräuend in den Raum zu stürzen. Mitten hinein gesetzt, ohne schützende Zimmerwände, das Mobiliar einer Kleinbürgerfamilie. Eine Frau in einer Kittelschürze hielt ein Maßband in der Hand, während ein junges Mädchen in kurzem Kleidchen Pirouetten drehte. Und dann kam schon die nächste Szene. Die Möbel verschwanden wie von Zauberhand, und eine Straße war zu sehen.

Paul war überrascht. Die Figuren waren seine Kameraden: der Schulversager, der sich eine Kugel ins Hirn jagt, und Melchior. Nicht nur, dass Paul in dem Schauspieler den Mann vom Morgen wiedererkannte; wie er selbst lässt sich Melchior mit einem Mädchen ein, verbringt mit ihm eine Nacht. Paul wurde warm ums Herz, er dachte an Leonie. Als Melchior in eine Korrektionsanstalt geschickt wird, gab ihm das einen tiefen Stich. Ihm war, als sähe er auf der Bühne sein eigenes Leben dargestellt. Melchiors Flucht aus der Anstalt – auch das kannte er. Er eilt auf den Friedhof zur letzten Ruhestätte seines Freundes und stößt dort auf ein frisch zugeschaufeltes Grab und einen noch unbemoosten Stein mit der Inschrift: Wendla Bergmann. Melchiors Freundin! Gestorben, weil sie schwanger war und die Mutter sie zur Abtreibung gezwungen hat. Paul war starr vor Schrecken. Daran hatte er überhaupt noch nicht gedacht. Zu Maria gebeugt, flüsterte er: «Kann es sein, dass auch Leonie –?»

«Die Chancen stehen 3 zu 25», flüsterte Maria nach einer Weile zurück.

«Wieso das?»

«Erklär ich dir nachher.»

Paul konnte der Vorstellung kaum mehr folgen, zum Glück war sie bald zu Ende. Doch auch als Maria ihm die biologischen Zusammenhänge weiblicher Fruchtbarkeit auseinander gesetzt hatte, beruhigte er sich nicht. Er rechnete hin und her und rief dann aus: «Und wenn nun doch?! Alles andere ist bloß Statistik. Wendla ist es schließlich auch passiert. Und Gretchen und so vielen anderen.»

«Das sind alles literarische Figuren», wandte Maria ein.

«Aber sie sind der Wirklichkeit nachgebildet!»

«Kunst muss Extreme zeigen, sonst wäre sie so langweilig wie das Leben der meisten Menschen. Eine einzige Nacht führt nicht zwangsläufig zu Schwangerschaft.»

«Und wenn sie nun auch an solchen Abortivmitteln stirbt? Oder schon gestorben ist? Und ich weiß es nicht mal!»

«Woher soll sie die denn bekommen?» Maria wusste, dass dies ein äußerst schwaches Argument war, und fügte hinzu: «So einfach ist das nicht.»

Paul tat in der Nacht kein Auge zu. Er fühlte sich schuldig und verantwortungslos. Dennoch stand er am nächsten Morgen zeitig auf, um in die Dekorationswerkstätten zu fahren. Er musste sich ablenken. Erst als er zwei Tage freibekam, fuhr er in die Hansestadt und begab sich auf seinen Posten auf dem Rathausmarkt. Er rührte sich nicht vom Fleck, aß und trank nichts, bis er wieder in die Reichshauptstadt zurückfahren musste. Obwohl er auch dieses Mal Leonie nicht gefunden hatte, hatte er immerhin alles versucht.

Neun Monate nach der Wetterwende hetzten die Hebammen von einem Wochenbett zum nächsten. Nachdem die Geburtenrate in den Jahren der Dunkelheit und des Krieges dramatisch abgenommen hatte, gab es nun für die unzähligen Gebärenden auf den Entbindungsstationen keine Betten mehr; sie wurden in andere Abteilungen verlegt, lagen Seite an Seite mit Herz- und Lungenkranken oder mit Kriegsversehrten, die durch das Neugeborenengeschrei aus ihren Albträumen gerissen wurden und frischen Lebensmut fassten. Oft waren selbst die Korridore der Krankenhäuser derart von in Wehen liegenden Schwangeren überfüllt, dass etliche Frauen, die neu eintrafen, abgewiesen werden mussten, obwohl ihnen bereits das Fruchtwasser die Beine hinunterlief. Sie gebaren nicht selten während des Rückwegs auf der Straße. Weibliche Flaneure packten dann tatkräftig an, bildeten einen Schutzwall aus Leibern und halfen der Gebärenden mit mehr oder weniger geübten Griffen. So manche wohlhabende Passantin opferte ihren besten Schal und wickelte das Neugeborene darin ein. Zuweilen legte sie auch noch ein Schmuckstück dazu.

Weitsichtiger waren jene Föten, die es aus Neugier oder Verdruss, weil es im Mutterleib zu eng wurde, vorzeitig nach draußen drängte. Zu diesen plietschen Gören gehörte Leonies Kind. Auf einer Gebärstation, die noch kaum belegt war, kam es in einer glasklaren, sternenfunkelnden Nacht zur Welt. Das ungeduldige kleine Mädchen hörte schnell auf seinen Namen, den es von seinem Vater hatte: Paula.

Zuerst wurde Paul der Kaschierabteilung zugeteilt. Dort lernte er, Cäsarenköpfe aus Gips oder Felslandschaften aus Pappmaché herzustellen. Dann kam er zu den Malern und durfte, als man seine Begabung erkannte, bei der Verfertigung riesiger barocker Prospekte den Pinsel führen. Er lernte, wie man mit Schablonen Entwürfe auf ein großes Format überträgt, man unterwies ihn in der Kunst des Perspektivischen sowie in der Gestaltung von Theatergassen, die tiefe Räume suggerierten. Auch das plastische Bemalen massiv gebauter Dekorationsteile bereitete ihm kein Problem. Nur mit dem groben Pinselstrich, nötig, um auf weite Entfernung größtmögliche Effekte zu erzielen, tat er sich anfangs schwer. Tischlerei und Schlosserei streifte er nur kurz, bevor er zum Schluss seiner Ausbildung ins Konstruktionsbüro versetzt wurde. Nun musste er sich mit Statik befassen und technische Zeichnungen anfertigen. In dieser Abteilung blieb er fast zwei Jahre, in denen er auch einen Schnellkurs in Bühnentechnik durchlief. Bekleidet mit seinem «Neger», einem schwarzen Arbeitsanzug, zog er den Vorhang. Und ließ ihn wieder fallen. Er drehte die Kurbel der Drehbühne. Ganze Wälder und Städte zauberte er herbei und ließ sie wieder verschwinden. Er fuhr Lastzüge mit Hängern auf und nieder, spannte Rundhorizonte und schob Bühnenwagen mit Dekorationen auf die Spielfläche und wieder hinaus. Er richtete Scheinwerfer auf Hamlet und Rosalinde, Emilia und Shylock, Moritz und Melchior, sogar auf Danton inmitten der ihn bedrängenden Revolutionäre. Drei Jahre vergingen, dann entließ ihn Ernst Stern als seinen Meisterschüler.

Pauls Gesellenstück war die Ausstattung einer Collage, die er mit einem jungen Regisseur aus den Kriegsbriefen der Käthe Kollwitz zusammengestellt hatte. Doch im Jahr 1922 wollte keiner an den Krieg erinnert werden. Die Betuchten wollten sich amüsieren, während die erfolglose Suche nach Lohn und Brot unzähligen Arbeitern das Leben zur Hölle machte. Auch wenn die Inszenierung in der Presse wohlwollende Erwähnung fand, ging sie im Rausch und Elend der zwanziger Jahre unter. Einige wenige sahen die kleine Produktion aber doch. Einer saß erschüttert in der Vorstellung, blickte auf die schlichte, schwarz ausgeschlagene Guckkastenbühne, auf der sich das Inferno des Krieges mittels simpler Requisiten und surreal geschminkter Darsteller in einem streng abstrahierten Bewegungskanon abspielte: Franz. Er war mit seiner Victoria nach Berlin geflitzt, um zu sehen, was der Eindringling, wie er Paul nannte, seit der das Haus seiner Großmutter betreten hatte, zustande brachte. Wollte der Zivilist ihm, Franz, dem Veteranen mit der zerschossenen Hand, etwas vormachen? Zutiefst getroffen saß er dann auf seinem Platz. Ein Kriegserlebnis nach dem anderen, sorgfältig in die hinterste Kammer seiner Seele einzementiert, kam ihm wieder zu Bewusstsein. Moritz. Die Schlammwüste. Köpfe ohne Körper. Die Schützengräben. Das Gas. Der Hunger. Das wahnhafte Glück, einen Angriff überlebt zu haben. Die darauf folgende Depression. Der sterbende Franzose, der einen Brief diktierte. Der ganze Albtraum spielte sich erneut vor seinem geistigen Auge ab. Mehr als einmal war er versucht, das Theater zu verlassen. Doch er blieb. Das also ist die Katharsis, von der sie im Griechischunterricht immer gesprochen haben, dachte er, nachdem der Vorhang gefallen war. Als er Paul kurz darauf begrüßte, umarmte er ihn wortlos. Untergehakt gingen sie ins Romanische Café und tranken erst einmal eine Tasse heißer Schokolade mit Schlag.

Während seiner Zeit an Reinhardts Theater lebte Paul bei den beiden Frauen. Eine Woche nach seiner Ankunft in Berlin war Eva von ihrer Tournee zurückgekehrt. Sie war Pianistin, brünett und ein wenig füllig, eine Bohémienne wie aus dem Bilderbuch. Niemals legte sie ihre Zigarettenspitze aus der behandschuhten Hand, und auch zu Hause wäre ihr nicht eingefallen, ihren Hut abzunehmen, unter dem ein Bubikopf hervorsah. Sie besaß eine Riesenkollektion von Kopfbedeckungen, kleine, runde, ovale und sogar viereckige, mit Pelz besetzte und strohgewundene, Hüte, auf denen ganze Obstgärten wuchsen, Modelle so groß wie Wagenräder mit wippenden Federn, Filzkäppis und andere mehr. Sie alle befanden sich in einem kleinen Kabinett, das vom Fußboden bis zur Decke mit künstlichen Köpfen ausstaffiert und von etwa dreißig Glühbirnen ausgeleuchtet war, sodass die Kappen und Zylinder, Bowlerhüte und Baskenmützen, Barette und Schiffchen die Wände mit ihren Schattenwürfen überzogen. Nur im Bett war Eva barhäuptig, wie sich Paul jeden Morgen von neuem vergewissern konnte, wenn er beiden Damen den Tee brachte. Maria musste früh aufstehen, ihre ersten Patienten kamen um halb zehn, während sich Eva oftmals noch bis weit in den Vormittag in den Federn fläzte, da sie nie vor elf Probe hatte. Selten kam sie vor Mitternacht nach Hause.

«Wo spielst du eigentlich, dass du so eine Nachteule bist?», fragte Paul, als er noch ein Neu-Berliner war.

«Du musst eben mal vorbeischauen, dann siehst du, wo ich spiele!»

Sie drückte ihm zwei Küsse auf die Wangen, damit war das Thema erledigt. Lange war nicht mehr von einem Konzertbesuch die Rede. Paul wunderte sich darüber, schließlich spielte Eva an sechs Tagen der Woche, nur montags hatte sie frei.

«Heute Abend haben wir ein neues Programm», sagte sie Monate später, «vielleicht kannst du deine Nenntante ja überreden mitzukommen. Sie weiß gar nicht mehr, wie ich am Klavier aussehe. Und dieses Programm verspricht, ein Skandal zu werden.»

Maria stimmte zu, und am Abend rüsteten sie sich für Evas großen Auftritt. Sie schmissen sich in Schale, nahmen ein Taxi und fuhren in die Stadtmitte. Durch einen dunklen Torbogen gingen sie in einen Hinterhof, dann bogen sie um eine Ecke und standen vor einem hell erleuchteten, weit geöffneten Tor. Damen in Pelzroben, Herren im Frack, aufgetakelte Sternchen, abgerissene Künstler, Intellektuelle und welche, die es sein wollten, sowie Frauen in Hosen und Jacketts standen in Grüppchen herum. Sie begaben sich ins Gebäude, stiegen zwei Stockwerke hinauf und kamen in eine Art Vorraum, in dessen Dämmerlicht ein Champagner-Ausschank stand. Im Saal gleich dahinter hallte das Stimmengewirr überraschend laut. Eine Kuppel wölbte sich darüber. Ringsum blätterte die grünlich braune Farbe der Stuckatur ab. Die Wände waren in einem blassen Rosa gehalten, das die Patina von Jahrzehnten hatte. Rote Samtsessel und kleine Tische mit schwach glimmenden Lampen standen rings um eine Holzbühne. Der Flügel befand sich ganz rechts am Rand. Maria und Paul setzten sich an einen Tisch in seiner Nähe.

Als ein Lichtkegel auf den Flügel fiel, begannen die Zuschauer zu grölen. Langsam wurde das Saallicht gedimmt, und ein Spot richtete sich auf eine kleine Tür. Sie öffnete sich, und herein trat Eva. Beifall brandete auf, den sie sichtlich genoss. Sie trug einen Frack mit Fliege und auf dem Kopf einen Zylinder. In der Hand hielt sie die unentbehrliche Zigarettenspitze. Sie trat an den Flügel, lüftete ihren Zylinder und machte eine tiefe Verbeugung. Dann setzte sie den Zylinder etwas schräg auf den Kopf, klemmte die Zigarettenspitze zwischen ihre blutrot geschminkten Lippen und nahm, ihre Schwalbenschwänze mit einer leicht obszönen Geste nach hinten werfend, auf dem Stuhl Platz.

«Ausziehen!», brüllte ein männlicher Zuschauer aus der Dunkelheit.

Eva drehte sich in seine Richtung, führte ihren rechten Zeigefinger an die Lippen und machte leise «Pssssst». Tatsächlich trat für einen Moment Stille ein. Finger für Finger zog sie ihre weißen Handschuhe aus, die Zigarettenspitze legte sie ab. Dann setzte sie ihre bloßen Hände theatralisch auf die Tasten und beugte sich ein klein wenig vor. Plötzlich ging ein Ruck durch ihren Körper, und das Präludium hob an. Liebhaber alter Musik hätten es als kakophonisch abgetan, doch Paul, der noch nie etwas Vergleichbares gehört hatte, war gebannt. Als Eva mit einem dissonanten Akkord zum Ende kam, brandete erneut Beifall auf. Im Zuschauerraum wurde es völlig dunkel. Zwanzig Sekunden später tauchte eine Gloriole aus Scheinwerfern die Bühne in grelles Licht. In der Mitte hockte eine Gestalt zusammengekauert auf den Knien. Auf ihrem Rückgrat bildeten die Wirbel einen Bogen. Sie rührte sich nicht und harrte eine Minute oder zwei in dieser Haltung aus. Da begann Eva wieder zu spielen.

«Eine Klavierfassung von Strawinskys ‹Sacre du Printemps›», flüsterte Maria.

Die Tänzerin schoss in die Höhe, landete auf einem Bein, das andere hatte sie in einer erstaunlichen Verrenkung hochgerissen. Die Zuschauer tobten, denn sie hatte nichts an, nur einige rote Kordeln waren um ihre Brüste, Hüften, Scham und Beine geschnürt, und die Enden peitschten im furiosen Presto ihres Tanzes um sie herum. Sie warf sich auf die Erde und schnellte sogleich wie eine Feder durch die Luft, sie stampfte auf den Boden, sprach der Schwerkraft Hohn, zuckte und streckte sich ins Unendliche, glitt dahin, rollte sich zusammen, klappte auf wie ein Taschenmesser, kippte hintenüber, schlug ein Rad, wurde zum Kreisel. Nach einer halben Stunde endete sie, wie sie begonnen hatte, als Häufchen nackter Mensch. Ihr Körper glänzte vor Schweiß. Der Spot erlosch, und einige Sekunden herrschte Totenstille. Dann brach der Tumult los. Das Publikum schrie, kreischte, buhte in wildem Durcheinander. Nun gingen die Scheinwerfer wieder an. Die Tänzerin stand mit gesenktem Kopf in einem alten Bademantel auf der Bühne. Sie stand einfach nur da mit hängenden Armen und ließ das Gebrüll über sich ergehen. Männer gingen einander an die Gurgel. Frauen schrien sich an. Es kam zu einem Handgemenge.

«Schamlos!», rief einer.

«Genial!»

«Abartig!»

«Phänomenal!»

«Obszön, aber schön!»

Eva hatte ihre Zigarettenspitze wieder in den Mundwinkel geschoben und kokettierte mit einem Herrn, der ihr ein Glas Champagner gebracht hatte. Er nestelte an ihrem Hals herum und versuchte die Fliege zu lösen, was sie unter schwachem Protest geschehen ließ. Der Herr glotzte ihr ins Dekolleté und ließ einen Rosenkopf samt Visitenkarte hineinfallen. Als Paul das sah, wandte er sich Maria zu. Ihre Blicke trafen sich, doch beide schwiegen.

«Polizei!», verlangte jemand lauthals.

«Schwachkopp, die kann dir ooch nich helfen!»

Aber da stürmte schon ein Trupp Gendarmen ins Theater. Die Absätze ihrer gewienerten Stiefel knallten. Die Tänzerin stand noch immer reglos mit gesenktem Kopf in ihrem alten Bademantel. Die Gendarmen starrten erst auf sie, dann auf das Publikum und schauten einander schließlich fragend an.

Da sprang Eva von ihrem Flügel auf, schob ihren Galan beiseite, hauchte ihm noch geschwind einen Kuss auf die Lippen, flüsterte ihm etwas ins Ohr und fragte dann die Ordnungshüter: «Was wollen Sie eigentlich hier?»

«Uns wurde gemeldet, dass hier öffentlich Unzucht getrieben wird.»

«Sehen Sie hier irgendeine Unzucht?» Sie warf dem Polizisten einen Luftkuss zu.

«Was? Nein, eigentlich nicht.»

«Na also, raus mit Ihnen!»

Und sie rückten tatsächlich ab. Schallendes Gelächter begleitete sie. Einige Zuschauer fluchten und stürzten hinter ihnen her.

«Das war eine kleine Lehrstunde in Sachen Staatsmacht und Unabhängigkeit der Kunst», sagte Maria, als sie eine Stunde später das Theater verließen.

«Und in Sachen Treulosigkeit der Menschen», fügte Paul im Stillen hinzu.

In der Nacht hing der Haussegen in der Mommsenstraße schief.

Mein Vater war der Einzige, der die Polizeikette passieren durfte. In der abgeriegelten Villa lag der Leichnam von Onkel Paul, von einem Einbrecher versehentlich erschossen. Mein Vater hatte erklärt, er sei der beste Freund des Toten, und schnell noch gefragt, ob er die Angehörigen informieren solle. Diese Frage verlieh ihm den Nimbus eines Familienintimus, obwohl er doch verdammt gut wusste, dass Onkel Paul nie eine Familie gehabt hatte. Mich ließen die gestrengen Polizisten nicht hindurch. Ich stahl mich in den Garten zu dem Klofenster, das meistens offen stand. Auch an diesem Tag war es nur angelehnt. Ich kletterte hindurch und schlich ins Wohnzimmer. Mein Vater sprach gerade mit den Polizisten. Keiner achtete auf mich. Onkel Paul lag auf dem Bauch, den linken Arm über den zur Seite gedrehten Kopf gestreckt. Auf dem rechten Arm ruhte der Körper. Nur die etwas verdrehte Hand lugte unter ihm hervor. In seiner Kaschmirjacke befand sich auf Höhe des Herzens ein kleines versengtes Loch. Ich legte meinen Kopf darauf. Sein Körper war noch warm und roch nach Pfeifentabak und Eau de Cologne. Er atmete nicht mehr.

«Onkel Paul», flüsterte ich, «hörst du mich?»

Gerade wollte ich eines seiner geschlossenen Augenlider küssen, als mein Vater mich entdeckte und aufschrie. «Bist du wahnsinnig? Das ist ein Toter!» Mit einem Sprung war er bei mir und riss mich hoch.

«Er wollte mich doch heiraten. Er kann doch nicht einfach so sterben.»

Da ließ mich mein Vater los. «Er ist tot, er ist tot! Onkel Paul ist tot», sagte er klagend. Ungelenk hob er einen Arm und wischte sich mit der ganzen Länge des Ärmels über Augen und Nase, sodass die Tränen und der Rotz verschmierten.

Ich starrte ihn an. «Du hast Paul ja Onkel genannt. Das hast du noch nie gemacht.»

Mein Vater schluckte und wandte sich ab.

Ich hingegen nahm ein Buch vom Wohnzimmertisch und las den Titel: «Der Cid» von Corneille. Noch bevor mich ein Polizist aus dem Haus schieben konnte, versteckte ich es unter meinem Pullover.

Drei Wochen nach Onkel Pauls Tod war die Testamentseröffnung. Mein Vater, der Testamentsvollstrecker, gab mir ein Päckchen. Es fühlte sich weich an und hatte keine erkennbare Form. Ich drehte es in meinen Händen hin und her, hatte keine Idee, was es sein könnte. Ein Möbelstück, Schmuck oder Bücher hätte ich erwartet, aber das Päckchen enthielt offensichtlich etwas anderes. Ich nahm es mit in mein Zimmer und betrachtete es eine Weile. Als meine Neugier unerträglich wurde, knotete ich vorsichtig die Schnüre auf. Ich faltete das Packpapier auseinander und löste die Tesafilmstreifen von dem Seidenpapier, in das die Hinterlassenschaft ein zweites Mal sorgsam eingewickelt war. Schließlich lag sie vor mir, eine Perücke mit langen schwarzen Medusenlocken. Ich nahm sie in die Hand. Innen stand mit roter Schrift: Gertrud Eysoldt, Penthesilea 1910.

Die kleine Paula duftete betörend. Betrat ein Gast Leonies Zimmer, fragte er: «Was riecht denn hier so gut nach Blumen?» Aber es kamen nur selten Gäste. Leonies Mutter stahl sich manchmal von zu Hause fort, obwohl ihr Mann ihr jeden Ausgang untersagt hatte. Gelegentlich schaute die Nachbarin vorbei. Ging Leonie, die sich keinen Kinderwagen leisten konnte, mit ihrer Tochter im Arm spazieren, dann stellten sich in den wärmeren Monaten auch andere Besucher ein. Schmetterlinge jeglicher Couleur ließen sich auf den nackten Körperpartien des Mädchens nieder. Paula kicherte immer nur, wenn eines der geflügelten Tiere sich auf sie setzte, denn ein ganz klein wenig kitzelte es. Sie entwickelte sich zur Attraktion des Stadtparks. Menschen scharten sich um sie und wunderten sich, dass sich ausgerechnet auf diesem dunkel gelockten Mädchen Schmetterlinge niederließen. «Nein, dat es so was gift», riefen sie aus, «das muss ja ein Engelchen sein.» Pfauenauge und Apollofalter saßen auf ihrem Kopf. Die riesige bunte Schleife in ihrem Haar entpuppte sich bei genauerer Betrachtung als Schar von Aurorafaltern. Der Kaisermantel umhüllte schützend ihre Schultern, der Admiral salutierte neben ihrem Ohr, der Postillon hatte seinen Lieblingsplatz auf ihrer Hand, der Trauermantel hockte auf ihren Armen und auf ihren Beinen der Große Fuchs, das Damenbrett und die Schattenkönigin bevorzugten die Knie, und wenn ein Schillerfalter auf ihrer Nasenspitze landete, verdrehte sie die Augen und schielte. «Flieg» war das erste Wort, das sie nach «Mami» sagte. Wenn sich die Schmetterlinge wieder in die Lüfte erhoben und ihre farbenprächtigen Flügel im Sonnenlicht gleißten, klatschte sie vergnügt in ihre Händchen und rief: «Flieg, Schmetterling, flieg!» Leonie war überzeugt, dass die wechselseitige Anziehung zwischen Paula und den Schmetterlingen früher oder später nachlassen würde, doch ihre Tochter wurde älter und älter, und alles blieb, wie es war, ja der betörende Duft intensivierte sich sogar. Roch sie selbst an ihr, dann wusste sie, warum die Schmetterlinge sie so liebten.

Die schlimmste Zeit für das kleine Mädchen begann, wenn im September die ersten kühlen Nächte und verregneten Tage das Ende des Sommers ankündigten und damit den Winterschlaf der Schmetterlinge. Lang und breit erklärte ihr Leonie, dass die Schmetterlinge zwar sterben würden, aber zuvor Eier ablegten, die sich in Raupen verwandelten, und dass sich diese Raupen an Äste geklammert verpuppten und auf diese Weise Kälte und Schnee schadlos überstünden, bis durch die ersten warmen Frühlingssonnenstrahlen neue Schmetterlinge ausschlüpfen würden. «Wann wird denn endlich Frühling?», wollte Paula also immer wieder wissen. Als die Tage länger wurden, aber noch strenger Frost herrschte, sagte sie: «Mami, warum kann man den Winter nicht einfach abschaffen? Oder könnten wir nicht auch Winterschlaf machen? Das wäre doch sowieso viel praktischer, denn dann brauchen wir kein Holz und keine Kohlen mehr, und du musst nicht arbeiten gehen. Wäre das nicht wunderbar?» Leonie versuchte, sie zu überreden, sofort mit dem Winterschlaf zu beginnen, denn sie wollte mal wieder nicht ins Bett.

Dann kam der Tag, an dem Leonie die erste Raupe in Paulas Kleidern fand. «Ich kann nichts dafür», wehrte Paula ab, und ihre Mutter schüttelte den Kopf und hängte die Kleider vorsichtig an einen Nagel. Bei dieser einen Raupe blieb es nicht. Bald krochen die pelzigen Tiere über alle vier Wände. Immerhin war Paula seitdem nicht mehr ganz so ungeduldig wie in den Jahren zuvor und fragte nicht dauernd nach dem Frühjahr, schließlich wusste sie nun, wo und in welchem Stadium ihre Schmetterlinge waren. Als Leonie eines Morgens die Augen aufschlug, schloss sie sie vor Schreck gleich wieder: Die Tapete hatte über Nacht lauter Flecken bekommen. Erst nach und nach wurde ihr klar, dass es sich nicht etwa um einen Rohrbruch oder eine andere Katastrophe handelte. Die Schmetterlinge hatten ihre langwierige Metamorphose abgeschlossen und saßen nun auf einer der ungewöhnlichsten Tapeten im ganzen Land.

Da die Wohnung im Erdgeschoss lag und von einem viel Ruß und wenig Wärme produzierenden Ofen beheizt wurde, war es darin schon immer feucht und verraucht gewesen. Schimmelpilze waren aus der Wand hervorgequollen, sodass sich die Tapetenbahnen vom Mauerwerk gelöst hatten. Irgendwann hatte Leonie die schimmelige Wand und die rußige Zimmerdecke satt gehabt. Sie ging zu einem Laden, der auch Tapeten im Sortiment führte, und studierte eingehend die im

Schaufenster angeschlagenen Preise. Da stand etwas von zehn Milliarden Mark pro Meter. Trotzdem trat sie ein. Der Verkäufer erläuterte ihr, die Preise seien längst überholt, der Meter koste bereits doppelt so viel. Leonie versuchte auszurechnen, wie viel sie für zwanzig Quadratmeter Tapete wohl zahlen müsste, gab aber bald auf. Ihr wollte beim besten Willen nicht einfallen, was nach Billionen kam. Kurzerhand überschlug sie, was ihr am Vortag ausgezahlter Lohn noch wert war, und folgerte, dass sie damit nicht einmal mehr ein kleines Stück Brot kaufen konnte.

«So billig können wir eine Tapete nie wieder haben», sagte sie zu Paula, als sie, kaum zu Hause angelangt, den Korb mit den Geldscheinen ausschüttete, den sie von der Arbeit nach Hause geschleppt hatte. «Wir müssen die Scheine sortieren, denn die Zehntausendmarkscheine sind viel größer als die Tausendmarkscheine, weißt du?»

«Und die Hunderttausendmarkscheine schämen sich dann neben den Zehntausendmarkscheinen und werden ganz rot. Guck, sie sind ja schon rot! Stimmt's, Mami?»

«Du bist ein naseweises Mädchen, aber du hast Recht. Also, du packst jetzt alle gleich großen Scheine aufeinander, und ich klebe sie ordentlich an die Wand.»

So arbeiteten sie Hand in Hand. Die Tausendmarkscheine kamen an die Wand über dem Herd, «damit wir», wie Leonie sagte, «nie vergessen, wie wertvoll unser Essen ist». Die Wand an Leonies Bett wurde mit den Zehntausendmarkscheinen tapeziert, die, an der Paulas Bett stand, mit den Hunderttausendmarkscheinen – «weil du mein größter Schatz bist» –, und an der Fensterseite, die wenig Licht abbekam, landeten die Hundertmarkscheine. «An der Wand sind alle Geldscheine gleich», sagte Leonie ironisch und blickte auf das fertige Werk. Fortan strahlte ihr kärgliches Domizil ungewöhnliche Prosperität aus. Das zog selbst Schmetterlinge an.

Franz war in die Reederei Kohn & Co. eingetreten. In den ersten beiden Jahren fuhr er über die Meere, sodass er die Zeit, in der die Preise auf dem europäischen Festland in Schwindel erregende Höhen kletterten, überwiegend auf hoher See oder in tropischen Paradiesen verbrachte, wo er Kokosnüsse, Holz, Tee, Kaffee und natürlich Kakao auf die Schiffe seines Patrons verfrachten ließ und dunkelhäutigen Grazien schöne Augen machte. Kaum zählen konnte er seine Eroberungen, die er genauso schnell in seine Kajüte zog, wie er sie schon wieder vergessen hatte, kaum dass sein Schiff in See stach.

Dann kam er in das Land seiner Ahnen, das er aus den Erzählungen seiner Großmutter zu kennen glaubte. Er verließ das Schiff genau dort, wo einst Gonzales nach Europa aufgebrochen war. Alles schien ihm fremd und vertraut zugleich. Er hatte sich die Heimat seiner Großmutter stets wie ein Fabelland vorgestellt, und nun war es ganz real – phantastisch, armselig und großartig. Der weiße Palmenstrand. Das tosende Meer. Die Hütten aus Palmwedeln. Das wilde Hochland. Die Dörfer aus Stein. Die zerlumpten Kinder. Vor Gold strotzende Kirchen. Verwunschene Gärten. Schreiende Vögel. Bauern mit Ponchos und Sombreros. Wären nicht da und dort bewaffnete Männer auf robusten kleinen Pferden geritten, er hätte sich wie in einer Bilderbuchwelt gefühlt.

Franz reiste auf dem Weg, den auch Gonzales genommen hatte, allerdings weit komfortabler. Er nahm Platz auf gut gepolsterten roten Ledersitzen im Fond eines Personenkraftwagens. Am Steuer saß ein dunkelhäutiger Chauffeur, dem ein weiterer Indio auf dem Beifahrersitz Gesellschaft leistete. Wegen der widrigen Straßenverhältnisse konnte man unter keinen Umständen auf einen Beifahrer verzichten. Von einem Moment auf den anderen entstanden reißende Flüsse, die es zu durchqueren galt. Die Gefahr, in ihnen stecken zu bleiben oder gar von ihnen mitgerissen zu werden, war groß. Erdbeben ließen

Geröll in die Tiefe stürzen, das sich auf den Straßen ablagerte und beiseite geschafft werden musste. Steile Anstiege waren nur mit zusätzlicher Menschenkraft zu bewältigen, sonst wäre das Automobil rückwärts gerollt. Atemberaubende Abfahrten auf engen Serpentinenstraßen stellten die Bremsen auf die Probe, vor allem, wenn sich Gegenverkehr hinaufwand, was, allen aztekischen Göttern sei Dank, jedoch selten geschah. Tiefe Schlaglöcher brachten die Reifen mit einem Knall zum Platzen.

Eine dieser Pannen ereignete sich just am Hang des feuerspeienden Popocatepetl. Links von ihnen öffnete sich der Abgrund kilometertief ins Tal, rechts von ihnen türmte sich der kahle Berg in den Himmel und spie dunklen Rauch. Franz war ausgestiegen und glaubte auf einem Pulverfass zu stehen. Er hob sein elegantes englisches Maßschuhwerk an, das er sich von seinem ersten Salär hatte machen lassen, um zu prüfen, ob die Sohlen vielleicht schon qualmten. Sie qualmten nicht. Beruhigt setzte er sich auf einen Stein und schaute den Indios bei ihren Reparaturarbeiten zu. Als ehemaliger Rennfahrer wäre er der bessere und vor allem schnellere Reifenwechsler gewesen, aber das zu sagen hätte die beiden sicher gekränkt.

Und weiter ging die Reise. In jedem Dorf, durch das sie kamen, ließen die Bewohner alles stehen und liegen, der Kakaoverkäufer seine großen gestreiften Früchte, der Galvanispezialist seine musizierenden Skelette aus Draht und Ton. Phlegmatisch in Hängematten herumliegende Männer sprangen auf. Frauen in bunten, langen Kleidern und mit bis auf den Hintern herunterhängenden, speckig schwarzen Zöpfen stellten die Waren, die sie auf dem Kopf durch die Gassen transportierten, mitten auf den Weg. Aus allen Richtungen kamen sie angelaufen, auch eine Verkäuferin mit dreißig übereinander gestapelten Strohhüten, und gafften das Auto als Wunderwerk Gottes, als Meisterleistung des Teufels oder als letztes großes Mirakel des Quetzalcoatl an. Sowie sie aber im Innern Franz entdeckten, hatten sie nur noch Augen für ihn. Kinder sprangen zu mehreren auf das Trittbrett und griffen mit scheinbar Hunderten von Armen durch die der Hitze wegen geöffneten Fenster. Entsetzt wich er zurück. Erst als es einem Kind gelang, sein blondes Haar zu streicheln, hielt er still. «Wie weich!», rief es. Nun ließ er es geschehen, dass auch die anderen ihn berührten. «Vielleicht ist er ein Gott!?», mutmaßte eine stämmige Indiofrau.

Endlich erreichten sie Mexiko-Stadt. Dort wurde Franz von seinen Verwandten in einen Kolonialpalast eingeladen. Sie waren reich an allem, besaßen sowohl Schätze der Azteken als auch Kunstwerke aus der Alten Welt. Neben einigen Manets und Monets hing sogar ein Rembrandt im Speisesaal. Auch Gold war überall im Haus vorhanden – als filigraner oder auch üppiger Schmuck an den Händen und Hälsen der Damen, als Stukkatur oder zu Statuen gegossen. Doch die Perlen überstrahlten alles. Die Hausherrin und ihre Töchter trugen lange Perlenschnüre im Haar, kunstvoll in die Zöpfe verwoben und um das Haupt gelegt.

Eines Morgens fiel Franz im Garten ein überraschend hellhäutiges Mädchen mit dunklen Mandelaugen auf. Es lief barfuß, denn alle Versuche seiner Herrschaft, es zum Tragen von Fußbekleidung anzuhalten, waren erfolglos geblieben. Bald traf er das Mädchen auf einem der unendlichen Flure wieder. Es lächelte ihn sphinxhaft an. Franz fing Feuer und begann zu überlegen, wie er des Mädchens habhaft werden könnte. Nie war man im Haus allein, überall lungerten Diener in Livree herum. Stundenlang warf er sich des Nachts in seinem Bett hin und her, so groß war sein Verlangen. Da beschloss er, als es wieder einmal Morgen wurde, in den Garten zu gehen. Er ließ sich unter den spitzen Blättern einer Agave nieder, sank auf den rauen, roten Wüstensand. In diesem Moment ging das Mädchen gar nicht weit von ihm vorbei, die Dornen der Kaktusfrucht schienen ihren bloßen Füßen nichts anhaben zu können. Er wollte nach ihrer Hand greifen, lehnte sich vor, spürte den Windhauch und den süßlich-herben Duft ihres Körpers. Doch er griff ins Leere. Verwirrt ließ er sich zurücksinken und schrie auf: Die Spitze eines Agavenblattes hatte sich in seinen Hals gebohrt. Die Wunde entzündete sich. Drei Tage lang lag er im Fieberwahn, doch als er wieder zu sich kam, loderte seine Leidenschaft noch immer. Also fasste er sich ein Herz und sprach das Mädchen in dem altmodischen Spanisch, das er von seiner Großmutter gelernt hatte, an. Es antwortete etwas, das er nicht verstand. Als er die Arme um sie legen wollte, entzog sie sich wie im Garten. Verzweifelt begann er ihr nachzuspionieren. Sie tat, als bemerkte sie es nicht, und um ihre Augen spielte weiterhin ein hintergründiges Lächeln. Franz schämte sich, aber er konnte von seinem unerklärlichen Tun nicht lassen. In der Nacht vor seiner Rückreise schlief er wieder nicht. Lange vor dem Morgengrauen sprang er aus dem Bett, zog sich schnell eine Hose über und schlich mit nacktem Oberkörper und nackten Füßen aus dem Zimmer. Eigentlich wollte er wieder in den Garten, aber eine unwiderstehliche Macht zog ihn die Korridore entlang. Er bog in den Trakt der Diener, bis er vor der Tür des schönen Mädchens stehen blieb. Er zögerte einen Moment, doch dann drückte er wie unter Zwang die Türklinke hinunter und stahl sich in den Raum. Es war stockfinster. Franz wusste, dass da drei Betten standen und das Mädchen im mittleren schlief. Er tastete sich durch die Dunkelheit, stolperte über einen Gegenstand, fing sich aber sogleich wieder, ohne Lärm zu machen. Am Bett des Mädchens kniete er sich hin und suchte unter dem Laken nach dessen Hand. Er ließ sich von ihr ins Bett ziehen.

Da war er wieder, der Duft. Franz schmolz dahin.

Am Morgen erwachte er von den ersten Sonnenstrahlen. Gerade wollte er sich schweren Herzens von dem Mädchen verabschieden, da merkte er, dass er vom anderen Ende des

Zimmers aus beobachtet wurde. An der Wand stand das Mädchen und lächelte. Franz erstarrte. Neben ihm im Bett lag eine feiste, alte Indiofrau, die Köchin. Er sprang auf und hetzte aus dem Raum. Am Mittag schon stieg er wieder in das Automobil und verließ Mexiko-Stadt und machte sich auf die Rückreise nach Europa. Erst als er an den hanseatischen Landungsbrücken festen Boden betrat und seine Mutter auf sich zueilen sah, konnte er über das Erlebte lachen.

Wir saßen beim Tee. Onkel Paul war da und einige andere Gäste auch, als Camill, es war ziemlich genau halb sieben, mit trotzigem Gesichtsausdruck ins Wohnzimmer trat und eine Weile in der Türfüllung stehen blieb.

Mein Vater raunte ihm zu: «Heute wird das nichts. Wir haben Gäste. Morgen um fünf nach halb sieben im Esszimmer.»

Keiner schien die kleine Unterbrechung bemerkt zu haben, nur Onkel Paul ließ einen überraschten Blick zwischen Vater und Sohn hin- und herschnellen.

«Was hatte das zu bedeuten?», fragte er Camill, als wir ihn zum Abschied in die Diele hinausbegleiteten.

«Dass ich mir morgen die Tracht Prügel abholen darf, die ich eigentlich heute hätte bekommen sollen.»

«Ach, Franz!», stöhnte er da und strich meinem Bruder über das blonde Haar. Er wirkte so, wie wir ihn nicht sehen wollten: traurig. Mit gesenktem Kopf ging er zur Tür. «Wie wär's», fragte er, die Hand schon auf der Klinke, und schaute uns wieder an, «wenn ich euch morgen Nachmittag eine kleine Kasperlevorstellung gebe, eine Vorstellung nur für euch beide?»

«Au ja, Onkel Paul. Aber musst du nicht arbeiten?», riefen wir und wurden ganz aufgeregt.

«Nein, nein, in diesem speziellen Fall nicht. Also morgen Nachmittag, und pssst, großes Geheimnis, davon wissen nur wir drei.» Er legte, wie früher, als wir noch auf seinen Knien geritten waren, einen Finger an den Mund.

Am nächsten Tag erschien er zur verabredeten Zeit und trug eine große, abgewetzte, wenngleich rosenbestickte Reisetasche bei sich. Er ließ sich von uns auf den Dachboden führen, wo unser grünes Kasperletheater stand. Auf der Vorderseite zog Kasper eine Grimasse, die Onkel Paul, kaum sah er sie, nachmachte. Schon brachen wir in Gelächter aus und mussten uns den Bauch halten, worauf er gleich noch weitere Grimassen zog.

Dann wurde er ernst. «Nun zeigt mir mal eure Figuren und lasst mich kurz allein, sagen wir zehn Minuten.»

Es waren die längsten zehn Minuten unseres Lebens, sie waren sogar noch länger als die vor einer Tracht Prügel. Wir warteten im Zimmer unseres älteren Bruders Ramón, der unterm Dach wohnte. Dann, endlich, ertönte eine Glocke, und wir stürmten los. Der Dachboden lag nun im Dämmerlicht, die nackte Glühbirne, die sonst den Raum beleuchtete, war ausgeschaltet, stattdessen stand eine Kerze vor dem Kasperletheater, die im Windzug flackerte. Kasperles Grimasse verschob sich mal nach rechts, mal nach links oder zog sich bedenklich in die Breite. Die roten Samtvorhänge waren noch geschlossen. Langsam kamen wir näher. Vor dem Theater standen zwei klapprige Stühle, die Onkel Paul wohl in einer der Ecken gefunden hatte. Wir saßen schon eine kleine Weile auf diesen Stühlen und begannen bereits, auf ihnen herumzuspaddeln, aber nichts geschah. Gespannt lauschten wir auf die Geräusche hinter dem Theater, es raschelte und klapperte. Wir starrten auf den Vorhang, der sich nicht bewegte. Plötzlich öffnete er sich einen Spaltbreit, und der Teufel, schwarz wie die Nacht, streckte seinen Kopf heraus. Auf seiner riesigen Nase glühte eine Warze, auf seinem kahlen Schädel hatte er nur drei Haare und ein doppeltes Hörnerpaar: Eines war fast so lang wie der Kopf, während das andere gerade erst die Kopfhaut durchstieß. Obwohl es unsere alte Handpuppe war, mit der wir schon Hunderte Male gespielt hatten, erkannten wir sie nicht gleich und schauten ihren schlangenartigen Bewegungen gebannt zu.

Da kam sie zur Ruhe, streckte frech die Zunge aus dem Mund und sagte mit hoher Fistelstimme: «Es gab eine Zeit, da regierte ich die Welt.» Der Teufel unterbrach sich und lachte hämisch. «Niemand anderes hatte das Sagen als das Böse, dessen Verkörperung ich bin. Ich kroch in den Hintern vieler Menschen. Ich habe mich durch ihre Gedärme bis in ihre Herzen vorgearbeitet und konnte so mein vernichtendes Werk beginnen.» Er verstummte und hob dann erneut an. «Die Guten, die sich mir nicht öffnen wollten, habe ich bekämpft mit Hilfe derer, die bereits von mir besessen waren. Ich, der König der Finsternis, habe ewige Nacht über die Erde gebracht. Ich konnte in aller Ruhe auf meinen Widersacher furzen.» Emphatisch riss er die Arme gen Bühnenhimmel. Eine Flamme schoss aus seinem Hintern. «Ach, das waren glückliche Zeiten, aber nun seht selbst, wie es damals zuging in der Welt.» Er verschwand mit einem Salut hinter dem Vorhang, der sich ganz langsam öffnete. Die Ringe, an denen er befestigt war, klackerten verheißungsvoll.

Nun war der Blick frei auf einen Prospekt, den wir noch nie gesehen hatten. Es war ein Marktplatz. Die Häuser kippten nach vorn, sodass sie umzustürzen drohten, und die Personen, die sich auf dem Platz befanden, waren in den eigenartigsten Haltungen erstarrt. Kasper, den man unschwer an seiner rot-grün gestreiften Zipfelmütze, seinen leuchtend roten Wangen wie auch an seinem gestreiften Strampelanzug und der weißen Halskrause erkennen konnte, hatte einen Knüppel zum Schlag erhoben. Sepp band sich auf der anderen Seite der Bühne die Schnürsenkel. Seine Kleider waren wie immer blau, und blau war auch seine Mütze. Nur seine langen Kragenaufschläge und Schuhe strahlten sonnengelb. Im Hintergrund hielt der Wachtmeister mit seinem silbern glänzenden Helm warnend einen Zeigefinger hoch, während sein ärgster Kontrahent, der maskierte Räuber, von rechts um eine Ecke blinzelte. Hoch oben über einem Giebel schwebte der Teufel und hatte keck seinen Bockshuf über den First eines Hauses geklappt.

Plötzlich schnippte er in die Luft und rief mit seiner Fistelstimme: «Los!» Nun gab es kein Halten mehr, die kleine Puppenwelt geriet in Bewegung. Sepp richtete sich auf, der Wachtmeister ließ seinen Zeigefinger sinken und machte ein paar Schritte auf den Räuber zu. Anstatt zu fliehen, kam der Räuber, o Wunder, ihm entgegen. In der Mitte der Bühne trafen sie aufeinander und steckten die Köpfe zusammen, während Kasper ein lustiges Liedchen pfiff und nach seiner liebsten Liese Ausschau hielt, die sich nun an einem der schiefen Fenster zeigte. Kasper winkte und warf ihr Kusshände zu, dann nestelte er einen klitzekleinen Liebesbrief aus seiner Strampelhose. Währenddessen näherten sich Wachtmeister und Räuber Sepp, der an einem Pfosten lehnte und an nichts dachte, schon gar nicht an etwas Böses.

«Vorsicht, Sepp!», wollte ich rufen, verkniff es mir aber, denn dazu war ich mit meinen elf Jahren schon zu groß.

«Was issen das für ’n Heini?», fragte der Räuber und schlug dem Gendarmen mit seiner kleinen Stoffhand kumpelhaft auf den Oberarm.

«Bin keinein Heineini, bin doch der Sepppepp.»

«Na, Heini Sepp, was haben wir denn hier zu suchen?», fragte der Wachtmeister zackig.

«Wiesoso, ich suche doch gagar nichts, ich sihitze hier nur gemütütlich!», antwortete Sepp.

«Hast du gehört, Räuber, er sitzt hier nur gemütütlich! Was hast du hier zu sitzen?»

«Ist das denn verboboten, hier nur soso gemütütlich zu sitzen?»

Der Wachtmeister und der Räuber begannen schallend zu lachen.

«Weißt du, Herr Wachtmeister, das Blau seiner Jacke, das ist fürchterlich.» Der Räuber zeigte auf Sepp.

«Da hast du ein wahres Wort gelassen ausgesprochen.»

«Wir sollten ihm vielleicht mal ordentlich die Hucke verbläuen, dann ist die wenigstens mal zu Recht blau. Hohoho!»

Just in dem Moment erhob der Teufel seinen pechschwarzen Arm zum Mund und stieß einen gellenden Pfiff aus. Wie von Sinnen stürzten sich Wachtmeister und Räuber auf den armen Sepp und hieben auf ihn ein. Obwohl er schon am Boden lag und erbärmlich um Hilfe schrie, verpasste ihm der Räuber noch ein paar Tritte mit seinem Miniaturstiefel. Der Wachtmeister, auch nicht faul, zog eine kleine Schere hervor und schnitt ein rundes Loch in Sepps blaue Jacke. Hinter dem Loch kam das blanke Holz zum Vorschein.

«Das soll dir eine Lehre sein, dich in der Öffentlichkeit nie wieder blau zu zeigen! Verstanden?», sagte der Wachtmeister. Dann machten sich die beiden aus dem Staub.

Jetzt erst drehte sich Kasper um, der die ganze Zeit in sein verliebtes Getändel versunken gewesen war. «Ja, Sepp, was ist denn mit dir los, was machst du denn da am Boden? Suchst du was, hast du was verloren?»

Sepp seufzte. «Jetzt, fangang nicht duduhu auch noch an.»

Kasper tänzelte um Sepp herum. «Willst du nicht vielleicht aufstehen, statt da weiter im Dreck rumzukugeln?»

«Au, hihilf mir lieber, die haben mir vielleilleicht die Hucke verbläut, au, nicht anfassen!»

«Wann haben die dir denn die Hucke verbläut?»

«Na, grad eben, du Deppepp.»

«Na, wer ist denn hier der Depp? Der Sepp ist der Depp! Hahaha. Ich war doch die ganze Zeit hier, Deppsepp, ich habe nichts gesehen.»

«Weil du eben blihind bist.»

«Du sagst mir, ich bin blind? Ich habe die besten Augen der Welt. Ich brauche nicht mal eine Brille!» Kasper warf sich gehörig in Positur. «Ich kann auf tausend Meter den kleinsten Floh erkennen und auch noch, ob's ein Männchen oder Weibchen ist. Dahinten sehe ich zum Beispiel, ja wer soll denn das sein, zwei Gestalten, die rennen um ihr Leben. Kann's nicht erkennen. Ach, ist ja egal.»

«Du, der Sepp ist Onkel Paul und Kasper ist Papá! Der ist doch auch so stolz darauf, dass er keine Brille braucht», flüsterte mir mein Bruder zu.

«Du spinnst», flüsterte ich zurück, obwohl ich fand, da war was dran.

Kasper prustete. «Gleich erzählst du mir noch, der Wachtmeister und sein Erzfeind, der Räuber, hätten das Meisterstück zusammen an dir verübt. Gemeinsam. Hahahaha.»

«Ganz gegenau, Räuber und Gendarm, die stecken unter einer Deckecke.»

«Aber mal ganz im Vertrauen, Sepp, das Blau deiner Jacke gehört auch wirklich verboten. He, du hast ja ein Loch in der Brust.» Kasper bohrte seinen Finger hinein.

«Das haben die mir eben rausausgeschnitten!»

«Der Sepp hat 'n Loch in der Brust, das bereit' ihm gar kein' Lust! Das bereit' ihm gar kein' Lust, dass er hat 'n Loch in der Brust», trällerte Kasper.

«Dies war des ersten Aktes viel versprechendes Ende», sagte nun der Teufel. «Seht sogleich, was ich des Weiteren unternahm, um endlich dem guten Treiben auf Erden ein Ende zu machen.» Er rieb sich freudig die pechschwarzen hölzernen Hände. Langsam schloss sich der Vorhang.

«Hast du eine Ahnung, was das bedeuten soll?», wisperte ich meinem Bruder zu.

«Nicht die geringste! Aber wenn Kasper Papá ist, dann war das mal wieder typisch für ihn.»

Da ging der Vorhang schon wieder auf. Ein neuer Prospekt war zu sehen, ein Waschbecken in merkwürdiger Perspektive und ein übergroßer Spiegel. Vorn auf der Kante der Bühne stand eine kleine Badewanne, die ein wenig nach hinten abgekippt war, sodass man auf den ersten Blick nicht erkennen konnte, dass sie keine Rückwand hatte. Sepp saß darin mit einem Schrubber in der Hand. Er schrubbte wie besessen auf seiner Kleidung herum.

«Diese verdammte Fafarbe will und will nicht abgehen. Jetzt habebe ich schon proper den Meister versucht, der wäscht so sauauber, dass man sich drin spiegeln kann, alles gelologen. Kein Jota Blau, au, wiwiwill von meinem Körper lassen! Verdammte Fafarbe, hat auf meine Haut abgefärbt!», greinte er und weinte alle Tränen der Welt, die die Badewanne nicht auffangen konnte, da sie ja keine Rückwand hatte. Er schluchzte, sein hölzerner Körper schüttelte sich, und die Badewanne geriet ins Wanken.

Plötzlich kam Kasper ins Badezimmer gestürzt. Als er Sepp sah, schüttete er sich aus vor Lachen. «Du bist ja blau von Kopf bis Fuß! Lass mal sehen, ob dein edelster Teil auch –»

«Untersteh dich, Kasper.» Sepp ließ schnell die kleine Bürste los und hielt beide Hände über besagte Stelle. Mit leicht schief gelegtem Kopf sah er an sich herunter.

Mürrisch entgegnete Kasper: «Du, ich habe munkeln hören, dass ein Gesetz … Na ja, man soll nicht blau sehen und auch nicht auf jedes Gerede hören.»

«Was hast dudu munkeln gehört? Sag's mir, Kasper!»

«Sag erst bitte!»

«Bibibitte.»

«Bitte!»

«Bibitte!»

«Na schön. Blau steht auf der Liste.»

«Aber dadas können die doch nicht machen. Ich hab doch schon alles versuhucht. Kein Wahahaschmittel hilft.»

«Vielleicht solltest du die Waschmittelhersteller verklagen? Das wär 'ne Gaudi. Wenn alles nicht hilft, muss man dir die Haut eben abziehen! Hahaha. Kopf hoch, so schlimm wird's schon nicht kommen, die werden nicht so ein Gesetz erlassen, denn du bist ja doch irgendwie ein Mensch, und der Mensch ist des Menschen Feind, äh, Freund, nicht wahr?»

Und der Vorhang schloss sich ein zweites Mal.

Ich sah, wie mein Bruder einen verstohlenen Blick auf seine Armbanduhr warf und bleich wurde. «Wie spät ist es denn?»

«Viertel nach sechs.»

«Dann hast du ja nur noch zwanzig Minuten.»

«Musst mich ja nicht extra dran erinnern, blöde Schnepfe», gab er patzig zurück.

Da öffnete sich der Vorhang zum dritten Akt. Offensichtlich hatte auch Onkel Paul die Zeit im Kopf, denn nun ging alles ganz schnell. Er begann sogar schneller zu sprechen, sodass die Figuren nuschelten, sich Silben überschlugen. Wir sahen wieder den Platz mit den Häusern vom ersten Akt. Kasper trällerte erneut ein Liedchen für seine liebste Liese am Fenster, und Sepp lehnte am Portal. Von Räuber und Gendarm jedoch war nichts zu sehen, dafür klebte an der Häuserwand ein Plakat, auf dem mit großen schwarzen Lettern geschrieben stand: «Wehrt euch gegen die Übermacht der Blauen. Wehrt euch!»

«O Gott, was soll Onkel Paul jetzt nur machen?», murmelte ich.

Da stürmten von allen Seiten Menschen auf die Szenerie: der Bauer und die alte Hexe, die gute Mutter und der fesche Hans, der Bub und das Krokodil, und alle trachteten Sepp nach dem Leben. Der Wachtmeister jagte ihn von der einen Seite der Bühne auf die andere, wo ihn der Räuber mit seinem Knüppel empfing und ihm herbe Schläge versetzte. Sepp taumelte zum feschen Hans, der ihn zur alten Hexe weiter schubste, die zog ihm eins mit ihrem Reisigbesen über. Der Bub knallte ihm eine, und selbst die gute Mutter gab ihm eine Backpfeife, und die Liese verschloss ihr Fenster, als er auf der Flucht vor seinen Verfolgern bei ihr um Einlass bettelte.

«Scheißliese», schrie ich. Um Sepp war es schlecht bestellt.

Und um Camill ebenfalls. Er wurde zusehends nervöser. Immer wieder blickte er auf die Armbanduhr, die ihm ausgerechnet Onkel Paul geschenkt hatte, und rutschte auf seinem Stuhl herum. Er konnte sich überhaupt nicht mehr auf das Geschehen konzentrieren, und auch ich wurde allmählich von seiner Nervosität angesteckt. Die Schläger hatten sich gerade aus dem Staub gemacht, als Onkel Paul das Spiel unterbrach und seinen Kopf unter dem hinteren Prospekt hervorstreckte. Wie aus einem Bilderrahmen blickte er auf uns herab.

«Keine Angst, Camill, ich regele das heute», rief er, und schon sprang er die Treppe hinunter. Minuten später kam er mit hochrotem Kopf zurück und nickte meinem Bruder zu. Der fiel ihm um den Hals. «Jetzt wollen wir mal sehen, wie unsere Geschichte weitergeht!», sagte Onkel Paul. «Allens klar Schiff?»

«Klar Schiff, Käpten», salutierten wir kichernd, wie wir es immer taten, wenn er seine Seemannskenntnisse zum Besten gab, denn wir wussten, dass er panische Angst vor dem Wasser hatte und in seinem Leben nie mehr freiwillig ein Schiff betreten würde. Dann nahmen wir wieder Platz, zogen die Beine auf die Sitzfläche unserer Stühle und machten es uns bequem.

Der Vorhang zum letzten und alles entscheidenden Akt ging auf. Sepp lag reglos auf dem Boden. Da kam Kasper des Wegs und pfiff lustig vor sich hin.

«Sag mal, Camill, Kasper war doch nicht unter den Schlägern, oder?», fragte ich meinen Bruder leise, der mich aus weiter Ferne anzugucken schien und nur den Kopf schüttelte. «Vorsicht!», wollte ich gerade rufen, doch da war Kasper bereits über Sepp gestolpert.

«He, Sepp, steh auf! Seit wann macht man sein Mittagsschläfchen mitten auf der Straße?»

Sepp rührte sich nicht.

Grinsend wandte sich Kasper uns Zuschauern zu. «Der hat Nerven, macht hier sein Nickerchen.» Er trippelte auf Sepp zu und kitzelte ihn mit dem Fuß. «Da muss ich wohl mal ein bisschen kräftiger killekille machen. He, Sepp, biste blau oder was? He, Sepp. Der hört ja gar nichts. Wahrscheinlich ist er sternhagelvoll!» Kasper sah uns fragend an. «Der Sepp ist mal wieder blau, weil er hat rausgelassen die Sau, auauwau», trällerte er dann und tänzelte um den am Boden Liegenden herum, bis er erstaunt an dessen Kopf stehen blieb. «Vielleicht ist er aber auch tot?» Er bückte sich. «Nee, der atmet noch, aber ihm fließt ja Blut ausm Gesicht.» Da nahm Kasper sehr vorsichtig den Sepp auf seine Arme. «Ist der aus Holz, oder warum ist er so schwer? Den lasse ich ja gleich wieder fallen.»

«Nein, tu's nicht, Kasper!», entfuhr es mir.

Kasper wandte sich in meine Richtung. «Tu ich auch nicht, Elinchen.» Er tappte mit seiner Last von der Bühne, und ein kleiner Zwischenvorhang ging herunter, auf dem ein Zimmer zu sehen war. Ein Bett flog auf den Bühnenrahmen und blieb dort hängen. Kasper legte Sepp in das schwankende Bett.

«Bist du tot, Sepp?», schrie er ihm ins Gesicht. «Schöne Bescherung. Du weißt, dass ich den Tod nicht leiden kann. He, wach auf! Oijoijoi! Da muß stärkerer Tobak her.» Fordernd hielt er seine Hand aus der Szenerie. Wie von Zauberhand wurde ihm ein triefender Waschlappen gereicht. Mit Schwung warf er ihn dem armen Sepp ins Gesicht.

Der zuckte zusammen. «Aaaah», stöhnte er, «tu das sosofort weg. Willst du mich uuuuumbringen?»

«Das haben schon andere versucht, hähähä. Freundchen, aber hier kannst du nicht bleiben. Hier finden sie dich. Du solltest ein bisschen vorsichtig sein, so blau, wie du bist!»

«Aber was soll ich dennenn machen?»

«Lass mich mal eben nachdenken.» Kasper stützte seinen großen Holzkopf auf die rechte Hand. Auf einmal rief er freudig aus: «Ich hab's, du musst eine kleine Schiffsreise unternehmen.»

«Was, ich soll aufs Wasser? Bist du verrürrückt? Ich kann doch gagar nicht schwimmen. Ich geh niemals aufs Wawasser.»

«Dann stirbst du eben, auch gut. Wie du willst.»

«Sterben wwwill ich nicht!»

«Dann musst du aufs Schiff.»

«Ich wwwill nicht aufs Schiff.»

«Dann musst du eben sterben.»

«Ich wwwwill nicht sterben.»

«Bist du stur!»

«Ich kakann doch auch anders reisen.»

«Geht nicht. Du musst aufs Schiff.»

«Geh du doch aufs Schiff.»

«Gut, dann geh ich eben aufs Schiff. Aber ich bin doch gar nicht in Lebensgefahr. Warum soll ich aufs Schiff?»

«Also gugut, ich geh aufs Schiff, aber nicht ins Wasser.»

«Du sollst ja nicht ins Wasser gehen, sondern aufs Schiff.»

«Also gut, ich gehe aufs Schiff, aber nicht ins Wawasser. Ich kann nämlich nicht schwimmen.»

«Macht nichts, das Schiff schwimmt für dich.»

«Und wwwwas, wenn das Schiff untergeht?»

«Mein Gott, dann gehst du eben mit unter. Ist mir dann auch egal.»

«Gut, wewewewenn es dir egal ist, dann geh ich eben aufs Schiff. Aber ich hab kein Geld.»

«Du musst als schwarzer Passagier fahren.»

«Schwarzer …?»

«Dann malst du dich eben an. Lass mich nur machen! Ich bin bald zurück.»

Sepp ließ sich auf die Kissen sinken und schlief ein, er schlief und schlief und schlief immer noch, als die Tür wieder aufsprang. Jetzt schreckte er aus dem Schlaf hoch. «Du bist's», sagte er, als er Kasper erkannte, «ich dadachte schon, sie kommen mich holen.»

«Los, beeil dich!», rief Kasper. «Dein Schiff fährt gleich.»

«Ich wiwiwill nicht aufs Schiff», jammerte Sepp.

«Fang nicht wieder an.»

«Ich kakakann doch nicht schwimmen.»

«Das hatten wir schon.»

«Und ich hab kein Geld. Und ohne Geld bin ich doch verlohoren.»

«Wir teilen redlich, was ich hab», bot Kasper ihm an und wühlte in seiner Hosentasche. «Drei Groschen. Für dich einen, da du ja sowieso mit dem Schiff untergehst, und für mich zwei, weil ich hier bleibe.»

«Ich wwwwill nicht untergehen», flüsterte Sepp leise und beschwörend, als er den Groschen nahm. Er und das Bett verschwanden von der Szenerie, und im Hintergrund fiel ein Meeresprospekt herunter. Ein schönes Schiff schaukelte auf dem Bühnenrand.

Da tauchte der Teufel wieder auf und streckte seine rote Zunge heraus. «Der ist mir durch die Lappen gegangen, aber das war nur einer von wenigen. 99 Prozent der Blauen habe ich vom Erdboden getilgt. Also, liebe Kinder, lebt recht wohl und bedenkt: Nicht immer ist das Gute gut und das Schlechte schlecht, manches Mal ist auch das Schlechte gut und das Gute schlecht, und wenn ihr glaubt, dies sei alles nur Haarspalterei, dann irrt ihr euch gewaltig. Auf Wiedersehen.» Er zeigte nochmal schnell die rote Zunge, erhob drohend den Zeigefinger und verschwand.

«Onkel Paul, ich bin so froh, dass es dich gibt», rief mein Bruder begeistert, als er hinter seiner Kiste hervorkam, und wir klatschten beide. Doch Onkel Paul zuckte nur mit den Schultern. Er sah müde aus.

«Geht's dir nicht gut, Onkel Paul?», fragte ich ihn erschrocken.

Er nickte.

Kurz darauf war er tot.

Meine Großeltern wohnten in einem Fünfziger-Jahre-Haus ein wenig außerhalb der Stadt. Man gelangte vom Parkplatz neben der Schnellstraße über einen mit Betonplatten gepflasterten Weg zu den dreistöckigen Mietshäusern, die in mehreren Reihen hintereinander standen. Der Rasen war sehr kurz geschnitten. Es gab keine Blumen oder Sträucher. Wenn wir die mit Riffelglas besetzte Eingangstür öffneten, schlug uns der Geruch von Putzmitteln entgegen. Je nach Tageszeit vermischte er sich mit Kohl- oder Kaffeegeruch aus den anderen Etagen.

Eines Tages war ich mit meiner Mutter dort zu Besuch und starrte meine Großmutter so lange an, bis sie ganz unruhig wurde. Hinter mir röhrte ein Hirsch in einer Alpenlandschaft. Vor mir rutschte sie auf ihrem Stuhl hin und her.

«Ist was mit mir? Habe ich vielleicht Sahne auf der Nase oder einen Krümel im Mundwinkel?», fragte sie.

«Nein. Ich versuche nur herauszufinden, was an dir ‹irgendwie jüdisch› aussieht. Papá sagt das manchmal, aber ich finde eigentlich, du siehst ganz normal aus.»

«Elena», wies meine Mutter mich zurecht, «was redest du denn da?»

Meine Großmutter lachte. «Lass sie doch, es ist ihr gutes Recht zu fragen. Aber sag mir doch einmal, Elena, was soll an dem ‹irgendwie Jüdischen› denn nicht normal sein?»

«Keine Ahnung. Dass man's nicht sieht?»

«Na, das ist doch mal ein origineller Ansatz, der gefällt mir. Die Menschen, Elena, werden immer etwas finden, was sie den Juden anlasten können. Der eine mag keine großen Nasen –»

«Papá hat auch eine große Nase.»

«Siehst du. Und der andere behauptet, die Juden hätten den Juden Jesus Christus ans Kreuz geschlagen.»

«Christus war auch ein Jude?»

«Ja, selbstverständlich.»

«Das heißt also, dass jeder Christus, der in einer Kirche am Kreuz hängt, auch ‹irgendwie jüdisch› ist?»

«Ja, so könnte man das sagen», bestätigte meine Großmutter lächelnd.

Ich deutete auf meine Mutter. «Und sie?»

«Die Zugehörigkeit zum Judentum vererbt sich über die Mutter, beim Vater kann man ja nie so ganz sicher sein, dass er auch tatsächlich der Vater ist», klärte mich meine Großmutter auf.

Einen flüchtigen Moment lang hegte ich die Hoffnung, dass mein Vater gar nicht mein Vater war. Dann rief ich: «Also bin ich auch irgendwie jüdisch! Warum dürfen dann Omi und Opi nicht zu uns nach Hause kommen?»

«Elena, um Gottes willen», sagte meine Mutter entsetzt und flüsterte mir nach einer Weile zu: «Da musst du deinen Vater fragen.»

Das tat ich lieber nicht.

Paula war schon mit fünf Jahren in die Schule gekommen, hatte sich aber nie wirklich für den Unterricht interessiert. Meist guckte sie aus dem Fenster und hielt nach Schmetterlingen Ausschau. Sie musste nie lange warten. Im Lauf eines Vormittags sammelten sich immer mehr geflügelte Wesen auf der Fensterscheibe, obwohl im Schulhof kein einziger Baum stand und keine einzige Blume blühte. Kurz vor Schulschluss ließen die dicht an dicht gedrängten Schmetterlinge Sonnenstrahlen nicht mehr durch, und im Klassenraum musste das Licht eingeschaltet werden. Die Falter saßen auf dem blanken Glas und schlugen sachte mit den Flügeln. Die Mitschülerinnen hatten sich längst an das Schauspiel vor dem Klassenzimmerfenster gewöhnt, Paula hingegen sah unentwegt hin. Die Lehrer ermahnten sie, doch viel nützte das nicht. Da sie jede Aufgabe spielend löste, ließ man sie bald in Ruhe. Ihre Klassenkameradinnen nannten sie «das Schmetterlingsmädchen», aber sie war ihnen etwas unheimlich, und daher suchten sie ihre Nähe genauso wenig wie sie die ihre. Leonie forderte sie des Öfteren auf, eine Freundin mit nach Hause zu bringen, doch Paula schüttelte den Kopf.

«Aber Mami, was hast du denn? Du weinst ja, du weinst doch sonst nie!», sagte sie einmal.

Leonie murmelte: «Nichts, meine Süße, es ist nichts, nur wird mir zuweilen so schwer ums Herz.»

«Du musst nicht traurig sein. Wenn ich sterbe, werde ich als Schmetterling wiedergeboren.»

«Was sagst du denn da!»

«Ist doch nichts Schlimmes dran, dann bin ich immer bei dir.»

Ein paar Tage lang war Leonie beunruhigt, doch als sie sah, dass Paula fröhlich war wie immer, verflog die Sorge.

Ein über die Maßen kalter Herbst kündigte sich mit ersten Nachtfrösten bereits Anfang September an. Paula, inzwischen dreizehn geworden, war in den Monaten davor hoch aufgeschossen. Manchmal taten ihr die Glieder weh, und es zog in ihren Muskeln. In der Brust spürte sie etwas Ungewohntes. Sie betastete die kleinen Wölbungen und fühlte merkwürdige Scheiben unter der Haut, die so gar nichts mit dem runden, weichen Busen ihrer Mutter gemein hatten. In ihrem Bauch zuckte es dann und wann. Paula ahnte, was das zu bedeuten hatte. Als sie eines Morgens aus der Haustür trat, lag der Nebel bleiern über den Wiesen. Glitzernder Tau bedeckte das Gras. Der gefrorene Boden knackte unter ihren Schuhen. Die Sonne stand giftig rot am Horizont und verschwamm im Dunst. Paula, die langsam, aber zielgerichtet ihres Weges schritt, deutete all diese Naturerscheinungen als Zeichen, und sie wusste, dass es Zeit war.

Am selben Morgen war Leonie so fahrig, dass sie sich in der Schneiderwerkstatt, in der sie angestellt war, kaum auf ihre Arbeit konzentrieren konnte. Ständig unterliefen ihr Fehler, aber da ihr das sonst nie passierte, sah die Chefin großzügig darüber hinweg. Sie schickte sie, was noch nie geschehen war, eine Stunde früher als sonst nach Hause. Leonie stieg in die Straßenbahn und verfluchte jeden unplanmäßigen Halt, der durch einen bummelnden Passanten oder ein zuckelndes Fuhrwerk verursacht wurde. Ihre Hände, mit denen sie sich an die Haltestange klammerte, waren schweißnass. An ihrer Station angekommen, sprang sie die drei hohen Stufen der Trittleiter mit einem Satz hinunter. Sie lief nicht nach Hause, sondern in den Stadtpark, schlug den Weg zum kleinen Teich ein und nahm eine Abkürzung durch das Gestrüpp. Mit einem Mal blieb sie stehen. Hinter einem Busch rechts von ihr leuchtete es weiß. Ein erster Schneefleck? Leonie erstarrte. Sie schlug die Hände vor die Augen, denn ihr Blick verschwamm. Was sie immerzu gefürchtet hatte, war eingetreten. Auf der kühlen Erde lag ihr Kind, lag dort seit den frühen Morgenstunden, und es war schon kalt. Um Paula herum lagen verstreute Kleider, ihre rote Strumpfhose, der dunkle Latzrock und, etwas weiter entfernt, die verbeulten Schnürstiefel, die Leonie früher selbst getragen hatte. Dennoch war sie nicht nackt. Ihr Körper war in den feinsten Stoff gehüllt, den die Natur hervorbringen konnte: in Schmetterlingsflügel. Kein Millimeter ihrer Haut war fremden Blicken preisgegeben. Wie bei einem Trauermarsch hoben und senkten sich die Flügel in gleichmäßigem Rhythmus und fächelten die Seele des toten Kindes ins Totenreich. Leonie kniete sich hin und schnitt Paula mit ihrer Schneiderschere eine schwarze Haarlocke ab. In dieser Stellung hockte sie noch, als ein Spaziergänger sie später fand.

Der Leichnam wurde von den Behörden beschlagnahmt, die Schmetterlingsschar vertrieben. Auf Umwegen gelangte Leonie nach Hause. Sie sah sich in der Wohnung um, nahm Paulas Buntstifte und malte über die Geldscheine, die immer noch an den Wänden klebten, riesige Schmetterlinge. Sie malte tagelang. Sie malte immer größere und immer buntere Schmetterlinge, bis alle vier Wände von ihnen bedeckt waren, und brach zusammen.

Währenddessen wurde Paula autopsiert. Ein Messer schnitt ihr in die Haut. Nun war es Gewissheit: Ihr war keine Gewalt angetan worden. Keine Menschenhand hatte sie angerührt. Ihre erste Eizelle war gereift und dann gesprungen.

Am Abend des Tages, an dem sie starb, setzte die große Kälte ein. Als der Frühling Monate später kam und Leonie das erste Mal wieder das Fenster öffnete, flatterte ein Schmetterling aus der baumlosen Straße herein und ließ sich auf der Fensterbank nieder.

Der Mann ist Vegetarier, der Mann hat Charisma», sagte Mercedes eines Tages, als sie zu Besuch in Berlin war. «Den muss man unterstützen in dieser Zeit der Charakterlosen. Wenn ich nur an diesen senilen Hindenburg denke …»

Maria musste lächeln. «Ja, ja, der Hindenburg, der ist dir immer noch ein Dorn im Auge. Dabei bin ich mir sicher, Hindenburg ist das geringere Übel.»

«Das ist mal wieder typisch für dich! Kommt einer daher, der kein Blatt vor den Mund nimmt, wird meinem kleinen Schwesterherz gleich ganz bang zumute. Aber glaub mir, solche Menschen braucht das Land.»

«Er sagt, was er denkt, allerdings. Aber stell dir vor, er setzt es um.»

«Der Mann ist Vegetarier, der kann kein ganz schlechter Mensch sein. Wer keine toten Tiere isst und keine lebenden Austern schlürft … Allein die Vorstellung verursacht mir Übelkeit: ein Tier auf der Zunge haben, das noch lebt, noch atmet –»

«Atmen Austern?»

«Wer weiß, wie lange sie weiterleben, bis sie von den Magensäften zersetzt werden –»

«Mercedes, du schweifst ab!»

«Wer keine lebenden oder toten Tiere isst, kann kein ganz schlechter Mensch sein.»

«Ich habe gehört, er ist Vegetarier, weil er Angst hat, sich durch den Verzehr von Tieren mit Krankheiten zu infizieren.»

«Eine glatte Lüge. Er kann keiner Fliege etwas zuleide tun, das haben seine engsten Freunde immer wieder bestätigt. Er benutzt weder Fliegenklatsche noch Leimfallen, nicht mal auf dem Land. Die armen Tiere, denk doch nur! Statt einen Geschlechtspartner zu finden, wie der Geruch es ihnen vorgaukelt, kleben sie fest. Je mehr sie mit ihren Beinchen strampeln, umso aussichtsloser wird ihre Lage. Stell dir vor, dir würde das passieren.»

«Ertrunken in Mousse au chocolat, gar nicht schlecht.»

«Nicht Mousse au chocolat, Geschlechtssaft! Aber das würde dir womöglich noch Freude machen!»

«Wie meinst du das?», fragte Maria ein bisschen spitz.

«Egal. Was ich sagen wollte –»

«Du bist perfide.»

«Statt die armen Fliegen, Mücken und Schnaken so hinters Licht zu führen und grausam zu foltern, bis sie eines elenden Todes sterben, hat er an allen Fenstern Fliegengitter angebracht.»

«Also werden sie von den Vögeln gefressen. Auch das ist grausam.»

«Jetzt bist du sophistisch.»

«Wieso sophistisch, das ist die Natur.»

«Den Menschen unterscheidet vom Tier, dass er abwägen und entscheiden kann, ob seinetwegen eine Kreatur sterben soll oder nicht. Das Tier ist nicht schuldig, wenn es ein anderes Tier tötet, der Mensch schon. Er dagegen will diese Schuld nicht auf sich laden. Es heißt sogar, dass er Zecken auf seiner Haut so lange gewähren lässt, bis sie sich kugelrund gesogen haben und von allein wieder fallen lassen.»

«Du bist wirklich leichte Beute!»

«Du weißt einfach nicht, worauf ich hinauswill.»

«Aber ja, ich weiß sehr gut, worauf du hinauswillst. Du glaubst, dass alles, was seinem Mund ohne Unterlass an verhängnisvollen Ankündigungen entfleucht, nur leere Drohungen sind. Lies doch einfach mal, was dein Tierfreund geschrieben hat.»

«Er schaut dem Volk halt aufs Maul, um es auf seine Seite zu ziehen. Eines Tages wird er es schon eines Besseren belehren. Wart's ab. Ich lass ihn mir jedenfalls von dir nicht madig machen.»

«Das wird er schon selbst erledigen. Denk an meine Worte.»

Antreten», sagte mein Vater. Die Peitsche hielt er schon in der Hand. Um 7.35 Uhr hatte er den Vollzug der Strafe auf 18.35 Uhr festgesetzt. Jetzt war es 18.33 Uhr. Mein Vater sah auf seine Jaeger-LeCoultre-Uhr. Im Türrahmen des angrenzenden Zimmers stand meine Mutter. Sie war blass. Ich nickte ihr zu und ging schnell ins Esszimmer, wo die Prügelstrafe vollstreckt werden sollte, unter den Augen eines Mannes mit langen schwarzen Locken, dunkler Rüstung und Schwert. Er kam aus der Schlacht, ich ging erst hinein. Er lächelte, ich nicht. Seine Locken hätte er heutzutage nicht haben dürfen. Die wären sofort einer Schere zum Opfer gefallen, jedenfalls in unserer Familie, denn «nur Proleten haben lange Haare», sagte mein Vater oft. Man konnte die Proleten auf Fotos in den Zeitungen betrachten. Sie hatten oft lange, ungepflegte Haare und prügelten auf Polizisten ein, oder die Polizisten prügelten auf die Proleten ein, das war auf den Bildern nie ganz klar auszumachen. «Diese Langhaarigen wollen den Staat zerstören», sagte mein Vater.

Unter den Augen des Van Dyck also nahm mein Vater einen der vielen Esszimmerstühle und stellte ihn so vors große, auf die Trauerweide hinausgehende Fenster, dass das Licht der untergehenden Sonne oder, im Winter, das elektrische Licht direkt auf unsere Hinterteile fiel. Dann schlug er sich aufmunternd mit der Peitsche in die Handfläche. Das war das Zeichen: Die Jungen mussten ihre Hosen, ich musste meine Strumpfhose runterziehen. Die Unterhose musste auch runter, denn mein Vater wollte lieber auf nacktes Fleisch als auf Unterhosenböden schlagen. Die Kleidungsstücke bildeten zu unseren Knöcheln ein Knäuel, das uns am Fortlaufen hinderte. Mein Vater deutete mit der Peitsche auf den Stuhl, was so viel wie «vorbeugen» bedeutete. Wir hatten den Hintern in die Luft zu recken. Je älter wir wurden, desto eingehender studierte er unsere Geschlechtsteile. Frei in der Luft schwebten unsere vorgebeugten Oberkörper, denn wir wagten nicht, uns an der Stuhllehne festzuhalten, seit meinem älteren Bruder ein unverzeihliches Missgeschick unterlaufen war. Als er sich beim letzten Schlag der Peitsche, sei es aus Schwäche oder vor Erleichterung, die Strafe endlich überstanden zu haben, mit seinem ganzen Gewicht auf den Stuhl fallen gelassen hatte, war eines der Beine nach links ausgeschert und abgebrochen. Natürlich war der Stuhl ein äußerst fragiles Modell aus dem 18. Jahrhundert gewesen. Ramón hatte nicht nur die Reparatur von seinem dürftigen Taschengeld bezahlen, sondern am nächsten Tag die Prügelstrafe gleich nochmal durchstehen müssen. Nun konnte mein Vater nebst Geschlechtsteilen auch noch die roten Striemen der letzten Züchtigung betrachten. Der Mann mit den Locken lächelte dazu.

Mein Vater schlug präzise und in immer gleichem Rhythmus. Zehnmal. Keinen Schlag mehr, keinen weniger. Zwischen den Schlägen konzentrierte ich mich auf das gleichmäßige Ticken der Pendule, die hinter meinem Rücken auf einer Kommode stand. Auch sie stammte aus dem Rokoko. Das

Pendel schwang hin und her. Klick, klack: eine Sekunde. Genau drei Sekunden lagen zwischen den Schlägen, nie weniger, nie mehr. In dieser Hinsicht funktionierte mein Vater wie ein Schweizer Uhrwerk, er musste pünktlich fertig sein, denn um 19 Uhr begannen die «Heute»-Nachrichten.

Das waren die sechziger Jahre.

Sie müssen unter Leute», sagte die Chefin zu Leonie, die gar nicht wusste, was das hieß. Bis zu Paulas Tod hatte sie in ihrer Tochter ausreichend Gesellschaft gehabt. Nun stand sie des Abends nach der Arbeit in der Wohnung oder saß bewegungslos auf einem Stuhl. Sie starrte auf die Inflationstapete, auf der nun keine echten Schmetterlinge mehr saßen. Die gemalten Schmetterlinge setzten schon Patina an. An vielen Stellen schälten sich die Banknoten von der Wand. Einige waren bereits heruntergefallen, gedankenverloren schmiss sie die abgeblätterten Scheine in den Müll. Ihr kam nicht in den Sinn, das Zimmer neu zu tapezieren. Jeder Antrieb fehlte ihr. Sie sehnte sich nicht nach Veränderung. Was sich veränderte, nahm sie nicht wahr, obwohl es turbulente Zeiten waren; nicht einmal, dass sich die Farbe Braun in der Männermode durchzusetzen begann, fiel ihr, der Schneiderin, auf. Sie hatte Braun nie gemocht, und so schloss sie lieber die Augen, als zur Kenntnis zu nehmen, dass die Anhänger der neuen Modefarbe stetig zahlreicher wurden und schlagkräftig gegen jeden, der anders dachte, vorgingen.

Ihr Leben verlief in festen Bahnen. Sie stand morgens um sechs auf, putzte sich die Zähne, wusch sich, kämmte sich die Haare, zog sich an, kaute auf einem Stück Brot, trank eine Tasse Kaffee. Die Gleichförmigkeit der täglichen Verrichtungen erhielt sie aufrecht, ohne das Gerüst der Gewohnheiten hätte sie nicht existieren können. Um fünf nach sieben verließ sie das Haus, um halb acht saß sie an der Nähmaschine und arbeitete bis sechs. Da war ihr schon entfallen, was sie während der endlosen Stunden überhaupt genäht hatte. Hemden oder Kleider, Hosen oder Röcke? Ihr Kopf war leer. Wo sie nach der Arbeit hinging, hätte sie genauso wenig zu sagen gewusst. Kaufte sie jemals etwas ein? Lief sie in der Gegend herum? Sicher aß sie dann und wann, sonst wäre sie verhungert, aber sie tat es nicht bewusst. Manchmal wunderte sie sich über Gegenstände, die sich plötzlich in ihrem Zimmer befanden: Wie sie den Weg dorthin gefunden hatten, war ihr schleierhaft. Am Ende eines Tages legte sie sich in ihr Bett und schlief. Das war es schon. Ihre Arbeitskolleginnen empfanden zwar Mitleid mit ihr, aber Leonies Apathie ging ihnen schon bald so sehr auf die Nerven, dass sie aufhörten, sich um sie zu bemühen.

Die Einzige, die nicht aufgab, ihr helfen zu wollen, war die Chefin. Sie schlug immer wieder vor, einmal mit ihr und ihrem Mann auszugehen. Doch Leonie ließ sich nicht dazu bewegen.

Eines Abends klopfte es an ihrer Tür. Sie stand gerade am Herd und war in den Anblick eines leeren Topfs vertieft. Benommen machte sie auf. Ihre Chefin hatte einen Mann mitgebracht. Ohne viel Federlesen traten die beiden in das ärmliche Zimmer. «Das ist mein Angetrauter», stellte ihn die Chefin vor, einen stämmigen Kerl Anfang dreißig mit gesunder Gesichtsfarbe und offenem Blick. «Aber, mein Gott, wie sieht es denn hier aus! Sie brauchen ja dringend neue Tapeten! Die sind ja von anno dunnemals, falls man so was überhaupt Tapeten nennen kann.»

«Nein, nein», wehrte Leonie ab und bemerkte erst jetzt die blanken Stellen an der Wand.

«Lassen Sie mich das nur machen», sagte der Mann der

Chefin, «das kriegen wir schon geregelt, aber vorher putzen Sie sich ein bisschen raus, und wir gehen auf den Swutsch.» Er machte den Eindruck, als wollte er gleich die Ärmel hochkrempeln, um das Zimmer auf Hochglanz zu bringen.

Leonie stand unschlüssig zwischen den beiden Betten und wusste nicht, wohin mit sich. Sie zuckte mit den Achseln.

Da griff die Chefin nach ihrer Hand. «Na, meine Liebe, wo haben Sie denn Ihre Kleider verstaut?»

Leonie wies auf die Kommode. In der oberen Schublade lagen die von ihr und in der unteren die von Paula, die sie, obwohl ihre Tochter schon mehr als ein Jahr tot war, noch nicht aussortiert hatte. Alles war ordentlich gefaltet und gestapelt.

«Rauch man in Ruhe eine», sagte die Chefin zu ihrem Ehemann und schickte ihn vor die Tür. Zu Leonie sagte sie: «Ich heiße im Übrigen Mathilde, und ich würde mich freuen, wenn Sie mich ab sofort so nennen würden.» Sie gab ihr einen Kuss. «So, das habe ich schon lange tun wollen, und jetzt müssen wir Sie aber ein bisschen schön machen!»

Ruck, zuck hatte sie sämtliche Schubladen auf dem Boden ausgeleert. Die Kleidungsstücke fielen zu einem wilden Haufen durcheinander. Leonie fischte das eine oder andere Leibchen ihrer Tochter aus dem Kleiderwust und drückte es an ihre flache Brust. Mathilde ließ diese Sentimentalität nicht zu, schnappte sich die Leibchen und warf sie zurück auf den Haufen. Schon kreiste ein alter, von Motten zerfressener Hut auf ihrem Zeigefinger; da er verbeult war, beschrieb er in der Luft eine eiernde Acht.

«In den Orkus mit dir», rief Mathilde und beförderte ihn mit Nachdruck auf den Haufen, den sie den Himalaja der Vergangenheit nannte, denn er hatte schon eine beträchtliche Höhe erreicht. Er sei den Armen zugedacht, die durch die Winterhilfe unterstützt werden müssten.

Leonie verstand nicht recht.

«Ja», erklärte die Chefin, «heutzutage helfen wir den Notleidenden, indem wir für sie sammeln. Das ist die neue Zeit. Sie hingegen, meine Liebe, sehen schon lange verboten aus, aber ich habe mich mit Rücksicht auf Ihren Zustand bisher mit Bemerkungen zurückgehalten. Nun ist sie um, die Schonfrist. Der Hut da eben ist nichts gegen Sie!»

Leonie hatte keine Zeit, gekränkt zu sein und wehmütige Blicke auf den Kleiderberg zu werfen. Mathilde kannte kein Pardon.

«Runter mit diesen ollen Fetzen. Wenn man ein neues Leben beginnen will, muss man den Ballast des alten abwerfen.»

«Aber, ich will ja gar –»

«Schnickschnack, vorbei ist vorbei, nun geht's zu neuen Ufern», unterbrach sie Mathilde. «Zieh den Fummel aus, du wirst dich doch wohl vor mir nicht genieren.»

Leonie fiel auf, dass ihre Chefin sie geduzt hatte, aber in ihr regte sich kein Widerstand. Sie überließ sich dieser Frau, die so patent schien, wie sie es früher selbst gewesen war. Auf Mathildes Wunsch zog sie ein mit Röschen bedrucktes Hängerkleid von Paula an. Leonie, die in den letzten Monaten so schmal und klapperdürr geworden war, dass sie kaum mehr wog als mit vierzehn, wollte sich wehren, doch es passte perfekt, allerdings war ihr, als hätte sie die Haut ihrer Tochter übergestreift, und der Flaum auf ihrem Körper sträubte sich. Immer wieder tastete sie nach dem Baumwollstoff, der noch wie neu war, denn Paula hatte das Kleid, ihr erstes Ausgehkleid, nur zu besonderen Gelegenheiten getragen.

«Du bist eine Schönheit», sagte Mathilde und drehte sie um eine unsichtbare Achse. «Ich sollte dir noch die Haare schneiden. Du kommst ja aus dem letzten Jahrhundert mit deinen langen Zotteln. Aber dafür ist jetzt keine Zeit mehr. Das nächste Mal, denn das kommt bestimmt.» Ihre Augen blitzten vergnügt. «Jetzt binde ich sie dir erst einmal mit einem

Band locker zusammen.» Tat's, warf noch einen forschenden Blick auf ihr Werk, fand, dass ein letzter Farbtupfer zur Vollendung fehlte, und fischte aus ihrer Handtasche einen knallroten Lippenstift. Sie trug ihn auf Leonies Mund und Wangen auf. «So, jetzt bist du 'ne Wucht», rief sie zufrieden und lief zum Fenster, aus dem sie sich weit hinauslehnte. «He, Angetrauter, kannst wieder raufkommen.»

Kaum war der Gerufene zurück, sagte er: «Hoffentlich lassen die Sie überhaupt rein, denn das Lokal ist nicht jugendfrei.»

«Aber ich bin doch schon 29», protestierte Leonie. Es war das erste Mal seit Monaten, dass sie ihre Stimme ein wenig erhob.

«Und wie wollen Sie das beweisen? Na, wir werden für Sie bürgen!» Mathildes Ehemann lachte. «Nu aber man los.»

Wenig später traten sie auf die Straße. Leonie fröstelte. Ihre Zähne klapperten.

«Aber, aber, wie ein kleines Kind! Du bist ja schlimmer als mein Botho!» Mathilde legte ihr die eigene Jacke über die Schultern. Mitten im Hochsommer hatte sich eisiger Tau auf die Bäume gelegt, ein schneidender Ostwind fegte durch die Gassen.

«Aber dann erkälten *Sie* sich doch», rief Leonie.

«Du, nicht Sie, du!», verbesserte sie Mathilde, «mir konnte Kälte noch nie etwas anhaben.»

Mercedes folgte ihrem impulsiven Temperament und dem Vorbild anderer eingefleischter Fleischverächterinnen und beschloss, in die Partei einzutreten. Sie warf sich in ihren schönsten Sonntagsstaat, zu dem selbstverständlich kein Pelz gehörte, rief in der Parteizentrale an und meldete ihr

Kommen. Sie ersuchte nicht um Aufnahme, sie ordnete sie an. Die Ankündigung ihres Beitritts wurde vom Gauleiter begeistert begrüßt, da sich die hanseatischen Kaufleute mit der finanziellen Unterstützung der Bewegung äußerst zurückhielten. Der Gauleiter hoffte, durch den Beitritt der Frau von Roué in den vornehmen Kreisen, in denen sie verkehrte, neue Mitglieder zu werben. Er konnte ja nicht ahnen, dass sie in ebendiesen Kreisen wegen ihres zänkischen Vegetarismus einen mehr als zwiespältigen Ruf genoss.

Das Beitrittsgespräch fand in kleiner, aber illustrer Runde statt. Um der Amtshandlung das nötige Gewicht zu verleihen, waren einige Vertreter der Bewegung mittleren Ranges hinzukommandiert worden. Beflissen sprang die Delegation auf, als Mercedes den Raum betrat. Der Gauleiter gefiel sich in wohlfeilen Willkommensfloskeln. Er beteuerte, das sich alle geehrt fühlten. Vor allem der Führer selbst sei sehr touchiert. Mercedes hasste unnötiges Gerede. Als der Gauleiter ihre Unruhe spürte, kam er zur Sache. Das zurückhaltende Wesen ihrer Standesgenossen betrübe ihn und natürlich auch den Führer außerordentlich, sagte er. Ob er hoffen dürfe, von ihr Ratschläge zu erhalten, wie diese Zurückhaltung zu brechen sei? Mercedes wiegte gerade den Kopf, als es an der Tür klopfte. Eine Vierergruppe Braunhemden bat, an diesem sicher instruktiven Gespräch teilnehmen zu dürfen. Der Gauleiter gestattete es mit einer etwas ungeduldigen Handbewegung, dabei war er es gewesen, der ihren Auftritt angeordnet hatte. Seiner Erfahrung nach waren Adelsgeschlechter von jeher mit der Armee verbandelt und einer Demonstration militärischer Stärke nicht abgeneigt – in Mercedes' Fall ein Irrtum, der für den Gauleiter folgenschwerer nicht sein konnte.

Die Uniformierten bauten sich links und rechts neben der Tür auf und nahmen Haltung an. Als sie geräuschvoll die Hacken zusammenschlugen, konnte Mercedes nicht umhin, ihnen auf die Stiefel zu sehen. Sie verstummte. Rinder hatten für sie ihr Leben lassen müssen, und sie waren mit Walfischfett gewichst. Mercedes' Schweigen erstickte jedes weitere Gespräch. Immer wieder setzten die Parteioberen zu Fragen an, brachten sie aber nur unvollständig heraus. Rhetorische Kniffe zerbröselten ihnen auf der Zunge. Schließlich trat ihnen der Schweiß aus den Poren. Dem Gauleiter platzte beinahe eine Ader auf der Stirn.

Erst nach geraumer und, für die anderen, qualvoller Zeit sprach Mercedes wieder. Sie redete von Landwirtschaft und Viehhaltung. Man müsse eine ganze Reihe von Tierschutzverordnungen erlassen, dozierte sie. Der Tierschutz solle in der Politik höhere Priorität erhalten, da jede Kreatur eine Würde habe, und sie hoffe, so sagte sie weiter, dass sich die neue Partei dies auf die rot-schwarz-weiße Fahne schreibe. Das interessierte die Herren wenig. Frau von Roué erhob sich. Eilfertig nannte ihr der Gauleiter ihre Mitgliedsnummer, die noch im dreistelligen Bereich lag; andere wären stolz darauf gewesen. Sodann händigte er ihr eine Anstecknadel mit dem Parteiabzeichen aus, die sie sich nicht an den Ausschnitt steckte, sondern in ihrer Handtasche verschwinden ließ. Schon grüßte sie mit einem kurzen Nicken und wandte sich zum Gehen. Im Türrahmen drehte sie sich noch einmal um und sagte: «Ihre Stiefel sind ein Skandal.» Indigniert blickten die Braunhemden an sich hinunter, und Mercedes rauschte fort.

Sie war an einem ihrer wundesten Punkte getroffen. Wenn sie sich Schuhe kaufte, orientierte sie sich nicht etwa an der Mode, vielmehr nahm sie die mit dem geringsten Lederanteil. Vor einiger Zeit hatte sie sich für «Schuhe, an denen kein Blut klebt» eingesetzt. Erst hatte sie versucht, Produzenten zu finden, die nur Häute und Felle von eines natürlichen Todes gestorbenen Tieren verarbeiteten. Die Schuhfabrikanten zuckten mit den Schultern. Also hatte sie sich auf die Käufer verlegt.

Sie sollten nur noch zu Schuhen greifen, die mit einem entsprechenden Zertifikat versehen waren, und durch Boykott anderer Lederwaren Druck auf die Fabrikanten ausüben. Auch diese Initiative verlief im Sand.

«Tun Sie was», flehte Mercedes ihren Schuster an, «stoppen Sie das Morden!»

Der arme Mann, der «seine beste Kundin», wie er Mercedes keineswegs exklusiv nannte, ungern verlieren wollte, erhob die Arme zum Himmel und fragte: «Aber gnädige Frau, wie soll ich das denn machen?»

«Lassen Sie nichts unversucht! Tun Sie alles, was in Ihrer Macht steht.»

«Nichts steht in meiner Macht!», jammerte der Schuster. «Sie wissen doch, gnädige Frau, der Profit. Das Viehzeug frisst den Bauern die Haare vom Kopf, und wenn es nicht mehr genug Leistung bringt ...» Er mimte den Vorgang des Abstechens mit einer Geste an seiner Kehle.

Doch Mercedes wiederholte: «Stoppen Sie das Morden! Ich jedenfalls will blutbesudelte Schuhe nicht länger tragen. Wo Sie unbeflecktes Leder herkriegen, ist Ihr Problem. Sind Sie der Schuster oder ich?»

Der Schuster tat einen tiefen Seufzer und versprach, alles Menschenmögliche zu tun. Er fragte bei seinem Abdecker an, erzählte ihm von Mercedes und erkundigte sich kleinlaut, ob es so etwas gebe: Häute von Tieren, die eines natürlichen Todes gestorben seien.

Der Abdecker lachte schallend, und der Schuster fiel in sein Lachen ein. Noch nie habe er einen solchen Kokolores gehört, sagte der Abdecker und legte dem Schuster nahe, dieser verrückten Henne Häute von normalem Schlachtvieh unterzujubeln, das mache schließlich keinen Unterschied, tot sei tot.

«Weißt du wenigstens eine Geschichte, die ich ihr dazu auftischen kann?», fragte der Schuster.

Und ob der Abdecker eine Geschichte wusste! Das Leder stamme, so erfand er aus dem Stegreif, von der Lieblingskuh einer Bauernfamilie, die so vernarrt gewesen sei in das Tier, dass es mit im Haus habe leben dürfen. Dort habe sie ein ausgesprochenes Faible für den gerade angeschafften Volksempfänger entwickelt, vor dem sie stundenlang gestanden habe, um Nachrichten und Musik zu hören. Sie sei in der Lage gewesen, mit der Zunge am Sendeknopf zu drehen, was einzelne Mitglieder der Familie, insbesondere den pickligen Sohn, zur Weißglut getrieben habe, da er nie habe hören dürfen, was er habe hören wollen, nämlich Volksmusik. Immerhin sei die Kuh stubenrein gewesen, und einzig ihre Größe habe verhindert, dass sie mit ins Bett der Eheleute gestiegen sei. Abgesehen vom Bett jedoch habe sie alles mit der Familie geteilt, Freud und Leid und gute und schlechte Zeiten. Nun habe es sich jüngst begeben, dass ebendiese Kuh, die geheizte Räume gewohnt gewesen sei, durch einen unglücklichen Umstand bei Schnee und Eis eine Stunde vor verschlossener Tür gestanden habe. Keiner habe ihr verzweifeltes Muhen gehört, mit dem sie Eintritt begehrt habe. So habe sie sich erkältet. Aus der Erkältung sei eine Lungenentzündung geworden. Dieser tragischen Erkrankung sei sie zum enormen Leidwesen der ganzen Familie nach einem wohlbehüteten und überaus glücklichen Rinderleben im sagenhaften Alter von 34 Jahren erlegen. Nun habe sich die Familie, da sie sich in großer Geldnot befinde, dazu durchgerungen, mit der geliebten Kuh am Ende doch noch einen kärglichen Ertrag zu erzielen. Zudem tröste sie der Gedanke, dass die Kuh in Gestalt von Schuhen an den zarten Füßen einer Dame weiterlebe – die ja offensichtlich nicht alle Tassen im Schrank habe, sagte der Abdecker und grinste.

Was denn aus der sagenhaften Kuhzunge geworden sei, wollte der Schuster wissen.

«Wie bitte», sagte der Abdecker.

«Na, was haben die Bauern mit der Zunge gemacht?»

«Ach, die haben sie der Kuh natürlich herausgetrennt, aber nicht etwa, damit sie als schmackhaftes Gericht auf irgendeiner Menschenzunge landet. Nein, sie wurde präpariert und auf den Volksempfänger gestellt, und da steht sie noch heute.»

Der Schuster war drauf und dran, die Geschichte zu glauben. Seine Augen füllten sich mit Tränen.

Nun konnte sich der Abdecker vor Lachen kaum mehr halten. «Da haben sich ja zwei gefunden! Die spinnerte Kundin und du», rief er aus und kugelte sich vor Lachen.

Der beleidigte Schuster entschied, sich nicht auf ein solches Lügengespinst einzulassen, und beichtete seiner Kundin, der ehrenwerten Frau von Roué, dass er trotz eifrigen Bemühens bei keinem Händler fündig geworden sei. Und er sah Mercedes mit so traurigen Dackelaugen an, dass sie nicht anders konnte, als ihm Glauben zu schenken und gemeinsam mit ihm zu trauern.

Jedes Jahr ging mein Vater gut einen Monat vor Weihnachten in den Neuen Wall. Er trug, wie es sich für die Jahreszeit gehörte, einen Bowler. Im Knopfloch seiner Anzugjacke, die stets dunkel oder dezent gestreift war, leuchtete eine Kornblume, die eine beflissene Floristin ihm auch im Winter beschaffte. Als wollte mein Vater diesem Bemühen Anerkennung zollen, klappte er, wenn er ausging, das Revers der Jacke so über den Mantel, dass alle, die er des Weges traf, das Blau der Kornblume mit dem Blau seiner Augen vergleichen konnten.

An diesem einen Tag im November ging er nach dem

Motto «Ein guter Kaufmann hat es nie eilig, außer er steht kurz vor dem Konkurs» zu Fuß. Er steuerte das Feinkostgeschäft Michelsen an, und als er dort ankam, fragten ihn die Angestellten sogleich:

«Herr Baron, Sie kommen wegen des Schinkens? Wir haben da genau das Richtige für Sie. Wenn Sie sich bitte hierher bemühen möchten. Unsere diesjährige Qualität wird Ihnen sicher zusagen.»

«Das will ich hoffen, aber in Bezug darauf haben Sie mich ja noch nie enttäuscht. Sie wissen, Holsteiner, rosa Fleisch, mild geräuchert. Er muss auf der Zunge zergehen.»

Die Angestellten, mindestens drei an der Zahl, dienerten in einer Reihe vor ihm. Sodann reichten sie ihm eine große silberne Platte mit der angepriesenen Ware in drei unterschiedlichen Geschmacksnuancen. Mein Vater bediente sich reichlich mit der zerschossenen Hand und kostete. Kennerisch nickte er beim ersten Bissen, schüttelte beim zweiten den Kopf und rief beim dritten begeistert aus:

«Das ist er! Ja, so soll ein Schinken schmecken!»

«Zu dieser Wahl können wir den Herrn Baron nur beglückwünschen. Ihre feine Zunge hat mal wieder den besten Leckerbissen herausgeschmeckt», bestätigte der Chefangestellte.

«Mild und nicht zu salzig!», schwärmte mein Vater, woraufhin er sich den dicksten und prallsten Schinken aus dem großen Sortiment heraussuchte.

«Lieferung wie immer?», fragten die Angestellten.

«Selbstverständlich», sagte mein Vater, zückte seine Brieftasche und blätterte die geforderte Summe, die dem Volumen des Schinkens entsprechend stattlich war, ohne eine Miene zu verziehen auf die Theke. Die drei Angestellten dienerten erneut, und der Ranghöchste hielt ihm die Tür auf, durch die er das Feinkostgeschäft Michelsen wieder verließ.

Abends kam er mit geheimnistuerischer Miene nach Hause

und spannte uns erst einmal gehörig auf die Folter. Schließlich sagte er:

«Ich habe heute eine Besorgung gemacht.»

«Der Weihnachtsschinken», riefen wir im Chor und verdrehten die Augen.

«Wie konntet ihr das wissen?», fragte er enttäuscht.

Wenige Tage darauf wurde der berühmte Weihnachtsschinken geliefert. Dank des großen Gewichts lieferte ihn Michelsen umsonst. Es war ein Ereignis. Am Tag der Lieferung nämlich händigte mein Vater, der seine wertvolle Zeit nicht daran verschwenden konnte, auf den Schinken zu warten, meiner Mutter den Schlüssel für den Weinkeller aus. Als es dann an der Haustür klingelte, sprangen wir alle auf, egal, in welchem Winkel des Hauses wir uns gerade befanden, und stürzten nach unten, um dem Lieferanten zu öffnen. Da stand er und schwitzte unter seiner Last.

«Kommen Sie doch herein!», rief meine Mutter. «Würden Sie uns den Schinken bitte in den Keller tragen, wäre das vielleicht möglich?» Einer von uns riss schnell die Kellertür auf. «Ich gehe voran. Folgen Sie mir bitte», sagte meine Mutter.

Es war eine feierliche Prozession. Hinter dem Lieferanten ging Ramón, hinter Ramón ging Camill, hinter Camill ging ich, und das Schlusslicht bildete unser Hausmädchen Erna. Unter Mühen wuchtete der Lieferant, ein weitaus kräftigerer Mann als mein Vater, den feisten Schinken die schmale Treppe hinab in den Weinkeller. Er trug eine weiße Schlachterschürze aus Gummi, damit er sich nicht mit dem Fett beschmutzte, das der Schinken absonderte. Wie sagte mein Vater immer? «Ein Schinken braucht eine ordentliche Speckschwarte, um richtig formidabel zu sein. Vergesst nie: Fett ist Geschmacksträger.»

Als der Lieferant mit dem Schinken auf dem Arm glücklich im Keller angekommen war, legte er ihn in ein bereits aufgestelltes Schinkenbett, das aussah wie ein umgedrehter Stuhl, aber keiner war, da die Beine eine sehr merkwürdige Anordnung hatten. Sie waren an einem Ende so eng beisammen, wie sie am anderen voneinander entfernt waren. Das hatte seine Richtigkeit, schließlich war der Knochen nur dort ordentlich mit Fleisch bestückt, wo sich das Gesäß des Schweins befunden hatte, das Kniegelenk indes war gänzlich unbefleischt. Folglich passte der Schinken blendend in den Schinkenstuhl und lag sicher in seinem hölzernen Gehäuse. Erleichtert schnaubte der Lieferant aus.

Als er schon längst wieder oben war und meine Mutter ihn mit einem kleinen Trinkgeld verabschiedet hatte, standen wir noch um das Heiligtum herum, sogen die seltsame Mischung aus Moder, den der Keller ausdünstete, Kork, nach dem die Hunderte von Flaschen exquisiter Bordeaux-Weine rochen, und frischem Schinken ein und strichen über dessen leicht verkrustete, faltige, fast schwarze Haut. Unauffällig versuchten wir, einige kleine Stücke aus ihm herauszupulen, weshalb meine Mutter, kaum war sie wieder heruntergekommen, uns auf die Finger klapste und «Genug jetzt!» rief und uns aus dem Weinkeller scheuchte. Dann schloss sie die Tür ab, und retour ging die Prozession im Gänsemarsch die Betonkellertreppe hinauf, an der Spitze Erna, dann ich, dann Camill, dann Ramón und zuletzt meine Mutter, die noch am Abend meinem Vater den Schlüssel wieder aushändigte.

An Tagen, an denen es seine Laune, also seine Verdauung zuließ, folglich höchst selten, stieg er von da an in den Keller, in der Hand ein riesiges, gut geschärftes Schlachtermesser. Einmal bin ich ihm heimlich gefolgt und beobachtete von der Treppe aus, wie er den Schinkenbock hin und her schob, den Schinken streichelte und dann auf dem Bock sorgsam zurechtlegte, die Klinge ansetzte, zögerte, weil ihm die Stelle wohl nicht so ganz gefiel, woanders ansetzte und losschnitt. Das erste Stück steckte er sich sofort in den Mund. Genießerisch ließ er es auf seiner Zunge zergehen, seufzte und schnitt weiter.

«Schinken richtig zu schneiden ist eine Kunst», sagte er jedes Mal, wenn er mit seiner Beute wieder auftauchte und sie am Abendbrottisch vor uns auf ein Schinkenbrett legte. Da lagen sie dann, die wenigen Scheiben, und wir trauten uns kaum ran. Hatten wir uns überwunden und den Schinken aufs Brot gelegt, beobachtete uns mein Vater mit Argusaugen. Er beobachtete, wie wir das Brot zum Mund führten und gierig hineinbissen.

«Und? Schmeckt euch mein Schinken?», fragte er.

«Vorzüglich schmeckt uns dein Schinken! Vorzüglich!», mussten wir antworten, sonst hätten wir nie wieder ein Stück bekommen.

Schon griff er selbst zum schönsten Stück. Er nahm das rosa Fleisch zwischen die Fingerspitzen und betastete es ein wenig, schnitt es in kleine Würfel und aß sie auf. Nur an Weihnachten drückte er beide Augen zu, denn dann labte er sich an Kaviar und Gänseleberpastete, und der Schinken interessierte ihn weniger. Erst jetzt, da wir richtig reinhauen durften, bemerkten wir: Er schmiegte sich an Gaumen und Zunge und war tatsächlich köstlich.

Monate vergingen, und der Augenblick rückte näher, da mein Vater das, was vom Schinken übrig geblieben war, beiseite schaffen musste. Manchmal geschah es schon im Sommer, meist aber erst im Herbst, denn mein Vater konnte sich nur schwer vom Schinken trennen. Dann aber war es überfällig. Mein Vater erhob sich weit nach den sakrosankten 22.22 Uhr, da ihn niemand dabei erwischen durfte, mit einem abgrundtiefen Seufzer aus seinem breiten, von der Großmutter geerbten Bett. Um den schwersten Gang des Jahres anzutreten, verzichtete er auf mehrere Minuten seines heiligen Schlafs. Er warf sich seinen gelben Frotteebademantel über, auf dessen Rücken eine liebende weibliche Hand, die ganz sicher nicht die seiner Gattin gewesen war, den Namen FRANZ gestickt hatte, schlüpfte in seine ledernen Gucci-Hausschuhe mit dem rot-grünen Bändchen über dem Spann und holte aus einem Versteck im Schrank den Kellerschlüssel hervor. Ganz sacht öffnete er die Zimmertür. Er horchte, horchte mit allen Sinnen, ob auch ja alle Hausbewohner im Tiefschlaf lagen. Dann schlich er auf Zehenspitzen die zwei Stockwerke hinunter in den Keller. Er hatte vor, den Schinken höchstselbst zu entsorgen, wenn auch unter Aufwendung all seiner Kräfte, denn er war immer noch vermaledeit schwer, da in den vielen Monaten seiner Lagerung nur wenige Gramm heruntergesäbelt worden waren. Also lüpfte er das blau-weiß karierte Geschirrhandtuch, das den Schinken gegen Staub und Dreck und gegen den Verfall schützen sollte, rümpfte angewidert die Nase und ließ das Geschirrtuch wieder fallen. Jetzt wünschte er sich, er hätte so eine schöne weiße Gummischlachterschürze wie der Lieferant, und nahm sich wie jedes Jahr vor, noch gleich in derselben Woche eine zu kaufen. Mit Todesverachtung im Blick wuchtete er den Schinken vom Bock, presste ihn einen Moment an den Körper und schleppte ihn dann, ein Bein bedächtig voransetzend, das andere etwas mühsam nachziehend, die steile Betonkellertreppe hinauf. Auf halbem Weg musste er schon einen Zwischenstopp einlegen, da der Schinken allmählich so weit an ihm heruntergerutscht war, dass er ihm das Gehen erschwerte. Er fasste den Schinken fester unter, sodass ihm das ranzig gewordene Fett über die Finger rann. Doch er musste weiter hinauf und durch die Haustür nach draußen, vorsichtig, damit es ihn nicht die vom ewigen Regen grünspanige und überaus rutschige Eingangstreppe hinunterriss. Durch den großen Schinken im blau-weiß karierten Geschirrhandtuch war meinem Vater der Blick auf seine

Füße in den Gucci-Lederpuschen verstellt, sodass er mehr ertastete als sah, wohin er trat. Besonders hell war es sowieso nicht, da die beiden Eingangslaternen aus Gründen der Sparsamkeit nachts ausgeschaltet waren. Als er glücklich am Fuß der Treppe angelangt war, konnte er einige Schritte geradeaus gehen, bevor er zwei Schlenker nach rechts machen musste, um auf die Garageneinfahrt zu gelangen. Nun musste er die komplizierte Verriegelung des metallenen Gehäuses öffnen, in dem, vor Wind und Regen geschützt, die Mülltonnen standen. War das geschafft, ging es darum, den Deckel der Mülltonne hochzuklappen, ohne durch lautes Scheppern die gesamte Nachbarschaft aufzuwecken. Keinesfalls wollte er nämlich dabei ertappt werden, wie er sich im Nachtgewand mit einem in blau-weiß kariertes Tuch gehüllten Schinken an einer Mülltonne zu schaffen machte. Wenn es ihm dann gelungen war, den Deckel geräuschlos zu öffnen, versuchte er den Schinken aus dem blau-weiß karierten Geschirrhandtuch heraus in die Mülltonnenöffnung zu bugsieren und so wenigstens das Geschirrhandtuch für künftige Einsätze zu retten.

Spätestens jetzt hörten wir ihn. Entweder Erna wachte auf und weckte uns, oder Camill wurde von dem Lärm aus dem Schlaf gerissen. Er wusste sofort Bescheid. Mit zwei Sätzen sprang er ans Fenster, sah meinen Vater und war schon bei mir im Zimmer. Er rüttelte mich kurz, rief: «Elena, komm schnell!», und stürzte wieder weg. Mit einem Schlag war ich hellwach und neben meinem Bruder am Fenster. Von dort sahen wir ihn. Ausgerechnet eine Straßenlaterne beleuchtete die Szenerie. Die dünnen, aber braun gebrannten Beine meines Vaters schauten unter dem gelben Frotteebademantel hervor. Der knallharte Bauch mit all dem Unverdauten wölbte sich und war bei der Schinkenwegwerfaktion im Weg. Außerdem weigerte sich der Schinken, den Kartoffelschalen, Joghurtgläsern, blutigen Damenbinden und was des gemeinen Hausmülls mehr ist, in der Tonne Gesellschaft zu leisten. Mehr als einmal entglitt er meinem Vater und räkelte sich auf der abschüssigen Garageneinfahrt, ja rollte sie sogar hinab. Mein Vater, der Fußballspielen immer proletarisch gefunden hatte, hastete in seinen Gucci-Lederpuschen hinterdrein. Bis er den Schinken endlich in der Tonne hatte, hatten wir unseren Spaß.

Am nächsten Morgen, nachdem er pünktlich wie immer, aber vielleicht etwas müder als sonst das Haus über dieselbe Treppe verlassen hatte, über die er in der Nacht in seinem gelben Frotteebademantel und den Gucci-Lederpuschen den Schinken geschleppt hatte, pilgerten wir im Gänsemarsch zur Mülltonne: Ramón, Camill, Erna und ich. Unter extra lautem Getöse entriegelten wir die Tür des metallenen Mülltonnengehäuses und hoben den Deckel der Tonne an. Vier neugierige Nasen schoben sich über den Tonnenrand. Der Schinken war nicht zu übersehen, gar nicht mehr rund und knackig, schon gar nicht mehr rosig und lecker. Mit dem Schlachtermesser hatte mein Vater unschöne Ecken und tiefe Furchen hineingeschnitten, Schlitze klafften, Fleischfetzen hingen an Knochensplittern. Nun leistete er den Joghurtgläsern, Kartoffelschalen und blutigen Damenbinden doch Gesellschaft, hatte sich aber als Schutz gegen die Aufdringlichkeit seiner Mülltonnengenossen einen weißblau schimmernden Pelz aus feinsten Härchen umgelegt und verströmte einen bestialischen Gestank.

Mamá, warum trägst du dein Parteiabzeichen eigentlich nicht?», fragte Franz eines Tages.

«Das Ding war doch nur aus Blech.»

«Wieso ‹war›? Hast du es etwa verloren?»

«Nein.»

«Warum trägst du es dann nicht?»

«Weil ich eben nicht will. Hör doch einfach auf zu fragen.»

«Stattdessen trägst du die verschrumpelte Perlenkette deiner Mutter. Richtig schön ist die ja nicht mehr gerade.»

«Ich will den Perlen noch eine Chance geben. Vielleicht erholen sie sich wieder. Ich muss sie nur lange genug auf der Haut haben, du wirst schon sehen.»

Franz war hin und her gerissen. Vom Beitritt seiner Mutter in die Partei hatte er profitiert. Statt selbst beizutreten, was aus Karrieregründen nahe gelegen hätte, konnte er stets auf seine Mutter verweisen, die schließlich, wie er betonte, eine Art Vorreiterin der Bewegung gewesen war und die Mitgliedsnummer 734 hatte. Diese Zahl sprach für sich und brachte alle Zweifler zum Schweigen. Also kletterte Franz nicht zuletzt dank seiner Mutter auf der Karriereleiter nach oben und wurde nicht gedrängt, selbst Farbe zu bekennen. Dabei hätte er gegen Braun gar nichts einzuwenden gehabt. Er trug braune englische Schuhe, trug sie fast noch lieber als schwarze. Aber maßgeschneidert mussten sie sein. Ein braunes Hemd hingegen hätte er niemals in seinem Leben angezogen. Er hielt sich an die Farbe Weiß, wie es sich für einen anständigen Handelsmann gehörte.

«Braune Hemden!», sagte er manchmal voller Verachtung, «allein schon deswegen könnte ich der Partei nicht beitreten. Braune Hemden verletzen mein ästhetisches Empfinden. Mamá, deine Parteigenossen sind Proleten.»

«Das sind nicht meine Genossen», antwortete sie dann, «es sind Vegetarier. Wie ich.»

Eines Nachmittags jedoch kam sie in seine Wohnung gestürmt, die nicht weit von der ihren entfernt lag. Sie warf Handschuhe und Hut auf das ausladende Sofa, das mitten im Zimmer stand. Franz angelte hektisch nach einigen verdächtigen Utensilien und ließ sie möglichst unauffällig verschwinden. Monzi, der fette Kurzhaardackel seiner Mutter, der das Settererbe angetreten hatte, pflanzte sich vor die Schlafzimmertür und kläffte.

«Jetzt reicht's», rief Mercedes.

Franz erschrak. «Was reicht, Mamá?», fragte er vorsichtig und versuchte, Monzi mit dem Fuß von der Tür wegzuschieben.

«Ich trete aus!»

Vor Schreck schnappte Monzi nach seinem Hosenbein.

«Was?»

«Ich trete aus. Es reicht.»

«Du willst aus der Partei austreten? Um Gottes willen!»

«Lass Gott aus dem Spiel, der hat mit diesen Verbrechern nichts zu tun.» Mercedes holte tief Luft, ihr Dekolleté mit der schrumpeligen Perlenkette hob und senkte sich.

«Schon gut. Nun setz dich erst einmal hin, ich mach dir einen Tee.»

«Ich will mich nicht hinsetzen. Und Tee will ich auch keinen. Ich will raus aus der Partei! Mit Brandstiftern und Judenverfolgern will ich nichts zu tun haben.»

«Sprich leiser, bitte. Wenn dich jemand hört!»

«Wer soll mich hier schon hören. Und wennschon. Würdest du es bitte unterlassen, Monzi zu ärgern?»

«Er hat nach mir geschnappt.»

«Monzi hat noch nie nach jemandem geschnappt. Und wenn, geschieht's dir recht. Ich will aus der Partei austreten!»

«Mamá, bitte», flüsterte Franz, «das kannst du mir doch nicht antun.»

«Wieso dir? Das geht allein mich etwas an.»

«Warum bist du denn dann zu mir gekommen?»

«Weil du mir sagen musst, wo die neue Parteizentrale ist. Du trittst Monzi schon wieder!»

«Du willst da hingehen und denen einfach so mitteilen:

‹Meine Herren, mir passt nicht mehr, was Sie da tun? Meine Herren, ich möchte Sie untertänigst› –»

«Nicht untertänigst, keineswegs untertänigst –»

«… ‹bitten, meine Mitgliedschaft in Ihrer Partei ruhen zu lassen?›»

«Ja, genau das werde ich jetzt machen, aber ich werde keineswegs von Ruhenlassen sprechen –»

«Mamá!»

«Sondern klipp und klar von Austreten. Es ist allerhöchste Zeit für diesen Schritt. Und jetzt gib mir bitte die Adresse. Ich kann mein Telefonbuch nicht finden und meine Beitrittspapiere auch nicht, kein Mensch weiß, wo die abgeblieben sind.»

«Ein Lob auf deine Unordentlichkeit!», jubelte Franz. «Mal im Ernst. Du erzählst denen dann: ‹Wissen Sie, meine Herren, mir gefällt nicht, wie Sie mit den Juden umgehen, und mir gefällt nicht, dass Sie Häuser anzünden, und mir gefällt nicht, dass Sie Bücher verbrennen› –»

«Du hast es erfasst. Seit ich denken kann, leben wir mit Juden Tür an Tür. Bis vor kurzem wussten wir nicht einmal, dass sie welche waren, und nun sollen wir sie plötzlich boykottieren und ihre Läden anzünden? Und mein Dr. Liebermann, der mich stets so trefflich kuriert hat, soll plötzlich eine Gefahr darstellen? Lächerlich! Und soll ich vielleicht mein Lieblingsbild verbrennen, nur weil die Obrigkeit mit einem Mal dekretiert, mein lieber, guter, herrlicher Emil Nolde sei entartet? Zwanzig Jahre haben wir das Bild täglich angesehen. Haben wir dadurch vielleicht Schaden genommen?»

«Na ja …», versuchte Franz zu scherzen.

Vergeblich, denn nun geriet Mercedes erst recht in Rage. «Das werde ich die Herren da oben fragen!», schrie sie.

«Und du glaubst, du kommst da wieder raus?», herrschte er seine Mutter an.

«Schrei nicht so. Ich bin nicht taub, noch nicht.»

Monzi kläffte wieder, und Franz sah zur Schlafzimmertür.

«Du impertinente Töle hältst dich da raus.» Hunde mit so krummen, kurzen Beinen konnte er nicht leiden. Nur für Scotchterrier hegte er eine stille Leidenschaft, doch Monzi war kein Scotchterrier, sondern ein Dackel.

«Jetzt beleidige zu allem Überfluss auch noch meinen Hund. Komm her, Monzi-Schätzchen. Mein Armer, du weißt nicht, wozu der fähig ist.»

«Mamá, fang nicht schon wieder damit an. Damals war ich 16.» Franz flüsterte nun. «Die verfrachten dich ins KZ, versteh doch, und dieses Monster gleich mit.»

«Das sollen die nur versuchen!»

«Wo lebst du denn eigentlich? Siehst du nicht, was um dich herum vorgeht?»

«Genau deswegen will ich ja austreten.»

«Sprich leise, ich bitte dich.»

«Warum denn, wir sind doch hier unter uns.»

«Die Wände haben Ohren heutzutage.»

«Ach, die Wände haben Ohren heutzutage. Interessant.»

«Und du meinst, die neigen den Kopf vor dir und sagen: ‹Danke, gnädige Frau, Sie haben uns die Augen geöffnet, und Sie haben vollkommen Recht, wir werden uns sofort bessern.› Glaubst du das wirklich?»

«Irgendjemand muss es ihnen ja mal sagen. Hier macht ja niemand mehr den Mund auf.»

«Sprich leiser, Mamá, bitte.»

Mercedes starrte ihn wortlos an.

«Niemand würde dir helfen, wenn du einmal in der Klemme steckst. Dass du eine von Roué, eine geborene von Ringsberg bist, zählt nichts mehr. Kein Mensch würde einen Finger für dich krümmen. Heute muss jeder selber sehen, wo er bleibt.»

«Paul würde mir sicher helfen», sagte Mercedes trotzig.

«Der! Wie kommst *du* denn auf ihn?»

«Er gehört doch inzwischen fast zur Familie. Und *er* weiß, wie man sich als Familienmitglied verhält.»

«Aber nur, weil er uns gegenüber gewisse Verbindlichkeiten hat.»

«Was soll das denn heißen?»

«Ich habe da so meine Vermutungen. Aber Paul kann sich bald selbst nicht mehr helfen, die halten ihn für einen Juden.»

«Woher wollen die das wissen? Wenn er es doch selbst nicht weiß.»

«Glaubst du, das kümmert die? Wenn er keinen Ariernachweis bringt … Der sollte verschwinden, bevor sie ihn verschwinden lassen.»

«Franz, was redest du da! Ich denke, er ist dein Freund.»

«Jetzt lass mich doch mal ausreden, ich sage ja nur, was in den Köpfen deiner Parteifreunde und deines Vegetariers vorgeht, das ist keineswegs meine Meinung, obwohl meine Erfahrungen mit Juden nicht nur gut waren und ich es vorziehe, keine Geschäfte mit ihnen zu machen. Wo es geht, hauen die einen übers Ohr –»

«Jetzt redest du schon wie die.»

«Ganz und gar nicht. Das Übers-Ohr-Hauen will gelernt sein. Also Respekt! Aber was ich sagen wollte: Nicht auffallen, das ist die Devise. Um nichts in der Welt auffallen, das gilt für die Juden, aber das gilt auch für dich.»

«Das würde denen so passen.»

«Mamá, warum bist du so stur? Du bringst nicht nur dich in Schwierigkeiten, du ziehst auch noch uns mit hinein.»

«Wer ist uns?»

«Maria und mich.»

«Dich und Maria?»

«Mamá, du weißt doch, dass Maria mit ihren abseitigen Neigungen –»

«Abseitige Neigungen nennst du das?»

Franz stöhnte auf. «Mamá, stell dich doch nicht so dumm. Wenn du dich so weit vorwagst, werde ich zu deinen Gunsten intervenieren müssen.»

«Darum möchte ich aber auch gebeten haben, ich habe dich schließlich geboren», entrüstete sich Mercedes.

«Aber das bringt mich in ein schiefes Licht.»

«Es bringt dich in ein schiefes Licht, wenn du für deine Mutter ein gutes Wort einlegst? Das ist doch wohl das Natürlichste auf der Welt.»

«Natürlich? Ha! Mamá, nun mach dir doch endlich einmal klar, was es bedeutet, wenn du austrittst. Du ruinierst mich, wenn du jetzt, wo ich gerade dabei bin, die Reederei zu übernehmen, und die Verhandlungen für die Anteilsübernahme laufen – gar nicht auszudenken, was für Folgen dein Schritt hätte.»

«Darum sorgst du dich also?»

Franz dachte kurz nach. Er lächelte. Scheinbar beiläufig sagte er: «Wie soll es sonst auch weitergehen mit der Familie Kohn? Die können sich mit dem Geld in Südamerika in Sicherheit bringen und dort eine neue Existenz aufbauen.»

Mercedes sah ihren Sohn forschend an. Mit einer Stimme, die eine Terz tiefer klang als sonst, fragte sie: «Wer haut denn hier wen übers Ohr, die Juden dich oder du die Juden? Aber wenn du die Juden übers Ohr haust, dann sei gewiss, sie werden es bemerken.»

«Mamá, das geht zu weit, ich haue die Kohns nicht übers Ohr. Ich habe ihnen ein faires Angebot gemacht, das ihnen in diesen Zeiten kein Zweiter gemacht hätte. Ich bräuchte nur noch ein paar Monate zu warten, und dann müsste ich nicht einmal mehr einen Bruchteil dessen bezahlen, was ich ihnen jetzt zahle, wahrscheinlich keinen Pfennig.»

«Der generöse Schenker. Ich bin ‹touchiert›, wie deine Freunde zu sagen pflegen.»

«Spar dir deinen Sarkasmus. Es sind deine Freunde, nicht meine. Wer ist denn in die Partei eingetreten, du oder ich? Die Kohns müssten das Angebot ja nicht annehmen.»

«Gerade hast du versucht, mir zu erklären, dass die Juden sich unter allen Umständen davonmachen müssen.»

«Willst du den Vertrag sehen? Dann kannst du dich von meiner Lauterkeit überzeugen.»

«Nein danke, danke vielmals, nicht nötig.»

«Mamá! Was denkst du eigentlich von mir?»

«Ich habe eben so meine Zweifel.»

«Mamá, bitte, du wirst doch nicht, Mamá, bitte», flehte er und sah sie mit seinen unverschämt blauen Augen an.

«Es gibt Momente, da verfluche ich, dass ich dich geboren habe. Du weißt genau, dass ich gegen dich machtlos bin», antwortete Mercedes müde. «Monzi, komm!» Sie nahm ihren Hut und ihre Handschuhe vom Sofa.

«Und, gehst du nun in die Parteizentrale?»

«Du hast mir ja die Adresse nicht gegeben.» Mercedes seufzte. Im Gehen fügte sie noch hinzu: «Du kannst die da drinnen jetzt übrigens ruhig rauslassen. Komm, Monzi, wir haben hier nichts mehr verloren.»

Kaum war die Tür ins Schloss gefallen, ließ Franz sich aufs Sofa fallen und murmelte: «Geschafft.»

Da öffnete sich die Schlafzimmertür.

Eines Sonntags besuchte Mathildes Angetrauter Leonie mit einem Freund, einem scheuen, aber gut aussehenden jungen Mann. Mitgebracht hatten sie eine Leiter, zwei große Bottiche mit Kleister und Farbe, mehrere Rollen Tapete sowie zwei Schrubber an langen Stielen. Bevor der Tag um war, hatten sie die Wohnung neu tapeziert und weiß getüncht. Leonie stand immerzu im Weg. Bei jedem mit Schmetterlingen bemalten Geldschein, der zerknüllt oder zerrissen auf dem großen Müllhaufen in der Mitte des Zimmers landete, war ihr, als würden ihr die letzten Erinnerungsfetzen an ihr Kind genommen. Gerade als sie meinte, es nicht mehr aushalten zu können, und ihr Tränen in die Augen schossen, kam Mathilde. Fröhlich rief sie: «Stullen zur Stärkung», und schon kochte sie Kaffee, breitete ein Tischtuch auf dem Boden aus, und alle vier ließen sich darauf zum Picknick nieder.

«Nicht so schön wie im Stadtpark, aber auch nicht schlecht», sagte Mathildes Mann, und wieder schossen Leonie die Tränen in die Augen, denn der Stadtpark, der gehörte Paula und den Schmetterlingen.

«Nu, nu», versuchte Mathilde sie zu trösten und legte ihr den Arm um die Schultern, «was soll denn der Werner von dir denken, vielleicht, dass du eine kleine Heulsuse bist?»

Das dachte Werner keineswegs. Er dachte vielmehr, wie nett und empfindsam Leonie doch sei, denn natürlich hatte sein Freund ihm ihre traurige Geschichte erzählt. Er dachte das auch noch, als die Wohnung längst wieder eingerichtet war und er Leonie gelegentlich zu einem Spaziergang abholen durfte. Die beiden Schnurrbartspitzen links und rechts von seinen Mundwinkeln zitterten lustig, wenn er sie ansah, und eines Tages spürte Leonie diesen Schnauzer auf ihrem Mund und in ihrem Mund Werners Zunge. Leonie fand, dass das nicht bemerkenswert unangenehm war.

Eines weiteren Tages zehn Monate nach ihrer Hochzeit musste die Hebamme kommen und sie von einer Tochter entbinden. Erwartungsvoll schnupperte Leonie an dem Kind und war ein ganz klein wenig erleichtert, als es tatsächlich nach Blut und Schleim und überhaupt nicht nach Nektar roch.

Und doch war sie enttäuscht, aber sie sagte sich, so sei es richtig, denn Paula sei eben Paula gewesen, und dies sei Milena, Werners Kind. Bald darauf schenkte sie einer weiteren Tochter das Leben, die auf den Namen Edeltraut getauft wurde, ein Name, der in Leonies Ohren fremd klang. Doch das war bereits zu der Zeit, als der ruhige, besonnene Werner, der auf diesem altdeutschen Namen bestanden hatte, Merkwürdiges tat. Von einem Tag auf den anderen kürzte er seinen Schnauzer an den Seiten so radikal, dass er nicht einmal mehr die Breite des Mundes hatte. Leonie fand das Bart-Rudiment grotesk und brauchte einen Moment, um sich zu erinnern, wo ihr ein solcher Schnauzer schon einmal begegnet war. Sie erstarrte.

«Lass man, min Deern», sagte Werner da, «es muss sein, auch wenn ich es nicht gern tue», und Leonie nickte, denn seine Anrede erinnerte sie an Frau Schulz. Sie wusste überdies, dass er den Bart ihretwegen so zurechtgeschnippelt hatte und es keineswegs die Demonstration einer politischen Gesinnung war. Werner hielt die neue Haartracht für ein verhältnismäßig kleines, aber doch sehr effektives Zugeständnis an den Zeitgeist, schließlich konnte an dem Bankschalter, an dem er sechs Tage die Woche stand, jeder sehen, wozu er sich durchgerungen hatte, und es als Zustimmung zur Bewegung deuten. «Jeder muss irgendwann mal Kompromisse machen, und lieber frisiere ich meinen Bart so, als dass ich …», hier brach er ab, denn die andere Möglichkeit kam für ihn nicht in Frage.

Leonie kannte die Alternative. In den Adern ihrer Mutter floss jüdisches Blut, da konnte man die Abstammungsnachweise hin und her wenden, wie man wollte. Werner hatte das von Anfang an gewusst und sich dennoch nicht davon abhalten lassen, sich in die Frau zu verlieben, die einen Chanukkaleuchter in ihrem Regal stehen hatte. Da er ein Mann von Prinzipien war, wie man es von einem Bankkassierer auch erwarten konnte, waren die neuen Ansichten über Mischehen oder gar Blutschande nicht dazu angetan, seine gute Meinung von Leonie auch nur im Entferntesten zu erschüttern. Über das, was in ihren Unterlagen stand – «Mischling ersten, vielleicht auch zweiten Grades» –, hatten sie anfangs noch Witze gemacht.

«Jetzt bin ich nur mehr zu drei Vierteln oder, noch schlimmer, bloß zur Hälfte ein Mensch», sagte Leonie.

«Und was soll die andere Hälfte sein?»

«Ein wildes, böses, verschlagenes Tier, siehst du das nicht?»

Werner musste über ihren Versuch, wie ein wildes, böses, verschlagenes Tier zu gucken, lauthals lachen.

«Glaubst du, dir reicht diese jämmerliche Hälfte Mensch?»

Werner nahm sie fest in den Arm. «Merkwürdig, du hast ja, obwohl du nur halb bist, zwei Arme, zwei Beine, zwei Augen und sogar, man sehe und staune, zwei Nasenlöcher und zwei Ohren.»

«Aber nur ein Herz. Ist das nun menschlich oder nicht?»

«Das gehört sowieso nicht dir, das gehört mir allein», erwiderte er überzeugt, worauf Leonie beschämt die Augen niederschlug.

Längst hatte sie sich eingestanden, dass ihr Herz nicht Werner gehörte, sosehr sie sich auch darum bemüht hatte. Wenn sie nachts neben ihm wach lag, quälte sie ihr schlechtes Gewissen, und sie fragte sich, warum sie ihn nicht mit Leidenschaft lieben, sondern bloß achten und respektieren konnte. Nur ihrer toten Tochter vertraute sie sich an.

«Ach, Paula, du bist wahrscheinlich die Einzige, die das versteht. Aber manchmal scheint es mir, als wären nur die unerfüllt Liebenden die wirklich Liebenden. Eine Liebe, die nicht an der Realität gescheitert ist, kann man sich nicht aus dem Herzen reißen. Wahrscheinlich wäre es mit Paul schief gegangen, wer sagt mir denn, dass es geklappt hätte mit uns. Aber ich warte immer noch auf ihn. Ich wache morgens mit Gedanken an ihn auf und schlafe nachts mit Gedanken an ihn ein. Auf der Straße hoffe ich jeden Moment, ihm in die Arme zu laufen. Paula, das bin nicht wirklich ich, die da liebt. Es liebt in mir. Und ich verstehe das nicht, es nährt sich doch nur von meiner Phantasie. Ach, ich wünschte, ich könnte es verstehen.» Wenn sie nachts mit Paula sprach, ärgerte sie sich, dass Werner nicht davon aufwachte. Aber gleichzeitig ärgerte sie sich über sich selbst.

Manchmal malte sie sich aus, wie sie den Rathausmarkt überquerte und Paul stünde genau dort, wo sie sich damals verloren hatten. Sie würde zu ihm gehen, als trennten das Damals und das Heute nicht eine halbe Ewigkeit und das kurze Leben ihrer gemeinsamen Tochter, von der jetzt nur noch Knochen übrig waren. Sie würde seine Hand ergreifen, und dann wäre es so, als hätte sie sie niemals losgelassen. Auch jetzt noch, nach so vielen Jahren, fing ihr Herz an zu rasen, wenn sie in die Nähe des Rathausmarktes kam. Doch seit er in Adolf-Hitler-Platz umbenannt worden war, betrat sie ihn nicht mehr.

Wie eintönig ihr Leben doch war. Jeden Morgen stand sie auf, ging in die Küche und bereitete das Frühstück. Betrachtete sie ihre Töchter, wenn sie wie alle kleinen Mädchen Milch tranken und einen weißen Schnurrbart bekamen, fragte sie sich, warum sie sie nicht so lieben konnte, wie sie Paula einst geliebt hatte. Sie hätte darüber den Verstand verlieren können. Sie liebte die beiden, aber es war die normale Liebe einer Mutter zu ihren Kindern, für Leonie eine unvollständige Liebe, denn sie hatte eine andere kennen gelernt. Paula war von Geburt an ein fragiles Geschenk gewesen, und eines Tages war es zerbrochen. Kam Leonie morgens vor allen anderen in die Küche, warf sie als Erstes einen Blick auf das Foto von Paula über dem Herd.

Auch Milena und Edeltraut standen zuweilen vor dem

Foto. Erst betrachteten sie es andächtig, dann mit leisem Groll. Paula war unangreifbar, das spürten sie. Ein seltsamer Schleier lag über ihren Zügen, als wäre sie nicht von dieser Welt. Es war nie leicht gewesen, Paula zu fotografieren, und auch auf diesem Foto waren Teile ihres Gesichts verschwommen. Ein unscharfer Streifen zog sich vom Nasenflügel über die Wange. Genau in dem Moment, in dem der Fotograf auf den Auslöser gedrückt hatte, war ein Falter auf ihre Nasenspitze zugeflogen und hatte mit seinen Flügeln geflattert. Wer das Bild genau betrachtete, konnte die kleine Berghexe sehen. Nur Leonie wusste, warum das Kind auf dem Bild so überirdisch wirkte. Es war ein Kind des Glücks, des Taumels, der Emphase, während Milena und Edeltraut durch einen schlichten Geschlechtsakt entstanden waren. Sie waren aus Fleisch und Blut und konnten es mit Paula nicht aufnehmen.

Werner bekam von all diesen Dingen wenig mit. Leonies wegen entlassen, verdiente er den Lebensunterhalt der Familie jetzt im Hafen, schleppte Kohlen von den Schuten auf die Fuhrwerke. Wenn er, der bisher nie körperlich gearbeitet hatte, nach Hause kam, wusch er sich, aß ein paar Happen und fiel halb tot ins Bett. Unerschütterlich blieb seine Überzeugung, dass er letztlich Leonies Herz doch noch gewinnen werde. Chimären lösen sich irgendwann in Luft auf, sagte er sich, dann ist sie mein. Freunde und frühere Arbeitskollegen bezeichneten ihn als stur und konnten überhaupt nicht verstehen, wieso er an seiner Frau, die ihm nur Nachteile brachte, festhielt. Als das Geld immer knapper wurde, entschloss sich Mathilde, die Leonie gegen ihren Willen hatte kündigen müssen, ihr insgeheim Näharbeiten nach Hause zu bringen. So verdiente Leonie ein kleines Zubrot, wenngleich für die Familie weiterhin jeder Tag ein Eintopfsonntag war und auch ein Tag der Drohbriefe. In immer kürzeren Abständen trafen sie ein. Während Werner und Leonie den ersten lasen, hatten sie das Gefühl, eine Hundertschaft Braunhemden würde in ihre Wohnung eindringen. Beinahe wunderten sie sich, dass niemand da war.

«Werner, was findest du nur an mir? Schick mich doch einfach in die Wüste, wie sie es von dir verlangen, dann bist du alle Sorgen los», forderte Leonie ihn verzweifelt auf. Manchmal, wenn sie an Paul dachte, hoffte sie, Werner werde sie wirklich in die Wüste schicken. Sie sehnte das größte Unglück herbei, um frei zu sein für Paul, frei und – wennschon – elend. Wie elend ihr geworden wäre, wenn Werner sie fallen gelassen hätte, ahnte sie zu diesem Zeitpunkt nicht.

Dennoch war Leonie Werner eine gute Frau. Die Briefe, die regelmäßig eintrafen, öffnete sie nicht mehr. Fielen sie durch den Briefschlitz, starrte sie auf das Hakenkreuz und ihren maschinengeschriebenen Namen und fühlte sich nicht angesprochen. Sie legte die geschlossenen Kuverts auf den Stapel ähnlicher Schreiben auf einen Tisch, an dem vorerst nur Milena, später auch Edeltraut ihre Schularbeiten machten. Den beiden Mädchen mit den gestochenen Scheiteln flößte der Briefberg Angst ein. Wenn eine weitere Zuschrift ihn um einige Millimeter erhöhte, entging ihnen das nicht. «Auf der Zugspitze liegt neuer Schnee», sagte dann Milena zu Edeltraut, und die Kleine nickte. Als die Familie schließlich von der engen Wohnung in eine noch engere umziehen musste, machte die Zugspitze den Umzug nicht mit, sondern landete auf einem Scheiterhaufen. Leonie und Werner lachten, als sie die Umschläge anzündeten. Jetzt waren auch die kleinen Mädchen froh, umziehen zu dürfen, denn sie hatten ihre Eltern schon lange nicht mehr lachen gehört. Da auf dem Küchentisch, an dem sie von nun an ihre Hausaufgaben machen mussten, keine neue Zugspitze wuchs, atmeten sie freier.

Als Willy Brandt im Dezember 1970 vor dem Denkmal für die Opfer des Warschauer Ghettos in die Knie ging, ging auch meine Mutter in die Knie. Während der Bundeskanzler von der Schuld der Deutschen zu Boden gedrückt wurde, kapitulierte sie vor den Wünschen meines Vaters und wurde Katholikin. Dass sie konvertierte, konnte man eigentlich nicht sagen, denn sie hatte vorher weder einer christlichen noch einer anderen Konfession angehört. Wenn jemand sie nach ihren Beweggründen fragte, sagte sie: «Ist doch egal. Alle Religionen sind gleich. Meine Mutter hat uns nicht taufen lassen, dabei war mein Vater Protestant. Also kann ich mir aussuchen, was mir am liebsten ist. Die Katholiken machen wenigstens Theater. Da gibt es Kostüme, dramatische Auftritte, donnernde Reden, eine große Inszenierung. Gegen ein richtiges Hochamt mit Orgel und Choristen kommt selbst die beste Oper nicht an. Dann erst der Weihrauch, die Geschichten! Ist das mit der Unbefleckten Empfängnis nicht großartig? Maria gilt bei den Katholiken als autarke Frau.»

Also trat meine Mutter dem rechten Glauben bei. Das war für sie gar nicht so einfach. Da sie sich im Laufe ihres nunmehr 42 Jahre dauernden Lebens schon etliche Sünden auf die Schultern geladen hatte, musste sie während eines ganzen Jahres zweimal wöchentlich für zwei Stunden ins Pfarrhaus gehen und sich von dem schon etwas tatterigen Priester den Katechismus beibringen lassen. Sie kam immer ganz erschöpft von ihrem Einzelunterricht zurück. Aber sie hielt durch. Taufpate war mein Vater, denn er war gläubig, jedenfalls in seinen Augen. Im Winter, wenn die Kirche geheizt war, während bei uns zu Hause nur geheizt wurde, wenn es draußen fror, ging er jeden Samstagnachmittag mit andächtigem Ausdruck zur Messe. «Er will wohl mal wieder für seine Schiffe beten», vermutete Ramón dann.

Als meine Mutter bereits Mitglied der katholischen Kirche war, blieb sie trotzdem an späten Samstagnachmittagen zu Hause, um das Abendbrot zu richten. Camill und ich hingegen mussten meinen Vater begleiten. Selig dämmerten wir auf der Kirchenbank, denn Messen in der Hansestadt hatten in Wahrheit sehr wenig Theatralisches. Der Priester säuselte vor sich hin. Ab und an schreckten wir hoch, weil mein Vater so falsch sang. Keinen Ton traf er auch nur annähernd. Wenn wir uns hinknien mussten, beneideten wir die alten Damen, die sich kleine, mit Buntgehäkeltem bezogene Kissen unterschoben. Gelegentlich hatten wir auch aufzuspringen, und das mehrmals hintereinander. Dann näherte sich der sehnlichst erwartete Moment der Kommunion.

Puffte uns der Vater in die Seite, war es so weit. Gesenkten Hauptes traten wir in die Schlange, die sich vor dem Altar gebildet hatte, und warteten, bis die Reihe an uns war. Schritt für Schritt rückten wir auf den Priester zu. Seine Hand zitterte wie Espenlaub, sodass er die aufgesperrten Münder selten auf Anhieb fand. Um ihm entgegenzukommen, streckten wir unsere Zungen weit heraus und folgten mit ihnen seinen schlingernden Fingern. Hochamt war für uns, wenn der Priester den weißen Taler ins Leere legte. Dann segelte der Corpus Christi auf den Boden.

Einmal landete er direkt auf der Schuhspitze meines Nachbarn. Geistesgegenwärtig bückte er sich, hob die Hostie auf und legte sie sich selbst auf die Zunge. Er hatte wohl sehr saubere Schuhe. Ein anderes Mal gelang es dem Messdiener, den freien Fall von Christi Leib dadurch aufzuhalten, dass er die silberne Schale, aus der sich der Priester bediente, vorschnellen ließ, und ihn mitten im Flug wieder auffing. Er war ein ausgezeichneter Tennisspieler.

In den warmen Monaten ging mein Vater nicht so regelmäßig in die Kirche. Statt des Winterkaschmirsakkos legte er dann ein leichtes Leinenmodell an, steckte die unvermeidliche

Kornblume ins Knopfloch am Revers und zog mit den Worten «Ich geh in die Kirche» die Tür hinter sich zu. Weg war er und hatte uns nicht einmal aufgefordert mitzugehen. Auch meine Mutter nicht. Sie stöhnte auf. Erschrocken blickten wir sie an und sahen sie mit hängenden Armen und verschleiertem Blick dastehen.

An solchen Samstagen kam mein Vater meist ein wenig derangiert zurück. Seine wenigen Haare standen kreuz und quer vom Schädel ab. Die Leinenjacke war zerknittert, und einmal hatte sie sogar undefinierbare Flecken. Daraus schlossen wir, dass der Kirchgang im Sommer anders ablief als der im Winter.

Ramón wiegte bedächtig den Kopf und lächelte wissend. «Der tut doch nur so heilig, in Wahrheit ist er exkommuniziert. Weil er schuldig geschieden wurde von meiner Mutter und auch von Katharina, seiner ersten Frau. Während er jetzt behauptet, in den Schoß der heiligen Kirche zurückzukehren, wühlt er in dem von anderen Frauen herum.»

«Und seinetwegen bin ich Katholikin geworden», murmelte meine Mutter und seufzte.

VIERTES BUCH

Es war ein kalter Schneeregentag Ende April. Immerzu sah Mercedes in den Himmel, doch nirgends brach die Sonne durch. Statt dass es wärmer wurde, fiel das Thermometer weiter, nicht einmal die Schneeglöckchen hatten sich aus dem immer noch gefrorenen Boden hinausgewagt.

«Ich wandere aus!», sagte sie zu den Eseln und Pferden im Stall des bereits im 19. Jahrhundert säkularisierten Thüringer Klosterguts, in das sie noch vor Ausbruch des Krieges der Tiere wegen gezogen war. Sorgenvoll musterte sie die eingelagerte Heu- und Hafermenge, allmählich ging das Futter zur Neige. Es sah nicht danach aus, dass das Gras auf den Wiesen bald wachsen würde, dagegen sprachen die sibirischen Temperaturen. «Und euch nehm ich mit. Wir ziehen in den Süden, da könnt ihr das ganze Jahr auf der Weide sein. Wenn nur die Visabestimmungen dieser Barbaren nicht wären, ich schwöre euch, wir wären schon weg!» Sie streichelte den Pferden über die Nüstern und zog die Esel an den Ohren. «Euch muss man immer ordentlich die Löffel langziehen, so. Wenn ihr aufgefressen habt, komme ich wieder und lasse euch raus, obwohl mir immer noch schleierhaft ist, wieso ihr lieber in der Eiseskälte steht als im warmen Stall», sagte sie und ging fröstelnd ins Haus zurück.

Dort war inzwischen die Post eingetroffen, die, obwohl Deutschland nun Krieg führte, nach wie vor einwandfrei funktionierte. Zweimal am Tag wurde sie ausgetragen, die Briefe kamen pünktlich, nach einer Beförderungsdauer von maximal zwei Tagen, an ihrem Bestimmungsort an. Mercedes hatte nicht viel für Ordnung übrig, überdies hatten ihr Briefe selten Gutes gebracht. «Als gäbe es nichts Wichtigeres, als die Post zu befördern», schimpfte sie laut vor sich hin. Wann hatte sie das letzte Mal einen Liebesbrief bekommen? Sie konnte sich nicht erinnern. Kurz lachte sie auf und nahm den Umschlag in die Hand. Ihn zierte, was sie empörte, der deutsche Adler, der schon im Ersten Weltkrieg für verhängnisvolle Nachrichten gut gewesen war. Nun hielt er zu allem Überfluss noch ein Hakenkreuz in den Krallen, abgewandeltes Symbol der Jainisten, einer den Vegetarismus praktizierenden buddhistischen Sekte, deren Anhänger sich sogar Leintücher vor die Münder banden, damit sie keine Insekten einatmeten und dadurch zu Tode brachten. Bevor sie einen Schritt taten, wedelten sie den Boden mit einem Besen frei, um ja keine Lebewesen zu zertreten. Was hatten die Nationalsozialisten damit zu tun?

Mercedes drehte das Schreiben um. Mit genau so einem war erst der Verwalter eingezogen worden, dann der Stallknecht, und schließlich waren zwei der Bauern an der Reihe gewesen. Da Franz sowieso fast nie ins Thüringische kam, oblag die gesamte Bewirtschaftung nun ihr und seiner Geliebten, die er hier einquartiert hatte, ohne sie, seine Mutter, um Erlaubnis zu fragen. Eigentlich war die junge Frau ganz patent, nicht so eine verzärtelte Stadtpflanze, wie sie Franz sonst angeschleppt hatte. Dennoch hatte Mercedes ihrem Sohn Vorhaltungen gemacht.

«Das Haus ist groß genug», entgegnete er ihr, «ihr werdet schon miteinander auskommen. Dann hast du wenigstens ein bisschen Gesellschaft.»

«Auf diese Art von Gesellschaft kann ich gut verzichten.

Wie stellst du dir das vor, ich kann doch nicht mit einer wildfremden Person unter einem Dach leben.»

«Du musst ja nicht das Bett mit ihr teilen.»

«Franz!»

«Du wirst dich an sie gewöhnen. Außerdem wird sie bald meine Frau», warf Franz so beiläufig wie möglich ein. Schon lange hatte er sich den Kopf zermartert, wie er ihr die Neuigkeit überbringen sollte.

«Deine Frau? Hast du jetzt endgültig den Verstand verloren? *Die* soll deine Frau werden? Sie ist nicht einmal von Stand!»

«Als hätte dich der Stand jemals interessiert. Ausgerechnet jetzt muss dir einfallen, dass er vielleicht doch eine Rolle spielen könnte.»

«Wenn es um die Heirat meines einzigen Sohnes geht! Du bist jetzt fast vierzig und noch nie auf die Idee gekommen, dich zu verheiraten, und nun soll es gerade diese Person sein?»

«Diese Person heißt Katharina, und ich bitte dich, sie zu behandeln, wie es meiner Zukünftigen gebührt.»

«Ach so» – Mercedes schlug sich mit der flachen Hand an die Stirn –, «das ist es. Du hast sie geschwängert und setzt sie bei mir ab, damit ich am Ende auch noch ein Balg am Hals habe?! Und das in diesen Zeiten.»

«Mamá, hältst du mich tatsächlich einer solchen Untat für fähig?»

«Oh, du bist zu allerhand fähig, das hast du schon zur Genüge bewiesen.»

«Aber in diesem Fall hast du Unrecht!»

Sie wich einen Schritt vor ihm zurück und betrachtete ihn voller Ironie. «Na, na, sollte ich vielleicht doch den Nagel auf den Kopf getroffen haben?»

«Misch dich nicht in meine Angelegenheiten.»

«Du machst deine Angelegenheiten zu den meinen, indem du dein Mädchen zu mir bringst.»

«Ich habe sie nicht zu dir, sondern in mein Haus gebracht, und in mein Haus kann ich bringen, wen ich will.»

«Oh, das ist der Dank dafür, dass ich dich geboren habe! Dass du so mit mir sprichst! Außerdem gehört dir das Haus gar nicht, soweit ich richtig informiert bin.»

«Immerhin entrichte ich regelmäßig den Pachtzins.»

«Gib ruhig zu, du hast ein gutes Geschäft gerochen. Dafür hast du ja ein Näschen. Ich jedenfalls möchte nicht wissen, zu welchen Konditionen du das Haus bekommen hast.»

«Mamá, jetzt fang nicht schon wieder damit an. Wie oft soll ich es dir noch erklären: Esther hat mich gebeten, das Haus zu pachten, irgendjemand musste sich doch darum kümmern, sonst hätten es die Nazis gleich ganz übernommen.»

«Du weißt genau, dass diese Esther keinen Zugriff auf das Konto hat, auf das du immer so eifrig einzahlst.»

«Ich komme meinen Verpflichtungen pünktlich nach. Was mit dem Geld passiert, darauf habe ich keinen Einfluss. Ich habe schließlich die Gesetze nicht gemacht.»

«Aber du trägst sie, indem du –»

«Sowie sich die Verhältnisse hier wieder normalisieren, kann sie auf das Konto zugreifen.»

«Das glaubst du doch wohl selbst nicht, oder bist du tatsächlich so naiv? Diese Sperrkonten bedeuten eine De-facto-Enteignung. Wart's nur ab, es dauert nicht mehr lange, dann behalten die Nazis die Konten ein und finanzieren vom Geld der Juden den Krieg.»

«Was soll ich denn dagegen tun? Kannst du mir vielleicht sagen, was ich dagegen tun soll? Es ist schließlich nicht meine Schuld, dass Esther das Geld nicht ausführen darf.»

«Trotzdem ist es unmoralisch.»

«Esther ist in Sicherheit. Moral, Moral, wir sind im Krieg und ... und ...»

«Und was? Schlimm genug, dass du da mitspielst. Haben nicht deine Großmutter, Maria und ich dir vorgelebt, was Zivilcourage ist?»

«Esther, verdammt nochmal, geht es gut! Und nur, dass du es weißt, schwanger ist Katharina nicht, nicht mehr.» Der letzte Satz war ihm herausgerutscht.

«Was? Oh», staunte Mercedes, aber da hatte er bereits das Zimmer verlassen. «Na, Freundchen, dir werde ich schon noch auf die Schliche kommen», murmelte sie ihm hinterher.

Mercedes wartete auf einen günstigen Moment, um mit Katharina unter vier Augen zu reden. Er ergab sich bald, denn die beiden Frauen waren so gut wie allein in dem Anwesen, wenn Franz wieder in die Hansestadt abgereist war. Just an dem Abend, an dem das Schreiben mit dem Unheil verkündenden Briefkopf eingetroffen war, fanden sie sich beide müde vor dem Kaminfeuer ein und ließen sich mit einem Seufzer in die alten Klostersessel sinken. Sie streckten die Beine von sich, ihre Arme baumelten von den Lehnen.

Als sie sich ansahen, mussten sie lachen. «Wie tote Käfer», sagte Mercedes, die sich immer noch nicht dazu aufraffen konnte, den Brief, den sie vor sich auf den Sofatisch gelegt hatte, zu öffnen.

«Schon wieder Post vom Gauleiter?», fragte Katharina.

«Ich fürchte. Einmischung in unsere Scholle.»

«Bald finden die sowieso nur noch Gräten. Sie haben doch schon das ganze Fleisch abgenagt.»

«Stimmt, dann kann ich den Brief ja eigentlich aufmachen. Wen sollten sie sich hier noch ködern, außer uns ist ja keiner mehr da.»

«Forza!», sagte Katharina, eine Verehrerin von Verdi und Puccini.

«Na gut.» Mercedes, die schon lange nicht mehr an Oper und Theater gedacht hatte, beugte sich vor und nahm den Brief. Mit einem Ruck riss sie den Umschlag auf und hätte um ein Haar das Schreiben gleich mit zerrissen. «So ein Pech, nun hat das edle Blatt Papier einen Schönheitsfehler», sagte sie und hielt den eingerissenen Briefbogen hoch. Dann begann sie zu lesen. Und wurde bleich.

«Um Gottes willen, was ist mit Ihnen?», fragte Katharina.

«Die wollen unsere Tiere requirieren», sagte Mercedes mit tonloser Stimme.

«Was? Wie? Welche Tiere?»

«Die Esel und die Pferde. Zur ‹kriegsnotwendigen Verwendung›, schreiben sie!»

«Was soll denn das heißen?»

«Als Packtiere. Zugpferde. Oder sie machen Wurst draus für die darbenden Soldaten, was weiß denn ich! Hier steht: ‹Dies ist eine Maßnahme, um den Futterbedarf der nicht unmittelbar zur Erhaltung der deutschen Wehrkraft dienenden Tiere herabzusetzen. Das frei werdende Getreide ist den für das Deutsche Reich kämpfenden Soldaten zuzuführen.›»

«Brot für die Soldaten also. Ja, wir alle müssen Opfer bringen. Heil Hitler», sagte Katharina und erhob einen kleinen Finger zum Hitlergruß.

«Abholung der requirierten Tiere am 6. Mai 1940. Uns bleibt noch genau eine Woche Zeit. Eine Woche», flüsterte Mercedes. Abrupt stand sie auf und ging zum Telefon. Bei Franz nahm keiner ab. «Natürlich ist er nicht da! Treibt sich sicher wieder mit einem Mädchen herum.» Da fiel ihr Blick auf Katharina. «Oh, entschuldigen Sie, so habe ich das nicht gemeint!»

Katharina lächelte. «Frau von Roué, ich weiß, dass Franz es auf jeden Rock abgesehen hat.»

Verblüfft ließ Mercedes den Hörer sinken. «Und das lassen Sie sich gefallen?»

Katharina zuckte mit den Schultern.

«Ich meine, Sie sitzen hier und zerbrechen sich nicht den Kopf, was er gerade macht?»

«Wäre doch sinnlos. Man kann Männer nicht ändern. Ich habe es jedenfalls aufgegeben.»

«Sie sprechen, als hätten Sie die Erfahrung einer Hundertjährigen.»

«Was habe ich davon, wenn ich mir jeden Tag ausmale, wie er sich wieder an ein Mädchen ranpirscht. Ich hätte keine ruhige Minute mehr.»

«Und Sie sind wirklich ruhig?»

«Ja, ich glaube schon. Eines weiß ich nämlich ganz sicher: Keines dieser Mädchen, die er für eine Nacht in sein Bett lotst, stellt eine ernstliche Gefahr für mich dar.»

«Was macht Sie da so sicher?»

Katharina lächelte. «Ihr Sohn leidet an neurotischer Bindungsangst.»

«Und können Sie sich erklären, warum er sich mit Ihnen schon so lange abgibt?»

«Vielleicht, weil ich ihn nicht ändern will. Und ich gebe zu: Was seine Amouren angeht, ist er wirklich mutig. Um eine Frau zu erobern, läuft er zur Hochform auf.»

Mercedes blickte Katharina fragend an.

«Wenn er sich in eine Frau verguckt, dann ist ihm alles egal. Nie ist er mehr in seinem Element, als wenn sich ihm Widerstände in den Weg stellen. Das stachelt seine Begierde erst richtig an. Man kann sonst wirklich nicht behaupten, dass er besonders couragiert wäre, aber meine Vorgängerin war Jüdin. Mitten auf der Straße überkommt ihn die Lust, und ohne viel Nachdenken spaziert er mit ihr in das nächstgelegene Hotel. Ich glaube sogar, es war eines der höheren Kategorie. Obwohl dort Juden der Zutritt strikt verboten ist, nimmt er sich ein Zimmer, na ja, und geht mit ihr hinauf.

Während sie drinnen sind, poltert es plötzlich an der Tür, und eine Männerstimme brüllt: ‹Aufmachen!› Franz erhebt sich aus dem Bett, wickelt sich nur ein Handtuch um die Hüften und fragt, als er die Tür öffnet: ‹Die Herren wünschen?› Das würde ich schon mutig nennen, denn draußen steht die Gestapo und fordert die Ausweise der beiden. Franz geht zu seiner Jacke, während das Mädchen sich unter der Bettdecke verkriecht, holt aus der Tasche seinen uralten Stahlhelm-Ausweis, der eigentlich schon lange keine Bedeutung mehr hat, wedelt damit vor den Augen der Ledermänner herum und sagt: ‹Na, reicht Ihnen das? Kann ich jetzt bitte in meinem Geschäft fortfahren?› Er hat tatsächlich Geschäft gesagt, hat mir das Mädchen erzählt, und irgendwie muss das auf die beiden Gestapo-Männer Eindruck gemacht haben. Jedenfalls wünschen sie ihm viel Spaß und ziehen wieder ab. Unglaublich. Offensichtlich umgibt ihn in solchen Momenten eine Aura der Unwiderstehlichkeit, der auch die hartgesottensten Männer nichts entgegenzusetzen haben. Kaum sind die beiden weg, lässt Franz sein Handtuch fallen, steigt zurück ins Bett und beruhigt nach allen Regeln der Kunst das Mädchen, das Höllenqualen ausgestanden hat und am ganzen Leib zittert.»

«Hat er Ihnen das erzählt?»

«Nicht er, sie! Er erzählt mir nichts von seinen Liebeleien. Sie wissen doch: ‹Ein Gentleman genießt und schweigt.›»

«Und das Mädchen, wo ist es jetzt?»

«Das hat er zwei Wochen nach dieser Eskapade auf eines seiner Schiff nach Südamerika verfrachtet, weil ihm die Geschichte dann wohl doch ein bisschen zu heiß geworden ist. In doppeltem Sinne.»

«Das hat er gut eingefädelt.»

«So kann man das auch sehen. Ich glaube, ich habe mich wegen dieser Geschichte in ihn verliebt», sagte Katharina und fragte: «Wissen Sie denn nicht, warum er neulich für zehn Tage ins Gefängnis gekommen ist?»

Mercedes schüttelte den Kopf. «Darüber habe ich mir lange den Kopf zerbrochen, aber er hat mir nichts verraten.»

«Sollte er sich tatsächlich geschämt haben? Er hat bei irgendeinem Abendesssen seinem Tischnachbarn, einem alten Freund, ich habe vergessen, wer es war, zugeflüstert: ‹Weißt du, was der größte Fehler der Nazis ist? Sie verstehen nichts von Frauen, sonst würden sie nicht versuchen, die Juden loszuwerden!› Offensichtlich hat das noch jemand am Tisch gehört, denn er ist denunziert worden.»

«Typisch Franz!», sagte Mercedes zärtlich. «Zu Pontius und Pilatus ließ er mich mit meinem ekelhaften Parteiausweis rennen! Nur weil er seinen Spaß haben will. Und Sie wollen ihn tatsächlich heiraten? Das würde ich mir aber noch einmal gut überlegen.»

«Es war seine Idee.»

«Seine Idee? Sie scherzen!»

«Nein, durchaus nicht. Mir wäre das gar nicht eingefallen. Ich glaube, er fühlt sich schuldig.»

«Schuldig?»

«Uns ist ein kleines Missgeschick unterlaufen», antwortete Katharina.

«Ach, Kindchen, hat er Sie also doch geschwängert. Und was ist daraus geworden? Haben Sie es verloren?»

«Er hat mich gezwungen, könnte man sagen, es zu verlieren.»

«Was? Diese Kanaille. Das sollen richtige Schlachter sein, was man so hört, aber wollten Sie wirklich in diese Welt ein Kind setzen? Entschuldigen Sie, wenn –»

«Nein, nein, fragen Sie nur. Ich war so furchtbar verwirrt, ich wollte nie ein Kind, nie ernsthaft, der Krieg und das alles hier hat mich abgeschreckt, und so habe ich seinem Drängen letztlich nachgegeben. Aber dann hätte ich es doch so gern gehabt, von ihm, und jetzt bereue ich jede Sekunde, dass ich nachgegeben habe, denn etwas ist schief gegangen, meine Gebärmutter wurde verletzt. Ich kann keine Kinder mehr bekommen.»

«Oh», sagte Mercedes und strich Katharina übers Haar. Nach einer Weile flüsterte sie: «Manchmal hasse ich meinen Sohn.»

«Ich nicht, ich hasse Franz immer noch nicht. Obwohl ich wahrlich Grund genug hätte. Manchmal verfolgt mich mein ungeborenes Kind, ich wache nachts auf, weil es mir im Traum erscheint. Dann mache ich mir schreckliche Vorwürfe und sage mir, immer noch besser, im Bombenhagel geboren zu sein als gar nicht. Selbst wenn es gleich wieder gestorben wäre, es hätte immerhin gelebt.»

Katharina weinte. Ihre Stimme war immer leiser geworden. Mercedes wusste nicht, was sie sagen sollte. Also schwieg sie.

«Kommen Sie, wir kümmern uns um die Tiere», sagte Katharina und stand auf.

«Ich bewundere Sie!» Das war das größte Kompliment, das Mercedes ihrer zukünftigen Schwiegertochter machen konnte.

Fünf Pfund ohne Knochen», sagte mein Vater, wenn er an glücklichen Tagen vom Lokus kam, wo er täglich um 7.27 Uhr Stellung bezog. Genauso zuverlässig übrigens löschte er pünktlich um 22.22 Uhr sein Licht. Um 22.21 Uhr klappte er sein Buch zu und legte es auf den Nachttisch, zufrieden, sein anstrengendes Tagwerk beendet zu haben. Wenn die rechte Ziffer seines Radioweckers von der Eins umsprang auf die ersehnte Zwei, knipste er mit einem Seufzer der Erleichterung das Licht aus und ließ sich in seine Kissen zurückfallen.

Sekunden später waren seine gleichmäßigen, aber nichtsdestotrotz lauten Atemgeräusche zu hören.

Schlafen konnte mein Vater, scheißen nicht. Er verabscheute die Erfolglosigkeit insbesondere auf seinem morgendlichen Toilettenposten, weshalb er sich manchmal von 7.27 Uhr bis 7.35 Uhr Zeit ließ. Dann allerdings war alles zu spät. Um 7.40 Uhr musste er nämlich das Haus verlassen haben. «Pünktlichkeit ist eine Zier», sagte er immer wieder. Das Kontor rief, er wollte vor den Angestellten da sein.

Das Mienenspiel meines Vaters beim Verlassen des Badezimmers gab uns sofort Aufschluss über die Menge seiner Hinterlassenschaft an die hanseatische Kanalisation, die gerade auf den neuesten technischen Stand gebracht worden war. Kam er mit unbewegtem Gesicht schweigend heraus, war die Kanalisation nicht mit seinen Ausscheidungen belastet worden. Verließ er es hingegen aufgeräumt und verkündete: «Fünf Pfund ohne Knochen», dann hatte er dem neuen Klärverfahren ordentlich zu tun gegeben. Die Pfundangabe war sein Stimmungsbarometer.

Mit den Innereien stand er auf Kriegsfuß. «Mein Darm hat es darauf abgesehen, die köstlichen Speisen in eine schädliche Masse zu verwandeln und mich langsam, aber sicher zu vergiften», sagte er, sobald er mehrere Tage hintereinander unverrichteter Dinge vom Wasserklosett gekommen war. Quälte ihn die verdaute, nicht aber ausgeschiedene Masse in seinem Innern gar zu arg, beschuldigte er seine Verdauungsorgane, sich als Strafgericht über seinen allzu ausschweifenden Lebenswandel aufzuspielen. Die züchtigenden Maßnahmen dieser körperinternen Gerichtsbarkeit verschlechterten seine Laune proportional zur Dauer des Tribunals. Dann ließ er seinen Unmut an uns aus, denn das Richten seiner Innereien stellte sein Weltbild auf den Kopf. «Parieren und unterordnen», verlangte er von allem und jedem, und gemeinhin hielt sich seine Umgebung auch daran. Nur sein Unterleib bot ihm Paroli und streikte. «Reinschießen sollte man da!», sagte mein Vater beim Frühstück immer, wenn er in der Morgenzeitung von einem Streik las. In seinen Bauch konnte er schlecht reinschießen. Also war die Atmosphäre beim Essen zum Zerschneiden, und er brauchte nur seinen Blick in die Runde schweifen zu lassen, und wir alle duckten uns. «Gerade sitzen! Ist das ein Benehmen! Kopf hoch!», donnerte er prompt, und mit einem Ruck schnellten wir hoch und saßen comme il faut am Tisch.

Welch glückliche Momente also, wenn der Darm ihm einmal schmeicheln wollte und ihm zu Willen war – sei es, weil er dem Sturmangriff der Laxative nicht mehr standhalten konnte, sei es, weil er nur mal seine Muskeln entspannen wollte. Dies kündigte er mit einem viel versprechenden Rumoren in der unteren Körpergegend an. An solch seltenen Tagen sprang mein Vater unvermittelt vom Frühstückstisch auf und eilte mit den Worten «Drücken, drücken muss man. Der Dreck muss raus!» auf die Toilette. Kam er dann ins Esszimmer zurück, prahlte er: «Ihr müßt nur drücken, drücken und nochmals drücken, Kinder.» An diesen Tagen war unser Vater kaum wiederzuerkennen. Er scherzte, und wir kicherten. Kleine Unartigkeiten ließ er durchgehen, und zuweilen strich er uns über den Kopf, woraufhin wir reflexartig in Deckung gingen. Das quittierte er mit einem etwas verständnislosen «Na, na».

Doch nichts konnte darüber hinwegtäuschen, dass sich im Lauf der Jahre sein Bauch immer weiter wölbte. Bei dem, was ihm da wuchs, handelte es sich nicht etwa um einen schwabbeligen Bierbauch, sondern sein Bauch war eine fußballgroße Kugel, die keineswegs aus Fett bestand. Zum Beweis klopfte mein Vater sich manchmal mit der Faust darauf und rief: «Hart wie Kruppstahl!» Selten konnte er sich verkneifen hinzuzufügen: «Panzer waren das! Kinder, da mussten die Alliierten schon was aufbieten, um die kleinzukriegen!» Oft genug juckte es mich, ihn in diesen Kruppstahl-Panzerbauch zu boxen, doch die Gewissheit, mir unweigerlich die Faust zu verstauchen, hielt mich davon ab.

Dann kam der schwarze Mittwoch, jener verhängnisvolle Tag, an dem ausgerechnet zur Mittagszeit das Telefon klingelte. Das Gesicht meines Vaters verfinsterte sich.

«Ich hoffe, es ist nicht für euch», sagte er drohend, und wir duckten uns wieder unter seinem Blick.

In dem Moment trat Erna ins Esszimmer und baute sich vor meinem Vater auf. Laut und deutlich sagte sie: «Herr Baron, für Sie!»

«Erna, du weißt doch, dass ich beim Essen nicht gestört werden will», rief er.

«Tschaa, ich weiß, aber der Herr ließ sich nicht abwimmeln. Er sagte, es ist dringend», antwortete Erna und machte auf dem Absatz kehrt.

Mein Vater faltete seine Serviette zusammen, erhob sich und ging gesetzten Schrittes ins Nebenzimmer, wo das Telefon stand. Merkwürdigerweise ließ er die Tür offen. Wahrscheinlich wollte er, dass wir hörten, wie wichtig sein Anruf war, nicht zu vergleichen mit denen, die wir erhalten hätten. Wie wir einigen Bruchstücken des Gesprächs entnehmen konnten, war es tatsächlich wichtig.

«Tot? Auf der Toilette? Ader im Gehirn geplatzt? Nicht möglich!»

Der Fall war klar und die Verstörung meines Vaters grenzenlos. Offensichtlich hatte einer seiner Freunde seinen Ratschlag «Drücken musst du, drücken» so tatkräftig befolgt, dass es ihm vor lauter Anstrengung das Hirn zersprengt hatte. Vielleicht empfand mein Vater eine Mitschuld an dessen Tod, jedenfalls veränderte er ihn. Von nun an trat er seinen morgendlichen Gang um 7.27 Uhr mit Sorgenfalten auf der Stirn an, voller Angst, es könnte sein letzter sein. Umso größer war die Freude, wenn es in der Kloschüssel etwas zu betrachten gab.

«Ein Hoch auf die teutonischen Kloschüsselproduzenten, die das Kloknie zur Serienreife gebracht haben», sagte er oft. «Der Deutsche ist neugierig auf das, was er hervorbringt, und er ist stolz darauf. Die Franzosen und Italiener dagegen lassen ihr kostbarstes Gut in ein tiefes schwarzes Loch plumpsen und sofort und für immer verschwinden, dabei liegt doch in der Scheiße die Seele.»

Offenbar war seine Seele klein.

Am Morgen nachdem das Requirierungsschreiben eingetroffen war, begann im Klostergut die große Mobilmachung. Um die Tiere zu retten, sollte es ein opulentes Abendessen geben. Die Drähte liefen heiß. Franz wurde gebeten, Maria zu informieren, dass sie am kommenden Wochenende nach Thüringen eingeladen sei. Er lud auch die Zwillinge des Ministers *** ein, mit denen er auf sehr vertrautem Fuß stand, obwohl er nicht immer genau wusste, welche von beiden er gerade vor sich hatte. Sie unterschieden sich nur durch ein verstecktes Muttermal, das der einen am Hintern saß, der anderen nicht. Da sich beide Zwillinge der amüsanten Stunden mit Franz gern erinnerten, sagten sie zu, die beschwerliche Reise in das ferne Hügelland anzutreten. Sie hofften auf milderes Wetter als in der Hauptstadtsteppe. Während Franz die Sorge plagte, wie er die diffizile Situation mit den Zwillingen und seiner zukünftigen Frau meistern und gleichzeitig bei allen dreien auf seine Kosten kommen sollte, sprach Mercedes die Einladung gegenüber dem Gauleiter und dem Landwirtschaftsrat aus, in dem sie ihnen «Frischfleisch» in Aussicht stellte, das dieser Tage auf dem freien Markt bekanntlich kaum mehr zu ergattern sei. Natürlich meinte sie kein totes Tier. Da konnte Franz, der bereits am Freitagabend eintraf, noch so sehr insistieren, dieses eine Mal eine Ausnahme zu machen. Es gehe doch um die Esel und Pferde.

«Du hast wohl den Verstand verloren! Ich opfere doch nicht ein Leben für ein anderes», herrschte Mercedes ihn an.

Da Franz für den Fall, dass er hinter dem Rücken seiner Mutter der Köchin Anweisung geben würde, einem Huhn den Hals umzudrehen und schön knusprig gebraten auf die Tafel zu bringen, einen Skandal fürchtete, nahm er von seinem Vorhaben wieder Abstand.

Samstagvormittag machten sich Mercedes, Katharina und Franz auf den Weg zum Bahnhof, um die Zwillinge und Maria, die sich im selben Zug befanden, mit dem Pferdewagen abzuholen. Benzin war schon lange rationiert. Zu Franz' Beruhigung verlief das Aufeinandertreffen von Katharina und den Zwillingen weniger peinlich als erwartet. Auch das Wetter hatte ein Einsehen, und die Temperaturen lagen deutlich über null, mit viel gutem Willen hätte man sogar von einem lauen Lüftchen reden können. Mercedes saß mit Maria und Katharina im Fond des Wagens und dachte, alles läuft ja wie geschmiert, während Franz, der kutschierte und die Zwillinge zu sich auf den Bock hatte klettern lassen, angeregt mit ihnen plauderte. Selbst Monzi schien den Ernst der Lage zu ermessen und begrenzte sein Kläffen auf ein Minimum.

Katharina hatte für die Ankunft einen kalten Imbiss vorbereitet. Während eines anschließenden Spaziergangs schmiedete man Schlachtpläne für die Abendgesellschaft. Nur Mercedes hielt sich merkwürdig bedeckt und lächelte nur. Am Nachmittag zogen sich die Zwillinge zurück, um sich ein wenig auszuruhen, und Franz nutzte die Gelegenheit, ihnen einen kleinen, aber für alle Beteiligten höchst erfreulichen Besuch abzustatten.

Unterdessen war Katharina mit Ausmisten beschäftigt und wollte von den Vorgängen im Haus nichts wissen. Als sich Franz anschließend in den Salon begab, wo wie so oft ein Feuer knisterte, sah er seine Mutter in Wirtschaftsbüchern blättern.

«Mamá, worum ich dich noch bitten wollte, leg doch dein Parteiabzeichen heute Abend an. Das wird ordentlich Eindruck schinden und die Herren für unser Ansinnen günstig stimmen.»

«Nur über meine Leiche!», sagte Mercedes und sah nicht einmal von den Büchern auf.

«Mamá, bitte, es ist doch nur für heute Abend. Schließlich geht es um deine Tiere.»

«Es sind nicht meine Tiere, genauso wenig, wie das mein Haus ist.»

«Aber wer hat hier alle Pferde scheu gemacht? Da soll einer aus dir schlau werden. Dieses Opfer wirst du deinen Tieren ja wohl noch bringen können. Du brichst dir wirklich keinen Zacken aus der Krone, wenn du dieses alberne Abzeichen einen Abend lang anlegst.»

«Und wenn doch?»

«Red keinen Unsinn, sei einmal in deinem Leben vernünftig.»

«Ich habe nicht die geringste Ahnung, wo sich dieses ‹alberne Abzeichen›, wie du es vielleicht besser nicht nennen solltest, befindet.»

«Dann such das verdammte Ding! Sonst verdirbst du noch alles, was ich so gekonnt eingefädelt habe.» Und er verließ den Salon, um sich bei Katharina über seine Mutter zu beschweren, doch die zuckte nur die Achseln, worauf er noch wütender wurde und schimpfte: «Jetzt habt ihr euch beide gegen mich verschworen.»

Am Abend kamen die beiden hochrangigen Gäste in einem Automobil. Benzinprobleme waren ihnen unbekannt.

«Pünktlich wie die Post, ekelhaft», murmelte Mercedes, als sie den großen schwarzen Admiral die Auffahrt herauffahren sah. Sie trat vom Fenster zurück.

Franz öffnete den Gästen die Haustür. «Meine Herren, Sie wissen, der Krieg fordert uns allen Opfer ab, und mir hat er meinen Diener ins Feld entführt, wo er jetzt anderen, ungleich respektgebietenderen Herren dient, nämlich Vaterland und Führer, was ja bekanntlich ein und dasselbe ist. Daher habe ich die Freude, Sie höchstpersönlich willkommen zu heißen. Wenn die Herren nichts dagegen haben, gehe ich voran.»

«Nach Ihnen, Heil Hitler», salutierten die Gäste.

Franz führte sie ins Kaminzimmer, wo sich Maria und die Zwillinge bereits eingefunden hatten. «Darf ich vorstellen: meine Tante Maria von Ringsberg und Hilde und Herta ***, die Töchter des Ministers ***. Sie sind Ihnen wenn nicht persönlich, so doch sicher vom Hörensagen bekannt.»

Die beiden Herren erstarrten in der Haltung, die sie soeben angenommen hatten, und die war nicht gerade vorteilhaft. Die Zwillinge blinzelten einander zu. Ihr größtes Vergnügen bestand darin, sich über kleine Parteischergen lustig zu machen. Dafür waren sie berüchtigt. Der Abend versprach, ein kapitaler Spaß zu werden. Man unterhielt sich über alles und jedes, der Führer wurde, wie es sich gehörte, ausgiebig gelobt, und da man sich so wunderbar einig war, trank man auf all seine Wunderleistungen ein Glas Champagner nach dem anderen. Auch der «Fliegende Hamburger», diese grandiose Errungenschaft, die Bahnreisende in Windeseile von Berlin nach Hamburg und zurück brachte, fand begeisterte Erwähnung – 221 Kilometer in nur fünfundneunzig Minuten, das war erregender als jeder noch so köstliche Champagner, der von den Gästen unverdrossen konsumiert wurde. Da konnte man von

Glück sagen, dass man die Anbaugebiete der Trauben gerade erobert hatte, worauf man sogleich wieder anstieß.

Maria hatte an dem Wortwechsel zu schlucken, an ihrem Glas nippte sie im Gegensatz zu den anderen nur dann und wann. Als die Sprache auf den Krieg kam, entschuldigte sie sich. «Ich sehe nach, wo meine Schwester bleibt, damit wir uns gleich zu Tisch begeben können. Bestimmt kann sie sich mal wieder nicht entscheiden, welches Kleid für ihren hohen Besuch angemessen ist.» Und sie ging aus dem Raum.

Franz hielt es für angeraten, einen klaren Kopf zu behalten, da seine Mutter durch ihr langes Ausbleiben Anlass zu einiger Besorgnis gab. Auch Maria war eine unsichere Kandidatin. Aber schon kam sie zurück.

«Wir haben Frankreich im Handstreich genommen. Wer hätte das gedacht nach 1918. Und so wird es weitergehen!», rief der Gauleiter

«Waren Sie dabei?», wollte Franz wissen.

«Leider nein, mich braucht das Vaterland hier, ein Jammer, aber in diesen großen Zeiten gibt es nichts zu jammern, jeder muss an seinem Platz seinen Mann stehen. Der Führer sagt immer, ‹jeder Einzelne ist an seinem Platz unersetzbar›, und so ist es. Nur –»

«Wo kämen wir hin, wenn jetzt alle nach Frankreich gingen und sich niemand mehr für den Osten fände. Wir jedenfalls sollten uns in den Speisesaal begeben, meine Schwester kommt sofort», unterbrach Maria ihn.

Die Aussicht, dem Magen neben den flüssigen Köstlichkeiten auch einige handfeste zuzuführen, verhalf den Herren in die Senkrechte, und so wurde dem angeregten Gespräch ein vorläufiges Ende bereitet. Von dem vielen Champagner schon angenehm beschwipst, schlenderte die Gesellschaft ins Esszimmer. Die lange Tafel, an der vor hundert Jahren Klosterbrüder ihre kargen Mahlzeiten eingenommen hatten, war auf das prächtigste gedeckt. Vier große silberne Kandelaber mit je sechs brennenden Kerzen tauchten das Zimmer in ein warmes Licht, das dem Teint der Damen schmeichelte. In der Mitte des Tisches stand eine große silberne Kasserolle, auf der ein feister, nackter Putto triumphierend einen Arm in die Luft streckte. An der Wand hing ein Van Dyck.

Da hob Franz zu einer kleinen Rede an. «Meine Damen, meine sehr verehrten Herren, bei uns geht es in guter alter Tradition ein wenig spartanisch zu. Sie wissen, wir befinden uns hier in einem säkularisierten Kloster. Den Brüdern, die das Gut errichten ließen und die Gärten mit eigenen Händen anlegten, fühlen wir uns so verbunden und sogar zu Dank verpflichtet, dass wir uns einige ihrer Grundsätze zu Eigen gemacht haben. Entsprechend den Richtlinien der Trappisten, die niemals tierische Nahrung zu sich nehmen, werden auch wir Ihnen heute Abend ein vegetarisches Mahl vorsetzen. Bitte erschrecken Sie nicht, die Mönche waren, wie wir aus den Annalen wissen, keine Kostverächter. Beim Essen nicht und vor allem nicht beim Trinken. Mit irgendetwas mussten sie ihre fleischliche Begierde schließlich betäuben. Sie waren große Weinbauern, denn Gott sei Dank, wenn Sie mir in diesem Zusammenhang gestatten, Gott ins Spiel zu bringen, ist Wein rein pflanzlich. Von jeher sprachen ihm die Mönche kräftig zu. So wollen auch wir es heute halten, selbst wenn wir keinen eigenen Wein mehr anbauen, sondern auf den aus Franken zurückgreifen müssen.» Franz nahm sein Glas und stieß mit beiden Herren an.

«Ein Hoch auf die Mönche und ein Hoch auf den Bocksbeutel!», riefen die wie aus einem Mund und ließen den edlen Tropfen ihre Kehlen hinunterfließen.

Da flog die Tür zum Flur auf, und Mercedes rauschte herein wie eine Königin. Sie trug ihr schwarzes Abendkleid, das über und über mit Pailletten besetzt war, die im Kerzenschein irrlichterten. Ihre wild vom Kopf abstehenden weißen Haare bildeten zu ihrem fulminanten Aufzug einen merkwürdigen Kontrast. Sie blieb einen Moment am Kopf der Tafel stehen, blickte majestätisch in die Runde und setzte sich ohne ein Wort auf ihren Platz. Nur Franz hatte sich zur Begrüßung seiner Mutter ein wenig erhoben, während die beiden anderen Herren mit offenen Schlünden sitzen blieben.

«Ihnen, Mamá, brauche ich die beiden Herren nicht vorzustellen, und auch Sie, meine Herren, kennen, soweit ich informiert bin, meine Mutter.» Die zuletzt Angesprochenen nickten eifrig. Mercedes verzog keine Miene. Franz ergriff ihre Hand, führte sie an seine Lippen und wisperte ihr zu: «Mamá, Sie haben vergessen, sich zu kämmen.» Doch sie würdigte ihn keines Blickes. Mit den Augen tastete er ihr Kleid ab. Auf ihrem Busen glänzte nichts.

Vertrauensselig beugte sich der Gauleiter zu ihr hin, so dass sie seinen säuerlichen Atem riechen konnte. Sie hüstelte geziert. Als er zu reden ansetzte, förderte sie aus ihrem Ausschnitt ein Taschentuch zutage, das sie sich fest auf Lippen und Nase drückte. «Gnädige Frau, ich hörte von Ihrem Sohn, dass Sie schon lange, um nicht zu sagen, als eine der Ersten eine der Unseren geworden sind», flötete der Gauleiter, dem gar nicht auffiel, dass der Oberkörper seiner Tischdame sich immer weiter von ihm entfernte.

«Ich bin ein Planet und ziehe schweigend meine Bahn», sagte Mercedes tonlos.

Wie geohrfeigt prallte der Gauleiter zurück und starrte sie an, während sie ihr Taschentuch dankbar sinken ließ.

Die Köchin trug die Vorspeise auf, eine Steckrübensuppe, mit Sahne verfeinert und von kleinen Petersilienkrönchen verziert, die Frost und Schnee hartnäckig überlebt hatten.

«Sag mal, Franz, ist dieser Van Dyck da an der Wand eigentlich echt?», fragte einer der beiden Zwillinge den Hausherrn.

«Die Holländer müssen auch noch heim ins Reich geholt werden», sagte der Landwirtschaftsrat.

«Doll, wirklich doll, meine Dame, wie Sie aus diesen Pinselstrichen erkennen, um welchen Maler es sich handelt. Könnten Sie mir vielleicht den Trick verraten? Damit könnte ich sicher ungeheuer Eindruck machen», rief der Gauleiter.

«Da gibt es keine Tricks. Das hat etwas mit Bildung zu tun. Entweder man hat sie, oder man hat sie nicht. Eine zweite Fassung des Bildes hängt übrigens in der Berliner Gemäldegalerie, das kann Ihnen doch nicht entgangen sein. Oder sollten Sie etwa noch nie dort gewesen sein?», argwöhnte der andere Zwilling.

Die kann es sich leisten, mich so abzukanzeln; wenn die nicht diesen Vater hätte, könnte sie was erleben, dachte der Gauleiter. Dann sagte er: «Na, wenn das so ist, dann ist das hier sicher eine Fälschung.»

«Ich muss schon sehr bitten. Nur weil ein Pendant in der Gemäldegalerie hängt, muss das hier noch lange keine Fälschung sein», empörte sich Franz.

«Herr von Roué hat zweifellos Recht. Sie können sich ja gar nicht vorstellen, wie viele Kopien selbst in den Werkstätten großer Maler angefertigt wurden. Und manchmal ist eine Kopie auch nicht schlechter als das Original, da der Meister selbst noch einmal Hand anlegt», sagte wieder ein Zwilling.

«Wer ist denn bei Ihnen beiden das Original und wer die Kopie?», fragte der Gauleiter und lachte schallend über seinen, wie er fand, gelungenen Witz. Bestätigung heischend neigte er sich zu Mercedes. Wie vor einem drohenden Keulenschlag wich sie vor dem Schwall seines schlechten Atems zurück.

«Das möchten Sie wohl gern wissen. Aber die Frage lässt sich genauso wenig klären wie bei so manch einem Gemälde», antwortete ein Zwilling.

Franz beugte sich vor. «Mädels, ich wäre euch auch sehr verbunden, wenn ihr nicht immer die gleichen Kleider tragen würdet. Vielmehr solltet ihr uns zu Beginn eines Treffens mitteilen, wer in welchem der zwei verschiedenen Kleider steckt.»

«Und was hättest du davon?», wollte Hilde oder Herta wissen.

«Ich wüsste dann, wen ich vor mir habe.»

«Und was würde dir dieses Wissen nützen?»

Franz zuckte ein wenig ratlos mit den Schultern. «Ihr könnt doch nicht ernstlich wollen, dass man euch nicht unterscheiden kann.»

«Wir können uns ja unterscheiden!», sagte die eine.

«Seid ihr euch da so sicher?»

«Wer weiß?! Was meinst du?», fragte die andere und wandte sich an ihre Zwillingsschwester.

«Oh, mir ist es ein Leichtes, in deine Haut zu schlüpfen. Franz, damit du es weißt, manchmal tauschen wir am Morgen unsere Namen, und die eine geht den Geschäften der anderen nach.»

«Das ist ja regelrecht staatsgefährdend», sagte Maria, die an diesem Gespräch sichtlich Freude hatte.

«Und äußerst praktisch, denn da keiner weiß, wer genau man ist, kann man reden, wie einem der Schnabel gewachsen ist. Niemand kann einen denunzieren. Und bei einer Gegenüberstellung könnte keiner beschwören, wer von uns beiden es gewesen ist, und so weit, dass sie uns beide einsperren, sind wir noch nicht.»

«Das öffnet Ihnen ja Tür und Tor zu jeder Art von Verbrechen!», rief der Landwirtschaftsrat.

«Ja, darüber haben wir auch schon nachgedacht. Wir haben sogar durch eisernes Training unsere Handschriften so weit angeglichen, dass keiner sie mehr unterscheiden kann. Das erleichtert Behördengänge ungemein. Wenn wir einen Auslandspass beantragen, gehen wir nicht etwa beide zur Abholung und stehen uns gemeinsam die Beine in den Bauch, sondern selbstverständlich geht nur eine von uns. Sehr praktisch und ungeheuer zeitsparend. Schließlich haben wir unsere Eltern nicht gebeten, uns als Zwillinge auf die Welt zu bringen, und jetzt machen wir das Beste draus.»

Franz tippte seiner Mutter auf den Arm. «Haben Sie das gehört, Mamá? Eine interessante Theorie des Eltern-Kind-Verhältnisses, darüber sollten Sie vielleicht einmal nachsinnen.»

Mercedes blickte ihren Sohn mit flammenden Augen an: «Ich bin ein Planet und ziehe schweigend meine Bahn.»

«Mamá, warum tun Sie mir das an?», flüsterte er so leise, dass kein anderer es hörte.

Dem Gauleiter ging die Zwillings-Diskussion nicht aus dem Kopf. Er wandte sich an seine Tischnachbarin: «Wollen Sie sagen, dass Sie nicht von Anfang an die gleiche Handschrift hatten, obwohl Sie ja eigentlich identisch sind?»

«Wo denken Sie hin, wir sind schließlich nicht ein und dieselbe Person», empörte sie sich.

«Das genau könnte man aber denken, wenn man Sie so ansieht», sagte der Landwirtschaftsrat. «Was mich bei Ihrer schwesterlichen Gemeinschaft übrigens interessieren würde, ich nehme mal an, dass Sie beide, ähmm, nicht ganz enthaltsam leben. Jedenfalls kann ich mir das bei Ihrem Aussehen kaum vorstellen.»

«Wollen Sie uns schmeicheln?», zwitscherte sie.

«Nichts täte ich lieber, aber in der Regel stelle ich mich dabei nicht sehr geschickt an», antwortete er.

«Wohl wahr», rutschte es Katharina heraus, die bisher geschwiegen hatte.

Die Zwillingsschwester lachte, wurde aber schnell wieder ernst. «Tiere können uns übrigens immer unterscheiden. Die haben nämlich eine feinere Nase. Unsere beiden Hunde haben sich noch nie geirrt.»

Mercedes musste sich auf die Zunge beißen, um sich nicht in die Unterhaltung einzumischen, die sie nun zu interessieren begann. Sie murmelte: «Ich bin ein Planet und ziehe schweigend meine Bahn.»

«Den Vorsprung, den die Tierwelt in einigen Bereichen hat, kann der Mensch längst wettmachen», prahlte der Gauleiter.

«Und wie, wenn ich fragen darf?»

«Da gibt es Untersuchungsmethoden ...»

«Finden Sie das in unserem Fall nicht ein wenig kompliziert und vielleicht auch etwas langwierig? Sie müssten uns von Kopf bis Fuß vermessen, uns Blut abnehmen, es ins Labor schicken, die Ergebnisse abgleichen: Bis Sie das alles erledigt haben, sind wir längst über alle Berge und haben unsere Identitäten schon x-mal wieder vertauscht.»

«Es geht doch um den Instinkt. Der Mensch hat keinen Instinkt mehr, sonst wäre es nie so weit gekommen!», warf Maria erregt ein und verstummte gleich wieder.

Der Landwirtschaftsrat wusste nicht, welche der beiden halb mexikanischen Schwestern ihm suspekter war, die, die immer nur ein und denselben Satz von sich gab, oder die, die dauernd zweideutige Bemerkungen machte. Da er sich nicht entscheiden konnte, leerte er ein weiteres Glas Frankenwein.

«Darauf bin ich noch gar nicht gekommen. Natürlich, am Geruch müsste man euch erkennen», flüsterte Franz seiner Nachbarin ins Ohr.

«Ein Parfüm würde dich an der Nase herumführen. Mach dir keine Hoffnung», flüsterte sie zurück.

«Sehr verwirrend das alles, aber vom rein wissenschaftlichen Blickpunkt sehr interessant», brummte der Gauleiter, dem der Kopf schwirrte.

«Ja, die Zwillingsforschung hat Hochkonjunktur», sagte

Maria «vielleicht sollten Sie die Zwillinge mal zu dem berühmten Dr. … – wie hieß er noch gleich? – schicken.»

«Ein Hoch auf die Zwillinge», rief Franz, dem die Diskussion zu heikel wurde, und erhob sein Glas.

«Wenn es den Führer zweimal gäbe, das wäre was! Prost, auf die Verdoppelung des Führers», prustete der Gauleiter und stieß mit dem Landwirtschaftsrat an.

«Unterstehen Sie sich!», entrüstete sich dieser. «Den Führer kann es nur einmal geben.»

«Man darf doch wohl mal darüber nachdenken, was wäre, wenn. Das kann doch wohl nicht verboten sein.» Der Gauleiter schmollte.

«Sie sind betrunken! Sie versteigen sich! Nehmen Sie sich in Acht», fuhr ihn der Landwirtschaftsrat an.

In dem Moment öffnete sich die Tür, und die Köchin trug den zweiten Gang auf, ein Kürbis-Kartoffel-Gratin.

«Schönes Anwesen haben Sie hier», sagte der Landwirtschaftsrat plötzlich gefasst. «Auf so einer Scholle kann man es sich gut gehen lassen.»

«Das Haus gehört nicht uns. Wir hüten es nur», sagte Franz.

«Haha, ich verstehe. Na, da machen Sie sich mal keine Sorgen, das richten wir schon», grölte der Gauleiter und hieb mit der Faust auf den Tisch. Er wandte sich an Mercedes. «Nicht, gnädige Frau, da sind Sie doch sicher auch unserer Meinung, dass dieses den Deutschen gestohlene Land wieder an sie zurückfallen sollte.»

«Ich bin ein Planet und ziehe schweigend meine –»

«Ach so, ja, selbstverständlich», sagte der Gauleiter und überlegte, wo er diesen Satz schon einmal gehört hatte. Erschöpft lehnte er sich in seinem Stuhl zurück.

«Ist Ihnen nicht wohl, Herr Gauleiter?», fragte ein Zwilling und legte prüfend eine Hand auf seine Stirn.

Der Gauleiter zuckte zurück, denn sein Gesicht war schweißnass.

«Kommen Sie, trinken Sie noch ein Glas von dem köstlichen Frankenwein, das wird Ihnen gut tun.»

Im Nu war das Glas geleert und wieder gefüllt.

«Geht's Ihnen jetzt ein wenig besser?», fragte der Zwilling.

Der Gauleiter nickte, obwohl sich in seinem Magen längst eine gewisse Übersäuerung bemerkbar machte. Am liebsten hätte er sich hingelegt, doch schon brachte die Köchin eine Pilzpastete und mehrere Flaschen Bordeaux. «Haben Sie eigentlich schon einmal die Möglichkeit in Betracht gezogen, hier wieder Wein anzubauen?», fragte er Franz.

«Nichts würde ich lieber tun, aber solange das gesamte Personal im Krieg ist, ist daran nicht zu denken.»

«Wir werden ein Programm zur Förderung des heimischen Weinbaus einbringen. Ich habe mich dafür schon beim Führer stark gemacht, aber bisher noch keine Antwort erhalten», sagte der Landwirtschaftsrat.

«Sie müssen dem Führer klar machen, dass der Weinanbau kriegsnotwendig ist, und dafür sorgen, dass es dafür Freistellungen gibt», rief Katharina.

Die Zwillinge waren Feuer und Flamme. «Wir kommen zum Rebentreten. Hurra! Du musst uns unbedingt Bescheid geben, wenn es so weit ist, Franz. Versprochen?»

«Nun mal ruhig mit die jungen Pferde, noch haben wir nicht mal einen einzigen Weinstock, und bei den Temperaturen, die dieser Tage hier im Land herrschen, wage ich zu bezweifeln, dass es je zu einer guten Ernte reichen würde», antwortete der.

«Das mit dem Klima wird der Führer schon richten», versicherte Maria.

«Sehr wohl», bestätigte der Landwirtschaftsrat, der seine

Zunge mittlerweile nicht mehr ganz im Zaum hatte, «das wird der Führer schon richten.»

«Sagen Sie, werte Frau Zwilling, da Sie den Adolf, ich meine den Führer, persönlich kennen –»

«Ich gehe mindestens einmal die Woche zu ihm zum Tee.»

«Mich würde brennend interessieren, da ja eben von Verdoppelung die Rede war, ob sich der Führer nicht Kinder wünscht.»

«Alle Deutschen sind doch seine Kinder, was braucht er da eigene», sagte Maria.

«Ja selbstverständlich, da haben Sie Recht, aber ich dachte, dass er vielleicht auch an seine Nachfolge denken sollte», antwortete der Landwirtschaftsrat.

«Wie viele Kinder haben denn Sie, das klingt ja, als hätten Sie einen ganzen Sack voll», sagte der eine Zwilling.

«Neun», antwortete der Landwirtschaftsrat stolz. «Zwei Mädchen und sieben Jungen.»

«Alle Achtung.» Franz pfiff durch die Zähne.

Katharina räusperte sich.

«Und wann werden Sie dem Führer Kinder schenken?», wurde sie vom Landwirtschaftsrat gefragt.

«Ich werde dem Führer kein einziges Kind schenken», antwortete sie brüsk.

Genau in dem Moment trug die Köchin den Hauptgang auf, einen Krautauflauf mit geräuchertem Lupinenmark.

«Hören Sie nicht auf meine Verlobte, sie hat gerade ein Kind verloren und ist noch nicht ganz über die Sache hinweg», flüsterte Franz dem Landwirtschaftsrat zu. Er wurde bis über beide Ohren rot.

«Mein Beileid», murmelte der Landwirtschaftsrat und sagte länger nichts.

Die Nacht schritt voran und mit ihr das Derangement der Gäste. Längst waren auch die Zwillinge nicht mehr ganz nüchtern. Kaum waren der Nachtisch, Apfelkompott mit Zimt, gegessen und der Ersatzkaffee getrunken, verabschiedete sich Mercedes mit der Bemerkung, sie sei ein Planet und ziehe schweigend ihre Bahn. Kurze Zeit darauf zog sich auch Maria zurück. Gegen zwei Uhr waren die beiden Offizialen derart betrunken, dass ihnen vom Ehepaar in spe der Aufbruch nahe gelegt wurde. Unter Aufbietung seiner letzten Kräfte beteuerte der Gauleiter, dass er noch niemals einen so schönen Abend verbracht habe und sein Leben lang an ihn denken werde. Zur Besiegelung griff er nach Katharinas rechter Hand und wollte sie küssen, verfehlte sie allerdings um einige Zentimeter. Dann ließen sich die beiden Männer zu ihrem Auto führen.

Der Gauleiter, der auf dem Fahrersitz gelandet war, ließ den Wagen an und lenkte ihn sicher die Auffahrt hinunter. Doch bereits beim Einbiegen in die Straße gab es ein Problem. Der Gauleiter lehnte sich, um besser sehen zu können, über das Lenkrad. Seine Nasenspitze berührte beinahe die Scheibe. Er kniff die Augen zusammen, doch auch das nützte nichts. Die Straße begann zu schwanken. Sie schlingerte auf und ab. Da hielt es der Gauleiter für angebracht, den Admiral in Sicherheit zu bringen. Es gab einen weithin hörbaren Rums. Die Reifen drehten durch, denn der Gauleiter hatte seinen Fuß noch auf dem Gaspedal. Schlammfontänen spritzten rechts und links vom Wagen auf die soeben überquerte Straße.

«Ein Graben», stellte der Gauleiter zerknirscht fest.

«Knapp daneben ist auch daneben», lallte der Landwirtschaftsrat und öffnete die Tür.

Beide stiegen aus und wankten die Auffahrt wieder hinauf. Die Haustür war bereits verschlossen. Gauleiter und Landwirtschaftsrat blickten einander ratlos an.

«Herr Baron!», rief der Gauleiter mit zaghafter Stimme.

«Herr Baron!», rief auch der Landwirtschaftsrat.

Gemeinsam riefen sie immer lauter. Irgendwann ging das Fenster auf, und Franz lehnte sich hinaus. Eine halbe Stunde später schliefen die Verunglückten in Gästebetten.

Am nächsten Morgen kam Mercedes in einem eleganten Kostüm ins Frühstückszimmer. Ihr Blick hatte etwas gefährlich Schalkhaftes. Maria konnte sich keinen Reim darauf machen, dass ihre Schwester so heiter war. Sie musterte sie genauer. Nicht möglich: Auf ihrer Brust steckte doch tatsächlich das weiß-rot-schwarze Parteiabzeichen! Just als Maria sie zur Rede stellen wollte, erschien der Landwirtschaftsrat mit einer ganz und gar ungesunden Gesichtsfarbe. Er vermied jede Art von heftiger Bewegung und tastete sich zu einem freien Stuhl. Als er sich darauf niedergelassen hatte, kam Franz herein und rief:

«Guten Morgen. Melde gehorsamst, es ist angespannt. Unsere Pferde sind bereit, den Admiral aus dem Graben zu ziehen.» Sein Blick blieb an der Kostümjacke seiner Mutter haften.

«Mamá», flüsterte er ihr ins Ohr, «ich dachte, du hättest es verloren.»

«Hatte ich auch. Ich hab's am Revers dieses Herrn da wiedergefunden», flüsterte sie zurück.

«Mamá!», platzte Franz heraus, aber er fing sich gleich wieder und blickte auf den Landwirtschaftsrat, der nichts Ungewöhnliches bemerkt zu haben schien. Tatsächlich, an dessen Revers fehlte das Abzeichen.

«Du hast es ihm doch nicht etwa gestohlen?»

Mercedes wiegte bedächtig den Kopf. «Wenn man sich die Angelegenheit genau betrachtet, ja, vielleicht könnte man so sagen.»

Franz überlegte schnell, was zu tun war, aber in diesem Moment trat der Gauleiter herein. Er bewegte sich in Zeitlupe, setzte sich auf einen freien Stuhl. Dann begann er mit einiger Überwindung zu essen, griff mit vollem Mund nach seiner

Tasse und wollte gerade den ersten Schluck nehmen, als sein Blick auf das Revers des Landwirtschaftsrats fiel. Der Gauleiter erstarrte, ließ die Tasse sinken, sodass der Ersatzkaffee herausschwappte und sich über die weiße Tischdecke ergoss.

«Sagen Sie», sprach er den Landwirtschaftsrat an, «sehe ich nicht richtig, oder fehlt an Ihrem Kragen etwas?»

Erschrocken griff sich der Landwirtschaftsrat an den Hals. «Oh, mein Parteiabzeichen!»

Der Gauleiter richtete sich auf. «Sie wollen doch nicht etwa behaupten, Sie hätten nicht bemerkt, dass Sie sich halb nackt unter Menschen begeben haben? Sollte ich mich so in Ihnen getäuscht haben?»

«Nein, doch, mir … ich konnte es bloß nicht finden», stammelte der Landwirtschaftsrat.

«Und was sitzen Sie dann hier noch so rum und fressen gemütlich Ihr Frühstück? Mann, suchen Sie es, und kommen Sie ja nicht ohne wieder!»

Eilfertig sprang der Gerügte auf, schlug so zackig, wie es in seinem Zustand möglich war, die Hacken zusammen, ließ seinen rechten Arm hochschnellen und stieß ein gequältes «Jawohl, Herr Gauleiter. Heil Hitler» heraus, bevor er den Raum verließ. Kaum war die Tür hinter ihm zugefallen, erhob sich Mercedes und folgte ihm.

Von ihrem Fenster aus wurde ihr ein königliches Schauspiel geboten. Der arme Landwirtschaftsrat wankte zum nächtlichen Unfallort. Unschlüssig kletterte er um die im Graben steckende Schnauze des Admirals herum. Schließlich sank er auf die Knie und durchsuchte die vom Frost grauen Grasbüschel. Ein leichtes Schneegrieseln setzte ein. Da bog Franz mit den beiden Arbeitspferden an der Hand um die Ecke.

«Das ist wie eine Stecknadel im Misthaufen suchen, nicht wahr, Herr Landwirtschaftsrat?»

Der sprang auf und versuchte, den Dreck auf seinen Kleidern so gut wie möglich zu kaschieren. «Ja, ein Ding der Unmöglichkeit. Und dabei sagt der Führer immer: ‹Wir müssen das Unmögliche möglich machen.› Aber hätte man das Ding nicht etwas größer konzipieren können?»

«Na, Herr Landwirtschaftsrat, Sie werden doch wohl den Führer nicht der Unvollkommenheit bezichtigen wollen?»

«Nein, nein, um Gottes … nichts liegt mir ferner, dass Sie mich bloß nicht missverstehen. Er ist selbstverständlich in der Lage, das Unmögliche möglich zu machen. Aber mir versagen zuweilen die Kräfte, ich bin manchmal einfach zu schwach.»

«Sie müssen sich ernsthaft bemühen, mit Nachdruck an sich arbeiten.»

«Jawohl, Herr Baron, Recht haben Sie! Der Mensch ist ein schwaches Geschöpf, und er braucht einen eisernen Willen. Aber», er holte tief Luft, «darf ich Ihnen das Versprechen abnehmen, dass Sie von diesen Geschehnissen nichts dem Führer …?»

«Sie haben mein Ehrenwort!», beeilte sich Franz zu versichern.

«Und dass Sie auch den Zwillingen nichts von dem sagen, was Sie hier gesehen, ich meine, wie ich hier im Dreck …?»

Franz warf einen Blick zurück zum Haus, wo alle an den Fenstern standen. «Kein Sterbenswörtchen! Das bleibt ganz unter uns.» Feierlich legte er sich eine Hand aufs Herz. «Die Zwillinge schlafen sicher noch. Wo ist man besser aufgehoben als in Morpheus' Armen? Vielleicht in den Ihren, was, Herr Landwirtschaftsrat? Sie Schlingel! Neun Kinder!», sagte er und zwinkerte ihm zu.

Der Landwirtschaftsrat strich sich mit seiner verdreckten Hand verstört durchs Haar, sodass einige Dreckklumpen darin hängen blieben. «Na, ich weiß nicht.»

«Nicht klagen. Packen Sie lieber mal mit an», forderte Franz ihn auf.

Zehn Minuten später hatten sie den Wagen mit Hilfe der Pferde aus dem Graben gezogen. Als er nach Ablauf weiterer zehn Minuten auf die Straße bog, griff Mercedes an ihr Revers, löste die Nadel und schnippte den Anstecker aus dem geöffneten Fenster. Er fiel in einen dornendichten Rosenstrauch. Der Requirierungs-Termin am 6. Mai 1940 verstrich, ohne dass eine Menschenseele erschien.

Eines trüben Oktobernachmittags fuhr ein Umzugsplanwagen die Auffahrt zu der herrschaftlichen Villa drei Grundstücke neben dem unseren hinauf. Camill und ich trieben uns oft, wenn wir unsere Schularbeiten erledigt hatten, auf den Nachbargrundstücken herum, die eher Parks als Gärten glichen. Als wir den dreirädrigen Lastwagen den Kiesweg entlangknattern sahen, verschanzten wir uns hinter dichten Haselsträuchern. Hin und wieder angelten wir uns eine Nuss, die wir sogleich aus der stachligen Schale pulten und uns zum späteren Knacken in die Taschen unserer krachledernen Kniebundhosen steckten. Der LKW hielt nicht etwa vor der Freitreppe, sondern fuhr links am Haus vorbei und kam vor dem Lieferanteneingang zum Stehen. Fahrer- und Beifahrertür öffneten sich fast gleichzeitig. Ein kräftiger Mann mittleren Alters mit dunklem, schütterem Haar und eine blondierte Frau, die etwas älter als der Mann zu sein schien und sich scheu umsah, stiegen aus dem Fahrerhäuschen, und dann war da noch ein Mädchen. Es trug einen blau-grünen Schottenrock, einen roten Zopfpullover und eine weiße Wollstrumpfhose, bei der ich allein schon vom Hinsehen eine Gänsehaut bekam.

Das Mädchen mit der weißen Strumpfhose mochte ungefähr in meinem Alter sein, es hatte jedenfalls in etwa meine Größe. Ich staunte gerade über das unkleidsame Brillengestell und die dicken Gläser, die ihre Augen zu riesigen Murmeln vergrößerten, als mein Bruder mir seine Ellenbogen in die Seite stieß und höhnisch flüsterte: «Das wird bestimmt deine neue Spielkameradin.» Dabei lachte er fies, wie er es immer tat, wenn er sich über mich lustig machte. Normalerweise fiel ich dann über ihn her und verprügelte ihn, da er zwar älter, aber schwächer war als ich, doch das ging jetzt nicht, weil wir in unserem Versteck nicht entdeckt werden durften. Während ich noch überlegte, wann ich meinem Bruder die gerechte Abreibung verpassen könnte, trat der Diener unserer Nachbarn aus dem Lieferanteneingang und begrüßte die Ankömmlinge in freundlichem, aber sachlichem Ton.

«Sie sind sicher der neue Gärtner, Herr Kurt. Ihre Frau, wie ich annehme, und Ihre Tochter Maren?»

«Stimmt», sagte der neue Gärtner.

Da wies der Diener auf unseren Strauch und sagte: «Eine Ihrer vordringlichsten Aufgaben wird es sein, dieses Gesindel von unserem Grundstück fern zu halten. Kommt nur raus, Halunkenpack!» Wütend schüttelte er seine rechte Faust.

Mein bunter Ringelnicki hatte uns verraten. Uns blieb nichts anderes übrig, als aus dem Gestrüpp zu kriechen und mit gesenktem Kopf vor den vier Leuten Aufstellung zu nehmen.

«Prägen Sie sich die Gesichter gut ein, Herr Kurt. Das sind Nachbars Rotzlöffel, die stibitzen alles, was sie in die Finger kriegen. Also her damit. Mundraub ist das. Habt ihr gehört: Mundraub! Das ist strafbar. Ich könnte die Polizei holen. Oder euch am besten gleich die Zunge abschneiden.»

«Das petzen wir aber dann dem Bürgermeister», fauchte ich.

«Genau das könntest du dann nicht mehr. Haha, daran hast du freches Gör wohl nicht gedacht? Aber heute will ich noch einmal Gnade vor Recht ergehen lassen. Her damit.»

Wir reichten ihm die Nüsse auf der flachen Hand. Triumphierend ließ er sie in seine Jacketttasche gleiten. Da drehten Camill und ich uns um und rannten zu unserem Schlupfloch im Zaun. Als wir durch die medizinballgroße Öffnung gekrochen waren und einen Blick zurückwarfen, sahen wir, wie ein Klappschlafsofa mit braun-beige meliertem Wollbezug aus dem Wagen gehievt wurde.

Zu Hause angekommen, fischte ich die zwei Haselnüsse, die ich dem Diener vorenthalten hatte, aus meiner Lederbüx, reichte eine meinem Bruder, und auf ein Kopfnicken hin ließen wir sie zu Boden fallen, um sie mit unseren Haferlschuhen zu knacken. «Mundraub!», sagten wir kichernd, während wir uns die Nusskrümel genüsslich auf der Zunge zergehen ließen.

In der nächsten Zeit bekam ich Maren nicht mehr zu Gesicht. Entgegen meinen Erwartungen ging sie nicht in unsere Volksschule. Dabei gab es gar keine andere Volksschule in unserer Nähe. Sollte sie etwa doch schon älter sein? Oder ging sie vielleicht gar nicht zur Schule? Das war kaum möglich, da ich wusste, dass Schulpflicht bestand und jedes Kind, ob es wollte oder nicht, zur Schule gehen musste. Eines Tages sah ich sie. Während Camill in der neuen Halle des vornehmen Clubs in unserer Nähe Tennisstunde hatte, stromerte ich durch die Gegend. Ich fand es albern, hinter einem kleinen weißen Ball herzuhetzen, und lief lieber meiner Nase nach und kletterte auf Bäume, die das Reich der Kinder, Vögel und Eichhörnchen waren, denn Erwachsene fanden sich nicht auf ihnen ein. Mir jedenfalls ist in den dicht belaubten oder winterlich kahlen Kronen noch keiner begegnet.

Aus den Lüften sah die Welt anders aus. Die Menschen wurden kleiner. Sie schrumpften erst auf Kinder-, dann auf Ameisengröße – zumindest wenn man bis in die Wipfel einer den Himmel kitzelnden Pappel oder Buche emporgestiegen war.

Selbst der Nachbardiener in seiner Livree erschien aus dieser Perspektive lächerlich.

Ich hatte einen Lieblingsbaum, der im Hoheitsgebiet des Dieners, nämlich unweit des Elbhanges lag. Es war eine Eiche, sicher an die dreihundert Jahre alt. Sie ließ sich leicht erklimmen, wenn man sich erst einmal auf den untersten Ast, der für ein so kleines Geschöpf wie mich recht hoch hing, hinaufgehangelt hatte. Ganz weit oben setzte ich mich auf einen dicken Ast, der nach Süden wies, sodass ich einen prächtigen Ausblick auf den Hafen und die Schiffe hatte, die wie Spielzeuge wirkten.

Auch an diesem Tag, es ging auf den ersten Advent zu, zog es mich zu meiner Eiche. Ich musste mir ein neues Schlupfloch im Zaun suchen, da der Diener das alte von Herrn Kurt hatte schließen lassen. Doch ich fand keines. Also kletterte ich drüber und hüpfte durch das herbstlich verkarstete und lange nicht gemähte Gras. Da stolperte ich und schlug der Länge nach hin. Verwirrt blickte ich um mich. Neben mir lag Maren bäuchlings mit geschlossenen Augen auf der Erde und rührte sich nicht.

«Was machst du denn hier?»

Sie machte eine Abwehrbewegung. «Pssst! Ich horche auf das Leben da unten.»

«Spinnst du?»

Da stützte sich das fremde Mädchen auf die Ellenbogen und guckte mich an. Sie kniff die Augen zusammen, sie hatte ihre Brille von neulich nicht auf. «Hast du eine Ahnung, was da unten los ist? Ich höre sie alle, Regenwürmer, Käferlarven, Wühlmäuse. Die Maulwürfe machen beim Schaufeln sogar solch einen Lärm, dass ich mir fast die Ohren zuhalten muss.»

So einen Unsinn hatte ich noch nie gehört. Ich lachte.

«Versuch es doch mal.» Sie legte sich wieder auf den Bauch.

Ich machte es ihr nach, doch ich hörte nichts, nur ihren Atem. Skeptisch sah ich ihr ins Gesicht.

«Du musst die Augen zumachen», sagte sie.

«Woher willst du wissen, dass ich sie offen habe, du hast deine ja zu!»

«Das spüre ich. Also los, mach sie zu. Ihr normalen Kinder versteht aber auch gar nichts.»

«Selber normal!» Ich war beleidigt, tat aber doch, was sie sagte, um ihr zu beweisen, dass auch ich nicht normal war. Nach zwei Sekunden sagte ich: «Ich hör immer noch nichts. Und außerdem wird mir langsam kalt. Du bist einfach überspannt.» Das sagte mein Vater immer zu meiner Mutter.

«Nun konzentrier dich schon.»

Ich seufzte, drehte den Kopf auf die andere Seite, um sie nicht mehr ansehen zu müssen, schloss die Augen und hörte wieder nichts. Beinahe wäre ich eingeschlafen, so still war es.

«Ich höre jetzt ein kleines schnarrendes Geräusch, das mein Zwerchfell sanft vibrieren lässt», sagte das Mädchen nach einer Weile. «Das muss die Larve eines Haselnussbohrers sein.»

Ich setzte mich auf und zeigte ihr einen Vogel. Unbeirrt begann sie mit ihren bloßen Fingernägeln dort, wo eben noch ihr Kopf gelegen hatte, ein etwa zehn Zentimeter tiefes Loch zu graben. Mit der Fingerkuppe suchte sie vorsichtig zwischen den Erdkrumen umher und hielt mit einem Mal eine kleine weiße Made hoch.

«Siehst du?», triumphierte sie. «Und hier sind sogar noch die Überbleibsel der Nuss, mit der sie zu Boden gefallen ist.»

Ich nahm ihr das kleine weiße Gliedertierchen aus der Hand und betrachtete es. «Ich versteh gar nichts. Wieso Nuss?»

«Das Weibchen bohrt mit seinem Rüssel eine junge Haselfrucht an und schiebt ihr Ei rein. Die Larve frisst sich dann groß.»

«Du meinst, dieses kleine Würmchen hat die ganze Nuss aufgefressen?»

«Klar! Ist die Nuss ausgehöhlt, fällt sie zu Boden, und der Parasit bohrt sich durch die Schale.»

«Was ist ein Parasit?»

«Einer, der auf Kosten anderer lebt.»

«Ach so.» Die Nuss war tatsächlich leer gefressen, nur noch die Schale war übrig. «Und wie kommt die Larve in den Boden?»

«Da wühlt sie sich rein. Um zu überwintern, natürlich!»

«Natürlich!» Ich hatte langsam genug von ihrer Besserwisserei.

«Tu sie wieder rein!», forderte Maren mich auf.

Ich tat sie zurück ins Loch und rief: «Jetzt zeig ich *dir* was», und nahm ihre Hand. Ich zog sie hoch, und sie stolperte hinter mir her. An meiner Eiche ließ ich ihre Hand los, sprang in die Luft, um die Arme um den untersten Ast zu schlingen, wanderte mit meinen Haferlschuhen den rauen Stamm hinauf, schwang mich mit einer geübten Drehung um den Ast, und schon stand ich auf ihm. «Nun komm endlich! Es ist toll hier oben. Schon von der Mitte aus kann man die Harburger Berge sehen.»

«Die kenn ich schon.» Maren hatte sich hingesetzt.

«He, du hast mir deine Haselnussbohrerlarve gezeigt, jetzt kannst du auch mit mir hier raufkommen.»

«Mich interessieren deine Berge nicht.»

«Spielverderber!» Ich lehnte mich, so weit es ging, nach unten, hielt mich dabei mit einem Bein wie an einem Turnreck fest und wollte ihren Arm greifen.

«Lass mich.» Sie zog ihren Arm weg.

«Nun hab dich nicht so!»

«Hast du denn keine Augen im Kopf? Siehst du nicht, dass ich halb blind bin?»

Vor Schreck wäre ich fast vom Baum gefallen. Ich starrte sie an.

«Ach, du Arme ...», äffte Maren eine fremde, vielleicht sogar meine Stimme nach. «Das tut mir aber leid. Wie ist das denn so, wenn man nichts sehen kann ...» Sie zog eine Grimasse. Jetzt erst nahm sie aus ihrer Hosentasche das dicke Brillengestell und setzte es sich auf.

«Reg dich ab. Du tust mir kein bisschen leid. Dafür kannst du besser hören als andere!» Ich sprang vom Baum und landete direkt neben ihr. Eines ihrer Augen war milchig. «Schließen wir einen Pakt: Ich ersetze dir deine Augen, dafür leihst du mir dein Ohr.» Ich streckte ihr meine Hand hin.

Sie schlug ein, stutzte mit einem Mal und sagte: «Ich weiß nicht mal, wie du heißt!»

Nach und nach erfuhr ich Marens ganze Geschichte. Auf dem linken Auge war sie seit zwei Jahren blind. Auf dem rechten wurde sie es. Im derzeitigen Stadium sah sie am Ende eines Tunnels buntes Gewabere. Sie fand das nicht schlimm, behauptete sie zumindest. Als ich sie daraufhin fragend anblickte, zuckte sie mit den Achseln und sagte: «Mir doch egal, ob du es glaubst oder nicht. Trotzdem ist es so. Vielleicht ist meine Vorstellung viel schöner als die Wirklichkeit?»

Nach dem, was sie mir erzählte, sah ihre Welt so aus wie auf dem Bild des Malers, das bei Onkel Paul über dem Kamin hing und den Titel «Landschaft» trug. Maren nahm also bloß Farbkleckse wahr und ziemlich konturlose Formen. Ihre Mutter hatte sie deswegen auf die Blindenschule geschickt, obwohl sie dort als «Sehende» eine Außenseiterin war. Maren war das egal, denn sie wäre auch auf einer normalen Schule eine Außenseiterin gewesen. Auf der Blindenschule hatte sie immerhin die Blindenschrift gelernt. Das fand ich spannend. Sie las mit den Fingern, nicht mit den Augen. Farblose Erhöhungen erzählten dieselben Geschichten wie die schwarzen

Buchstaben in meinen Büchern. Sie brachte mir die Schrift bei, und manchmal lasen wir um die Wette. Egal, ob ich in meiner oder ihrer Schrift las, sie war immer schneller als ich.

Maren litt an einer unheilbaren Erbkrankheit. Unlängst hatte ein Arzt ihr endlich die Wahrheit gesagt. Die Retinitis pigmentosa, hatte er ihr eröffnet, sei eine genetisch bedingte Netzhautdegeneration. Diese Diagnose entlockte ihr noch im Nachhinein Begeisterungsstürme, da sie schon länger daran zweifelte, dass Herr Kurt ihr Vater sei, und sie sich nun bestätigt sah. Er hatte sie im Zorn einmal Wechselbalg geschimpft, und obwohl sie nicht wusste, was er damit gemeint hatte, war ihr Misstrauen geschürt worden. Sie fragte mich, ob ich das Wort kennen würde, und da auch ich es nicht kannte, nahmen wir uns den Großen Brockhaus aus dem Regal meiner Mutter, und ich las ihr daraus vor: «Unterschiebling …» Da machte Maren einen Freudensprung: «Er hat sich verraten, er ist so blöd, dass er sich verraten hat!»

Die Diagnose Erbkrankheit gab ihr letzte Gewissheit. Denn sowohl in der Familie ihrer Mutter als auch in der von Herrn Kurt hatten alle gute Augen. Es musste also noch ein Dritter, ein Unbekannter an Marens Entstehung beteiligt gewesen sein. Das freute sie, denn sie konnte Herrn Kurt nicht leiden. Einmal beobachtete ich, wie er ihr eine langte. Es klatschte so laut auf ihrer Wange, dass ich schon fürchtete, ihr feines Gehör könnte zu Schaden gekommen sein. Im Türrahmen drehte er sich noch einmal um und zeigte auf mich. «Die da hat einen schlechten Einfluss auf dich», sagte er und ging.

Doch Maren und ich waren unzertrennlich. Sie lehrte mich hören und sehen. Alles um uns herum musste ich ihr beschreiben. Sie nahm die Brille ab und schloss die Lider – als Training für Kommendes, sagte sie. Immer rief sie: «Genauer, genauer, ich sehe es noch nicht vor mir.» Anfangs ärgerte ich mich darüber, doch langsam fand ich Spaß an den Details. Maren wurde immer zufriedener mit mir, anscheinend machte ich in der Kunst des Sehens und Beschreibens Fortschritte. «Ich breite mich in deinen Augen aus», sagte sie einmal, «wie die Haselnussbohrerlarve in der Nuss.»

Ich fand ein verstecktes Flachdach, auf das auch Maren mittels einer Obstleiter, die ich aus unserer Gartenkammer holte, bequem hinaufsteigen konnte. Wenn wir oben waren, zogen wir sie hoch. Vom Sperrmüll schleppten wir zwei alte Sessel und einen defekten Sonnenschirm herbei und drapierten eine Plane so, dass wir dort auch bei Regen geschützt saßen. Dann zündeten wir Kerzen an, und die Wassertropfen platschten auf den gummierten Stoff. Wenn es lange geregnet hatte, bildete sich in der Mitte der Plane eine Kuhle, die wir hin und wieder durch einen Boxschlag leerten. Einmal machten wir sogar ein Lagerfeuer. Das war nur eine mittelmäßige Idee, denn wir hatten es zwar eine Weile warm, aber die Dachpappe war hinterher verkokelt. Um ehrlich zu sein, fing sie sogar Feuer, das wir mit unserer selbst gemachten Zitronenlimonade zu löschen versuchten. Als das nichts half, erstickten wir es mit der Plane, in die die Flammen Löcher brannten. Hinterher reparierten wir sie mit großen Gummibootflicken, die ich im Kaufhaus mitgehen ließ.

In unserem Versteck rauchten wir unsere ersten und letzten Zigaretten, denn von den Lord extras, die wir uns unter heftigem Husten in die Lungen sogen, wurde uns so übel, dass wir unser Mittagessen in hohem Bogen von uns gaben. Maren konnte weiter kotzen als ich, mindestens einen halben Meter. Ich hätte sie beschummeln und behaupten können, ich wäre die Siegerin, doch das tat ich nicht. Ich mochte sie nämlich sehr.

Einmal jedoch verzankten wir uns wegen irgendeiner Kleinigkeit, an die wir uns hinterher nicht mehr erinnerten. Wir fielen übereinander her, rollten übers Dach, kratzten uns, rissen uns an den Haaren und schlugen uns grün und blau. Als wir die Leiter hinuntergeklettert waren, schrien wir uns noch im Weglaufen zu, dass wir nie mehr etwas miteinander zu tun haben wollten.

Es folgten die schlimmsten Wochen meines Lebens. Ich wusste nicht, wohin mit all dem, was ich sah. Niemandem konnte ich es beschreiben. Ich lungerte nur noch herum. Eines Tages beobachtete ich, wie drei Jungs Maren auf der Straße hänselten. «Blindschleiche!», hörte ich sie rufen, und als ich angerannt kam, versuchten sie gerade, ihr die Brille von der Nase zu reißen. Wütend warf ich mich dazwischen. Ich schrie sie an und hieb wie eine Wilde auf sie ein. Feixend und pöbelnd zogen sie davon. Das war mein größter Triumph.

Fortan saßen wir wieder in unseren wackeligen Sesseln unter der Plane, und ich erzählte stundenlang, während sie geduldig zuhörte und nur hin und wieder klärende Zwischenfragen stellte. Dabei aßen wir Äpfel, die ich von den Bäumen in den Nachbargärten pflückte. Inzwischen hatte Maren den Entschluss gefasst, ihren leiblichen Vater ausfindig zu machen. Bloß wie? Wir hatten keinerlei Anhaltspunkte. Name, Alter, Größe, Herkunft, alles unbekannt. Das galt auch für die Farbe der Augen und Haare. Nur die Hautfarbe stand fest. Besah man sich Maren und ihre Mutter, musste der Vater eher nordisch aussehen. Unsere detektivische Schlussfolgerung: ein Seemann. Bei diesem Kenntnisstand war ein Erfolg unseres Unternehmens nicht eben gewährleistet. Dennoch wollte Maren die Habseligkeiten ihrer Mutter nach eventuellen Hinweisen durchsuchen. Dafür brauchte sie mich.

Es war nicht schwierig, einen Moment abzupassen, in dem niemand bei den Kurts zu Hause war. Um Geld zu verdienen, ging Marens Mutter abends in der Victoria-Versicherungsanstalt putzen, eine Gelegenheit, die der Stiefvater nutzte, um in der Wirtschaft zu sitzen. Von dort kehrte er regelmäßig volltrunken zurück. Als die erste Mahnung seines Dienstherrn oder gar der unverzügliche Rausschmiss nur noch eine Frage der Zeit war, sah Maren Handlungsbedarf. Nichts fürchteten wir nämlich mehr als einen neuerlichen Umzug, der uns beide wieder auseinander gerissen hätte. Die Durchsuchung sollte deshalb bereits am selben Abend steigen.

Maren erkannte Menschen an ihrem Gang, also machte sie mir die Tür auf, als ich noch etwa fünfzig Meter von der Klingel entfernt war. Ich trat ein und sah mich um. Wir mussten methodisch vorgehen. In Marens Schlafkammer konnte sich kein Hinweis auf ihren leiblichen Vater finden, sie schied darum aus. Übrig blieben das Wohnzimmer, die Küche und das im ehemaligen Kohlenkeller eingebaute Bad mit Sitzwanne. Es hatte keine Heizung, dafür aber einen Holzofen, mit dem das Wasser erhitzt wurde.

Zuerst gingen wir ins Wohnzimmer, in dem die Kurts auch schliefen. Da stand das braun-beige melierte Schlafsofa, daneben ein entsprechend bezogener Sessel. Ein Nierentischchen war dazwischengeklemmt. An der Wand lehnte ein altersschwacher Schrank, in dem sich das gute Geschirr befand. Einen Schreibtisch, in dem Geheimfächer Geheimnisse hätten bergen können, gab es nicht. Maren hatte keine Ahnung, wo ihre Mutter persönliche Unterlagen aufbewahrte. Sie hatte noch nie Briefe, Fotos oder Dokumente wie Geburtsurkunden, Personalausweise und Ähnliches gesehen, nicht einmal ein Bild von sich als Baby. «Deine Mutter hat etwas zu verbergen», sagte ich.

Dann nahmen wir uns die Küche vor, durchwühlten den Geschirrschrank, blätterten in alten Kochbüchern und zusammengehefteten Rezepten. Nichts. Also wechselten wir ins Bad. Durchstöberten Schubfächer mit Lockenwicklern, Haarnadeln und Damenbinden, die wir kichernd einer genauen Inspektion unterzogen, drehten Rasierpinsel um, öffneten sogar mit einem kleinen Vierkantschlüssel die Badewannenverkleidung, hinter der der Abfluss versteckt war. Dort fanden wir zwar nicht, was wir gesucht hatten, dafür aber ein veritables, aus einem zerfetzten rosa Handtuch fabriziertes und zugepinkeltes Rattennest. Schnell machten wir die Verkleidung wieder zu.

«Und wenn er nun schon tot ist?», fragte ich.

«Tot? Wie kommst du denn darauf? Das kann er mir nicht antun.» Marens Stimme klang gereizt.

«Aber vielleicht ist das der Grund, warum du nichts von ihm weißt. Das wäre doch beruhigend.»

«Er darf nicht tot sein!»

«Na gut. Habt ihr Koffer?»

«Wir sind noch nie verreist. Die Kartons, mit denen wir umziehen, stehen dahinten.»

Unter der Treppe gab es eine kleine Tür mit einem Schnappschloss. Ich zog sie auf und leuchtete mit der Taschenlampe, die ich immer bei mir trug, hinein. Da standen neben zusammengefalteten Kartons einige übereinander gestapelte Schachteln. Ich zog eine nach der anderen heraus. In einer befand sich Weihnachtsschmuck – altes Lametta, ein Rauschgoldengel, sechs bunte, teils schon eingedellte Kugeln sowie Kerzenstummel. In einer anderen lagen fein säuberlich zusammengelegte, offensichtlich nie gebrauchte Servietten aus feinem Battist mit einem Monogramm zweier ineinander verschlungener Buchstaben. Und so ähnlich ging es weiter. Bei der vorletzten Schachtel hatten wir endlich Glück. Schon als ich den Deckel anhob, fiel mir die Heiratsurkunde der Kurts in die Hände, ausgestellt auf dem Standesamt von Barmbek am 13. Mai 1962. Ich las das Datum vor. Maren holte tief Luft, denn da war sie bereits anderthalb gewesen! Unmittelbar unter dem Dokument lag ihre Geburtsurkunde: Maren Krüger, geboren am 12. Oktober 1960 in Bahrenfeld, Mutter Magda Krüger, ledig, Vater unbekannt.

«Da haben wir's», sagte sie zufrieden.

«Moment mal», sagte ich, «da waren doch Servietten mit einem Monogramm.» Ich holte die Schachtel nochmal hervor. «Das ist ein M und ein S. Deiner Mutter gehören die also nicht, denn dann wäre es statt eines S ein K. Und wenn das nun deine sind?»

«Du meinst, weil der Nachname meines Vaters mit S beginnt?»

Ich nickte.

Unser Eifer wurde belohnt. Im untersten Karton hatte Marens Mutter Familienfotos versteckt. Wir trugen die Schachtel ins Wohnzimmer, da die Batterie meiner Taschenlampe langsam schlappmachte und Maren bei Helligkeit besser sehen konnte. Wir breiteten die Photographien nebeneinander auf dem Teppich aus. Magda Krüger als etwa Vierjährige. Magda Krüger in einer Uniform, handschriftlich darunter «Magda im BDM». Marens Großmutter als ernste Braut neben dem Großvater im Gehrock. Maren bäuchlings auf einem Tigerfell, zu einem Lächeln animiert von einer Männerhand. Aufgeregt lief Maren in die Küche und holte ihre Lupe. Sie starrte auf das vielfach vergrößerte Bild. Es bestand kein Zweifel: Die Hand gehörte nicht Herrn Kurt, denn der hatte kurze, dunkel behaarte Finger. Die auf dem Bild war schmal und lang und unbehaart.

Aber wir fanden noch mehr. Ganz unten in der Schachtel lag ein verschlossener und schon leicht vergilbter, unbeschrifteter Umschlag. Nach einigem Zögern öffnete Maren ihn. Ein Männerfoto kam zum Vorschein. Wir sahen einen strohblonden jungen Mann mit hellen Augen. Und dann las ich auf der Rückseite: «Meiner geliebten Magda als Andenken an Malte Swenson.»

Da brach Maren in Tränen aus. Sie nahm das Bild an sich, las mit der Lupe und sagte versonnen: «Ich bin ein Kind der Liebe.»

Zwei Tage später war sie verschwunden. Sie war nicht in der Blindenschule und auch nicht zu Hause. Auch bei mir war sie nicht. Ich war empört: Sie hatte mich einfach zurückgelassen und sich auf die Suche nach Malte Swenson gemacht! Aber irgendetwas stimmte nicht. Wie wollte sie ihn ohne meine Hilfe, ohne meine Augen finden? Ich rannte durch die Straßen. In den Hafen. Und wieder zurück. Die Polizei durchkämmte jeden Flecken im näheren Umkreis. Man fand unser Versteck auf dem Flachdach. Natürlich leer. Am dritten Tag entdeckte jemand unweit der Stelle, an der sich ein schwerer Verkehrsunfall ereignet hatte, im dichten Gebüsch einen Schulranzen. Er gehörte Maren. Nun wussten wir, dass sie das namenlose Mädchen war, das auf der Intensivstation des Altonaer Krankenhauses mit dem Tod rang. Am nächsten Tag erlag sie ihren Kopfverletzungen, die ihr der Zusammenprall mit einem Volkswagen zugefügt hatte. Sie hatte ihn nicht gesehen, aber warum hatte sie ihn nicht gehört?

Monate nach der Beerdigung kam meine Mutter mit Marens Mutter in mein Zimmer und ließ mich mit ihr allein.

«Elena, ich flehe dich an, sag mir die Wahrheit! Wusste Maren, dass mein Mann nicht ihr richtiger Vater war?»

Ich schüttelte den Kopf. Mehr war aus mir nicht herauszukriegen.

Da packte sie mich an den Schultern und schrie: «Ihr richtiger Vater hat sich umgebracht! Hörst du, er hat sich erschossen, weil er langsam blind wurde. Wie Maren. Was sollte ich denn machen?»

Erleichtert, dass Maren nicht die ganze Wahrheit gewusst hatte, machte ich mich los und lief aus dem Zimmer. Meine Mutter führte sie hinaus.

Anfangs sanken die Temperaturen minimal. Der durchschnittliche monatliche Mittelwert verschob sich um kaum mehr als ein halbes Grad. Die Meteorologen sprachen von natürlichen Schwankungen, sagten: «Eine neue Eiszeit steht nicht bevor.» Das hatte auch niemand ernstlich angenommen, schon gar nicht in der Hansestadt, in der man an wankelmütiges Wetter gewöhnt war. Ohnehin hielten der modische Stechschritt und das Hochreißen des rechten Arms den Kreislauf in Schwung. So fröstelten nur die, denen es entweder zuwider oder nicht gestattet war, im Stechschritt zu marschieren und nach neuer Manier zu grüßen.

Ob Leonie den deutschen Gruß entbieten durfte oder nicht, war aufgrund ihrer lückenhaften Abstammungsnachweise noch immer nicht geklärt. Ein waschechter Arier hatte sie geheiratet, das schützte sie. Anders als ihre Geschwister musste sie den gelben Stern nicht tragen. Ihren Töchtern hatte sie erklärt, es sei der Stern von Bethlehem, das J stehe für Jesus, und alle, die den Stern mit dem J auf ihrem Mantel hätten, trügen Jesus im Herzen. «Ich will auch so einen Stern», sagten Milena und Edeltraut daraufhin und warfen Passanten mit dem Judenstern ehrfürchtige Blicke zu. Eines Tages kam ihnen auf der Straße eine Frau mit einem Mädchen an der Hand entgegen. Beide trugen sie den gelben Stern. Edeltraut schenkte ihnen ihr strahlendstes Lächeln, sodass Mutter und Tochter überrascht stehen blieben. Auch Leonie blieb stehen.

«Mami», sagte Edeltraut, «erzähl doch nochmal die Geschichte vom Stern von Bethlehem!»

«Halt den Mund, du blöde Gans», fuhr Milena ihre kleine Schwester an und puffte sie mit dem Ellenbogen in die Seite.

Sofort erschrak die Frau und zog ihre Tochter weiter.

Milena rief: «Du bist eine Lügnerin, Mami. Das ist gar nicht der Stern von Bethlehem. Juden sind das, und weil sie Jesus umgebracht haben, müssen sie jetzt büßen.»

«Sprich leiser, bitte. Ach, wenn du wüsstest», sagte Leonie nur und schwieg. Sie drehte sich nach der Frau mit dem Kind um, doch die war schon weit weg.

Trotzig stampfte Milena auf. «Die haben mich alle ausgelacht in der Schule. Du bist schuld, weil du uns solche Lügen aufgetischt hast.»

«Hast du wirklich gelogen, Mami?» Edeltraut schaute sie ungläubig an. «Man darf doch nicht lügen.»

Die Geschichte vom gelben Stern wurde nicht mehr erzählt.

Inzwischen war es noch kälter geworden. Leonie fröstelte schon lange, und auch die Mädchen hatten blaue Lippen. Da begann mitten im Hochsommer auch Werner mit dem Zähneklappern. Nur sieben Grad Celsius zeigte das Thermometer am Türpfosten der Apotheke an. Ein unangenehmer Wind pfiff den Menschen durchs Haar. An einem Sonntagmorgen Ende September, draußen war es noch finster, wurden sie von ungewöhnlichen Lauten geweckt.

«Was soll der Krach da draußen, verdammt! Schluss mit der Katzenmusik! Kriegt man nicht mal sonntags seine verdiente Ruhe?»

«Das ist keine Katzenmusik», empörte sich ein Ornithologe. «Das sind Kraniche.»

«Kraniche zu diesem Zeitpunkt mitten in der Stadt, das glauben Sie ja wohl selbst nicht», rief ein Nachbar mit rauer Stimme und knallte sein Fenster zu.

Doch es gab nichts daran zu deuteln: Der Äther hallte von den Rufen der Tiere wider. Der Ornithologe sah in den Himmel. Es dauerte eine Weile, bis er in der Dunkelheit etwas ausmachen konnte. Regnete es? Er streckte einen Arm aus dem Fenster und drehte die Handfläche nach oben. Seine Hand blieb trocken, nur hier und da segelte eine graue Feder durch die unbewegte Luft. Langsam, ganz langsam zeichneten sich

Konturen großer Vogelleiber ab, vorwärts getragen von weiten Schwingen. Sie flogen so dicht beisammen, dass sich ihre Flügel zu berühren schienen. Eine Schrecksekunde lang fürchtete der Ornithologe, sie könnten sich ins Gehege kommen, ins Trudeln geraten und abstürzen. Ein ganzer Schwarm ins Verderben gerissen von einigen unbedachten Vögeln, aufgespießt auf spitzen Antennen, zerschmettert an steilen Schornsteinen, angesogen von abgründigen Straßenmeeren. Aber schon sah er, dass die Tiere mit gebührendem Abstand voneinander in Formation flogen. Ganze Heerscharen waren unterwegs.

Alte Mütterchen wackelten mit den Köpfen und sagten: «Das bedeutet nix Gutes. Das is ja wie beim Tschüngsten Gericht.»

Sieben Tage lang zogen die Kraniche über die Stadt, dann war der Spuk vorbei. Eine unheilvolle Stille breitete sich in den Straßen aus, am Himmel sahen die Menschen nichts als graue Wolken. Dann begann es sachte zu schneien. Der Schnee blieb liegen. In der Hansestadt war es der kälteste Winter seit langem. Selbst die Nordsee schickte keine milden Winde. Im Gegenteil, Fischer sichteten trotz des hohen Salzgehalts des Meeres erste Eisschollen. Innerhalb weniger Tage fror das Wattenmeer zu. Nun konnte man, wie einst der Schimmelreiter, mit Pferden und Schlitten vom Festland zu den Inseln preschen, ohne dass der Schlick einen zu den Würmern und Krebsen in die Tiefe zog. «Kein Grund zur Beunruhigung», versicherten die Meteorologen, «kalte Winter gibt es immer wieder.» Doch jetzt mussten sie im Stillen zugeben, dass dieser Winter alle Rekorde brach. Kinder holten ihre Schlitten heraus und spannten in Ermangelung nennenswerter Hügel ihre Hunde davor, die sie wie Ponys antrieben. In der Stadt fuhren kaum mehr Autos, da motorgetriebene Fuhrwerke in Schneewehen stecken blieben oder auf den spiegelglatten Fahrbahnen ins Schleudern gerieten. Bereits Ende Oktober lag auf dem Binnensee eine so dicke Eisschicht, dass die herrschende Partei beschloss, ihre für Anfang Dezember im Sportstadion geplante Parade dorthin zu verlegen. Die gigantische freie Fläche war für Aufmärsche wie geschaffen. In Parteikreisen lästerte man hinter vorgehaltener Hand, im Vergleich dazu sei sogar das eigens für solche Zwecke errichtete Reichsparteifeld in Nürnberg ein Klacks. Vorsichtshalber verschob allerdings der Generalstab das geplante Großereignis um vier Wochen, da die aus allen Landesteilen requirierten Truppen der SA und SS zusätzliche Probemöglichkeiten haben sollten. Außerdem wollte man sicherstellen, dass das Eis für die 12 000 Akteure auch dick genug war.

Das Wetter spielte bestens mit. Die Temperaturen sanken und sanken, und die Eisdecke gewann zusehends an Dicke. Zwei SS-Obersturmführer wurden zu der verantwortungsvollen Aufgabe abkommandiert, mit einer Spitzhacke ein Loch in der Mitte des Sees frei zu halten und die Organisatoren über die Zunahme – oder, im Falle einer höchst unwahrscheinlichen Lufterwärmung, über den Schwund – des Eises auf dem Laufenden zu halten. Die Wetterkundler behielten Recht, für eine Erwärmung gab es keinerlei Anzeichen, im Gegenteil, das Thermometer fiel immer tiefer in der Minuszone. Statiker, die eigens aus der Reichshauptstadt herbeigeeilt waren, wo sie für die Planung von Speers Germania zuständig waren, berechneten, dass die Eisdecke am Tag des Ereignisses exakt 175,5 cm messen und ohne Probleme ein Gesamtgewicht von mehreren hundert Kilo pro Quadratmeter tragen werde. Da nicht mehr als anderthalb deutsche Hünen auf dieser Fläche Platz finden würden, war weder von einer theoretischen noch einer praktischen Gefährdung der militärischen Elite auszugehen.

«Die Nazis haben es weit gebracht. Jetzt befehligen sie sogar das Eis!», hörte man die Leute hie und da reden. Ob dies ein Lob sein sollte, war schwer zu sagen. Nicht jedem gefiel, was in den Wochen vor dem Aufmarsch in der Stadt passierte. Die Partei schaltete in den Zeitungen Anzeigen, in denen sie die Bevölkerung aufforderte, in ihren Wohnungen Platz zu schaffen und ihre Gästebetten für Angehörige der beteiligten Verbände zur Verfügung zu stellen. Die Resonanz war erschreckend gering. Während sämtliche Hotels von den Parteioberen in Beschlag genommen wurden, die sich ohne Ausnahme für das Großereignis angekündigt hatten, um die unverminderte Kraft des Regimes zu demonstrieren, fehlten Unterbringungsmöglichkeiten für die gemeinen Aufmarschierer. Deswegen und auch wegen der Witterungsverhältnisse, die Nachttemperaturen um minus 25 Grad erwarten ließen und ein Zeltlager im Stadtpark ins Reich der Träume verwiesen, plante die Einsatzleitung, die Mannschaften noch in derselben Nacht mit dem Zug in ihre Herkunftsorte zurückzubefördern.

Das stimmte die Hanseaten wieder gnädig. Dennoch hatten sie im Vorfeld des Ereignisses mit vielerlei Einschränkungen zu kämpfen. Hotelrestaurants und Gaststätten schlossen für die Dauer einer Woche, da sie samt und sonders mit der Zubereitung von Suppen betraut waren. So viel Suppengemüse, Kartoffeln und Rindfleisch waren noch nie vom Umland in die Stadt geschafft worden. Infolgedessen verschwanden diese Lebensmittel vom freien Markt. Aber auch Brot und Wurst ließen sich von einem Gemeinsterblichen nicht mehr auftreiben. Betriebe jeder Art wurden in die Vorbereitungen einbezogen. Selbst die Werften, die sonst Schiffe für die Weltmeere bauten, mussten ihr Scherflein zur Demonstration nationaler Stärke und Einigkeit beitragen und Eissegler konstruieren, die über die zugefrorene Alster gleiten sollten. Wegen der ansonsten schlechten Auftragslage, die den außenpolitischen Verwicklungen, vor allem der englischen Seeblockade geschuldet war, taten sie wie ihnen geheißen. Nicht im Rüstungssektor tätige Unternehmen hatten schon lange das Nachsehen. So hoffte die ganze Stadt, dass der Tag des Aufmarsches endlich überstanden wäre.

Eure Mutter geht in die Klinik, wo sie ausgeräumt wird, weil sie euch geboren hat», klärte uns mein Vater auf, als sie eines Morgens mit gepackter Reisetasche an der Haustür stand und sich von uns verabschiedete. Sie umarmte uns so heftig, dass mir der Atem wegblieb. Auf der Treppe blickte sie sich noch einmal nach uns um, dann zog mein Vater sie zum Auto. Vom Bürgersteig aus sah er sie wegfahren, denn er selbst war nicht mit eingestiegen. Eine Stunde später kehrte der Wagen ohne sie zurück. Mein Bruder und ich rätselten, was es mit dem Ausräumen wohl auf sich hatte. «Die machen das so wie bei einem Schrank», sagte er schließlich, «man öffnet die Tür, räumt das Zeugs raus und macht die Tür wieder zu.» Mich ängstigte die Vorstellung, und als es so weit war, dass wir meine Mutter besuchen sollten, wollte ich nicht hin.

«Du gehst jetzt zu ihr!», sagte mein Vater und schubste mich ins Auto, in dem der Chauffeur schon wartete. «Sie möchte dich sehen, denn sie hat weiß Gott was durchgemacht. Vergesst nicht, sie ist ausgeräumt worden, weil sie dich geboren hat!»

Auf der Fahrt ins Krankenhaus versuchte ich, mir darüber klar zu werden, ob ein leerer Körper überhaupt noch sprechen, sehen und sich bewegen konnte, denn wenn nichts mehr drin war, sah er doch bestimmt aus wie ein verschrumpelter Luftballon. Mit schlimmsten Erwartungen betrat ich das Gebäude. Ich schlich durch die Gänge, in denen es nach Desinfektionsmitteln roch, folgte der Maserung des grauen Linoleums und vermied, auf die schwarzen Striche zu treten, die die Gummisohlen der hin und her eilenden Krankenschwestern hinterlassen hatten. Um diesen Unglücksbringern auszuweichen, musste ich meine Füße kreuz und quer setzen und kam daher nur schlingernd vorwärts.

«Trödel nicht so», schalt mich der Chauffeur, «ich habe nicht ewig Zeit. Wenn der Chef seinen Mittagsschlaf beendet hat, muss ich zurück sein, also beeil dich!»

Er packte mich am Handgelenk und zog mich voran, dass ich beinahe hingeschlagen wäre auf das graue Linoleum mit den schwarzen Streifen. An der Hand des livrierten Mannes stolperte ich durch endlose Korridore. Ein Flur sah wie der andere aus. Andauernd trat ich auf die Unglück bringenden schwarzen Streifen. Wenn meine Mutter jetzt stirbt, ist der Chauffeur schuld, dachte ich. Ein leerer Hautsack, in dem noch ein Funken Leben steckt, ist mir immer noch lieber als ein toter Körper. Ein toter Körper fängt an zu stinken wie die Maus, die ich im Garten gefunden hatte. Würmer waren in ihr herumgekrochen, und Wespen hatten Fetzen aus dem kleinen Leib gesägt und waren mit ihnen davongeflogen.

«Hier ist es», sagte der Chauffeur und blieb vor einer Tür stehen.

«Da steht ‹Bitte nicht stören›», sagte ich und zeigte hoffnungsvoll nach oben.

Er ließ meine Hand los, sodass ich mein schmerzendes Gelenk reiben konnte, und klopfte. «In einer Stunde hol ich dich wieder ab.»

«Nein, nicht weggehen. Gehen Sie nicht weg», bettelte ich und griff nach seinem Hosenbein.

«Lass das!», wehrte er mich ab.

In dem Moment war von drinnen eine leise Stimme zu hören.

«Herein.»

Es war die Stimme meiner Mutter. Die Stimme hatten sie also nicht mit ausgeräumt. Der Chauffeur drückte die Türklinke hinunter. Ich versteckte mich hinter seinem Rücken.

«Gnädige Frau, ich bringe Ihnen Elena.»

Dann drehte er sich zu mir um, packte mich wieder am Handgelenk und zischte mir zu: «Hab dich mal nicht so, ist schließlich deine Mutter.»

Schon hatte er mich ins Krankenzimmer geschoben. Ich kniff die Lider ganz fest zu. Hinter mir fiel die Tür ins Schloss.

«Elena, hast du mich vielleicht warten lassen!»

Ich überlegte, ob ich die Augen wieder öffnen sollte, denn so konnte ich schlecht herausfinden, woher die Stimme kam.

«Willst du nicht zu mir kommen?»

«Nein!»

«Aber Elena, warum denn nicht?» Sie klang ein wenig enttäuscht, aber das war mir egal. «Ich habe euch doch nicht aus Spaß allein gelassen.»

«Ich weiß.»

«Und warum willst du mir dann keinen Kuss geben?»

«Aber das geht nicht, du bist doch ausgeräumt und schrumpelig», sagte ich hastig und fügte noch hinzu: «Ich will keinen leeren Hautsack küssen.»

Da lachte sie. «Meine kleine Tochter! Wer hat dir denn den Quatsch erzählt? Camill?»

«Nein. Papá. Und Papá hat immer Recht. Das sagt er jedenfalls.»

«Schau mich doch einfach mal an.»

Ich öffnete die Augen. Weiß lackierte Beine eines Betts, eine Matratze. Das Laken war nicht mehr ordentlich eingesteckt. Die Zudecke hing fast bis auf den Boden, als hätte sich der leere Hautsack wild bewegt. Konnte sich ein leerer Hautsack wild bewegen? Unter der Zudecke zeichnete sich eine Erhöhung ab. Da, ein Stück nackter Haut, ein Arm. Ich konnte die Adern, die den Handrücken durchzogen, deutlich sehen. Schon schnellte mein Blick zum Kopfende des Bettes. Staunend betrachtete ich das Gesicht meiner Mutter. Ihre grauen Augen, die sich einmal nicht hinter Brillengläsern verschanzten, lächelten mich an.

Bald nach ihrer Entlassung fuhren wir mit ihr auf eine kalte Insel hoch im Norden, wo sie sich, wie mein Vater erklärte, «von den Strapazen» erholen musste. Dort blies der Wind so stark, dass Camill und ich mit den Fahrrädern nur millimeterweise vorwärts kamen, egal, wie heftig wir in die Pedale traten. Daher kamen wir immer zu spät zur Schule, was aber nichts machte, da in dem einzigen Klassenzimmer der Grundschule alle vier Klassen versammelt waren und die Lehrerin sich nur mit den Kindern einer Klasse beschäftigen konnte, während die anderen Aufgaben machten. Anfangs drückte sie noch ein Auge zu, nach einer Weile hatte sie aber keine Lust mehr, sich unsere ewig gleiche Entschuldigung anzuhören. Wir konnten ihr ja schlecht sagen, dass wir nur wegen unserer Mutter, also keineswegs freiwillig auf der Insel waren und den Wind hassten, der bei Schulschluss garantiert gedreht hatte und uns genau wie am Morgen ins Gesicht blies, und dass wir nichts wie wegwollten von den paar Mitschülern, die uns «Asphaltpflanzen» schimpften und mit uns weder spielen noch reden wollten. Wir schworen uns, mit diesen «Fischmäulern», und wenn sie noch so sehr darum betteln würden, niemals auch nur ein Sterbenswort zu wechseln. Sie bettelten aber nicht darum.

Mein Vater kam monatelang nicht. Auch an den Wochenenden ließ er sich nicht blicken. Die schönen grauen Augen meiner Mutter waren hin und wieder rot unterlaufen, was sie selbst hinter ihren dicken Brillengläsern nicht verbergen konnte. Wir dagegen gewöhnten uns daran, dass mein Vater nicht da war, nur manchmal vor dem Schlafengehen vermisste ich seine mexikanischen Gutenachtgeschichten. Ich sehnte mich nach Huitzilopochtli und dem Aztekenkönig Moctezuma, der die Pferde der Spanier für Götter gehalten hatte. Die Prügel vermisste ich nicht. Das Leben ohne Vater wäre also fast paradiesisch gewesen, wenn wir im Sekretär unserer Mutter nicht den Durchschlag eines Briefes gefunden hätten, den wir so oft lasen, bis wir ihn auswendig konnten. Manchmal, am Watt, wenn die Möwen über unseren Köpfen kreischten, sagten wir ihn uns auf.

«Lieber Franz,
Deine überaus liebenswürdige Mitteilung bezüglich der überteuerten Waschmaschine habe ich bekommen. Ich kann Dich beruhigen. In Zukunft brauchst Du mir überhaupt nichts mehr zu schenken, weder zum Geburtstag noch zu Weihnachten, denn diese Waschmaschinenangelegenheit und unser heutiges Telefongespräch haben mir endgültig bewiesen, dass wir an einem Punkt angelangt sind, an dem unsere Ehe nicht mehr zu retten ist. Wir sollten uns nun um eine baldige Lösung bemühen, ehe wir einander zu hassen beginnen und nur noch Gift verspritzt wird. Wir sollten uns fair und anständig, wenn möglich freundschaftlich auseinander setzen, wobei wir an erste Stelle setzen müssen, was mir, und ich hoffe auch Dir, am allermeisten am Herzen liegt: das Wohl von Ramón und den beiden Kleinen. *(Hier stockten wir regelmäßig und sahen uns an.)*
Tief betrübt habe ich zur Kenntnis genommen, dass Du lieber mit Puschmäusen *(was Puschmäuse waren, konnten wir uns ganz und gar nicht erklären, wahrscheinlich Mäuse, die in Puschen lebten)* zusammen bist als mit Deiner vergleichsweise biederen, aber dafür treu sorgenden Ehefrau. Seit Jahren nehme ich, ohne zu murren, so vieles hin: Reisen, die Du nicht allein unternimmst, Deine fabelhaft taktvolle Art, Mädchen in unser Haus zu holen, wenn ich verreist bin, sie

mit auf die Insel zu nehmen und ihnen meine Kleider zu leihen, Dich öffentlich mit ihnen in Restaurants und weiß Gott wo zu zeigen, Deine Versprechen, die Du nie hältst, Deine ewigen Klagen über die Höhe des Haushaltsgeldes, Dein Lamentieren wegen fünf Mark, zwei Mark, während Du unbekümmert Unsummen für Anstößiges ausgibst, Dein lautes Geschrei, Dein mangelndes Interesse an mir und den Kindern. Als ich Camill erwartete, hast Du mich ständig beschimpft, ich hätte Dich durch die Schwangerschaft zur Heirat gezwungen. Richtig: Du wolltest ja nie mehr heiraten, ich bin also an all unserem Unglück schuld. Wie dumm von mir! Während Elena an ihrem Blinddarmdurchbruch fast gestorben wäre *(ich zuckte mit den Achseln)*, bist Du auf eine Lustreise gegangen, und nie werde ich vergessen, was sich hinterher abgespielt hat. All das habe ich den Schwierigkeiten zugeschrieben, die Du mit Deinem fortschreitenden Alter hast. Aber man sollte meinen, dass jemand, der ein so verworrenes Leben führt wie Du, sich zuminest *(hier fehlte ein d, das hatten wir mit unserem Schulwissen festgestellt)*, wenn schon nicht aus Zuneigung, so doch um des Friedens und der Ruhe willen, zu Hause von einer guten Seite zeigt. Und ich habe, das wirst Du zugeben, auch wenn Du immer und immer wieder schriftliche *(Ausrufungszeichen, riefen wir im Chor)* Listen meiner Fehler erstellst, Versuche unternommen, mich zu bessern, als Ehefrau, als Mutter, als Haushälterin und als Gastgeberin Deiner Feste. *Ich* habe Versuche unternommen und nicht *Du*. *Ich* bin sogar wieder mit Dir ins Bett gegangen. Ich kann, wie aus dem Vorstehenden unschwer ersichtlich, eine Menge ertragen, aber es gibt ein paar Dinge, mit denen ich nicht fertig werde. Allen voran stehen Lüge und Heuchelei. Und was ist es anderes als allerwiderlichste Heuchelei, wenn Du mir aus Mallorca schreibst, wie sehr Du das Scheitern

unserer Ehe bedauerst, während Du dort mit Deinen schön angemalten Damen buhlst? *(Wir hatten keine Ahnung, was buhlen bedeutete, aber uns gefiel das Wort, und wenn wir es wiederholten, machten wir einen Kussmund.)* Jedenfalls gedenke ich nun nicht länger, eine vergrämte, schlaflose, abgemagerte, bemitleidete, schlecht behandelte, betrogene Ehefrau zu sein, überall strahlend an Deiner Seite zu erscheinen, lächelnd mit Deinen Konkubinen zu reden und dabei zu wissen, dass Ihr Euch anschließend über mich lustig macht. Deshalb möchte ich Dir nach reiflicher Überlegung unterbreiten, was für mich in Frage kommt.
Erstens *(sagten wir in den pfeifenden Wind)*: eine Scheidung. Aber ich weiß nicht, ob Du Dir eine dritte Scheidung mit all den delikaten Einzelheiten, dem vielen Ärger und den hohen Kosten an Deinem Lebensende noch einmal antun willst.
Zweitens *(sagten wir etwas lauter in den pfeifenden Wind)*: eine offizielle Trennung. Ich könnte natürlich für immer hier auf der Insel bleiben, aber das wäre für die Kinder ziemlich hart.
Drittens *(riefen wir in den pfeifenden Wind)*: eine offene Beziehung. Das würde bedeuten, dass sich für Dich gar nichts ändert, dass aber auch *ich* gewisse Freiheiten erhalte. Ich möchte so gern mal wieder vergnügt sein und nicht ständig Angst davor haben, dass Du die Kinder auspeitschst. Diese Lösung hätte den Vorteil, dass die Kinder nichts zu merken brauchen. Und auch sonst niemand.
Und viertens *(unsere Stimmen überschlugen sich im pfeifenden Wind)*: eine Trennung auf Zeit. Du könntest Dir in Ruhe überlegen, wie alles weitergehen soll.
Bitte bombardiere mich jetzt nicht mit Schimpfkanonaden, sondern überlege Dir in aller Ruhe, welcher Vorschlag Dir am ehesten zusagt. Ich gehe gleich nach dem Krankenhaus

auf die Insel. Wenn Du Dich nicht entscheiden kannst, besuche mich lieber nicht im Krankenhaus. Vielleicht ist mein Brief etwas härter und bitterer geworden als geplant, aber ich bin unendlich traurig und deprimiert und habe Angst vor der Operation, weil mir etwas passieren kann und ich nicht weiß, was Du dann mit den Kindern machst. Abschließend noch einmal zurück zum Anfang: Die Waschmaschine, die ich bekommen kann, ist deutlich billiger als Deine.

Hochachtungsvoll,

M. v. R.

Plötzlich wurde die Zeit zurückgedreht. Eines windstillen Tages tauchte mein Vater wieder auf. Er lachte und scherzte und klimperte mit den Wimpern über seinen unverschämt blauen Augen. Nach zwei Tagen Lachen und Scherzen und Klimpern drangen merkwürdige Laute aus dem Schlafzimmer meiner Mutter. Von nun an kam er öfter, und immer wieder hörten wir die merkwürdigen Laute. Wir dachten schon, meine Mutter sei krank, aber einmal sah ich sie kurze Zeit später lächelnd aus dem Zimmer treten. «Der füllt sie wieder auf», erklärte uns Ramón, als er zu Besuch war, und lachte dreckig.

Der Aufmarsch war eine logistische Großtat, generalstabmäßig durchorganisiert wie vielleicht zuvor nur die Schlacht bei Waterloo. Sonderzüge erreichten die Hansestadt im Fünfminutentakt aus allen Landesteilen. Sogleich hatten sich die Ankommenden zu zehn verschiedenen Posten rund um den Binnensee zu begeben, von wo sie, nach einem bis ins Letzte ausgetüftelten Plan, sternförmig auf die Seemitte zumarschieren sollten. Die Befehlshaber der Unterabteilungen hatten sich mittags nochmals getroffen, um ihre Uhren abzugleichen und den Zeitplan zum wiederholten Mal Punkt für Punkt durchzugehen. Als alle Unsicherheiten ausgeräumt waren, trennten sie sich und begaben sich wieder zu ihren Einheiten. Während diese Aufstellung nahmen, füllten sich, ganz allmählich, auch die an das Gewässer angrenzenden Gärten mit den Bewohnern der Stadt.

Auf die Sekunde pünktlich begann um siebzehn Uhr das Spektakel. Ein ohrenbetäubender Donnerschlag erschütterte die Stadt und gab das Startzeichen für den Marsch. Selbst die Familien der Wirtschaftsbosse sahen sich dazu veranlasst, auf die Terrassen ihrer Villen hinauszutreten. In wärmende Pelze und nerzbesetzte Wollmäntel gekleidet, standen sie in der eisigen Luft, ein prickelnd gefülltes Champagnerglas in der Hand, ein wärmendes Kaminfeuer im Rücken. Ein wenig mürrisch blickten sie auf das gemeine Volk, das ihre Rosenstöcke niedertrampelte.

Mit einem Mal setzte eine furiose Musik ein, die über den See aus Hunderten von Lautsprechern schallte. Im Luftzug einer schneidenden Brise glitten prächtige Eissegler voran. Zwei Hakenkreuzfahnen an Bug und Heck zeigten den nachfolgenden Mannen, wo es langging. Die Eisfläche war so spiegelblank, als hätten unzählige deutsche Hausfrauen sie gebohnert. In Wahrheit waren am Morgen alle Schulbuben, die Mitglied in einer Jugendorganisation waren, und das waren sie fast alle, mit Schneeschieber und Schlittschuhen ausgerüstet, den allerletzten Schneeflocken und anderen Unebenheiten auf dem Eis zu Leibe gerückt. Neuschnee fiel nicht.

Langsam sank die Winternacht, während Braunhemd sich mit Schwarzhemd nach einer raffinierten Anordnung verschränkte. Die einzelnen Körper verschwammen zu einem braun-schwarzen Farbenmeer, aufgelockert durch die roten Tupfer auf Uniformen und Fahnen. Wer erhöht stand, konnte ein kilometergroßes Hakenkreuz sich herausbilden sehen. Nein, es war nicht mehr nur ein Hakenkreuz, es waren ihrer vier, zwei in Braun, zwei in Schwarz. Da geriet die ganze Chose wieder in Bewegung. Die schwarzen und die braunen Hemden strebten, von einer unsichtbaren Hand geführt, durcheinander. Braun-schwarze Hakenkreuze nahmen erneut Gestalt an. Die ersten Sterne zeigten sich. Mit dem Schwinden des Lichts verlor alles an Kontur. Da loderten am Ufer des Sees die ersten Fackeln auf. Die Flammen züngelten immer weiter gen Seemitte, und schließlich hatte sich der ganze Binnensee entzündet, wurde das Flackern vom Eis wie von einem Spiegel reflektiert.

Den Abend sollte die Rede eines der Parteioberen krönen. Doch der Aufmarsch dauerte lange, zu lange. Die Zuschauer begannen zu frieren. Nur die Herrschaften, die sich über den Köpfen des Volkes auf ihren Terrassen befanden, konnten sich dann und wann in geheizte Räume zurückziehen. Unter ihnen war Paul. Er war der Einladung eines Industriellen gefolgt, der sich gern mit Berühmtheiten aus der Filmwelt umgab. Während sie über den Exodus der jüdischen Filmregisseure, Drehbuchautoren und Schauspieler sprachen, verdichtete sich unten im gemeinen Volk das Gerücht, dass der Führer persönlich zu den Hanseaten sprechen werde. Zu diesem Behufe war in der Mitte des Sees ein Podest aufgebaut, das den Redner weit über die Mannen zu seinen Füßen herausheben sollte. Schon sah man, wie eine zinnsoldatengroße Gestalt das Podest betrat. Erst als sie ihre Stimme erhob, zaghaft zunächst und dann von immer größerem Furor beseelt, ging ein Raunen durch die Reihen. Da stand er, der Führer, eine ferne, schwarze Gestalt inmitten eines Flammenmeers. Weit hallten seine Worte über die Hakenkreuze aus Menschen hinweg. Die Akustiker hatten ein wahres Meisterwerk vollbracht.

Mit einem Mal ging eine Bewegung durch die Spitze, die aufs Uhlenhorster Ufer wies. Einige der Getreuen schienen vor Rührung in die Knie zu gehen. Doch es blieb nicht bei einigen Getreuen. Der gesamte Wurmfortsatz schmiss sich nieder. Die Zuschauer kniffen die Augen zusammen, um besser sehen zu können. Einige schüttelten den Kopf. Dieser gemeinschaftliche Kniefall ging den nüchternen Nordlichtern zu weit. Auch der Redner dachte so. Der deutsche Mann habe, donnerte es aus den Lautsprechern, kerzengerade zu stehen, sich zackig vorwärts zu bewegen und sich nicht wie eine Memme auf dem Eis zu wälzen, gleichgültig, wer vor ihm stehe.

In dem Moment stoben Funken, und Stichflammen schossen in den sternenübersäten Himmel. Braunhemden und Schwarzhemden stürzten übereinander, Schreie übertönten den Redner. «Sie brennen», ging es von Mund zu Mund. Und wirklich, ein Hakenkreuz zerbarst, zerbröselte an den scharfen Kanten, Fackeln stoben zu den Seiten weg. In Sekundenschnelle schmolz die Hitze das 175,5 cm dicke Eis. Mit einem Gluckern verschlang der Binnensee die Brennenden. Dann brach ein Chaos aus.

Beim Appell am nächsten Morgen war die Zahl derer, die nicht mit einem lauten «Heil» hervortraten, groß. 456 waren nicht zu ihren Trupps zurückgekehrt. Die auf dem Eis zu Tode getrampelten 124 wurden am linken Seeufer aufgebahrt, 189 lagen mit Platzwunden am Kopf und Prellungen am Körper in den Krankenhäusern, weitere 4 schwebten auf Intensivstationen in Lebensgefahr. Von den Übrigen fehlte jede Spur. Man vermutete sie auf dem Grund des Sees. Doch kursierten auch Gerüchte, dass Abtrünnige die Gunst der Stunde genutzt hätten, um unterzutauchen. Es gab kaum einen Hanseaten, der nicht von einer mysteriösen Begegnung mit einem Fahnenflüchtigen berichten konnte. Wie viel tatsächlich dran war, wurde nie geklärt. Den Angehörigen der Vermissten stellte man nach sechs Wochen Totenscheine aus. Einige Tage nach der Katastrophe wurden drei für schuldig befundene «ausländische Provokateure» hingerichtet.

Nur wenige Meter von Paul entfernt, im Garten des Industriellen, hatte Leonie gestanden, die von Werner und den Mädchen überredet worden war, an dem Großereignis teilzunehmen.

«Was sollen denn die Nachbarn denken, wenn wir nicht gehen», hatte Werner gesagt.

«Ihr könnt ja gehen, ich bleib hier», hatte Leonie geantwortet.

«Du weißt selbst, dass das nicht geht.»

«Ich muss mich um den Haushalt kümmern.»

«Das müssen doch alle und gehen trotzdem.»

«Ich muss aber dringend waschen.»

«Das kannst du auch morgen noch erledigen.»

Schließlich hatte sich Leonie doch bewegen lassen. Obwohl sie kaum etwas zu befürchten hatte, war sie unruhig gewesen. Immer wieder hatte sie sich nach allen Seiten umgeblickt, ohne zu wissen, wonach sie eigentlich suchte. Dann erschrak sie.

Es war Paul, nach dem sie suchte. Aber sie sahen sich nicht, obwohl sie nur wenige Meter voneinander entfernt standen, er oben bei den Industriellen, sie unten in der Masse.

Eine Woche später ging er über die Gangway eines Frachters der Roué'schen Internationalen Schifffahrtsgesellschaft. Über einem blau-weiß geringelten Hemd trug er einen Matrosenanzug, den er aus zweiter Hand in einem Laden für Seemannsbedarf erstanden hatte. In der einen Hosentasche hatte er den Heuerbescheid und in einem seiner beiden Lederkoffer das Visum für Amerika. Im Geheimfach befanden sich überdies fünftausend Dollar, die Franz ihm als Startkapital zugesteckt hatte. An Deck angekommen, drehte er sich noch einmal um und sah auf die Hansestadt mit den unzähligen Kirchtürmen und dem hoch aufragenden Bismarck-Denkmal. Er kniff die Augen zusammen. Da näherte sich im Eilschritt eine Dame.

«Gertrud!», rief er überrascht aus. Er hatte die Eysoldt bestimmt fünf Jahre nicht gesehen. «Fährst du etwa mit?»

«Leider nein! Ich kann ja nicht!» Sie war noch ganz außer Atem und schnappte zwischen den Worten immer wieder nach Luft. «Was sollte ich auch dort? Ich spreche doch kaum Englisch. Aber ich möchte, dass du etwas mitnimmst, das mir sehr am Herzen liegt.» Sie drückte ihm ein Paket in die Hand. «Ich habe sie in der Eile nur notdürftig eingewickelt, aber du weißt sicher besser als ich, wie man sie konserviert. Irgendwie hat sie ja Theatergeschichte geschrieben.»

«Was ist es?» Paul befühlte das Paket, es war unförmig und weich.

«Ich bin jetzt zu alt, um noch die Penthesilea zu spielen. Irgendwann muss man ja mal einsehen, dass man nicht mehr 24 ist.» Sie zwinkerte ihm zu.

«Die Perücke der Conquista?»

«Du hast es erfasst. Als Herr Kratz starb, habe ich sie an mich genommen. Ich hätte sie auch Maria geben können, die mir im Übrigen berichtet hat, dass du heute abfährst, aber irgendwie habe ich das Gefühl, dass die Perücke in deine Hände gehört. Erinnerst du dich? ‹Die Spur der Krallen!› Der selige Herr Kratz. Ist das lange her. Aber wie siehst du eigentlich aus? Schickes Kostüm!»

«Man kann sich seine Rolle eben nicht immer aussuchen.»

«Wem sagst du das. Was hab ich nicht alles spielen müssen. Aber immer um mein Leben, das musst du jetzt auch.»

«Das habe ich von dir gelernt, Maria Stuart.»

«Ach, mein Hamlet!» Sie nahm ihn in den Arm.

Da griff eine starke Hand nach ihm. «Ich bin ja man untröstlich, dass ich so ein inniges Adieu zwischen Mutter und Sohn unterbrechen muss, aber wir legen in einer Minute ab, und Frauen sind an Bord zwar gern gesehen, aber hier aufhalten dürfen sie sich nicht.»

Die Eysoldt warf dem Seemann einen vor Empörung flammenden Blick zu, wandte sich jedoch zum Gehen.

«Sie bekommen Ihren Sohn heil zurück! Dafür steh ich ein», rief ihr der Seemann hinterher.

«Darum will ich auch gebeten haben!», sagte sie und schüttelte vom Kai aus ihre Faust. «Mach's gut, mein Schmuckmatrose.»

Manchmal hatte mein Vater seine Spendierhosen an. Die unterschieden sich zwar in nichts von seinen anderen Hosen, aber wenn er seine Spendierhosen anhatte, lud er uns in die Stadt zum Essen ein. Wir holten ihn im Kontorschlösschen ab. Meine Mutter gab einem Türsteher den Autoschlüssel und ging mit uns an der Hand, Camill rechts, ich links, schnurstracks auf den Paternoster zu. Wir durften sie nicht loslassen, denn auf einem großen Schild stand geschrieben: «Benutzung für Kinder unter 16 Jahren ohne Aufsichtsperson strengstens untersagt». Nichts war aufregender für uns, als in dem sanft und geräuschlos auf und nieder schwebenden Schrank hoch- und runterzufahren.

«Jetzt», forderte meine Mutter uns auf, und in seltener Einigkeit stellten wir unsere rechten Füße auf den Holzboden. Meist mussten wir schon einen kleinen Schritt aufwärts tun. Manchmal zögerte meine Mutter auch, und ein oder gar zwei Abteile fuhren an uns vorbei.

Der Paternoster war meines Vaters größter Stolz. «Stellt euch vor», sagte er, als wir aus seinem Büro, das den gesamten Hafen überblickte, traten, «dieser Paternoster ist fünf Jahre älter als ich und war noch nicht einmal kaputt!»

«Papá, was heißt eigentlich Paternoster?», fragte ich.

«Vater unser», antwortete er und kitzelte mich.

Ich hängte mich an seinen Arm. Er roch köstlich nach Vetiver, seinem Rasierwasser, das er mir im Bad schon einmal hinter die Ohren getupft hatte. Während er mit seinem Messer um sein Kinn herum und über die Wangen gefahren war, hatte er mir erzählt, wie eines seiner Schiffe bei Kriegsausbruch die Blockade der Alliierten hatte durchbrechen sollen. Immer wenn ich jetzt sein Vetiver roch, musste ich daran denken, wie der Kapitän sich durch die feindlichen Linien laviert hatte und von englischen U-Booten beschossen worden war. Bevor das Schiff hatte aufgebracht werden können, hatte er den Befehl zur Selbstversenkung geben müssen. Es war samt Getreideladung und Mäusen untergegangen, lag nun irgendwo im Pazifik und war wenigstens nicht in die Hände der Gegner gefallen. «Elena, du kannst dir gar nicht vorstellen, wie viele Wracks auf dem Meeresgrund liegen. Tausende allein aus dem Zweiten Weltkrieg. Die Ozeane sind nichts als Schiffsfriedhöfe. Frachter, Passierschiffe, Panzerkreuzer, U-Boote. In ihnen schwimmen jetzt die Fische herum. Die Ladung der *Ramona* haben sie sicher aufgefressen. So schöner Weizen! Na, wenigstens war er auf diese Weise nicht ganz verloren», hatte mein Vater noch gesagt.

Inzwischen war ein Holzkasten des Paternosters genau auf unserer Fußhöhe angelangt. «Eins, zwei, los!», rief mein Vater, und wir sprangen zusammen die kleine Stufe hinunter, die sich nach wenigen Augenblicken bereits aufgetan hatte. Camill und meine Mutter standen noch oben. Ihr Kopf verschwand aus unserem Blick, seiner hingegen war noch zu sehen, da er ja viel kleiner war als sie.

«Komm endlich», rief meine Mutter Camill zu, der wie immer versuchte, den Zeitpunkt des Absprungs so lange wie möglich hinauszuzögern. Unter heftigem Gerumpel landeten sie neben uns.

«Was passiert eigentlich, wenn wir nicht aussteigen, stehen wir dann Kopf?», wollte mein Bruder wissen.

«Im Keller und auf dem Dachboden fährt der Paternoster nur seitwärts», erklärte mein Vater.

«Bist du denn schon mal rumgefahren?», fragte ich.

«Nein.» Mein Vater zögerte kurz. «Aber ich würde es jederzeit tun.»

«Au ja, bitte! Können wir unten nicht mal rumfahren?», bettelte Camill.

«Aber nur, wenn ihr mich vorher aussteigen lasst», sagte meine Mutter.

«Eure Mutter ist ein Angsthase!», erwiderte mein Vater. «Sie glaubt mir nicht.»

«Es stimmt aber, Mamá», sagte mein Bruder, «siehst du an der Decke irgendwelche Fußspuren?»

«Und warum hast du dann eben gefragt, wenn du so neunmalklug bist?», fragte ich.

Währenddessen hatten wir den Ausstieg im Erdgeschoss verpasst, er war bereits einen halben Meter über uns.

«Da kommen wir jetzt nicht mehr hoch», jubelte Camill.

«Um Gottes willen!», rief meine Mutter.

Wir sackten immer tiefer, Licht drang nur noch durch einen kleinen Schlitz. Dann wurde es völlig dunkel. Ich klammerte mich an meinen Vater.

«Uhhh», jaulte mein Bruder plötzlich auf. Aber es ruckelte nur leicht, dann fuhren wir ein paar Meter zur Seite, und schon gondelten wir wieder aufwärts. Als es hell wurde, sah ich, dass mein Vater kreidebleich an der Wand stand. Meine Mutter hingegen lachte.

«Das hat ja richtig Spaß gemacht.» Leichtfüßig sprang sie im Erdgeschoss aus dem mechanischen Lift.

Nach dieser Paternoster-Rundfahrt gingen wir in den Austernkeller, wo mein Vater, immer noch etwas geschafft, die Tiere verschlang, die dem Restaurant den Namen gaben. Er, der auf allen Meeren zu Hause war, aß Wassergetier mit großem Genuss, nur Aal rührte er niemals an. Gott sei Dank mussten wir keine Austern essen, sondern durften uns die zweite Spezialität des Hauses bestellen, nicht Labskaus, sondern Apfelpfannkuchen mit Zimt und Zucker. Ich liebte Apfelpfannkuchen mit Zimt und zog ihn bei weitem Fleisch mit Zimt vor, das meine Mutter manchmal kochte.

Die Vergeltung kam zu später, heißer Nacht.
Das Firmament über der Hansestadt irrlichterte von glühenden Tannenbäumen.

Die Atmosphäre dröhnte, sie jaulte, greinte, kreischte.

Der Himmel grollte, dann spie er Feuer und Phosphor. Sprengbomben regneten herab. Dächer flogen von den Häusern, Zimmerdecken zerplatzten, der Straßenasphalt riss, Kopfsteine wurden zu Wurfgeschossen, Wasserrohre zerbarsten, elektrische Leitungen explodierten. Es zischte, knallte, krachte. Funken sprühten. Feuer loderte auf. Flammstrahlbomben, Stäbchenbomben schürten das Feuer. Suchend blickte es um sich und griff nach allem, was brennbar war, Eichenbalken, Gardinen, Teppichen, mit Stroh und Weiden befestigten

Lehmwänden, Holzpantinen, Parkettfußböden, Kinderschlafanzügen, Bilderrahmen. Es schlängelte sich die Treppengeländer hinauf und hinab, hüpfte von einer Stufe zur anderen, umgarnte die Wohnungs-, Arbeitszimmer-, Schlafzimmertüren, kroch in die Rumpelkammern und delektierte sich an den Besenstielen, verschlang die Reisigborsten gleich mit, fraß Ata, schlürfte hundertprozentigen Alkohol, aber auch edlen Bordeaux, erzwang sich Einlass in die Küchenherde und ergötzte sich an Scheiten, die bereits für den Morgenkaffee aufgeschichtet waren, hetzte Katzen hinterher und verkrallte sich in ihrem Fell. Kein Schrei half den versengten Tieren, kein Sprung auf Kommode, Schrank oder Tisch, denn alles hatten die Flammen längst im Griff. Brannte ein ganzes Haus, holte das Feuer sich neue Nahrung aus den Kohlenvorräten im Keller. Die Hitze ließ Mauern bersten, sodass Flammen übersprangen von Haus zu Haus, von Gasse zu Gasse, von Straßenzug zu Straßenzug. Wer die brodelnde Luft einatmete, dem verbrannte sie die Lungen. Die Brunst schwoll und schoss in den Himmel. Vögel verendeten im Flug und fielen als Koksstücke zur Erde. Noch in siebentausend Metern Höhe, in immer dünneren Schichten, schnappte der Brand nach Sauerstoff, raste auf offenen Plätzen mit 150 Stundenkilometern wie ein Brummkreisel mit dissonanten, ohrenbetäubenden Orgeltönen, sog und zog alles in sich hinein. Autos wurden durch Straßenschluchten geschleudert, gemeinsam mit Schutt, goldenen Kirchturmkreuzen, die zu unförmigen Quadern zusammengeschmaucht waren, Plakatwänden, von denen die Flammen das strenge Antlitz des Führers fraßen, Kirchenglocken stürzten aus ihren Aufhängungen in die Tiefe, das Metall verflüssigte sich und spritzte durch die Nacht. Kinder raubte der Feuersturm aus den Händen ihrer Eltern und trug sie mit sich in die Höllenglut. Die Druckwelle drang in die U-Bahn-Schächte, schmetterte Schutzsuchende gegen Wände und zerquetschte sie. Qualm drückte in die Luftschutzräume und verschloss den dort Kauernden die Atemwege. Flüchteten sie ins Freie, wurden sie zu lebenden Fackeln. Dann verkohlten sie, kein Milligramm Fett verblieb in ihren Körpern, kein Milliliter Wasser, sie schrumpften auf ein Drittel ihrer ursprünglichen Größe, versanken im Blasen schlagenden Asphalt. Dort blieben sie liegen. In grotesken Verrenkungen. Die Arme hochgerissen. Die verdrehten Beine gespreizt. Die Köpfe zurückgeworfen. Oder auf die Brust gedrückt. Viele lagen in der Lache ihres eigenen Körperfetts, das, als der Brand sich legte, erkaltete. Andere saßen ahnungslos an Tischen, die Spielkarten noch in der Hand, einen konzentrierten Ausdruck auf dem Gesicht, leblose Monumente des Monoxid-Todes, der auf leisen Sohlen durch Türritzen und Fensterschächte in die Keller hineingeschlichen war. Die Gewässer der Stadt kochten. Der Binnensee. Der Fluss. Wer sich auf der Flucht vor den Flammen hineinstürzte, wurde wie die Fische, wie die Wasservögel gesotten. Wer mit einem letzten Funken Leben wieder auftauchte, um Luft zu schöpfen, brannte weiter, denn der Phosphor, der aus Brandkanistern über sie geflossen war, haftete am Körper, drang in jede Pore. Kein Wasser der Welt konnte ihn löschen, denn an der Luft entzündete er sich von neuem. Selbst in Vierteln, in denen es nicht brannte, entlaubten sich Bäume, starben die Insekten, verreckten Mäuse. Nur die Ratten überlebten. Sie hatten sich in ihre Gänge tief in der Erde zurückgezogen, ihren Stoffwechsel gedrosselt und erst wieder angefacht, als draußen die Luft rein war. Dann übernahmen sie in der Stadt das Regiment. Sie wurden feist, fett und frech und pflanzten sich wütend fort.

Milena ging zielstrebig. Sie war aus dem Luftschutzkeller im Stadtpark hervorgeklettert, hatte sich nicht umgeblickt und marschierte, soweit Marschieren möglich war, Richtung Westen. Da es keine Straßen mehr gab, folgte sie ihrem Instinkt. Dichter Rauch hing in der Luft. Sie presste ein feuchtes Tuch auf Mund und Nase, kletterte über Schuttberge, durch herabgestürzte gotische Kirchenfenster, umrundete riesige, erkaltete Metalllachen, stieg über Leichen und nahm sie nicht zur Kenntnis. Da stak ein Kinderschuh zwischen Trümmern. Da hing eine schwarze Hand im kahlen Baum. Da brannte noch ein Haus. Da zeigten sich die Umrisse eines menschlichen Körpers im Asphalt. Milena hob erst ihr rechtes Bein, dann ihr linkes, und schon war sie hinüber. Durch die Fensterhöhlen einer stehen gebliebenen Häuserfassade waberten graue Schwaden vor rot glühendem Himmel. Es war nicht richtig Tag geworden. Milena versuchte, im Laufschritt vorwärts zu kommen. Sie musste Umwege machen. Weite Umwege. Ein Lastwagenfahrer nahm sie mit. An den Trümmern, die von den Landungsbrücken übrig geblieben waren, setzte er sie ab. Milena sah zum ersten Mal auf. Vor ihr lag ein gesunkenes Schiff. Nur die Schornsteine ragten noch heraus. «Nieder mit Hitler» hatte jemand mit weißer Farbe darauf geschrieben.

Sie stand lange da, dann rannte sie weiter. Ein Mann im Nachthemd kam ihr schreiend entgegen. Er war barfuß. Seine Fußsohlen waren zerfetzt. Sie beachtete ihn nicht, jagte weiter. Wie lange sie lief, hätte sie nicht zu sagen gewusst. Zwei Stunden, vielleicht drei. Da galoppierte ein Zebra aus dem Nebel, sprang über einen glimmenden Dachbalken und stob wieder in den Dunst hinein. Nun wusste Milena, dass sie es nicht mehr weit hatte. Sie blickte nach links und rechts, sah kleine Backsteinhäuser mit Türen, Wänden, Dächern. Jetzt erst fühlte sie ihr Herz wieder schlagen. Als sie eine Frau mit Kittelschürze entdeckte, die sich aus dem Fenster lehnte und die noch intakte Scheibe mit kreisenden Bewegungen von Asche und Staub reinigte, sodass das Lederputztuch quietschte, lachte sie auf.

Wenig später erreichte sie das Haus, in dem sie mit ihren Eltern und Edeltraut im Dachgeschoss ein Zimmer mit Küche bewohnte. Sie nahm drei Stufen auf einmal, stieß die Wohnungstür auf und stand in der Küche. Ihre Mutter saß am Tisch, den Kopf hatte sie auf die Tischplatte gelegt. Sie rührte sich nicht. Milena trat neben sie, legte ihr die Hand auf die Schulter und fragte: «Mami! Lebst du?»

Wenn wir die Straße hinunterliefen, dann nach links einbogen und noch ein kleines Stück geradeaus rannten, kamen wir zu einem verwunschenen Grundstück, das hinter einem hohen Bretterzaun verborgen lag. Wir lösten eine lockere Planke und schlüpften hindurch auf das verbotene Terrain. Dichtes Dickicht wuchs auf ihm, so dicht, dass man sich durch den Wildwuchs hindurcharbeiten und immer mit üblen Kratzern rechnen musste. Verwilderte Brombeerbüsche, hoch aufgeschossene Rosen und mäandernde Rankenpflanzen verteidigten das paradiesische Anwesen mit hinterhältigen Stacheln und Dornen. Klebrige Kletten verfingen sich in meinen Zöpfen und ließen sich nur mit der Schere wieder beseitigen. Steinbrocken waren mit Moos wie mit Auslegeware überzogen. Nach ungefähr hundert Metern erreichten wir eine Ruine. Ein Turm stand nur noch zur Hälfte und war über und über mit wildem Wein und Efeu bewachsen. Auf den Bruchstellen hatten sich zahlreiche Birken angesiedelt. Grüne Kletterpflanzen schlängelten sich die Wendeltreppe hinauf, die in den Himmel führte, im Sommer blühten sie weiß und violett. Vom Rest des Hauses waren nur noch die Außenmauern stehen geblieben, mit Fensterhöhlen, die aussahen, als blickte man in den Mund einer zahnlosen Hexe.

Eines Tages war unsere ältere Schwester Pilar zu Besuch, und wir weihten sie in das Geheimnis ein. Sie wollte sofort zur Ruine. Also marschierten wir los, Camill ging voran, ich bildete die Nachhut. Als wir uns unseren Weg durch den Dschungel gebahnt hatten, machte sie große Augen und stöberte in jeder Ecke des zerstörten Bauwerks herum.

«Knorke», rief sie mit einem Mal, «kommt mal her, schnell. Ich muss euch was zeigen!» Sie war auf den eisernen Griff einer steinernen Falltür getreten und hatte begonnen, ihn mit der Schuhspitze frei zu kratzen. «Die müssen wir unbedingt aufmachen», sagte sie bestimmt.

«Meinst du wirklich?», fragte ich.

«Du bist vielleicht eine Schissertante, los!» Camill riss an dem Griff. Die Platte rührte sich keinen Millimeter.

«Lass mich mal», sagte Pilar, doch auch sie bekam die Tür nicht auf. «Da müssen wir systematisch vorgehen.» Sie verschwand und kehrte wenig später mit einer Stange zurück. Hie und dort setzte sie sie an, und nach einigem Ruckeln und Zerren bewegte sich die Platte und ließ sich anheben.

Wir blickten in undurchdringliche Finsternis. Drei Stufen waren zu erkennen, die hinabführten, weiter nichts.

«Hat einer von euch Streichhölzer?», fragte Camill.

Pilar zog eine Schachtel Zigaretten aus ihrer Nietenhose und öffnete sie. Aus einer Streichholzschachtel nahm sie ein Hölzchen heraus, doch anstatt es anzuzünden, verschwand sie wieder nach draußen. Schließlich kam sie mit drei Stöcken zurück, die sie anzündete.

«Aber dass ihr ja die Fackeln fallen lasst, bevor ihr euch die Finger verbrennt. Und passt auf mit euren Kleidern! Ihr kriegt ja doch keine neuen, selbst wenn sie noch so verkokelt sind.»

Die erste Bemerkung beleidigte uns ein bisschen, aber über die zweite mussten wir kichern, denn sie richtete sich gegen unseren knauserigen Vater, der uns nie neue Sachen kaufte, selbst dann nicht, wenn wir aus den alten längst herausgewachsen waren. Vergnügt stiegen wir die Treppe hinab. Es war feucht da unten und roch moderig. Sofort gruselte ich mich. Doch die beiden anderen gingen weiter.

«Was kann uns hier schon passieren?», fragte Pilar.

«Vielleicht gibt es Fledermäuse, die sich in meinen Augen verkrallen», sagte Camill.

«So ein Unsinn, Fledermäuse verkrallen sich weder in Haaren noch in Augen. Die haben ein Radarsystem, selbst wenn es stockfinster ist, fliegen sie nirgends gegen.»

Wir waren in einem leeren Zimmer angelangt. An den Wänden lief Feuchtigkeit herunter. Es gab noch eine zweite Tür. Pilar ging zielstrebig auf sie zu, drückte auf die Klinke, das Schloss fiel mit einem Scheppern zu Boden, und die Tür öffnete sich knarrend. Der nächste Raum war größer als der erste. Er roch ein wenig rauchig. Da stand ein Tisch mit vier Stühlen. Die Beine waren angeschimmelt. Ihm gegenüber befand sich eine Art Sofabett, jedenfalls nach dem zu urteilen, was von ihm noch übrig geblieben war, denn der Bezug war sehr zerschlissen. Drei rostige Sprungfedern ragten aus verspaktem Stroh heraus. Zwischen Tisch und Bett lag ein merkwürdiger Haufen. Pilar kniete sich hin, griff mit ihrer freien Hand hinein und hielt etwas in den Schein der Fackel, das wie ein Stock aussah.

«Also, wenn ihr mich fragt, handelt es sich hierbei um eine menschliche Elle.» Sie nahm einen weiteren Stock. «Und das hier ist ein Fußknochen.»

«Mir wird schlecht», jammerte Camill und rannte raus.

«Typisch Mann, keinen Mumm in den Knochen», sagte Pilar und stocherte weiter in dem Haufen. «Wow, ein Totenkopf. Ich wollte schon immer einen Totenkopf haben. Den nehm ich mit.»

«Dann nehm ich den Fuß mit.»

Pilar zog ihren Pullover aus und steckte den Totenkopf hinein. Ich schlüpfte aus meiner rechten Ringelsocke und stülpte sie über den Fuß. Der Fuß des Toten war ein bisschen größer als meiner, sodass der Knochen ein Stück herausschaute.

«Mamá, schau einmal, was wir gefunden haben», rief ich, als wir nach Hause kamen.

Meine Mutter sah den Totenkopf in Pilars Pullover und meinen Fußknochen in der Socke. Erst wurde sie blass, dann begann sie zu schreien.

Schon Tage vor der Kapitulation streifte Leonie des Nachts durch die zerstörte Stadt und suchte nach Masten, an denen noch nationalsozialistische Flaggen hingen. Entdeckte sie einen, blickte sie sich mehrmals um. Wenn ganz bestimmt niemand in der Nähe war, der sie bei ihrem verbotenen Tun beobachten konnte, entknotete sie geschwind die Seile, ließ mit Schwung die Fahne herunter und löste die Schäkel. Sie raffte die riesigen Stoffbahnen zusammen und stopfte sie in eine Reisetasche. Zu Hause packte sie ihre Trophäen aus, nahm mit einem kleinen, irren Lachen eine große Schere zur Hand, und schon schnitt sie in das feste Tuch. Sie arbeitete sich bis zum Herzstück der Flaggen, dem schwarzen Hakenkreuz auf weißem Grund, vor und trennte es heraus.

«Das wird feine Kleider geben, Rot ist ja eine schöne Farbe», murmelte sie.

«Mami, bist du jetzt verrückt geworden?», fragte Milena.

«Ganz und gar nicht. Neue Garderobe für euch, nur für euch, meine Süßen!»

Leonie gluckste, als sie Schnittmuster auf den ausgebreiteten Fahnenstoff legte. Zuerst stutzte sie die von der steifen hanseatischen Brise ausgefransten Enden, dann nahm sie ihren Kreidestift zur Hand und zog Schablonen nach. Drei Stunden später lagen neben ihrer Nähmaschine fertige Kleider, die die Mädchen anprobieren mussten. Bei Edeltraut kürzte sie einen Saum, bei Milena setzte sie einen längeren Ärmel an. Dann waren die Kleider fertig.

«So schneidert man aus Nazifahnen Rotkäppchens Festgewand», sagte Leonie und gluckste immer noch, während sich ihre Töchter in den neuen Kleidern schämten.

Sie war schon ein wenig betagt, aber nichtsdestotrotz ein prächtiges Stück, das fein säuberlich gefaltet im Regal lag. Zweimal im Jahr wurde sie gereinigt, was purer Luxus war, denn sie musste viel seltener Dienst am Mast tun als die anderen. Ihre Farben waren Weiß, Schwarz und Rot, und in der Mitte leuchtete ein Kreis, in den sich ein fliegender Adler verirrt hatte. Das war sie, die Lieblingsflagge meines Vaters.

Mir oblag das Amt des Fahnenaufziehens. Ich verrichtete es mit Begeisterung, da mir alles, was fliegen konnte, gefiel. Eines Tages, ich war gerade fünf Jahre alt und im ersten Jahr meines ehrenvollen Amtes tätig, drückte mein Vater mir seine Lieblingsflagge in die Hand und sagte: «Heute zieh mal die hier auf.» Es war der 1. August. Ich war mächtig stolz. Fahnen wiegen viel, was man nicht ahnt, wenn sie an der Spitze eines Mastes im Wind tanzen, und diese hier schien noch schwerer zu sein als die übrigen. Größer als ich war sie sowieso. Also schnappte ich mir mein Stühlchen, mit dem es eine besondere Bewandtnis hatte: In der Kurstadt, in die wir einmal in der Woche fuhren, hatte ich es in einem Schaufenster gesehen. Sofort wollte ich es haben, unbedingt. Von seinem Plastiksitz lächelten mich mit traurigen braunen Kulleraugen Bambis an. Es waren zwölf Bambis, die mich baten, sie aus dem Schaufenster zu befreien. Meine Mutter aber hielt nichts davon. Ohne ihre finanzielle Unterstützung konnte ich nichts ausrichten, und so fuhren wir ohne die Bambis nach Hause. Ich musste einen Weg finden, den mütterlichen Widerstand zu brechen, zog alle Register und spielte am Ende meinen Trumpf aus: Wenn sie, meine Eltern, wollten, dass ich beim Aufziehen und Einholen der Fahnen half, sei dieses Stühlchen, Bambis hin oder her, eine unabdingbare Voraussetzung für mich, da ich doch noch so klein sei; allein mit Hilfe dieses Stühlchens könnte ich die Leinen an den entsprechenden Vorrichtungen befestigen und ohne fremde Hilfe jede nur gewünschte Fahne in die Luft befördern. Das sahen meine Eltern ein, und als wir wieder in den Kurort fuhren, fand die große Befreiungsaktion endlich statt. Die Bambis bezogen mit mir mein Zimmer und blieben aus Dankbarkeit bei mir. Erst ein Feuer, das Jahre später das Haus abfackelte, schlug sie verständlicherweise in die Flucht.

Mein Bambistühlchen unter dem einen Arm und die kostbare Flagge unter dem anderen, ging ich am 1. August zum Fahnenmast. In vollem Bewusstsein der Gewichtigkeit meiner Handlung stieg ich auf das Stühlchen, löste die Leinen aus ihrer speziellen Vorrichtung und verknotete die beiden Enden der Flagge in den Schäkeln, um sie dann mit Bedacht und Würde in die Höhe zu ziehen. Ich muss zugeben, ich sah ihn gern flattern im Wind, den Adler, der seine Schwingen ausbreiten und davonfliegen konnte, bis ich ihn am Abend wieder in seinen Regalkäfig würde sperren müssen. Doch noch war es nicht so weit. Kaum hatte ich den Stuhl zurück ins Haus getragen, klingelte schon das Telefon. Ich hob den Hörer von der Gabel und hatte noch nicht einmal meinen Namen genannt, da brüllte eine männliche Stimme auch schon in mein Ohr: «Unterstehen Sie sich ...» Vor Schreck ließ ich den Hörer gleich wieder auf die Gabel fallen.

Und doch ließ ich es mir auch in den folgenden Jahren nicht nehmen, am 1. August zu flaggen, bis mir das Schlimmste passierte, was mir hätte passieren können. Ein grausamer Wind riss mir, kurz bevor ich den unteren Schäkel in die Leine einhaken konnte, die Fahne aus der Hand und entführte sie so hoch hinauf, dass weder ich noch mein großer Bruder Ramón, noch ein riesiger Erwachsener heranreichte. Jetzt konnte ich nur beten, dass der Wind sich legte und die Fahne von allein wieder herunterkäme. Doch anstatt zu beten, zog ich an der Leine, wodurch die Flagge ganz bis nach oben sauste und nun an der Spitze des Fahnenmastes im Sturm flatterte. Selbst wenn sich der Wind gelegt hätte, wäre die Fahne dort oben geblieben, vom Wind zu einer langen Wurst zusammengepeitscht, nicht einmal der Adler war zu sehen. Ich stand am Fuß des Mastes und blickte hinauf. «Um Gottes willen, bitte, bitte, komm da runter!», flehte ich und ruckelte immer wieder an der Leine, umsonst.

Zehn Minuten darauf kam mein Vater in seinem gelben Bademantel vom morgendlichen Bad in der Nordsee zurück, in der er mit seinen unverschämt blauen Augen geklimpert hatte. Schon von seinem offenen VW-Käfer Cabrio aus hatte er seinen Blick in die Höhe schweifen lassen, um sich am Flattern seiner Lieblingsfahne zu erfreuen. Doch der Anblick hatte nichts Erbauliches. Ganz und gar nicht. Er sprang wie ein Zwanzigjähriger aus seinem Auto, tanzte wie Rumpelstilzchen im Garten herum, aber leider verschluckte ihn die Erde nicht.

Ich hatte mich hinter eine Tanne gekauert, naturgemäß ein

unzureichendes Versteck. Schon packte mich mein Vater am Schlafittchen und zerrte mich zum Mast.

«Der Sturm …», stammelte ich. «Es war doch keine Absicht!»

Mein Vater hörte gar nicht zu. Er schüttelte mich und schrie: «Bist du wahnsinnig geworden?! Ausgerechnet meine schönste Flagge! Jetzt muss ich einen Fahnenmastaufsteller holen! Weißt du, was das kostet?»

Der Fahnenmastaufsteller entpuppte sich als Fahnenangler. Er besaß eine ausziehbare Stange, um die ich ihn beneidete. Sie war fast so lang wie der Fahnenmast und hatte an ihrer Spitze eine Art Ankerhaken. Mit ihr wollte er nach der hoch oben im Wind flatternden Fahne angeln. Das war kein leichtes Unterfangen, da die Stange in ihrer ganzen Länge recht unhandlich war. Der Fahnenmastaufsteller ruderte in der Luft herum und schwankte hin und her.

«So geht das nicht», sagte er nach einer Weile. «Es gibt nur eine Chance, die Fahne herunterzubekommen. Ich muss den Mast umlegen. Das kostet 350,– Mark.»

Für mich bedeutete das zwei Jahre kein Taschengeld. Aber Vaterlands- und Flaggenliebe forderten eben Opfer.

«Was ist das denn für eine Fahne? So eine habe ich noch nie gesehen», sagte der Fahnenmastumleger, als nach einer weiteren Stunde der Fahnenmast auf der Erde und die Flagge daneben lag.

«Die Reichskriegsflagge natürlich, die Reichskriegsflagge!», rief mein Vater.

Der arme Mann, der gerade eine erkleckliche Summe verdient hatte, guckte ihn verständnislos an und sagte: «Monarchist, oder was?» Dann stellte er den Mast wieder auf und verließ wortlos das Grundstück.

Franz war glänzend durch den Krieg gekommen. Als er im vorletzten Kriegsjahr trotz seiner Bedeutung als Reeder eingezogen worden war, wollte sich die Heeresleitung seine französischen Sprachkenntnisse, die er sich dank Mademoiselle Tissot bereits in gelackten Kinderschuhen erworben hatte, zunutze machen und schickte ihn zur Untermauerung, ja Zementierung des deutschen Herrschaftsanspruchs in den schönen, warmen Süden Frankreichs. Dort sollte er mit seinen unverschämt blauen Augen den weiblichen Teil der Bevölkerung zum Deutschtum bekehren. So konnte er dem in Eis und Schnee versunkenen Norden für eine Weile den Rücken kehren und seine ansehnliche Vorderseite den Französinnen zuwenden. Wie nicht anders zu erwarten, verbuchte er auf seinem Dienstfeld beachtliche Erfolge, zumal er von seinen Vorgesetzten die Erlaubnis erhalten hatte, seinen Bekehrungsaktivitäten in Zivil nachzugehen. Die feindliche Uniform wurde selbst von den paarungswilligen Frauen des Nachbarlandes mit Argusaugen betrachtet, und Franz hätte beim Flirten schwerstes Geschütz auffahren müssen, um mit Wehrmacht-Tressen an der Schulter einen Sieg davonzutragen.

Die Oberste Heeresleitung profitierte gleichwohl nur wenig von seinen Siegen. Zu ihrem Verdruss beherzigte er einen Grundsatz, den der andere große Erzfeind des deutschen Reiches, der Engländer, schon seit Jahrhunderten propagierte: Ein Gentleman genießt und schweigt. Zugegebenermaßen gehörte dieser Ehrenkodex längst vergangenen Zeiten an und war mit einer modernen Okkupationstaktik nicht in Einklang zu bringen. Aber Franz war altmodisch. Also schwieg er. Er schwieg wie ein Grab. Nichts und niemand konnte ihm auch nur das leiseste Wort über deutsche Vorzüge entlocken. Dabei hatte man sich einen großen Propagandaeffekt von seinem Feldzug durch französische Damenbetten versprochen, ja sogar eine allmähliche Zersetzung und Unterwanderung der französischen Gesellschaft herbeiphantasiert.

Da landeten die Amerikaner in der Normandie und stießen im Eiltempo nach Süden vor. Also musste auch Franz mit seiner Einheit eilends in die italienischen Berge weichen und seine erste richtige Schlacht dieses Krieges schlagen, die er, im Gegensatz zu vielen seiner Kameraden, unbeschadet überstand. Dann bereitete die Kapitulation seinem zweiten vaterländischen Dienst an der Waffe ein Ende. Er feierte das erlösende Ereignis in Südtirol in Gesellschaft einiger begüterter Freunde auf einer Skihütte, bei strahlendem Sonnenschein, bestem Rotwein und würzigem Bergkäse. Bedauerlich für ihn war nur, dass dem Gelage nicht einige vollbusige, temperamentvolle Italienerinnen beiwohnten, denn sie hätten sein Glück vollkommen gemacht. In dieser bergigen Umgebung beschloss er ein für alle Mal, Uniform Uniform sein zu lassen und sich auch seines Führereids zu entledigen, der ihm in letzter Zeit schwer auf dem Gemüt gelastet hatte. Allerdings war der Führer seinen Absetzungsplänen zuvorgekommen und hatte sich mir nichts, dir nichts aus der Verantwortung geschlichen. Der feige Verrat empörte Franz so sehr, dass er seine Uniform in den Kamin der Skihütte warf. Das Soldbuch warf er hinterdrein. Mit blitzenden Augen hielt er eine Grabrede auf den Nationalsozialismus und rief unter dem zustimmenden Gejohle seiner Freunde ein Prosit auf die neue Freiheit aus.

Er selbst erlangte sie vorerst nicht. Die prüden Amerikaner nämlich, denen er bei seinem Versuch, auf Skiern über die Alpen Richtung Heimat zu gelangen, in die Hände fiel, konnten nicht recht glauben, dass ihm einzig die gezielte Beglückung der Französinnen das Vorrecht ziviler Kleidung eingetragen hatte, das sonst ausschließlich hohe Parteifunktionäre genossen. Ehe er sichs versah, landete er auf der Ladefläche eines von den Amerikanern beschlagnahmten deutschen Lastkraftwagens, der ihn gemeinsam mit einer Hundertschaft SA- und SS-Männer in ein Umerziehungslager brachte.

Die Beförderung war nicht sonderlich komfortabel. Franz musste den zwei Tage dauernden Transport buchstäblich durchstehen. Vor allem die Gerüche der Mitgefangenen stießen ihm übel auf und versetzten ihn in eine Art permanenten Schwindel. Da tröstete auch die Melaninbildung nicht, die bei einem solch langen Aufenthalt an der frischen Luft unweigerlich in Gang kam, denn die auf der Skihütte erworbene Sonnenbräune bedurfte keiner weiteren Vertiefung. Erschwert wurde seine Lage dadurch, dass er immer noch seinen Skidress trug, der Anlass zu allerlei unflätigen und stichelnden Bemerkungen gab. Franz fand, dass den Uniformierten die Herablassung nicht anstand, schließlich waren sie die Kriegsverlierer, nicht er. Seiner Meinung nach war er nie wirklich ein Überzeugungstäter gewesen und hatte seinem Land auch nie den Sieg gewünscht – die Niederlage allerdings auch nicht und schon gar nicht eine so bedingungslose mit derartigen Folgen. Angesichts der Übermacht der anderen entschloss er sich jedoch, auf Widerspruch zu verzichten.

Der unwürdige Transport war nur ein Vorgeschmack auf weit größeres Ungemach. Die Amerikaner hatten offenbar keine Vorstellung davon, was ein Gentleman und noch dazu ein adliger war. Wie einen gemeinen Verbrecher ließen sie ihn stundenlang bei sengender Hitze auf einem staubigen Platz stehen. Als ihm schon ganz mulmig war und er weiche Knie hatte, wurde er verhört. Wenn ihm die Interviewer, wie sie sich nannten, wenigstens Glauben geschenkt hätten! Er musste wieder in der sengenden Hitze stehen. Er stand und stand, und die Interviewer glaubten ihm auch nach dem vierten Tag noch nicht, als ob er zum Vergnügen dort herumstehen und mutwillig die Wahrheit verschweigen würde.

Aber was war schon die Wahrheit? Allmählich wusste es auch Franz nicht mehr. Die Amerikaner schienen es zu wissen, denn sie attestierten ihm, noch nie so dumme Ausreden gehört zu haben. Der eine Officer wollte sich schier ausschütten vor Lachen. Franz hätte verzweifeln können, das Ende des Krieges hatte er sich wahrlich anders vorgestellt. Statt gemütlich auf einem Sofa zu sitzen, fand er sich hinter elektrisch gesicherten Stacheldrahtzäunen in einer Barackenlandschaft wieder, in der seine Gesellschaft aus SS-Gruppenführern, Sturmbannführern, SA- und Gestapo-Männern bestand. Warum war er nicht bei seiner Mutter? Wie mochte es ihr wohl gehen? War sie noch auf dem Gut, oder war es an die Russen verloren? Lebte sie überhaupt? Hatte sie genug zu essen? Und seine frisch gebackene Ehefrau? Er hatte schon lange nichts mehr von ihnen gehört. Warum konnten sie das Kriegsende nicht mit einer guten Flasche Champagner begießen?

Von einer Flasche Champagner war Franz noch nie so weit entfernt gewesen wie jetzt. Er musste mit dreißig Mann in einem riesigen Schlafraum hausen und hatte sein Bett ausgerechnet neben einem Kerl, der so unsagbar schnarchte, dass er damit Tote hätte wecken können. Franz kam nie und nimmer auf seine so dringend benötigten acht Stunden Schlaf. Der Bettnachbar war einer der so genannten Tiroler, die in keinem hohen Ansehen standen, weil sie als neidisch, zänkisch und in politischen Belangen unerträglich besserwisserisch galten. Neuerdings spielten sie sich gar als die geborenen Kommunisten auf. Lachhaft fand das Franz, und darin war er sich mit den anderen Insassen einig. Die mussten es ja wissen, schließlich waren auch sie mal Nazis gewesen, allerdings, behaupteten sie, weit weniger schlimme als die Tiroler. Für Franz war das alles sehr verwirrend. Er fragte sich, wo dann eigentlich die echten Nazis abgeblieben waren. Aber er hielt den Mund. Stillhalten war seine Devise, sich nicht einmischen, abseits stehen. Kartenspielen war ohnehin seine Sache nicht.

Langeweile quälte ihn. Jetzt erst erinnerte er sich an die Tage, da er bei seinem Vater eingesperrt gewesen war. Hinterrücks überfiel ihn diese Erinnerung, und er wusste nicht, was ihn mehr schmerzte, sein damaliges oder sein jetziges Ausgeliefertsein. Er floh in Tagträume. Oft kreisten seine Gedanken nur ums Essen. Leckereien paradierten vor seinem geistigen Auge. Prallvoll beladene Silbertabletts mit dem schönsten Obst, rosige Pfirsiche, goldgelbe Melonen, leuchtend rote Erdbeeren, Kirschen, Aprikosen, Pflaumen. Selbst ein simpler Apfel hätte ihn über die Maßen glücklich gemacht. Oder Schweinebraten, ja, Schweinebraten mit einer ordentlichen Speckschwarte. Franz meinte den Geschmack, süßlich und doch herb, unvergleichlich, unbeschreiblich, auf der Zunge zu spüren. Ihm lief das Wasser im Mund zusammen. Sein Magen knurrte. Er musste sich aufsetzen und sich schütteln, damit das Trugbild verschwand. Immer wieder, jeden Morgen, dieselben Erscheinungen, nur manchmal sah er statt des Obstes eine Käseplatte mit Camembert, Roquefort, Chèvre, geascht und nature.

Oft sprang er dann auf und rannte lange vor den anderen nach draußen. Dort setzte er sich ganz nah an den elektrischen Zaun und starrte durch das Gitterwerk auf die Kühe, die, kaum hatte er sich hingesetzt, zu ihm herantrotteten und sich in einer Reihe vor ihm aufstellten. Erwartungsvoll stierten sie ihn mit ihren sanften, großen Augen an. Irgendwann wandten sie sich, vom Hunger getrieben, ab und begannen das frische grüne Gras zu rupfen. Manchmal leckten sie sich mit der Zunge über die schwarze Nase. Franz hatte einmal Ochsenzunge gegessen, einmal und nie wieder. Zunge auf Zunge. Ekelhaft. Da sah er doch lieber die prallen, tief herabhängenden Euter der Kühe an, die bargen, was er nicht haben konnte: Milch. Eigentlich mochte er keine Milch, nur heiße Schokolade ließ er gelten. Aha, dachte er, das ist wohl Hunger. Suppen, Suppen und nochmal Suppen wurden ihm im Lager vorgesetzt. Mit Bitternis betrachtete er seine dürren Beine und überlegte, ob er mit der Gefangenschaft, den Tirolern und dem bohrenden Hunger etwas sühnte.

Er wischte sich mit dem Ärmel über die Wangen. Nicht einmal weinen konnte er hier. Und scheißen auch nicht. Widerwillig dachte er an das Klosett. Zwanzig Mann gleichzeitig auf dem Donnerbalken, wie die Hühner auf der Stange. Ein nackter Arsch neben dem anderen, abgemagert und haarig und weiß und mit weit geöffneten, leicht geröteten Poren. Und erst der Gestank! Der Mensch gewöhnt sich aber auch an alles. Was der Körper verlangt, das tut er. Befiehl mal deinem Körper, dass er nicht mehr scheißen soll. Wirst schon sehen, was du davon hast. Spätestens nach einer Woche beweist er dir, was er von deinen Befehlen hält, da ist er gar nicht zimperlich. Franz kannte das. Nach einer Woche hatte er Magenkrämpfe bekommen. Dass der Körper sich mit der dünnen Suppe überhaupt solche Mühe machte, sie in eine feste, kruppstahlgleiche Substanz zu verwandeln. Aber immerhin: Solange der Körper noch arbeitete, war er nicht tot. Eindeutig schlimmer war, wenn der Magen-Darm-Trakt seiner Umwandlungspflicht nur mehr mangelhaft nachkam und das Eingelöffelte genauso dünn wieder ausschied, wie man es zu sich genommen hatte. Dann stellte der Schließmuskel keine Barriere mehr dar, und das bräunliche Gebräu schoss ohne jede Vorwarnung aus den Innereien hervor. Da die Wäschezuteilung aus genau zwei Unterhosen bestanden hatte, konnte man die eine, verunreinigte, nicht einfach in den Müll werfen, sondern musste sie vor vieler Augen auswaschen. Mehr als alles andere nahm Franz dies seinen Verdauungsorganen übel.

Auch mit seinen Geschlechtsorganen stand es nicht zum Besten. In Wahrheit stand der Teil, der es manchmal tun sollte, überhaupt nicht mehr. Nur zum Pinkeln brauche ich dich nicht, da hätte eine simple Vorrichtung wie bei den Frauen gereicht, raunte ihm Franz gelegentlich zu und gab ihm einen kleinen Klaps. Was, wenn das mit der Potenz niemals mehr in Ordnung kam? Er hatte sich noch nicht einmal fortgepflanzt, all die guten Anlagen einfach verschenkt. Nun ärgerte sich Franz, dass er Katharina zur Abtreibung gedrängt hatte. Sonst hätte er jetzt schon einen Erben, einen Nachfolger, ein Ebenbild. Sowie er hier herauskäme, würde er alles wieder gutmachen, nahm er sich vor. «Sie hat gerade ein Kind verloren», hatte er dem Landwirtschaftsrat doch glatt erzählt. Was, wenn er aus der Gefangenschaft zurückkam und Katharina wollte ihn nicht mehr?

«Die haben vor, uns Deutsche auf diesem Weg auszurotten», rief ein Insasse eines Morgens, es war 5.35 Uhr und noch genau 25 Minuten bis zum Appell, «die geben uns Gift, um unsere Manneskräfte lahmzulegen. Als hätten die Kriegstoten nicht schon genug Löcher in unsere Reihen gerissen.»

«Brom, Mann, halb so schlimm», sagte ein anderer. «Das haben wir unseren Häftlingen auch gegeben, damit sie nicht ans Ficken denken, sondern malochen. Würden die heute noch leben, würden die schon längst wieder ficken. Brom wird vom Körper komplett abgebaut, und schon nach wenigen Wochen bist du ganz der Alte. So kriegen uns die Amis nicht weg vom Erdboden. Kaum bin ich zu Hause, streue ich meinen Samen, so weit es geht. Ich weiß jetzt schon, welche Weiber ich mir greife. Deren Männer sind sowieso alle hin.»

«Und wenn es doch nicht Brom ist?», fragte ein ehemaliger SS-Mann ängstlich.

«Kein anderes Mittel ist so geschmacklos wie Brom, oder hast du irgendwas geschmeckt?»

Franz hielt sich aus den Gesprächen heraus und dachte: Einen Vorteil hat das Ganze, wenigstens kann ich von diesen widerlichen Typen nicht vergewaltigt werden. Falls er keine Erektionen mehr bekommen sollte, würde er Unmengen Champagner trinken. Champagner war für ihn das reinste Aphrodisiakum. Manchmal stellte sich dabei Harndrang ein, was eine Sensation ganz eigener Art war. Frauen einfach in die Gebärmutter zu pissen, das hatte er sich bisher noch nicht getraut. Wenn der Champagner versagte, würde er den berühmten Professor Sowieso aufsuchen, der war stadtbekannt, weil er noch den hoffnungslosesten Fällen mit seinem Wundermittel wieder auf die Sprünge geholfen hatte. Aber war er nicht Jude gewesen? Hieß er nicht Löwenstein? Diese Judenverfolgung war ein großer Quatsch gewesen, das hatte Franz ja immer schon gesagt. Ob er noch lebte? Wenn nicht, fände sich bestimmt ein anderer. Damit ließe sich in diesen Zeiten schließlich ein Geschäft machen.

Es war noch nicht sehr lange her, dass die Lagerleitung einige Exemplare einer Zeitschrift verteilt hatte, die von den Zuständen in den nationalsozialistischen Konzentrationslagern berichteten. Da standen die Namen Auschwitz, Majdanek, Dachau, Bergen-Belsen und Buchenwald. Bereits am nächsten Tag waren alle Hefte verschwunden gewesen. Einige Häftlinge hatten sie verbrannt, und der Wind hatte die Asche in alle Himmelsrichtungen verstreut. Nur in Franz hielten sich Erinnerung und Scham. Er dachte an Paul. An ihn hatte er schon lange nicht mehr gedacht. Er war froh, dass er ihm geholfen hatte, oder hatte er ihn mit dem Schiffsbillett wie eine lästige Fliege abgewimmelt? Nein, so konnte man das wirklich nicht sehen. Hätte er ihn versteckt, wären sie sicher beide draufgegangen.

So gingen seine Gedanken hin und her. Im September 1945, fünf Wochen vor seiner Entlassung, deuteten sich im

Lageralltag Veränderungen an. Die Suppe wurde von Tag zu Tag dicker, und das Lager leerte sich. Jede Entlassung katapultierte die Zurückbleibenden in tiefste Depression, die nur durch amerikanische Süßspeisen aufgehellt wurde. Ende Oktober war es dann so weit. Franz wurde zum Lagerofficer gerufen. Der gestand ihm nach einem feuchten Händedruck, dass es sich bei seiner Internierung wohl um einen Irrtum gehandelt habe. Überrascht ließ Franz seine Hand in der großen Pranke des Amerikaners ruhen und nahm die Vermischung der Körpersäfte klaglos hin. Der zweite im Raum anwesende Officer sagte gar nichts, sondern blickte Franz nur unverwandt an, sodass Franz sich irgendwann bemüßigt fühlte, ihn ebenfalls eines Blickes zu würdigen. Er stutzte, musterte ihn ein zweites Mal. Es war Paul in einer amerikanischen Uniform. Die beiden gaben sich die Hand. Da sagte Paul: «Deiner Mutter und Maria geht es gut. Ich habe sie gerade gesehen. Grüße sie von mir.»

Die Heimreise war beschwerlich, wenn auch angenehmer als vor Monaten der Transport ins Lager auf der Ladefläche eines Lasters. Sie wurde versüßt durch einen Halt auf dem Schloss eines befreundeten Grafen, bei dem Franz erstmals wieder feste Nahrung und mehrere Gläser Rotwein zu sich nahm. Diese beförderten ihn umgehend in ein mit weißem Leinen bezogenes Bett, das nach Maiglöckchen duftete. Der Rotwein hatte auf sein Zeugungsorgan noch keine Wirkung. Nach drei weiteren Tagesreisen mit diversen Transportmitteln und unfreiwilligen Zwischenstopps traf er in der Hansestadt ein. Sie war nahezu dem Erdboden gleichgemacht. Er lief durch eine Totenlandschaft, in der nur noch Fassaden und steil in den Himmel ragende Schornsteine vom einstigen Leben zeugten. Es gehe den beiden gut, hatte Paul gesagt, dachte er immer wieder. Gottlob waren sie so lange wie möglich in Thüringen geblieben. Er lief am Binnensee entlang, entdeckte die Überreste der Villa seiner Großmutter. Sie war bis auf die Grundmauern niedergebrannt. Wie gut, dass wir sie verkauft haben, schoss es ihm durch den Kopf, und schon eilte er weiter. Es war nicht mehr weit bis zu der Straße, in der Mercedes ihre Wohnung hatte, und als er einbog, sah er zu seiner Erleichterung: Bis auf die Fensterscheiben, die zersprungen und mit Latten notdürftig zugenagelt waren, war die Häuserzeile nicht zerstört. Außer Atem stieg er in die Beletage hinauf und drückte die Klinke der Wohnungstür hinunter. «Mamá», rief er laut, als wäre er nie fort gewesen. Es kam keine Antwort, nur ein Quietschen war zu hören, dann ein Tapsen auf dem Parkett. Mit drei Sprüngen war Monzi bei ihm, jaulend vor Begeisterung sprang er an ihm hoch. Franz ließ sich zu ihm hinab, und schon fuhr ihm der Hund mit der Zunge übers Gesicht. Er ließ es geschehen, kraulte das Tier. Dann trat er ins Wohnzimmer. An der Wand hing der Van Dyck. Er hatte tiefe Risse in der Ölschicht, die an einigen Stellen sogar abgeblättert war. Jemand kam von hinten auf ihn zu. Es war Katharina.

«Du hast das Bild falsch rum aufgerollt. Manchmal würde es nicht schaden, ein wenig nachzudenken», sagte Franz.

Da drehte sie sich auf dem Absatz um und verließ die Wohnung.

Heute schläfst du bei mir!», sagte mein Vater. Das war ein Befehl, und gegen Befehle gab es keine Widerrede. Wenn er sagte: «Heute schläfst du bei mir!», dann schlief ich bei ihm, was allerdings nicht hieß, dass ich wirklich schlief. Er schlief. Schnarchend und nur spärlich mit einem Hemd bekleidet, das hochrutschte und sein verschrumpeltes Geschlecht freigab, lag er in der Mitte des breiten, von der

Großmutter geerbten Bettes, dessen Matratze schon Unterlage so vieler Körper gewesen war, dass sich eine tiefe Kuhle gebildet hatte. Ich balancierte am äußersten Rand, die ganze Nacht damit beschäftigt, nicht in die Mitte und auf ihn drauf zu rollen. Um mich wach zu halten, fuhr ich mit der Hand den hölzernen Rahmen am Kopfstück des Bettes entlang. Es war das üppig geschwungene Thonet-Modell, in dem Franz geboren worden war, Ende des vorletzten Jahrhunderts der letzte Schrei. Ich kannte jede Unregelmäßigkeit im Lack, jede Einkerbung erfühlte ich wie etwas Altbekanntes, ersann Geschichten, wie die Kratzer entstanden sein mochten, zählte die Löcher des Geflechts, das den Rahmen ausfüllte, und bohrte den Mittelfinger immer tiefer in sie hinein, weitete sie aus, sodass ich sie das nächste Mal, wenn ich bei meinem Vater schlafen musste, wiederfinden und zählen konnte. Jedes ausgeweitete Loch war eine Nacht. Während ich die Löcher bohrte, hielt ich stets aufs Neue inne und lauschte auf die geräuschvollen Atemzüge meines Vaters. Angst beschlich mich schon, wenn sie nur etwas leiser wurden. Aber entgegen seinen eigenen Aussagen hatte er einen festen Schlaf und erwachte bloß, wenn ihn seine Blase drückte. Sehnsüchtig wartete ich auf das erste noch zögerliche Licht einer fernen Morgendämmerung. Und wenn mich doch der Schlaf übermannte und ich die Kontrolle verlor, rollte ich auf meinen Vater und erwachte, kaum dass ich seine Haut an meiner spürte – eine alte, rissige Lederhaut mit gebirgigen Erhöhungen, den Leberflecken. Ich roch seine Ausdünstungen. Es waren die eines alten Mannes.

Franz kam wieder zu Kräften, nachdem seine Mutter ihm ein leichtes, aber dank der Kartoffeln nahrhaftes vegetarisches Menü aus den Erzeugnissen ihres Gartens vorgesetzt hatte. Am Morgen darauf fühlte er sich nach einer Tasse Ersatzkaffee und einem pappigen Rübenschnitzelbrötchen mit hausgemachter Himbeermarmelade auf Rübensirupbasis sogar derart gestärkt, dass er sich zu Fuß in den Hafen aufmachen konnte. Obwohl er nur noch Haut und Knochen war, schritt er kräftig aus. Nach gut einer Stunde bog er in die Straße ein, in der sein Kontorschlösschen einst gestanden hatte. Sein Herz klopfte. Er senkte den Blick, denn die Straßenzüge, die er zuletzt passiert hatte, lagen in Trümmern, wenn auch bereits Trampelpfade vom Schutt freigeräumt waren. Dann nahm er all seinen Mut zusammen und blickte auf. Da stand es, sein Kontorschlösschen, beinahe intakt. Nur das Dach schien einen marginalen Treffer abbekommen zu haben und war notdürftig mit einer Plane abgedichtet, dem Neptun auf dem Giebel war der Dreizack weggesprengt, und Staub und Asche bedeckten die Fassade. Franz nahm den Schlüssel, den er vorsorglich mitgenommen hatte, und steckte ihn ins Schloss. Er passte noch. Also drehte er ihn um und öffnete die Eingangstür. Ein Gespenst kam ihm entgegen. Knochiges Gesicht, grünliche Hautfarbe, aschgraues Haar. Es schien auf den Eindringling zuzuschweben, so dünn war es. Gerade wollte es die Hand zum Protest erheben, als es sie wieder fallen ließ.

«Herr Baron! Herr Baron! Wirklich, Sie! Aber wie sehen Sie denn aus?»

«Herr Steiner! Und Sie, wie sehen Sie aus? Ich hätte Sie beinahe nicht erkannt!»

Da fielen sich die beiden Männer lachend und weinend in die Arme.

Von seinem alten Mitarbeiter erfuhr Franz, was in den letzten Jahren und Monaten vorgefallen war. Einige der Schiffe waren von den Alliierten aufgebracht worden, andere hatten die Kapitäne selbst versenkt, wieder andere waren von den Nationalsozialisten für Flüchtlingstransporte aus den Ostgebieten requiriert worden und hatten den Krieg unbeschädigt überstanden.

«Aber dann können wir ja sofort wieder loslegen», sagte Franz.

Herr Steiner schüttelte den Kopf und erklärte, dass alle Schiffe den Siegern hätten übergeben werden müssen.

«Kein einziges ist mehr übrig?»

«Keins.»

«Und die Werften?»

«Die Engländer haben die Stadt in Schutt und Asche gelegt, die Amerikaner den Hafen. Unzählige Schiffe liegen dort auf Grund. Ein einziger Schiffsfriedhof.»

«Kann man sie wieder heben?»

«Heben schon, und sicher wären einige reparabel, aber uns Deutschen ist jede Schifffahrt verboten worden. Uns sind nur die Schuten geblieben.»

«Nur die Schuten, so», sagte Franz. «Auch gut, dann transportieren wir eben den Schutt aus der Stadt. Das ist zumindest ein Anfang.»

Bereits auf dem Heimweg ging Franz beim britischen Stadtkommandanten vorbei, um ihm ein Angebot zu unterbreiten. Es war der Grundstein für das Imperium, das Mitte der fünfziger Jahre, als die Auflagen für die deutsche Reederei gelockert wurden, richtig florieren sollte. Zu dieser Zeit hatte der Chef von Roué und Co. gerade das Fundament für eine langlebige Familiendynastie gelegt, indem er sich, fünfzigjährig, endlich mit einer wohlhabenden Fabrikantentochter aus dem Rheinland namens Helen wiederverheiratet und ihr den Samen zweier Kinder einverleibt hatte. Pilar und Ramón kamen auf die Welt, als sich ihr Vater schon wieder mit anderen Frauen vergnügte. Das mochte die Mutter gar nicht. Sie trennte sich von ihm, als Pilar gerade drei, Ramón knapp ein Jahr alt war. Den Kampf um die Tochter gewann Helen, den um Ramón jedoch nicht.

Milenas weiterer Lebensweg schien nach Kriegsende klar vorgezeichnet. Sie absolvierte eine Stenographie- und Schreibmaschinenausbildung und fand bei einem großen Zeitungsverlag umgehend eine Stelle als Sekretärin. Der Chefredakteur achtete die tiefgründige, stille junge Frau. Er schätzte sie nicht nur, weil er sie einmal ohne Brille gesehen hatte, sondern auch, weil sich in ihrer Person Gewissenhaftigkeit mit Tüchtigkeit und einem besonderen Sprachgefühl verband. Mehr als einmal geschah es, dass sie holprige Sätze von Redakteuren durch kleine Veränderungen stillschweigend in einen richtigen Rhythmus brachte. Dem Chefredakteur entging diese Begabung nicht. Er betraute die junge Frau mit Aufgaben, die sie aus Bescheidenheit erst ablehnte. Sie fühlte sich überfordert, wenn sie recherchieren oder Meldungen schreiben sollte, aber der Chefredakteur erklärte ihr geduldig, wie die Aufgaben zu bewältigen seien, und sie meisterte sie. Schließlich verfasste sie kurze Artikel über Geschehnisse in der Stadt, sie schrieb über den Bau neuer Straßen, schrieb Reportagen über Trümmerfrauen, ging auf Modeschauen, berichtete über die Einweihung von Altenheimen oder über den Wiederaufbau eines im Krieg zerstörten Kirchturms. Die Texte fielen auf durch ihren eigenwilligen Stil.

Auffallen tat allmählich auch das Verhältnis zwischen Milena und dem Chefredakteur. In der Redaktion rumorte es. Milena entschloss sich, den Gerüchten ein Ende zu bereiten, und wechselte in ein anderes Verlagshaus. Hier war sie für den Gesellschaftsteil zuständig, was ihr ein wenig gewagt vorkam, war sie doch keineswegs die Gesprächigste. Besonders gewandt in den Umgangsformen der oberen Zehntausend war sie auch nicht. Ihr neuer Chef fand, dies sei von Vorteil, denn umso klarer sei ihr Blick. Einen klaren Blick hatte sie trotz oder gerade wegen ihrer dicken Brillengläser, die sie wie ein Visier vor den Zudringlichkeiten der Porträtierten schützten. Obwohl ihre Augen darunter auf ein Drittel ihrer Größe schrumpften, zogen sie ihre Gesprächspartner in den Bann. Man vertraute ihr, was sie auf umsichtige Weise ausnutzte. Ihre Artikel hielten die Waage zwischen Enthüllung und Diskretion, und sie verpackte Spitzen so geschickt, dass sich niemand angegriffen fühlte. Bald buhlte alles um ihre Aufmerksamkeit. In ihrer Kolumne musste man vorkommen, sonst galt man nichts. So war die junge Journalistin aus eigener Kraft und eigenem Vermögen auf der Karriereleiter nach oben geklettert. Sie verkehrte beruflich bei Bankern, Industriellen und Politikern, sie bereiste die umliegenden Schlösser des Landadels, sie berichtete aber auch von den Problemen der Flüchtlinge, die in Scheunen und Schobern hausten. Am liebsten jedoch verkehrte sie mit Künstlern.

Sie hatte zwei Freundinnen, eine Malerin und eine Fotografin. Die drei teilten sich eine Wohnung und unterstützten sich gegenseitig in ihrem Streben nach Unabhängigkeit. Milena stand der einen wie der anderen Modell und scheute sich nicht, alle Hüllen fallen zu lassen. Keine Männer, war die Devise der Freundinnen, schon gar nicht zu Hause. Daran hielten sie sich. Bis Milena auf einer Abendgesellschaft auf einen hoch gewachsenen, nicht mehr ganz jungen, doch blendend aussehenden Mann aufmerksam wurde. Sie ahnte sofort, um wen es sich handelte: eine stadtbekannte Persönlichkeit. Mit verstohlener Neugier sah sie zu ihm hin.

Da kam er auch schon auf sie zu, nahm ihr die Brille von der Nase, klappte sie zusammen und steckte sie sich in die Jacketttasche. «So ist es besser», sagte er und blickte sie mit seinen unverschämt blauen Augen an. Dann fügte er hinzu: «Ich liebe kurzsichtige Mädchen.»

Sie nahm ihn mit in ihr Zimmer. Etwas mitleidig sah er sich darin um, musterte das schmale Bett mit der Tagesdecke aus flauschig gerippter, rot-schwarzer Wolle, die Imitation einer antiken Medusa-Maske an der grau-gelben Streifentapete, die Bücher von Rilke und D. H. Lawrence im halbhohen Regal. Auf dem Boden stand ein Koffer-Plattenspieler, an dem lehnten ein paar Vinylscheiben. Franz kniete sich hin. Seine Gelenke knackten, still verfluchte er seine nunmehr vierundfünfzigjährigen Knochen. Nachdem er die Plattenhüllen durchgegangen war, ließ er eine schwarz glänzende Scheibe auf den Plattenteller gleiten, drei weitere stapelte er auf die Vorrichtung darüber. Dann führte er den Plattenarm ein klein wenig nach rechts, bis es wie vordem in seinen Gelenken knackte. Der Plattenteller begann sich zu drehen, und er setzte die Nadel auf den Scheibenrand. Der Arm rutschte einige Millimeter, bis er in der vordersten Rille einrastete. Die ersten Töne erklangen. Franz stand wieder auf. Sein Scotchterrier, Monostatos, eine rasende Klosettbürste, wie ihn sein Herrchen nannte, weil er so eckig und schwarz und strohhaarig war, verfolgte das Kreiseln und saß wie hypnotisiert davor. Währenddessen brachen Milena und Franz unter der Flauschdecke die Hausordnung. Milena gab sich ihm ganz, mit Leib und Seele. Franz nahm nur den Leib, nahm ihn, bis die Musik der vierten Langspielplatte verstummte und der Schallplattenarm sich in seine Ausgangsposition zurückbewegte. Da stürzte sich die rasende Klosettbürste mit lautem Gekläff aufs Bett und stieß seine nasse Schnauze zwischen sie.

Milena erregte Franz, wie ihn noch keine Frau erregt hatte. Kaum trat er in ihr Zimmer, war es schon um ihn geschehen.

Oft blieb ihnen kaum die Zeit, sich auszuziehen. Das holten sie später nach, entkleideten einander fast in Zeitlupe, berührten sich an den entlegensten Stellen. Nie hatte er sich so viel Zeit für eine Geliebte genommen, obwohl er nicht die geringste Idee hatte, was ihn an der jungen Frau so fesselte. Dass sie sich von Mal zu Mal mehr traute und selbst vor den ausgefallensten Praktiken nicht zurückschreckte? Ihre Schweigsamkeit? Sie war bequem, diskret und erotisierend zugleich. Er wusste nach kurzer Zeit genau, wo sie besonders erregbar war, und bescherte ihr einen Orgasmus nach dem anderen. Ein paar Monate verbrachten sie in einem seltsamen Rausch. Dennoch fühlten sich beide nicht sicher miteinander, umschlichen sich wie Fremde.

An einem der Spätnachmittage – Franz kam nur am Spätnachmittag, nie am Abend, und blieb niemals eine ganze Nacht – wurde zum Gesang von Elvis oder der Trompete von Louis Armstrong ein Kind gezeugt. Milena nannte es, kaum wusste sie von ihm, Corinna. Um Franz eine mögliche Enttäuschung zu ersparen, wartete sie mit der freudigen Eröffnung, bis sie nach dem zweiten Ausbleiben der Regel und einem Arztbesuch absolute Gewissheit hatte. Am Telefon deutete sie ihm eine große Überraschung an und bat ihn, doch dieses eine Mal den Abend mit ihr zu verbringen. Sie wolle ein kleines Abendessen vorbereiten, und er möge nicht bereits um sieben wieder gehen. Unwillig erklärte sich Franz dazu bereit, nicht ohne zu betonen, dass es eine Ausnahme sei und er nicht vorhabe, in Zukunft sein Leben nach ihr auszurichten. Milena bekam diesen Nachsatz vor lauter Aufregung nicht mit und stürzte sich in die Vorbereitungen. Ihre Mitbewohnerinnen bat sie, am Abend auszugehen.

«Ausnahmsweise», murrten Martha und Josefa und nickten.

Es war der Abend der Ausnahmen. Milena kochte mit einigen Unterbrechungen, die ihr ein etwas labiler Magen auferlegte, ein koscheres Gericht, das sie von ihrer Mutter kannte. Sie garte eine Ochsenzunge in Obstessig mit Gewürznelken und Pfefferkörnern. Als die Gabel mühelos in das Fleisch eindrang, nahm sie es heraus und griff zum schärfsten Messer. Damit zog sie die durchsichtige Haut, die die Zunge umhüllte, ab. Dann räumte sie den kleinen Tisch frei, auf dem sonst ihre Triumph-Schreibmaschine stand, trug ihn von der Wand in die Zimmermitte, breitete eine karierte Tischdecke aus und stellte zwei Kerzenständer darauf. Sie dekorierte das Zimmer, auch das schmale Bett, mit lauter Frühlingsblumen: Margeriten, Levkojen, Vergissmeinnicht, Mohn, Kornblumen und Tulpen. Voller Ungeduld wartete sie auf Franz, lief immer wieder in die Küche oder dekorierte die Blumen um.

Franz kam auf die Minute pünktlich, wie es seine Art war. Er nahm sie in den Arm, um sie sogleich zum Bett zu führen, sah die Blumen dort liegen und fragte: «Was soll denn das?»

«Eine Überraschung», sagte Milena.

Sie bat ihn, sich zu setzen, was er nur tun wollte, wenn sie ihm zuvor noch einen Kuss geben würde. Er wollte schneller zu seinem eigentlichen Ziel gelangen, doch sie blieb eisern und ging hinaus, um das Essen zu holen. Während ihrer Abwesenheit setzte er sich und schob die Blumen auf dem Tisch hin und her, ordnete Tulpen zu Tulpen, Kornblumen zu Kornblumen, Margeriten zu Margeriten, Mohn zu Mohn. Milena kam mit der Schüssel zurück. Ihre Hand zitterte, als sie ihm aufgab.

«Franz», sagte sie, «ich habe dir etwas mitzuteilen, etwas sehr Schönes, wie ich dir schon am Telefon angedeutet habe.»

«Was ist denn das?» Er begutachtete das Essen auf seinem Teller.

«Wie bitte?»

«Was das ist. Das kenne ich nicht.»

«Das ist Zimmes.»

«Zimmes?»

«Eigentlich isst man das zu Neujahr, aber meine Mutter hat es immer zu Jom Kippur gekocht.»

«Jom Kippur? Du mein Gott.»

«Der jüdische Versöhnungstag. Erst wird gefastet, dann gegessen. Wir haben gleich gegessen.»

Franz spießte mit der Gabel ein Stück Fleisch auf und inspizierte es. Dann führte er die Gabel zum Mund und verzog das Gesicht.

Milena sah irritiert erst auf ihren Teller, dann auf seinen. «Schmeckt es dir nicht?»

«Ist da Zimt drin?»

Milena nickte. «Ich wollte dir etwas Besonderes kochen.»

«Aha», bemerkte Franz trocken und stocherte weiter auf seinem Teller herum.

«Franz?»

«Ja?», antwortete er ungeduldig.

«Ich wollte dir etwas sagen!»

«Nun mach es doch nicht so spannend. Seit Stunden liegst du mir damit in den Ohren.»

«Du, wir bekommen ein Kind.»

Franz erstarrte. Franz legte die Gabel auf den Teller. Franz schwieg. Franz stierte vor sich hin. Franz stieß den Teller von sich. Franz sprang auf. Franz war mit zwei Schritten an der Tür. Franz sagte drohend: «Bist du wahnsinnig? Ein Kind! Willst du mich ruinieren? Niemals!»

«Ich habe es Corinna genannt», flüsterte Milena so leise, dass selbst Monostatos aufhorchte. Er hatte es sich zu Füßen der Geliebten seines Herrchens bequem gemacht.

«So, Corinna! Na bestens. Einen Namen hat es auch schon. Und ich werde gar nicht erst gefragt.»

«Ich wollte –»

«Das hast du ja gut eingefädelt!»

«Was?», fragte Milena verwirrt.

«Mir ein Kind unterzujubeln. Welcher Monat?»

«Dritter.»

Franz stieß einen Seufzer der Erleichterung aus. «Na, dann ist ja noch Zeit! Komm, Monostatos.»

Als Martha und Josefa zurückkehrten, drehten sie ganz vorsichtig den Schlüssel im Schloss herum und wagten kaum, die Klinke hinunterzudrücken. Auf Zehenspitzen schlichen sie zu ihren Zimmern. Das Parkett knarzte leise, sonst war nichts zu hören. Die beiden Freundinnen warfen sich einen viel sagenden Blick zu. Da deutete Martha auf Milenas Tür, die offen stand.

Milena saß wie versteinert vor ihrem Teller. Stundenlang musste sie so gesessen haben. Es war bereits zwei Uhr nachts. Von einem Teller war Soße übergeschwappt, sie hatte das Tischtuch braun gefärbt. Die Blumen begannen bereits zu welken.

«Da ist wohl was schief gegangen», sagte Martha trocken.

«Hab ich es nicht gesagt? Auf den ist kein Verlass», sagte Josefa.

Milena sah nicht einmal auf. «Seid still! Seid still, bitte», flüsterte sie. «Und lasst mich allein!»

Martha und Josefa sahen einander ratlos an.

Franz stürzte davon. Er sprang, drei Stufen auf einmal nehmend, die Treppe des Mietshauses hinunter. Monostatos hechelte mit seinen kurzen Beinchen hinterher. Vor dem Sportwagen auf der Straße wäre er beinahe vergessen worden, wenn er nicht empört gebellt hätte. Mit hochrotem Gesicht lehnte sich Franz über den Beifahrersitz und öffnete die Tür. Monostatos schaute vorwurfsvoll. «Fang du jetzt nicht auch noch an», schimpfte Franz. Er ließ den Motor aufheulen, legte den ersten Gang ein und stob mit quietschenden Reifen aus der Parklücke. «Was glaubst du, was die mit mir macht? Nicht mit mir. Die ist nun wirklich nicht meine Kragenweite. Wenn überhaupt, brauche ich eine zum Vorzeigen und nicht so was. Koscheres Gericht, dass ich nicht lache! Koscher, das hat mir gerade noch gefehlt.» So schimpfte er vor sich hin, bis er vor Pauls Tür hielt.

«Um Himmels willen, was fehlt dir?», fragte Paul, nachdem er ihn eingelassen hatte und nach einem Arzt befragt worden war.

«Fehlen tut mir nichts, ich habe etwas zu viel, ähmm, *sie* hat etwas zu viel.» Franz zögerte. «Ein Kind.»

Paul hatte sich in seinem Leben nichts sehnlicher gewünscht als ein Kind, aber infolge einer Infektion, die er sich im Krieg zugezogen hatte, war er zeugungsunfähig geworden. «Du willst es wegmachen lassen? Abtreiben soll sie? Es würde mich vielleicht nicht geben, wenn meine Mutter so eine Möglichkeit gehabt hätte!»

«Ach, komm. Das kann doch nicht die Lösung sein, dass sie das Kind auf irgendeine Kirchentreppe legt und ich dann mein ganzes Leben damit rechnen muss, dass es mich eines Tages ausfindig macht.»

«Und Forderungen an dich stellt, sprich es ruhig aus. Wer weiß, wie viele Kinder von dir bereits herumspazieren.»

«Die will mich ködern», sagte Franz.

«Warum hast du ihr das Kind überhaupt gemacht?»

«Spiel nicht den Moralapostel. Paul, in deinen Kreisen weiß man doch, wo solche Ärzte zu finden sind.»

«Genau, ich komme ja dauernd in diese Situation», entgegnete Paul bitter.

«Entschuldige, aber ich bin wirklich in einer Notlage. Wenn ich erst einen Arzt habe, überzeuge ich sie, das Kind wegmachen zu lassen.»

«Du willst das Mädchen zwingen?»

Franz zuckte mit den Achseln. «Woher weiß ich denn, dass das Kind wirklich von mir ist? Versteh doch, Paul, ich kann nicht noch mehr Kinder gebrauchen.»

«Sie sollte sich wirklich hüten, von dir ein Kind zu bekommen.»

«Was soll das jetzt schon wieder heißen?»

«Dass ich ihr nicht wünsche, mit dir ein Kind zu haben.»

«Siehst du, davon rede ich doch. Paul, du bist mein Freund, und ich bin in einer misslichen Lage.»

«Nicht du! Wenn einer in einer misslichen Lage ist, dann sie. Ist dir nie in den Sinn gekommen, dass das Mädchen dich lieben könnte?»

«Davon hat sie nie etwas gesagt.»

Paul entfuhr ein kleines Lachen. «Ich würde es dir auch nicht sagen.»

«Aber du liebst mich ja auch nicht.»

«Nein, dem Himmel sei Dank.» Paul machte eine theatralische Geste. «Aber im Ernst: Was empfindest du für sie?»

«Auf keinen Fall genug, um mit ihr ein Kind zu haben und sie zu heiraten.»

«Wie kommst du darauf, dass sie heiraten will?»

«Das wollen sie doch alle.»

«Empfindest du überhaupt etwas für sie?»

«Das tut hier nichts zur Sache! Da könnte ja jede daherkommen.»

«Wenn du mit vielen ins Bett gehst, musst du damit rechnen, dass die eine oder andere schwanger wird. Dir hat das Brom wirklich nicht geschadet.»

«Fast umgebracht hättet ihr mich mit dem Zeug. So manch

einen Morgen, wenn sich nichts mehr rührte, habe ich mit einem Messer –»

«Franz, du kokettierst.»

«Immerhin wusste sie um das Risiko. Das ist doch dann nicht mein Problem.»

«Franz! Es gibt wirklich Momente, da könnte ich dich –»

«Und warum tust du es nicht? Weil du weißt, dass ich Recht habe. Ich kann sie nicht heiraten.»

«Warum eigentlich nicht? Ist sie so hässlich?»

«Nein, sie ist … nein, überhaupt nicht. Aber ich kann nicht, weil ich nicht will.»

«Aber warum nicht? Nenne mir einen Grund.»

«Sie ist nicht my cup of tea. Ihre Eltern sind Kleinbürger. Kleinstbürger. Die reinsten Spießer. Der Vater ein Sparkassenkassierer. Das geht nun wirklich nicht.»

«Und warum nicht?»

«Was sollen denn die Leute sagen!»

«Gott, bist du spießig. Du bist spießiger als jeder Spießer.»

«Hör auf damit. Künstler müsste man sein. Aber ich bin Geschäftsmann. Mein ganzes Leben hängt davon ab, was andere sagen und ob sie mir vertrauen.»

«Und du glaubst allen Ernstes, das Vertrauen lässt nach, wenn du dieses Mädchen heiratest? Wo lebst du denn! Offenbar sind zwei Weltkriege spurlos an dir vorübergegangen. Die Welt hat sich verändert. Du willst dich doch nur möglichst schadlos aus der Affäre ziehen.»

«Ich bin nicht hier, um mich belehren zu lassen, sondern damit du mir einen Arzt nennst.»

«Das kann sie das Leben kosten. Könntest du damit fertig werden?»

«Deswegen will ich sie ja nicht zu einem Kurpfuscher schicken. Die Kosten spielen keine Rolle.»

«Was darf's denn kosten? Zwanzig Mark, hundert oder vielleicht tausend? Was ist dir der Tod deines Kindes wert?»

«Du bist geschmacklos! Ihre Gesundheit –»

«Deine Geliebte ist nicht zu beneiden. Wie ist die bloß an dich geraten?»

«Ach, sie ist so eine kleine Journalistin, eine Gesellschaftskolumnistin, du hast bestimmt schon von ihr gehört: Milena Wirths.»

«Die? Franz!»

«Sie ist Mitte zwanzig. Ihre Großeltern sind aus Russland, eine Großmutter ist zu allem Überfluss noch Jüdin.»

Paul horchte auf. «Wieso Großeltern, hat sie keine Eltern?»

Franz lachte. «Doch, die Spießer eben. Stell dir vor, Milena hat mir heute ein koscheres Gericht vorgesetzt. Zimmes oder so.»

«Ochsenzunge mit Zimt?»

«Zunge war das?» Fast schrie Franz, so entsetzt war er.

«Zunge mit Zimt, Nelken, Rosinen, Mandeln und Melasse? Das hat zu Jom Kippur Leonies Mutter gekocht. Guck nicht so komisch. Von Leonie habe ich dir doch mal erzählt. Nicht? Das hast du nur vergessen! Dich interessieren ja bloß deine eigenen Liebesgeschichten. Wir haben eine einzige Nacht zusammen verbracht, auf einer Wiese unter freiem Himmel.»

«Gott, das Geviech, das da rumkrabbelt.»

«Geviech?»

«Na ja, ich bin mal mit einem Mädchen raus in die freie Natur gegangen, und da sind wir innerhalb kürzester Zeit zu einem Ameisenhaufen geworden. Die Biester haben verdammt nochmal gebissen.»

«Ameisen? Nein, an Ameisen kann ich mich nicht erinnern. Dafür aber an ihre Augen! Sie hatte die unglaublichsten Bernsteinaugen. Es waren die Augen einer Eule. Sie durchdrangen dich. Sie sahen alles. Manchmal hatte ich das Gefühl, dass sie gerade das Dunkle, Unheimliche, Verdeckte gesehen haben und das Offensichtliche nicht. Sie war etwas jünger als ich. Als ich bei Herrn Kratz –»

«Die Mutter von Milena heißt übrigens auch Leonie. Aber wahrscheinlich heißen alle russischen Juden so.»

Paul zog die Brauen hoch. «Leonie heißt sie, Leonie, sagst du?»

«Ja, ich glaube schon, wenn ich da nicht irgendwas verwechsle, du weißt doch, mein Gedächtnis ...»

«Frrraaaanz, erzähl mir mehr von deinem Mädchen. Wie alt ist sie und überhaupt ... nun erzähl schon.»

«Das versuche ich doch die ganze Zeit, aber du unterbrichst mich ständig und willst irgendwas über diese Leonie wissen. Milena ist Mitte zwanzig.»

«Hast du sie mal gesehen?»

«Wen? Milena? Natürlich!» Franz machte es Spaß, ihn ein wenig auf die Folter zu spannen.

«Du weißt genau, wen ich meine.»

«Die Mutter? Wo denkst du hin. Bloß keinen Kontakt mit den Eltern, das war schon immer meine Devise.»

«Weißt du, wie ihre Großeltern hießen?»

«Witzbold. Ich mache doch bei meinen Geliebten keine Ahnenforschung.»

«Franz, wenn das nun meine Leonie ist! Ich habe sie mein Leben lang gesucht.»

«Den Eindruck hast du mit deinen drei Frauen mir aber nicht gemacht.»

«Das ist was anderes. Meiner Erinnerung hatte keine etwas entgegenzusetzen. Im Grunde hatten sie keine Chance. Meine Erinnerungen sind das Einzige, an was ich mich halten kann.»

«Was du bist, Paul, bist du nur durch dich selbst. Weißt du, dass es ganz wenige Menschen gibt, die das von sich behaupten können?»

Hätte Paul richtig zugehört, hätte er bemerkt, dass in der Stimme des Freundes Bewunderung mitschwang. «Dreißig Jahre! Seit dreißig Jahren habe ich sie nicht mehr gesehen. Wie sie jetzt wohl aussieht? Würde ich sie überhaupt wiedererkennen? Was für ein Mensch ist sie geworden? Manchmal fürchte ich mich vor der Antwort. Stell dir vor, ich stehe ihr gegenüber und erkenne sie nicht. Wahrscheinlich ist es besser, ich sehe sie nie wieder. Lieber mit diesem Traumbild leben als mit einer Enttäuschung. Wenn sie sich nun gar nicht mehr ähnlich sieht?»

«Vielleicht siehst auch du dir nicht mehr ähnlich?»

«Ja, das kann sein, das kann gut sein. Ich glaube, ich habe mich sehr verändert. Wie sollte es auch anders sein in diesen Zeitläuften. Die Nazis. Das Exil in Amerika. Gegen die eigenen Landsleute kämpfen. Das hat Spuren hinterlassen. Sieh hier, die Falten.»

«Du bist eben nicht mehr der Jüngste, Paul. Warum sollte es dir auch besser ergehen als mir? Vielleicht sollte ich mir tatsächlich schnell eine Frau suchen, damit sie mich im Alter pflegt?» Franz seufzte.

«Uneigennützig wie immer. Trotzdem» – Paul deutete auf sein Spiegelbild – «ist meine Neugier stärker. Jetzt würde ich mein Leben dafür geben, sie nochmal zu sehen. Immer und immer wieder habe ich mir vorzustellen versucht, was aus ihr und ihren Geschwistern geworden ist. Sie waren viele zu Hause.»

«Das hat Milena von ihrer Mutter auch erzählt. Ich glaube, sie hat erwähnt, dass alle umgekommen sind.»

«Du glaubst? Franz! Ich war bei der Befreiung von Bergen-Belsen.»

Franz schwieg.

«Ich habe mich dafür gehasst, dass ich noch lebe. Und dann habe ich nur an Leonie gedacht. Meinst du, sie ist es? Wenn sie es ist, mein Gott.»

«Hast du keine Nachforschungen angestellt?»

«Ich hatte solche Angst vor der Wahrheit. Ich glaube, ich hätte nicht weiterleben können, wenn ich erfahren hätte, dass die Nazis sie umgebracht haben. Ich hätte auch nicht hier bleiben können. Eigentlich war sie mein einziger Halt im Leben. Ich habe mir nie verziehen, sie damals losgelassen zu haben.»

«Ja, manchmal bestimmt ein kurzer Moment über das ganze Leben», sagte Franz und dachte an Katharinas Blick während des Abendessens in Thüringen.

«Ich habe sie nur dieses eine Mal, in jener verrückten Nacht, nackt gesehen, und doch werde ich ihren Körper nie vergessen. Sie war meine Erste!» Paul errötete, denn ihm fiel ein, dass das nicht ganz der Wahrheit entsprach.

«Meine Erste war eine Prostituierte mitten im Krieg irgendwo in Frankreich, eine mit riesigen Hängebrüsten.»

«Das erklärt ja einiges», sagte Paul leichthin.

«Was soll das heißen?», wollte Franz wissen.

«Ich habe manchmal das Gefühl, dass du aus all deinen Geliebten Nutten machst.»

«Jetzt übertreibst du aber.»

«Deswegen ist dir deine zweite Frau doch weggelaufen.»

Franz lachte, anstatt Paul an die Gurgel zu springen. «Helen? Bist du wahnsinnig, ich habe Helen doch nicht wie eine Prostituierte behandelt. Und Katharina auch nicht, niemals.»

«Na, denk doch mal nach. Du hast sie für gewisse Dinge mit Haushaltsgeld belohnt. Hast du mir doch selbst erzählt. Das nenne ich Prostitution in der Ehe.»

«Es steht nun mal im Gesetzestext, dass beide Partner ihren ehelichen Pflichten nachzukommen haben. Über mich kann sie in diesem Punkt wahrlich keine Beschwerde führen. Sie ist diejenige, die sich verweigert hat.»

Paul legte seinen rechten Zeigefinger unters Augenlid und zog es ein klein wenig nach unten. «Gesetzestext! Wir sind doch zivilisierte Menschen, oder? Du redest ja indirekt der Gewalt das Wort. Warum hatte sie denn keine Lust mehr, mit dir ins Bett zu gehen? Weil du nebenher immer eine Heerschar anderer Frauen hattest.»

«Wenn sie sich verweigert, muss ich meine Erfüllung eben woanders suchen, das ist doch mein gutes Recht. Schließlich bin ich ein Mann.»

«Und was für einer!» Paul klopfte ihm anerkennend auf die Schulter. «Aber irgendwie bringst du die Kausalitäten durcheinander.»

Franz schwieg wieder.

«Willst du deine Milena, die vielleicht die Tochter meiner Leonie ist, wirklich zu einer Abtreibung drängen?» Paul versuchte, so unbefangen wie möglich zu klingen.

«Was denn sonst! Soll ich nur, weil du dir einbildest, dass deine Leonie die Großmutter ist …» Franz merkte, dass er sich im Ton vergriffen hatte, und flüsterte: «Entschuldige, aber ich brauche wirklich deine Hilfe.»

«Kinder sind ein Geschenk.»

«Das kannst du gar nicht beurteilen, du hast ja keine. Ein Geschenk ist stumm. Kinder aber halten nie den Mund. Sie bringen einen bloß aus dem Konzept.»

«Das, Franz, ist genau, was du brauchst: dass dich mal jemand aus dem Konzept bringt.»

«Du bist mir ein feiner Freund. Ich schick dir mal Ramón.»

«Und wenn Milena nun wirklich Leonies Tochter ist?»

«Ändert das für mich nichts. Paul, ich flehe dich an, das ist doch mehr als unwahrscheinlich. Eine fixe Idee. Sie ist es nicht, und damit basta.»

«Du könntest mir das Kind überlassen, deine Vaterschaft einfach an mich abtreten.»

«Tolle Lösung. Nur dumm, dass es auch noch eine Mutter gibt, die müsste man vielleicht fragen. Die kennt dich nicht einmal.»

«Dann stell mich ihr vor.»

«Hilfst du mir?»

«Ich sollte wirklich nicht.»

«Dann besorge ich mir von jemand anderem eine Adresse. Und das ist dann vielleicht ein Scharlatan.»

«Du bist ein verdammter Erpresser!»

«Und du wirst mir helfen.»

«Ich verstehe nicht, warum ich immer wieder auf dich reinfalle. Himmel, ich kann die Mädchen, die dir auf den Leim gehen, so gut verstehen. Wahrscheinlich bist du der Teufel.» Paul zögerte. «Stellst du mich ihr vor?»

«Abgemacht.»

«Aber das andere werde ich dir nie verzeihen.»

«Du wirst. Du wirst. Und danke, Paul.»

«Noch vor der Abtreibung will ich sie kennen lernen, Teufel», rief Paul ihm nach, doch das hörte Franz schon nicht mehr, denn hinter ihm und Monostatos hatte sich die Haustür bereits geschlossen.

Liebe Milena,

erwarte nicht, dass Du in mir einen geeigneten Vater für das Kind findest. Ich habe bereits zwei Kinder, die ich erst einmal großziehen muss, bevor ich an weitere denken kann. Da die Natur es nun einmal so eingerichtet hat, dass Frauen die Kinder bekommen und nicht die Männer, ist es mir unmöglich, Dich in Deinem Entschluss zwingend zu

beeinflussen. Aber raten kann ich Dir, ich kann Dich auch anflehen: Bekomme es nicht! Du ruinierst Dein Leben. Meines kannst Du nicht ruinieren, da Du mich nicht nötigen kannst, mit Dir und dem Kind zu leben. Denn das werde ich nicht tun. Das sage ich Dir hiermit ein für alle Mal.
Würdest Du mich kennen, wüsstest Du, dass meine Entschlüsse unumstößlich sind, wie es sich für einen Mann von Charakter geziemt. Selbstverständlich stehe ich für meine Pflichten ein. Aber sei gewiss, dass Du, solltest Du das Kind gegen meinen ausdrücklichen Wunsch bekommen, von mir nie mehr erhalten wirst, als das Gesetz vorsieht, und Du weißt, wie bitter wenig das ist. Wenn Du Dich für das Kind entscheidest, musst Du wissen, dass Du allein die Verantwortung dafür trägst. Natürlich ist mir klar, dass eine Entscheidung gegen ein Kind keine leichte ist, doch wiegt man das Pro und Contra ab, ist es in Deiner Situation sicher das Beste. Denn kannst Du Dir in Deiner Position wirklich ein Kind leisten? Könntest Du Deine Arbeit, die Dir so viel bedeutet, weiter ausüben und ein Kind großziehen, ein Kind, das keinen Vater und damit keinen Namen hat? Das musst Du Dich wirklich fragen. Von Deinen Eltern wirst Du auch kaum Unterstützung erwarten können, sie haben ja kaum genug, um sich selbst zu ernähren. Das alles liegt nun ganz in Deiner Hand.
Außerdem gibt es da einen weiteren Aspekt, der mich in meiner Entscheidung gegen das Kind bestätigt: Ich war bei Dir ja nicht der Erste. Wer gibt mir also die Gewissheit, dass ich überhaupt der Vater bin?
Dieses alles überlegend, kann ich Dir nur raten: Tu das Kind ab!
Mit wohl affektionierten Grüßen,
Franz v. Roué

Franz überflog den Brief noch einmal und befand ihn für gut. Vor allem die «wohl affektionierten» Grüße gefielen ihm. Er faltete den Schriftsatz zusammen, steckte ihn in einen hellblauen Umschlag und entschied, ihn mit einem Siegel standesgemäß zu verschließen. Also nahm er die rote Stange Siegellack von seinem florentinischen Schreibtisch aus dem 16. Jahrhundert, strich ein überlanges Streichholz entlang der Reibefläche der Schachtel an und hielt die Flamme unter den Lack. Sobald etwas von der Flüssigkeit auf die Briefumschlagslasche getropft war, nahm er den Wappenstock in die heile Rechte und drückte ihn auf den blutroten Fleck. Zufrieden blickte er auf das Roué'sche Wappen, das ihm immer wieder ein Gefühl der Sicherheit gab. Den versiegelten Brief legte er zu seiner Geschäftspost in die Aktentasche. Am übernächsten Tag würde Milena ihn in Händen halten. Bei dem Gedanken bekam er ein leichtes Herzklopfen. Mit den Worten «Es ist, wie es ist» schloss er die Tasche.

Drei Tage später erhielt er Milenas Antwort. Ihre Handschrift auf dem Umschlag missfiel ihm. Als er ihn ungeöffnet fortlegte, bemerkte er, dass er zitterte. Das muss aufhören, dachte er. Zwei Tage ließ er den Umschlag liegen, um sein unbotmäßiges Herz und Milena zu strafen. Schließlich nahm er ihn sich verärgert vor. Gewöhnliches weißes Papier, konstatierte er, doch das brachte sein unbotmäßiges Herz auch nicht zur Ruhe. Er riss den Umschlag also auf.

Franz, ach Franz,
es kann nur einen Vater für Corinna geben, und der bist Du. Dass Du daran zweifelst, empört mich.
Du redest vom Geld. Aber was ist schon Geld! Kinder bringt man nicht mit Geld durch, sondern mit Liebe. Doch davon verstehst Du offenbar nichts. Meine Mutter hat uns durchgebracht, und zwar in einer Zeit, in der sie eine Un-

erwünschte, eine Fremde, eine Ausgestoßene war, sodass auch wir zu Unerwünschten, Fremden, Ausgestoßenen wurden. Manchmal habe ich sie dafür gehasst, aber meine Mutter hat uns immer nur geliebt, egal, wie wir uns zu ihr verhalten haben.
Sie hatte vor uns noch ein anderes Kind, ein Kind von einem Mann, den sie liebte und verloren hat. Auch dieses Kind hat sie durchgebracht, und unter welchen Umständen: ganz allein. Du siehst, es geht auch ohne Vater. Dieses Kind, das ihr so viel bedeutet hat, vielleicht sogar mehr, als wir ihr bedeutet haben, ist gestorben. Ich glaubte keine Chance zu haben gegen diese Tote und Verklärte, so irdisch und lebendig, wie ich war, wenn ich mir die Knie aufgeschlagen hatte oder weinend nach Hause kam, weil wieder «Judenbrut» hinter mir hergerufen worden war. Heute weiß ich, dass sie ihre tote Tochter uns nie vorgezogen hat. Erst jetzt, da ich selbst ein Kind erwarte, verstehe ich sie.
Doch warum erzähle ich Dir das alles, der Du das gar nicht hören willst und jetzt wahrscheinlich denkst, Frauen sind sentimental und reden von ihrer Vergangenheit, obwohl es doch darum geht, Entscheidungen zu fällen und Fakten rückgängig zu machen? Ach, ich bin es müde, mich Dir erklären zu wollen.
Da ist noch etwas. Manchmal kann ich mich des Eindrucks nicht erwehren, dass Du Dich meiner schämst. Dieser Gedanke hat mich schon mehr als einmal gequält. Aber jetzt gibt es Corinna, und mir scheint die Welt so ganz verändert. Ich weiß gar nicht, wohin mit meinem Glück. Dann wieder falle ich in tiefste Verzweiflung, denn was soll aus dem Kind werden, wenn Du es so gar nicht willst? Wenn Du nur nicht so kalt wärest, dass ich ganz verrückt würde. Statt «wohl affektioniert» würde ich eher sagen: «Ich liebe Dich», aber ich sage es besser nicht, denn was fingest Du mit diesem Ge-

ständnis an? Kann man einen Mann lieben, der nicht geliebt werden und ganz gewiss auch nicht lieben will?

Wahrscheinlich hast Du ohnehin nicht bis hierher gelesen und die Blätter längst aus Deiner zerschossenen Hand gelegt. So bräuchte ich Dich zum Abschied überhaupt nicht mehr zu grüßen, denn der Gruß wird Dich kaum erreichen, es sei denn, Du liest nicht nur bei Biographien den Schluss zuerst, um vom Tod, der Dich so fasziniert oder erschreckt, nicht hinterrücks überfallen zu werden. Doch sage ich es trotzdem:

Adieu, Franz, adieu.

Das hat man davon, wenn man sich mit einer Journalistin einlässt, dachte Franz, aber seine zitternden Hände sprachen eine andere Sprache. Am nächsten Tag gehorchte er seinem Kopf und schickte ihr mit freundlichen Grüßen auf einer Postkarte die Adresse eines Arztes. Als Martha das Kuvert, in dem die Karte gesteckt hatte, schon wegwerfen wollte, flatterte ein bläuliches Stück Papier heraus und fiel Milena vor die Füße. Sie bückte sich und hob es auf.

«Ein Scheck über fünfhundert Mark.»

«Sehr großzügig», sagte Martha.

Da hatte sich Franz schon, überstürzt, auf eine Reise begeben.

Milena wartete auf Franz, bis sie nicht mehr daran glaubte, dass er noch kommen werde. Dann teilte sie ihm schriftlich den Abbruchtermin mit, den Martha und Josefa für sie ausgemacht hatten. Er antwortete, dass die Geschäfte, die ihn von der Hansestadt für einige Zeit fern halten würden, weder Aufschub noch Unterbrechung duldeten.

Es war noch sehr früh am Morgen, fünf Uhr, aber schon hell, als Milena und Martha vor einem heruntergekommenen Gebäude mitten auf der Reeperbahn ankamen. Da und dort huschte eine Ratte über das mit Unrat übersäte Trottoir. Nur noch ein paar Nachtschwärmer torkelten durch die Straßen, die Leuchtreklamen waren bereits ausgeschaltet. Unsicher betraten die beiden jungen Frauen das Haus. Sie schwiegen. Martha suchte nach tröstenden Worten, es gab keine.

In der Praxis herrschte noch kein Betrieb. Eine ausländisch aussehende dunkelhaarige Frau in geblümter Kittelschürze machte ihnen auf, führte sie, etwas Unverständliches murmelnd, in einen kahlen Vorraum, in dem sich nur drei schlichte Holzstühle befanden, und schlurfte davon. Milena begann zu weinen.

«Sollen wir wieder gehen?», fragte Martha.

Da öffnete sich eine Tür. Der Arzt sah weder nett noch unsympathisch aus. «Guten Morgen», sagte er, «haben Sie das Geld dabei?»

Martha nahm ein Bündel Scheine aus ihrer Handtasche und reichte es ihm. «Stimmt es so?»

«Ich vertraue Ihnen», antwortete der Arzt und steckte die Scheine weg. «Sind Sie die Schwangere?»

Martha schüttelte den Kopf. Sie wies auf Milena.

«Kommen Sie mit», forderte er Milena auf.

«Ich würde meine Freundin gern begleiten», sagte Martha.

«Eigentlich ist das nicht üblich.»

«Bitte lassen Sie sie mit dabei sein», bat Milena mit kleiner Stimme.

«Na, wenn Sie so schön bitten», sagte der Arzt und hielt ihnen die Tür auf. «Treten Sie ein ins Allerheiligste.»

Auf einem Tischchen lagen die Instrumente bereit. Zangen, Scheren, Löffel, eine Art Schraubenzieher, Haken, lange dünne und dickere Stäbe, ein Ding, das einem Brieföffner ähnelte, ja sogar eine Säge mit beweglichem Blatt. Der Arzt erläuterte:

«Da muss man schon schweres Geschütz auffahren, so weit, wie Sie bereits sind, Mitte vierter Monat, sagten Sie? Da bekommt man nicht alles in einem Stück raus. Na ja, ich erspare Ihnen die Einzelheiten, es sei denn, Sie bestehen darauf.»

Martha hob abwehrend die Hände.

«Man muss halt alles herausbekommen, da darf nichts drinnen bleiben, nicht einmal ein kleiner Finger. Sonst gibt's Entzündungen, und das wollen wir nicht unbedingt.»

Martha wäre am liebsten rückwärts wieder hinausgegangen. Sie warf einen Seitenblick auf Milena, die starrte auf ihre Schuhe.

«Das geht nicht so leicht, wie Sie sich das denken. Ein Kind ist schneller gezeugt als abgetrieben. Sie müssen schon mit einigen Stunden rechnen, denn der Muttermund weitet sich nicht von selbst, schon gar nicht, wenn Sie noch nie geboren haben. Wären Sie ein wenig eher gekommen – Sie haben sich wahrhaft Zeit gelassen. Wie gesagt, es dauert mehrere –»

«Meine Freundin ist nicht hier, um sich von Ihnen Vorwürfe machen zu lassen. Und Angst hat sie genug», unterbrach Martha den Arzt.

Der zuckte nur mit den Achseln und murmelte: «Die Tür ist offen, bitte, Sie können gehen.»

«Milena, willst du es dir nicht nochmal überlegen?», fragte Martha sanft.

Milena befürchtete, dass die Qual dann noch einmal von vorn anfangen würde. Vielleicht war das ein Wink des Schicksals. Eine leise Hoffnung, noch einmal davonzukommen, keimte wieder in ihr, obwohl sie doch so entschlossen hingegangen war. Dann hörte sie sich zu ihrer eigenen Überraschung flüstern: «Bitte, Martha, mach's nicht noch schlimmer.»

«Tut mir leid», erwiderte Martha und strich ihr übers Haar. «Vielleicht ist es wirklich besser so. Von dem Schwein hast du sowieso nichts zu erwarten.»

«Franz ist kein Schwein.»

«Ach, was soll er dir denn noch alles antun!?»

«Wenn Sie jetzt so freundlich wären, nicht länger meine Zeit zu verschwenden. Ich bin Ihretwegen um vier Uhr aufgestanden. Wenn Sie entschieden sind, dann lassen Sie uns jetzt beginnen, wenn nicht, gehen Sie.»

«Ich bin bereit», sagte Milena und versuchte, ihrer Stimme Festigkeit zu verleihen.

«Dann müssen Sie mir nur noch verraten, ob Sie zusätzlich das Geld für eine Narkose ausgeben wollen. Ich würde es Ihnen raten. Die Schmerzen für eine Erstgebärende sind nicht zu unterschätzen, denn die Muskeln, die den Muttermund geschlossen halten, lassen sich nur mit einiger Gewalt auseinander treiben. Der Körper tut eben alles, um das Kind festzuhalten, und wir müssen ihn zwingen, es freizugeben. Aber das entscheiden Sie. Hundert Mark extra.»

«So viel Geld habe ich nicht mehr», sagte Milena erschrocken.

«Dann also ohne», sagte der Arzt.

«Nehmen Sie diesen Ring und machen Sie's bitte mit.» Martha zog sich einen Brillantring vom Finger, ein Erbstück ihrer Mutter, weit mehr wert als hundert Mark.

«Ist der auch echt? Na ja, ich sagte schon, ich vertraue Ihnen», sagte der Arzt und ließ den Ring zu den Geldscheinen in seine Kitteltasche gleiten. Dann deutete er auf eine Kabine, die durch einen Plastikvorhang, rosa Rosen mit grünem Blattwerk, abgetrennt war. «Machen Sie sich bitte untenherum frei, und dann kommen Sie wieder her.»

Milena tat, wie ihr geheißen. Nun trat auch die fremdländisch aussehende Frau in den Raum. Sie hatte ihre Kittelschürze mit einem blütenweißen Kittel vertauscht und ihre schwarze Haarflut unter einer Haube versteckt.

«Nehmen Sie Platz», forderte der Arzt Milena auf und zeigte auf einen Furcht erregend geformten Sessel. Zögernd setzte sie sich auf die Kante. «Nun lehnen Sie sich gemütlich zurück, so, ich stelle Ihnen die Rückenlehne noch ein wenig tiefer, dann haben Sie es bequemer. Jetzt geben Sie mir Ihre Beine.» Er wartete nicht ab, sondern hob die Beine einfach hoch, spreizte sie und legte sie in mit Leder bezogene Schalen. Jetzt lag ihre Scham offen vor ihm. Er zog einen Hocker auf Rollen zu sich heran und setzte sich darauf. Sie versuchte, ihr Hemd zwischen die Beine zu ziehen. «Nein, nein, da muss ich ran», sagte der Arzt, während die Schwester ihr einen Gurt um Taille und Arme schnallte.

Milena stieß einen gequälten Laut aus, doch da war die Schwester, die sich noch an einigen braunen Flaschen zu schaffen gemacht und das Tischchen mit den Instrumenten herangerollt hatte, schon wieder neben ihr. «Kindchen, nehmen Sie es nicht so schwer. Wird schon alles gut werden, Sie brauchen keine Angst zu haben.» Sie streichelte Milenas Oberarm. Sie hatte nur einen leichten Akzent. «Ich werde Sie jetzt ein wenig einschläfern, und wenn Sie aufwachen, ist fast alles vorbei.»

«Martha», wimmerte Milena.

«Nur ein bisschen Chloroform», erklärte die Schwester und zeigte ihr eine Mullbinde mit einer bräunlich roten Flüssigkeit. «Ich halte das jetzt an Ihren Mund und Ihre Nase, und Sie atmen ganz ruhig weiter.»

Da schwanden Milena schon die Sinne. Der Arzt führte ein Spekulum ein und griff zu einem spitzen, kaum einen Millimeter dicken Metallstab, der aussah wie eine Stricknadel. Martha sah bunte Kreise vor den Augen, dann sah sie gar nichts mehr.

«Fangen Sie sie auf, Schwester, und befördern Sie sie hinaus», sagte der Arzt.

«Es tut weh», flüsterte Milena schon bald danach.

«Ja, Kindchen, ich weiß. Das ist der Metranoikter, den Sie jetzt drinnen haben. Aber das Schlimmste haben Sie schon hinter sich.»

«Wie lange noch?»

«Ein paar Stunden.»

«Ein paar Stunden? Ich möchte, dass der Schmerz aufhört. Sofort!»

«Geduld, Kindchen. Jetzt können Sie nicht mehr zurück, der Muttermund ist schon weit geöffnet. Liegen Sie ruhig, je mehr Sie sich bewegen, umso schlimmer wird der Schmerz. Der Geburtskanal wird jetzt durch eine Sprungfeder gedehnt. Erst wenn er weit genug geöffnet ist, können wir die Frucht herausschaben. Ich hol jetzt Ihre Freundin, die leistet Ihnen Gesellschaft.»

«Alles in Ordnung?», flüsterte Martha, als sie zurückgekommen war.

«Wie lange war ich weg?»

«Ich weiß es nicht so genau. Ich bin ohnmächtig geworden, dabei hatte er noch nicht einmal angefangen.»

«Du?» Milena versuchte ein Lächeln, das misslang. Sie flüsterte: «Es tut so weh!»

«Gottverdammter Franz», entfuhr es Martha.

Diesmal protestierte Milena nicht. Sie lag auf einer Pritsche in einem fensterlosen Raum. Ihr rann der Schweiß herunter. Sie fasste sich zwischen die Beine, die von einem weißen Laken bedeckt waren. Durch den Stoff ertastete sie einen Metallgriff. Sie wollte ihn packen und das, was in ihr steckte, herausziehen.

«Nein! Das darfst du nicht, Milena, dann machst du es nur noch schlimmer.» Martha hielt ihre Hand fest, denn das hatte ihr die Schwester aufgetragen. «Komm, trink einen Schluck Wasser.»

Vierzehn Stunden später war alles vorbei. Milena war kreidebleich, ihr Gesicht eingefallen und ihre Nase spitz geworden. Sie saß vollständig angezogen auf der Pritsche. Da kam der Arzt noch einmal herein.

«Es ist alles so weit gut gegangen», sagte er. «Wir hatten den Kopf schnell raus. Der Rest war Routine. Sie können also beruhigt sein, Sie werden nichts zurückbehalten. Sollte sich dennoch was entzünden, kommen Sie bitte nicht zu mir. Sie müssten in ein Krankenhaus gehen und sich eine gute Geschichte ausdenken. Aber ich habe sauber gearbeitet, also ist nichts zu erwarten. Auf jeden Fall die nächsten zwei Wochen kein Bad nehmen und mindestens drei Wochen kein Geschlechtsverkehr. Dann kann eigentlich nichts passieren.» Er wandte sich an Martha. «Packen Sie ihr Eiswürfel auf den Bauch, keine Wärmflasche, das würde die Blutung nur noch verstärken.» Und zu Milena sagte er: «Nächstes Mal passen Sie besser auf. Denn das ist auch für mich kein Spaß.»

Aber lukrativ, dachte Martha.

Unten vor dem Haus toste der Verkehr, die Leuchtreklamen hatten längst wieder zu blinken begonnen. Es war schon neun Uhr abends. Die ersten Prostituierten saßen in den Schaufenstern, Matrosen schlenderten vorbei, warfen Kusshände hinein und blickten befremdet auf die beiden Frauen.

«Nicht so ganz der richtige Ort für das, was wir gerade hinter uns gebracht haben», sagte Martha, aber Milena reagierte nicht. Sie schwankte etwas. Martha pfiff nach einem Taxi. Mindestens zehn Männerköpfe schnellten zu ihr herum, doch sie ignorierte die abschätzigen Blicke und setzte Milena vorsichtig in den Fond.

Eine halbe Stunde danach lag Milena im Bett. Sie konnte

nicht schlafen und starrte an die Wand. Schlief sie vor Erschöpfung doch einmal ein, schreckte sie kurze Zeit später wieder hoch. Martha und Josefa wechselten sich an ihrem Bett ab. Sie ließen sie keine Minute aus den Augen.

Tage vergingen, an denen Franz nichts von sich hören ließ.

Eines Vormittags klingelte es an der Tür. Ein Bote hielt einen großen Blumenstrauß in der Hand. Josefa nahm ihn entgegen und trat zu Milena ins Zimmer.

«Für dich! Sieh mal, sicher von Franz.»

Milena blickte hoch. Als sie die Blumen sah, hellte sich ihr Gesicht auf. Ungeduldig riss sie den Umschlag von dem dünnen Blumenpapier, der mit einer Stecknadel befestigt war. Er war nicht hellblau. Mit zittrigen Fingern holte sie die Karte heraus. Sie war weiß. Wahrscheinlich, dachte sie, hat Franz sie erst im Blumengeschäft geschrieben. Da stutzte sie. Die Schrift war ihr unbekannt. Mit tonloser Stimme sagte sie: «Die sind nicht von Franz.»

«Von wem denn dann?»

«Keine Ahnung.» Milena ließ die Karte fallen.

Josefa hob sie auf und las laut: «Liebes, verehrtes, gnädiges Fräulein, Sie werden sich sicher wundern, von mir einen Blumenstrauß zu erhalten, da Sie mich gar nicht kennen. Aber mein alter Freund Franz, der sich, wie Sie wissen, auf Reisen befindet, hat mich gebeten, Ihnen, liebe Milena, die besten Genesungswünsche zu übermitteln. In der Hoffnung, Ihnen einmal begegnen zu dürfen, verbleibe ich hochachtungsvoll, Paul Luft.»

«Das ist eine verdammte Lüge», sagte Milena.

«Kennst du den?», wollte Josefa wissen.

«Nein, ich weiß nur, dass er der beste Freund von Franz ist. Er hat manchmal von ihm erzählt, aber gesehen habe ich ihn nie.»

«Nun denk doch mal nach. Warum sollte einer, den du gar

nicht kennst, dir einen Blumenstrauß schicken, so ganz ohne Grund?»

«Der Strauß kommt nicht von Franz. Ich würde es ja gern glauben, aber ich tue es nicht. Franz würde nie Blumen in diesen Farben verschicken.»

«Warum nicht?»

«Er schickt nur rote und blaue und hätte diesen Herrn Luft sicher beauftragt, ebenfalls rote und blaue zu verschicken. Das sind seine Wappenfarben.»

«Du solltest zur Kripo gehen. Wenn du dich selbst fertig machen willst, nur weiter so!»

Milena kam nur langsam wieder zu Kräften. Ihr Busen machte ihr zu schaffen. Während sich der Unterleib nach zwei Tagen ununterbrochener Krämpfe wieder beruhigt hatte und sie bereits begann, die ausgestandenen Schmerzen zu vergessen, waren ihre Brüste um das Doppelte angewachsen und taten weh.

«Ich habe ein Phantomkind», erklärte sie. «Mein Körper versteht genauso wenig wie ich, dass es kein Kind mehr gibt. Ich hätte es auch ohne Franz durchbekommen. Warum nur hab ich das getan?»

Sie fiel in eine schwere Depression. Josefa und Martha waren ratlos.

Eines Morgens standen sie gemeinsam vor ihrem Bett und sagten: «Wenn du jetzt nicht aufstehst, holen wir einen Psychologen.»

«Soll das eine Drohung sein?», protestierte Milena. «Im Übrigen ist das vollkommen unnötig. Ich weiß ja, was mir fehlt. Der könnte es mir doch auch nicht zurückbringen.»

«Aber er kann dir einen Weg weisen, wie du mit dem Verlust fertig wirst», sagte Josefa.

«Das schaffe ich schon allein.»

Martha schüttelte den Kopf. «Offensichtlich nicht. Du kapselst dich ein, aber in dir findest du keine Lösung. Du solltest wieder unter Menschen gehen. Milena, das Leben geht weiter.»

«Aber wie soll ich damit leben? Könnt ihr mir sagen, wie ich damit leben soll?»

Am nächsten Morgen stand Milena auf und ging zur Arbeit. Sie wirkte verschlossener denn je. Als Franz sie Wochen später vor dem Verlagshaus abfing und sie zum Essen einlud, ging sie mit. Sie erwartete, dass er auf das Geschehene zu sprechen kommen würde, aber er dachte gar nicht daran. Er plauderte über die gesellschaftlichen Ereignisse der letzten Wochen und erzählte eine Anekdote nach der anderen. Milenas Widerstand zerrann. Als er seine Hand auf ihr Knie legte und ihr daraufhin das Blut ins Gesicht schoss, wusste er, dass er gewonnen hatte. Zur Belohnung nahm er sie erstmals mit zu sich nach Hause. Als er ihr zuflüsterte: «Ich hab dich so vermisst», fiel sie mit ihm aufs Bett.

Am Morgen stand ein etwa vierjähriger Junge vor ihr und fragte: «Wer bist du denn? Was machst du in Papás Bett?»

Milena setzte sich auf und schaute den kleinen Jungen an. «Ich heiße Milena und du?»

«Ich bin Ramón. Das weiß doch jeder!»

«Ach natürlich, du bist Ramón. Hallo, Ramón.» Sie streckte ihm ihre Hand entgegen, die er mit großem Ernst ergriff und ein klein wenig schüttelte.

«Hallo, Milena. Einen lustigen Namen hast du.»

«Der kommt aus einem weit entfernten Land. So weit weg, wie du es dir gar nicht vorstellen kannst.»

«Wie weit weg denn?»

«So weit», und Milena breitete die Arme aus.

«Oooooh. Kommst du von so weit her?»

«Meine Großeltern kamen von so weit her.»

«Nimmst du mich mal mit dahin, wo man so lustige Namen hat?»

«Na klar nehm ich dich mit.»

«Versprochen?»

«Versprochen.»

«Ramón, komm her! Was machst du denn da? Hab ich dir nicht verboten, in mein Schlafzimmer zu gehen? Warum kannst du nicht ein einziges Mal gehorchen.»

«Franz, lass ihn doch. So ein netter kleiner Kerl. Wir haben gerade Freundschaft geschlossen.»

«Misch dich da nicht ein, Milena, das geht dich gar nichts an. Ramón, jetzt komm raus hier.» Er gab dem Kind einen Klaps.

«Bitte, Franz, der Junge kann doch nichts dafür.»

«Schweig! Der soll sich gar nicht erst an dich gewöhnen.»

Zwei Jahre vergingen, da stellte Milena fest, dass sie wieder schwanger war. Ihre Beziehung zu Franz hatte sich keineswegs verbessert. Eine Weile umwarb er sie, überhäufte sie mit Geschenken, dann wieder verschwand er für Wochen und rief nicht einmal an. Drohte sie ihm, ihn für immer in die Wüste zu schicken, sagte er nur: «Pah, wer's glaubt, wird selig.» Machte sie ernst, schlich er sich in altbewährter Manier wieder bei ihr ein. «Du weißt ja, dass ich nur mit *dir* schlafen will, du Schuft», sagte Milena dann und rieb ihr tränenverschmiertes Gesicht an seiner Brust. Nun, das wusste sie ganz sicher, wollte sie nicht noch einmal abtreiben, gleichgültig, wie Franz reagieren würde. Sie war jetzt 26 Jahre alt, gerade im richtigen Alter für ein Kind. Das schrieb sie ihm. Seine Antwort sandte sie ungeöffnet an ihn zurück. Er schickte weitere Briefe, doch auch die kamen zurück. Das brachte ihn zur Raserei. Eines Tages klingelte er bei ihr Sturm. Martha öffnete die Tür und sagte: «Milena will Sie nicht sehen», doch er schob sie zur Seite und ging in ihr Zimmer. «Also gut, ich heirate dich, jetzt hast du mich so weit», schrie er.

«Wer sagt denn, dass ich *dich* heiraten werde?», antwortete sie.

Seiner Mutter gegenüber machte Franz nur verschwommene Andeutungen. Am Telefon sagte er, dass er am Folgetag einen entscheidenden Schritt zu tun gedenke, und bat sie, mittags um eins ins Uhlenhorster Rathaus zu kommen. Sie sagte weder zu noch ab. Stattdessen setzte sie sich an ihren Schreibtisch, nahm einen ihrer altmodischen Federkiele zur Hand und tauchte ihn ins Tintenfass. Ohne lange nachzudenken, schrieb sie ihm einen Brief.

Mein heiß geliebter Sohn,
Du hast mich zu morgen Mittag eingeladen, doch ist mir nicht ganz klar, wozu. Ich bin letzten Endes so verlassen und so alleine, darum schreibe ich Dir, mir beizustehen. Ich weiß ja, dass alles Dir so schwer wird und Du im Grunde Deines Herzens tieftraurig bist. Doch noch ist kein endgültiger Schritt getan, noch kannst Du über Dein Schicksal entscheiden. Vielleicht hat der Heiland mich dazu aufgerufen, Dir die Augen zu öffnen. Tief in meinem Herzen fühle ich, dass Du mit dieser Frau nicht glücklich werden kannst. Ich als Deine Mutter lese immer noch in Deiner Seele wie in einem offenen Buch. Zu viel trennt Dich von ihr. Wolltest Du eigentlich morgen heiraten? Du hast mich im Unklaren darüber gelassen. Damals bei diesem Mädchen, dessen Name mir entfallen ist – wann war das noch gleich?, 1928 oder 1948? –, hast Du auch keine Konsequenzen gezogen. Warum bei dieser hier, die um nichts besser ist? Kann ich noch einmal zu Dir kommen, bevor Du den verhängnisvollen Schritt tust? Ich bin krank vor Angst um Dich, liebster Franz. Überlege Dir, was Du im Begriffe bist zu tun.
Sei umarmt von Deiner einsamen
Mamá

Mercedes war eine etwas wirre, starrköpfige alte Dame geworden. Sie war so starrköpfig, dass sie der Hochzeit ihres einzigen Sohnes fernblieb. Und neuerdings war sie sehr fromm. Um Punkt 13.00 Uhr kniete sie sich zu Hause vor eine alte Ikone und betete zur Muttergottes, dass ein Wunder geschehen möge. Erst zwei Stunden später, als sie sicher sein konnte, dass die Zeremonie auf dem Standesamt vorbei war, erhob sie sich von ihren schmerzenden, arthritischen Knien und ging fluchend in die Küche, um ein Stück Sahnetorte zu verspeisen, vom dem sie Monzi III. die Hälfte abgab. Das war ihr Trost.

Ihre Schwester Maria dagegen war, zusammen mit einer Freundin, eigens angereist. Paul, den Franz zum Trauzeugen bestimmt hatte, hatte sie informiert. Als er aus seinem Taxi stieg und die von mannshohem Liguster gesäumte Auffahrt zum Standesamt hinaufschritt, schlug sein Herz so heftig, dass er glaubte, alle anderen Hochzeitsgäste müssten es hören. Dabei hatten sich nur sieben weitere Gäste eingefunden: Außer Maria und ihrer Freundin waren das Josefa und Martha, Milenas Trauzeugin, sowie ein älteres Ehepaar und eine junge Frau. Doch bevor er die Gäste näher in Augenschein nehmen konnte, stürzte schon Maria auf ihn zu und umarmte ihn.

«Ich bring dich zu Milena», flüsterte sie, obwohl auch sie ihr noch niemals begegnet war.

Die Braut war in dem übersichtlichen Häuflein leicht zu erkennen. Sie stand neben Franz, der seinen Cutaway aus dem Schrank geholt hatte und infolgedessen viel eleganter gekleidet war als die anderen. Milena, die zu einem grauen, schlichten Kostüm einen schmalkrempigen Hut trug, hielt ein wenig schamhaft eine Lederhandtasche vor ihren schon sichtbar gerundeten Bauch. In der anderen Hand hielt sie einen kleinen Blumenstrauß, roter Mohn und blaue Kornblumen. Sie schien gar nicht recht wahrzunehmen, was um sie herum vorging, und lächelte abwesend. Doch Maria küsste sie so resolut auf beide Wangen, dass sich der Schleier von ihren Augen hob. Nun wagte auch Paul, sie anzusehen. Auf den ersten Blick entdeckte er keine Ähnlichkeit mit Leonie. Er war erleichtert und enttäuscht zugleich.

«Und das ist mein alter Schützling Paul», sagte Maria, nachdem sie sich selbst vorgestellt hatte.

«Ich erinnere mich», murmelte Milena.

«Ihr kennt euch?», fragte Franz erstaunt.

«Du hast doch dein Versprechen nicht gehalten! Also habe ich – und jetzt verstehe ich, warum», entgegnete Paul, der in diesem Moment die ältere Frau an der Seite des ergrauten Herrn mit Schnauzer prüfend angesehen hatte. Es durchfuhr ihn wie ein elektrischer Schlag.

Sie hatte bernsteinfarbene Augen. Diese Augen richteten sich auf ihn, und etwas Wunderliches geschah: Es war ein trüber Morgen mitten im Juni und hatte ununterbrochen genieselt, aber nun brach mit einem Mal die Wolkendecke auf, und ein Sonnenstrahl tauchte die kleine Menschenansammlung vor dem Uhlenhorster Standesamt in gleißendes Licht. Das Blätterwerk der Ligustersträuche raschelte. Ein Windhauch wischte über die Anwesenden hinweg. Sie blickten auf und sahen Farben vor ihren Augen. Etwas Samtenes berührte sie. Pfauenaugen, Aurorafalter, Große Hexen hatten sich auf ihnen niedergelassen. Kaisermäntel und Admirale umflatterten Franz. Ein Postillon näherte sich der Kornblume, die er im Knopfloch seiner Jacke trug. Er rieb sich mit der zerschossenen Hand die Augen, doch der Postillon verschwand nicht. Stattdessen gesellte sich ein zweiter hinzu. Die Flügel des Großen Fuchses, des Schillerfalters und des Damenbretts schillerten im hellen Sonnenlicht violett und gelb, orange und blau, grün und rosa. Selbst die Farbe des Todes fehlte nicht, denn auch ein Trauermantel war herangesegelt. Ein Glanzlicht setzte der Kleine Eisvogel mit seinem fluoreszierenden Türkis auf. Gravitätisch umspielten seine Flügel Leonies Kopf.

Ein kaum hörbarer Schrei durchschnitt die Luft. Paul drehte sich um und sah, dass Leonie Werners Handgelenk losgelassen hatte und ohnmächtig niedersank. Weder Werner noch Edeltraut hatten den Schrei gehört. Sie hätten ihn auch gar nicht hören können, denn die Schmetterlinge hielten sie in Bann. Dasselbe galt für Josefa und Martha, Maria und ihre Freundin. Selbst das Brautpaar war verzaubert und blind für das, was rings um es geschah. Mit einem Sprung war Paul bei Leonie. Da schlug sie die Augen auf und nahm seine Hand. Auf dem Daumenballen verlief eine zwei Zentimeter lange blasse Narbe, über die sie lächelnd strich.

Niemand hätte später sagen können, wie lange sie sich in den Armen lagen. Irgendwann trat der Standesbeamte nach draußen, um nachzuschauen, wo die Gesellschaft blieb. Da stoben die Schmetterlinge davon und hinterließen nichts als eine kleine blau-rot-gelbe Staubspur hier und dort.

Paul und Leonie sahen sich nie wieder. Drei Monate nach der Hochzeit wurde mein Bruder Camill geboren. Kurz vor seiner Taufe starb Mercedes an einer plötzlichen Schwäche. Franz führte das auf ihre Weigerung zurück, eine ordentliche Rinderkraftbrühe zu trinken, die sie sicher wieder auf die Beine gebracht hätte. «Du willst mich wohl vergiften», hatte sie mit letzter Kraft gesagt und die Brühe, von der sie kaum genippt hatte, ausgespuckt.

Die grauen Perlen, die sie seit dem angedrohten Parteiaustritt nie wieder abgelegt hatte, erstrahlten an der Brust der Toten in vollem Glanz.

EPILOG

Im Februar des Jahres 1962 verschworen sich die Götter des Meeres und des Windes, um die Wirtschaftswunderhanseaten ordentlich durcheinander zu wirbeln. Boreas, der eisige Wind aus dem Norden, erhob sich mit Macht, und Neptun sandte riesige Wellen dem Flussdelta der Stadt entgegen, peitschte sie in die Mündung und ließ sie die vielen Kilometer landeinwärts weiterrollen. Woge auf Woge schickte er, bis die Schiffe in den Trockendocks schwammen, die Hafenanlagen unter Wasser standen, die Promenaden überschwemmt waren. Der Pegel des Flusses stieg und stieg. Schon floss das Wasser über die Landungsbrücken, kletterte den Berg hinauf bis ins Vergnügungsviertel, umspielte den Sockel des Bismarck-Denkmals, dann dessen Füße, Waden, Knie. In die ganze Stadt war das Wasser vorgedrungen; Elbe und Alster hatten sich vereinigt und nahmen die Bille als Dritte auf in ihren Bund. Autos wurden zu Amphibien, schlingerten führerlos im Strom. Halbwüchsige holten ihre Segelboote aus dem Winterschlaf und takelten sie auf, um durch die Großen Bleichen und den Neuen Wall zu segeln. Geschäftsleute gelangten per Ruderboot ins Büro, legten im ersten Stock an und stiegen durch die Fenster ein. Das Wasser plünderte Lagerhallen, Holzstämme rissen sich los, wurden von den Fluten hinausgetragen, kollidierten mit Aktenbergen und Liebesbriefen, auf denen die Tinte verlief. Teppiche trieben auf Wellen dahin, Earl Grey und Darjeeling wurden zu Fischfutter, sodass die Meeres- und Flussbewohner, aufgeputscht vom Tein, einen absonderlichen Tanz aufführten, Getreide lernte schwimmen. Wasservögel nutzten die Gunst der Stunde und fraßen sich satt. Nachkommen der Indischen Laufenten, von denen man angenommen hatte, es gäbe sie gar nicht mehr, trauten sich aus ihren Verstecken. Rote Ziegeldächer lugten aus dem Binnensee hervor.

Das Wasser stieg so hoch, dass es sogar am Blankeneser Süllberg leckte. Rinnsale flossen durch unseren Garten bis zu unserem Haus, bahnten sich einen Weg in die Kellerschächte, drangen durch Gitter, klopften an die Fenster und drückten sie auf. Im Keller hatte meine Mutter ihr Atelier. Seit sie nicht mehr schrieb, malte sie. Sie schrieb nicht mehr, weil mein Vater fand, seine Frau solle nicht arbeiten, sie habe mit ihren und seinen Kindern genug zu tun. Kreidestifte und Aquarellfarben hatten den Platz ihrer Schreibmaschine eingenommen, nach dem Regenbogenspektrum ordentlich sortiert. Nun bemächtigte sich das Chaos dieser Ordnung. Wasserfälle stürzten auf die Bilder, die meine Mutter der Größe nach an die Wände gelehnt hatte. Sie wuschen die Farben von den Leinwänden und verschlangen sie. Stetig stieg das Wasser höher, es erklomm den Schreibtisch und die Staffelei, vergriff sich an den Kreidestiften und löste sie auf, verdünnte die Wasserfarben, bis nichts mehr von ihnen zu sehen war, und verschonte auch die Dosen mit den Ölfarben nicht. Meine Mutter saß auf der Treppe und schwieg. Ihre Füße wurden nass, aber sie bewegte sich nicht. Erst als sie das Wasser an der Hüfte spürte, steckte sie einen Finger hinein, dann in den Mund. Es schmeckte salzig. Da tauchte sie ihre Hände ins Wasser, fuhr sich mit ihnen durchs Haar, wieder und wieder, bis es triefte und sich ringelte. Es war Erna, die sie in letzter Sekunde rettete.

Als das Wasser sich nach Tagen der Verwüstung wieder zurückgezogen hatte und man die aufgeblähten Ertrunkenen zählte, erinnerten nur noch Schlammmassen an die Flut. Die Sonne schien so schön, dass meine Mutter mich, die ich gerade erst ein Jahr alt war und unbedingt frische Luft schnappen sollte, in meinem Kinderwagen zum Mittagsschlaf in den Garten schob. Da kletterte eine riesige braun-graue Ratte auf meine Decke, guckte mich mit Augen wie Stecknadelköpfe an und überlegte, ob sie zuerst meine rosige Wange oder mein pralles Ärmchen kosten sollte. So begann mein bewusstes Leben.